THOMAS KENEALLY nació en Homebush (Nueva Gales del Sur, Australia) en 1935. Comenzó su carrera literaria en 1964 y ha publicado más de treinta títulos, entre los que predomina la ficción histórica. Su novela más famosa es *El arca de Schindler* (1982), posteriormente llamada *La lista Schindler*, que obtuvo en 1982 el premio Booker a la mejor novela de ficción histórica y, en 1983, el premio a mejor novela de ficción de *Los Angeles Times*. En 1993 fue llevada al cine por Steven Spielberg y obtuvo siete premios Oscar, situándose en el número ocho de la lista de las cien mejores películas estadounidenses de todos los tiempos elaborada por el American Film Institute.

La lista de Schindler

THOMAS KENEALLY

Traducción de Carlos Peralta

La lista de Schindler

Título original: *Schindler's List*

Primera edición en B de Bolsillo en España: junio, 2009
Primera edición en México: noviembre, 2020

D. R. © 1982, Serpentine Publishing Co. Pty Ltd
Publicado por acuerdo con Touchstone, un sello de Simon & Schuster, Inc.

D. R. © 1994, 2009, Penguin Random House Grupo Editorial, S. A. U.
Travessera de Gràcia, 47-49, 08021, Barcelona

D. R. © 2020, Penguin Random House Grupo Editorial, S. A. de C. V.
Blvd. Miguel de Cervantes Saavedra núm. 301, 1er piso,
colonia Granada, alcaldía Miguel Hidalgo, C. P. 11520,
Ciudad de México

www.megustaleer.mx

D. R. © 1984, Carlos Peralta, por la traducción
Traducción cedida por Editorial Edhasa

ISBN: 978-607-319-650-5

Impreso en México – *Printed in Mexico*

El papel utilizado para la impresión de este libro ha sido fabricado a partir de madera
procedente de bosques y plantaciones gestionadas con los más altos estándares ambientales,
garantizando una explotación de los recursos sostenible con el medio ambiente y beneficiosa para las personas.

Penguin
Random House
Grupo Editorial

A LA MEMORIA DE OSKAR SCHINDLER,
Y A LEOPOLD PFEFFERBERG, CUYO CELO Y
PERSISTENCIA DETERMINARON QUE SE
ESCRIBIERA ESTE LIBRO

NOTA DEL AUTOR

En 1980 entré en una tienda de artículos de piel, en Beverly Hills, y pregunté precios de carteras. La tienda era de Leopold Pfefferberg, un superviviente de Schindler. Entre las estanterías de maletas italianas importadas de Pfefferberg oí hablar por vez primera de Oskar Schindler, alemán *bon vivant,* especulador, seductor y ejemplo de contradicciones, y de cómo había salvado a una sección transversal de una raza condenada durante los años que ahora se conocen con la denominación genérica de Holocausto.

Esta narración de la sorprendente historia de Oskar se funda, en primer lugar, en entrevistas con cincuenta supervivientes de Schindler, de siete naciones: Australia, Israel, Alemania Federal, Austria,

Estados Unidos, Argentina y Brasil. Se ha enriquecido con la visita, en compañía de Leopold Pfefferberg, a sitios de notoria importancia en este libro: Cracovia, la ciudad adoptiva de Oskar; Plaszow, escenario del campo de trabajo de Amon Goeth; la calle Lipowa, de Zablocie, donde está todavía la fábrica de Oskar; Auschwitz-Birkenau, de donde sacaba Oskar a sus prisioneras. El relato se vale además de los documentos y otros datos aportados por los pocos hombres, relacionados con Oskar durante la guerra, a quienes aún es posible encontrar, así como por la gran cantidad de sus amigos de posguerra. Muchos de los cientos de testimonios sobre Oskar depositados por los Judíos de Schindler en Yad Vashem, la institución que recuerda a los héroes y mártires, acrecientan el relato, y también testimonios escritos, de fuentes privadas, y gran volumen de papeles y cartas de Schindler, algunos cedidos por Yad Vashem y otros por amigos de Oskar.

Emplear la textura y los recursos de la novela para contar una historia verdadera es un camino que sigue con frecuencia la literatura moderna. Es el que he elegido, tanto porque el oficio de novelista es el único al que puedo alegar derecho como porque la técnica novelística parece apropiada para un personaje de la ambigüedad y magnitud de Oskar. Sin embargo, he procurado evitar toda ficción, que sólo empañaría el relato, y también distinguir entre la realidad y los mitos que suelen rodear a los hombres de la envergadura de Oskar. A veces ha sido necesario tratar de reconstruir conversaciones de Oskar y otros de las que apenas existen vestigios. Pero la mayor parte de los diálogos y comunicaciones, y todos los hechos, se basan en las detalladas memorias de los *Schindlerjuden* (Judíos de Schindler), del mismo

Schindler, y de otros testigos de sus audaces rescates.

Desearía agradecer, en primer lugar, a tres de los supervivientes de Schindler: Leopold Pfefferberg, el juez Moshe Bejski, de la Corte Suprema de Israel, y Mieczyslaw Pemper, quienes no sólo transmitieron al autor sus recuerdos de Schindler y le entregaron documentos que han contribuido a la exactitud de la narración, sino que también han leído el primer borrador y sugerido correcciones. Muchas otras personas, supervivientes de Schindler o relaciones de posguerra de Oskar, me han concedido entrevistas y generosa información en forma de cartas y documentos. Entre ellas figuran Emilie Schindler, Ludmila Pfefferberg, Sophia Stern, Helen Horowitz, Jonas Dresner, Mr. y Mrs. Henry, Mariana Rosner, Leopold Rosner, Alex Rosner, Idek Schindel, Danuta Schindel, Regina Horowitz, Bronislawa Karakulska, Richard Horowitz, Shmuel Springmann, Jakob Sternberg, Lewis Fagen y Sra., Henry Kinstlinger, Rebecca Bau, Edward Heuberger, Mr. y Mrs. M. Hirschfeld, Mr. y Mrs. Irving Glovin y muchos otros. En mi propia ciudad, Mr. y Mrs. E. Korn me han ofrecido constante apoyo, aparte de sus recuerdos de Oskar. Josef Kermisz, Shmuel Krakowski, Vera Prausnitz, Chana Abells y Hadassah Modlinger, de Yad Vashem, me concedieron libre acceso a los testimonios de los supervivientes de Schindler y al material fotográfico y en vídeo.

Finalmente desearía honrar los esfuerzos realizados por el extinto Martin Gosch para llamar la atención del mundo sobre el nombre de Oskar Schindler, y dar las gracias a su viuda, Lucille Gaynes, por su cooperación con este proyecto.

TOM KENEALLY

Prólogo
Otoño de 1943

En lo más profundo del otoño polaco, un joven alto, con un costoso abrigo sobre el esmoquin cruzado en cuya solapa había una gran esvástica ornamental de esmalte dorado sobre negro, emergió de una elegante casa de apartamentos en la calle Straszewskiego, en el límite de la ciudad vieja de Cracovia, y vio a su chófer respirando vapor junto a la puerta abierta de una enorme limusina Adler, relumbrante a pesar de la negrura de ese mundo.

—Cuidado con la acera, Herr Schindler —dijo el chófer—. Está helada como el corazón de una viuda.

En esta pequeña escena invernal, pisamos terreno seguro. El joven alto llevará hasta el fin de sus días chaquetas cruzadas; hallará gratificación en los vehículos grandes y brillantes, quizá por ser una especie de ingeniero; y a pesar de ser alemán y, en este punto de la historia, un alemán de cierta influencia, nunca dejará de pertenecer a la clase de hombres a quienes un chófer polaco puede hacer sin temor una broma tímida y afable.

Pero no será posible desarrollar toda la historia con tan sencillos elementos. Porque ésta es la historia del triunfo pragmático del bien sobre el mal, un triunfo en términos eminentemente mensurables y estadísticos, y nada sutiles. Cuando se trabaja en la dirección opuesta, y se narra el éxito mensurable y predecible que el mal suele alcanzar, es fácil mostrarse agudo y sarcástico y evitar el sentimentalismo. Es muy sencillo demostrar cómo, inevitablemente, el mal terminará por apoderarse de lo que podríamos llamar los *bienes inmuebles* del relato, aunque en poder del bien queden algunos escasos imponderables como la dignidad y el conocimiento de sí mismo. La fatal maldad humana es la materia prima corriente de los narradores; el pecado original, su líquido materno. Pero escribir sobre la virtud es empresa muy ardua.

Tan peligrosa es la palabra *virtud,* que debemos explicar a toda prisa: Herr Oskar Schindler, el hombre que arriesgaba sus bien lustrados zapatos sobre la acera helada en ese barrio viejo y elegante de Cracovia, no era un hombre virtuoso en el sentido corriente. Vivía con su amante alemana y mantenía una antigua relación con su secretaria polaca. Su esposa Emilie prefería residir en su Moravia natal la mayor parte del tiempo, aunque a veces acudía a Polonia a visitarlo. Una cosa hay que decir en favor de él: era un amante cortés y generoso con todas sus mujeres. Pero si nos atenemos a la interpretación corriente de *virtud,* esto no es una excusa.

Además era bebedor. A veces bebía por el cálido placer de beber; a veces, con sus asociados, con los burócratas o los hombres de la SS, para obtener mejores resultados. Era capaz como pocos de mantenerse bien y sin perder la cabeza mientras bebía. Pero tampoco esto ha sido nunca una excusa de las alegres borracheras ante la moral en sentido estrecho. Y aunque los méritos de Herr Schindler están bien documentados, es un rasgo característico de su ambigüedad que viviera dentro de un sistema salvaje y corrompido, o que se apoyara en él; un sistema que llenaba Europa de campos de concentración de inhumanidad variable pero nunca ausente, creando una nación sumergida y nunca mencionada de prisioneros. Por lo tanto, quizá lo mejor sea empezar poniendo un ejemplo de la extraña virtud de Herr Schindler, y de los sitios y personas con que solía ponerlo en contacto.

Al fin de la calle Straszewskiego, el coche pasó bajo el bulto negro del castillo de Wawel, desde donde el abogado Hans Frank, favorito del Partido Nacional Socialista, ejercía el Gobierno General de Polonia. Como en el palacio de un ogro maligno, no se veía ninguna luz. Ni Herr Schindler ni el conductor miraron hacia lo alto de las murallas mientras el coche giraba hacia el sudeste, en dirección al río. En el puente de Podgórze, los guardias apostados sobre el helado Vístula para impedir que los guerrilleros u otros infractores del toque de queda pasaran de un lado a otro entre Cracovia y Podgórze, conocían el vehículo, la cara de Herr Schindler y el *Passierschein* que mostraba el chófer. Herr Schindler pasaba frecuentemente por ese control, cuando se dirigía desde su fábrica (donde también poseía un apartamento) hacia la ciudad, por negocios, o desde su casa de la calle Straszewskiego hacia los talleres del suburbio de Zablocie. Estaban acostumbrados a verlo también después del anochecer, vestido formal o semiformalmente, encaminándose a una cena, una fiesta, una alcoba o también, como ocurría esa noche, al campamento de trabajos forzados de Plaszow, a diez kilómetros de la ciudad, donde cenaría con el SS *Hauptsturmführer* Amon Goeth, un hombre sensual de encumbrada posición. Herr Schindler tenía la reputación de hacer generosos regalos de bebidas en Navidad, de modo que se permitió el paso del coche al suburbio de Podgórze sin mucha demora.

Es evidente que, en este momento de la historia, y a pesar de su amor al vino y la buena comida, Herr Schindler consideraba su cena con el comandante Goeth con más repugnancia que alegría. En realidad, no había ocurrido una sola vez que sentarse a beber con Amon no fuera un asunto repelente. Sin embargo, el rechazo que sentía Herr Schindler era de un carácter incitante, como el gozoso sentimiento de abominación que demuestran, en las pinturas medievales, los justos ante los condenados. Es decir, una sensación que no le resultaba deprimente, sino acuciante.

En el interior de piel negra del Adler, que corría por los rieles del tranvía de lo que había sido, hasta poco antes, el gueto judío, Herr Schindler fumaba un cigarrillo tras otro, como siempre. Pero de una manera compuesta. Jamás se advertía tensión en sus manos; su estilo depurado revelaba que sabía de dónde provenía cada nuevo cigarrillo, cada nueva botella de coñac. Sólo él podría decirnos si tuvo necesidad de recurrir a su petaca mientras atravesaba el pueblo mudo y oscuro de Prokocim y miraba, en la vía férrea que llevaba a Lwow, una hilera de vagones de ganado, que podían transportar soldados de infantería, prisioneros, o incluso —aunque era infinitamente menos probable— ganado.

Ya en el campo, a unos diez kilómetros del centro de la ciudad, el Adler giró a la derecha y cogió una calle llamada irónicamente Jerozolimska. Aquella noche de netos contornos glaciales Herr Schindler vio primero, debajo de la colina, una sinagoga en ruinas, y luego las desnudas formas de lo que en esos días representaba la ciudad de Jerusalén: el Campo de Trabajos Forzados de Plaszow, un pueblo de barracones que contenía a veinte mil atormentados judíos, polacos y gitanos. Soldados ucranianos y de la Waffen SS saludaron cortésmente a Herr Schindler en el portal, porque era por lo menos tan conocido allí como en el puente de Podgórze.

Al llegar a la Administración, el Adler torció por una calle interior pavimentada con lápidas de tumbas judías. El campo de concentración había sido, hasta dos años antes, un cementerio judío. El comandante Amon Goeth, que se consideraba un poeta, había utilizado en la construcción del campo todas las metáforas que había encontrado a mano. Esta calle corría a lo largo de todo el campo, dividiéndolo en dos, pero no llegaba hasta la casa que ocupaba el comandante, en el este.

A la derecha, más allá de los cuarteles de la guardia, había un antiguo panteón: parecía expresar que allí toda muerte era natural y que todos los muertos estaban a la vista. En realidad, ahora servía de establo al comandante. Aunque Herr Schindler estaba familiarizado con su aspecto, es posible que aún reaccionara con una tosecilla irónica. Desde luego, si se reaccionaba ante las pequeñas ironías de la nueva Europa, cada una pasaba a formar parte de la propia carga; pero Herr Schindler poseía una inmensa capacidad para soportar esa variedad de secreto grotesco.

Un prisionero llamado Poldek Pfefferberg también se dirigía, esa noche, a la casa del comandante. Lisiek, el asistente de diecinueve años del comandante, había ido al barracón de Pfefferberg con un pase firmado por un suboficial de la SS. El problema del joven era que la bañera del comandante mostraba una pertinaz mancha anular, y Lisiek temía que lo castigaran cuando el comandante Goeth fuera a tomar su baño matinal. Pfefferberg, que había sido profesor de Lisiek en el colegio de Podgórze, trabajaba en el garaje del campo de concentración y tenía acceso a los disolventes. De modo que ahora, acompañado por Lisiek, acababa de sacar del garaje un palo con un estropajo y una lata de disolvente. Acercarse a la casa del comandante siempre era un asunto turbio, pero implicaba la posibilidad de recibir algún alimento de manos de Helen Hirsch, la maltratada criada judía de Goeth, una chica generosa que había sido también alumna de Pfefferberg.

Cuando el Adler de Herr Schindler estaba aún a cien metros de la casa de Goeth, los perros empezaron a ladrar: un gran danés, un bórzoi y muchos otros que el comandante alojaba en las perreras situadas a cierta distancia de la casa. Ésta era una construcción cuadrangular con un piso alto y un balcón, rodeada por una galería con una balaustrada. A Amon Goeth le agradaba sentarse fuera en verano. Había ganado peso. El verano próximo, sería un grueso adorador del sol. Pero en esa versión particular de Jerusalén se sentía a salvo de las burlas.

Un SS *Unterscharführer* con guantes blancos aguardaba esa noche ante la puerta. Saludó y abrió la puerta a Herr Schindler. En el vestíbulo, Ivan, el asistente ucraniano, cogió el abrigo y el sombrero hongo de Herr Schindler. Éste palpó el bolsillo interior de su chaqueta para asegurarse de que allí estaba el regalo para el dueño de casa, una cigarrera chapada en oro del mercado negro. A Amon le iba tan bien en sus negocios paralelos, en especial el de las joyas confiscadas, que le ofendería un chapado inferior al mejor. E incluso éste le parecería sólo un grato cumplido.

Ante las puertas dobles del comedor los hermanos Rosner tocaban, Henry el violín, Leo el acordeón. Por orden del *Hauptsturmführer* Goeth se habían quitado sus andrajos del taller de pintura para ponerse los trajes de etiqueta que guardaban en sus barracones para estas ocasiones. Como Oskar Schindler sabía, aunque el comandante admiraba su música, los hermanos Rosner nunca se sentían tranquilos en su casa. Habían visto demasiado a Amon. Sabían que era voluble y dado a las ejecuciones *ex tempore*. Tocaban esmeradamente y esperaban que sus melodías no provocaran alguna furia inesperada.

Esa noche debía haber siete personas a la mesa de Goeth. Aparte del mismo Schindler, el *Oberführer* Julian Scherner, jefe de la SS en la región de Cracovia, y el *Obersturmbannführer* Rolf Czurda, jefe del SD, el servicio de seguridad del extinto Reinhardt Heydrich, en la misma zona, eran los huéspedes de honor, porque el campamento estaba bajo su jurisdicción. Eran unos diez años mayores que Goeth, y Scherner, jefe de policía de la SS, parecía decididamente un hombre maduro, con sus gafas, su calvicie y su ligera obesidad. Pero, a causa de las licenciosas costumbres de su protegido, la diferencia de edad no parecía muy grande.

El mayor del grupo era Herr Franz Bosch, un veterano de la primera guerra mundial, gerente de varios talleres —legales e ilegales— de Plaszow. Era también el «asesor económico» de Julian Scherner, y tenía otros intereses económicos en la ciudad.

Oskar despreciaba a Bosch y a los dos jefes de policía, Scherner y Czurda. Sin embargo, su cooperación era esencial para la subsistencia de su propia fábrica de Zablocie, de modo que les enviaba regalos regularmente. Los únicos concurrentes por quienes Oskar sentía alguna simpatía eran Julius Madritsch, dueño de la fábrica de uniformes Madritsch, dentro del campamento de Plaszow, y su gerente Raimund Titsch. Madritsch era aproximadamente un año más joven que Oskar y que Goeth. Era un hombre emprendedor pero humano; y si se le hubiera pedido que justificara la existencia de su provechosa empresa dentro del campo de concentración habría sostenido que empleaba a cuatro mil prisioneros, a quienes mantenía así a salvo de la maquinaria de la muerte. Raimund Titsch, un hombre de poco más de cuarenta años, delgado, reservado, y que probablemente se marcharía temprano de esa reunión, dirigía los talleres de Madritsch con un contrato renovado día a día, contrabandeaba camiones de comida para los prisioneros (actividad que podía conducirlo a un desenlace fatal en la prisión de Montelupich, la cárcel de la SS, o en Auschwitz), y estaba de acuerdo con Madritsch.

Ése era el conjunto habitual de comensales en la casa del comandante Goeth.

Las cuatro mujeres invitadas, lujosamente vestidas y peinadas, eran más jóvenes que cualquiera de los hombres. Eran prostitutas de categoría, polacas y alemanas, de Cracovia. Algunas asistían regularmente a esas cenas. Su cantidad ofrecía un pequeño margen de opción caballeresca a los dos oficiales de mayor edad. La amante alemana de Goeth, Majola, generalmente permanecía en su apartamento de la ciudad durante estas reuniones. Consideraba que eran esencialmente masculinas, y por tanto ofensivas para su sensibilidad.

No hay duda de que Oskar agradaba, de alguna manera, a los jefes de policía y al comandante. Sin embargo, había en él algo extraño. Ellos probablemente lo hubieran atribuido a sus orígenes. Oskar era un alemán de los Sudetes; de Arkansas para su Manhattan, de Liverpool para su Cambridge. Había señales de que no era perfectamente *bien pensant,* aunque pagaba bien, sabía beber, era una buena fuente de bienes de consumo que escaseaban, y tenía un sentido del humor contenido pero a veces estrepitoso. Era un hombre a quien se saludaba y sonreía a través del salón; pero no era necesario ni prudente ponerse de pie con precipitación para atenderlo obsequiosamente.

Los más probable era que los hombres de la SS advirtieran la entrada de Oskar Schindler por la excitación que despertaba entre las mujeres. Quienes conocieron a Oskar en esos años hablan del encanto magnético que ejercía sin esfuerzo sobre ellas, y de su éxito infalible y a todas luces impropio. Los dos jefes de policía, Czurda y Scherner, empezaron a atender a Herr Schindler para no perder la atención de las jóvenes. Goeth se adelantó a estrechar su mano. El comandante era tan alto como Schindler, y

la impresión de que era demasiado grueso a sus treinta y pocos años se debía en parte a su altura, una talla
atlética a la que la obesidad parecía artificialmente
añadida. Su rostro no tenía defectos notables, aparte
del brillo alcohólico de sus ojos. El comandante bebía indecorosas cantidades del licor local.

Sin embargo, no iba tan lejos como Herr Bosch,
el mago económico de Plaszow y, en general, de la
SS. Herr Bosch tenía la nariz morada; el oxígeno a
que tenían legítimo derecho las venas de su cara se
había consumido durante muchos años en la llama
azul de ese mismo licor. Schindler, mientras saludaba con una inclinación de cabeza a Herr Bosch,
supo que esa noche recibiría de él un nuevo pedido.

—Bienvenido nuestro industrial —dijo Goeth
melódicamente, y lo presentó luego a las muchachas. Los hermanos Rosner seguían tocando; los
ojos de Henry sólo se apartaban de las cuerdas para
mirar el ángulo vacío del salón; Leo sonreía a las te-
clas de su acordeón. Y de esas actitudes brotaban las
notas que había escrito Strauss para excitar a la clase
media.

Herr Schindler sintió un asomo de piedad por
esas chicas trabajadoras de Cracovia; sabía que más
tarde, a la hora de los manotones y las cosquillas,
los primeros podían sacar ampollas y las segundas
arañar la piel. Por el momento, sin embargo, el
Hauptsturmführer Amon Goeth —un demente sá-
trapa cuando estaba ebrio— parecía un caballero
vienés de conducta ejemplar.

La conversación previa a la cena no tuvo nada de
particular. Se habló de la guerra; mientras Czurda, el
jefe del SD, se ocupaba de asegurar a una chica alta
alemana que las posiciones de Crimea no corrían el
menor peligro, el jefe de la SS, Scherner, informaba

a otra mujer que un muchacho a quien había conocido en Hamburgo, una buena persona, *Oberscharführer* de la SS, había perdido las piernas cuando los militantes de la resistencia pusieron una bomba en un restaurante de Czestochowa. Schindler hablaba de negocios con Madritsch y con Titsch. Había entre los tres empresarios auténtica cordialidad. Herr Schindler sabía que el pequeño Titsch procuraba cantidades ilegales de pan del mercado negro a los prisioneros de la fábrica de uniformes de Madritsch, y que era éste quien cargaba en gran medida con los gastos. Era la actitud humanitaria mínima porque, a juicio de Schindler, las ganancias en Polonia eran suficientes para satisfacer al capitalista más inveterado, y bien justificaban la compra ilegal de un poco más de pan. En el caso particular de Herr Schindler, los contratos de la *Rustungsinspektion* —la Inspección de Armamentos, encargada de organizar licitaciones y otorgar las concesiones para la manufactura de todo el material necesario para las fuerzas alemanas— eran tan cuantiosos que él había cumplido con exceso su deseo de parecer un hombre de éxito a los ojos de su padre. Infortunadamente, las únicas personas de quienes sabía que invertían regularmente dinero en pan del mercado negro eran Madritsch, Titsch y él mismo.

Cuando se acercaba el momento de que Goeth los llamara a la mesa, Herr Bosch se dirigió hacia Schindler, lo cogió del brazo y lo llevó hacia donde tocaban los hermanos Rosner, como si esperara que sus impecables melodías encubrieran sus palabras.

—Ya veo que los negocios marchan bien —dijo Bosch.

Schindler sonrió.

—¿De veras *ve* usted eso, Herr Bosch?

—Así es —dijo Bosch.

Por supuesto, debía de leer los boletines oficiales de la Junta Central de Armamentos, donde podía encontrar información acerca de los contratos concedidos (por licitación) a la fábrica de Schindler.

—Me preguntaba —dijo Bosch, inclinando la cabeza— si a la vista de su éxito en varios frentes, sin duda bien merecido, me preguntaba... si no podría usted sentirse inclinado a un gesto generoso. Nada importante. Solamente un gesto.

—Por supuesto —respondió Schindler. Sentía náuseas, como siempre que era usado, y al mismo tiempo algo parecido a la alegría. En dos ocasiones, la oficina del jefe de policía Scherner había empleado su influencia para sacar de la cárcel a Oskar Schindler. Ahora deseaban reconstruir los motivos para volver a hacerlo.

—Han bombardeado la casa de mi tía de Bremen, pobrecilla —dijo Bosch—. Ha perdido todo. La cama de matrimonio. Los muebles, toda su porcelana de Meissen. Me preguntaba si podría regalarle usted algunas cosas de cocina. Y quizás una o dos de esas soperas, las grandes, que hacen en la DEF.

Deutsche Emailwaren Fabrik, fábrica alemana de esmaltados, era el nombre de la floreciente empresa de Herr Schindler. Los alemanes la llamaban DEF; los polacos y judíos le daban el nombre abreviado de Emalia.

Herr Schindler respondió:

—Pienso que eso se puede arreglar. ¿Quiere que le envíe las cosas directamente, o por mediación suya?

Bosch ni siquiera sonrió.

—Envíemelas a mí, Oskar. Quisiera agregar unas líneas.

—Muy bien.

—Entonces, queda resuelto. Digamos, media gruesa en total de todo, platos, ollas, cafeteras. Y media docena de esas soperas.

Herr Schindler alzó la cabeza y se echó a reír. En esa risa había un poco de fatiga. Pero, cuando habló, su voz era complaciente. Como su ánimo. Siempre era generoso en los regalos. Sólo que Bosch sufría regularmente de parientes bombardeados.

—Su tía, ¿gobierna un orfanato? —murmuró Oskar.

Bosch lo miró a los ojos; ese ebrio no tenía nada de furtivo.

—Es una mujer anciana sin recursos. Lo que no necesite, lo podrá vender.

—Le diré a mi secretaria que prepare el envío de inmediato.

—¿Esa chica polaca? —dijo Bosch—. ¿La guapa?

—La guapa.

Bosch trató de producir un silbido, pero la abundancia de licores fuertes había destruido la energía de sus labios, y sólo consiguió un resoplido.

—Su esposa debe de ser una santa —dijo, de hombre a hombre.

—Lo es —admitió Herr Schindler, con cierta inquietud. No le importaba que Bosch le pidiera ollas, pero sí que hablara de su esposa.

—Dígame —continuó Bosch—, ¿cómo lo hace para que lo deje en paz? Sin duda ella lo sabe... Sin embargo, parece que usted la controla perfectamente.

Todo el humor desapareció del rostro de Schindler. Cualquiera podía advertir su franco disgusto. Pero el grave y potente murmullo que salió de su boca no se diferenciaba de su tono habitual.

—No suelo hablar de intimidades —dijo.

Bosch respondió precipitadamente:

—Perdón. No he querido... —Prosiguió excusándose con incoherencia. A Herr Oskar Schindler no le gustaba Herr Bosch lo suficiente para explicarle, a esta altura de su vida, que no se trataba de controlar a nadie; el desastre matrimonial de los Schindler se debía a que un temperamento ascético, el de Frau Emilie Schindler, y otro hedonista, el de Herr Oskar Schindler, se habían unido voluntariamente y contra toda sensatez. Pero la ira de Oskar era más profunda de lo que él mismo hubiera admitido. Emilie se parecía mucho a su propia madre muerta, Frau Louisa Schindler, a quien Herr Schindler padre había abandonado en 1935. Oskar tenía la sensación visceral de que Herr Bosch, al menoscabar su matrimonio, hacía lo mismo con el de sus padres.

El hombre continuaba con sus excusas. Ese especulador de rostro alcohólico, con una mano en cada caja registradora de Cracovia, sudaba de pánico ante el temor de perder seis docenas de juegos de vajilla.

Los huéspedes fueron invitados a la mesa. Una criada trajo y sirvió la sopa de cebolla. Mientras los concurrentes comían y hablaban, los hermanos Rosner, sin dejar de tocar, se acercaron a la mesa, aunque no tanto que pudieran estorbar los movimientos de la criada y de los dos asistentes ucranianos de Goeth, Ivan y Petr. Herr Schindler, sentado entre la muchacha alta que Scherner se había apropiado y una chica polaca de cara dulce y huesos delicados que hablaba alemán, vio que ambas miraban a la criada. Vestía el uniforme tradicional: vestido negro y delantal blanco. No llevaba la estrella judía en el brazo ni una franja amarilla en la espalda, pero era judía. Lo que llamaba la atención de las dos mujeres era el estado de su cara. Tenía marcas moradas junto al mentón; cualquiera habría pensado que a Goeth podía avergonzarle mostrar ante sus invitados de Cracovia a una criada en esas condiciones. Las dos mujeres y Herr Schindler podían ver también una mancha oscura más alarmante, que no siempre cubría el uniforme, en la base de su delgado cuello.

Pero Amon Goeth no sólo prescindió de dejar a la muchacha disimuladamente en el fondo, sin explicaciones, sino que se volvió hacia ella y la señaló con un gesto a los demás. Herr Schindler no había estado en esa casa durante las últimas seis semanas, pero sus informantes le habían contado cómo había evolucionado la relación entre Goeth y la muchacha. Cuando él recibía a sus amigos, la utilizaba como un tema de conversación. Sólo la ocultaba cuando acudían a su casa oficiales superiores de otras regiones.

—Señoras y caballeros —dijo, remedando el tono de un animador de cabaret que se finge borracho—, ¿puedo presentarles a Lena? Está aquí hace cinco meses, y se destaca ahora por su cocina y por su buen comportamiento.

—Se ve en su cara —dijo la chica alta, la de Scherner— que ha tenido un choque con los muebles de la cocina.

—Y bien podría tener otro esta perra —dijo Goeth, con un gorgoteo líquido—. Sí. Otro. ¿No es verdad, Lena?

—Es duro con las mujeres —dijo el jefe de la SS, con un guiño, a su alta compañera. Quizá la intención de Scherner no era mala, porque no se había referido a las mujeres judías, sino a todas en general.

Cuando le recordaban a Goeth que Lena era judía ella sufría un gran castigo, bien públicamente, ante los invitados, o más tarde, cuando los huéspedes se marchaban. Scherner, que era el superior de Goeth, podía ordenar al comandante que no golpeara más a la muchacha. Pero eso habría sido incorrecto, habría agriado las amistosas reuniones en casa de Amon. Y Scherner no estaba allí como un superior, sino como un amigo, un asociado, amante de francachelas y mujeres. Amon era un individuo extraño, pero nadie ofrecía fiestas mejores.

Luego llegaron el arenque con salsa y los codillos de cerdo, espléndidamente preparados y guarnecidos por Lena. Bebían un denso vino rojo de Hungría; los hermanos Rosner pasaron también a las cálidas melodías húngaras, y el ambiente del salón se volvió más intenso. Los oficiales se quitaron las chaquetas y se animó el intercambio de chismes acerca de los contratos de guerra. Preguntaron a Madritsch, el fabricante de uniformes, acerca de su fábrica de Tarnow. ¿Marchaban tan bien los contratos con la Inspección de Armamentos como su fábrica en el interior de Plaszow? Madritsch cedió la respuesta a Titsch, su delgado y ascético gerente. Goeth mostró brusca preocupación, como un hombre que recuerda en mitad de la cena un detalle de un asunto urgente que debería haber resuelto por la tarde, y que ahora reclama su atención desde las profundidades de su despacho.

Las chicas de Cracovia se aburrían; la delicada polaca de labios brillantes, de veinte años, o más probablemente dieciocho, puso su mano en la manga derecha de Herr Schindler.

—¿No eres soldado? —murmuró—. Te sentaría muy bien el uniforme.

Todos rieron, incluso Madritsch. Había vestido el uniforme durante una temporada, en 1940, hasta que le dieron la baja porque su talento como empresario era indispensable para el esfuerzo de guerra. Pero Herr Schindler tenía tanta influencia que jamás había sido amenazado con la Wehrmacht. Madritsch sonrió con aire experto.

—¿Habéis oído eso? —preguntó el *Oberführer* Scherner a todos—. Esta niña imagina a nuestro industrial vestido de soldado. El soldado Schindler, ¿eh? Comiendo en uno de sus propios platos con una manta en el hombro. Y en Karkov.

Era realmente una extraña imagen, dada la elegancia de Herr Schindler, y él mismo rió de buena gana.

—Eso le ocurrió a... —dijo Bosch, tratando infructuosamente de chasquear los dedos—. A... ¿cómo se llamaba? En Varsovia.

—Toebbens —dijo Goeth, reviviendo sin aviso previo—. Le ocurrió a Toebbens. O casi.

El jefe del SD, Czurda, agregó:

—Ah, sí. Estuvo a punto.

—Toebbens era un industrial de Varsovia. Más importante que Madritsch y que Schindler. Un hombre de gran éxito. Heini —continuó Czurda (Heini era Himmler)— fue a Varsovia y dijo al encargado de armamentos: «Saque a los malditos judíos de la fábrica de Toebbens, mande a Toebbens al ejército y envíele al frente. Quiero decir: ¡al frente!». Y luego Heini dijo a nuestra gente allí: «Revisad sus libros con el microscopio.»

Pero Toebbens gozaba de la predilección de la Inspección de Armamentos; ellos lo habían favorecido con sus contratos de guerra, y él había devuelto la atención con sus regalos. Y las protestas de la Inspección lograron salvar a Toebbens, como explicó solemnemente Scherner, que luego se inclinó e hizo un guiño a Schindler.

—Pero eso no ocurrirá en Cracovia, Oskar. Todos te queremos demasiado.

En seguida, quizá para subrayar el afecto que toda la mesa sentía por Herr Schindler, el industrial, Amon Goeth se puso de pie y entonó una canción sin palabras sobre el tema principal de *Madame Butterfly,* que los hermanos Rosner ejecutaban tan afanosamente como trabaja cualquier obrero de una fábrica amenazada en un gueto también amenazado.

En ese mismo momento, Pfefferberg y Lisiek, el asistente, fregaban con el estropajo y el disolvente la mancha de la bañera en el cuarto de baño de Goeth. Podían oír la música de los hermanos Rosner y ráfagas de risas y de conversación. Abajo era la hora del café. La magullada Lena llevó la bandeja a la mesa y regresó a la cocina sin ser molestada.

Madritsch y Titsch apuraron el café y se despidieron de prisa. Schindler se preparaba para hacer lo mismo. La pequeña polaca había puesto la mano en su manga, pero esa casa no le convenía. En la Goethhaus todo estaba permitido; pero el conocimiento que Oskar tenía acerca de la conducta de la SS en Polonia arrojaba una luz de espanto sobre todo lo que allí se decía y sobre cada copa de vino que se bebía, para no hablar de una proposición sexual. Si llevaba a la muchacha al piso alto, no podría olvidar que Bosch, Scherner y Goeth serían sus compañeros en el placer; que repetirían los mismos movimientos en las escaleras, los cuartos de baño, los dormitorios. Herr Schindler, que ciertamente no era un monje, hubiera preferido eso a pasar la noche con una mujer en casa de Goeth.

Habló con Scherner, sentado al otro lado de la chica, de la guerra, de los bandidos polacos y de la probabilidad de un crudo invierno. Para que ella comprendiera que Scherner era un hermano, y que él no le quitaría jamás una mujer. Con todo, no dejó de besar su mano al despedirse. Vio que Goeth desaparecía por la puerta del comedor, dirigiéndose a la escalera apoyado en una de las mujeres que habían estado a su lado durante la cena. Oskar se despidió y alcanzó al comandante. Puso la mano en su hombro. La mirada de Goeth se volvió hacia él, esforzándose por enfocarlo.

—Ah —dijo Goeth, con voz pastosa—. ¿Te vas, Oskar?

—Tengo que ir a casa —respondió Oskar. En casa estaba Ingrid, su amante alemana.

—Eres un semental —dijo Goeth.

—No como tú.

—No, tienes razón. Soy un copulador olímpico. Vamos... ¿adónde vamos? —preguntó, volviéndose a la mujer, pero él mismo respondió—: Vamos a la cocina, a ver si Lena ha ordenado todo como se debe.

—No —dijo la chica, riendo—. No es eso lo que haremos.

Lo guió hacia la escalera. Era un acto generoso, de solidaridad femenina activa, proteger a la muchacha delgada y lastimada de la cocina.

Herr Oskar Schindler miró el extraño animal asimétrico formado por el voluminoso oficial y la mujer esbelta que lo sostenía, mientras subía con esfuerzo los escalones. Goeth, aparentemente, necesitaría dormir hasta la hora de la comida; pero Oskar conocía la sorprendente constitución del comandante y el reloj que latía en él. A las tres de la madrugada Goeth podía levantarse a escribir una carta a su padre, que estaba en Viena. Y a las siete, después de una hora de sueño, podía estar en el balcón, con su fusil de infantería, listo para disparar contra cualquier prisionero que se mostrara indolente.

Cuando Goeth y la muchacha llegaron al primer rellano Schindler se deslizó cautelosamente hacia el fondo de la casa.

Antes de lo que esperaban, Pfefferberg y Lisiek oyeron que el comandante entraba en el dormitorio, murmurando algo a la muchacha. En silencio recogieron el estropajo y la lata de disolvente, pasaron al dormitorio e intentaron salir sigilosamente por una puerta lateral. Pero estaban en la línea de visión de Goeth, que aún estaba de pie y retrocedió pálido, pensando que podían ser asesinos. Cuando Lisiek se adelantó y balbuceó una trémula excusa, comprendió que eran sólo prisioneros.

—Comandante —dijo Lisiek, con justificado temor—, debo informar que había una mancha en su bañera...

—Ah —dijo Amon—. De modo que has traído a un especialista. —Llamó al muchacho con un gesto—. Acércate, querido.

Lisiek avanzó y recibió tal golpe que cayó a medias debajo de la cama. Amon insistió en su invitación, como si pudiera divertir a su compañera con sus cariñosas palabras a los prisioneros. El joven Lisiek se puso de pie y trastabilló hacia el comandante, que lo golpeó nuevamente. Mientras el muchacho se levantaba por segunda vez, Pfefferberg, un prisionero experimentado, se preparó para todo, por ejemplo, para que Ivan los ejecutara de inmediato en el jardín. Pero el comandante se limitó a rugir que se marcharan, cosa que hicieron en el acto.

Cuando, unos días más tarde, Pfefferberg supo que Amon había matado de un tiro a Lisiek, pensó que era por el incidente del cuarto de baño. Pero era por otro motivo: Lisiek había enganchado un caballo a un calesín, para Herr Bosch, sin pedir antes permiso al comandante.

En la cocina, la criada, Helen Hirsch (ella dijo siempre que Goeth la llamaba Lena por pereza) alzó la vista y vio en la puerta a uno de los invitados. Puso en una mesa el plato de restos de carne que sostenía y se irguió con brusquedad.

—Herr... —Miró su esmoquin y buscó un tratamiento adecuado—. Herr Direktor, estaba preparando las sobras para los perros del comandante.

—Por favor —dijo Schindler—. A mí no me debe explicaciones, Fraulein Hirsch.

Oskar se adelantó, bordeando la mesa. No parecía perseguirla, pero ella sintió miedo de sus intenciones. Aunque Amon se complacía en golpearla, por ser judía se había librado hasta ahora de un acoso sexual directo. Sin embargo, había alemanes menos quisquillosos que Amon en materia racial.

El tono de este hombre era el de una conversación social ordinaria. Era un tono al que no estaba acostumbrada, que ni siquiera usaban los oficiales y suboficiales que venían a la cocina a decir que lamentaban la conducta de Amon.

—¿No me conoce? —preguntó, como una estrella del cine o el deporte cuyo sentido de la celebridad sufre cuando alguien no lo reconoce—. Soy Schindler.

Ella inclinó la cabeza.

—Herr Direktor —dijo—. Por supuesto, he oído hablar... Y ya ha estado aquí. Ahora recuerdo...

Él la rodeó con el brazo. Sintió la tensión en el cuerpo de Helen cuando tocó su mejilla con sus labios.

Murmuró:

—No es un beso de esa clase. Es un beso piadoso, si quiere usted saberlo.

Ella no pudo evitar el llanto. Entonces el Herr Direktor Schindler la besó con fuerza en mitad de la frente, a la manera de las despedidas polacas en las estaciones de tren: un sonoro beso de Europa oriental. Helen vio que también él lloraba.

—Ese beso es algo que le traigo de... —Con un amplio ademán indicó alguna tribu de hombres honestos escondidos en los bosques, o durmiendo en la oscuridad en literas superpuestas, de hombres para quienes ella, al absorber el castigo del *Hauptsturmführer* Goeth, era de algún modo una protección.

Herr Schindler se apartó a un lado, metió la mano en el bolsillo de la chaqueta y sacó una gran barra de chocolate. Por su calidad parecía de antes de la guerra.

—Guarde esto en alguna parte —le dijo.

—Aquí me dan comida extra —respondió ella, como si fuese cosa de amor propio que él no sospechara que se moría de hambre. En realidad, el alimento era la última de sus preocupaciones. Sabía que no saldría viva de casa de Amon, pero no sería por falta de comida.

—Si no la quiere, véndala —dijo Herr Schindler—. ¿Por qué no se recobra? —Dio un paso atrás y la miró—. Itzhak Stern me habló de usted.

—Herr Schindler —murmuró la muchacha. Bajó la cabeza y lloró muy compuesta, módicamente, unos segundos—. Herr Schindler, le gusta pegarme en presencia de esas mujeres. El primer día me golpeó porque tiré los huesos después de la cena. Bajó al sótano a medianoche y me preguntó dónde estaban. Para sus perros, ¿comprende? Ésa fue la primera paliza... Le dije... No sé por qué se lo dije, ahora jamás se lo diría: «¿Por qué me pega?» Él respondió: «Te pego porque me preguntas por qué te pego.»

Helen movió la cabeza y se encogió de hombros, como si se reprochara hablar demasiado. No quería hablar más, no podía narrar la historia de su castigo, la reiterada experiencia de los puños del *Hauptfturmführer*.

Herr Schindler se inclinó y le dijo:

—Su situación es tremenda, Helen.

—No importa —respondió ella—. La he aceptado.

—¿Aceptado?

—Un día me matará de un tiro.

Schindler movió la cabeza, y ella pensó que no bastaba con eso para darle ánimos. De pronto, la ropa elegante y la cuidada piel del hombre le parecieron una provocación.

—Por Dios, Herr Schindler, yo veo muchas cosas. El lunes estábamos barriendo la nieve del tejado, con el joven Lisiek. Y el comandante salió por la puerta del frente y bajó al patio, justamente debajo de nosotros. Y allí mismo alzó su fusil y disparó contra una mujer que pasaba. Una mujer que llevaba un lío de ropa. Le dio en el cuello. Era simplemente una mujer que iba a alguna parte. No parecía más gruesa o más delgada que otras; no iba más rápido ni más despacio. No logré saber qué había hecho.

Cuanto más se conoce al comandante, es más claro que no hay reglas fijas. No se puede una decir a sí misma: «Si me atengo a estas reglas, estaré segura.»

Schindler cogió su mano y la apretó.

—Escuche, mi querida Fraulein Helen Hirsch; a pesar de todo, esto es mejor que Maidanek o que Auschwitz. Si cuida usted su salud...

Ella respondió:

—Pensé que no sería difícil cuidar la salud en la cocina del comandante. Cuando me trajeron aquí, las chicas de la cocina del campo de concentración me envidiaban.

Una sonrisa triste apareció en sus labios.

Schindler alzó la voz. Parecía un hombre que enuncia un principio de física.

—No la matará, porque usted le gusta, Helen. Tanto, que no le permite usar la estrella. No quiere que nadie sepa que una judía le agrada a tal extremo. Mató a esa mujer porque no significaba nada para él: era una en una serie; ni le agradaba ni le disgustaba. En cambio usted... Es una indecencia, Helen. Pero es la vida.

Alguien más le había dicho eso mismo. El *Untersturmführer* Leo John, un oficial a las órdenes de Goeth. John había dicho:

—No te matará hasta el final, Lena, porque tú le entusiasmas.

Pero, dicho por John, no había tenido el mismo efecto. Herr Schindler la condenaba a una dolorosa supervivencia.

Él, aparentemente, comprendía su asombro. Murmuró unas palabras de aliento. Volvería a verla. Trataría de llevarla afuera.

—¿Afuera? —repitió ella.

—Fuera de la casa —explicó él—. A mi fábrica.

Sin duda habrá oído hablar de ella. Tengo una fábrica de productos esmaltados.

—Ah, sí —dijo ella, como un niño de un barrio miserable al que hablan de la Riviera—. Emalia de Schindler.

—Cuide su salud —repitió él. Parecía seguro de que era la clave. Parecía conocer, al decirlo, las intenciones futuras de Himmler, de Frank.

—Está bien —dijo ella.

Le volvió la espalda, se dirigió a un aparador, lo separó de la pared con una fuerza que en una muchacha tan devastada sorprendió a Herr Schindler. Retiró un ladrillo de la pared y sacó del hueco un fajo de zlotys de la ocupación.

—Mi hermana está en la cocina del campo —le dijo—. Es más joven que yo. Quiero que trate de rescatarla si alguna vez la quieren llevar en los vagones de ganado. Creo que usted muchas veces sabe esas cosas de antemano.

—Me ocuparé —dijo Schindler, pero evitando formular una promesa solemne—. ¿Cuánto hay?

—Cuatro mil zlotys.

Tomó el dinero descuidadamente y lo guardó en el bolsillo. Estaba más seguro en sus manos que detrás del aparador de la cocina de Amon Goeth.

Así comienza nuestra historia de Oskar Schindler; con nazis góticos, con el hedonismo de la SS, con una muchacha delicada, maltratada y con una ficción tan popular como la de la prostituta de corazón de oro: el buen alemán.

Oskar, por una parte, se ha ocupado intensamente de estudiar el conjunto del sistema, la cara enferma tras el velo de decencia burocrática. Sabe ya, cuando muchos todavía no se atreven, lo que significa *Sonderbehandlung*: «tratamiento especial» significa pirámides de cadáveres envenenados en Belzec, Sobibor, Treblinka, y en el complejo, situado al oeste de Cracovia, que los polacos llamaban Oswiecim Brzezinska y que Occidente conocerá luego por su nombre alemán, Auschwitz-Birkenau.

Por otra parte, es un empresario, un negociador por temperamento, y no se opone abiertamente al sistema. Ya ha contribuido a reducir el tamaño de las pirámides; y aunque no sabe aún que durante este año y el siguiente crecerán hasta sobrepasar el Matterhorn, no ignora que el tiempo del horror se avecina. Aunque no puede predecir los cambios burocráticos que se sucederán durante su construcción, presume que siempre habrá sitio para el trabajo de los judíos, y necesidad de él. Por lo tanto, durante su visita a Helen Hirsch insistía en que «cuidara su salud». Estaba seguro, como también muchos judíos insomnes en los oscuros *Arbeitslagern* de Plaszow, de que ningún régimen con la marea en contra podía permitirse el lujo de prescindir de una abundante fuente de mano de obra gratuita. Los que serían hacinados en los vagones que iban a Auschwitz eran los que se desmoronaban, escupían sangre, caían víctimas de la disentería. El mismo Herr Schindler había oído decir a algunos prisioneros en la *Appellplatz*, el patio de ejercicios del campo de trabajo de Plaszow, en voz baja: «Por lo menos, aún estoy sano», en un tono que normalmente sólo emplean los ancianos.

De modo que esa noche de otoño era ya temprano y tarde en la empresa práctica de Herr Schindler de salvar algunas vidas humanas. Estaba ya profundamente comprometido; y había roto en tal medida las leyes del Reich que habría merecido multitud de penas de horca, decapitación y reclusión en los helados barracones de Auschwitz o Gross Rosen. Sin embargo, aún no conocía el verdadero coste; aunque había gastado ya una fortuna, aún no imaginaba el volumen de los pagos que sería necesario efectuar.

Para no exigir tan pronto una credulidad excesiva, la narración comienza con un gesto corriente de bondad: un beso, unas palabras de aliento, una barra de chocolate. Helen Hirsch nunca volvería a ver sus cuatro mil zlotys, al menos en una forma que permitiera contarlos o sostenerlos en la mano. Pero hasta el día de hoy le parece de escasa importancia la despreocupación de Oskar por el dinero.

CAPÍTULO·1

Las divisiones de tanques del general Sigmund List avanzaron hacia el norte a partir de los Sudetes y sorprendieron por ambos flancos la joya polaca de Cracovia el 6 de septiembre de 1939. Siguiendo su estela, Oskar Schindler entró en la ciudad que había de ser su caparazón durante los cinco años siguientes. Aunque antes de un mes sus diferencias con el nacional socialismo resultarían evidentes, no se le ocultaba que Cracovia, con su empalme ferroviario y sus industrias todavía modestas, podía llegar a ser un próspero centro del nuevo régimen. Él no sería ya un viajante de comercio; ahora se proponía ser un magnate.

No es fácil encontrar en la historia familiar de

Oskar el origen de su impulso humanitario. Nació el 28 de abril de 1908 en la montañosa provincia de Moravia, en el Imperio Austríaco de Francisco José. Su ciudad natal era Zwittau; alguna oportunidad comercial había llevado allí desde Viena a los antepasados de Schindler a principios del siglo XVI.

Herr Hans Schindler, el padre de Oskar, estaba de acuerdo con el modelo del imperio; se consideraba, en términos culturales, un austríaco; hablaba alemán en la mesa, por teléfono, en sus negocios y en sus momentos de ternura. Sin embargo cuando, en 1918, Herr Schindler y los miembros de su familia vieron que eran ciudadanos de la república checoslovaca de Masaryk y Benes, ni el padre ni menos aún su hijo de diez años sintieron una preocupación grave. Según Hitler adulto, Hitler niño vivía atormentado por la separación política que rompía la unidad mística de Austria y Alemania. Ninguna neurosis de pérdida de ese tipo amargó la infancia de Oskar Schindler. Checoslovaquia era una república boscosa, tan incorrupta como un buñuelo, y las personas de habla alemana asumieron graciosamente su carácter minoritario a pesar de la Depresión y algunas locuras menores de su gobierno.

Zwittau era una ciudad pequeña y cubierta de polvo de carbón situada en las estribaciones del sur de las montañas Jesenik. Las sierras que la rodeaban estaban en parte deterioradas por la industria y en parte cubiertas de alerces, pinos y cedros. A causa de la comunidad local de alemanes de los Sudetes, había una escuela alemana a la que asistía Oskar. Luego prosiguió sus estudios en el Realgymnasium, consagrado a la producción de ingenieros —civiles, mecánicos, de minas— adecuados al paisaje industrial de la región. Herr Schindler era propietario de una fábrica de maquinaria agrícola y la educación de Oskar preveía esa futura herencia.

La familia Schindler era católica. También lo era la del joven Amon Goeth, que en esa época completaba el curso de Ciencias y preparaba los exámenes finales en Viena.

Louisa, la madre de Oskar, practicaba enégicamente su fe. Sus ropas olían todo el domingo al incienso que se elevaba como una nube en la iglesia de San Mauricio durante la misa mayor. Hans Schindler era de esos hombres que inducen a sus mujeres a la religión. Le gustaban el coñac y los bares. Ese excelente monárquico olía a coñac, a buen tabaco, a un ánimo a todas luces terrenal.

La familia vivía en una casa moderna, rodeada por un jardín, a cierta distancia del sector industrial de la ciudad. Había dos niños: Oskar y su hermana Elfride. Pero no hay ya testigos de la vida de esa casa, de la que sólo se recuerdan algunas generalidades. Sabemos, por ejemplo, que desolaba a Frau Schindler que su hijo, como su marido, fuese un católico muy negligente.

Pero sin duda esto no era muy doloroso para nadie. Por lo poco que decía Oskar de su infancia, no había en esa casa oscuridad. El sol brillaba entre las agujas de los pinos del jardín. Los ciruelos daban fruto a principios del verano. Si Oskar pasaba una parte de la mañana del domingo en la misa, no regresaba con gran preocupación por el pecado. Sacaba al sol el coche de su padre y hurgaba en el motor. O bien, sentado en los escalones laterales de la casa, limaba el carburador de la motocicleta que estaba construyendo pieza por pieza.

Oskar tenía algunos amigos judíos de clase media, enviados por sus padres a la escuela alemana. Esos muchachos no eran *ashkenazim* de ciudad, rígidos, ortodoxos, de lengua yiddisch, sino hijos de hombres de negocios, políglotas y menos rituales. Del otro lado de la llanura de Hana, en las sierras de Beskidy, en una familia judía de este tipo, había nacido Sigmund Freud, antes de que Hans Schindler naciera en su tradicional hogar alemán de Zwittau.

La historia posterior de Oskar parecería exigir algún incidente incrustado en su infancia. Por ejemplo, que hubiera defendido a algún chico judío perseguido al salir de la escuela. Es muy probable que esto no haya ocurrido, y nos alegramos, porque habría parecido rebuscado. Aparte de que salvar de un golpe en la nariz a un chico judío no significa nada. Himmler mismo se quejaría más tarde, en un discurso a uno de sus *Einsatzgruppen*, que todo alemán tenía un amigo judío:

—Hay cosas que se dicen con demasiada facilidad. Los miembros del partido repiten: «El pueblo judío será eliminado. Está en nuestro programa, ya nos ocuparemos de su aniquilación.» Y luego cada uno de los ochenta millones de alemanes viene caminando al lado de su amigo judío. Sin duda, todos los demás son unos cerdos; pero ése es una excepción.

Tratando de encontrar, a la sombra de Himmler, algún vestigio de los futuros intereses de Oskar, descubrimos que el vecino inmediato de los Schindler era un rabino liberal llamado Felix Kantor. El rabino Kantor era un discípulo de Abraham Geiger, que se había esforzado por hacer más abierto el judaísmo, declarando que no era malo, sino digno de elogio, ser alemán además de judío. El rabino Kantor no era un sacerdote rígido. Se vestía a la moda y hablaba alemán en su casa. Llamaba *templo* al lugar de culto, y no empleaba la antigua palabra *sinagoga*. Asistían a su templo los médicos, ingenieros y propietarios de fábricas textiles de Zwittau. Cuando viajaban, decían a sus colegas:

—Nuestro rabino es el doctor Kantor: escribe artículos no sólo en los periódicos judíos de Praga y Brno, sino también en los periódicos alemanes.

Los dos hijos del rabino Kantor asistían a la misma escuela que el hijo varón de su vecino alemán Schindler. Tal vez, posteriormente, los dos muchachos fueran bastante inteligentes para sumarse a los escasos profesores judíos de la Universidad Alemana de Praga. Por ahora, esos dos prodigios germanoparlantes de pelo rapado y pantalones cortos corrían por los jardines de las dos casas, perseguidos por los hermanos Schindler o persiguiéndolos. Y Kantor, mientras los veía cruzar como flechas el cerco de tejos, quizá pensaba que se estaban cumpliendo las predicciones de Geiger, Graetz, Lazarus y los demás judíos liberales alemanes del siglo XIX. Nuestras vidas son ilustradas; nuestros vecinos alemanes nos estiman; Herr Schindler a veces nos habla con ironía de los estadistas checos. Somos hombres educados y mundanos así como intérpretes sensatos del Talmud. Pertenecemos a la vez a la antigua raza tribal y al siglo XX. A nadie ofendemos, y nadie nos ofende. Quizá más tarde, a mediados de la década de 1930, el rabino revisaría esa estima y comprendería finalmente que sus hijos jamás conquistarían al partido nacional socialista con un doctorado en lengua alemana; que ningún judío podía hallar un santuario en la cultura o en la tecnología del siglo XX, así como no había ninguna clase de rabino aceptable para la nueva legislación alemana. En 1936 los Kantor se trasladaron a Bélgica. Los Schindler no volvieron a oír hablar de ellos.

La raza, la sangre, la tierra, no significaban mucho para Oskar adolescente. Era de esos chicos para quienes el más atractivo modelo del universo es una moto. El padre —mecánico por naturaleza— apoyó al parecer el interés de su hijo por las máquinas veloces. Hacia el final de sus estudios secundarios, Oskar recorría Zwittau en una Galloni roja de 500 cc. Su compañero Erwin Tragatsch miraba con indecible codicia la motocicleta que atronaba por las calles de la ciudad y llamaba la atención de la gente. Era un prodigio (como los hijos del rabino Kantor); no sólo era la única Galloni de Zwittau o de Moravia, sino probablemente de toda Checoslovaquia.

En la primavera de 1928, preludio del verano en que Oskar se enamoraría y decidiría casarse, apareció en la plaza de la ciudad con una Moto-Guzzi de 250 cc; sólo había cuatro fuera de Italia, que utilizaban corredores internacionales: Giessler, Winkler, el húngaro Joo y el polaco Kolaczkowski. Sin duda algún vecino habrá dicho, moviendo la cabeza, que Herr Schindler malcriaba a su hijo. Iba a ser el verano más dulce e inocente de Oskar, ese joven de casco de piel ceñido al cráneo que aceleraba el motor de la Guzzi y corría contra los equipos de las fábricas locales en las montañas de Moravia, vástago de una familia para quien la máxima sofisticación política consistía en encender de vez en cuando una vela en memoria de Francisco José. A la vuelta de una curva entre los pinos le esperaban un matrimonio ambiguo, la crisis económica, diecisiete años de una política fatal. Pero el corredor no sentía esto; sólo el viento y la velocidad; y como era nuevo, y no profesional, y aún no había establecido su propio récord, podía ganar premios más fácilmente que los mayores, los profesionales, los corredores que debían sobrepasar una marca previa.

Su primera carrera fue en mayo, en el camino de montaña de Brno a Sobeslav. Era una competición de primera categoría; el costoso juguete regalado por el próspero Herr Hans Schindler a su hijo no se oxidaría en un garaje. Llegó tercero en su roja Guzzi, detrás de dos Terrot provistas de motores Blackburne, ingleses.

Para la siguiente se alejó algo más de su casa: era en el circuito de Altwater, en las sierras de la frontera de Sajonia. Participaban Walfried Winkler, el campeón alemán de 250 cc, y su veterano rival Kurt Henkelmann, con una DKW refrigerada por agua. Y también los campeones de Sajonia: Horowitz, Kocher y Kliwar; y los ases de los 350 cc, y un equipo BMW de 500 cc. Entre las máquinas había varias Terrot-Blackburne y Coventry Eagle, y tres Guzzi aparte de la de Oskar Schindler.

Fue casi el día mejor y menos complicado de la vida de Oskar. Se mantuvo muy cerca de los líderes durante las primeras vueltas, esperando una oportunidad. Una hora más tarde, Winkler, Henkelmann y Oskar habían dejado atrás a los sajones; las demás Guzzi desaparecieron por fallos mecánicos. En la vuelta que Oskar creía penúltima pasó a Winkler y seguramente vislumbró, tan palpablemente como el pavimento asfaltado y la imagen borrosa de los pinos, sus posibilidades como corredor y la vida viajera que ellas le ofrecerían.

En la vuelta que para él era la última, Oskar pasó a Henkelmann y a las dos DKW, atravesó la línea de llegada y se detuvo. Sin duda hubo alguna señal engañosa de los jueces, porque también el público creyó que la carrera había terminado. Cuando Oskar supo que no era así, y que había cometido un error de aficionado, Walfried Winkler y Mita Vychodil lo habían pasado, e incluso el exhausto Henkelmann pudo arrebatarle el tercer puesto.

En su casa lo agasajaron. Al margen de ese error técnico, había vencido a los mejores de Europa.

Tragatsch suponía que las razones por las que Oskar dio por terminada su carrera de motociclista eran económicas. Era una suposición acertada. Porque ese verano, después de un noviazgo de sólo seis semanas, se casó con la hija de un granjero, y perdió así el favor de su padre, que era también su empleador.

Su esposa procedía de un pueblo situado al este de Zwittau, en la llanura de Hana. Había estudiado en un convento y poseía la misma reserva que él admiraba en su madre. El padre de la muchacha, viudo, no era un campesino, sino un propietario. Durante la Guerra de los Treinta Años, sus antepasados austríacos habían sobrevivido a las recurrentes campañas y épocas de hambre que habían asolado a esa fértil llanura. Tres siglos más tarde, en una nueva era de peligros, una de sus descendientes contraía un matrimonio inconveniente con un joven de Zwittau sin formación profesional. El padre de la chica lo desaprobaba tanto como el de Oskar.

A Hans le parecía mal porque veía que Oskar seguía su propio modelo matrimonial. Un joven sensual, con un componente de loca osadía, buscaba a edad demasiado temprana una especie de paz en una

muchacha recatada, monjil, sin la menor sofisticación.

Oskar la había conocido en Zwittau, en una fiesta. Se llamaba Emilie y había venido a visitar a unos
amigos de su pueblo, Alt-Molstein. Oskar conocía
el lugar porque había recorrido la zona vendiendo
tractores.

Cuando se anunciaron las amonestaciones en las
iglesias parroquiales de Zwittau, algunos consideraron la pareja tan mal constituida que buscaron otros
motivos aparte del amor. Es posible que ya ese verano los talleres de Schindler tuvieran problemas, porque insistían en la fabricación de un tipo de tractores
a vapor que los granjeros estimaban anticuado. Oskar reinvertía en la empresa gran parte de su salario;
pero ahora, junto con Emilie, recibiría una dote de
medio millón de marcos, una suma tranquilizadora
de todo punto de vista. Sin embargo, las sospechas y
los chismes carecían de fundamento, porque ese verano Oskar estaba enamorado. Y como el padre de
Emilie jamás halló motivos para pensar que el muchacho terminaría por asentarse y ser un buen marido, sólo les dio una mínima parte de la dote.

Emilie estaba encantada de alejarse del obtuso
pueblo de Alt-Molstein y de casarse con el apuesto
Oskar Schindler. El mejor amigo de su padre era el
obtuso cura de la parroquia, y Emilie había crecido
mientras les servía el té y escuchaba sus ingenuas
opiniones teológicas y políticas. Si continuamos
buscando relaciones judías significativas, hallaremos
alguna en la juventud de Emilie. Por ejemplo, el médico que había atendido a su abuela, y Rita, la nieta
del dueño de una tienda local, Reif. En una de sus
visitas a la granja, el párroco dijo al padre de Emilie
que consideraba, en principio, impropia una amis-

tad entre una muchacha católica y una judía. Con la obstinación casi glandular de la juventud, Emilie rechazó el dictamen eclesiástico; su amistad con Rita Reif duró hasta el día de 1942 en que los oficiales nazis del pueblo la ejecutaron frente a la tienda.

Después de la boda, Oskar y Emilie se establecieron en un apartamento de Zwittau. Quizá, para Oskar, la década de 1930 fue sólo el epílogo del glorioso error cometido en el circuito de Altwater en el verano de 1928. Hizo el servicio militar en el ejército checoslovaco, donde condujo camiones y aborreció la vida militar, no por pacifismo, sino por un desacuerdo esencial. De regreso en Zwittau, dejaba sola por las noches a Emilie; visitaba los cafés como un soltero, conversaba con muchachas que no eran recatadas ni monjiles. En 1935 la empresa familiar quebró, y el mismo año su padre abandonó a Frau Louisa Schindler y se instaló en un apartamento. Oskar lo detestó por eso; lo censuraba cuando iba a tomar el té a casa de sus tías y hasta en los cafés por haber traicionado a una buena mujer. Aparentemente, no tenía conciencia del parecido entre su propio y vacilante matrimonio y el de sus padres.

A causa de sus excelentes contactos comerciales, su jovialidad, y sus dotes de vendedor y de buen bebedor, consiguió empleo en mitad de la Depresión, como gerente de ventas de la compañía electrotécnica de Moravia. La sede se encontraba en la sombría capital provincial de Brno, pero le agradaba el viaje desde Zwittau, como todo viaje: éstos eran la mitad del destino que se había prometido mientras pasaba a Winkler en el circuito de Altwater.

Cuando murió su madre, retornó precipitadamente a Zwittau. Permaneció a un lado de la tumba junto a sus tías, su hermana Elfriede y su esposa Emilie, mientras Hans se mantenía en el lado opuesto, sólo en compañía del untuoso párroco. La muerte de Louisa consagró la enemistad entre Oskar y Hans. Oskar no podía comprender —sólo las mujeres lo veían— que su padre y él eran en realidad dos hermanos separados por el accidente de la paternidad.

En la época de ese funeral, Oskar llevaba la *Hakenkreuz,* la cruz gamada que era emblema del partido alemán de los Sudetes de Konrad Henlein. Emilie y las tías no estaban de acuerdo, pero tampoco les importaba mucho; era una cosa que los jóvenes checos alemanes usaban esa temporada. Únicamente los socialdemócratas y los comunistas no usaban ese símbolo ni apoyaban al partido de Henlein, y sabía Dios que Oskar no era comunista ni socialdemócrata. Oskar era un gerente de ventas; y, en igualdad de condiciones, el vendedor que se presentaba ante una compañía alemana llevando la esvástica era el que obtenía el pedido.

Pero, aparte de su libro de pedidos y su activo lapicero, Oskar tuvo también la sensación —en los meses de 1938 anteriores a la entrada de las divisiones alemanas en los Sudetes— de que se aproximaba un gran cambio histórico, y se dejó seducir por la excitación de participar en él.

Sin embargo, cualesquiera que fueran sus motivos para apoyar a Henlein, sufrió un desencanto con el nacional socialismo, tan instantáneo y completo como el que había sufrido con su matrimonio. Aparentemente esperaba que la potencia invasora permitiera la fundación de alguna clase de fraternal República Sudete. Dijo en una oportunidad que le espantaban la violencia del nuevo régimen con la población checa y la invasión de sus propiedades. Su primer acto documentado de rebelión ocurriría muy pronto, en el conflicto mundial que se avecinaba; y no se puede dudar de que le sorprendió la temprana exhibición de tiranía del Protectorado de Bohemia y Moravia proclamado por Hitler en marzo de 1939, en el castillo de Hradcany.

Por otra parte, las dos personas cuya opinión más respetaba —su padre y Emilie— no se habían dejado llevar por la gran hora teutónica y proclamaban que Hitler no podía tener éxito. Sus ideas no eran profundas, pero tampoco las de Oskar. Emilie creía, con una seguridad campesina, que ese hombre sería castigado por erigirse en dios. Herr Schindler padre, según las palabras transmitidas a Oskar por una tía, evocaba principios históricos básicos. Justamente en las afueras de Brno estaba la costa fluvial en que Napoleón había ganado la batalla de Austerlitz, pero ¿qué le había ocurrido al triunfante Napoleón? Se había convertido en un don nadie que cultivaba patatas en una isla del Atlántico. Lo mismo le ocurriría a ese individuo. El destino, afirmaba Herr Schindler, no era una soga, sino un elástico: cuanto más se avanzaba, más violento era el tirón hacia el punto de partida. Esto era lo que la vida, el matrimonio y la bancarrota económica habían enseñado a Herr Hans Schindler, hombre mundano y marido fracasado.

Pero quizá su hijo Oskar no era todavía un enemigo tan declarado del nuevo sistema. Una noche de ese otoño, el joven Herr Schindler asistió a una reunión en una casa de reposo en las colinas de las afueras de Ostrava, cerca de la frontera polaca. La invitación era de su dueña, cliente y amiga de Oskar, quien le presentó a un alemán delgado y simpático llamado Eberhard Gebauer. Hablaron de negocios, y de los próximos pasos que podían dar Francia, Rusia y Gran Bretaña. Luego se retiraron con una botella a una habitación vacía, a sugerencia de Gebauer, para hablar con mayor libertad. Allí Gebauer se identificó como oficial de la Abwehr, el servicio de inteligencia del almirante Canaris, y le ofreció a su nuevo amigo la oportunidad de colaborar con la Sección Extranjera de la Abwehr. Oskar tenía clientes del otro lado de la frontera polaca, en todo el sur y en la Alta Silesia. ¿Estaría dispuesto a proporcionar a la Abwehr información militar acerca de esa región? Gebauer dijo que sabía, por su amistad con la dueña de la casa, que Oskar era inteligente y sociable. Con esos dones podría, aparte de desarrollar sus propias observaciones de las instalaciones industriales y militares de la región, obtener información de los alemanes residentes en Polonia a quienes pudiera conocer en bares y restaurantes, o en reuniones de negocios.

Una vez más, los apologistas de Oskar dirán que aceptó trabajar para Canaris porque, como agente de la Abwehr, quedaría libre de otras obligaciones militares. Ése era, en gran medida, el atractivo de la propuesta. Pero también debía estar de acuerdo con la invasión alemana de Polonia. Como el esbelto oficial que bebía con él, sentado en la cama, es posible que aprobara la empresa nacional aunque estuviera en desacuerdo con su administración. Sin duda, Gebauer tenía cierto ascendiente moral sobre Oskar; tanto él como sus colegas de la Abwehr se consideraban miembros de una virtuosa élite cristiana. Esto, que no les impedía planear la invasión de Polonia, les inspiraba en cambio desprecio por

Himmler y la SS, con la que creían —de modo muy arrogante— estar en competencia por el dominio del alma alemana.

Muchos años más tarde, un organismo de inteligencia muy diferente descubriría que los informes de Oskar eran sumamente precisos y completos. En los viajes que hizo a Polonia para la Abwehr demostró gran talento para obtener información de las personas, en particular en los ambientes sociales, en cenas y reuniones. No conocemos la importancia ni el carácter exactos de las revelaciones que hizo a Gebauer y a Canaris; pero sabemos que le agradó sobremanera la ciudad de Cracovia. Descubrió que no era una gran metrópoli industrial, pero que sí era una exquisita ciudad medieval rodeada por un cinturón fabril químico, textil y metalúrgico. Y que los secretos militares del ejército polaco —no motorizado— eran demasiado evidentes.

CAPÍTULO·2

A fines de octubre de 1939 dos suboficiales alemanes de un regimiento de granaderos entraron en el salón de ventas de J. C. Buchheister y Compañía, en la calle Stradom, de Cracovia, e insistieron en comprar algunos costosos cortes de tela para enviar a su casa. El empleado judío, que llevaba una estrella amarilla cosida sobre el pecho, explicó que Buchheister no hacía ventas directas al público, sino al mayor, a tiendas y confeccionistas. No pudo impedir que los soldados se llevaran el género. Cuando llegó el momento de pagar, entregaron al cajero dos fantasiosos billetes: uno, bávaro, de 1858; otro, de la ocupación alemana de 1914.

—Es dinero válido —le dijo uno de ellos.

Eran dos jóvenes de aspecto saludable, que habían pasado la primavera y el verano en maniobras; el otoño les habla obsequiado un triunfo fácil y luego el rango de conquistadores en una hermosa ciudad. El cajero aceptó el pago y consiguió que salieran de la tienda antes de hacer sonar la caja registradora.

Ese día, más tarde, llegó el joven censor de cuentas alemán del Fideicomiso de la Propiedad Oriental, eufemismo encargado de confiscar y dirigir las empresas judías. Era uno de los dos funcionarios asignados a Buchheister; el primero era el supervisor Sepp Aue, un hombre de edad mediana y sin ambiciones, y el segundo ese joven vencedor del mundo.

El joven revisó los libros y la caja, y encontró los billetes sin valor. ¿Qué significaba ese dinero de ópera cómica?

Cuando el cajero judío narró lo ocurrido, el censor lo acusó de haber reemplazado válidos zlotys con los billetes antiguos. Y más tarde, en los depósitos de Buchheister, situados en el piso alto, informó de esto a Sepp Aue y le dijo que deberían llamar a la *Schutzpolizei.*

Ninguno de los dos hombres ignoraban que eso determinaría la reclusión del cajero en la cárcel de la calle Montelupich. El joven censor pensaba que esto constituiría un excelente ejemplo para el resto del personal judío de Buchheister. Pero la idea inquietaba a Aue, que tenía una abuela judía, aunque todavía nadie lo había descubierto.

Aue envió a un botones con un mensaje para el censor de cuentas original de la compañía, un judío polaco llamado Itzhak Stern, que estaba en su casa enfermo de gripe. Aue, que había sido designado por motivos políticos, tenía escasa experiencia contable, y deseaba que Stern examinara el problema de los cortes de tela desaparecidos. Acababa de enviar el mensaje a Stern, a su casa de Podgórze, cuando entró la secretaria y anunció que Herr Oskar Schindler, quien decía tener una cita, aguardaba afuera. Aue salió y vio a un joven alto, tan plácido como un gran perro, que fumaba tranquilamente. Lo había conocido la noche anterior en una reunión. Oskar estaba allí con una chica alemana de los Sudetes, llamada Ingrid, que era *Treuhänder* —supervisora— de una compañía ferretera judía, así como Aue era *Treuhänder* de Buchheister. Formaban una pareja seductora; estaban visiblemente enamorados, eran elegantes, tenían numerosos amigos en la Abwehr.

Herr Schindler deseaba desarrollar alguna actividad en Cracovia.

—¿Textiles? —sugirió entonces Aue—. No se trata sólo de uniformes. El mercado interno polaco es bastante grande para mantenernos a todos. Me encantaría que viniera de visita a Buchheister.

No sabía, en ese momento, que tal vez el día siguiente, a las dos de la tarde, lamentaría ese gesto casual de cortesía.

Schindler advirtió que Herr Aue lo había pensado mejor.

—Si no es el momento oportuno, Herr *Treuhänder*... —dijo.

—No, no —dijo Herr Aue, y acompañó a Schindler al depósito y luego a los talleres de hilado, de cuyas máquinas surgían grandes rollos de tela dorada. Schindler preguntó si había problemas con los polacos.

—No —respondió Aue—, cooperan. En todo

caso, están un poco desconcertados. Y, después de todo, ésta no es una fábrica de municiones.

Herr Oskar Schindler parecía a tal extremo un hombre con buenas relaciones que Aue no pudo resistir la tentación de ponerlo a prueba. ¿Conocía Oskar a los miembros de la Junta Superior de Armamentos? ¿Por ejemplo al general Julius Schindler? ¿Era tal vez pariente del general?

—Eso no haría ninguna diferencia —dijo, sonriendo, Oskar (no era pariente del general)—. El general Schindler es bastante buena persona, comparado con algunos otros.

Aue estaba de acuerdo. Pero él nunca se encontraría con el general para cenar o para beber una copa, ésa era la diferencia.

Regresaron al despacho, y encontraron en el pasillo a Itzhak Stern, el censor de cuentas judío de Buchheister, aguardando en una silla que le había ofrecido la secretaria de Aue. Plegaba su pañuelo sin dejar de toser. Se puso de pie, unió sus manos sobre el pecho y con sus ojos inmensos vio cómo los dos conquistadores se acercaban, pasaban a su lado y entraban en el despacho. Allí Aue ofreció una bebida a Schindler y luego, excusándose, lo dejó junto a la chimenea y salió a atender a Stern.

Éste era un hombre delgado y enjuto que tenía, a la vez, el aire de un estudioso del Talmud y el de un intelectual europeo. Aue le contó la historia del cajero y los suboficiales y mencionó las sospechas del joven contable alemán. Sacó de la caja el billete bávaro de 1858 y el de la ocupación alemana de 1914.

—He pensado que quizás hubiese desarrollado usted algún procedimiento contable para resolver situaciones como ésta —dijo Aue—. Deben ocurrir con frecuencia en Cracovia en estos días.

Itzhak Stern cogió los billetes y los estudió.

—Sí, Herr *Treuhänder* —respondió—. Conozco un procedimiento. Sin una sonrisa ni ninguna otra expresión, se dirigió a la chimenea que ardía en un extremo de la habitación y arrojó los dos billetes al fuego. Luego tosió y removió las brasas con un atizador.

—Anoto estas transacciones, en ganancias y pérdidas, como *muestras gratis* —dijo. Desde septiembre se registraba un gran incremento de muestras gratis.

Aue admiró la forma eficaz y tajante con que Stern se había deshecho de las pruebas legales. Se echó a reír mientras leía en los rasgos delicados del censor de cuentas las complejidades de la misma Cracovia, la astucia parroquial de los pueblos pequeños. Sólo la gente del lugar conocía los hilos. Y en el despacho aguardaba Herr Schindler, que deseaba obtener información local.

Aue condujo a Stern a su despacho. El alto joven alemán estaba de pie junto al fuego, sosteniendo en la mano una petaca abierta. Lo primero que pensó Itzhak Stern fue: «Este hombre no es fácil de manejar.»

Aue usaba la insignia del Führer, una *Hakenkreuz* en miniatura, tan casualmente como podía llevar cualquier persona la insignia de su club de ciclismo. El emblema de Schindler, del tamaño de una moneda, reflejaba en su esmalte negro el fuego de la chimenea. Eso, y el aire de prosperidad del joven, simbolizaban perfectamente los pesares que había traído el otoño a ese judío polaco resfriado.

Aue los presentó. Cumpliendo el edicto del gobernador Frank, Stern declaró:

—Debo decirle, señor, que soy judío.

—Está bien —gruñó Herr Schindler—. Y yo alemán. No tiene importancia.

«En ese caso —se dijo Stern detrás de su pañuelo—, ¿por qué no derogan el edicto?»

Era apenas la séptima semana del nuevo orden en Polonia, y ya pesaban sobre Itzhak Stern no sólo ese edicto, sino muchos. Hans Frank, gobernador general de Polonia, había firmado seis, dejando que se ocupara del resto el doctor Wächter, SS *Gruppenführer*. Stern no sólo debía declarar su raza, sino también llevar una tarjeta de identificación señalada por una franja amarilla. Y mientras tosía en presencia de Schindler, se cumplían tres semanas desde la prohibición de los alimentos «kosher» y la imposición del trabajo forzado a los judíos. Su ración oficial como *Untermensch* —subhumano— era apenas superior a la mitad de la asignada a los polacos no judíos, aunque también ellos caían dentro de la subhumanidad. Y el edicto del 8 de noviembre ordenaba que el 24 del mismo mes quedara completo el registro general de los judíos de Cracovia.

Stern, con su mente serena y abstracta, sabía que los edictos continuarían, reduciendo cada vez más la posibilidad de vivir y de respirar. La mayoría de los judíos de Cracovia esperaban esa epidemia de edictos. Habría alteraciones de la vida cotidiana. Se traería a los judíos de los *shtetls* (pueblos habitados casi exclusivamente por ellos) a cargar carbón, y se enviaría a los intelectuales al campo a cosechar remolachas. Habría durante cierto tiempo masacres esporádicas, como la de Tursk, en que una unidad de artillería de la SS había obligado a la población a trabajar todo el día en un puente, y la había liquidado a la noche en la sinagoga del pueblo. Se repetirían esporádicamente estos sucesos. Pero la situación terminaría por estabilizarse, y la raza sobreviviría merced a la humildad y al soborno de las autoridades. Era el viejo método: había servido desde el Imperio Romano, y serviría ahora. Las autoridades civiles tenían necesidad de los judíos, en particular en una nación donde había uno por cada once habitantes.

Sin embargo, Stern no se contaba entre los más confiados. No creía que la legislación llegase pronto a un punto culminante de severidad, a partir del cual fuera posible negociar. Era una época terrible. Y aunque no sabía que la persecución llegaría a ser muy distinta de las anteriores, por su carácter y por su magnitud, sentía ya suficiente recelo del futuro para pensar: «Sin duda están bien para ti, Herr Schindler, tus pequeños gestos generosos de igualdad.»

—Este hombre —dijo Aue— era la mano derecha de Buchheister. Tiene excelentes relaciones con la comunidad comercial de Cracovia.

No era oportuno discutir ese punto. Sin embargo, Stern se preguntó si el *Treuhänder* no le doraba la píldora a su visitante.

Aue se excusó y se marchó.

A solas con Stern, Schindler murmuró que le agradaría conocer su opinión acerca de algunas empresas locales. Stern, poniéndolo a prueba, sugirió que tal vez Schindler debería hablar con los funcionarios del Fideicomiso.

—Son unos ladrones —dijo Herr Schindler, sin ambages—. Y, por añadidura, burócratas. Yo necesito más libertad. —Se encogió de hombros—. Soy por temperamento un capitalista, y no me gusta que me controlen.

Stern y el autodenominado capitalista empezaron así a dialogar. Stern era una inagotable fuente de información; parecía tener amigos o parientes en todas las fábricas de Cracovia, tanto las que se ocupaban de telas, vestidos o pastelería como las que producían muebles o artículos de metal. Schindler, impresionado, sacó un sobre del bolsillo interior de su chaqueta.

—¿Conoce una compañía llamada Rekord? —preguntó.

Itzhak Stern la conocía. Estaba en quiebra. Fabricaba productos de metal esmaltado, y como algunas de las prensas habían sido confiscadas, ahora, bajo la dirección de un pariente de sus dueños anteriores, su producción había descendido mucho.

—Mi hermano —continuó Stern— representa a una firma suiza que es una de las principales acreedoras de Rekord. —Se permitió revelar cierto grado de orgullo fraternal y luego dejó escapar una leve exclamación de disgusto—. Era una empresa muy mal administrada.

Oskar Schindler dejó caer el sobre en las rodillas de Stern.

—Éste es el balance de Rekord. Dígame qué le parece.

Itzhak dijo que Herr Schindler debía consultar, por supuesto, a otros. Oskar respondió que, por supuesto, lo haría.

—Pero apreciaría su opinión.

Stern leyó rápidamente; luego se concentró unos minutos y de pronto sintió el extraño silencio de la habitación y alzó la vista, para encontrar la mirada de Herr Oskar Schindler clavada en él.

Los hombres como Stern suelen tener el don ancestral de discernir al «goy» justo, que puede servir de protección, en cierta medida, contra el salvajismo de los otros. Es un sentido que permite descubrir una casa segura, un refugio potencial. Y desde ese momento en adelante, la posibilidad de que Herr Schindler fuera una tabla de salvación dio color a la conversación, así como una promesa sexual, intangible y apenas vislumbrada, tiñe la conversación de un hombre y una mujer en una reunión. Stern tenía mayor conciencia de esto que Schindler; y no diría nada explícito por temor al deterioro de esa tenue conexión.

—Sería un excelente negocio —dijo Stern—. Podría hablar usted con mi hermano. Y, naturalmente, ahora existe la posibilidad de los contratos militares.

—Así es —dijo Schindler.

Porque casi inmediatamente después de la caída de Cracovia y antes de que concluyera el sitio de Varsovia, se había creado, en el Gobierno General, una Inspección de Armamentos encargada de contratar, con los fabricantes adecuados, la producción de equipamiento para el ejército. Una industria como Rekord podía producir utensilios de mesa y cocina de campaña. Como Stern sabía, el director de la Inspección de Armamentos era el mayor general Julius Schindler, de la Wehrmacht. El general, ¿era pariente de Herr Schindler?

—Me temo que no —respondió Schindler, como si deseara que Stern mantuviera en secreto que no era su pariente.

—De todos modos —dijo Stern—, la minúscula producción actual de Rekord rinde ganancias superiores a medio millón de zlotys por año, y no sería difícil adquirir nuevos hornos y prensas de moldeo. Eso depende de sus posibilidades de obtener créditos.

—El metal esmaltado —dijo Herr Schindler—

está más cerca de mi capacidad que los textiles. Tengo experiencia en maquinaria agrícola y estoy familiarizado con las prensas de vapor.

No se le ocurría ya a Stern preguntar por qué un elegante empresario alemán deseaba hablar con él de oportunidades comerciales. Durante toda la historia de su tribu se habían celebrado encuentros como ése, que no se explicaban del todo por la mera relación entre hombres de negocios. Habló del tema con cierta extensión, y dijo que la Corte Comercial debía fijar el precio para el arrendamiento de una propiedad en quiebra. Arrendar con una opción de compra era más conveniente que ser un supervisor. Un *Treuhänder* estaba por completo en manos del Ministerio de Economía.

Stern bajó la voz y se arriesgó a decir:

—Eso sí: tendrá restricciones en cuanto a la cantidad de personas que puede usted emplear...

Esto divirtió a Schindler.

—¿Cómo sabe eso? ¿Conoce también las finalidades?

—Algo he leído en el *Berliner Tageblatt*. Todavía los judíos podemos leer diarios alemanes.

Schindler, riendo, apoyó su mano en el hombro de Stern.

—¿De veras?

Stern lo sabía porque Aue había recibido una extensa comunicación del ministro de Economía del Reich, Eberhard von Jagwitz, que establecía la política a adoptar en el proceso de *arianización*. Aue le había entregado el documento a Stern para que hiciera un resumen. Von Jagwitz observaba, con más tristeza que ira, que habría presiones de otras instituciones gubernamentales y del partido, como la RHSA de Heydrich —la Oficina de Seguridad del

Reich— para que no se *arianizara* solamente la propiedad y la gerencia de las empresas, sino también la mano de obra. Cuanto antes los *Treuhändern* seleccionaran a los trabajadores especializados judíos indispensables, tanto mejor. Desde luego, se debía tener en cuenta la necesidad de mantener un nivel de producción aceptable.

Finalmente, Herr Schindler guardó nuevamente en su bolsillo los informes de Rekord, se puso de pie y salió con Itzhak al despacho principal. Allí permanecieron un tiempo, entre los empleados y las mecanógrafas, hablando de filosofía, como le agradaba a Oskar. Éste dijo en ese momento que el cristianismo se fundaba en el judaísmo, un tema que siempre le interesaba por alguna razón, quizás incluso por su amistad infantil con los Kantor. Stern hablaba suavemente y con gran conocimiento. Había publicado varios artículos sobre temas de religión comparada. Oskar, que se veía equivocadamente como un filósofo, había dado con un experto. Stern, a quien algunos consideraban algo pedante, encontraba superficial a Oskar: una mente privilegiada, pero sin gran capacidad conceptual. Pero Itzhak Stern no pensaba quejarse. Había quedado firmemente establecida una amistad entre esas personalidades dispares, y Stern se halló de pronto trazando una analogía, como había hecho antes el padre de Oskar, con otros imperios anteriores, y explicando por qué, a su juicio, Hitler no podía alcanzar el éxito.

Stern no logró refrenarse. Los demás judíos del despacho bajaron sus cabezas y permanecieron con la mirada clavada en sus papeles. Herr Schindler no parecía alterado.

Hacia el fin de su conversación, Oskar dijo algo

novedoso. En épocas como ésa, dijo, debería ser difícil para las iglesias continuar diciendo a la gente que el padre celestial se preocupaba incluso por la muerte de un solo gorrión. Nada odiaría más que ser un sacerdote en un tiempo en que la vida valía menos que un paquete de cigarrillos. Stern manifestó su acuerdo; pero agregó que un verso del Talmud aclaraba la alusión bíblica formulada por Herr Schindler: quien salva la vida de un hombre, salva al mundo entero.

—Así es, por supuesto—dijo Oskar Schindler.

Acertada o equivocadamente, Itzhak creyó siempre que en ese momento había dejado caer en el pozo la piedra oportuna, que había pronunciado las palabras fundamentales.

CAPÍTULO·3

Otro judío de Cracovia ha narrado su encuentro con Schindler ese mismo otoño de 1939, y también que estuvo a punto de matarlo. Se llamaba Leopold (Poldek) Pfefferberg; con el grado de teniente, había mandado una compañia del ejército polaco durante la dramática y reciente campaña. Herido en una pierna durante el combate por el río San, había cojeado un tiempo, ayudando a los demás heridos, en el hospital polaco de Przemysl. No era médico, pero se había graduado en educación física en la Universidad Jagielloniana de Cracovia, y poseia, por lo tanto, algunos conocimientos de anatomía. Tenía confianza en sí mismo, gran capacidad de recuperación, veintisiete años y la fuerza de un toro.

Con varios cientos de oficiales polacos capturados en Przemysl, Pfefferberg era trasladado a Alemania cuando su tren entró en Cracovia, su ciudad
natal. Los prisioneros fueron conducidos como ganado a la sala de espera de primera clase, en espera
de que se hallase transporte para continuar el viaje.
Su casa estaba a sólo diez calles. Escandalizaba a ese
joven práctico no poder ir hasta la calle Pawia y coger el tranvía número 1 para dirigirse a su casa. El
centinela de la Wehrmacht de aire bucólico que había en la puerta le parecía una provocación.

Pfefferberg tenía en el bolsillo un documento
firmado por las nuevas autoridades alemanas del
hospital de Przemysl, que le otorgaba libertad para
circular por la ciudad, integrando el personal de am-
bulancias que atendía a los heridos de ambos ejércitos. Era un folio espectacular, lleno de sellos y firmas. Se acercó al centinela y se lo puso debajo de los
ojos.

—¿Sabe leer alemán? —preguntó Pfefferberg.

Desde luego, eso había que hacerlo muy bien.
Era necesario ser joven y persuasivo; y también haber conservado —sin mengua a pesar de la sumaria
derrota— esa actitud segura, característicamente polaca, que los numerosos aristócratas del cuerpo de
oficiales habían inculcado hasta en los escasos judíos que lo integraban.

El centinela parpadeó.

—Por supuesto que sé leer alemán —dijo. Pero
sostenía el papel como si no supiera, como si fuera
una rebanada de pan.

Pfefferberg explicó que le daba derecho a circular libremente para atender a heridos y enfermos. El
centinela sólo pudo ver la proliferación de sellos oficiales, y pensó que era un documento muy impor-

tante. Con un gesto de la cabeza, indicó la puerta. Pfefferberg fue esa mañana el único pasajero del tranvía número 1. No eran todavía las seis. El conductor recibió el precio del billete sin dar muestras de extrañeza: aún había en la ciudad muchos soldados polacos que no habían sido procesados por la Wehrmacht. La única norma era que los oficiales debían registrarse.

El vehículo giró en torno del Barbakan, atravesó la puerta de la antigua muralla, continuó por Florianska hasta la iglesia de Santa María, cruzó por el centro de la plaza y llegó, en cinco minutos, a la calle Grodzka. Al llegar a la casa de sus padres —Grodzka, 48— repitió un juego infantil: saltó del tranvía antes de que actuaran los frenos neumáticos, aprovechando el impulso del movimiento sumado al de su salto para golpear con suave impacto el marco de la puerta de su casa.

Después de la fuga, vivió con bastante comodidad en casas de amigos, visitando de vez en cuando la casa de la calle Grodzka, 48. Las escuelas judías abrieron sus puertas por un breve plazo —seis semanas más tarde cerrarían de nuevo y Leopold retornó a su antiguo empleo. Estaba seguro de que a la Gestapo le llevaría algún tiempo dar con él, y pidió por lo tanto una libreta de racionamiento. Empezó a vender joyas —por su cuenta y como agente de otros— en el mercado negro instalado en la plaza central de Cracovia, bajo las arcadas de Sukiennice y las torres desiguales de Santa María. Había un activo comercio, incluso entre los mismos polacos, y aún más en el caso de los judíos polacos. Sus libretas de racionamiento, llenas de cupones previamente cancelados, sólo les daban derecho a los dos tercios de la carne y la mitad de la mantequilla que se otorgaban a los ciudadanos arios, y *todos* los cupones de arroz y cacao estaban anulados. Por lo tanto, el mercado negro, que había funcionado durante los siglos de ocupación y las escasas décadas de autonomía, se convirtió en la fuente de ingresos y alimentos, y en el medio de resistencia más inmediato, de muchos respetables ciudadanos burgueses, especialmente aquellos que, como Leopold Pfefferberg, tenían abundante experiencia del mundo.

En el futuro próximo se proponía viajar por las rutas de esquí del Tatras, cerca de Zakopana, y atravesar el delgado cuello de Eslovaquia para pasar a Hungría o Rumania. Estaba preparado para la aventura; había sido miembro del equipo nacional polaco de esquí. Y en lo alto de la estufa de porcelana del apartamento de su madre tenía una elegante pistola de calibre 22 para la huida prevista, o para defenderse si alguna vez la Gestapo lo atrapaba en el apartamento.

Con ese casi juguete de cachas de nácar estuvo a punto de matar a Oskar Schindler un día de noviembre. Schindler, con su terno cruzado y su insignia del partido en la solapa, había decidido visitar a la señora Mina Pfefferberg, madre de Poldek, para encomendarle una tarea. Las autoridades alemanas que se ocupaban de la vivienda le habían concedido un hermoso apartamento moderno en la calle Straszewskiego. Había sido antes la residencia de una familia judía, los Nussbaum. Estas operaciones se realizaban sin indemnizar al antiguo ocupante. El día que llegó Oskar, Mina Pfefferberg estaba preocupada por el destino de su apartamento de la calle Grodzka.

Varios amigos de Schindler dirían más tarde —aunque no ha sido posible probarlo— que Oskar había buscado a la familia desalojada en Podgórze y les había entregado una suma de casi cincuenta mil zlotys en compensación. Se dice también que con ese dinero los Nussbaum pudieron comprar su fuga a Yugoslavia. Es verdaderamente probable que así haya ocurrido, y esa acción hablaría muy bien de Oskar. Una suma tan crecida implicaba una resuelta actitud disidente, que no fue, por otra parte, la única: hubo otras, similares, antes de Navidad. Algunos de sus amigos sostienen que la generosidad era, en Oskar, una compulsión frenética, una de sus pasiones. Solía pagar a los conductores de taxis el doble de la tarifa. Y conviene recordar también que consideraba injusta la conducta de la ocupación alemana en materia de vivienda, y que se lo dijo claramente a Stern, no cuando el régimen empezó a tener dificultades, sino ya en ese primer otoño, el menos violento.

De todos modos, Mina Pfefferberg no sabía para qué había llamado a su puerta ese alemán alto y bien vestido. Quizá viniera a preguntar por su hijo, que precisamente estaba en la cocina. O a exigir la entrega de su apartamento, su estudio de decoración, sus antigüedades, sus tapices franceses...

Un mes más tarde, en diciembre, coincidiendo con la fiesta de la *Hanukkah*, la policía alemana, cumpliendo disposiciones de las autoridades de la vivienda, llegaría por fin a casa de los Pfefferberg, y les ordenaría que salieran tiritando al pavimento de la calle Grodzka. Mina pediría permiso para coger un abrigo y se lo negarían; Pfefferberg intentaría sacar de su escritorio un reloj de oro heredado y le darían un golpe en la mandíbula. «He visto cosas terribles en el pasado —dijo luego Goering—; algunos chóferes y pequeños *Gauleiters* han sacado tanto provecho que son ahora millonarios.» Bien podía preocuparse Goering del efecto devastador, sobre la moral del partido nazi, de robos tan sencillos como el del reloj de oro de Pfefferberg padre: ese año, en Polonia, la Gestapo tenía como norma no rendir cuentas a nadie por el contenido de los apartamentos confiscados.

Sin embargo, cuando Herr Schindler llegó por primera vez a casa de los Pfefferberg, la familia mantenía aún, en cierto modo, su ritmo habitual. Mina y su hijo fugitivo conversaban entre muestras de telas y papeles de pared cuando llamó Herr Schindler. Leopold no se alarmó. El piso tenía dos entradas; la puerta del estudio y la de la cocina estaban frente a frente en el pasillo. Leopold fue hasta la cocina y miró al visitante por el resquicio de la puerta. Examinó el corte elegante de su terno, su formidable estatura. Regresó al lado de su madre. Presentía, le dijo, que era un miembro de la Gestapo. Cuando ella le abriera la puerta del frente, él podría deslizarse por la trasera.

Mina Pfefferberg temblaba. Abrió, atenta a los ruidos del interior.

Pfefferberg recogió su pistola y con ella apretada bajo el cinto se dispuso a salir al amparo del ruido de la entrada del visitante. Pero le pareció de pronto una locura marcharse sin saber para qué había venido. Quizá fuera necesario matarlo; y entonces habría que pensar en la huida concertada de toda la familia a Rumania.

Si el magnético curso de los hechos hubiera obligado a Pfefferberg a disparar, la muerte, la huida y las represalias habrían pasado por corrientes y apropiadas para la historia del momento. Se habría lamentado un poco y vengado sumariamente la muerte de Herr Schindler, y ése habría sido, por supuesto, el brusco punto final de sus posibilidades. Quizás, en Zwittau, alguien habría preguntado:

—¿Deja una viuda?

La voz sorprendió a los Pfefferberg. Calmada, modulada, parecía apropiada para tratar de negocios e incluso para pedir favores. En esas seis semanas, todos se habían acostumbrado al tono de las órdenes y de las expropiaciones. Este hombre parecía amistoso. Era de algún modo peor. Pero intrigante.

Pfefferberg no estaba ahora en la cocina, sino escondido detrás de las puertas dobles del comedor. Podía ver una franja vertical del alemán.

—¿Es usted la señora Pfefferberg? —preguntó éste—. Herr Nussbaum me la ha recomendado. Acabo de ocupar un apartamento en la calle Straszewskiego y me gustaría cambiar la decoración.

Mina Pfefferberg seguía de pie junto a la puerta. Empezó a hablar con tal incoherencia que su hijo se apiadó y entró, con la chaqueta abotonada sobre el arma. Pidió al visitante que entrara y susurró unas palabras en polaco para tranquilizar a su madre.

Oskar Schindler dijo su nombre. Los hombres se midieron; era obvio para Oskar que el joven acudía con una finalidad primaria de protección. Parecía una casamata eslava. Schindler demostró su respeto hablando como si el hijo fuera un intérprete, a través de él.

—Mi esposa vendrá pronto de Checoslovaquia —dijo—, y me gustaría que el piso estuviera decorado más de acuerdo con sus preferencias. —Agregó que los Nussbaum lo habían arreglado muy bien, pero con gruesos cortinajes y colores oscuros, y que Frau Schindler prefería los colores vivos, el estilo francés, algún toque escandinavo.

Mina Pfefferberg se había recobrado lo suficiente para decir que no sabía; se acercaban las fiestas, había mucho trabajo. Leopold podía ver su resistencia instintiva a tener un cliente alemán, pero quizá sólo los alemanes podían tener suficiente confianza en el futuro, en esos días, para pensar en cambios de decoración. Y tenía verdadera necesidad de un trabajo bien remunerado: su marido había sido despedido de su empleo y sólo recibía ahora una paga mínima por sus tareas en la *Gemeinde,* la institución judía de asistencia mutua.

Dos minutos después, los hombres hablaban como amigos. El arma de Pfefferberg sólo era una precaución para un futuro remoto. Por supuesto, la señora Pfefferberg se ocuparía del apartamento de los Schindler, sin reparar en gastos; y cuando estuviera listo, quizá Leopold Pfefferberg quisiera ir para hablar de otros asuntos.

—Me agradaría oír su consejo acerca de la adquisición de cosas locales —dijo Herr Schindler—, como, por ejemplo, su bonita camisa azul. No sé dónde buscar. —Su ingenuidad era artificial, pero no desagradó a Pfefferberg—. Como ustedes saben, las tiendas están vacías.

La estrategia de supervivencia de Leopold Pfefferberg consistía en elevar las apuestas.

—Herr Schindler —le dijo—, estas camisas son muy costosas. Las he comprado a veinticinco zlotys.

Había multiplicado el precio por cinco. Inmediatamente apareció en el rostro de Schindler la divertida expresión de que no lo ignoraba. Pero eso no puso en peligro la frágil cordialidad lograda, ni recordó a Pfefferberg que llevaba un arma.

—Probablemente yo podría conseguir algunas

—agregó éste—, si me dice usted cuál es su medida. Eso sí, me pedirán el pago adelantado.

Schindler, con la misma expresión en los ojos y en las comisuras de los labios, sacó su billetera y entregó a Pfefferberg doscientos marcos. Era una cantidad descaradamente excesiva, e incluso al precio exorbitante de Leopold habría sido suficiente para comprar camisas a una docena de magnates. Pero Pfefferberg aceptó la jugada sin parpadear.

—Dígame cuál es su medida —pidió.

Una semana más tarde, Pfefferberg fue al apartamento de Schindler en la calle Straszewskiego con una docena de camisas de seda. Acompañaba al dueño de la casa —quien la presentó como la *Treuhänder* de una ferretería de Cracovia— una bonita alemana. Y una noche, más tarde, Pfefferberg vio a Oskar con una hermosa polaca, rubia y de ojos enormes. Si había realmente una Frau Schindler, no apareció, ni siquiera cuando la señora Pfefferberg completó la transformación del apartamento. Y su hijo se convirtió en el contacto más regular de Schindler con el pequeño mercado de artículos de lujo —sedas, muebles, joyas— que aún florecía en la antigua ciudad de Cracovia.

CAPÍTULO·4

Itzhak Stern volvió a ver a Oskar Schindler una mañana, a principios de diciembre. Schindler ya había enviado su solicitud a la Corte Comercial de Cracovia, pero halló un rato libre para visitar el local de Buchheister, conversar con Aue y luego detenerse junto al escritorio de Stern, dar una palmada y anunciar con una voz que parecía algo ebria:

—Mañana va a empezar. Será en las calles Jozefa e Izaaka.

Había *realmente* en Kazimierz una calle Jozefa y una calle Izaaka, como en todos los guetos. Y Kazimierz era el emplazamiento del antiguo gueto de Cracovia, originariamente una isla cedida a la comunidad judía por Kazimier el Grande, y ahora un bonito suburbio alojado en un recodo del Vístula.

Herr Schindler se inclinó sobre Stern, que sintió el olor a coñac de su aliento y se preguntó: «¿Sabía Herr Schindler que ocurriría algo en las calles Jozefa e Izaaka de Kazimierz, o repetía los nombres al azar?»

De todos modos, Stern sintió una dolorosa decepción. Herr Schindler le estaba anunciando jactanciosamente un pogrom, como para ponerlo en su sitio.

Hoy era el 3 de diciembre. Stern presumía que Oskar no había dicho «mañana» refiriéndose al 4 de diciembre sino, al modo de los profetas y los borrachos, a algo que ocurriría pronto o que ya era hora de que ocurriera. Sólo unos pocos de los que oyeron la semiebria advertencia de Herr Schindler la tomaron al pie de la letra. Algunos metieron en una maleta lo más indispensable y se dirigieron a Podgórze, al otro lado del río.

Oskar pensaba en cambio que había anticipado una terrible noticia con cierto riesgo personal. La había conocido por al menos dos fuentes, entre sus nuevos amigos. Uno era un sargento de policía, el *Wachtmeister* Hermann Toffel, que integraba el personal del SS *Oberführer* Scherner; el otro, Dieter Reeder, perteneciente a la plana mayor de Czurda, jefe del SD. Eran dos ejemplos característicos del tipo de oficial al que Oskar siempre lograba extraer información.

Nunca se explicó claramente el motivo que le llevó a hablar con Stern ese día, y que muchas veces ha sido interpretado con suspicacia. Él afirmó más tarde que durante la ocupación alemana de Bohemia y Moravia había visto lo suficiente de la expulsión forzada de judíos de la región de los Sudetes, y de la ocupación de propiedades checas y judías, para desengañarse del nuevo orden. Su advertencia a Stern, en medida mucho mayor que la no confirmada historia de Nussbaum, prueba hasta cierto punto su afirmación.

Además, debía esperar, como los judíos de Cracovia, que después del desborde inicial el régimen se ablandaría y permitiría respirar a la población. Si era posible mitigar las incursiones de la SS durante los próximos meses, mediante la filtración de noticias anticipadas, quizá se restablecería la cordura en la próxima primavera. Después de todo —se decían Oskar y los judíos—, Alemania era una nación civilizada.

Sin embargo, la invasión de Kazimierz provocó en Oskar un disgusto fundamental. No era todavía perceptible en el nivel en que ganaba dinero, salía con mujeres o cenaba con sus amigos; pero terminaría, a medida que se aclaraban las intenciones del poder imperante, por ser el motivo principal de la exaltación que lo llevó a correr graves peligros, y su obsesión permanente. En parte, la operación tenía como objeto las joyas y las pieles: se desalojarían algunas casas y apartamentos de la zona más próspera, el límite entre Kazimierz y Cracovia. Pero, aparte de estos resultados prácticos, se deseaba que esa primera *Aktion* tuviera el sentido de un preaviso a los despavoridos habitantes del viejo barrio judío. Para ese fin, dijo Reeder a Oskar, un pequeño destacamento de hombres de los *Einsatzgruppen* entrarían por Stradom en Kazimierz en los mismos camiones de los soldados de la SS y de la policía local.

Con el ejército invasor habían llegado a Polonia seis *Einsatzgruppen*. Ese nombre tenía sutiles connotaciones. «Grupos de tareas especiales» es una traducción aproximada; pero la amorfa palabra *Einsatz* posee otros matices, relacionados con el desafío, el acto de recoger el guante, la caballerosidad. Eran miembros seleccionados del *SD —Sicherheitsdienst—* de Heydrich. Sabían ya que gozaban de amplias atribuciones. Seis semanas antes, su jefe supremo había dicho al general Keitel que «en el Gobierno General de Polonia es inevitable una violenta lucha por la existencia nacional, que no tolerará restricciones legales». Dada la arrogante retórica de sus jefes, los soldados *Einsatz* sabían que esa lucha por la existencia nacional significaba guerra racial, y que la misma palabra *Einsatz* —esas tareas especiales caballerescas— implicaba el caño humeante de un arma.

El escuadrón *Einsatz* destacado para la acción de esa noche en Kazimierz era un cuerpo de élite. Dejaría a los aprendices de la SS de Cracovia la tarea menor de registrar las casas en busca de anillos de diamantes y de abrigos de piel; y cumpliría en cambio una misión simbólica más radical relacionada con los instrumentos mismos de la cultura judía, es decir, con las antiguas sinagogas de Cracovia.

Durante varias semanas habían aguardado el momento de desempeñar sus *Einsatz,* como también los SS *Sonderkommandos* —escuadrones especiales— y la Policía de Seguridad o SD de Czurda, que participarían en esa primera *Cracow Aktion.* El ejército había negociado con Heydrich y los jefes superiores policiales la postergación de las operaciones hasta que Polonia pasara del gobierno militar al civil. Ahora ya se había realizado el traspaso, y los caballeros del *Einsatz* y los *Sonderkommandos* de todo el país estaban en libertad de avanzar, con el sentido adecuado de la historia racial y con todo su celo, contra los antiguos guetos judíos.

Al final de la calle donde estaba el apartamento de Oskar se encontraba el promontorio rocoso fortificado de Wawel, sede del gobierno de Hans Frank. Para comprender el futuro de Oskar en Polonia es necesario conocer las relaciones entre Frank y los jóvenes halcones de la SS y la SD, y también entre Frank y los judíos de Cracovia.

En primer lugar, Frank no tenía control directo de esos muchachos que avanzaban hacia Kazimierz. Las fuerzas policiales de Heinrich Himmler creaban su propia ley allí donde actuaban. A Frank no sólo le molestaba su independencia, sino que no estaba de acuerdo con ellos por motivos prácticos. Abominaba de la población judía tanto como cualquier otro miembro del partido, y consideraba intolerable la dulce Cracovia por la abundancia de dicha población. En las últimas semanas se había quejado cuando las autoridades intentaron utilizar el empalme ferroviario de Cracovia como un terreno de descarga para los judíos de la Wartheland, de Lodz y Poznan. Frank no creía que los *Einsatzgruppen* ni los *Sonderkommandos* pudieran resolver realmente el problema judío utilizando los métodos acostumbrados. La creencia de Frank, que había compartido Himmler en algunas oportunidades, durante sus divagaciones, era que debía haber un solo vasto campo de concentración para los judíos. Podía ser, por ejemplo, la ciudad de Lublin, con sus alrededores, o todavía mejor, la isla de Madagascar. Los polacos mismos habían creído siempre en Madagascar. En 1937 el gobierno polaco había enviado una comisión a visitar esa isla de alto espinazo montañoso, situada tan lejos de su sensibilidad europea. La Oficina Colonial de Francia, a quien pertenecía Madagascar, estaba dispuesta a aceptar un acuerdo de gobierno a gobierno para la recolonización, porque Madagascar, repleta de judíos europeos, sería un magnífico mercado de explotación. El ministro de Defensa de Sudáfrica, Oswald Pirow, presidió durante un tiempo las negociaciones entre Hitler y Francia acerca de la isla. Por lo tanto, la solución Madagascar tenía un honorable *pedigree*. Ésta era la apuesta de Frank; no los *Einsatzgruppen*. No podrían, con masacres e incursiones esporádicas, reducir la población subhumana de Europa oriental. Durante el sitio de Varsovia, los *Einsatzgruppen* habían ahorcado judíos en las sinagogas de Silesia, destrozado sus organismos con la tortura del agua, irrumpido en sus hogares la noche del Sabbath o los días de fiesta, cortado sus rizos rituales, quemado sus chales de oración. Todo había sido prácticamente inútil. Frank sostenía, apoyándose en muchos argumentos históricos, que en general la razas amenazadas derrotaban el genocidio con la reproducción. El falo era más rápido que las armas.

Lo que nadie sabía, ninguna de las partes del debate, los bien educados jóvenes de los *Einsatzgruppen*, los menos refinados de la SS, los fieles de los servicios vespertinos de las sinagogas, y tampoco Herr Oskar Schindler mientras regresaba a su casa de la calle Straszewskiego a vestirse para la cena; lo que ninguno de ellos sabía, lo que ni siquiera se atrevían a esperar quienes planeaban la política del partido, era que se hallaría una solución tecnológica; que un compuesto químico desinfectante llamado Zyklon B reemplazaría con ventaja la solución Madagascar.

Hubo un incidente en que intervino la actriz y

directora cinematográfica favorita de Hitler, Leni Riefenstahl. Leni había ido a Lodz con un equipo de filmación ambulante poco después de la caída de la ciudad, y había visto allí a una hilera de judíos, judíos visibles, de la variedad que llevaba rizos rituales, ejecutados con armas automáticas. Había ido directamente a presencia del Führer, que estaba en el cuartel del ejército del sur, y había hecho un escándalo. Era por eso: por la logística, las cifras involucradas, las relaciones públicas, que los muchachos de los *Einsatzgruppen* parecían ridículos. Pero también parecería ridícula la solución Madagascar si se lograba encontrar medios para reducir sustancialmente la población subhumana de Europa central, en establecimientos especiales, dotados de sistemas adecuados y donde no fuera probable la aparición de cineastas de moda.

Como Oskar había advertido a Stern en Buchheister, la SS cumplió una sobria acción de guerra en las calles Jozefa, Izaaka y Jakoba. Entraron en las casas, echaron abajo el contenido de los armarios, rompieron los cierres de cómodas y escritorios. Quitaron joyas valiosas de dedos y cuellos, y relojes de muñecas y bolsillos; le rompieron el brazo a una muchacha que intentaba conservar su abrigo de piel y mataron de un tiro a un chico de la calle Ciemna que quiso esconder sus esquís.

Algunas de las personas despojadas, ignorando que la SS operaba al margen de toda norma legal, se quejarían al día siguiente en los cuarteles policiales. La historia les decía que en alguna parte encontrarían a algún oficial superior con cierta integridad, que se sentiría confundido y quizá castigara a esa gente. Sin duda, se investigaría el asunto del chico muerto en la calle Ciemna, y el de la mujer a quien le habían roto la nariz con un palo.

Mientras la SS se ocupaba de las casas de apartamentos, el escuadrón *Einsatz* se dirigió a la sinagoga del siglo XIV de Stara Boznica. Como esperaban, encontraron en la plegaria a la congregación de judíos tradicionales, con barbas, rizos y chales de oración. Trajeron a otros menos ortodoxos de las casas y las calles próximas, como si quisieran medir las reacciones de ambos grupos entre sí.

Entre los miembros del segundo grupo había un gángster, Max Redlicht, que jamás hubiera entrado en el viejo templo, ni habría sido invitado a entrar.

Esas dos partes de la misma tribu, que un día normal hubieran considerado ofensivo el contacto recíproco, estaban frente al Arca. Un suboficial *Einsatz* la abrió y sacó el rollo de pergamino de la Torah. La heterogénea congregación debía desfilar y escupir en él. Y sin simular. La saliva debía verse sobre la caligrafía.

La gente tradicional se mostró más razonable que los agnósticos, los liberales, los que se llamaban europeos. Era evidente para los jóvenes *Einsatz* que los «modernos» titubeaban ante la Torah y hasta trataban de atraer su mirada, como si quisieran decir: «Vamos, este disparate no está a nuestra altura.» Durante su entrenamiento, habían enseñado a los hombres del SD que el carácter europeo de los judíos liberales era una apariencia tenue como un velo; y, ahora, la resistencia de los que llevaban ropa contemporánea y el pelo corto lo demostraba.

Finalmente, todo el mundo escupió excepto Max Redlicht. Quizá los hombres de los *Einsatzgruppen* hayan pensado que la experiencia justificaba el tiempo perdido: hacer que un hombre ostensiblemente ateo profanara con su saliva un libro que veía, con su mente, como una estúpida antigualla tribal pero que su sangre consideraba todavía sagrado. ¿Era posible rescatar a un judío de las ridículas creencias que llevaba en la sangre? ¿Podía un judío pensar tan claramente como Kant? Ése era el test.

Redlicht fracasó. Hizo un pequeño discurso:

—He hecho muchas cosas. Ésta no la haré.

Lo mataron en primer término, y luego, de todos modos, a los demás. Y finalmente incendiaron y redujeron a ruinas la sinagoga más antigua de toda Polonia.

CAPÍTULO·5

Victoria Klonowska, su secretaria polaca, era lo más bonito del despacho de Oskar, que muy pronto inició con ella una prolongada relación. Sin duda, Ingrid, su amante alemana, no lo ignoraba, así como Emilie Schindler sabía de la existencia de Ingrid. Porque Oskar no fue nunca un amante clandestino. Tenía una franqueza sexual infantil. No era jactancia; simplemente no veía ninguna necesidad de mentir, de deslizarse en los hoteles por la puerta trasera o golpear furtivamente la puerta de una muchacha a la madrugada. Como Oskar jamás intentó seriamente engañar a sus mujeres, sus opciones eran restringidas: no eran posibles las escenas tradicionales entre amantes.

Con el pelo rubio recogido en la nuca, y el hermoso rostro afinado maquillado vívidamente, Victoria Klonowska parecía una de esas personas para quienes los desastres de la historia significan sólo una invasión pasajera de la verdadera esencia de la vida. Ese otoño de ropas sencillas, Victoria parecía lujosamente ataviada con su chaqueta, su blusa plisada y su falda ceñida. Pero era directa, obstinada y eficiente. Y también tenía un robusto nacionalismo polaco. En un momento dado, negociaría con las autoridades alemanas la liberación de su amante de las prisiones de la SS. Por el momento, Oskar le asignaba tareas menos peligrosas.

Un día le dijo, por ejemplo, que le agradaría encontrar un bonito bar o cabaret en Cracovia al que pudiera llevar a sus amigos. No contactos, ni gente importante de la Inspección de Armamentos. Amigos verdaderos. Un lugar alegre, donde no fuera probable encontrar oficiales de mediana edad.

¿No conocía Klonowska algún lugar así?

Victoria encontró un lugar excelente, un sótano donde se podía escuchar jazz en una callejuela al norte del Rynek, la plaza de la ciudad. Gozaba de gran popularidad entre los estudiantes y los profesores jóvenes de la universidad, pero ella no había estado antes allí. Los hombres maduros que solían perseguirla antes de la guerra jamás hubieran entrado en un lugar semejante. Si se deseaba, se podía ocupar un apartado y mantener reuniones privadas detrás de una cortina, al amparo del ritmo africano de la orquesta. Por haber descubierto ese sitio, Oskar concedió a Klonowska el apodo de «Colón». La teoría oficial del partido nazi sobre el jazz era que, aparte de artísticamente decadente, expresaba una bestialidad negroide y subhumana. El ritmo preferido de la SS y de los funcionarios nazis era el «um-pa-pa» de los valses vieneses; evitaban escrupulosa-mente toda contaminación con el *jazz*.

Alrededor de la Navidad de 1939 Oskar reunió en ese bar a un grupo de sus amigos. Como todo cultivador instintivo de contactos, Oskar era per-fectamente capaz de beber con gente que no le gus-taba. Pero todos los invitados de esa noche le gusta-ban. Desde luego, todos podían —además— ser útiles: eran miembros menores de diversos órganos de la ocupación, pero no carecían de influencia, y eran todos ellos en cierta medida doblemente exilia-dos, porque, lejos o cerca de su hogar, sentían, en diverso grado, disgusto por el régimen.

Entre ellos estaba, por ejemplo, un joven agri-mensor alemán de la División del Interior del Go-bierno General. Había establecido los límites de la fábrica de esmaltados de Oskar en Zablocie. Detrás de la Deutsche Email Fabrik había un terreno vacío al que daban otras dos fábricas, una de cajas y otra de radiadores. A Schindler le encantó descubrir que la mayor parte de ese terreno pertenecía a la DEF. Brotaron ante su imaginación visiones de expansión económica. Por supuesto, ese agrimensor había sido invitado porque era una persona decente, porque se podía hablar con él, porque quizá convendría tener-lo cerca para obtener futuros permisos de construc-ción.

También estaban allí el policía Herman Toffel, y Reeder, del SD, y un joven funcionario —también agrimensor— de la Inspección de Armamentos, lla-mado Steinhauser. Oskar los había conocido mien-tras hacía las gestiones necesarias para poner su fá-brica en marcha. Ya había bebido con ellos. Siempre creería que la mejor manera de desatar el nudo gordiano de la burocracia era —aparte del soborno liso y llano— la bebida.

Finalmente, había dos hombres de la Abwehr. El primero era Eberhard Gebauer, el teniente que había reclutado a Oskar el año anterior. El segundo era el teniente Martin Plathe, del cuartel general de Canaris en Breslau. Había sido merced a su ingreso en la Abwehr a raíz de un encuentro casual con Gebauer que Herr Oskar Schindler había descubierto las oportunidades que se ofrecían en Cracovia.

La presencia de Gebauer y de Plathe rendiría beneficios adicionales. Oskar seguía formando parte de la Abwehr, y durante todos sus años en Cracovia había de enviar satisfactorios informes al despacho de Canaris, en Breslau, acerca de la conducta de sus rivales de la SS. Por lo tanto, su invitación a personas más o menos descontentas, como Toffel de la SS y Reeder del SD, era para Plathe y Gebauer una colaboración en materia de inteligencia; un regalo de muy distinto carácter que la buena compañía y la bebida.

Aunque no es posible decir exactamente de qué hablaron los concurrentes a esa reunión, es posible hacer una reconstrucción plausible a partir de lo que dijo más tarde Oskar sobre cada uno de ellos.

Fue sin duda Gebauer quien ofreció el brindis; no en honor de gobiernos, ejércitos o potentados, sino de la fábrica de esmaltados de su amigo Oskar Schindler. Porque si ella prosperaba, dijo, habría más fiestas al estilo Schindler, las mejores que se podían concebir.

Y una vez que todos bebieron, la conversación recayó naturalmente en el tema que preocupaba hasta la obsesión a todos los niveles de la burocracia civil: los judíos.

Toffel y Reeder habían pasado el día en la estación Mogilska, supervisando los cargamentos de polacos y judíos que traían los trenes provenientes de los Territorios Anexionados, regiones recientemente conquistadas que habían sido alemanas en el pasado, y donde se restauraba ahora la más perfecta pureza aria. Toffel no pensaba, en ese momento, en la comodidad de los pasajeros de la Ostbahn, aunque reconocía que la temperatura era muy baja. El transporte de seres humanos en vagones de ganado era nuevo para todo el mundo, aunque todavía el hacinamiento no era demasiado inhumano. Lo que desconcertaba a Toffel era la política en que esto se fundaba.

—Corre el persistente rumor de que estamos en guerra —dijo Toffel—. Y, en mitad de la guerra, la pureza racial de los Territorios Anexionados no tolera la presencia de unos cuantos polacos y de medio millón de judíos. Y por lo tanto —agregó—, todo el sistema ferroviario de la Ostbahn ha sido trastocado para traerlos aquí.

Los hombres de la Abwehr escuchaban sonriendo levemente. Para la SS el enemigo interior eran los judíos; y para Canaris el enemigo interior era la SS.

—La SS —continuó Toffel— dispone de toda la red ferroviaria desde el 15 de noviembre. En mi escritorio de la calle Pomorska tengo furiosas copias de furiosos memorandos de la SS dirigidos a los oficiales del ejército: protestan porque el ejército, abusando de los acuerdos convenidos, ha excedido en dos semanas su derecho al uso de la Ostbahn. Por Cristo —preguntó—, ¿no debe tener prioridad el ejército en el uso de los ferrocarriles, durante el tiempo que se le antoje? ¿Cómo se desplegarán las tropas en el este y en el oeste si no es así? ¿En bicicleta?

Oskar advirtió con cierta diversión que los hombres de la Abwehr no hacían comentarios. Sospechaban que Toffel no estaba bebido, sino que les tiraba de la lengua.

Los dos agrimensores hicieron a Toffel algunas preguntas acerca de esos curiosos trenes que llegaban a Mogilska. Muy pronto, no se hablaría más de tales cargamentos: el transporte de seres humanos sería un tópico de la política de reasentamiento de poblaciones. Pero, en esa reunión de Navidad de Oskar, todavía era una novedad.

—Ellos hablan de concentración —dijo Toffel—. Ésa es la palabra que se usa en los documentos: *concentración*. Yo diría que es una terrible obsesión.

El propietario del local trajo platos de arenque con salsa. El pescado combinaba bien con los licores fuertes; y mientras comían Gebauer habló de los *Judenrats*, los consejos judíos que se habían creado en todas las comunidades judías por orden del gobernador Frank. En las ciudades como Varsovia o Cracovia, el *Judenrat* tenía veinticuatro miembros electos, personalmente responsables del cumplimiento de las órdenes del régimen. El *Judenrat* de Cracovia tenía sólo un mes de existencia; su presidente era Marek Biberstein, una respetada autoridad municipal. Y ya se había presentado en el castillo de Wawel, según había oído decir Gebauer, con un plan para la organización del trabajo judío. El *Judenrat* proporcionaría los equipos de trabajo para excavar zanjas, construir letrinas y despejar la nieve. ¿No creían los demás que era una actitud excesivamente cooperativa?

—De ningún modo —respondió Steinhauser, de la Inspección de Armamentos—. Sin duda creen que así evitarán el reclutamiento forzado al azar, que siempre es causa de palizas y de algún balazo en la cabeza.

Martin Plathe pensaba lo mismo.

—Son cooperantes para evitar algo peor —dijo—. Conviene recordar que ése es su método habitual. Siempre han intentado comprar a las autoridades civiles cooperando con ellas, para negociar después.

Gebauer parecía interesado en desconcertar a Toffel, porque insistió en el tema demostrando, acerca de los judíos, más dureza de la que en realidad sentía.

—Les diré cómo veo yo esta cooperación. Frank publica el edicto que exige a todos los judíos el uso de una estrella amarilla. El edicto data de pocas semanas atrás. Y ya hay en Varsovia un industrial judío que está haciendo estrellas de bakelita a tres zlotys la pieza. Es como si no tuviera idea del sentido del edicto, como si se tratara de insignias de un club deportivo.

Alguien sugirió entonces que, como Schindler se dedicaba a la fabricación de productos esmaltados, podría fabricar estrellas esmaltadas, de lujo, y venderlas por medio de la red de ferreterías que supervisaba su amiga Ingrid. Y alguien recordó que la estrella era la insignia nacional judía, el símbolo de un estado que había sido destruido por los romanos y que ahora sólo existía en la mente de los sionistas. Quizá los judíos estaban orgullosos de usar la estrella.

—Lo cierto —dijo Gebauer— es que no tienen la más mínima organización para protegerse. Tienen organizaciones para capear la tormenta. Pero no una tormenta como la que se avecina, lanzada por la SS.

Una vez más parecía que Gebauer, aunque sin

mayor entusiasmo, aprobaba el celo profesional de la SS.

—No lo creo —dijo Plathe—. Lo peor que les puede pasar es que los envíen a Madagascar, donde el clima es bastante mejor que en Cracovia.

—Pues yo no creo que lleguen nunca a Madagascar —respondió Gebauer.

Oskar pidió que cambiaran de tema.

—Después de todo, ésta es mi fiesta —dijo. La verdad era que Oskar había visto a Gebauer mientras entregaba a un hombre de negocios judío, en el hotel Cracovia, documentos falsos para que pudiese huir a Hungría. Quizá Gebauer había recibido dinero a cambio, aunque parecía un hombre demasiado íntegro para vender papeles, firmas, sellos. Y estaba seguro, a pesar del papel que había representado ante Toffel, de que no odiaba a los judíos. Y tampoco los demás. En la Navidad de 1939, ellos significaban sólo un consuelo ante la violenta política oficial. Más adelante, sus invitados habrían de tener un valor más positivo.

CAPÍTULO·6

La *Aktion* de la noche del 4 de diciembre convenció a Stern de que Oskar Schindler era esa cosa tan rara: el «goy» justo. La antigua leyenda talmúdica de los *Hasidei Ummot Ha-olam* dice que en cualquier momento dado de la historia de la humanidad hay siempre treinta y seis hombres justos. Para Stern la leyenda era válida en términos psicológicos, aun cuando no creyera literalmente en ese número místico; y pensaba por lo tanto que hacer de ese alemán un santuario real viviente era un camino sensato y apropiado.

Después de todo, Schindler necesitaba capital: la Rekord había sido parcialmente desprovista de maquinaria, con excepción de una pequeña nave de prensas, cubas de esmalte, hornos y tornos. Stern podía ejercer poderosa influencia espiritual sobre Oskar; y el hombre capacitado para ponerlo en contacto con capitales ofrecidos en términos convenientes era Abraham Bankier, gerente de Rekord, a quien Oskar también había conquistado.

Los dos —Oskar, grande y sensual, y el bajo y menudo Bankier— empezaron a visitar a posibles inversores. Por el decreto del 23 de noviembre, los depósitos bancarios y las cajas de seguridad de todos los judíos quedaban bajo el fideicomiso permanente de la administración alemana, sin que los propietarios tuvieran derecho alguno a retirarlos ni a percibir intereses. Algunos de los comerciantes más ricos, los que sabían algo de historia, poseían fondos secretos en monedas fuertes. Pero también sabían que durante unos cuantos años, mientras gobernara Hans Frank, las divisas serían peligrosas, y menos deseables que las riquezas más portátiles: el oro, los diamantes, ciertos bienes de consumo.

Bankier conocía cierta cantidad de personas que residían en los alrededores de Cracovia y estaban dispuestas a invertir dinero a cambio de una cantidad asegurada de productos. Por ejemplo, cincuenta mil zlotys a cambio de cierta cantidad de kilos de ollas y sartenes por mes, que se entregarían durante un año a partir de julio de 1940. Para un judío de Cracovia, con Hans Frank instalado en el castillo de Wawel, era más fácil y seguro negociar con utensilios de cocina que con zlotys.

De estos arreglos no guardaban la menor constancia Oskar, el inversor, ni el intermediario Bankier; ni siquiera una anotación. Un contrato en regla era inútil, y de todos modos, no era posible exigir su cumplimiento. Todo dependía de que Bankier hubiera juzgado acertadamente al fabricante de esmaltados de los Sudetes.

Los encuentros se realizaban, quizás, en el apartamento del inversor en el centro de Cracovia, la ciudad vieja. A la luz de la transacción cobraban nuevos colores los paisajes polacos que amaba la esposa del inversor, las novelas francesas que saboreaban sus alegres y delicadas hijas. A veces, el inversor había sido expulsado de su casa y residía en unas pobres habitaciones de Podgórze. Y era ya un hombre en pleno desconcierto, que había perdido su casa y su negocio, del que tal vez era un empleado menor; y todo esto había ocurrido en pocos meses, cuando el año aún no había terminado.

A primera vista parecería un mero embellecimiento de la historia decir que Oskar jamás fue acusado de faltar a esos contratos informales. El año siguiente había de mantener una disputa con un minorista judío por la cantidad de productos que el hombre tenía derecho a retirar del muelle de carga de la Deutsche Email Fabrik, en la calle Lipowa. Y ese hombre insistiría en sus acusaciones contra Oskar hasta el fin de sus días, por ese asunto particular. Pero jamás se dijo que Oskar no cumplía sus arreglos.

Porque Oskar era por naturaleza cumplidor; daba a veces la impresión de que podía hacer pagos ilimitados a partir de recursos ilimitados. De todos modos, Oskar y otros oportunistas alemanes ganarían tanto dinero en los cuatro años siguientes que sólo un hombre consumido por el deseo de lucro hubiera dejado de pagar lo que el padre de Oskar habría considerado deudas de honor.

Emilie Schindler fue a Cracovia a visitar por primera vez a su marido para Año Nuevo. La ciudad le pareció la más bonita que había visto nunca, infinitamente más graciosa, antigua y agradable que Brno, la ciudad principal de Moravia, con sus nubes de humo industrial.

Le impresionó el nuevo piso de su marido. Las ventanas daban al Planty, una elegante sucesión de parques que corría alrededor de la ciudad siguiendo el contorno de las viejas murallas, derribadas mucho antes. Al final de la calle se erguía la gran fortaleza de Wawel; y en medio de esas venerables reliquias estaba el moderno apartamento de Oskar. Emilie miró los tapices y cortinajes elegidos por la señora Pfefferberg: era palpable en ellos el éxito reciente de su marido.

—Te ha ido muy bien en Polonia —dijo—. Oskar sabía que, en realidad, ella estaba hablando del asunto de la dote que su padre se había negado a pagar doce años antes, cuando unos viajeros que venían de Zwittau habían irrumpido en el pueblo de Alt-Molstein con la noticia de que su yerno vivía y bebía como un soltero. El matrimonio de su hija era exactamente el tipo de matrimonio que había temido siempre, y de ningún modo les daría la dote.

Y aunque la falta de esos cuatrocientos mil marcos había alterado un poco los planes de Oskar, el granjero de Alt-Molstein no sabía cuánto había de entristecer y poner a la defensiva a su hija, ni que doce años más tarde, cuando ya fuera para Oskar un asunto sin importancia, aún estaría en primer plano en la mente de Emilie.

—Querida —había repetido Oskar muchas veces—, nunca tuve necesidad de esa maldita suma.

Las relaciones intermitentes de Emilie con Oskar parecen las de una mujer que no ignora las infidelidades presentes y futuras de su marido, pero no desea, sin embargo, que le pongan las pruebas ante los ojos. Sin duda se sentiría desasosegada al acudir, en Cracovia, a reuniones donde los amigos de Oskar debían saber los nombres de las otras mujeres, esos nombres que ella en realidad no quería conocer.

Un día un joven polaco —era Poldek Pfefferberg, que casi había disparado contra su marido, aunque ella no podía saberlo— llegó a la puerta con una alfombra enrollada sobre el hombro. Era una alfombra del mercado negro, que había venido de Estambul a través de Hungría; Ingrid, que se había marchado de la casa durante el tiempo de la visita de Emilie, le había encargado a Pfefferberg la tarea de encontrar una.

—¿Está Frau Schindler? —preguntó Pfefferberg. Siempre llamaba así a Ingrid, porque le parecía menos ofensivo.

—*Yo* soy Frau Schindler —dijo Emilie, que no ignoraba el significado de la pregunta.

Pfefferberg demostró cierta sensibilidad al disimular. En realidad no debía ver a Frau Schindler, explicó, aunque había oído hablar mucho de ella a Herr Schindler. Debía ver a Herr Schindler por un asunto de negocios.

Herr Schindler no estaba, respondió Emilie. Ofreció al joven Pfefferberg una bebida que él rechazó en seguida. Emilie sabía también qué significaba eso: él estaba un poco escandalizado por la vida personal de Oskar y le parecía indecoroso sentarse a beber con la víctima.

La fábrica que había arrendado Oskar se encontraba en Zablocie —al otro lado del río— en el número 4 de la calle Lipowa. Los despachos que daban a la calle tenían un diseño moderno y Oskar pensó que tal vez fuera posible y conveniente trasladarse allí alguna vez, tener un apartamento en el tercer piso, aunque el entorno era industrial y no tan alegre como la calle Straszewskiego.

Cuando Oskar se instaló en la Rekord, con el nuevo nombre de Deutsche Email Fabrik, había cuarenta y cinco personas a cargo de la pequeña producción de utensilios de cocina. A principios del nuevo año recibió sus primeros contratos del ejército. No fueron una sorpresa. Había cultivado la relación de varios influyentes ingenieros de la Wehrmacht que pertenecían a la junta principal de armamentos de la Inspección de Armamentos de Schindler. Había compartido reuniones con ellos y los había invitado a cenar al hotel Cracovia. Hay fotos de Oskar con ellos, ante mesas costosas; todos sonríen educadamente a la cámara. Están bien alimentados, han bebido generosamente, los oficiales llevan elegantes uniformes. Algunos de ellos habían puesto los sellos adecuados en sus propuestas o escrito importantes cartas de recomendación para el general Schindler meramente por amistad y porque creían que la fábrica de Oskar cumpliría su compromiso. Otros se dejaban conquistar por los regalos que Oskar hacía siempre a los funcionarios: coñac, tapices, joyas, muebles, cestos de alimentos de lujo. Se decía también que el general Schindler conocía a su homónimo fabricante de esmaltados y que éste le agradaba mucho.

Con la autoridad de sus lucrativos contratos con la Inspección de Armamentos, Oskar pudo expandir sus instalaciones. Había espacio. Detrás de los despachos de la DEF había dos grandes naves industriales. En la de la izquierda, tal como se salía de los despachos, estaba la zona ocupada por la producción actual. La otra nave estaba totalmente vacía.

Compró máquinas nuevas, algunas en Polonia, otras en Alemania. Aparte de los pedidos militares, había que abastecer el devorador mercado negro. Oskar sabía ya que podía ser un magnate. A mitad del verano de 1940 tendría doscientos cincuenta trabajadores polacos y consideraría la posibilidad de establecer un turno de noche. La fábrica de maquinaria industrial de Herr Hans Schindler, en Zwittau, había empleado cincuenta personas en el mejor momento. Es muy satisfactorio superar a un padre a quien no se ha perdonado.

En algunos momentos, a lo largo del año, Stern visitaba a Schindler y le pedía un empleo para algún joven judío, siempre un caso especial: algún huérfano de Lodz, la hija de un empleado de la *Judenrat*. A los pocos meses, Oskar empleaba ciento cincuenta empleados judíos y su fábrica empezaba a adquirir una pequeña reputación de lugar seguro.

Ese año —como todos los posteriores durante el resto de la guerra— los judíos buscaban empleos que se consideraban esenciales para el esfuerzo de guerra. En abril, el gobernador general Frank decretó la evacuación de los judíos de Cracovia, su capital. Era una decisión extraña, porque las autoridades del Reich seguían introduciendo diez mil judíos y polacos diarios en la zona del gobernador general. Sin embargo, como dijo Frank a su gabinete, las condiciones en Cracovia eran escandalosas. Sabía de altos oficiales que residían en casas de apartamentos donde aún había inquilinos judíos. Había incluso jefes de división sometidos a la misma deplorable indignidad. Frank prometió que en el plazo de seis meses lograría una Cracovia *judenfrei*. Sólo se permitiría la presencia de cinco a seis mil trabajadores judíos especializados. Todo el resto sería trasladado a las otras ciudades del Gobierno General: Varsovia, Radom, Lublin o Czestochowa. Los judíos podrían emigrar voluntariamente a la ciudad que eligieran, pero sólo hasta el 15 de agosto. Los que quedaran en la ciudad después de esa fecha serían enviados con una cantidad mínima de equipaje a cualquier lugar que conviniera a la administración. A partir del primero de noviembre, dijo Hans Frank, los alemanes de Cracovia podrían respirar un «buen aire alemán» y salir a pasear sin ver las calles y caminos repletos de judíos. Frank no lograría reducir ese año la población judía de la ciudad hasta un nivel tan bajo. Pero cuando anunció sus planes, la población judía de Cracovia, y especialmente los jóvenes, se precipitaron a aprender oficios especializados. Hombres como el delgado Itzhak Stern —agentes oficiales y oficiosos del *Judenrat*— elaboraban listas de simpatizantes alemanes a quienes podían recurrir. En esa lista figuraba Schindler así como el vienés Julius Madritsch, que había logrado recientemente su baja de la Wehrmacht y el cargo de *Treuhänder* de la fábrica de uniformes Optima. Madritsch también había pensado en los ventajosos contratos de la Inspección de Armamento y se proponía abrir una fábrica de uniformes en el suburbio de Podgórze. Con el tiempo amasaría una fortuna aún mayor que la de Schindler; pero ese *annus mirabilis* de 1940 sólo ganaba un salario. Se sabía que era una buena persona y eso era todo.

El primero de noviembre Frank había logrado

sacar de Cracovia veintitrés mil voluntarios judíos. Algunos de ellos se marcharon a los nuevos guetos de Varsovia y de Lodz. Es fácil imaginar las tristes despedidas en las estaciones de tren y los espacios vacíos en las mesas, pero la gente aceptaba resignadamente, pensando: «Lo haremos; ésta será la peor parte.» Oskar tampoco ignoraba lo que ocurría pero, como los mismos judíos, esperaba que fuese un exceso pasajero.

Probablemente fue el año más industrioso de la vida de Oskar. Su empresa pasó de la bancarrota a un nivel de producción que las instituciones del gobierno tomaban seriamente. Cuando cayeron las primeras nieves, Schindler advirtió con irritación que cada día faltaban a su trabajo unos sesenta o más operarios judíos. Detenidos mientras acudían a su trabajo por patrullas de la SS, eran obligados a despejar la nieve. Schindler visitó a su amigo Toffel en el cuartel general de la SS en la calle Pomorska para expresar sus quejas. Cierto día, dijo a Toffel, había ciento veinticinco empleados ausentes.

Toffel no vaciló en responder:

—Tiene que comprender que a mucha de nuestra gente no le importa nada la producción. Para ellos es una prioridad nacional que se empleen judíos para despejar la nieve. En verdad, no lo comprendo... Ven un significado ritual en esa tarea. No le ocurre a usted sólo, sino a todos.

Oskar preguntó si también los demás se quejaban. Sí, dijo Toffel. Y sin embargo, agregó, un alto funcionario de la Oficina de Construcciones y Presupuestos de la SS había dicho durante una comida en la calle Pomorska que era una traición considerar que los obreros especializados judíos pudieran tener un lugar en la economía del Reich.

—Por lo que me parece, no dejará de ver a muchos de sus judíos barriendo nieve, Oskar.

Por el momento, Oskar adoptó la actitud del patriota ultrajado, o tal vez la del ávido empresario ultrajado.

—Para ganar la guerra —dijo—, habría que quitarse de encima a esos hombres de la SS.

—¿Quitárselos de encima? —repitió Toffel—. Por Cristo, si son los que mandan.

Como resultado de ésta y otras conversaciones similares, Oskar empezó a defender el principio de que un empresario debía poder disponer libremente de su personal y de que ese personal debía tener libre acceso a la fábrica sin que nadie los detuviera ni les impusiera otras tareas mientras se dirigían a su trabajo o de éste a su casa. Para Oskar, esto era un axioma moral tanto como industrial. Y lo aplicaría luego hasta los últimos límites en la Deutsche Email Fabrik.

CAPÍTULO·7

Algunos habitantes de las grandes ciudades, de Lodz y de Varsovia, donde había guetos, o de Cracovia, debido al deseo de Frank de hacerla *judenfrei,* se marcharon al campo para ocultarse entre los campesinos. Los hermanos Rosner se establecieron en el antiguo pueblo de Tyniec, en un bonito recodo del Vístula dominado por un cerro de piedra caliza donde había una vieja abadía benedictina. Era un sitio suficientemente anónimo para los Rosner. Había unos pocos tenderos y artesanos judíos ortodoxos que no podían tener nada en común con unos músicos de bares nocturnos. Pero los campesinos, tediosamente atareados por las cosechas, recibieron a los músicos tan bien como ellos ya esperaban.

No habían llegado a Tyniec desde Cracovia; no huían de ese gran punto de concentración, cerca de los jardines botánicos de la calle Mogilska donde jóvenes soldados de la SS amontonaban gente en camiones y pronunciaban suaves y mentirosas promesas sobre la entrega posterior de todos los equipajes adecuadamente rotulados. Venían de Varsovia; habían estado contratados en el Basilisk. Habían partido el día anterior al cierre del gueto de Varsovia ellos dos, Henry y Leopold, Manci, la esposa de Henry, y Olek, su hijo de cinco años.

A los hermanos Rosner les agradaba la perspectiva de instalarse en un pueblo polaco del sur, cerca de su Cracovia natal. Si las condiciones mejoraban, tendrían la posibilidad de coger un autobús a Cracovia y buscar trabajo allí. La muchacha austríaca —Manci Rosner— había llevado consigo su máquina de coser y los hermanos abrieron en Tyniec una pequeña tienda de ropa. Por las noches tocaban en las tabernas, causando sensación en ese pueblo tan pequeño. Los pueblos solían recibir bien y apoyar pequeñas maravillas ocasionales aunque fueran judías. Y el violín era el instrumento más venerado en Polonia.

Una noche un viajero *Volksdeutscher* —un polaco de lengua alemana— de Poznan oyó tocar a los hermanos Rosner en la terraza de la hostería. El *Volksdeutscher,* uno de esos polacos alemanes en cuyo nombre Hitler había ocupado inicialmente Polonia, era un funcionario municipal de Cracovia. Dijo a Henry que el alcalde de Cracovia, el *Obersturmbannführer* Pavlu y su segundo, el renombrado esquiador Sepp Rohrl, visitarían esa zona rural durante la cosecha; sería un placer para él que pudieran escuchar a un dúo tan perfecto.

Una tarde en que los haces de espigas dormitaban en los campos tan tranquilos y solitarios como los domingos, una hilera de grandes coches oficiales atravesó Tyniec y subió la cuesta que llevaba a la residencia de vacaciones de un aristócrata polaco ausente. Los hermanos Rosner esperaban en la terraza. Fueron invitados a tocar cuando todas las damas y caballeros se sentaron en un salón donde alguna vez se habrían celebrado bailes. Henry y Leopold sintieron a la vez excitación y miedo al ver la gravedad con que los invitados del *Obersturmbannführer* Pavlu se disponían a escuchar. Las mujeres vestían de largo y con guantes, los oficiales uniforme de gala, los burócratas cuellos de pajarita. Era fácil decepcionar a personas que se tomaban tantas molestias. Y era un grave crimen que un judío causara incluso una decepción cultural al régimen.

Pero el público se enamoró de ellos. Eran un grupo característicamente *gemütlich*: adoraban las obras de Strauss, Offenbach, Lehar, André Messager y Leo Fall. A la hora de las peticiones se pusieron sentimentales.

Y mientras Henry y Leopold tocaban, los hombres y las mujeres bebían champaña en altas copas traídas especialmente en cestos.

Terminado el recital para los funcionarios, acompañaron a los hermanos hasta el pie de la colina, donde estaban reunidos los soldados de la escolta y los campesinos. Si se preparaba alguna violenta demostración racial, era allí donde debía ocurrir. Pero apenas los dos hermanos subieron a un carro y miraron a la muchedumbre, Henry supo que no tendrían problemas. Estaban protegidos por el orgullo de los campesinos, su actitud nacional, el hecho de que esa noche los Rosner dieran prestigio a la cultura polaca. Eso se parecía tanto a los viejos tiempos que Henry se encontró sonriendo a Olek y a Manci, tocando para ella, capaz de ignorar todo el resto. Durante unos instantes pareció que, finalmente, la música había pacificado la tierra.

Cuando concluyeron, un suboficial de la SS —tal vez un *Rottenführer;* Henry no conocía bien sus grados—, de mediana edad, se acercó a los hermanos, que recibían felicitaciones junto al carro. Inclinó su cabeza, sonriendo apenas.

—Espero que tengáis una buena fiesta de la cosecha —dijo, y se alejó.

Los hermanos se miraron. Cuando el militar se apartó, cedieron a la tentación de discutir el sentido de esas palabras. Leopoldo estaba convencido:

—Ha sido una amenaza —dijo. Demostraba lo que habían temido en el fondo de su corazón cuando el funcionario *Volksdeutscher* les había hablado por primera vez: que no era conveniente, en esos días, destacarse y adquirir un rostro distintivo.

Pero la fiesta de la cosecha llegó y pasó, y los Rosner no fueron molestados en Tyniec.

Así era la vida en el campo en 1940. Una carrera suspendida, una borrosa actividad comercial, el terror ocasional, la atracción del brillante núcleo que era Cracovia. Los Rosner sabían que alguna vez volverían a él.

Emilie regresó a su casa en otoño; y cuando Stern visitó nuevamente a Schindler, fue Ingrid quien sirvió el café. Oskar no ocultaba sus debilidades, y aparentemente jamás pensó que fuera necesario excusarse ante el ascético Itzhak Stern por la presencia de Ingrid en el apartamento de Straszewskiego. Ni por coger del armario una nueva botella de coñac y ponerla en la mesa entre Stern y él, como si hubiera alguna probabilidad de que le ayudara a beberla.

Stern había ido esa noche a advertir a Oskar de que una familia, a quienes llamaremos los C, hablaba mal de él. El viejo David y el joven Leon C repetían incluso en las calles de Kazimierz que Oskar era un gángster alemán y un asesino. Stern no empleó términos tan vívidos en su informe a Oskar.

Oskar sabía que Stern no esperaba recibir respuesta; solamente traía la noticia. Pero sintió, sin duda, que debía responder.

—También yo podría hablar de ellos —dijo—. Me han estado robando. Puede preguntarle a Ingrid.

Ingrid trabajaba en la ferretería de los C, en la calle Stradom. Era una *Treuhänder* benigna, y como aún no tenía treinta años, sin experiencia comercial. Se rumoreaba que Schindler mismo había hecho designar a la muchacha para tener allí un mercado seguro para sus esmaltados. Sin embargo, los C aún manejaban en gran medida a su gusto su compañía. Si estaban resentidos porque la potencia ocupante ejerciera su fideicomiso, nadie podía censurarlos.

Stern alzó la mano. ¿Quién era él para censurar a Ingrid? Y tampoco podía servir de mucho comparar notas con la chica.

—Han utilizado a Ingrid —dijo Oskar. Habían ido a la calle Lipowa para retirar sus pedidos, y allí mismo habían alterado las facturas para llevarse más mercancía que la estipulada y pagada. «*Ella* dice que está bien —dijeron al personal de Oskar—. *Él* lo ha arreglado con Ingrid.»

El hijo había reunido muchedumbres y declarado que Schindler había hecho que los SS le golpearan. Pero esa historia variaba. La paliza había ocurrido en la fábrica de Schindler, en un depósito del que había salido el joven C con la cara hinchada y dientes partidos. Y también se decía que había sido en Limanowskiego y ante testigos. Y un hombre llamado H, empleado de Oskar y amigo de los C, dijo que había oído a Oskar cuando amenazaba matar al viejo David C, mientras caminaba de un lado a otro de su despacho de la calle Lipova. Y se murmuraba además que Oskar había ido a la calle Stradom: después de violentar la caja registradora, se había llenado los bolsillos de dinero, afirmando que había en Europa un nuevo orden. Y que había golpeado en su despacho al viejo David C.

Oskar no podía alegar en su defensa que pagaba a los C un salario mensual de setecientos cincuenta zlotys. Tanto para él como para Stern, la compañía ferretera era de los C.

¿Era posible que Oskar golpeara al viejo David C hasta el punto de que debiera meterse en cama? ¿Era capaz de pedir a sus amigos de la policía que golpearan a Leon? En cierto nivel, Oskar y los C eran delincuentes que vendían ilegalmente toneladas de esmaltados, sin enviar a la *Transfertelle* el detalle de las ventas ni utilizar los cupones obligatorios, los *Bezugschein*. En el mercado negro los diálogos eran primitivos y el mal carácter afloraba rápidamente. Oskar admitió que había entrado tempestuosamente en el despacho de los C, que había llamado ladrones al padre y al hijo, y que había tomado de su caja el importe de las mercancías que ellos habían retirado sin autorización. Y admitió que había dado un puñetazo al joven Leon. Y esto era todo.

Los C, a quienes Stern conocía desde la infancia, tenían una reputación dudosa. No eran incorrectos, pero sí duros en sus negocios. Y —lo que es significativo en este caso— tenían fama de quejumbrosos cuando se metían en líos.

Stern sabía que Leon C tenía *realmente* marcas de golpes. Las había mostrado en público, deseoso de hablar de ellas. La paliza de la SS había ocurrido *realmente* en un lugar o en otro, pero podía tener una docena de causas. Stern no sólo no creía que Schindler fuera el culpable, sino que pensaba que creer o no creer en lo que se decía era irrelevante para sus propios fines. Sólo tendría importancia si llegaba a confirmarse la brutalidad habitual de Oskar. Para los fines de Stern, los errores ocasionales no contaban. Y si Oskar hubiera estado libre de toda culpa, ni ese piso lujosamente decorado habría existido, ni habría estado Ingrid esperando en el dormitorio.

Sin embargo, algo más se debe decir: Oskar había de salvarlos a todos. A David C y a su esposa, a Leon, a su empleado H, y a M, la secretaria del viejo C. Ellos no lo negarían nunca, pero tampoco dejarían de insistir en su historia inicial.

Esa noche Itzhak Stern traía además la noticia de que Marek Biberstein había sido condenado a dos años de cárcel en la prisión de la calle Montelupich; era —o había sido hasta el arresto— el presidente del *Judenrat*. En otras ciudades el *Judenrat* motivaba ya la repulsa general de la población judía, porque su tarea principal consistía en preparar las listas para las tareas obligatorias y para las transferencias a los campos de concentración. La administración alemana consideraba a los *Judenrats* como instrumentos sometidos a su voluntad; pero en Cracovia Marek Biberstein y su gabinete se veían aún como un amortiguador entre Frank, Wächter, Pavlu y los jefes de policía Scherner y Czurda, por una parte, y los habitantes judíos de la ciudad, por la otra. En el *Cracower Zeitung,* el diario alemán de la ciudad, del 13 de marzo de 1940 el doctor Dietrich Redecker decía que, al visitar el *Judenrat,* le había asombrado el contraste entre sus ricos tapices y muebles y la sordidez de las casas judías de Kazimierz. Sin embargo, los judíos supervivientes no recuerdan a los antiguos miembros del *Judenrat* de Cracovia como personas aisladas del pueblo. Ansiosos por obtener fondos, habían cometido el mismo error que los *Judenrats* de Lodz y Varsovia anteriormente, permitiendo que los ricos compraran su eliminación de las listas de trabajo obligatorio, y obligando así a los pobres a ganar duramente el pan y la sopa. Pero incluso más tarde, en 1941, Biberstein y sus consejeros gozaban aún del respeto de los judíos de Cracovia.

Esos primeros integrantes del *Judenrat* eran veinticuatro hombres, en su mayoría intelectuales. Todos los días, cuando se dirigía a Zablocie, Oskar pasaba por su edificio de Podgórze, donde se apretujaba una cantidad de secretarías. Como en un gabinete, cada miembro del consejo se ocupaba de un aspecto diferente del gobierno. El señor Schenker se ocupaba de los impuestos, y el señor Steinberg de las viviendas, una tarea esencial en una sociedad donde las personas iban y venían, intentando esta semana refugiarse en algún pequeño pueblo para regresar a la siguiente, oprimidos por la estrechez de los campesinos. Leon Salpeter, farmacéutico, cumplía parte de las tareas de asistencia social. Había secretarías de alimentos, cementerios, salud, documentación para viajes, asuntos económicos, servicios administrativos, cultura e incluso —a causa de la supresión de las escuelas— educación.

Biberstein y su consejo creían que los judíos expulsados de Cracovia terminarían en sitios peores y por lo tanto habían decidido reiterar una antigua estrategia: el soborno. El castigado tesoro del *Judenrat* destinó doscientos mil zlotys a este fin. Biberstein y el secretario de vivienda, Chaim Goldfluss, buscaron un intermediario, en este caso un *Volksdeutscher* llamado Reichert, que tenía contactos en la SS y en el castillo de Wawel. La misión de Reichert consistía en pasar el dinero a una serie de oficiales a partir del *Obersturmführer* Seibert, oficial de enlace entre el *Judenrat* y el Gobierno General. A cambio del dinero la administración permitiría que otros diez mil judíos de la comunidad de Cracovia permanecieran en la ciudad a pesar de las órdenes de Frank. No fue posible saber si Reichert insultó a los oficiales reservando para sí un margen demasiado grande y haciendo una oferta demasiado baja, o si los militares involucrados consideraron que la ambición del gobernador Frank de una Cracovia *judenfrei* tornaba demasiado peligrosa la aceptación del soborno. Pero Biberstein fue condenado a dos años en Montelupich, Goldfluss a seis meses en Auschwitz y Reichert mismo a ocho años. Sin embargo, todos sabían que él lo pasaría mejor que los otros dos.

Herr Schindler movió la cabeza ante la idea de apostar doscientos mil zlotys a una esperanza tan frágil.

—Reichert es un delincuente —murmuró. Diez minutos antes habían debatido si él mismo y los C eran delincuentes, sin poner un punto final a la discusión. Pero no había ninguna duda acerca de Reichert—. Yo hubiera podido decirles que Reichert era un sinvergüenza —insistió.

Stern observó, en el tono de los aforismos filosóficos, que en ciertos momentos sólo se podía hacer negocios con sinvergüenzas, porque eran los únicos que quedaban.

Schindler se echó a reír. Era una risa franca, con dientes, casi rústica.

—Muchas gracias, querido amigo —dijo.

CAPÍTULO·8

La Navidad de ese año no fue tan mala. Pero cundía la nostalgia y la nieve caía como una pregunta en los parques frente a la casa de Schindler y cubría como algo eterno y vigilante los techos del castillo de Wawel y la calle Kanonicza, al pie de las viejas fachadas. Nadie creía ya en la resolución rápida de la guerra, ni los soldados, ni los polacos, ni los judíos a ambos lados del río.

Schindler compró un caniche, una ridícula cosa francesa adquirida por Pfefferberg para su secretaria polaca. A Ingrid le regaló alhajas y también envió algunas a Zwittau para la dulce Emilie. Leopold Pfefferberg dijo que no había sido fácil encontrar el caniche, pero sí las joyas. A causa de los tiempos que corrían, las piedras preciosas tenían extremada movilidad.

Aparentemente Oskar mantenía lazos simultáneos con las tres mujeres y de vez en cuando amistades casuales con otras sin sufrir jamás las penalidades normales que aquejan a los mujeriegos. Los visitantes de su casa no recuerdan siquiera haber visto a Ingrid de malhumor. Era, parece, una chica serena y generosa. Emilie, que tenía aún más motivos de queja, era demasiado digna para montar las escenas que Oskar merecía sobradamente. Si Victoria Klonowska estaba resentida, esto no afectaba a sus modales en el despacho de la DEF ni su lealtad al Herr Direktor. Uno esperaría que, en una vida como la de Oskar, los enfrentamientos públicos entre mujeres enfurecidas fueran hechos cotidianos. Pero nadie entre los amigos o los empleados de Oskar —testigos deseosos de admitir, a veces con una sonrisa, los pecados de la carne de Oskar— recuerda un enfrentamiento de este tipo, frecuente destino de personas menos osadas que otras.

Sugerir, como han hecho algunos, que a cualquier mujer le habría agradado disponer parcialmente de Oskar es subestimar a las mujeres involucradas. El problema estaba en que, si se hablaba a Oskar de fidelidad, aparecía en sus ojos una mirada de auténtico asombro infantil, como si uno mencionara un concepto similar a la relatividad, que sólo era posible comprender disponiendo de cinco horas para meditar y concentrarse. Oskar nunca tuvo cinco horas y nunca comprendió.

Excepto en el caso de su madre. En recuerdo de su madre muerta, Oskar fue esa mañana de Navidad a la misa de Santa María. Había un espacio vacío sobre el altar; hasta pocas semanas antes, estaba allí el tríptico de madera de Wit Stwosz, distrayendo a los fieles con su apretujada muchedumbre de deidades. Esa ausencia, la palidez de la piedra allí donde había estado el tríptico, avergonzaron a Herr Schindler. Alguien lo había robado. Había sido enviado a Nuremberg. El mundo se había convertido en un lugar improbable.

Igualmente los negocios fueron maravillosos ese invierno. Los primeros días del nuevo año sus amigos de la *Rüstungsinspektion* le hablaron de la posibilidad de que creara una sección de armamentos para fabricar granadas antitanque. A Oskar le interesaban más las ollas y las sartenes que las granadas. La ingeniería de las ollas y sartenes era sencilla. Se cortaba y prensaba el metal, se sumergía en cubas, se sometía a la temperatura adecuada. No era necesario calibrar instrumentos: en ningún punto del proceso el trabajo debía ser tan preciso como para producir armas. Por otra parte, no existía la posibilidad del comercio clandestino de granadas, y a Oskar le encantaba el comercio clandestino por su aspecto deportivo, su mala reputación, los rápidos ingresos y la carencia de papeleos.

Pero como era buena política, inauguró una sección de municiones, instalando en una galería de su nave 2 varias inmensas máquinas Hilo para el prensado y mecanizado de precisión de la cubierta de las granadas. Sin embargo, por ahora la sección tenía carácter experimental; pasarían varios meses de planeamiento y control de producción antes de que apareciera la primera granada. Pero las grandes Hilo daban a la fábrica de Schindler el aspecto de una industria básica y eran por lo tanto un parapeto contra el dudoso futuro.

Antes de que las Hilo estuviesen siquiera calibradas, Oskar empezó a recibir veladas noticias de sus
contactos en la SS de la calle Pomorska de que
pronto se establecería un gueto para los judíos.
Mencionó discretamente el rumor a Stern, tratando
de no crear alarma. Sí, dijo Stern, corría esa noticia.
Incluso algunas personas la veían con esperanza. Estaremos dentro, el enemigo estará fuera. Podremos
ocuparnos de nuestros propios asuntos. Nadie nos
envidiará, nadie nos arrojará piedras en la calle. Las
murallas del gueto serán estables. Esas murallas serían una forma fija y definitiva de la catástrofe.

El edicto 44/91 fue publicado el 3 de marzo de
1941 en los periódicos de Cracovia y aullado por los
altavoces de los camiones en Kazimierz. Mientras
recorría la sección de municiones, Oskar oyó co-
mentar las noticias a uno de sus técnicos alemanes.

—¿Y no estarán mejor allí? —preguntaba el
hombre—. Los polacos los odian.

El edicto contenía la misma excusa. Para reducir
los conflictos raciales en la Gobernación General se
crearía un barrio judío cerrado. La residencia en el
gueto sería obligatoria para todos los judíos, pero
quienes tuvieran la tarjeta de trabajo correspondiente podrían salir para regresar por la noche. El gueto
estaría situado en el suburbio de Podgórze, sobre el
río. La fecha límite de ingreso era el 20 de marzo. La
distribución de viviendas quedaría a cargo del *Judenrat,* pero los polacos que actualmente vivían en
la zona del gueto y que por lo tanto debían trasladarse, se dirigirían a su propia oficina de vivienda para obtener apartamentos en otras partes de la
ciudad.

El edicto incluía un mapa del nuevo gueto. El límite norte era el río, el este la línea férrea a Lwow,

el sur las colinas al otro lado de Rekawka, y el oeste la plaza de Podgórze. Sería un espacio densamente poblado. Pero existía la esperanza de que la represión adquiriera una forma definida, dando a la gente una base para planear sus restringidos futuros. Para un hombre como Juda Dresner, un vendedor de paños de la calle Stradom, que oportunamente conocería a Oskar, el año y medio pasado había sido una asombrosa sucesión de intrusiones, confiscaciones y decretos. El fideicomiso se había apoderado de su establecimiento y había perdido su coche y su casa. Su cuenta bancaria estaba congelada. Las escuelas a las que concurrían sus hijos habían sido cerradas. Le habían quitado las joyas familiares y la radio. Ni él ni su familia podían pisar el centro de Cracovia ni viajar en tren. Sólo podían utilizar los tranvías para judíos. Su mujer, su hija y sus hijos estaban expuestos a las frecuentes redadas de personas para despejar la nieve u otras tareas obligatorias. Nadie sabía, cuando lo metían en un camión, si su ausencia sería breve o larga, ni qué clase de loco de gatillo fácil supervisaría el trabajo que estaría obligado a hacer. Con un régimen semejante sentíase que la vida no ofrecía un punto de apoyo, que se caía en un pozo sin fondo. Pero tal vez el gueto era el fondo, un punto desde el cual era posible el pensamiento organizado.

Además, los judíos de Cracovia estaban acostumbrados, de un modo que podría llamarse congénito, a la idea del gueto. Y ahora que la decisión había sido tomada, hasta la misma palabra tenía un acento ancestral y tranquilizador. Sus abuelos no habían tenido el derecho de salir del gueto de Kazimierz hasta 1867, año en que Francisco José firmó un decreto que los autorizaba a vivir en el punto de la ciudad que desearan. Los cínicos habían dicho entonces que los austríacos necesitaban abrir Kazimierz, en el recodo del río, junto a Cracovia, para que los trabajadores polacos pudieran encontrar hogares más próximos a los lugares de trabajo. Francisco José era tan bien recordado por los ancianos de Kazimierz como lo había sido en la casa natal de Oskar Schindler.

La libertad había llegado muy tarde, y entre los judíos más ancianos de Cracovia había cierta nostalgia del antiguo gueto de Kazimierz. Un gueto implicaba cierta sordidez, casas atestadas, grifos y lavabos compartidos, disputas por el espacio para tender la ropa lavada. Pero también concentraba a los judíos en sus propias peculiaridades y favorecía la riqueza de la cultura compartida, las canciones, las conversaciones sobre el sionismo, codo a codo, entre cafés abundantes en ideas aunque no en crema. Llegaban terribles rumores de los guetos de Lodz y de Varsovia; pero el gueto de Podgórze, tal como estaba planeado, era más generoso con el espacio. Si se superponía el plano del gueto sobre el de Cracovia, se veía que el primero ocupaba la mitad del espacio de la ciudad vieja: no era de ningún modo suficiente pero tampoco era sofocante.

El edicto incluía también una cláusula pacificatoria que prometía proteger a los judíos de sus compatriotas polacos. Desde el comienzo de los años treinta se había desarrollado en Polonia una campaña racial cuidadosamente orquestada. Cuando se inició la Depresión y cayeron los precios de los productos agrícolas, el gobierno polaco aplicó sanciones contra los grupos políticos antisemitas que consideraban a los judíos como la causa de todos sus problemas económicos. El Sanacja —el Partido de

Limpieza Moral— del mariscal Pilsudski se alió, a la muerte del mariscal, con la Unidad Nacional, grupo derechista y antisemita. El primer ministro Skladkowski declaró en el Parlamento de Varsovia: «¿Una guerra económica contra los judíos? ¡Adelante!» Y, en lugar de dar a los campesinos la reforma agraria, el Sanacja los alentó a mirar las tiendas judías del mercado como el símbolo y la explicación perfecta de la pobreza rural polaca. Hubo pogromos contra la población judía en muchas ciudades, empezando por Grodno en 1935. Los legisladores polacos se unieron a la lucha y las nuevas leyes de crédito bancario sofocaron a las industrias judías. Los gremios quedaron cerrados para los artesanos judíos y las universidades impusieron una cuota máxima de acceso para los estudiantes judíos, que las personas de cultura clásica llamaban *numerus clausus aut nullus* (número restringido o ninguno). Ante la insistencia de la Unidad Nacional, se otorgaron bancos especiales para los judíos en las aulas, en el lado izquierdo. Era común en las universidades polacas que las bonitas y brillantes hijas de la judería local sufrieran, al salir de las aulas, veloces navajazos en las mejillas asestados por algún joven delgado y serio de la Unidad Nacional.

En los primeros días de la ocupación asombraba a los conquistadores que los polacos estuvieran dispuestos a señalar las casas judías o a sostener a un judío por los largos rizos ortodoxos mientras le cortaban la barba con tijeras o marcaban su rostro con una bayoneta de infantería. Por lo tanto, la promesa de proteger a los residentes del gueto contra los excesos nacionalistas polacos casi parecía creíble.

Aun cuando no había gran júbilo espontáneo entre los judíos de Cracovia mientras se preparaban para instalarse en Podgórze, estaba presente cierto extraño elemento de retorno al hogar, así como la sensación de llegar a un límite: más allá de éste, con un poco de buena fortuna, no habría más desarraigo ni tiranía. Algunas personas de los pueblos que rodeaban a Cracovia —Wieliczka, Niepolomice, Lipnica Murowana, Tyniec— se dirigieron a Podgórze apresuradamente para que el 20 de marzo no los sorprendiera encerrados, fuera, en un paisaje desolado. Porque el gueto era por naturaleza, y casi por definición, habitable aunque sujeto a ataques esporádicos. El gueto representaba la *stasis,* no el movimiento.

El gueto introduciría un pequeño inconveniente en la vida cotidiana de Oskar Schindler. Tenía el hábito de salir de su elegante piso de Straszewskiego, pasar junto al bulto de piedra caliza del castillo de Wawel, metido en la boca de la ciudad como un corcho en una botella, atravesar Kazimierz y seguir luego por el puente Kosciuszko para girar a la izquierda hacia su fábrica de Zablocie. Desde ahora los muros del gueto bloquearían ese camino. Era un problema ínfimo, pero tornaba más razonable la idea de instalar un nuevo apartamento en el piso superior del edificio de la calle Lipowa. No estaba tan mal: era una construccion al estilo de Walter Gropius con mucha luz, abundancia de cristales y elegantes ladrillos cúbicos en la entrada.

Cada vez que viajaba entre la ciudad y Zablocie en esos días de marzo antes de la fecha límite, veía en Kazimierz a los judíos que empacaban sus propiedades; y en la calle Stradom, a familias que empujaban carretillas con altas pilas de sillas, colchones y relojes hacia el gueto. Sus antepasados habían vivido en Kazimierz desde que era una isla separada del centro por un brazo del río llamado Stara Wisla; exactamente, desde que Casimiro el Grande los había invitado a residir en Cracovia en un momento en que, en todas partes, se les echaba la culpa de la Peste Negra. Oskar imaginó que así habían entrado en Cracovia quinientos años antes; empujando una carretilla de muebles. Ahora se marchaban con las mismas cosas. La invitación de Casimiro quedaba cancelada.

Cuando atravesaba la ciudad una mañana, Oskar vio que los tranvías de la ciudad pasarían en el futuro por la calle Lwowska, atravesando el gueto. Los obreros polacos estaban recubriendo de ladrillos todas las paredes que daban a los carriles del tranvía y elevando muros de cemento donde había espacios vacíos. Los tranvías tendrían sus puertas cerradas desde que entraran en el gueto y no se detendrían mientras no volvieran a aflorar al *Umwelt*, el mundo ario, en la esquina de las calles Lwowska y Kingi suroeste. Oskar sabía que la gente tomaría de todos modos el tranvía. Con las puertas cerradas, sin paradas, con ametralladoras emplazadas en los muros; tanto daba. Los seres humanos eran incurables en este sentido. Algunos tratarían de bajar del tranvía en marcha, alguna criada polaca leal con un paquete de salchichas. Otros tratarían de subir, algún joven atlético de movimiento rápidos, como Leopold Pfefferberg, con el bolsillo lleno de diamantes o zlotys de ocupación, o con un mensaje en código para los guerrilleros. La gente respondía ante cualquier oportunidad, aunque fuera un vehículo que venía del exterior, se movía velozmente entre muros ciegos y tenía las puertas cerradas.

A partir del 20 de marzo los operarios judíos de Oskar no recibirían salario; deberían vivir exclusivamente de sus raciones. En cambio, él pagaría un arancel en los cuarteles de la SS de Cracovia. Esto desagradaba a Oskar y a Madritsch: sabían que algún día terminaría la guerra y que los propietarios de esclavos, como había ocurrido en América, serían avergonzados en público. El dinero que debían entregar a los jefes policiales era el arancel standard de la Oficina Administrativa y Económica SS: siete marcos y medio diarios por cada obrero calificado, cinco por cada mujer u obrero no calificado. La cantidad era inferior a la usual en el mercado libre de trabajo. Pero, tanto para Oskar como para Julius Madritsch, el disgusto moral pesaba más que la ventaja económica. El pago de ese dinero era, ese año, la menor de las preocupaciones de Oskar. Él no había sido nunca un modelo de capitalista. Su padre lo había acusado frecuentemente en su juventud de ser desaprensivo con el dinero. Cuando sólo era un gerente de ventas, Oskar tenía dos coches y la esperanza de que Hans se enterara con desagrado. Ahora, en Cracovia, podía tener un garaje lleno: un Minerva belga, un Maybach, un Adler, un BMW.

Uno de los triunfos a que aspiraba Schindler era mostrarse pródigo y, sin embargo, ser más rico que su padre, más cuidadoso. En los momentos de expansión el coste del trabajo no tenía importancia.

También era así para Madritsch. Su fábrica de uniformes estaba al oeste del gueto, más o menos a dos kilómetros del establecimiento de Oskar. Sus negocios marchaban tan bien que se proponía abrir una fábrica similar en Tarnow. También él era un favorito de la Inspección de Armamentos, a tal punto que acababa de recibir un préstamo de un millón de zlotys de un banco, el Emisyjny.

A pesar de sus problemas morales, no es probable que ninguno de ambos empresarios, Oskar o Julius, sintiera la obligación moral de no emplear más judíos. Eso habría sido sólo un gesto y, como eran pragmáticos, los gestos no eran su fuerte. De todos modos, Itzhak Stern y Roman Ginter —un comerciante que pertenecía al *Judenrat*— visitaron a Oskar y a Julius y les pidieron que emplearan más judíos, tantos como pudieran. Su objetivo era dar al gueto estabilidad económica. Era casi axiomático, pensaban Stern y Ginter en ese momento, que, si un judío tenía cierto valor económico en un flamante imperio hambriento de obreros calificados, estaba a salvo de cosas peores. Oskar y Madritsch estaban de acuerdo.

Durante dos semanas, familias de clase media, con la ayuda de sus criados polacos, empujaron sus carretillas a través de Kazimierz y del puente hacia Podgórze. En la parte inferior estaban los abrigos de pieles y las joyas que conservaban; arriba, las teteras, las ollas, los colchones. En las calles Stradom y Starovislna grupos de polacos se burlaban o les arrojaban barro.

—¡Se van los judíos! ¡Se van los judíos! ¡Adiós, judíos!

En el otro lado del puente un vistoso portal de madera recibía a los nuevos pobladores del gueto. Adornado con franjas blancas que le daban aspecto árabe, tenía dos grandes arcos para los tranvías que iban y venían de Cracovia. A un lado había una garita blanca, para el centinela. Encima de los arcos, una leyenda en hebreo: *Ciudad Judía*. En la parte frontal del gueto, sobre el río, había una alta cerca de alambre de espino; y en todos los sitios donde quedaban huecos se habían colocado unas losas de cemento de tres metros de altura redondeadas en la parte superior, similares a las lápidas de los muertos anónimos.

En la puerta del gueto recibía a los judíos un representante de la oficina de vivienda del *Judenrat*. Un hombre casado y con familia numerosa podía disponer de dos habitaciones y una cocina. Pero era penoso, después de las comodidades de las décadas de 1920 y 1930, compartir la vida privada con familias de hábitos y rituales diferentes, y de otro olor. Las madres lloraban; los padres decían que todo podía ser peor y movían sus cabezas. En la misma habitación, el ortodoxo consideraba abominable al liberal.

El 20 de marzo se completó el traslado. Todo judío estaba en peligro fuera del gueto. Los moradores del interior estaban en paz, por el momento.

A Edith Liebgold, de veintitrés años, le asignaron una habitación en un primer piso, compartida con su madre y con su niño pequeño. La caída de Cracovia, dieciocho meses antes, había puesto a su marido al borde de la desesperación. Se había marchado de su casa para tratar de examinar las posibilidades que tenía. Pensaba en los bosques, en hallar un lugar seguro. Jamás había regresado.

Desde su ventana, Edith Liebgold podía ver el Vístula a través de la barricada de alambre de espino. En su camino a otras partes del gueto, como por ejemplo al hospital de la calle Wegierska, debía atravesar la Plac Zgody, la Plaza de la Paz, la única del gueto. Allí, el segundo día de su vida dentro de los muros, se salvó por pocos segundos de que la metieran en un camión de la SS y la llevaran a palear carbón o nieve en la ciudad. No se trataba solamente de que esos destacamentos de trabajo solían regresar al gueto con uno o dos miembros de menos, según los rumores; Edith temía aún más que la obligaran a subir a un camión cuando se dirigía a la farmacia de Pankiewicz y debía dar de comer a su hijito dentro de veinte minutos.

Por eso acudió con sus amigas a la Oficina Judía de Empleos. Si hallaba ocupación, su madre podría cuidar del niño por la noche.

En aquellos días la oficina estaba repleta de postulantes. El *Judenrat* tenía su propia policía; el *Ordnungdienst* se expandió y regularizó para mantener el orden en el gueto, y un muchacho con gorra y brazal organizaba las colas ante el edificio.

Edith Liebgold y sus amigas estaban justamente dentro del portal, conversando ruidosamente para pasar el tiempo, cuando se acercó un hombre de edad mediana con un terno oscuro y corbata. Era evidente que se había sentido atraído por el ruido y sus rostros brillantes. Al principio pensaron que intentaba seducir a Edith.

—Hay una fábrica de esmaltados en Zablocie —dijo—. Es más conveniente que esperar.

Dejó que el nombre del lugar causara efecto. Zablocie estaba fuera del gueto. Allí se podía cambiar provisiones con los obreros polacos. Necesitaban diez mujeres sanas para el turno de noche. Las chicas no respondieron de inmediato, como si pudieran elegir un trabajo e incluso rechazarlo. No es pesado, les aseguró él. Y os enseñarán. Su nombre, dijo, era Abraham Bankier. Era el gerente. El dueño era alemán, por supuesto. ¿Qué clase de alemán?, preguntaron ellas. Bankier sonrió como si deseara complacer todas sus esperanzas. No es mala persona, respondió.

Esa noche, Edith Liebgold se reunió con otros miembros del turno de noche de la fábrica de esmaltados; todos atravesaron el gueto hacia Zablocie bajo la custodia de un guardia del servicio de orden del gueto. Mientras caminaban, Edith hizo preguntas acerca de la Deutsche Email Fabrik. Sirven una sopa muy sustanciosa, le dijeron. ¿Palizas?, preguntó. No es un lugar de esa clase, le respondieron. No es como la fábrica de hojas de afeitar de Beckmann; se parece más a lo de Madritsch. La fábrica de Madritsch no está mal, y tampoco la de Schindler.

Cuando llegaron, Bankier llamó a las nuevas y las condujo escaleras arriba, entre los escritorios vacíos, hasta una puerta en que se leía *Herr Direktor.* Una voz profunda los invitó a entrar. Herr Direktor estaba sentado sobre un ángulo de su escritorio, fumando un cigarrillo. Su pelo, entre rubio y castaño claro, parecía recientemente cepillado; llevaba una chaqueta cruzada y una corbata de seda. Tenía exactamente el aire de un hombre que debe ir a una cena y sin embargo no quiere dejar de cambiar unas palabras con su nuevo personal. Era muy alto y todavía joven. Edith esperaba de ese ideal hitleriano una conferencia sobre el esfuerzo de guerra y las normas de producción.

—Quería daros la bienvenida —dijo en polaco—. Sois una parte de la expansión de esta fábrica. —Apartó la vista; incluso era posible que pensara: «No les digas que no tienen la menor importancia.»

Y luego, sin parpadear, sin alzar los hombros, sin aviso previo, agregó:

—Estaréis seguras aquí. Si trabajáis en esta fábrica, sobreviviréis a la guerra. —Luego se despidió y salió con ellas del despacho; Bankier las retuvo en lo alto de la escalera, y Herr Direktor descendió y se puso al volante de su coche.

Esa promesa, digna de un dios, las había asombrado. ¿Cómo podía un hombre prometer algo así? Sin embargo, Edith Liebgold lo creyó de inmediato. No porque lo deseara, no porque fuera un despiadado incentivo. Era porque, cuando Herr Schindler la formuló, no quedaba otra opción que creer.

Las nuevas operarias de la Deutsche Email Fabrik recibieron sus instrucciones complacidas y maravilladas. Era como si una gitana vieja y loca, sin nada que ganar, les hubiera asegurado que se casarían con un príncipe. La promesa había modificado definitivamente las expectativas de Edith Liebgold. Probablemente, si algún día la fusilaban, protestaría: «Pero si el Herr Direktor dijo que esto no podía ocurrir».

La tarea no exigía esfuerzos mentales. Edith debía llevar las ollas cubiertas de esmalte suspendidas con ganchos de una larga pértiga hasta los hornos. Pensaba todo el tiempo en la promesa de Herr Schindler. Sólo los locos dicen cosas tan absolutas. Sin parpadear. Sin embargo, no estaba loco. Era un empresario, debía acudir a una cena. Por lo tanto, sin duda *sabía*. Eso significaba una visión superior, algún contacto profundo con Dios o con el diablo o con la trama de las cosas. Pero su aspecto... Esa mano con el anillo de sello de oro no era la mano de un visionario. Era una mano tendida hacia una copa de vino, una mano en que se podían sentir de algún modo las caricias latentes. Edith retornó a la idea de la locura, la ebriedad, las explicaciones místicas, la técnica con que Herr Direcktor le había contagiado su certidumbre.

Análogos razonamientos tendrían ese año y los años futuros todos aquellos que oyeran las impetuosas promesas de Oskar Schindler. Algunos tendrían conciencia del punto sobreentendido. Si el hombre se equivocaba, si usaba con ligereza su poder de convicción, entonces no había Dios ni humanidad, pan ni alivio. Estas cosas sólo eran probabilidades, por supuesto; y las probabilidades no eran muchas.

CAPÍTULO·9

Esa primavera Schindler salió de su fábrica de Cracovia en su BMW y atravesó la frontera y los bosques que despertaban para ir a Zwittau, en el oeste. Iba a ver a Emilie, a sus tías y a su hermana. Todas ellas habían sido sus aliadas contra su padre, alimentando la llama del martirio de su madre. Si había un paralelo entre el sufrimiento de su madre y el de su esposa, Oskar Schindler no lo percibía mientras buscaba, con sus manos enfundadas en guantes de cabritilla, un nuevo cigarrillo turco en su abrigo de solapas de piel, ante el volante hecho a medida, al enfrentarse a un trecho helado en la carretera de las Jeseniks. No era propio de un hijo percibir esas cosas. Su padre era un dios y estaba sometido, por lo tanto, a leyes más rigurosas. Le encantó visitar a sus tías: alzaban las manos admiradas por el corte de su terno. Su hermana menor se había casado con un funcionario de ferrocarriles y vivía en un agradable piso cedido por la empresa. Él era un hombre importante en Zwittau, donde había un empalme ferroviario y una vasta área de carga. Oskar, su hermana y su marido tomaron el té y bebieron luego un poco de *Schnaps*. Había en la habitación una leve atmósfera de congratulación mutua: no les había ido tal mal a los hijos de los Schindler.

Por supuesto, la hermana de Oskar había atendido a Frau Schindler durante su última enfermedad y ahora visitaba secretamente a su padre. No podía hacer más que delicadas sugerencias en el sentido de una reconciliación. Lo hizo después del té y obtuvo un gruñido como respuesta.

Más tarde Oskar cenó en su casa con Emilie. Ella estaba muy excitada por su visita de vacaciones. Estarían juntos, como una pareja anticuada, durante las ceremonias de Pascua. Es apropiado hablar de ceremonias, porque danzaron ceremoniosamente toda esa noche, atendiéndose mutuamente como extraños corteses. Tanto Emilie como Oskar estaban sorprendidos, en el fondo de sus corazones, por su curiosa incompatibilidad matrimonial. Ciertamente, él podía ofrecer más cuidados a otras personas, a los operarios de su fábrica, que a ella.

Pesaba entre ambos la posibilidad de que Emilie se reuniera con él en Cracovia. Si ella dejaba su piso de Zwittau o lo alquilaba, no podría escapar de Cracovia. Creía que era su deber estar con Oskar; la ausencia de él de su hogar era, en el lenguaje de la teología moral católica, «una ocasión de pecado». Sin embargo, vivir con él en una ciudad extranjera sólo sería tolerable si él era discreto, cuidadoso y sensible a sus sentimientos. Y el problema radicaba en la imposibilidad de confiar en que Oskar guardara el secreto de sus aventuras. A veces sonriente, algo ebrio, parecía creer que, si una muchacha le gustaba verdaderamente, debía gustar también a todo el mundo.

El interrogante no resuelto se tornó tan opresivo que, después de la cena, él se excusó y fue a un café de la plaza principal. Era un sitio frecuentado por ingenieros de minas, pequeños comerciantes, algún vendedor convertido ahora en oficial del ejército. Vio con alegría a algunos de sus amigos motociclistas; casi todos llevaban uniformes de la Wehrmacht. Bebió coñac con ellos. Alguien demostró su sorpresa porque un hombre tan joven y robusto no vistiera el uniforme.

—Industria básica —respondió—. Industria básica.

Le recordaron sus tiempos de deportista. Bromearon acerca de la oportunidad en que él había montado una motocicleta con piezas de desguace cuando estaba en la escuela. Su ruido explosivo. El estruendo de su Galloni de 500 cc. Pidieron más coñac a gritos. El nivel de ruido del local aumentó. Del comedor anexo salieron antiguos compañeros de escuela, que lo miraron como si hubiesen reconocido una risa olvidada: la habían reconocido.

Luego, uno de ellos dijo gravemente:

—Escucha, Oskar. Tu padre está aquí cenando solo.

Oskar Schindler miró su coñac. Con el rostro ardiente, se encogió de hombros.

—Deberías hablar con él —dijo alguien—. Es una sombra el pobre viejo.

Oskar dijo que haría mejor en marcharse a su casa. Empezó a ponerse de pie, pero manos apoyadas en sus hombros le obligaron a sentarse nuevamente. Sabe que estás aquí, dijeron. Otros dos estaban ya en el comedor, tratando de convencer a Hans Schindler. Oskar, aterrorizado, de pie, buscaba en el bolsillo la ficha del guardarropa, cuando Herr Hans Schindler, con el rostro descompuesto, apareció, empujado suavemente por dos jóvenes. Oskar sintió inmenso asombro. A pesar de su propia altanería, siempre había pensado que, si alguna vez se acortaba la distancia entre Hans y él, debería ser él quien la cortara. El anciano era muy orgulloso. Y sin embargo permitía que lo arrastraran hacia su hijo.

El primer gesto del anciano fue una media sonrisa apologética; alzó un poco las cejas. El gesto familiar sobrecogió a Oskar. No lo pude evitar, decía Hans; tu madre y yo, el matrimonio, todo siguió sus propias leyes. La idea que estaba detrás del gesto podía ser ordinaria; pero Oskar había visto esa misma noche una expresión idéntica en otra cara. En la suya propia, cuando estaba ante el espejo en casa de Emilie, poniéndose el abrigo para salir. *El matrimonio, todo, siguió sus propias leyes.* Había compartido esa expresión consigo mismo y ahora, tres coñacs más tarde, su padre la compartía con él.

—¿Cómo estás, Oskar? —preguntó Hans Schindler. En el borde de las palabras había una fatiga peligrosa. La salud de su padre era peor de lo que pensaba. Y Oskar decidió entonces que incluso Herr Hans Schindler era un ser humano, una proposición que no había podido aceptar en casa de su hermana a la hora del té, y abrazó al anciano y lo besó tres veces en la mejilla, sintiendo el impacto de la barba de su padre, y empezó a llorar mientras los ingenieros, los soldados y los antiguos motociclistas aplaudían la gratificante escena.

CAPÍTULO·10

Los consejeros de Arthur Rosenweig, el nuevo presidente del *Judenrat,* quienes todavía se veían como custodios de la salud, la vida y las raciones de pan de los pobladores del gueto, convencieron a la policía judía, al *Ordnungdienst,* de que eran servidores públicos. Habían procurado contratar jóvenes compasivos y con cierta educación. Sin embargo, la SS consideraba que el OD era igual a cualquier otra fuerza policial auxiliar que debía recibir sus órdenes, aunque no era ésa la imagen interior de la mayoría de sus miembros en el verano de 1941.

No se puede negar que, a medida que pasaba el tiempo, los hombres del OD se tornaban cada vez más sospechosos de colaboración. Algunos daban información a la resistencia clandestina y desafiaban al sistema; pero probablemente la mayoría descubrió que su existencia y la de sus familias dependía cada vez más de la cooperación que ofrecieran a la SS. Para un hombre honesto, el OD era corruptor; para uno deshonesto, significaba una oportunidad.

Pero en Cracovia, en los primeros meses de su existencia, parecía una fuerza benigna. Leopold Pfefferberg era un buen ejemplo de su ambigüedad. Cuando, en diciembre de 1940, se prohibió toda educación para los judíos, incluso la organizada por el *Judenrat,* el OD ofreció a Poldek trabajo en la oficina de vivienda del *Judenrat:* debía llevar un libro de citas y ocuparse de las colas. Era un empleo a tiempo parcial, pero le daba cobertura para moverse por Cracovia con cierta libertad. El OD había sido fundado con el propósito declarado de proteger a los judíos que venían al gueto de Podgórze desde otras partes de la ciudad. Poldek aceptó la invitación de llevar la gorra del OD. Creía comprender su propósito: no sólo asegurar una conducta racional dentro de los muros, sino obtener también ese grado de desganada obediencia tribal que, a lo largo de toda la historia de los judíos en Europa, había servido para que los opresores se marcharan antes y fueran más descuidados, de modo que, en los intersticios creados por el descuido, la vida volviera a ser posible.

Pfefferberg negociaba además con bienes ilegales —pieles, objetos de cuero, joyas, dinero— dentro y fuera del gueto. Conocía al *Wachtmeister* de la puerta, Oswald Bosko, un policía tan adverso al régimen, que permitía la entrada en el gueto de ropas, vino, artículos de ferretería y la salida de bienes para ser vendidos en Cracovia, sin pedir siquiera una comisión.

Al salir del gueto, entre los ociosos *Schmalzow-nicks* (o informadores) de la puerta, Pfefferberg buscaba una calle tranquila para quitarse el brazal que lo señalaba como judío, y luego se dirigía a sus negocios en Kazimierz o en el centro.

En los muros de la ciudad, por encima de las cabezas de los pasajeros del tranvía, podía leer los carteles del momento: anuncios de hojas de afeitar, edictos de Wawel sobre el encubrimiento de bandidos polacos, el slogan «Judíos, piojos, tifus», el rostro virginal de la joven polaca que daba alimentos a un judío de nariz ganchuda cuya sombra era la del diablo, «Ayudar a un judío es ayudar a Satán.» En la parte exterior de los colmados había carteles de judíos que hacían pasteles de ratas, echaban agua a la leche, dejaban caer piojos en el pan, amasaban con los pies mugrientos. Las artes gráficas y la literatura del Ministerio de Propaganda convalidaban el gueto en las calles de Cracovia. Y Pfefferberg, con su aspecto ario, se movía serenamente entre esas obras de arte, con una maleta llena de ropa, joyas y dinero.

El año pasado Pfefferberg había dado un gran golpe cuando el gobierno de Frank había retirado de la circulación los billetes de cien y de quinientos zlotys, ordenando que todas las existencias fueran depositadas en el Banco de Crédito del Reich. Como un judío sólo podía cambiar dos mil zlotys, todos los billetes secretamente retenidos por encima de esa cantidad perderían su valor si no era posible encontrar un hombre de aspecto ario y sin brazal que quisiera unirse a las largas colas de polacos ante el Banco de Crédito del Reich. Pfefferberg y un joven amigo sionista reunieron varios cientos de miles de zlotys de las denominaciones prohibidas en una maleta y volvieron con los billetes legales de ocupación, descontando solamente el dinero empleado para sobornar a la Policía Azul polaca de la entrada.

Pfefferberg era un policía de esta clase. Excelente para las normas del presidente Artur Rosenzweig, deplorable para las normas de la calle Pomorska.

Oskar visitó el gueto en abril, por curiosidad y para ver a un joyero a quien había encargado dos anillos. El amontonamiento era superior a lo imaginable: dos familias por habitación si no tenían la suerte de conocer a alguien del *Judenrat*. Olía a lavabos embozados, pero las mujeres mantenían a raya el tifus frotando todo enérgicamente e hirviendo las ropas en los patios.

—Las cosas están cambiando —dijo el joyero a Oskar—. Ahora el OD lleva garrotes.

La administración del gueto, como la de todos los demás, había pasado del control del gobernador Frank al de la Sección 4B de la Gestapo, y la autoridad suprema en asuntos judíos era ahora, en Cracovia, la del SS *Oberführer* Julian Scherner, un hombre de cuarenta y cinco a cincuenta años, calvo, con gruesas gafas y vestido de paisano que parecía un burócrata indefinido. Oskar lo había conocido en las reuniones de la comunidad alemana. Scherner hablaba mucho; no de la guerra, sino de negocios e inversiones. Abundaban los funcionarios como él en los rangos intermedios de la SS. Le interesaban la bebida, las mujeres y los bienes confiscados. A veces se descubría en él algún vestigio de su inesperado poder, similar a un resto de confitura en la boca de un chico. Era siempre cordial y siempre despiadado. Oskar sabía que para Scherner valía más hacer trabajar a los judíos que matarlos y que sería capaz de desobedecer las normas por dinero aunque estuviera dispuesto a seguir la tendencia política general de la SS hasta cualquier extremo.

Oskar no había olvidado al jefe de policía la Navidad pasada, y le había enviado media docena de botellas de coñac. Este año sería más caro, porque su poder había aumentado.

El poder se había desplazado: la SS no se limitaba a cumplir una política, sino que la creaba. Por esto, bajo el sol más caliente de abril, el OD empezó a adoptar un nuevo carácter. Oskar, que se limitaba a pasar de vez en cuando por el gueto, advirtió el progreso de una nueva figura, un antiguo cristalero llamado Symche Spira, un poder creciente en el OD. Spira tenía antepasados ortodoxos y despreciaba, por su historia personal y por temperamento, a los judíos liberales europeizados que aún quedaban en el *Judenrat*. No recibía órdenes de Artur Rosenzweig, sino del *Untersturmführer* Brandt en los cuarteles de la SS, al otro lado del río. Spira regresaba al gueto tras sus encuentros con Brandt con mayor conocimiento y autoridad. Brandt le ordenó que creara y dirigiera una sección política en el OD, y él reclutó a varios de sus amigos. El uniforme no era la gorra y el brazal del OD callejero, sino camisa gris, polainas de caballería, ancho cinturón y lustrosas botas de la SS.

Pronto, la sección política de Spira excedería la desganada cooperación y se llenaría de hombres venales, resentidos puerilmente por el menosprecio social e intelectual de los judíos respetables de clase media, como Szymon Spitz, Marcel Zellinger, Ignacy Diamond, el vendedor David Gutter, Forster, Grüner, Landau. Inmediatamente se dedicaron a la extorsión y a la elaboración de listas de personas sediciosas o poco dignas de confianza.

Poldek Pfefferberg se dispuso a abandonar el OD. Corría el rumor de que la Gestapo exigiría a todos sus miembros juramento de lealtad al Führer; después de eso sería imposible la desobediencia. Poldek no deseaba participar en la tarea de Spira, ni vestir su camisa gris, ni hacer listas con Spitz y Zellinger. Acudió entonces al hospital de la calle Wegierska para hablar con el médico oficial del *Judenrat,* un hombre suave, de dientes algo salientes, llamado Alexander Biberstein, hermano de Marek, el primer presidente del consejo, que continuaba en la lóbrega prisión de Montelupich por violación de las leyes monetarias e intento de soborno. Pfefferberg pidió a Biberstein un certificado médico que le permitiera dejar el OD. No era fácil, dijo Biberstein.

Pfefferberg no parecía precisamente enfermo. No podría fingir presión alta. El doctor Biberstein le enseñó los síntomas de dolores lumbares. Y más tarde Pfefferberg se presentó a tomar servicio severamente encorvado y apoyándose en un bastón.

Spira se indignó. La primera vez que Pfefferberg mencionó su posible alejamiento del OD, su jefe había respondido —como el comandante de la guardia de palacio— que sólo podría marcharse sobre su escudo. En el interior del gueto, Spira y sus amigos jugaban a soldados de élite, a la legión extranjera, a la guardia pretoriana.

—Tendrá que ver al médico de la Gestapo —gritó Spira. Biberstein, consciente de la vergüenza del joven Pfefferberg, lo había instruido bien. Poldek sobrevivió al examen del médico de la Gestapo y se retiró del OD por una enfermedad que podía inhibir su buen desempeño en el control de la muchedumbre. Spira despidió al agente Pfefferberg con furiosa hostilidad.

El día siguiente Alemania invadió Rusia. Oskar oyó ilegalmente la noticia por la BBC y supo que el plan Madagascar había muerto. Pasarían años antes de que hubiera barcos disponibles para una solución semejante. Oskar sintió que el acontecimiento cambiaba en su esencia los planes de la SS. Los economistas, los ingenieros, los organizadores de los desplazamientos de personas, los policías de todos los tipos, empezaban a adoptar los hábitos mentales correspondientes no sólo a una larga guerra, sino a la búsqueda sistemática de un imperio racialmente inmaculado.

CAPÍTULO·11

En una callejuela que daba a Lipowa, junto a los talleres de esmaltados de Schindler, estaba la Fábrica Alemana de Cajas. Oskar Schindler, eternamente inquieto y deseoso de compañía, iba allí a veces a charlar con el *Treuhänder* Ernst Kuhnpast o con el antiguo dueño y actual gerente oficioso Szymon Jereth. Su establecimiento se había convertido en la Fábrica Alemana de Cajas dos años antes según el método habitual: sin compensación ni documentos que él hubiera firmado. Esa injusticia no preocupaba ya particularmente a Jereth. La mayor parte de la gente que conocía la había sufrido. Lo que le preocupaba era el gueto. Las peleas en la cocina, la despiadada convivencia, el olor de los cuerpos, los piojos que saltaban de la chaqueta grasienta de un hombre a quien se rozaba en la escalera. Su esposa, explicó a Oskar, estaba muy deprimida. Venía de una buena familia de Kleparz, al norte de Cracovia, y siempre había estado acostumbrada a las cosas bonitas. Y pensar, agregó, que con toda esa madera de pino me podría haber construido una casa *allí*. Señaló el terreno baldío detrás de su fábrica. Los obreros solían jugar al fútbol, un deporte que exigía correr mucho y espacio abundante. La mayor parte de ese terreno pertenecía a la fábrica de Oskar, y el resto a una pareja polaca cuyo nombre era Bielski. Oskar no le dijo eso al pobre Jereth ni tampoco que a él le interesaba ese espacio vacío. Enfocaba su atención en el discreto ofrecimiento de madera. ¿Podría «enajenar» una cantidad tan grande de madera de pino? Usted sabe, respondió Jereth, que sólo es cuestión de papeles.

Miraban por la ventana del despacho de Jereth el baldío. Del taller llegaba el estrépito de los martillos y la sierra. No quisiera perder contacto con este lugar, dijo Jereth. No quisiera desaparecer en un campo de trabajos forzados y pensar desde muy lejos qué hacen aquí estos tontos. Seguramente usted me comprende, ¿no es verdad, Herr Schindler?

Un hombre como Jereth no podía tener la menor esperanza. Aparentemente, los ejércitos alemanes tenían ilimitado éxito en Rusia, e incluso a la BBC le era difícil creer que avanzaban hacia una trampa fatal. El escritorio de Oskar estaba lleno de pedidos de ollas y platos de campaña para la Inspección de Armamentos, enviados con los cumplidos del general Julius Schindler y acompañados por las felicitaciones, enviadas telefónicamente, de otros funcionarios más jóvenes. Oskar aceptaba las órdenes y las felicitaciones y al mismo tiempo experimentaba contradictoria alegría ante las desaprensivas cartas que su padre le escribía para celebrar su reconciliación. No puede durar, decía Schindler senior. Este hombre —Hitler— no puede durar. América terminará por aplastarlo. ¿Y los rusos? Por Dios, ¿nadie le ha dicho cuántos bárbaros sin dios hay allí? Oskar, sonriendo mientras leía, no tenía inconveniente en aceptar los dos placeres conflictivos: su satisfacción comercial por los contratos de la Inspección de Armamentos y su íntima alegría ante las cartas subversivas de su padre. Oskar enviaba a Hans todos los meses un cheque de mil marcos en nombre del amor y la reconciliación filiales, complacido por su propia prodigalidad.

Fue un año rápido y casi indoloro. Horas de trabajo más largas que nunca, reuniones a cenar en el Cracovia y a beber en el club de jazz, visitas al piso de la deslumbrante Klonowska. Cuando empezaron a caer las hojas, se preguntó adónde se había ido ese año. Las tempranas lluvias del fin del verano y del otoño aumentaban la impresión de un tiempo desvanecido. Las estaciones asimétricas favorecerían a los soviets y afectarían las vidas de todos los europeos. Pero en la calle Lipowa, para Herr Oskar Schindler, el clima era meramente clima.

Y entonces, a fines de 1941, Oskar fue arrestado. Alguien —un empleado polaco de expedición, un técnico alemán de la sección de armamentos, no había forma de saberlo— lo había denunciado en la calle Pomorska. Dos hombres de la Gestapo, vestidos de paisano, bloquearon la entrada de la fábrica con su Mercedes como si intentaran acabar con todas las actividades de Emalia. En el despacho de Oskar mostraron documentos que los autorizaban a llevarse todos sus registros comerciales. Sin embargo, no parecían saber gran cosa de comercio.

—¿Qué libros quieren revisar ustedes exactamente? —preguntó Schindler.

—Los libros de caja —dijo uno.

—Sus libros mayores —dijo el otro.

Fue un arresto tranquilo: los policías charlaban con Victoria Klonowska mientras Oskar buscaba sus libros de contabilidad. Le dieron tiempo para anotar algunos nombres que bien podían ser los de personas con quienes Oskar tenía cita que ahora era preciso cancelar. Klonowska comprendió, sin embargo, que eran las personas a quienes debía dirigirse en busca de ayuda.

El primer nombre de la lista era el del *Oberführer* Julian Scherner, el segundo el de Martin Plathe, de la Abwehr de Breslau. Una llamada de larga distancia. El tercer nombre era el del supervisor de la fábrica Ostfaser: un veterano del ejército, muy afecto a la bebida, llamado Franz Bosch, a quien Schindler había entregado ilegalmente ciertas cantidades de utensilios de cocina. Inclinado sobre el hombro de la Klonowska y de su pelo color de Imo peinado alto, señaló especialmente con el dedo el nombre de Bosch. Era un hombre influyente: Bosch conocía y asesoraba a todos los altos oficiales que negociaban en el mercado negro de Cracovia. Y Oskar sabía que el arresto tenía que ver con el mercado negro: siempre era posible encontrar funcionarios dispuestos a aceptar el soborno, pero nunca se podía predecir el resentimiento de los propios empleados. Ése era el peligro.

El cuarto nombre de la lista era el del presidente

alemán de la Ferrum AG de Sosnowiec, la compañía a la que compraba el acero. Esos nombres lo reconfortaban mientras el Mercedes de la Gestapo lo llevaba hacia la calle Pomorska, más o menos a un kilómetro al oeste del centro. Eran la garantía de que no desaparecería en el sistema sin dejar huellas. No estaba indefenso, como los mil moradores del gueto enumerados en las listas de Symche Spira que habían sido conducidos, bajo las estrellas heladas de diciembre, a los vagones de ganado de la estación de Prokocim. Oskar tenía relaciones importantes.

El centro de la SS en Cracovia era un inmenso edificio moderno, poco alegre pero no tan sombrío como la prisión de Montelupich. Sin embargo, el detenido, aunque dudaba de los rumores de tortura asociados con él, solía desconcertarse por su tamaño, sus corredores kafkianos y la muda amenaza de los nombres pintados en las puertas: Jefatura de la SS, Policía de Orden, Kripo, Sipo y Gestapo, Personal, Asuntos Judíos, Raza y Recolonización, Tribunal SS, Operaciones, *Reichskommissariat* para el Fortalecimiento del Germanismo, Oficina de Asistencia a los Alemanes Étnicos...

En alguna parte de esa colmena un hombre de la Gestapo, de mediana edad, que parecía tener conocimientos de contabilidad más precisos que los dos agentes, empezó a interrogar a Oskar. Parecía a medias divertido, como un aduanero al descubrir que un pasajero sospechoso de contrabando de divisas lleva, en realidad, plantas de interior para su tía. Dijo a Oskar que se estaba realizando una investigación de todas las empresas que fabricaban material de guerra. Oskar no le creyó, pero nada dijo. Como Herr Schindler podía comprender, continuó el hombre de la Gestapo, las empresas que contribuían al esfuerzo de guerra tenían la obligación moral de consagrar toda su producción a ese gran empeño. Y no minar la economía del Gobierno General con negocios irregulares.

Oskar murmuró en ese tono peculiar que contenía a la vez cordialidad y amenaza:

—¿Quiere usted decir, Herr *Wachtmeister*, que mi fábrica no cumple sus cuotas?

—Usted vive muy bien —respondió su interlocutor, pero con una sonrisa condescendiente, como si fuera aceptable que un industrial importante viviera en la opulencia—. Y debemos asegurarnos de que el nivel de vida de toda la gente que vive bien procede..., bueno, exclusivamente de sus contratos legales.

Oskar sonrió.

—Sea quien sea el que le ha dado mi nombre —dijo—, es un tonto que le hace perder el tiempo.

—¿Quién es el gerente de planta de la Deutsche Email Fabrik? —preguntó el policía, ignorando lo que había dicho.

—Abraham Bankier.

—¿Judío?

—Por supuesto. La fábrica era de sus parientes.

Tal vez los libros que Oskar había traído fueran suficientes, dijo el hombre de la Gestapo. Pero, si se necesitaban más, suponía que Herr Bankier podría entregárselos.

—¿Eso significa que me detendrán? —preguntó Oskar. Se echó a reír—. Debe usted saber —agregó— que, cuando el *Oberführer* Scherner y yo hagamos bromas sobre este asunto mientras bebemos una copa, le diré que me ha tratado usted con la mayor cortesía.

Los dos agentes que lo habían arrestado lo llevaron al segundo piso, donde fue registrado, aunque le permitieron conservar sus cigarrillos y cien zlotys para hacer pequeñas compras. Después lo encerraron en un dormitorio que, a juicio de Oskar, debía de ser una de sus mejores habitaciones. Disponía de un lavabo y de unas polvorientas cortinas sobre la ventana enrejada. El tipo de habitación reservado al interrogatorio de dignatarios. Si el dignatario quedaba en libertad, no podría quejarse de esa cárcel, aunque tampoco sintiera gran entusiamo. Y si era hallado culpable de traición, sedición o un delito económico, como si en el suelo de la habitación se abriera una trampa, se encontraría en una celda del sótano, inmóvil y sangrante en los bancos llamados tranvías y pensando en Montelupich, donde solían ahorcar a la gente en sus celdas. Oskar miró la puerta. Si alguien me pone una mano encima, prometió, haré que lo envíen a Rusia.

Esperar no era su fuerte. Una hora más tarde golpeó la puerta y dio al hombre de la Waffen SS que respondió cincuenta zlotys para comprar una botella de vodka. Era, naturalmente, el triple del precio, pero ése era el método de Oskar. Más tarde llegaron libros, pijamas y un bolso de objetos de tocador, enviados por Ingrid y Victoria. Le sirvieron una excelente comida con media botella de vino húngaro, y nadie lo molestó ni le hizo preguntas. Presumía que el contable de la Gestapo no habría apartado la vista de los libros de Emalia. Le hubiera gustado disponer de una radio para oír las noticias de la BBC sobre Rusia, el Lejano Oriente y los Estados Unidos, que acababan de entrar en la guerra; tenía la sensación de que, si pedía una a sus carceleros, quizá se la traerían.

Esperaba que la Gestapo no hubiese visitado su

casa de Straszewskiego para investigar el valor de los muebles y las joyas de Ingrid. Pero cuando se durmió había llegado a un punto en que estaba preparado para hacer frente a un interrogatorio.

A la mañana le llevaron un buen desayuno: arenque, huevos, queso, panecillos, café. Nadie lo molestó. Y luego llegó el contable de mediana edad de la SS, con sus libros.

El auditor le dio los buenos días. Esperaba que hubiese pasado bien la noche. Sólo había tenido tiempo de hacer un rápido examen de los libros de Herr Schindler, pero se había decidido que un empresario con tan buena fama entre las personas responsables del esfuerzo de guerra no merecía, por el momento, una investigación a fondo. Hemos recibido varias llamadas telefónicas, agregó. Oskar estaba convencido, mientras daba las gracias, de que su liberación era sólo momentánea. Cogió sus libros y en la recepción le devolvieron su dinero.

Victoria Klonowska lo esperaba radiante. Su tarea de enlace había dado fruto: Schindler salía de la casa de la muerte con su chaqueta cruzada y sin un rasguño. Fueron juntos hasta el Adler; le habían permitido que lo dejara dentro del portal. En el asiento trasero estaba su ridículo caniche.

CAPÍTULO·12

La niña llegó a casa de los Dresner al final de la tarde, desde el lado este del gueto. La pareja polaca que la había cuidado en el campo la devolvía a Cracovia. Habían logrado que la Policía Azul polaca de la puerta del gueto les permitiera la entrada por motivos de negocios, y la niña pasó por su hija. Eran personas correctas y les avergonzaba haber llevado a la niña al gueto de Cracovia. Era encantadora y la querían. Pero ya no se podía tener una niña judía en el campo. No sólo la SS; las autoridades municipales ofrecían sumas de quinientos zlotys o más por cada judío denunciado. El problema eran los vecinos. No se podía confiar en los vecinos. Y entonces no sólo habría problemas para la niña, sino para todos. ¡Si había zonas donde los campesinos cazaban a los judíos con hoces y guadañas!

La niña no parecía sentir la sordidez impuesta por el gueto. Sentada ante una mesita, entre la ropa húmeda tendida, comía desganadamente la corteza de pan que le había dado la señora Dresner. Aceptaba las palabras cariñosas de las mujeres que compartían la cocina. La señora Dresner advirtió que sus respuestas eran reservadas. Era raro. Sin embargo, tenía sus pequeñas vanidades y, como muchos niños de tres años, un color que prefería apasionadamente. El rojo. Tenía un abrigo rojo, un gorro rojo, pequeñas botas rojas. Los campesinos la habían complacido satisfaciendo sus preferencias.

La señora Dresner le habló de sus verdaderos padres. También ellos vivían en el campo, en realidad, escondidos. Pero pronto vendrían a reunirse con ella en Cracovia, dijo la señora Dresner. La niña asintió pero guardó silencio, y no parecía que fuera por timidez.

En enero sus padres habían sido llamados porque sus nombres estaban en las listas que Spira había dado a la SS; mientras iban en columna hacia la estación de Prokocim, habían encontrado una muchedumbre de polacos que los despedían burlonamente. «Adiós, judíos.» Habían logrado escapar de la columna como dos honestos ciudadanos polacos que cruzaban la calle para contemplar la deportación de los enemigos sociales. Se unieron a la muchedumbre, también ellos se burlaron unos momentos, y luego se dirigieron al campo a través de los suburbios.

Ahora también ellos encontraban que la vida en el campo no era segura, y se proponían deslizarse a Cracovia en el verano. La madre de Caperucita

Roja, como la bautizaron los chicos Dresner cuando regresaron a su casa con los destacamentos de trabajo, era prima hermana de la señora Dresner.

Pronto regresó también la hija de la señora Dresner, la joven Danka, de las tareas de limpieza que desempeñaba en la base aérea de la Luftwaffe. Danka tenía poco menos de catorce años, pero era bastante alta para poseer una *Kennkarte* (tarjeta de trabajo) que le permitía trabajar fuera del gueto. Saludó alborozada a la niña, que no abandonaba sus reservas.

—Genia, conozco a tu madre. Eva y yo salíamos juntas de compras y ella me compraba pastas en la pastelería de la calle Bracka.

La niña no sonrió; miraba hacia adelante.

—Se equivoca, señora. Mi madre no se llama Eva, sino Jasha.

Insistió en los nombres de la falsa genealogía polaca que sus padres y los campesinos le habían enseñado para el caso de que la Policía Azul o la SS la interrogaran. Los Dresner fruncieron el ceño doloridos por la astucia de la niña: les parecía una obscenidad pero nada dijeron, comprendiendo que muy pronto podría ser indispensable para la supervivencia.

A la hora de la cena llegó Idek Schindel, joven médico del hospital del gueto en la calle Wegierska, que era tío de la niña. Era exactamente el tío caprichoso, fastidioso, infatuado que agrada a los niños. Al verlo, Genia volvió a ser una niña y se precipitó sobre él. Si él estaba allí y llamaba primos a los presentes, entonces eran primos. Ahora se podía admitir que mamá se llamaba Eva y que los abuelos no se llamaban, en realidad, Ludwik y Sophia.

Luego llegó Juda Dresner, gerente de compras de la fábrica Bosch, y la familia quedó completa.

El 28 de abril era el aniversario de Herr Schindler; en 1942 lo celebró ruidosa y pródigamente, como un hijo de la primavera. Fue un gran día en la Deutsche Email Fabrik. Sin pensar en los gastos, el Herr Direktor llevó pan blanco —muy escaso— para servir con la sopa del mediodía. La celebración se difundió a los despachos y a los talleres. El industrial Oskar Schindler festejaba la exuberancia general de la vida.

La conmemoración de sus treinta y cuatro años se inició muy temprano en Emalia, cuando salió de su despacho con tres botellas de coñac y las compartió con los ingenieros, los contables, los encargados de los pagos y del personal, entre los que distribuyó puñados de cigarrillos. A media mañana, sus dones llegaron a los talleres. Cortó sobre el escritorio de la Klonowska una torta traída de la pastelería. Llegaron delegaciones de operarios judíos y polacos y él besó a una chica llamada Kucharska, hija de un miembro del parlamento polaco antes de la guerra. Luego acudieron las muchachas judías y los hombres recibieron apretones de manos y hasta apareció Stern, que de algún modo había escapado de la fábrica Progress, donde ahora trabajaba: se disponía a apretar formalmente la mano de Oskar cuando se vio envuelto en un gran abrazo.

A la tarde, alguien, tal vez el mismo descontento de la oportunidad anterior, llamó a la calle Pomorska y denunció las inconveniencias raciales de Schindler. Sus libros podían resistir a todo examen, pero nadie podía negar que besaba a las chicas judías.

Este arresto fue más profesional que el anterior. La mañana del 29 de abril, un Mercedes bloqueó la entrada de la fábrica y dos hombres de la Gestapo, que parecían más seguros de sí mismos que los otros dos, acudieron a su encuentro en el patio de la fábrica. Estaba acusado, le dijeron, de haber infringido las disposiciones de la Ley de Raza y Recolonización. Le pedían que los acompañara. No, no era necesario que pasara antes por su despacho.

—¿Traen una orden de arresto? —preguntó.

—No es necesario —le dijeron.

Oskar sonrió. Debían comprender que si lo llevaban sin una orden de arresto, tal vez más tarde lo lamentarían.

Lo dijo con suavidad, pero vio en sus actitudes que su motivación era más firme y precisa que en la casi cómica detención del año pasado. En aquella oportunidad el problema eran las leyes económicas. Ahora se trataba de las leyes de lo grotesco, las leyes viscerales, los edictos de la zona negra del cerebro. Era grave.

—Nos arriesgaremos a lamentarlo más tarde —respondió uno de ellos.

Midió su seguridad y la peligrosa indiferencia que demostraban ante un hombre rico como él, que acababa de cumplir los treinta y cuatro años.

—Una mañana de primavera—dijo—, puedo perder algunas horas.

Se dijo que nuevamente lo llevarían a una celda de lujo en la calle Pomorska. Pero cuando entraron en la calle Kolejowa vio que esta vez sería la prisión de Montelupich.

—Quiero hablar con un abogado—dijo.

—A su tiempo —respondió el conductor.

Oskar sabía, por las razonables quejas de uno de sus amigos de copas, que el Instituto Jagielloniano de Anatomía recibía cadáveres de Montelupich.

El muro se extendía una larga manzana y desde el asiento trasero del Mercedes de la Gestapo se podía ver la ominosa igualdad de las ventanas de los pisos tercero y cuarto. Entraron por el portal del frente, pasaron por un arco y llegaron a un despacho donde un funcionario hablaba en un murmullo, como si la voz normal pudiera producir ecos insoportables en los estrechos corredores. Le quitaron su dinero y le dijeron que se le entregaría, mientras estuviera detenido, a razón de cincuenta zlotys por día. No; todavía no era el momento de llamar a un abogado.

Luego los agentes que lo habían arrestado lo dejaron bajo custodia en el pasillo; Oskar prestó atención a los vestigios de gritos que, en ese silencio conventual, podían filtrarse por las ventanillas de los muros.

Fue conducido escaleras abajo a un túnel claustrofóbico donde había una hilera de celdas cerradas y una con una reja abierta. En ella se veían media docena de prisioneros en mangas de camisa, cada uno en un cubículo separado y de frente a la pared posterior, de modo que no era posible ver sus rostros. Oskar advirtió una oreja desgarrada. Y alguien respiraba como si padeciera un resfriado pero prefería no sonarse la nariz. Klonowska, Klonowska, amor mío. ¿Has empezado ya a usar el teléfono?

Abrieron una nueva celda y entró. Sintió el temor banal de que el lugar estuviera atestado. Pero sólo había otro prisionero, un soldado con su abrigo subido hasta las orejas, sentado en una de las dos literas bajas de madera, cada una con su colchón. No había lavabo, por supuesto. Un cubo de agua y otro para las necesidades. Y un hombre —como vio luego, un *Standartenführer* de la Waffen SS— con la barba algo crecida, una camisa sucia y desabotonada bajo el abrigo, y botas enlodadas.

—Bienvenido, señor —dijo el oficial con una sonrisa torcida, tendiéndole una mano. Era un hombre de buena estampa, pocos años mayor que Oskar. De acuerdo con las probabilidades, debía de ser un agente. Aunque era raro que le hubieran puesto un uniforme de tan alto rango.

Oskar miró su reloj, se sentó, se puso de pie, miró hacia las altas ventanas. Se filtraba un poco de luz de los patios, pero no era una ventana a la que fuera posible acodarse para descansar de la intimidad forzosa de las dos literas próximas, de estar sentado frente al compañero con las manos en las rodillas.

Finalmente empezaron a hablar. Oskar lo hizo cautelosamente, pero el *Standartenführer* charlaba sin la menor aprensión. ¿Cómo se llamaba? Philip; no pensaba que un caballero debiera decir su apellido en la cárcel. Y ya era hora de que la gente usara sólo su primer nombre. Si lo hubiéramos hecho siempre, seríamos ahora una raza más feliz.

Oskar llegó a la conclusión de que no era un agente; padecía alguna especie de depresión o quizás un shock provocado por una granada. Había combatido en el sur de Rusia y su batallón había ayudado a conservar Novgorod todo el invierno. Había recibido permiso para visitar a una amiguita polaca en Cracovia; ambos, según sus propias palabras, «se habían perdido el uno en el otro» y lo habían arrestado en el piso de la chica tres días después del vencimiento de su permiso.

—Supongo que, al ver cómo vivían esos bastardos —agregó Philip, señalando hacia arriba, la estructura que los rodeaba, los burócratas, los contables, los encargados de planeamiento de la SS—, resolví no ser demasiado exacto con las fechas. Yo no quería excederme deliberadamente. Sentí que merecía un poco más de libertad.

Oskar le preguntó si no hubiera preferido que lo llevaran a la calle Pomorska. No, respondió Philip, prefiero estar aquí. Pomorska parece un hotel, pero los bastardos tienen allí una celda para ejecuciones, llena de barras cromadas brillantes. ¿Y qué había hecho Herr Oskar?

—Besé a una chica judía —respondió Oskar—. Una empleada. De eso me acusan.

Philip se burló.

—¡Ah! ¿Y se le cayó a usted el pene?

Durante toda la tarde el *Standartenführer* Philip continuó su diatriba contra la SS. Unos ladrones, decía. No se podía creer. Las fortunas que reunían. Al comienzo eran inocentes e incorruptibles. Y luego podían matar a cualquier pobre polaco por un kilo de tocino mientras vivían como unos malditos barones hanseáticos.

Oskar respondía como si todo esto fuera una novedad, como si la venalidad de los jefes del Reich fuera un doloroso ataque a su ignorancia comercial y a la inocencia provinciana que le había inducido a descuidarse y a besar a una chica judía. Finalmente Philip, fatigado por sus excesos verbales, se durmió.

Oskar deseaba beber. Un poco de alcohol le ayudaría a pasar el tiempo, y haría del *Standartenführer* un compañero más agradable si no era un agente y menos infalible si lo era. Oskar buscó un billete de diez zlotys y escribió en él nombres y números de teléfono, más nombres que la otra vez, una docena. Cogió otros cuatro billetes, los arrugó en la mano, se dirigió a la puerta y golpeó. Apareció un suboficial SS, un hombre de rostro grave y mediana edad. No parecía capaz de romper riñones con las botas pero, por supuesto, ése era uno de los poderes de la tortura: no se esperaba sufrir a manos de un hombre que parecía un pariente del campo.

¿Era posible pedir cinco botellas de vodka?, preguntó Oskar. ¿Cinco botellas, señor?, dijo el suboficial, como recomendando moderación a un joven empedernido. Y también parecía reflexionar si no convenía informar a sus superiores. El coronel y yo, dijo Oskar, desearíamos una botella cada uno mientras conversamos. Y acepte, por favor, el resto para compartirlo con sus colegas. Supongo además, agregó Oskar, que un hombre de su graduación puede hacer una llamada en nombre de un detenido. Ahí están los números de teléfono... sí, en los billetes. No es necesario que los llame a todos. Basta con que se los comunique a mi secretaria. Sí, es la primera de la lista.

—Es gente muy importante —murmuró el suboficial.

—Ha sido una tontería —dijo Philip—. Lo fusilarán por tratar de corromper a sus guardias.

Oskar se dejó caer en su banco.

—Y besar a una judía es otra tontería —agregó Philip.

—Ya veremos —dijo Oskar. Pero estaba asustado.

Por fin, el suboficial regresó trayendo, además de las dos botellas, un paquete de camisas limpias, ropa interior, algunos libros y un poco de vino, que Ingrid había preparado en el apartamento de la calle Straszewskiego y llevado al portal de Montelupich. Philip y Oskar pasaron una agradable velada, aunque en cierto momento un guardia golpeó la puerta de acero y ordenó que no cantaran más. Pero incluso entonces, mientras la bebida agregaba espacio a la celda e inesperado interés a las furiosas palabras del *Standartenführer*, Schindler estaba atento a remotos gritos o a los golpecitos en morse de algún desesperado prisionero de la celda vecina. Sólo en una oportunidad el verdadero carácter del lugar atravesó la eficacia del vodka. Philip descubrió unas palabras en letra muy pequeña junto a su litera, casi escondidas por el colchón. Pasó un rato descifrándolas, con dificultad, porque conocía menos el polaco que Oskar.

—«Dios mío —tradujo—, cómo me han puesto.» Este mundo es una maravilla, amigo Oskar, ¿no es verdad?

Schindler despertó con la cabeza clara. Nunca había sentido una resaca y se preguntaba qué les ocurría a los demás. Pero Philip estaba deprimido y no se sentía bien. A media mañana se lo llevaron; luego volvió a recoger sus pertenencias. Esa tarde debía enfrentarse a una corte marcial pero, como le acababan de dar un cargo en la escuela militar de Stutthof, no creía que pensaran fusilarlo. Recogió su abrigo y salió, dispuesto a justificar sus amoríos polacos. Oskar, solo, pasó el día leyendo el libro de Karl May enviado por Ingrid y luego hablando con su abogado, un alemán de los Sudetes, establecido en Cracovia dos años antes. La entrevista alivió a Oskar. La causa del arresto era la expuesta; no estaban utilizando sus devaneos interraciales como un pretexto para retenerlo mientras investigaban sus asuntos comerciales.

—Pero probablemente tendrá que presentarse ante la corte SS, y le preguntarán por qué no está en el ejército.

—La razón es evidente —dijo Oskar—. Tengo una industria básica de guerra. El general Schindler puede confirmarlo.

Oskar leía despacio y saboreó el relato de Karl May sobre un cazador y un sabio indio en los desiertos de América, una historia muy decorosa. De todos modos, no se daba prisa para leer. Quizá pasaría una semana antes de que debiera comparecer ante la corte. El abogado esperaba una reprimenda del presidente de la corte por su conducta indigna de un miembro de la raza alemana y una multa severa. Pues bien, que así fuera. Al salir tendría más cuidado.

La quinta mañana había bebido ya el medio litro de café *ersatz* que le daban como desayuno cuando llegaron un suboficial y dos guardias. Fue conducido más allá de las puertas mudas y luego escaleras arriba hasta uno de los despachos del frente. Allí encontró a un hombre a quien conocía, el *Obersturmbannführer* Rolf Czurda, jefe del SD de Cracovia. Czurda, con su excelente ropa, parecía un hombre de negocios.

—Oskar, Oskar —dijo Czurda, en el tono de censura de un viejo amigo—. Le damos esas judías a cinco marcos por día. Debería besarnos a nosotros, no a ellas.

Oskar explicó que era su aniversario. Había bebido. Se sentía impetuoso.

Czurda movió la cabeza. Ignoraba que fuera un hombre tan conocido, Oskar, dijo. Llamadas de larga distancia desde Breslau, de nuestros amigos del Abwehr. Por supuesto, es absurdo mantenerlo alejado de su trabajo sólo porque ha tocado a una judía.

—Es usted muy comprensivo, Herr *Obersturmbannführer* —dijo Oskar sintiendo cómo crecía en Czurda la petición de alguna compensación—. Si alguna vez puedo devolver su generosidad...

—En realidad —dijo Czurda—, tengo una tía

anciana que ha perdido su casa por un bombardeo.

Una tía anciana. Schindler hizo un mohín de compasión y dijo que recibiría complacido a un representante del jefe Czurda en la calle Lipowa, en cualquier momento, para que eligiera lo que deseara entre los productos allí elaborados.

Pero de nada servía que hombres como Czurda consideraran su liberación como un favor absoluto, ni las ollas y sartenes como lo menos que podía ofrecer un prisionero liberado. Cuando Czurda dijo que podía marcharse, Oskar objetó. No puedo pedir mi coche, Herr *Obersturmbannführer*. Después de todo, mis recursos de combustible son limitados.

Czurda preguntó si Herr Schindler esperaba que el SD lo llevara a su casa.

Oskar se encogió de hombros. Vivía en el otro extremo de la ciudad. Era muy lejos para ir a pie.

Czurda se echó a reír.

—Haré que uno de mis propios chóferes lo lleve, Oskar.

Pero cuando el gran coche apareció, con el motor bramando, al pie de la escalinata principal, y Herr Schindler miró hacia lo alto, hacia las siniestras ventanas, esperando algún signo de esa otra república, el reino de la tortura, de la prisión incondicional, del infierno para aquellos que no tenían ollas y sartenes que ofrecer a cambio, Rolf Czurda le cogió el codo.

—Bromas aparte, Oskar, querido amigo, será un tonto si se enamora de alguna falda judía. No tienen futuro, Oskar. Le aseguro que ahora no se trata del viejo cuento del odio a los judíos: es un punto político esencial.

CAPÍTULO·13

Los moradores del gueto se aferraban todavía, ese verano, a la idea de que sus muros eran un dominio pequeño pero permanente. Esa idea había sido fácilmente creíble en 1941, cuando había una oficina de correos y hasta sellos del gueto, y un periódico, aunque apenas contenía otra cosa que los edictos del castillo de Wawel y de la calle Pomorska. Habían permitido que se abriera un restaurante en la calle Lwooska, el Foerster, donde los hermanos Rosner, que habían abandonado los peligros del campo y las cambiantes pasiones de los campesinos, tocaban el violín y el acordeón. Durante un breve tiempo parecía que se podría impartir enseñanza en aulas regulares, que las orquestas podrían reunirse a tocar, que la vida judía podría extenderse como un organismo benigno a lo largo de las calles, comunicándose de un artesano a otro, de un erudito a otro. Todavía los burócratas de la SS de la calle Pomorska no habían expuesto definitivamente la idea de que un gueto de esa clase no se podía considerar simplemente como un capricho, sino como un insulto a la dirección racional de la historia.

Cuando el *Untersturmführer* Brandt ordenó que llevaran a Artur Rosenzweig, el presidente del *Judenrat,* a la calle Pomorska y lo apalearan con el mango de una fusta, intentaba corregir su incurable imagen del gueto como una zona de residencia permanente. El gueto era un depósito, un edificio accesorio, una estación de autobuses amurallada. En 1942 se abolió todo aquello que podría haber alentado imágenes distintas.

De modo que este gueto era muy distinto de los que recordaban, a veces afectuosamente, los ancianos. Aquí la música no era una profesión. No había profesiones. Henry Rosner trabajaba en la base aérea de la Luftwaffe, en el comedor. Conoció allí a un joven chef alemán llamado Richard, un muchacho sonriente que se ocultaba —como puede hacer un chef— de la historia del siglo XX entre los elementos de la cocina y del bar. Se llevaba tan bien con el atildado Henry Rosner, que a veces lo enviaba a recibir el pago del servicio de comidas de la Luftwaffe.

—No se puede confiar en los alemanes —decía Richard—. El último escapó a Hungría con el dinero.

Richard, como cualquier barman digno de su profesión, oía muchas cosas y gozaba del afecto de los oficiales. El primer día de junio, fue al gueto con su amiga, una chica *Volksdeutsche* con una amplia capa que no parecía excesiva para los chubascos de aquel mes de junio. Richard conocía a muchos policías, entre ellos al *Wachtmeister* Oswald Bosko, y fue admitido en el gueto sin dificultad, aunque era un lugar oficialmente prohibido para él. Una vez en el interior, Richard atravesó la Plac Zgody y buscó la dirección de Henry Rosner. Henry se sorprendió al verlo. Había salido poco antes del comedor de la Luftwaffe pero allí estaba Richard con su amiga, vestidos ambos como para una visita formal. Henry sintió que eso acrecentaba el extraño carácter de la época. Durante los últimos dos días, la gente del gueto había hecho cola ante el viejo Banco de Ahorros de la calle Jozefinska para pedir las nuevas tarjetas de identidad. Los funcionarios alemanes agregaban ahora a la *Kennkarte* amarilla con su foto sepia y su gran J azul —si uno tenía suerte— una etiqueta azul. La gente salía del banco agitando la tarjeta con el *Blauschein* como si éste demostrara la validez permanente de su derecho a respirar. Los trabajadores del comedor de la Luftwaffe, del garaje de la Wehrmacht, de las fábricas de Madritsch y de Schindler o de Progress, no tenían dificultad para obtener el *Blauschein*. Pero aquellos a quienes se les negaba sentían que incluso su pertenencia al gueto estaba en tela de juicio.

Richard dijo que Olek, el hijo de Henry, debía ir a pasar un tiempo con su amiga, en el piso de ella. Era obvio que se había enterado de algo en el comedor. Pero no podrá pasar por la puerta, dijo Henry. Ya está arreglado con Bosko, dijo Richard.

Henry y Manci, vacilantes, se miraron mientras la chica de la capa prometía alimentar a Olek sólo con chocolate. ¿Una *Aktion*? Henry Rosner preguntó en un susurro. ¿Habrá una *Aktion*?

Richard respondió con una pregunta:

—¿Tienes tu *Blauschein*? —preguntó.

—Por supuesto —dijo Henry.

—¿Y Manci?

—Manci también.

—Pero Olek no —dijo Richard. En la oscuridad, bajo la llovizna, Olek Rosner, hijo único, de seis años recién cumplidos, salió del gueto bajo la capa de la amiga del chef Richard. Si algún policía se hubiera molestado en levantar la capa, tanto Richard como la muchacha podrían haber sido fusilados por su amistoso subterfugio. Y Olek también. Mirando el rincón del niño, sin el niño, los Rosner deseaban haber procedido inteligentemente.

Poldek Pfefferberg, el comisionista habitual de Schindler, había recibido a principios de ese año la orden de dar clases a los hijos de Symche Spira, el cristalero elevado a la jefatura del OD.

La orden había sido dada de mala gana, como si Spira dijera:

—Sabemos que no eres capaz de hacer el trabajo de un hombre, pero al menos podrás transmitir a mis hijos algunos de los beneficios de tu educación.

Schindler se divertía con los cuentos de las funciones docentes de Pfefferberg en casa de Symche. El jefe de policía era uno de los pocos judíos que disponían de un piso entero. Symche caminaba de un lado a otro, entre retratos de rabinos del siglo XIX, escuchando las clases de Pfefferberg; aparentemente deseaba ver brotar el conocimiento, como una flor, de las cabezas de sus hijos. Con la mano metida en el chaleco, creía que ese gesto napoleónico era universal entre los hombres importantes.

La esposa de Symche era una mujer anónima, un poco desconcertada por el inesperado poder de su marido, quizás un poco excluida por sus antiguos amigos. Sus hijos —un muchacho de unos doce años y una chica de catorce— tenían buena disposición, aunque no eran muy estudiosos.

Pfefferberg fue al Banco de Ahorros seguro de que le darían el *Blauschein* sin dificultad. Pensaba que su trabajo con los hijos de Spira sería considerado como una tarea esencial. Su tarjeta amarilla lo identificaba como *profesor secundario; y* en un mundo racional, todavía sólo en parte trastocado, era un título honorable.

Los funcionarios se negaron a darle la etiqueta. Discutió con ellos y se preguntó si debía recurrir a Oskar o a Herr Szepessi, el austríaco que dirigía la Oficina de Trabajo alemana algo más lejos. Durante un año Oskar le había pedido que trabajara en Emalia, pero Pfefferberg siempre había pensado que un trabajo *full-time* le quitaría demasiada libertad. Al salir del edificio del banco, destacamentos de la Policía de Seguridad alemana, la Policía Azul polaca, y del grupo político del OD examinaban las carpetas de todo el mundo y arrestaban a los que no tenían el *Blauschein.* Ya había una hilera de hombres y mujeres rechazados en mitad de la calle Jozefinska. Pfefferberg adoptó su actitud militar polaca y explicó que tenía varios negocios. Pero el policía a quien se dirigió movió la cabeza y dijo:

—No discuta conmigo. ¿No tiene el *Blauschein*? Vaya a esa cola. ¿Comprende, judío?

Pfefferberg se sumó a la cola. La muchacha bonita y delicada con quien se había casado dieciocho meses antes trabajaba para Madritsch y ya tenía su *Blauschein.*

Cuando hubo más de cien personas reunidas, los llevaron, dando la vuelta a la esquina, y más allá del hospital, hasta el patio de la vieja fábrica de golosinas Optima. Ya había centenares aguardando. Los que habían llegado antes ocupaban las zonas sombreadas que habían sido antes los establos donde se uncían los caballos a los carros de Optima, cargados de bombones. No era un conjunto ruidoso. Eran profesionales, empleados de banca, farmacéuticos, dentistas. En grupos pequeños, conversaban serenamente. El joven farmacéutico Bachner hablaba con una pareja mayor, los Wohl. Había mucha gente anciana. Los viejos y los pobres que dependían de la ración del *Judenrat*. Ese verano el *Judenrat* mismo, ditribuidor de alimentos e incluso del espacio, había sido menos equitativo que antes.

Las enfermeras del hospital del gueto se movían entre los detenidos con cubos de agua: se decía que el agua era buena para la desorientación y la tensión. De todos modos, era casi la única medicina disponible que el hospital podía ofrecer, aparte del cianuro que se encontraba en el mercado negro. Las familias pobres de los *shtetls* y los viejos bebían agua en silencio.

Policías de las tres clases entraban todo el tiempo trayendo listas; destacamentos de la SS formaban columnas en la entrada y las guiaban hacia la estación ferroviaria de Prokocim. Algunas personas sentían el impulso de escapar a ese movimiento inminente manteniéndose en los ángulos más alejados del patio. Pfefferberg prefería estar cerca de la puerta esperando que apareciera algún funcionario a quien pudiera dirigirse. Tal vez Spira, vestido como un actor de cine, estaría dispuesto a liberarlo, después de pronunciar alguna plomiza ironía. Pero junto a la garita de la entrada sólo había un chico de cara triste, con la gorra del OD, que leía una lista y sostenía el papel con sus dedos delicados. Pfefferberg había servido algún tiempo con él en el OD y además, el primer año de su carrera docente en la escuela Kosciuszko, de Podgórze, había dado clases a su hermana.

El joven alzó la mirada.

—Profesor Pfefferberg —murmuró con un respeto que venía de aquellos lejanos días de la escuela situada muy cerca, junto al parque. Como si el parque estuviera lleno de criminales empedernidos, le preguntó qué estaba haciendo allí.

—Una tontería —dijo Pfefferberg—. Aún no he ido a buscar el *Blauschein*.

El chico movió la cabeza. Sígame, dijo. Llevó a Pfefferberg hacia un Schupo uniformado a quien saludó. No parecía un héroe con su absurda gorra y su cuello flaco y vulnerable. Más tarde, Pfefferberg imaginó que eso lo hacía más digno de crédito.

—Éste es Herr Pfefferberg, del *Judenrat* —mintió, con una hábil combinación de respeto y autoridad—. Ha venido a visitar a unos parientes.

El Schupo parecía fatigado por la pesada tarea policial que se cumplía en el patio. Negligentemente, indicó la puerta a Pfefferberg. Éste no tuvo tiempo de darle las gracias al muchacho ni de resolver ese misterio: por qué un chico de cuello flaco es capaz de mentir hasta la misma muerte para salvar a una persona sólo porque ha enseñado a su hermana a usar el caballete de gimnasia.

Pfefferberg corrió a la Oficina de Trabajo y pasó por alto las colas. Detrás de una mesa estaban Fraulein Skoda y Fraulein Knosalla, dos amables chicas alemanas de los Sudetes.

—*Liebchen, liebchen* —dijo a Fraulein Skoda—, me quieren llevar porque no tengo la etiqueta. Míreme: ¿no soy exactamente el tipo de hombre que le gustaría ver por aquí?

A pesar de la muchedumbre que no le daba respiro, Fraulein Skoda no pudo reprimir una sonrisa. Cogió su *Kennkarte*.

—No puedo hacer nada, Herr Pfefferberg —respondió—. No se la han dado, de modo que yo... lo siento.

—Pero usted puede, *liebchen* —insistió él con voz fuerte, pastosa, de opereta—. Tengo trabajo, *liebchen*, hago negocios.

Fraulein Skoda dijo que sólo Herr Szepessi podía ayudarle y que sería imposible que Pfefferberg lo viera. Llevaría días. Pero usted lo conseguirá, *liebchen*, dijo Pfefferberg. Y ella lo hizo. Por esto tenía fama de buena chica: porque era capaz de resistirse al caudal de la política y de responder a un rostro individual, incluso en un día de duro trabajo. Sin embargo, quizás un anciano con sabañones habría tenido menos suerte que Pfefferberg.

Herr Szepessi, que también tenía fama de ser humano aunque era un servidor de la máquina monstruosa, miró rápidamente la tarjeta de Pfefferberg y murmuró:

—Pero nosotros no necesitamos profesores secundarios.

Pfefferberg había rechazado siempre las ofertas de empleo de Oskar porque se consideraba un individuo capaz. No quería trabajar largas horas por una escasa paga en la fea Zablocie. Pero veía ahora que la era del individualismo se acababa. Las personas debían tener un oficio. Era un artículo de primera necesidad. «Soy pulidor de metales», dijo a

Szepessi. Durante cierto tiempo había trabajado con su tío de Podgórze, dueño de un pequeño taller metalúrgico en la calle Rekawka.

Herr Szepessi miró a Pfefferberg a través de sus gafas. Eso sí es una profesión, dijo. Cogió una pluma, tachó cuidadosamente las palabras *profesor secundario,* y también los estudios en la Universidad Jagielloniana que tanto enorgullecían a Pfefferberg, y escribió encima *pulidor de metales.* Cogió un sello de goma y un pote de pegamento y sacó de su escritorio una etiqueta azul. Entregó el documento a Pfefferberg. Cuando se encuentre con un Schupo, dijo, podrá demostrarle ahora que es un miembro útil de la sociedad.

A fines de ese año enviarían a Auschwitz al pobre Szepessi por ser tan comprensivo.

CAPÍTULO·14

Oskar oyó de distintas fuentes —el policía Toffel, el ebrio Bosch de la Ostfaser (la empresa textil de la SS)— el rumor de que se tornarían más intensas las «operaciones en el gueto». La SS estaba desplazando a Cracovia algunas rudas unidades de *Sonderkommandos* desde Lublin, donde ya habían cumplido una valiosa tarea en materia de purificación racial. Toffel sugirió incluso que, si Oskar no deseaba interrupciones en la producción, haría bien en instalar algunos catres para sus operarios del turno de noche hasta después de junio. De modo que Oskar instaló dormitorios en los despachos y en el taller de munición. Algunos estaban contentos de pasar la noche allí. Otros tenían esposas o hijos en el gueto. Pero poseían además el *Blauschein,* la sagrada etiqueta azul, en sus *Kennkartes.*

El 3 de junio el gerente de Oskar, Abraham Bankier, no apareció en la calle Lipowa. Schindler estaba todavía en su casa, tomando el café, cuando recibió una llamada de una de las secretarias. La chica había visto que sacaban a Bankier del gueto y lo llevaban directamente a Prokocim, sin detenerse siquiera en la Optima. Y en el grupo había también otros obreros de Emalia. Estaban Reich, Leser... una docena.

Oskar pidió por teléfono que le trajeran su coche del garaje. Fue por el puente y por la calle Lwowska a Prokocim. Mostró su pase a los guardias de la entrada. El área de maniobras estaba llena de vagones de ganado y la estación repleta de ciudadanos prescindibles en filas ordenadas y todavía convencidos —quizá con alguna razón— del valor de una respuesta pasiva y ordenada. Era la primera vez que Oskar veía esa combinación de seres humanos y vagones de ganado, y le impresionó mucho más que la descripción oída. Tuvo que detenerse al borde del andén. Vio a un joyero a quien conocía.

—¿Ha visto a Bankier? —preguntó.

—Ya está en uno de los vagones, Herr Schindler —dijo el joyero.

—¿Adónde los llevan?

—Dicen que vamos a un campo de trabajo. Cerca de Lublin. Probablemente no será peor que... —el hombre agitó la mano señalando Cracovia.

Schindler sacó del bolsillo un paquete de cigarrillos y varios billetes de diez zlotys y dio al joyero el paquete y el dinero. Éste se lo agradeció. Esta vez los habían obligado a salir de su casa sin llevar nada. Decían que más tarde enviarían el equipaje.

A fines del año anterior, Schindler había encontrado en el Boletín de Construcciones y Presupuestos de la SS una licitación para construir hornos crematorios en un lugar situado al sudeste de Lublin. Belzec. Schindler miró al joyero. Sesenta y tres o sesenta y cuatro. Demasiado delgado. Tal vez había sufrido de los pulmones durante el pasado invierno. Una gastada chaqueta a rayas, demasiado abrigado para ese día. Y, ante una mirada conocedora, la capacidad de soportar sufrimientos hasta cierto límite.

Ese verano de 1942 era todavía imposible imaginar la conexión entre un hombre así y aquellos hornos de extraordinaria capacidad cúbica. ¿Pensaban provocar epidemias entre los prisioneros? ¿Sería ése el método?

Schindler recorrió, a partir de la locomotora, la hilera de más de veinte vagones de ganado, gritando el nombre de Bankier a las caras que lo miraban desde el enrejado de los vagones. Fue una suerte para Abraham que Oskar no se preguntara por qué repetía su nombre sin detenerse a considerar que tenía el mismo valor que todos los demás nombres cargados en los vagones de ganado de la Ostbahn. Un existencialista se habría paralizado ante la multitud de Prokocim, desconcertado por la igualdad de todos los nombres y de todas las voces. Pero Herr Schindler era inocente de toda filosofía. Conocía a la gente que conocía. Conocía el nombre de Bankier.

—Bankier, Bankier —gritaba.

Un joven SS *Oberscharführer*, un experto en cargamentos humanos de Lublin, le cortó el paso. Pidió su carnet. Oskar vio en la mano izquierda del hombre varias hojas con nombres, una lista inmensa.

—Son mis obreros —dijo Schindler—. Trabajadores de una industria básica. Mi gerente. Es una idiotez. Tengo contratos de la Inspección de Armamentos, y usted me quita los hombres que necesito para cumplirlos.

—No se los puede llevar —dijo el joven—. Están en la lista.

El suboficial sabía por experiencia que la lista imponía igual destino a todos los nombrados.

Oskar dejó caer su voz hasta ese duro murmullo de hombre razonable y bien relacionado que no gastaba todavía todos sus recursos. ¿Sabía el Herr *Oberscharführer* cuánto tiempo llevaría formar obreros especializados que reemplazaran a los de la lista? En mi fábrica, la Deutsche Email Fabrik, hay una sección de municiones bajo la protección especial del general Schindler. Los camaradas del *Oberscharführer* en el frente ruso serían afectados por la merma de la producción, y además la Inspección de Armamentos pediría explicaciones.

El joven movió la cabeza, sólo era un funcionario fatigado.

—Ya he oído cosas así, señor —dijo. Pero sentía temor. Oskar lo advirtió y continuó hablándole suavemente con un vago tono de amenaza.

—No puedo discutir esa lista con usted —dijo Oskar—. ¿Quién es su superior?

El muchacho indicó a un oficial de la SS, un hombre de poco más de treinta años, con gafas y ceño fruncido.

—¿Puede decirme su nombre, Herr *Untersturmführer*? —dijo Oskar mientras sacaba una agenda del bolsillo.

El oficial también se refirió a la santidad de la lista. También era para él un fundamento racional, seguro y suficiente de toda esa movilización de judíos y locomotoras. Pero Schindler se endureció. Ya sabía todo sobre la lista, dijo. Lo único que deseaba ahora era saber el nombre del *Untersturmführer* para dirigirse de inmediato al *Oberführer* Scherner y al general Schindler, de la Inspección de Armamentos.

—¿Schindler? —preguntó el oficial. Por primera vez miró cuidadosamente a Oskar. El hombre vestía como un magnate, llevaba la insignia adecuada, tenía generales en su familia.

—Le aseguro, Herr *Untersturmführer* —dijo Schindler con acento bondadoso—, que estará en Rusia antes de una semana.

Herr Schindler y el oficial, precedidos por el joven suboficial, pasaron entre las filas de prisioneros y los vagones cargados. La locomotora estaba preparada; el conductor se asomaba a la ventanilla, esperando la orden de partida. El oficial ordenó a los funcionarios de la Ostbahn que retuvieran el tren. Por fin llegaron a uno de los últimos vagones. Allí estaban los doce obreros y Bankier, juntos, como si formaran parte de la misma remesa. La puerta aún estaba abierta; descendieron. Bankier y Frankel, del despacho; Reich, Leser y los demás, del taller. Silenciosos, no querían que nadie advirtiera su satisfacción. Los que quedaron en el interior empezaron a charlar animadamente como si se sintieran afortunados por disponer de tanto espacio libre. Moviendo enfáticamente la pluma, el oficial tachó de la lista uno por uno a los trabajadores de Emalia y pidió que Oskar pusiera su firma.

Schindler dio las gracias al oficial y se volvió para seguir a su personal; el hombre lo retuvo por el codo de su chaqueta.

—Señor —dijo—, para nosotros no supone ninguna diferencia, ¿comprende? Nos da lo mismo una docena que otra.

El oficial tenía el ceño fruncido en el primer momento, pero ahora parecía más amable, como si hubiera descubierto el teorema oculto detrás de la situación. ¿Usted cree que estos trece obreros del metal son importantes? Pues los reemplazaremos con otros trece obreros del metal y eso compensará sus sentimientos por éstos.

—Lo que importa no es la lista —explicó finalmente el oficial.

El pequeño y regordete Bankier reconoció que ninguno de ellos se había preocupado por pedir el *Blauschein* en el Banco de Ahorros. Schindler, bruscamente irritado, ordenó que lo hicieran. Pero su sequedad encubría su desaliento ante esa muchedumbre que, por falta de una etiqueta azul, esperaba en Prokocim que el nuevo y decisivo símbolo de su situación, el vagón de ganado, fuera arrastrado por pesadas máquinas más allá del alcance de su vista. Somos animales reunidos, expresaban los vagones de ganado.

CAPÍTULO·15

En los rostros de sus propios trabajadores podía leer Oskar, en parte, el tormento del gueto. Porque la gente no tenía tiempo, allí, para recuperar el aliento, para establecerse, afirmar sus hábitos o sus rituales familiares. Muchos se refugiaban, con una especie de alivio, en la actitud de sospechar de todo el mundo, de las personas que estaban en la misma habitación tanto como del hombre del OD que montaba guardia en la calle. Pero ni siquiera los más cuerdos sabían en quién confiar. «Cada habitante —escribió un joven artista llamado Josef Bau, refiriéndose a una casa del gueto— tiene su propio mundo de secretos y misterios.» Los niños callaban al escuchar pasos en la escalera. Los adultos despertaban de sus sueños de exilio y privaciones para encontrar el exilio y las privaciones de una habitación repleta en Podgórze; los hechos —y hasta el sabor mismo del miedo— de los sueños continuaban de día. Terribles rumores llegaban a sus habitaciones, a las calles, a las fábricas. Spira tenía otra lista, dos o tres veces más larga que la anterior. Todos los niños serían enviados a Tarnow, donde los fusilarían, o a Stutthof, donde los ahogarían, o a Breslau, donde serían adoctrinados, desarraigados, operados. ¿Tiene usted un padre anciano? Llevarán a todas las personas mayores de cincuenta años a las minas de sal de Wieliczka. ¿A trabajar? No. Para emparedarlos en las galerías abandonadas.

Estos rumores, muchos de los cuales llegaban también a oídos de Oskar, se fundaban en el instinto humano de alejar el mal mediante su proclamación, de detener el destino demostrando que uno podía ser tan imaginativo como ellos. Pero ese mes de junio lo peor de los sueños y rumores adoptó forma concreta, y lo más inimaginable se convirtió en un hecho.

Al sur del gueto, más allá de la calle Rekawka, se alzaban unas verdes colinas. Desde ellas se podía ver una imagen íntima, como las de los sitios en la pintura medieval, del gueto, por encima de la pared del sur. Cuando uno recorría a caballo las colinas se revelaba el mapa del gueto, y lo que ocurría en sus calles. Schindler había descubierto ese punto ventajoso cuando cabalgaba con Ingrid en la primavera. Ahora, indignado por lo que había visto en Prokocim, decidió volver a ir. La mañana siguiente al rescate de Bankier, alquiló dos caballos en los establos del parque Benarskiego. Ingrid y él vestían impecables chaquetas largas y pantalones de montar, y botas resplandecientes. Dos rubios alemanes de los Sudetes, muy por encima del revuelto hormiguero del gueto. Atravesaron el bosque y galoparon por la pradera despejada. Ahora podían ver desde sus monturas la calle Wegierska y la muchedumbre reunida junto a la esquina del hospital y, más cerca, un destacamento de SS con perros que entraba a las casas mientras las familias salían a la calle con pesados abrigos a pesar del calor, anticipando una larga ausencia. Ingrid y Oskar detuvieron sus animales a la sombra de los árboles y empezaron a advertir detalles de la escena. Hombres del OD, armados con bastones, colaboraban con la SS. Y con entusiasmo, porque en pocos minutos vio que en tres ocasiones descargaban sus bastones sobre el hombro de tres mujeres remisas. Al principio sintió una ingenua furia. La SS utilizaba judíos para apalear judíos. Sin embargo, pronto sería evidente que algunos de los OD golpeaban a la gente para ahorrarles males peores. Y, de todos modos, había ya una nueva norma para el OD: si alguno de ellos no lograba obligar a una familia a descender a la calle, su propia familia corría peligro.

Schindler observó también que había dos hileras continuas de gente en la calle Wegierska. Una era estable, pero la otra, a medida que se alargaba, era cortada en secciones regulares, y conducida fuera de la vista después de coger la calle Jozefinska a la vuelta de la esquina. No era difícil interpretar esos movimientos; Ingrid y Schindler, ocultos entre los pinos, estaban a sólo doscientos o trescientos metros del lugar de la acción.

Las personas que salían de las casas eran separadas violentamente en dos líneas sin atender a consideraciones familiares. Las hijas adolescentes con los papeles adecuados pasaban a la línea estática, desde donde llamaban a sus madres que estaban en la otra. A un trabajador nocturno, entorpecido aún por el brusco despertar, le indicaron una línea, mientras su esposa y su hijo pasaban a la otra. En mitad de la calle, el hombre discutía con el policía OD. Gritaba:

—¡Al diablo con el *Blauschein*! Quiero ir con Eva y con el chico.

Intervino un SS armado. Entre la masa amorfa de los *Ghettomenschen,* un ser semejante, con su uniforme de verano bien planchado, parecía maravillosamente robusto y bien alimentado. Y desde la colina se veía relucir el aceite en la pistola ametralladora que tenía en la mano. El SS golpeó al judío en la oreja y le habló con voz áspera y fuerte. Schindler no podía oír, pero estaba seguro de que eran palabras similares a las escuchadas en la estación de Prokocim. Para mí no hay ninguna diferencia; si quieres ir con tu puta judía, ve. El hombre pasó de una hilera a la otra. Schindler lo vio abrazar a su esposa; al amparo de este acto de lealtad conyugal, una mujer retornó furtivamente a su casa, sin ser vista por un *Sonderkommando.*

Oskar e Ingrid hicieron girar sus cabalgaduras, atravesaron una desierta avenida y se dirigieron hacia una plataforma de piedra caliza situada directamente sobre la calle Krakusa.

La calle, en su punto más próximo, no parecía tan bulliciosa como Wegierska. Dos guardias conducían hacia la calle Piwna una columna, no muy larga, de mujeres y niños; uno avanzaba al frente y otro atrás. Había cierto desequilibrio en la columna; había muchos más niños de los que podían haber dado a luz tan pocas mujeres. Al final había un niño o niña, vestido con un pequeño abrigo rojo y un gorro del mismo color. Llamó la atención de Schindler porque formulaba una afirmación, como había hecho el trabajador nocturno de la calle Wegierska. La afirmación tenía que ver, por supuesto, con la pasión por el color rojo. Schindler consultó a Ingrid. Sin duda era una niña, dijo Ingrid. Las niñitas adoraban los colores, en particular los más brillantes.

Mientras miraban, el Waffen SS que iba atrás extendía de vez en cuando la mano para corregir la dirección de ese broche rojo. No lo hacía con rudeza; podría haber sido un hermano mayor. Si sus superiores le hubieran ordenado tomar en consideración los sentimientos de los espectadores, no podría hacerlo mejor. Y, por un segundo, la ansiedad de los dos jinetes del parque Bednarskiego halló un insensato alivio. Porque fue brevísimo. Detrás de la columna de mujeres y niños, grupos de SS con perros iniciaron el registro de las casas a ambos lados de la calle, hacia el norte.

Irrumpieron en las fétidas casas; como una señal de su violencia, una maleta voló por la ventana de un segundo piso y se abrió sobre el pavimento. Y, corriendo ante los perros, salieron a la calle los hombres, mujeres y niños que se habían escondido en desvanes y armarios y cómodas sin cajones, los evadidos del primer registro, gritando, despavoridos por los doberman. Todo parecía acelerado; la pareja de la colina apenas lograba seguir el ritmo de los hechos. Los que emergían eran fusilados de inmediato, donde estaban; rebotaban por el impacto de las balas y la sangre fluía por los desagües. Una madre y su hijo de ocho años, o quizá diez, se habían acurrucado bajo el alféizar de una ventana, en el lado oeste de la calle Krakusa. Schindler sintió intolerable miedo por ellos, un terror en su propia sangre que aflojó sus piernas en la silla y estuvo a punto de derribarlo. Miró a Ingrid, con las manos apretadas sobre las riendas. Oyó su dolorida exclamación.

Los ojos de Oskar subieron por la calle Krakusa hasta la niñita de rojo. Estaban haciendo eso a media manzana de donde ella se encontraba. No habían esperado siquiera a que la columna girara por la calle Jozefinska. Al principio, Schindler no habría podido explicar cómo se compaginaba eso con los crímenes en la calle. Pero demostraba, de un modo que nadie podía ignorar, la seriedad de sus intenciones. Mientras la niña de rojo se detenía y giraba para mirar, mataron a la mujer acurrucada de un tiro en el cuello y, cuando el chico se deslizó al suelo gimiendo, una bota se apoyó en su cabeza, como para sostenerlo en su lugar, y el caño del arma se acercó a la nuca —el blanco recomendado a la SS— y disparó.

Oskar miró nuevamente a la niñita de rojo. Había visto cómo bajaba la bota. Quedaba ahora un espacio entre ella y el resto de la columna. Otra vez, el guardia SS la empujó fraternalmente y la puso en la línea. Herr Schindler no comprendía por qué no la derribaba con la culata del rifle, ya que en el otro extremo de la calle Krakusa la piedad había sido cancelada.

Por fin, Schindler se deslizó de su caballo, dio unos pasos y se encontró de rodillas, abrazando el tronco de un pino. Sintió que debía contener su deseo de vomitar su excelente desayuno, porque sospechaba que su astuto cuerpo sólo se proponía hacer suficiente sitio pará digerir los horrores de la calle Krakusa.

El peor aspecto de lo que había visto no era la falta de vergüenza de esos hombres, que habían nacido de mujer y debían escribir cartas a su casa (¿qué ponían en ellas?). *Sabía* que no tenían vergüenza, puesto que el guardia de la columna no había sentido la necesidad de impedir que la niñita viera lo que ocurría. Y eso era lo peor: si no tenían vergüenza, eso significaba que había una sanción oficial. Ya nadie podía refugiarse en la idea de la cultura alemana, ni en los pronunciamientos de sus líderes; cualquiera podía asomarse a su jardín, o ver desde su despacho las realidades de la calle. Oskar había visto en la calle Krakusa una afirmación de la política de su gobierno que no podía desestimar como una aberración temporal. Los SS de Krakusa estaban cumpliendo las órdenes de su líder; de otro modo su colega no hubiera permitido que una niñita mirara.

Y más tarde, después de absorber una cantidad de coñac, Oskar comprendió lo que ocurría en términos más precisos. Dejaban que hubiera testigos, como la niñita de rojo, porque estaban convencidos de que todos los testigos perecerían.

En una esquina de la Plac Zgody estaba la farmacia de Tadeusz Pankiewicz. Era una farmacia a la antigua. Ánforas de porcelana con el nombre de viejos remedios en latín y varios cientos de pequeños cajones bien lustrados ocultaban las complejidades de la farmacopea de los ciudadanos de Podgórze. Pankiewicz vivía sobre su tienda con el permiso de las autoridades, a petición de los médicos de las clínicas del gueto. Era el único polaco a quien se permitía residir dentro de los muros. Era un hombre tranquilo, apenas mayor de cuarenta años, con notorios intereses intelectuales. Visitaban regularmente su casa el impresionista polaco Abraham Neumann, el compositor Mordche Gebirtig, el filósofo Leon Steinberg y el sabio doctor Rappaport. Su casa servía también de enlace; era el buzón de la información y los mensajes que intercambiaban la Organización Judía de Combate (ZOB) y los guerrilleros del Ejército Polaco del Pueblo. El joven Dólek Liebeskind, y los esposos Shimon y Gusta Dranger, organizadores de la ZOB de Cracovia, iban también allí algunas veces, aunque discretamente. Era importante no comprometer a Tadeusz Pankiewicz con sus propósitos que, contrariamente a la política cooperadora del Judenrat, involucraban la resistencia furiosa e inequívoca.

En esos primeros días de junio, la plaza, ante la farmacia de Pankiewicz, se convirtió en un área de maniobra. «Desafiaba la capacidad de creer», diría luego Pankiewicz, refiriéndose a la Plac Zgody. En el césped del centro se continuaba separando a la gente. Les decían que dejaran su equipaje. No, no, lo enviaremos después. Contra el muro, en el lado oeste de la plaza, se fusilaba a los que se resistían y a quienes ocultaban en sus bolsillos la secreta opción de los documentos arios falsificados, sin dar explicaciones a los que estaban en el centro de la plaza. El estrépito de los disparos fracturaba las conversaciones y las esperanzas. Pero a pesar de los gritos y gemidos de los parientes de las víctimas, algunos, paralizados o desesperadamente aferrados a la vida, parecían casi ignorar los montones de cadáveres. Apenas llegaban los camiones y los destacamentos de judíos cargaban a los muertos, los que permanecían en la plaza volvían a hablar del futuro. Y Pankiewicz oía repetir a los suboficiales de la SS lo que habían dicho todo el día:

—Le aseguro, señora, que los llevamos a trabajar. ¿Cree que podemos malgastar el esfuerzo de los judíos?

En las caras de esas mujeres se veía vívidamente el deseo frenético de creer. Y las tropas SS, después de proceder a las ejecuciones, pasaban entre la multitud reunida enseñando a la gente la forma correcta de rotular su equipaje.

Desde Bednarskiego, Oskar Schindler no había podido ver la Plac Zgody. Pero Pankiewicz, en la plaza —como Oskar desde la colina—, no había visto jamás un horror tan desapasionado. También Pankiewicz sintió náuseas y un irreal zumbido en los oídos, como si hubiera recibido un golpe en la cabeza.

Estaba tan confuso por la masa de ruido y salvajismo, que no se enteró de la muerte, en la plaza, de sus amigos Gebirtig —el compositor de la famosa canción *Arde, ciudad, arde*— y Neumann, el pintor. Los médicos acudían a la farmacia, jadeando, después de correr desde el hospital. Querían vendas; habían llevado al hospital a los heridos, arrastrándolos. Y un médico pidió eméticos, porque una docena de personas agonizaba en la plaza por haber tomado cianuro. Un ingeniero a quien Pankiewicz conocía lo había hecho mientras su mujer miraba en otra dirección.

El joven doctor Idek Schindel, que trabajaba en el hospital de la calle Wegierska, se enteró por una mujer con un ataque de histeria de que se llevaban a los niños. Los había visto alineados en la calle Krakusa, y a Genia entre ellos. Schindel había dejado esa mañana a Genia con los vecinos. Él estaba a cargo de ella en el gueto; sus padres aún estaban escondidos en el campo, aguardando el momento de retornar a la —hasta hoy— relativa seguridad de sus muros. Esa mañana, Genia, de acuerdo con su aire general de independencia, se había alejado de la mujer que la cuidaba y había regresado a la casa donde vivía con su tío. Allí la habían arrestado. Y por eso Oskar Schindler había advertido su presencia en la columna de la calle Krakusa.

El doctor Schindel se quitó su bata de cirujano, corrió a la plaza y la vio casi inmediatamente, en la hierba, fingiendo calma dentro del muro de guardias. El doctor Schindel sabía que fingía, porque muchas veces se había levantado de noche para acallar sus gritos y tranquilizarla.

Caminó por el borde de la plaza y ella lo vio. No grites, habría querido decir él, yo lo arreglaré. No quería organizar una escena porque podría terminar muy mal para ambos. Pero no tenía necesidad de preocuparse, porque vio cómo los ojos de la niña se tornaban mudos e ignorantes. Se detuvo, transfigurado por su lamentable y admirable astucia. Genia sabía a los tres años lo necesario para no ceder al breve alivio de llamar a su tío. Sabía que atraer la atención de la SS hacia el tío Idek no sería la salvación.

El médico componía el discurso que pensaba hacer al enorme *Oberscharführer* apoyado contra el muro de las ejecuciones. No convenía acercarse a las autoridades con demasiada humildad ni por intermedio de nadie de rango inferior. Se volvió nuevamente hacia la niña y creyó sorprender el esbozo de un parpadeo; y luego, con la sorprendente frialdad de un especulador, ella se deslizó entre los dos guardias que tenía más cerca y salió del cordón. Se movía con una lentitud que galvanizaba la atención de su tío, quien más adelante vería muchas veces, con los ojos cerrados, su pequeña figura entre el bosque de altas botas. Nadie más la vio. Ella mantuvo el mismo paso, mitad vacilante, mitad ritual, hasta la esquina de Pankiewicz y luego giró, manteniéndose en la acera invisible desde la plaza. El doctor Schindel sintió deseos de aplaudir. La representación merecía un público, aunque, por su naturaleza, ese público la hubiera destruido.

Estimó que no podía seguirla en seguida sin denunciar la hazaña con su torpeza de adulto. Contra todos sus impulsos habituales, pensó que el instinto que la había salvado infaliblemente de la Plac Zgody la llevaría a un escondite. Regresó al hospital por el otro camino, para darle tiempo. Genia regresó a la habitación de la calle Krakusa que compartía con su tío. La calle estaba ahora desierta; y si aún había alguien allí, amparado por su astucia o por una pared falsa, no se dejaba ver.

Genia entró y se escondió debajo de la cama. Desde la esquina, Idek vio que un SS, en su último recorrido, golpeaba la puerta. Genia no respondió. Y no respondió tampoco cuando Idek entró. Sólo que él sabía adónde mirar, entre la cortina y la ventana, y allí brillaba su zapatito rojo en la penumbra, junto al cubrecama.

A esa hora, Schindler había devuelto los caballos al establo. No vio desde la colina el pequeño pero significativo triunfo de la niñita de rojo que regresó al sitio donde la SS la había encontrado al principio. Estaba ya en su despacho de la DEF, solo por un rato, incapaz de compartir las terribles noticias del día con su personal. Mucho más tarde, en términos pocos frecuentes en el jovial Herr Schindler, el invitado favorito de las fiestas de Cracovia, el notorio pródigo de Zablocie —es decir, en términos que revelaban al juez implacable oculto tras la fachada del playboy—, Oskar atribuiría especial importancia a esa jornada. «Después de ese día —afirmó—, ninguna persona capaz de pensar podía dejar de saber qué ocurriría. Yo estaba ya decidido a hacer todo lo que estuviera a mi alcance para derrotar al sistema.»

CAPÍTULO·16

La SS continuó su tarea en el gueto hasta el sábado por la noche. Se movía con la misma precisión que había observado Oskar en las ejecuciones de la calle Krakusa. Era difícil prever sus ataques, y mucha gente que había escapado el jueves cayó el sábado. Genia sobrevivió, sin embargo, porque tenía el precoz don del silencio y porque era invisible vestida de rojo.

En Zablocie, Oskar no se atrevió a pensar que esa niña podría haber sobrevivido a la *Aktion*. Había sabido por Toffel y por otros conocidos del cuartel general de la policía en la calle Pomorska que se habían sacado del gueto siete mil personas. Un oficial de la Oficina de Asuntos Judíos de la

Gestapo confirmó, encantado, esa cifra. En la calle Pomorska, entre los rimeros de papeles, se consideraba que la *Aktion* había sido un éxito.

Oskar buscaba ahora mayor exactitud en sus informaciones. Sabía, por ejemplo, que había dirigido la *Aktion* el SS *Obersturmführer* Otto von Mallotke. Oskar no llevaba un registro, pero empezaba a prepararse para una nueva época en que haría un informe completo, ya fuera para Canaris o para el mundo entero. Eso ocurriría antes de lo que pensaba. Pero, por el momento, investigaba asuntos que en el pasado había considerado locuras temporales. Recibía noticias de sus contactos policiales, y también de los judíos lúcidos como Stern. Los guerrilleros del Ejército del Pueblo filtraban al gueto, en parte a través de la farmacia de Pankiewicz, informaciones acerca de otras partes de Polonia. Dolek Liebeskind, jefe del Grupo de Resistencia Akiva Halutz, traía también información de otros guetos, producto de su cargo oficial en la Ayuda Comunitaria Judía, organización que los alemanes consentían para no romper del todo con la Cruz Roja Internacional.

De nada servía transmitir esas noticias al *Judenrat*. El consejo no consideraba recomendable hablar de los campos de concentración a los pobladores del gueto. La gente sólo caería en la desesperación, y habría en las calles desórdenes que serían castigados. Siempre era mejor dejar que la gente oyera rumores disparatados, pensara que eran exagerados, y recobrara la esperanza. Ésta había sido la actitud de la mayor parte de los consejeros judíos incluso bajo la decente presidencia de Artur Rosenzweig. Pero Rosenzweig se había ido. El vendedor David Gutter, con la ayuda de su nombre germánico, sería pronto presidente del *Judenrat*. Y no sólo distraerían las raciones de alimentos ciertos oficiales de la SS, sino también Gutter y los nuevos consejeros, cuyo representante en la calle era Symche Spira, jefe del OD. El *Judenrat* no tenía ya interés en informar a la población del gueto de su posible destino; confiaban en que a ellos mismos se les ahorraría el viaje.

El principio del conocimiento para el gueto —y la oportunidad, para Oskar, de atar cabos— había sido el retorno a Cracovia, ocho días después de haber partido de Prokocim, del joven farmacéutico Bachner. Nadie sabía cómo había aparecido en el gueto, ni por qué había regresado a un lugar de donde la SS simplemente volvería a llevárselo. Pero lo que había traído a Bachner era, por supuesto, la carga de lo que sabía.

Contó su historia por la calle Lwowska y por las calles situadas detrás de la Plac Zgody. Había visto, dijo, el horror definitivo. Tenía los ojos desorbitados y su pelo había encanecido durante su breve ausencia. Toda la gente apresada en Cracovia había sido llevada, contó, hasta un lugar próximo a Rusia, el campamento de Belzec. Ucranianos con palos sacaron a la gente de los vagones cuando llegaron a la estación. Había un olor horrible en el lugar, pero un SS dijo amablemente que eso se debía al uso de desinfectantes. Alinearon a la gente ante dos vastos depósitos; uno llamado «guardarropa» y el otro «objetos valiosos». Les ordenaron que se desvistieran y se quitaran gafas y anillos. Un chico judío recorrió las filas distribuyendo trozos de cordel para atar cada par de zapatos. El peluquero afeitó la cabeza de los prisioneros, así, desnudos; era un suboficial de la SS, y explicó que el pelo era necesario para fabricar algo que utilizaban las tripulaciones de los submarinos. Volverá a crecer, dijo, manteniendo el mito de su perpetua utilidad. Finalmente condujeron a las víctimas por un corredor entre alambradas de espino hasta unas construcciones que tenían la estrella de David en lo alto y el rótulo de «Cuartos de baño y de inhalación». Los SS les recomendaban respirar profundamente. Bachner vio que una niña dejaba caer una pulsera; un niño de tres años la recogió y entró en el cuarto de baño jugando con ella.

Una vez dentro, mataron a todos con gas. Más tarde entró un grupo de soldados para desenredar la pirámide de cadáveres y llevarlos a la sepultura. En sólo dos días, dijo, todos habían muerto excepto él mismo. Mientras esperaba su turno, le habían alarmado las palabras tranquilizadoras de los SS, y se había metido en una letrina, dejándose caer por el hueco. Había permanecido tres días allí, hundido hasta el cuello entre los desechos humanos, con la cara cubierta de moscas. Había dormido de pie, estirando los miembros por el temor de ahogarse, y finalmente había salido arrastrándose de noche.

De alguna manera había logrado salir de Belzec, siguiendo las vías del tren. Todo el mundo comprendía que había salido precisamente porque había perdido la razón. Alguien lo había limpiado —quizás alguna campesina— y le había dado ropas para su viaje de regreso.

Incluso entonces hubo gente en Cracovia que consideró esa historia un peligroso rumor. Parientes de los prisioneros de Auschwitz habían recibido tarjetas postales. Así que, aunque hubiera ocurrido en Belzec, no había ocurrido en Auschwitz. ¿Y acaso se podía creer? Dadas las escasas raciones emocionales admitidas en el gueto, había que aferrarse a lo creíble; no había otra forma de subsistir.

Las cámaras de Belzec, según descubrió Herr Schindler por medio de sus fuentes, habían sido terminadas en marzo de ese año por una firma de Hamburgo, bajo la supervisión de ingenieros de la SS procedentes de Oranienburg. A juzgar por el testimonio de Bachner, podían producir tres mil muertes por día. Los hornos crematorios estaban en construcción, para evitar que un anticuado medio de eliminar cadáveres pusiera freno al moderno método de matanza. La misma firma había construido instalaciones similares en Sobibor, también en el distrito de Lublin. Se había licitado la construcción de otras cámaras —ya muy adelantada— en Treblinka, cerca de Varsovia. Y había tanto cámaras como hornos en funcionamiento en el campo de concentración de Auschwitz, y en el vasto campo de Auschwitz Número Dos, a pocos kilómetros del primero, en Birkenau. La resistencia afirmaba que diez mil asesinatos en un solo día no excedían la capacidad de Auschwitz Dos. Y en la zona de Lodz estaba el campo de concentración de Chelmno, equipado también con los nuevos recursos tecnológicos.

Escribir esto ahora es repetir un tópico histórico. Pero descubrirlo en 1942, ver caer estas cosas del cielo de junio, implicaba un shock fundamental, un trastorno de esa región del cerebro en que se guardan las ideas permanentes acerca de la humanidad y de sus posibilidades. Ese verano, varios millones de personas en Europa, y entre ellos Oskar y los habitantes del gueto de Cracovia, ajustaron la economía de sus almas a la idea de recintos como Belzec en los bosques de Polonia.

También ese verano, Schindler puso fin a la situación de bancarrota de Rekord, y, según las disposiciones de la Corte Comercial de Polonia, adquirió en una especie de subasta *pro forma* la propiedad del establecimiento. Aunque los ejércitos alemanes habían pasado el Don y estaban en camino a los pozos de petróleo del Cáucaso, Oskar entendió, por la evidencia de lo que había ocurrido en la calle Krakusa, que no podían triunfar a la larga. Por lo tanto, ése era un buen momento para legitimizar tanto como fuera posible su posesión de la fábrica de la calle Lipowa. Esperaba todavía, de un modo casi infantil, que la historia no lo tendría en cuenta, que la caída del rey perverso no le arrebataría esa legitimidad y que en la nueva época seguiría siendo el hijo con éxito de Hans Schindler, de Zwittau.

Jereth, de la fábrica de cajas, continuaba insistiendo en que construyera cabañas, refugios, en el terreno baldío. Oskar consiguió la aprobación de los burócratas, con el pretexto de una zona de descanso para el turno de noche. Tenía la madera necesaria: la había donado el mismo Jereth.

Cuando quedó terminada, en otoño, la construcción parecía demasiado ligera e incómoda. Parecía que las tablas del techado, de la madera nueva que se emplea para hacer cajas, podrían encogerse a medida que se secaran, dejando filtrar la nieve acumulada. Pero durante una *Aktion* en octubre, allí encontraron refugio el matrimonio Jereth, los trabajadores de la fábrica de cajas y la de radiadores, y los operarios del turno de noche de Oskar.

El Oskar Schindler que desciende de su despacho la fría mañana de una *Aktion* para hablar con el hombre de la SS, el auxiliar ucraniano, la Policía Azul o los destacamentos del OD que han venido desde Podgórze para escoltar a su turno de noche en el camino de regreso; el Oskar Schindler que, mientras toma su café, telefonea al *Wachtmeister* Bosko y le explica, con algún pretexto, por qué su personal debe permanecer esa mañana en la calle Lipowa, es ahora un hombre que se ha arriesgado mucho más de lo que recomiendan las cautelosas prácticas comerciales. Las personas influyentes que en dos ocasiones lo han sacado de la cárcel no pueden hacerlo constantemente, aunque él sea generoso con ellas. Este año hay personas influyentes encerradas en Auschwitz. Si mueren allí, sus viudas reciben un escueto y frío telegrama del comandante: «Su marido ha muerto en el *Konzentrationslager* Auschwitz.»

Bosko era más delgado que Oskar, y tenía una voz áspera. Era, como él, un checo alemán. Su familia, como la de Oskar, era conservadora y creía en los antiguos valores germánicos. Durante una corta temporada había sentido cierta excitación pangermánica a raíz de la ascensión de Hitler, así como Beethoven había sentido fervor europeo ante los avances de Napoleón. En Viena, donde cursaba estudios de teología, se había unido a la SS, en parte como una alternativa a la conscripción en la Wehrmacht, en parte por ese efímero entusiasmo. Ahora lamentaba su entusiasmo y lo estaba expiando, en mayor medida de lo que Oskar pensaba. En ese momento, Oskar sólo sabía que Bosko jamás tenía inconveniente en minar una *Aktion*. Su responsabilidad era el perímetro del gueto y desde su despacho, situado fuera de los muros, contemplaba lo que ocurría con un horror no exento de precisión porque, como Oskar, se consideraba un testigo potencial.

Oskar ignoraba que en la *Aktion* de octubre Bosko había sacado del gueto a varias docenas de niños en cajas de cartón. También ignoraba que el

Wachtmeister proveía, a diez cada vez, pases generales para la guerrilla. La Organización Judía de Combate (ZOB) tenía considerables fuerzas en Cracovia. Estaba integrada principalmente por jóvenes asociados de algunos clubs, como, en especial, el Akiva, así llamado en honor del legendario rabino Akiva, estudioso de la Mishna. La ZOB estaba dirigida por la pareja Shimon y Gusta Dranger —su diario llegaría a ser un clásico de la resistencia— y por Dolek Liebeskind. Sus miembros debían entrar y salir libremente del gueto para cumplir misiones de reclutamiento, llevar dinero, documentos falsos y ejemplares de su periódico clandestino. Tenían contactos con el Ejército del Pueblo de Polonia, de izquierdas, cuya base estaba en los bosques de los alrededores de Cracovia, y que también necesitaba los documentos obtenidos por Bosko. Aunque los contactos de Bosko con la ZOB y con el Ejército del Pueblo eran suficientes para una ejecución sumaria, él se despreciaba secretamente a sí mismo y se avergonzaba de sus rescates, realizados en pequeña escala. Bosko quería salvar a todo el mundo; pronto intentaría hacerlo y moriría en el intento.

A los catorce años, Danka Dresner, prima de Genia la Roja, había perdido ya los infalibles instintos infantiles que habían permitido a la niña atravesar con relativa seguridad el cordón de la Plac Zgody. Aunque trabajaba en la limpieza en la base de la Luftwaffe, lo cierto es que cualquier mujer menor de quince años o mayor de cuarenta podía ser capturada en cualquier momento.

Por lo tanto, la mañana en que un SS *Sonderkommando* y varios grupos de la Policía de Seguridad entraron en la calle Lwowska, la señora Dresner se dirigió con Danka a Dabrowski, a la casa de una vecina que tenía una pared doble. Esa vecina tenía casi cuarenta años, trabajaba en el comedor de la Gestapo próximo al castillo de Wawel y podía esperar, hasta cierto punto, un tratamiento excepcional. Pero sus ancianos padres constituían automáticamente un riesgo. Por esto había construido una falsa pared que dejaba una cavidad de sesenta centímetros para sus padres: era un proyecto costoso, que exigía entrar de contrabando en el gueto cada ladrillo, en carretilla, debajo de los bienes permitidos: leña, ropas, desinfectantes. Dios sabía cuánto le había costado ese recinto secreto: cinco mil zlotys, tal vez diez mil.

Se lo había dicho varias veces a la señora Dresner. Si había una *Aktion,* podría esconderse allí con Danka. Por esto, cuando Danka y la señora Dresner oyeron el ladrido de los doberman y los dálmatas, y el rugido de un *Oberscharführer* por un megáfono, corrieron a casa de su amiga.

Madre e hija subieron a la habitación de la mujer y comprobaron que el estrépito la había perturbado.

—Lo siento —dijo—. Mis padres ya están allí. La chica puede entrar. Pero tú no.

Danka miró fascinada la pared del fondo, cubierta de papel manchado. Allí, emparedados, quizá con ratas entre los pies, con los sentidos aguzados por la oscuridad, estaban la madre y el padre de esa mujer.

La señora Dresner estaba segura de que la amiga sufría un trastorno. La chica sí; tú no, repetía. Era como si pensara que si la SS descubría el subterfugio sería más piadosa porque Danka pesaba menos.

La señora Dresner explicó que era delgada, que

la *Aktion* parecía concentrada en esta parte de la calle Lwowska y que no tenía adónde ir. Y que cabía. Se podía confiar en Danka, agregó, pero se sentiría más segura junto a su madre. Y bastaba mirar la pared para ver que cabían cuatro personas. Los disparos próximos barrieron la poca razón que le quedaba a su interlocutora. Puedo ocultar a la chica, gritó. Tú, vete.

La señora Dresner se volvió hacia Danka y le dijo que se escondiera tras el muro.

Danka no logró recordar, más tarde, por qué había obedecido a su madre. La mujer la llevó al ático, alzó una alfombra y luego algunas tablas del suelo. Danka descendió. No estaba oscuro: los padres de la mujer habían encendido una vela. Danka se encontró al lado de la anciana; era la madre de otra persona pero tenía, más allá del olor a suciedad, la cálida máscara protectora de la maternidad. La anciana le sonrió. Su marido estaba a su lado con los ojos cerrados; no quería recibir señales del exterior.

Un rato después, la anciana le indicó que podía sentarse, si lo deseaba. Danka se acurrucó de lado y halló una postura cómoda en el suelo de la cavidad. No había ratas. No oía ruidos; ni siquiera una palabra de su madre o de la otra mujer. Y, por encima de todo, se sentía inesperadamente segura. Y con la sensación de seguridad llegó primero el arrepentimiento por haber obedecido tan ciegamente a su madre, y luego el temor por ella, que estaba fuera, en el universo de las *Aktionen*.

La señora Dresner no se marchó de inmediato. La SS estaba ya en la calle Dabrowski. Le parecía que tanto daba quedarse. Si la capturaban, su amiga no tendría dificultades. Incluso podía ser ventajoso para ella. Llevarse a una persona de la habitación probablemente aumentaría su satisfacción por el buen resultado de su tarea, y evitaría que hicieran una inspección a fondo de las paredes.

Pero la mujer estaba convencida de que nadie sobreviviría al registro si la señora Dresner se quedaba; y era evidente para la señora Dresner que así ocurriría si la mujer continuaba en ese estado. De modo que se puso de pie, serenamente, dándose por perdida. La encontrarían en la escalera. ¿Y por qué no en la calle?, se preguntó. Era una norma tácita que los habitantes del gueto debían esperar temblando en sus habitaciones a que los descubrieran; tanto, que cualquier persona hallada en las escaleras era de algún modo culpable de desafío al sistema.

Una figura que llevaba una gorra le impidió salir. Apareció en la escalera del frente y miró por el oscuro corredor la fría luz azul del patio. Él la reconoció, y ella a él. Era un amigo de su hijo mayor, pero eso nada significaba: era imposible saber las presiones que sufrían los muchachos del OD. Éste se acercó.

—Señora Dresner—dijo, y señaló los escalones—. Se irán dentro de diez minutos. Métase debajo de la escalera. Vamos. Debajo de la escalera.

Tan ciegamente como la había obedecido antes su hija, obedeció ella al joven OD. Se acurrucó bajo los escalones, sabiendo que de nada serviría. Si querían examinar el patio, o el apartamento situado frente a la entrada, la verían. Y como estar agachada o de pie no hacía ninguna diferencia, se irguió. Ya muy cerca de la puerta, el hombre del OD le indicó que se quedara allí, y se marchó. A continuación ella oyó gritos, órdenes y llamadas, muy cerca, en la puerta de al lado.

Finalmente, él regresó con otros. Oyó el ruido

de sus botas en la puerta. Le oyó decir en alemán que había registrado los bajos sin encontrar a nadie. Pero había habitaciones ocupadas arriba. La conversación que mantenía con los SS era tan prosaica, que no parecía estar a la altura del riesgo que corría. Apostaba su vida a la probabilidad de que, fatigados por el registro de la calle Lwowska y parte de Dabrowski, fueran ahora suficientemente negligentes para no buscar en el piso bajo ni hallar a la señora Dresner, a quien apenas conocía, oculta bajo la escalera.

Como se comprobó, aceptaron la palabra del OD. Subieron; les oyó golpear las puertas y pisar en la habitación de la pared doble, y la voz aguda y sobresaltada de su amiga. *Por supuesto, tengo el permiso de trabajo, es en el comedor de la Gestapo, conozco a todos allí.* Bajaron del segundo piso con alguien, más de uno, una pareja, una familia. Me reemplazan, se dijo luego. Una voz de varón, de hombre ya mayor, con bronquitis, dijo:

—Pero seguramente, señores, podemos llevarnos algunas ropas...

Y, en el tono indiferente de un guarda de tren que da una información sobre el horario, la respuesta del SS en polaco:

—No es necesario. Allí les darán de todo.

Los ruidos se alejaron. La señora Dresner aguardaba. No hubo un segundo registro, aunque volverían una y otra vez. Lo que en junio parecía el horror culminante, era en octubre un proceso cotidiano. Y, a pesar de su agradecimiento al chico del OD, era evidente para ella, mientras subía a buscar a Danka, que cuando el asesinato se tornaba tan programado, habitual, industrial como era ahora en Cracovia, una actitud heroica no podía modificar la dirección de la abrumadora inercia del sistema. Los más ortodoxos del gueto tenían una máxima: «Una hora de vida ya es vida.» El joven del OD le había dado esa hora. Nadie podía darle más.

En lo alto, su amiga parecía avergonzada.

—Tu hija puede venir cuando quiera —dijo. Es decir, no la había excluido por cobardía, sino por un designio político, que seguía en vigencia. Ella no sería aceptada, pero la muchacha sí.

La señora Dresner no discutió: tenía la sensación de que la actitud de la mujer era parte de la ecuación que le había permitido salvarse debajo de la escalera. Dio las gracias a la mujer. Era de temer que Danka necesitara su hospitalidad en el futuro.

Desde ese momento, aunque parecía joven para sus cuarenta y dos años y tenía buena salud, la señora Dresner intentaría sobrevivir de acuerdo con un criterio económico: el posible valor de su energía física para la Inspección de Armamentos o cualquier otro sector del esfuerzo de guerra. Aunque tampoco confiaba mucho en esto. En esos días, cualquiera que tuviese cierta comprensión de la verdad sabía que, para la SS, la muerte de un judío socialmente imposible de apaciguar superaba su valor como mano de obra. La pregunta, por lo tanto, era: ¿quién salvaría a Juda Dresner, gerente de compras, a Janek Dresner, mecánico de coches en el garaje de la Luftwaffe, y a Danka Dresner, doméstica de la Luftwaffe, el día en que la SS decidiera, finalmente, prescindir de su valor económico?

Mientras un miembro del OD permitía la supervivencia de la señora Dresner en la calle Dabrowski, los jóvenes sionistas de la Juventud Halutz y de la

ZOB preparaban un acto de resistencia más visible. Habían adquirido uniformes de la Waffen SS y, con ellos, derecho de entrar en el restaurante Cyganeria —reservado a la SS— en la Ducha Plak, frente al teatro Slowacki. En el Cyganeria dejaron una bomba que impulsó las mesas hasta el techo, despedazó a siete SS e hirió a otros cuarenta.

Cuando Oskar se enteró, pensó que podría haber estado allí, intentando ganarse a algún oficial.

La intención deliberada de Shimon y Gusta Dranger y de sus colegas era sacudir el antiguo pacifismo del gueto y convertirlo en una rebelión universal. También pusieron una bomba en el cine Bagatella —asimismo reservado a la SS—, en la calle Karmelicka. En la oscuridad, Leni Riefenstahl hacía flamear la promesa de la femineidad alemana ante los ojos de los soldados alejados de su hogar y enervados por el desempeño del deber nacional en el bárbaro gueto o en las calles cada vez más peligrosas de Cracovia; y de pronto una vasta llamarada amarilla extinguió la visión.

Muy pronto la ZOB hundiría lanchas patrulleras en el Vístula, incendiaría con cócteles molotov varios garajes militares de la ciudad, conseguiría *Passierscheine* para personas que no debían tenerlos, enviaría fotografías de pasaporte a centros donde se falsificaban documentos arios, provocaría el descarrilamiento del elegante tren para personal militar de Cracovia a Bochnia, y pondría en circulación su periódico clandestino. Por su acción, dos de los principales tenientes de Spira, Spitz y Forster, que habían preparado listas para el envío de miles de personas a campos de concentración, cayeron en una emboscada de la Gestapo. Era una variante de un viejo truco de estudiantes. Un miembro de la resistencia, fingiéndose un informante, concertó una cita con los dos policías en un pueblo próximo a Cracovia. Al mismo tiempo, se indicó a la calle Pomorska que dos líderes de la resistencia judía debían reunirse en ese mismo punto. Spitz y Forster fueron derribados mientras huían de la Gestapo.

Sin embargo, el estilo de la resistencia del gueto era en general el de Artur Rosenzweig; cuando le pidieron, en junio, que preparara una lista de varios miles para la deportación, puso en primer término su nombre, el de su esposa y el de su hija.

Y en Zablocie, en los bajos de Emalia, Oskar Schindler y Jereth desarrollaban su propia forma de resistencia, planeando un segundo barracón.

CAPÍTULO·17

Un dentista austríaco, el doctor Sedlacek, recién llegado a Cracovia, hacía cautelosas averiguaciones acerca de Schindler. Había venido en tren desde Budapest y traía una lista de posibles contactos y, en un doble fondo, una cantidad de zlotys de ocupación que, desde la prohibición de los billetes de alto valor, ocupaban un volumen descabellado.

Aunque pretendía viajar por motivos comerciales, era el correo de una organización sionista de Budapest.

En 1942 los sionistas de Palestina —para no hablar de la población del mundo— sólo conocían por rumores lo que estaba ocurriendo en Europa. Habían establecido una oficina en Estambul para tratar de obtener información exacta. Tres de sus agentes enviaron tarjetas postales a todos los grupos sionistas de la Europa germánica, desde el barrio de Beyoglu. Las tarjetas decían: «Dime, por favor, cómo estás. Eretz te espera.» Eretz significa «la tierra», y para un sionista, Israel. Las tarjetas postales estaban firmadas por una muchacha llamada Sarka Mandelblatt, que tenía nacionalidad turca.

Las postales cayeron en el vacío. Nadie respondió. Esto significaba que sus destinatarios estaban en la prisión, en los bosques, en algún campo de concentración, en un gueto o muertos. Los sionistas de Estambul tuvieron así la ominosa prueba del silencio.

A fines del otoño recibieron una respuesta, una tarjeta postal con una fotografía del Belvaros, de Budapest. El texto era: «Tu interés por mí es un gran aliento. Tengo necesidad de *rahamin maher* [ayuda urgente]. Por favor, escribe.»

La respuesta era de un joyero de Budapest llamado Samu Springmann, que había recibido y descifrado el mensaje de la tarjeta enviada por Sarka Mandelblatt. Samu era un hombre muy delgado, de la talla de un jockey, de poco más de treinta años. Desde muy joven, a pesar de su probada honestidad, hacía favores al cuerpo diplomático y sobornaba funcionarios y miembros de la policía secreta húngara, famosa por su pesada mano. Los agentes de Estambul le comunicaron que deseaban emplear sus servicios para introducir dinero en el imperio alemán y sacar de él alguna información exacta sobre lo que ocurría con los judíos europeos, para transmitirla luego al mundo.

En la Hungría del general Horthy, aliada de Alemania, Samu Springmann y sus amigos sionistas no poseían más noticias de lo que ocurría en Polonia que los agentes de Estambul. Pero logró encontrar correos que, por un porcentaje del envío, o sólo por sus convicciones, estaban dispuestos a penetrar en territorio alemán. Uno de sus correos eran un mercader de diamantes, Erich Popescu, agente de la policía secreta húngara. Otro, un contrabandista de tapices procedente del hampa, que se llamaba Bandi Grosz, que también había sido informante de la policía secreta. El tercero era Rudi Schulz, especialista austríaco en violentar cajas fuertes y agente de la Oficina de la Administración de la Gestapo en Stuttgart. Springmann tenía un verdadero don para tratar con agentes dobles como Popescu, Grosz y Schulz, apelando a su codicia, a su sentimiento y hasta a sus principios.

Otros de sus correos eran realmente idealistas. Entre éstos se contaba Sedlacek, el hombre que hacía averiguaciones acerca de Herr Schindler en Cracovia a fines de 1942. Tenía gran éxito como dentista en Viena y no necesitaba viajar a Polonia con maletas de doble fondo. Pero allí estaba y tenía en el bolsillo una lista que había recibido de Estambul. El segundo nombre de esa lista era el de Oskar.

Esto significaba que alguien —Itzhak Stern, Ginter, el hombre de negocios, el doctor Alexander Biberstein— había dado el nombre de Schindler a los sionistas de Palestina. Y, sin saberlo, Herr Schindler había sido elegido para el cargo de hombre justo.

El doctor Sedlacek tenía un amigo en la guarnición de Cracovia: era vienés como él y lo había conocido en su consulta. Era el mayor Franz von Korab, de la Wehrmacht. En su primera noche en

Polonia, el dentista invitó a una copa al mayor Von Korab en el hotel Cracovia. Sedlacek había pasado un día espantoso. A través del grisáceo Vístula había contemplado la fría fortaleza de alambre de espino de Podgórze, con sus muros de enormes lápidas; ese día, en mitad del invierno, había sobre el gueto una nube de oscuridad especial y una lluvia pertinaz caía más allá de la absurda puerta del este donde hasta los policías parecían víctimas de una maldición. A la hora convenida se dirigió de buena gana a encontrarse con Von Korab.

Siempre se había dicho en los suburbios de Viena que Von Korab tenía una abuela judía. Los pacientes del dentista decían, ociosamente, cosas como ésa; en el Reich los chismes sobre la genealogía eran tan corrientes como hablar del tiempo. La gente discutía en los bares si era verdad, por ejemplo, que la abuela de Reinhard Heydrich se había casado con un judío llamado Suss. Una vez, amistosamente y contra todo buen sentido, Von Korab había dicho a Sedlacek que el rumor era, en su caso, verdadero. Esa confesión era un gesto de confianza que ahora se podía devolver. Por lo tanto, Sedlacek hizo algunas preguntas al mayor sobre ciertas personas de la lista de Estambul. Cuando llegó al nombre de Schindler, Von Korab respondió con una risa indulgente. Conocía a Herr Schindler, había cenado con él. Era un hombre de gran presencia física, dijo el mayor, y ganaba dinero a manos llenas. Era mucho más inteligente de lo que pretendía. Puedo llamarlo inmediatamente y concertar una cita, dijo Von Korab.

La mañana siguiente, a las diez, ambos entraron en el despacho de Emalia. Schindler recibió cortésmente a Sedlacek mientras intentaba medir la confianza que podía depositar Von Korab en el dentista. Poco después, el mayor se excusó, sin dejarse atraer por el café de la mañana.

—Pues bien —dijo Sedlacek cuando el oficial se marchó—, ahora le diré exactamente de dónde vengo.

No mencionó el dinero que había traído ni dijo que en el futuro los contactos dignos de confianza de Polonia recibirían pequeñas fortunas procedentes de la caja de la Comisión Judía Conjunta de Distribución. Lo que el dentista quería saber, sin ningún equívoco financiero, era qué pensaba Herr Schindler sobre la guerra contra los judíos en Polonia.

Sedlacek formuló la pregunta y Schindler vaciló. En ese momento, Sedlacek se preparó para una negativa. La industria de Schindler empleaba quinientos cincuenta judíos a la tarifa de la SS. La Inspección de Armamentos aseguraba a un hombre como Schindler una continuidad de contratos lucrativos, y la SS le prometía tantos esclavos como quisiera a siete marcos y medio por persona. No sería sorprendente que se echara atrás en su cómodo sillón de piel y alegara total ignorancia.

—Hay un problema, Herr Sedlacek —gruñó Schindler—. Es éste: no es posible creer lo que le están haciendo a la gente en este país.

—¿Piensa usted —preguntó el doctor Sedlacek—, que mis superiores no le creerán? ¿Es eso lo que le preocupa?

Schindler asintió.

—Apenas puedo creerlo yo mismo.

Se puso de pie, buscó una botella de coñac, sirvió dos copas y le dio una al doctor Sedlacek. Regresó con la suya a su sillón, bebió un sorbo, frunció el ceño ante una factura, la cogió, se dirigió a la puerta de puntillas y la abrió como para sorprender a un espía. Permaneció un momento enmarcado en el vano. Luego Sedlacek le oyó hablar en tono amable acerca de la factura con su secretaria polaca. Unos minutos más tarde volvió, cerró la puerta, se sentó, bebió un buen sorbo y empezó a hablar.

Ni siquiera dentro del pequeño círculo de Sedlacek —su club antinazi de Viena— se imaginaba que la persecución de los judíos hubiese llegado a ser tan sistemática. La historia que Schindler le contó no sólo era sorprendente en términos de moral: era muy difícil comprender que en mitad de una batalla desesperada los nacionalsocialistas destinaran miles de hombres, preciosos recursos ferroviarios, un enorme tonelaje de carga, costosas técnicas de ingeniería, un número fatal de hombres de ciencia entregados a la investigación y el desarrollo, una burocracia sustancial, arsenales enteros de armas automáticas y municiones, a un exterminio que no tenía significado económico ni militar, sino puramente psicológico. El doctor Sedlacek sólo esperaba oír meras historias de horror: hambre, estrechez económica, violaciones de la propiedad, algún violento pogrom en una u otra ciudad, lo habitual .

El informe de Oskar sobre los hechos ocurridos en Polonia persuadió a Sedlacek precisamente porque Oskar era como era. Había ganado dinero con la ocupación, estaba sentado en el centro de su propia colmena con una copa de coñac. Poseía una imperturbable calma en la superficie y una furia fundamental. Era como un hombre que, a su pesar, hallaba imposible no creer en lo peor. No demostraba la menor tendencia a exagerar.

—Si puedo obtener su visado —dijo Sedlacek—, ¿vendría a Budapest para comunicar a mi superior y a los demás lo que acaba de decirme?

Schindler mostró cierta sorpresa.

—Usted podría escribir un informe —dijo—. Y ya habrá oído cosas parecidas de otras fuentes.

Pero Sedlacek le dijo que no, que habían recibido relatos individuales, detalles de algún incidente, pero ningún cuadro completo.

—Venga a Budapest —insistió—. Pero le advierto que el viaje podría ser incómodo.

—¿Quiere usted decir —preguntó Schindler— que tendré que cruzar la frontera a pie?

—No será tan malo —dijo el dentista—. Pero sí en un tren de mercancías.

—Iré —dijo Oskar Schindler.

Sedlacek inquirió luego acerca de los otros nombres de la lista de Estambul. Había, por ejemplo, un dentista de Cracovia. Siempre era fácil visitar a un dentista porque todo el mundo tiene, por lo menos, una caries auténtica.

—No —dijo Herr Schindler—. No vea a ese hombre. Está comprometido con la SS.

Antes de partir de Cracovia para informar a Springmann en Budapest, Sedlacek se encontró nuevamente con Schindler. En su despacho de la DEF, le entregó casi el total del dinero que Springmann le había encargado llevar a Polonia. Siempre había algún riesgo de que Schindler, dados sus gustos hedonistas, comprara con él joyas en el mercado negro. Pero ni Springmann ni Estambul pedían seguridad. No era probable que pudieran erigirse en auditores.

Pero Oskar se condujo de manera impecable y entregó el dinero a sus contactos de la comunidad judía para que lo emplearan a su juicio.

Mordecai Wulkan, que, como la señora Dresner, conocería más tarde a Herr Oskar Schindler, era joyero de profesión. Un hombre del OD político de Spira lo visitó en su casa hacia fin de año. Esta vez no habría problemas, dijo el OD. Ciertamente, antes los había habido.

El año anterior había sido sorprendido por el OD vendiendo billetes en el mercado negro. Como se negó a trabajar como agente para la Oficina de Control de Dinero, fue golpeado por la SS, y la señora de Wulkan había tenido que visitar al *Wachtnteister* Beck, del cuartel policial del gueto, y darle dinero para conseguir que lo pusieran en libertad.

En junio lo habían seleccionado para enviarlo a Belzec, pero un joven OD que conocía lo había sacado del patio de la Optima. Incluso en el OD había sionistas, aunque no tenían muchas probabilidades de ver alguna vez Jerusalén.

El hombre que lo visitaba ahora no era sionista. La SS, dijo, necesitaba urgentemente cuatro joyeros y le había dado a Symche Spira tres horas para encontrarlos. Un rato más tarde los cuatro joyeros —Herzog, Friedner, Gruner y Wulkan— estaban reunidos en el cuartelillo del OD. Con su escolta, salieron del gueto y se dirigieron a la antigua Academia Técnica, donde se encontraba ahora el depósito de la Oficina Administrativa y Económica de la SS.

Apenas entró en la Academia, Wulkan advirtió que allí se trabajaba con severas normas de seguridad. En cada puerta había un guardia. Un oficial de la SS dijo a los joyeros que, si hablaban con alguien acerca del trabajo que se les confiaría, serían enviados de inmediato a un campo de trabajo forzado. Debían llevar todos los días sus equipos para medir la calidad de los diamantes y la graduación en quilates del oro.

Los condujeron al subsuelo. Los estantes de la pared estaban cubiertos de maletas, cada una con un nombre cuidadosa e inútilmente escrito por su dueño anterior. Debajo de las altas ventanas había una hilera de grandes cajas de madera. Mientras los cuatro joyeros aguardaban, dos SS bajaron y llevaron con dificultad una maleta que vaciaron ante Herzog. Volvieron a la estantería en busca de otra, que vaciaron ante Gruner. Luego derramaron otra cascada de oro para Friedner y otra para Wulkan. Eran piezas antiguas: anillos, broches, brazaletes, relojes, boquillas, gafas. Los joyeros debían separar las piezas chapadas y las de oro macizo, evaluar los diamantes y las perlas y clasificar todo en cajas separadas.

Al principio empezaron a observar poco a poco piezas individuales, pero empezaron a trabajar más rápido a medida que se reafirmaba su viejo hábito profesional. Hacían pequeños montones de oro y joyas que los SS llevaban a la caja correspondiente. Cuando se llenaba una caja, le ponían un rótulo en pintura negra: «SS Reichsführer Berlín». Había gran cantidad de anillos infantiles y era preciso controlar fríamente el conocimiento de su procedencia. Sólo en una oportunidad vacilaron los joyeros, cuando los SS abrieron una maleta de donde cayeron dientes de oro, algunos manchados aún de sangre. Entre las rodillas de Wulkan estaban las bocas de mil muertos pidiéndole que se reuniera con ellos, que se pusiera de pie, que arrojara a lo lejos sus instrumentos y su lupa y declarara el origen siniestro de esos objetos. Después de una pausa, Herzog y Gruner, Wulkan y Friedner, volvieron a su tarea, conscientes del radiante valor de los trocitos de oro que llevaban en sus bocas, y temerosos de que los SS los examinaran.

Les llevó seis semanas clasificar los tesoros de la Academia Técnica. Cuando terminaron, los llevaron a un garaje en desuso, convertido en depósito de platería. Los fosos usados para el engrase estaban llenos hasta desbordar de plata maciza: anillos, pendientes, fuentes de Pascua, varas *yad*, collares, candelabros. Separaron la plata maciza de la chapada y pesaron todo. El oficial de la SS se quejó de que algunos de esos objetos eran difíciles de empacar, y Mordecai Wulkan sugirió la posibilidad de que los fundieran. Aunque Wulkan no era un hombre piadoso, le parecía de algún modo mejor que el Reich recibiera la plata sin su forma judaica anterior. Pero por alguna razón el oficial se negó. Tal vez esos objetos irían a un museo didáctico, o a la SS le gustaba la artesanía de la platería de la sinagoga.

Cuando esa tarea concluyó, Wulkan se encontró nuevamente sin empleo. Debía salir regularmente del gueto para procurar alimento a su familia y en particular a su hija, que sufría de bronquitis. Durante cierto tiempo, trabajó en una herrería de Kazimierz, donde conoció al *Oberscharführer* Gola, una persona moderada. Gola le consiguió empleo como encargado de mantenimiento en los barracones de las SA cerca de Wawel. Cuando Wulkan entró en el comedor con sus herramientas, vio una inscripción sobre la puerta: *Für Juden und Hunde Eintritt Verboten,* «Prohibida la entrada a perros y judíos». Esas palabras, junto con los cien mil dientes que habían pasado por sus manos en la Academia Técnica, le dijeron que no podía esperar la salvación sólo por un favor casual del *Oberscharführer* Gola. Gola acudía a beber allí sin advertir esa inscripción, y tampoco notaría la ausencia de la familia Wulkan el día que los llevaran a Belzec o a cualquier otro lugar de similar eficacia. Wulkan, como la señora Dresner y otros quince mil moradores del gueto, sabía que se necesitaba una forma de liberación muy particular y no creía que fuera posible.

CAPÍTULO·18

El doctor Sedlacek le había prometido un viaje incómodo y lo fue. Oskar llevaba un buen abrigo, una maleta y una bolsa de consuelos mundanos de los que verdaderamente tuvo necesidad. Aunque poseía los documentos adecuados, prefería no utilizarlos. Era más conveniente que no los presentara en la frontera. De ese modo, siempre podría negar que había viajado a Hungría.

Estaba en un vagón de mercancías repleto de grandes paquetes del periódico del partido nazi, el *Voelkischer Beobachter*, para vender en Hungría. Comprimido entre la pesada letra gótica de la publicación oficial de Alemania y el olor de la tinta, atravesó las heladas montañas de Eslovaquia hacia el sur y, después de pasar la frontera húngara, el valle del Danubio.

Tenía habitación reservada en el hotel Pannonia, cerca de la universidad, y poco después de su llegada, el pequeño Samu Springmann y uno de sus colegas, el doctor Rezso Kastner, fueron a visitarlo. Los dos hombres habían oído fragmentos de noticias traídos por los refugiados. Pero los refugiados sólo conocían detalles. El hecho mismo de que hubieran logrado escapar significaba que ignoraban el funcionamiento exacto de la máquina de matar, su distribución geográfica y el volumen de su producción. Kastner y Springmann sentían intensa expectativa; si podían creer en Sedlacek, ese alemán de los Sudetes les ofrecería el cuadro completo, el primer informe integral del horror polaco.

Las presentaciones fueron breves; Springmann y Kastner habían venido a escuchar y Schindler estaba ansioso por hablar. Con todo, como era natural en esa ciudad obsesionada por el café, pidieron café y pastas para formalizar la reunión. Kastner y Springmann, después de intercambiar un apretón de manos con el enorme alemán, se sentaron. Schindler echó a andar de un lado a otro. En apariencia, lejos de Cracovia y de la realidad del gueto y las *Aktionen,* lo que sabía le turbaba más que cuando habló sucintamente con Sedlacek. Recorría la alfombra a grandes pasos. Quizá en la habitación interior se oían esos pasos; quizá se movió la araña cuando él pisó con fuerza, representando al SS del pelotón de ejecución de la calle Krakusa, aquel que había apretado con su bota la cabeza de su víctima a la vista de la niñita de rojo.

Empezó con sus imágenes personales de las crueldades de Cracovia, de lo que había visto en la calle y oído tanto de los judíos como de la SS. Traía, dijo, algunas cartas de miembros del gueto; de Itzhak Stern y de dos médicos, Chaim Hilfstein y Leon Salpeter. La carta del doctor Hilfstein era un informe sobre el hambre.

—Cuando se acaba la grasa del cuerpo —dijo Oskar—, el hambre actúa sobre el cerebro.

Los guetos estaban desapareciendo. Esto ocurría en Varsovia, en Lodz, en Cracovia. La población del gueto de Varsovia había quedado reducida a la quinta parte; la de Lodz a un tercio, la de Cracovia a la mitad. ¿Dónde estaba esa gente? Algunos, dijo Oskar, estaban en los campos de trabajo forzado; pero al menos las tres quintas partes de ellos habían desaparecido en los campos de concentración que aplicaban los nuevos métodos científicos. No eran lugares excepcionales, y poseían un nombre oficial: *Vernichtungslagern*, que significaba campo de exterminio.

Oskar agregó que en las últimas semanas unos dos mil habitantes del gueto de Cracovia habían sido enviados a campos de trabajo próximos a la ciudad, y no a las cámaras de Belzec. Había uno de esos campos en Wieliczka y otro en Prokocim, es decir, en dos estaciones ferroviarias de la Ostbahn, la línea que se dirigía al frente ruso. Todos los días llevaban a los prisioneros de Wieliczka y Prokocim a un lugar situado en las afueras del pueblo de Plaszow, donde se estaban poniendo los cimientos para un enorme campo de trabajo. La vida en ese campo, continuó Schindler, no sería como unas vacaciones: los barracones de Wieliczka y Prokocim estaban bajo el gobierno de un hombre de la SS, llamado Horst Pilarzik, que en el mes de junio había contribuido a sacar del gueto a unas siete mil personas, de las cuales sólo una —un químico— había regresado. Un hombre del mismo calibre estaría al mando del campo de Plaszow. Con todo, los campos de trabajo carecían del equipamiento técnico empleado para la masacre metódica. Su finalidad era diferente. Tenían carácter económico. Los prisioneros de Wieliczka y Prokocim salían a trabajar todos los días en distintos proyectos. Los jefes de policía de Cracovia, Julian Scherner y Rolf Czurda, estaban a cargo de Wieliczka, Prokocim y el futuro campo de Plaszow, en tanto que la Oficina Administrativa y Económica de la SS de Oranienburg, cerca de Berlín, era la que dirigía los *Vernichtungslagern*. En éstos también se utilizaba a los prisioneros como mano de obra durante cierto tiempo, pero su industria esencial era la muerte y sus subproductos: las ropas, las joyas, las gafas, los juguetes y hasta la piel y el pelo de los muertos. En mitad de su explicación sobre las diferencias entre los campos de trabajo forzado y los de exterminio, Schindler se movió de pronto hacia la puerta, la abrió y miró el pasillo vacío. Conozco la reputación de esta ciudad, explicó. El pequeño Springmann se puso de pie.

—El Pannonia no es tan malo—dijo en voz baja a Oskar—. El hotel de la Gestapo es el Victoria.

Schindler cerró la puerta, se situó junto a una ventana y continuó con su sombrío informe. Para dirigir los campos de trabajo forzado se designarían hombres conocidos por la severidad y eficiencia con que habían arrasado los guetos. Habría de vez en cuando palizas y asesinatos y sin la menor duda sustracción de alimentos, de modo que los prisioneros vivirían con raciones de hambre. Pero eso era preferible a la muerte segura en un *Vernichtungslagern*. Sería posible proporcionar alguna ayuda a los prisioneros, e incluso sacar de allí a algunos individuos para llevarlos a Hungría.

—Entonces, ¿las SS es tan corrupta como cualquier otra fuerza policial? —preguntó un miembro de la comisión de rescate de Budapest.

—Por lo que he podido ver —gruñó Oskar—, no hay un miembro de la SS que no lo sea.

Hubo un silencio. No era fácil sorprender a Kastner y a Springmann. Habían vivido toda su vida bajo la intimidación de la policía secreta. La policía húngara tenía vagas sospechas acerca de sus actividades actuales, que los judíos respetables también menospreciaban. Por ejemplo, Samuel Stern, presidente del Consejo Judío y miembro del senado húngaro, diría más tarde que el informe de Oskar Schindler era sólo una perniciosa fantasía, un insulto a la cultura alemana, y una crítica a las intenciones del gobierno húngaro. Por lo tanto, no se trataba de que Springmann y Kastner sintieran meramente angustia ante el testimonio de Schindler: se trataba de que su comprensión se expandía dolorosamente. Ahora que sabían contra qué se enfrentaban, sus recursos les parecían diminutos. El enemigo no era un gigante filisteo predecible, sino el mismo Behemot. Quizá comprendían ya que, aparte de las negociaciones individuales —algunos alimentos para un campo determinado, el rescate de un intelectual determinado, un soborno para moderar el ardor profesional de un miembro de la SS—, era preciso organizar un vasto esquema de rescate de coste inimaginable.

Schindler se dejó caer en el sillón. Samu Springmann miró al industrial, ahora sereno. Su informe les había causado tremenda impresión, dijo Springmann. Naturalmente, comunicarían a Estambul todo lo que Oskar les había dicho. Esperaban persuadir así a una acción más enérgica a los sionistas de Palestina y a la Comisión Conjunta de Distribución. También se informaría a los gobiernos de Churchill y Roosevelt. A juicio de Springmann, Oskar había tenido razón al decir que el relato parecía increíble.

—Por lo tanto —agregó—, le ruego que vaya a Estambul y hable personalmente con ellos.

Después de una breve vacilación, motivada por las exigencias de su fábrica o quizá por el riesgo de cruzar tantas fronteras, Schindler aceptó.

—Será hacia fin de año —dijo Springmann—. Y, mientras tanto, verá regularmente al doctor Sedlacek.

Se pusieron de pie; Oskar pensó que sus interlocutores eran ahora hombres diferentes.

Le dieron las gracias y se marcharon con el aire de dos reflexivos profesionales de Budapest que acaban de enterarse de alguna malversación en una sucursal.

Esa noche, el doctor Sedlacek acudió al hotel de Oskar y lo llevó por las calles animadas a cenar en el hotel Gellert. Desde su mesa podían ver el Danubio, las barcas iluminadas, la ciudad que continuaba en la otra margen del río. Parecía una ciudad de preguerra, y Schindler empezó a sentirse como un turista. Después de su moderación de esa tarde, empezó a beber el denso borgoña local con lentitud y asiduidad.

Mientras cenaban se reunió con ellos un periodista austríaco llamado Schmidt a quien acompañaba una exquisita rubia húngara. Schindler, mientras admiraba las joyas de la muchacha, le dijo que él mismo era un gran admirador de las piedras preciosas. Pero a la hora del licor de albaricoques su tono era menos amistoso. Con el ceño algo fruncido oía hablar a Schmidt de precios de propiedades, ventas de coches y carreras de caballos. La muchacha atendía extasiada, puesto que llevaba alrededor del cuello y de las muñecas los resultados de sus éxitos comerciales. Pero era obvia la desaprobación de Oskar. Secretamente, el doctor Sedlacek se divertía: quizás Oscar veía un reflejo peyorativo de su propia y flamante riqueza y de su propia tendencia a los negocios marginales.

Después de cenar, Schmidt y su amiga se marcharon a un club nocturno; Sedlacek tuvo buen cuidado de llevar a Schindler a otro. Mientras miraban el espectáculo, bebieron insensatas cantidades de coñac.

—Schmidt —dijo Schindler, que deseaba aclarar la cuestión para poder gozar de las últimas horas de la noche—. ¿Usted lo usa?

—Sí.

—No creo que convenga emplear hombres así —dijo Oskar—. Es un ladrón.

Sedlacek apartó un poco su cara y su sonrisa.

—¿Cómo puede estar seguro de que entrega el dinero que usted le da? —preguntó Oskar.

—Le damos un porcentaje —dijo Sedlacek.

Oskar reflexionó medio minuto. Después murmuró:

—Yo no quiero ningún maldito porcentaje. Ni que me lo ofrezcan.

—Está bien —dijo Sedlacek.

—Miremos a las chicas —dijo Oskar.

CAPÍTULO·19

Mientras Oskar Schindler regresaba en otro tren de mercancías desde Budapest, donde había formulado la predicción de que el gueto desaparecería en breve, el *Untersturmführer* Amon Goeth estaba en camino desde Lublin para llevar a cabo ese proceso y asumir el mando del *Zwangsarbeitslager* (campo de trabajo forzado) de Plaszow. Goeth era unos ocho meses mas joven que Schindler, pero compartía con él algo más que el año de nacimiento. Como Oskar, se había educado en el catolicismo, aunque había dejado de practicar los ritos de la Iglesia en 1938, cuando fracasó su primer matrimonio. También como Oskar se había graduado en un Realgymnasium, en ingeniería, física y matemáticas. Era por lo tanto un hombre práctico, aunque se consideraba un filósofo. Se había unido muy temprano al Partido Nacionalsocialista de Viena, en 1930. Cuando la nerviosa república austríaca prohibió el partido en 1933, él era ya miembro de las fuerzas de seguridad, la SS. Obligado a pasar a la clandestinidad, reapareció en las calles de Viena, después del *Anschluss* de 1938, con el uniforme de suboficial de la SS. En 1940 fue ascendido a *Oberscharführer* y en 1941 se convirtió en oficial, lo que era infinitamente más difícil en la SS que en la Wehrmacht. Después de entrenarse en prácticas de infantería, dirigió a los *Sonderkommandos* en varias *Aktionen* en el populoso gueto de Lublin, antecedente que le otorgó el derecho de liquidar el de Cracovia.

De modo que el *Untersturmführer* Goeth, que se dirigía en el tren especial de la Wehrmacht de Lublin a Cracovia para ponerse a la cabeza de los eficaces *Sonderkommandos,* no sólo compartía con Oskar el año de nacimiento, sino también su religión, su debilidad por las bebidas y un físico igualmente destacado. El rostro de Goeth era abierto y agradable, algo más alargado que el de Schindler. Sus manos grandes y musculosas tenían también largos dedos. Se mostraba sentimental acerca de sus hijos —de su segundo matrimonio—, a quienes no había visto muchas veces durante los últimos tres años. En cambio, se ocupaba con frecuencia de los hijos de sus oficiales amigos. Era también en ocasiones un amante sentimental y seductor pero, aunque se parecía a Oskar por su voracidad sexual, sus gustos eran menos convencionales: se orientaban a veces hacia sus hombres de la SS y le agradaba golpear a las mujeres. Apenas se disipaba el primer ardor de la infatuación, empezaba con los golpes. Se consideraba un hombre sensible y pensaba que su negocio familiar lo confirmaba. Su padre y su abuelo eran impresores y encuadernadores de libros en Viena, y él solía definirse en los documentos oficiales como un hombre de letras. Y, aunque en ese momento habría asegurado que consideraba su misión exterminadora como la mayor oportunidad de su carrera, dada la promesa de un ascenso, su participación en las acciones especiales parecía haber alterado el carácter de su energía nerviosa. Padecía de insomnio desde hacía dos años y, cuando podía, se quedaba despierto hasta las tres o las cuatro de la madrugada, durmiendo hasta muy tarde por la mañana. Se había convertido en un bebedor empedernido, y creía que toleraba el alcohol con una facilidad que no había poseído en su juventud. Parecido a Oskar también en esto, jamás sufría las resacas que merecía y se lo agradecía a sus eficaces riñones.

Las órdenes que le confiaron la extinción del gueto y el poder absoluto sobre el campo de Plaszow estaban fechadas el 12 de febrero de 1943. Venía a encontrarse con Wilhelm Kunde, comandante de la guardia SS del gueto, con Willi Haase, el delegado de Scherner, y con sus propios suboficiales de rango mayor; esperaba que fuera posible iniciar la limpieza del gueto antes de treinta días, a contar de la fecha de su designación. El comandante Goeth fue recibido en la estación central de Cracovia por Kunde y un alto joven SS, Horst Pilarzik, temporalmente a cargo de los campos de trabajo de Prokocim y de Wieliczka. Subieron juntos a la parte posterior de un Mercedes y fueron a hacer un reconocimiento del gueto y de las obras del nuevo campo. Era un día muy frío y empezó a nevar mientras cruzaban el Vístula. El *Untersturmführer* aceptó agradecido un trago de la petaca de ginebra de Pilarzik. Atravesaron la puerta pretendidamente oriental del gueto y siguieron por la calle Lwowska, que dividía al gueto en dos glaciales partes. El atildado Kunde, que había sido aduanero en la vida civil, hizo una excelente descripción del gueto. Le encantaba la tarea de informar a sus superiores. La parte a la izquierda era el gueto B, dijo Kunde. Sus dos mil habitantes habían escapado a las *Aktionen* anteriores o estaban empleados en la industria. Pero se habían emitido nuevas tarjetas de identificación con las iniciales apropiadas: W para empleados del ejército, Z para empleados de las autoridades civiles y R para los operarios de las industrias básicas. Los habitantes del gueto B carecían de las nuevas tarjetas y debían ser trasladados para su *Sonderbehandlung.* Quizá fuera conveniente empezar a despejar primero esa parte del gueto aunque, naturalmente, esa decisión táctica pertenecía totalmente al Herr Commandant.

La parte más grande del gueto se encontraba a la derecha y contenía aún unas diez mil personas. Éstas serían la fuerza de trabajo inicial para las fábricas del campo de Plaszow. Se esperaba que los empresarios y supervisores alemanes, Bosch, Madritsch, Beckmann, Schindler, desearían trasladar parcial o totalmente sus instalaciones al campo. Había también, a un kilómetro de Plaszow, una fábrica de cables, adonde se llevaría a los trabajadores todos los días.

¿No querría el Herr Commandant, preguntó Kunde, recorrer unos pocos kilómetros para ver personalmente el campo?

Sí, dijo Amon, sería conveniente.

Salieron de la carretera por la calle Jerozolimska,

donde estaba la fábrica de cables, con sus gigantescos carretes cubiertos de nieve en el patio de maniobras. Amon Goeth vio algunos grupos de mujeres agachadas, abrigadas con bufandas, que transportaban secciones de barracones —paneles de pared, partes de techo— por la carretera y luego por la calle Jerozolimska. Venían de la estación de Cracovia-Plaszow. Pertenecían al campo de Prokocim, explicó Pilarzik. Por supuesto, cuando las obras de Plaszow estuvieran terminadas, se desalojaría Prokocim y esas mujeres quedarían bajo el mando del Herr Commandant.

Goeth calculó que las mujeres debían recorrer unos tres cuartos de kilómetro.

—Todo el camino cuesta arriba —dijo Kunde, llevando su cabeza hacia un lado y luego hacia el otro, como si quisiera decir que era una forma satisfactoria de disciplina, aunque tornaba más lenta la construcción.

El campo requeriría un ramal ferroviario, dijo el *Untersturmführer*. Haría un pedido a la Ostbahn.

Vieron a su derecha una sinagoga con sus edificios fúnebres; y, por una pared a medias derrumbada, las lápidas como dientes de la boca cruelmente abierta del invierno. Hasta el año anterior, parte del campo había sido un cementerio judío.

—Muy extenso —observó Wilhelm Kunde.

El Herr Commandant pronunció una agudeza que repetiría muchas veces durante su residencia en Plaszow:

—No tendrán que ir lejos para encontrar sepultura.

A la derecha había una casa que quizás el comandante podría utilizar como residencia temporal y, cerca, un gran edificio nuevo que podría servir para instalar la administración. El panteón de la sinagoga, ya dinamitado parcialmente, se convertiría en el establo del campo. Kunde observó que, desde donde se encontraban, se podían ver dos canteras de caliza situadas dentro del campo. Una estaba al pie del pequeño valle, y la otra en la colina, detrás de la sinagoga. El Herr Commandant podía ver los carriles que se habían construido para los vagones destinados al transporte de piedras. Cuando mejorara el tiempo, se terminaría la construcción.

Giraron hacia el extremo sudeste del futuro campo por un sendero cubierto de nieve y apenas practicable que concluía en lo que había sido una fortificación de tierra austríaca. Un promontorio circular rodeaba una amplia y profunda excavación. Un artillero habría pensado que era un excelente reducto desde donde se podría apuntar un cañón hacia el camino a Rusia. Al *Untersturmführer* Goeth le parecía un lugar apropiado para los castigos.

Desde allí se podía ver todo el terreno del campo de trabajo. Era una extensión rural, adornada por el cementerio judío y plegada entre dos colinas. Parecía, bajo la nieve, las dos páginas de un libro abierto para el observador situado en la fortificación. En la entrada del valle había una gran casa de campo de piedra; más allá, sobre la colina más alejada y entre los pocos barracones terminados, se movían grupos de mujeres, negros y semejantes a notas musicales, en la extraña luminosidad de la nieve. Salían de las heladas callejuelas situadas detrás de la calle Jerozolimska, subían la blanca cuesta hostigadas por los guardas ucranianos, y dejaban caer su carga siguiendo las instrucciones de los ingenieros de la SS, vestidos de paisano y con sombreros hongo.

El *Untersturmführer* Goeth dijo amablemente

que no tenía quejas acerca del trabajo de los prisioneros en la lejana colina. En verdad, le impresionaba secretamente que tan tarde, un día tan frío, los hombres de la SS y los ucranianos que dirigían las operaciones en la colina no permitieran que la idea de la cena y un cálido barracón redujera su ritmo.

Horst Pilarzik le aseguró que las obras estaban más avanzadas de lo que parecía: se habían instalado los cimientos a pesar del frío, el terreno estaba aterrazado y se habían llevado, desde la estación, gran cantidad de secciones prefabricadas. El Herr *Untersturmführer* podría hablar mañana con los empresarios; la cita estaba convenida para las diez. Los métodos modernos, combinados con una copiosa provisión de mano de obra, permitían construir instalaciones como ésas casi de la noche a la mañana, si el clima lo favorecía.

Pilarzik parecía creer que Goeth corría peligro de desmoralizarse. Pero, en verdad, Amon estaba muy complacido. Lo que veía era suficiente para que pudiera imaginar la conformación final del lugar. No le preocupaban las cercas: serían más bien un consuelo para los prisioneros que una precaución indispensable. Porque, una vez que se aplicara al gueto de Podgórze la metodología establecida para la liquidación, los barracones de Plaszow serían mirados con agradecimiento por los prisioneros. Incluso irían allí furtivamente los que poseían documentos arios, buscando una sórdida litera en un barracón entre los árboles cubiertos de escarcha. Para ello, en su mayoría, las alambradas de espino serían un incentivo: les darían la seguridad de que eran prisioneros contra su voluntad.

La mañana siguiente se realizó el encuentro con los empresarios y *Treuhändern* locales en el despacho de Julian Scherner, en el centro de Cracovia. Amon Goeth llegó sonriendo fraternalmente; con su nuevo uniforme de la Waffen SS a medida, dominaba la habitación. Estaba seguro de que podría persuadir a los independientes —Bosch, Madritsch y Schindler— a llevar sus instalaciones con mano de obra judía al interior de las alambradas de Plaszow. Además, al examinar los oficios y capacidades de los pobladores del gueto, había observado que Plaszow podía llegar a ser un excelente negocio. Había joyeros, tapiceros, sastres, que podían emplearse para finalidades especiales bajo la dirección del comandante, abasteciendo a la SS, la Wehrmacht y la adinerada oficialidad alemana. Estaban las fábricas de ropa de Madritsch y de esmaltados de Schindler, y se proyectaban una herrería, una fábrica de cepillos y un taller para la reparación de uniformes usados, manchados o deteriorados de la Wehrmacht procedentes del frente ruso, otro taller para reciclar las ropas de los judíos de los guetos y enviarlas a las poblaciones bombardeadas de Alemania. Sabía, por su conocimiento personal de los depósitos de joyas y pieles de la SS de Lublin y por haber visto que sus superiores tomaban de ellos su parte, que de casi todas esas empresas movidas por los prisioneros podía esperar un porcentaje. Había llegado a un punto feliz de su carrera en que el deber y las oportunidades financieras coincidían. El amable jefe de policía de la SS, Julian Scherner, había hablado con Amon la noche anterior, durante la cena, acerca de las ventajas que podía otorgar Plaszow a un joven oficial, es decir, a ellos dos.

Scherner se refirió solemnemente a la «concentración del trabajo» como si fuera un principio económico que la burocracia de la SS acabara de descubrir. Los empresarios tendrán a sus obreros en el sitio de trabajo, dijo Scherner. El mantenimiento de las fábricas se realizará sin coste, y no habrá que pagar ningún alquiler. Luego, Scherner invitó a los empresarios a inspeccionar las obras de Plaszow esa tarde.

Después de las presentaciones, el nuevo comandante dijo que le complacía trabajar con unos hombres de negocios cuya valiosa contribución al esfuerzo de guerra era ya ampliamente conocida.

Amon señaló en un mapa el sector destinado a las fábricas. Estaba junto a los barracones de los hombres; las mujeres —dijo con una sonrisa fácil y encantadora— tendrían que caminar un poco más, cien o doscientos metros colina abajo, para llegar a los talleres. Aseguró que su tarea consistía en supervisar el buen funcionamiento del campo, y no en interferir con la política de cada fábrica ni con la autonomía de que gozaban en Cracovia. Sus órdenes, como podía confirmar el *Oberführer* Scherner, prohibían en absoluto semejante intrusión. Pero el *Oberführer* había destacado correctamente las mutuas ventajas que presentaría el traslado de las instalaciones industriales al perímetro del campo de trabajo. Los empresarios no tendrían que pagar alquiler y él, el comandante, no se vería obligado a proporcionar escolta para que los prisioneros fueran a la ciudad y regresaran. Era fácil comprender que el largo camino y la hostilidad de los polacos podían desgastar la capacidad de los obreros.

Durante este discurso, el comandante Goeth miró en varias ocasiones a Madritsch y a Schindler, a quienes más deseaba conquistar. Ya sabía que podía contar con el conocimiento y el consejo de Bosch. Pero Herr Schindler, por ejemplo, tenía en su fábrica una sección de municiones, pequeña y por ahora experimental. Su instalación de Plaszow daría prestigio al campo ante la Inspección de Armamentos.

Herr Madritsch escuchaba atentamente con el ceño fruncido y Herr Schindler, con la cabeza ladeada, sonreía de modo condescendiente. Antes de terminar de hablar, el comandante Goeth sabía por intuición que Madritsch sería razonable y se trasladaría, y que Schindler se negaría. Y que era difícil juzgar, por esas decisiones diferentes, cuál de los dos sentía mayor responsabilidad respecto a sus judíos: si Madritsch, que aceptaría estar con ellos dentro de Plaszow, o Schindler, que quería conservarlos a su lado en Emalia.

Oskar Schindler fue con los demás a visitar el campo con la misma máscara de ávida tolerancia. Ahora Plaszow estaba tomando forma: el cambio del clima había permitido el montaje de los barracones y la excavación de letrinas y de hoyos para los pilares, al deshelarse el terreno. Una compañía polaca de construcción había instalado el cerco perimetral de varios kilómetros. Se erguian contra el horizonte de Cracovia las torretas de guardia, sobre gruesos pilares y también en dirección al valle, en la parte más lejana del campo, y en la colina oriental, desde donde la comitiva oficial contemplaba el rápido desarrollo de esta nueva creación al amparo de la fortificación austríaca. Oskar observó a la derecha grupos de mujeres que transportaban por el fango grandes secciones de barracones hacia las vías del tren. Más abajo, desde la parte más deprimida del valle, las terrazas ascendían y en ellas los prisioneros varones clavaban, montaban y ajustaban los barracones con una energía que a esa distancia parecía voluntaria.

En la parte mejor, el terreno más nivelado, por debajo de la comitiva oficial, se veían largas estructuras de madera destinadas a las instalaciones industriales. Si era preciso instalar maquinaria pesada, se construirían suelos de cemento. La SS se ocuparía del traslado de las fábricas. Desde luego, el camino de acceso era poco más que un sendero rural; pero Klug, una firma de ingeniería, recibiría probablemente el encargo de construir una calle central en el campo de trabajo, y la Ostbahn había prometido un ramal hasta la entrada del campo. Terminaría en la cantera situada a la derecha. La piedra de las canteras y algunas de las lápidas del cementerio —a Goeth le agradaba decir que habían sido estropeadas por los polacos— servirían para construir otros caminos interiores. Los empresarios no debían preocuparse por esos caminos, aseguró Goeth, porque se proponía mantener un contingente importante de prisioneros para el trabajo en las canteras y la construcción de caminos.

Una pequeña vía férrea corría desde la cantera hasta más allá del edificio de la administración y de los grandes barracones de piedra que se destinaban a la guarnición ucraniana y a la SS. Grupos de treinta y cinco a cuarenta mujeres arrastraban las vagonetas de piedra caliza, de seis toneladas de peso, tirando de cables y encorvadas para compensar el desnivel. Las que tropezaban eran pisoteadas si no se apartaban del camino, porque el grupo y la vagoneta tenían su propio movimiento orgánico del que no podía desviarse ningún individuo. Mientras contemplaba esa actividad faraónica, Oskar sintió las mismas náuseas, la misma irritación esencial que había experimentado antes en las colinas, frente a la calle Krakusa. Goeth suponía que los empresarios eran un público seguro, que todos eran como él. No le avergonzaba aquella tarea salvaje. Surgía, como en la calle Krakusa, una pregunta: ¿qué podía avergonzar a la SS? ¿Qué podía avergonzar a Amon?

La actividad de los montadores de los barracones tenía, incluso para un observador bien informado como Oskar, la engañosa apariencia de un grupo de hombres que trabaja duramente para construir las casas de sus mujeres. Pero, aunque Oskar aún no se había enterado, esa misma mañana Amon había procedido a una ejecución sumaria en presencia de esos hombres, de modo que ahora sabían cuáles eran los términos de su trabajo allí. Después de encontrarse con los ingenieros, Amon había ido caminando por la calle Jerozolimska hasta los barracones de la SS, donde dirigía el trabajo un excelente suboficial que pronto sería ascendido a oficial, llamado Albert Hujar. Hujar se había acercado para informar de las novedades. Una parte de los cimientos había cedido, dijo Hujar, con el rostro encendido. Mientras hablaba, Amon observaba a una muchacha que se movía en torno del edificio a medio construir, hablando con los hombres, señalando, dando órdenes. ¿Quién es?, preguntó a Hujar. Una prisionera llamada Diana Reiter, dijo Hujar, arquitecta e ingeniera asignada a la construcción de los barracones. Decía que los cimientos no habían sido excavados hasta la profundidad adecuada, y quería que se sacara la piedra y el cemento y se recomenzara la tarea en esa parte de la obra.

Goeth vio por los colores en la cara de Hujar que había tenido una violenta discusión con la mujer. Así era, y Hujar solamente había podido gritar por fin:

—¡Son barracones y no el maldito hotel Europa!

Amon dirigió a Hujar un esbozo de sonrisa.

—No vamos a discutir con esa gente —dijo en tono de promesa—. Traiga a esa chica.

Era evidente para Amon, por su andar, la elegancia que habían imbuido en ella sus padres de clase media, y las maneras europeas que había adquirido en Viena o en Milán —porque los honestos polacos no la hubieran aceptado en sus universidades— junto con su profesión y un excelente camuflaje de protección. Se acercó a él como si fuera su igual, y como si esa igualdad debiera unirlos en la lucha contra cualquier suboficial y contra el inferior conocimiento de cualquier ingeniero de la SS que hubiera supervisado la excavación de los cimientos. Ella no sabía que él la odiaba más que a nadie: representaba a esa clase de personas que, incluso ante la evidencia de su uniforme de la SS, parecían creer que su judaísmo no era perceptible.

—Ha discutido usted con el *Oberscharführer* Hujar —dijo Goeth, como enunciando un hecho. Ella asintió con firmeza. Ese gesto sugería que el Herr Kommandant comprendería, aunque ese idiota de Hujar no pudiera. Era preciso reconstruir los cimientos por completo en ese extremo, dijo ella enérgicamente. Amon sabía naturalmente que eran así: les agradaba aferrarse a su trabajo, asegurándose así de que estaban seguros mientras durara. Si no se reconstruye todo, la parte sur del barracón por lo menos cederá. Y podría desmoronarse.

Siguió ofreciendo razones; Amon asintió presumiendo que mentía. No se debía creer jamás en un especialista judío, era un principio esencial. Los especialistas judíos estaban modelados por Marx, cuyas teorías atacaban la integridad del gobierno, y por Freud, que atacaba la integridad de la mente aria. Amon sentía que los puntos de vista de la muchacha atacaban su integridad personal.

Llamó a Hujar. El suboficial se acercó de mala gana, pensando que le pedirían que aceptara el consejo de la muchacha. Ella también lo creía. Mátela, dijo Amon a Hujar. Hubo una pausa mientras Hujar digería la orden. Mátela, repitió Amon.

Hujar cogió el codo de la muchacha para llevarla a algún lugar menos público.

—¡Aquí! —dijo Amon—. ¡Mátela aquí mismo! Es una orden —agregó.

Hujar sabía cómo se hacía. Sin soltarle el codo, la situó delante de sí, luego sacó de la funda su pistola Mauser y le disparó un balazo en la nuca.

El estruendo paralizó a todo el mundo, excepto a los ejecutores y a la misma Diana Reiter, agonizante. Cayó sobre sus rodillas y alzó la vista por un instante. Será necesario algo más, decía esa mirada. Sus ojos inteligentes asustaron a Amon, justificaron su acción, lo elevaron. No tenía idea ni hubiera creído que esas reacciones tenían un nombre en la patología. Creía verdaderamente que se le había concedido la exaltación inevitable que sigue a un acto de justicia política, racial y moral. Pero incluso así tuvo que pagar un precio, porque la perfección de ese momento se convirtió al anochecer en una sensación de vacío tan intensa que, para no ser aventado como una hoja, tuvo necesidad de consolidar su tamaño y su estabilidad por medio de la comida, el alcohol y el contacto con una mujer.

Aparte de esas consideraciones, la ejecución de Diana Reiter y la cancelación de su diploma de Europa occidental tuvo un beneficio práctico: ningún trabajador en los barracones o caminos de Plaszow podía considerarse importante por su tarea; si Diana Reiter no se había podido salvar, a pesar de su capacidad profesional, la única esperanza para los demás era el trabajo activo y anónimo. Y por esto, las mujeres que transportaban elementos de construcción desde la estación de Cracovia-Plaszow, los equipos de la cantera, los hombres que montaban los barracones, trabajaban con una energía proporcionada al conocimiento que habían recibido merced al asesinato de la arquitecta Reiter.

Hujar y sus colegas, por su parte, aprendieron que la ejecución inmediata sería el estilo propio de Plaszow.

CAPÍTULO·20

Dos días después de la visita de los empresarios a Plaszow, Schindler acudió al despacho provisional del comandante Goeth en la ciudad, llevando consigo una botella de coñac. La noticia del asesinato de Diana Reiter había llegado ya a Emalia: una noticia semejante sólo podía confirmar la intención de Oskar de mantener su fábrica lejos de Plaszow.

Los dos hombres de elevada estatura se sentaron frente a frente; había entre ambos un conocimiento mutuo, como el que había habido brevemente entre Amon y la arquitecta Reiter. Lo que sabían era que los dos estaban en Cracovia para hacer fortuna y que, por lo tanto, Oskar pagaría por los favores que recibiera. En ese nivel, Oskar y el comandante se comprendían perfectamente. Oskar tenía el don característico de los vendedores de tratar como hermanos a personas que aborrecía; esto engañaría tan completamente al Herr Commandant, que siempre habría de creer en la amistad de Oskar.

De las pruebas aportadas por Stern y otras personas surge claramente que, desde sus primeros contactos, Oskar consideró a Goeth un hombre capaz de asesinar con la misma impasibilidad con que cumple sus tareas un empleado administrativo. Oskar podía hablar con Amon el administrador, o Amon el especulador; pero sabía que nueve décimas partes del comandante estaban por debajo de la racionalidad normal de los seres humanos. Las relaciones sociales y comerciales entre Oskar y Amon funcionaban suficientemente bien para suponer quizá que Oskar estaba, en cierto modo y a pesar de sí mismo, fascinado por la maldad del funcionario. Sin embargo, nadie que conociera a Oskar en ese momento o más tarde vio nunca señales de esa actitud. Oskar despreciaba a Goeth en los términos más sensibles y apasionados. Ese desprecio crecería sin límites, como había de demostrar dramáticamente el futuro. Al mismo tiempo, es difícil olvidar que Amon era el hermano oscuro de Oskar, el ejecutor demente y fanático que Oskar, por algún infortunado trastorno de sus apetitos, podría haber llegado a ser.

Ante la botella de coñac, Oskar explicó a Amon por qué era imposible su traslado a Plaszow. Su fábrica era demasiado compleja. Sabía que su amigo Madritsch pensaba ir a Plaszow con su personal judío; pero la maquinaria de Madritsch no ofrecía dificultades para el traslado, porque consistía básicamente en una cantidad de máquinas de coser. Pero era muy distinto el desplazamiento de las pesadas prensas de metal que, como ocurre con toda la maquinaria sofisticada, habían desarrollado pequeñas manías. En otro sitio, esas máquinas presentarían un conjunto de excentricidades totalmente distinto. Habría demoras y el período de instalación sería mucho más largo que el del estimado amigo Julian Madritsch. El *Untersturmführer* comprendería que, dados los importantes contratos de guerra que debía cumplir, la DEF no podía perder ese tiempo. Herr Bechmann, que tenía un problema análogo, había decidido suprimir a todos los judíos de la fábrica Corona. Deseaba evitar la complicación creada por el transporte de los judíos desde Plaszow a su trabajo por la mañana y de regreso por las noches. Pero infortunadamente él, Schindler, tenía centenares de obreros *cualificados* judíos. Si los eliminaba, debería entrenar polacos, lo que también ocasionaría una demora en la producción; ésta sería todavía peor que aceptar la atractiva oferta de Goeth.

Amon pensaba secretamente que tal vez preocuparan a Oskar las incomodidades que el traslado a Plaszow podía imponer a ciertos negocios en Cracovia. Por lo tanto, el comandante se apresuró a asegurar que no habría interferencia con la administración de la fábrica.

—Sólo me inquieta el problema industrial —dijo inocentemente Schindler. No deseaba crear inconvenientes al comandante, pero le agradecería, y estaba seguro de que también lo agradecería la Inspección de Armamentos, que se permitiera a la DEF quedarse donde estaba.

Entre hombres como Goeth y Oskar la palabra *agradecer* no tenía un sentido abstracto. Agradecer era pagar. Licores y diamantes. Comprendo sus problemas, Herr Schindler, dijo Amon. Cuando se liquide el gueto, tendré el gusto de ofrecerle una guardia para escoltar a su personal de Plaszow a Zablocie.

Itzhak Stern fue una tarde a Zablocie desde la fábrica Progress, por negocios: encontró a Oskar deprimido y observó en él una peligrosa sensación de impotencia. La Klonowska les llevó café, que el Herr Direktor bebió, como siempre, con un poco de coñac; luego Oskar dijo a Stern que había vuelto a Plaszow, en apariencia para dar un vistazo a las nuevas instalaciones, pero en realidad para calcular cuándo sería el traslado de los *Ghettomenschen*.

—Hice algunas cuentas —dijo Oskar. Había contado los barracones de la colina; si Amon pensaba meter doscientas mujeres en cada uno, como era probable, ya había lugar para unas seis mil. El sector de los hombres, al pie de la colina, no estaba tan adelantado; pero al ritmo actual de las obras podía quedar terminado en pocos días.

Todo el mundo en la fábrica sabe lo que ocurrirá, dijo Oskar. Y de nada sirve mantener aquí al turno de noche porque, cuando se termine Plaszow, no habrá un gueto al que volver. Lo único que puedo decirles, continuó Oskar, bebiendo una copa de coñac, es que no deberían ocultarse si no están seguros del escondite. Había oído decir que, una vez desalojado, el gueto sería prácticamente desmantelado. Se levantarían todos los tapices, se revelarían todos los nichos y cavidades, se registrarían todos los áticos y sótanos. Sólo les puedo aconsejar, dijo Oskar, que no se resistan.

Y así fue como Stern, uno de los objetivos de la

próxima *Aktion,* tuvo que consolar, paradójicamente, al Herr Direktor Schindler, que sólo podía ser un testigo. La preocupación de Oskar por sus operarios judíos se difuminaba en la tragedia más amplia del próximo fin del gueto. Plaszow era un campo de trabajo, dijo Stern. Era posible sobrevivir a Plaszow, como a cualquier otra institución del mismo tipo. No era como Belzec, donde se fabricaba la muerte como Henry Ford fabricaba coches. Era una nueva degradación verse obligado a residir en Plaszow, pero eso no era el fin del mundo.

Cuando Stern concluyó, Oskar puso ambos pulgares debajo de la pesada tabla superior de su escritorio; durante unos segundos, Stern tuvo la impresión de que deseaba alzarla como si fuera una tapa.

—Usted sabe, Stern, que no basta con eso.

—Sí —dijo Stern—. Es lo único que se puede hacer. —Y siguió discutiendo, aferrándose a minucias, y él mismo estaba asustado. Porque Oskar parecía estar en crisis. Y, si Oskar perdía la esperanza, todos los operarios judíos de Emalia correrían peligro, porque Oskar quizá deseara librarse de esa enojosa cuestión.

—Ya habrá tiempo de hacer algo más positivo —dijo Stern—. Todavía no.

Abandonando su tentativa de arrancar la tapa del escritorio, Oskar volvió a su sillón y a su depresión.

—Usted conoce a Amon Goeth —dijo—. Tiene encanto. Incluso podría agradarle a usted. Pero está loco.

La última mañana del gueto, el 13 de marzo de 1943 —un Sabbath—, Amon Goeth llegó a la Plac Zgody, la Plaza de la Paz, antes del alba. Las nubes bajas borraban toda distinción precisa entre la noche y el día. Vio que los hombres del *Sonderkommando* ya habían llegado: sobre la tierra helada del pequeño parque central fumaban y reían en voz baja, ocultando su presencia de los moradores del gueto y de las calles situadas más allá de la farmacia de Herr Pankiewicz. Las calles por donde avanzarían estaban despejadas, como en una municipalidad modélica. La nieve estaba amontonada a ambos lados de la calzada y contra los muros. Se puede conjeturar con seguridad que el sentimental Goeth sentíase como un padre mientras contemplaba la ordenada escena y observaba la camaradería previa a la acción entre los jóvenes del centro de la plaza.

Amon bebió un sorbo de coñac mientras esperaba al *Sturmbannführer* Wilhelm Haase, de edad mediana, que tendría el control estratégico —aunque no el táctico— de la Ak*tion* de hoy. El gueto A, desde la Plac Zgody hacia el oeste, el sector más grande, donde residían todos los judíos con trabajo, los más saludables y esperanzados, debía quedar vacío. El gueto B, el pequeño conjunto de pocas manzanas en el extremo este, donde estaban los viejos y los menos utilizables, sería barrido durante la noche o mañana. Sus habitantes partirían al campo de exterminio que dirigía el comandante Rudolf Hoss en Auschwitz, recientemente muy expandido. El gueto B era una tarea honesta y directa. El gueto A era un desafío. Todo el mundo deseaba estar presente allí, porque era un día histórico. Durante más de siete siglos había existido una Cracovia judía; para la noche de hoy, o para mañana, esos siete siglos se habrían convertido en una leyenda, y Cracovia sería una ciudad *judenfrei*. Hasta los oficiales de rango menor de la SS anhelaban poder decir luego que habían visto la transformación. Incluso Unkelbach, el *Treuhänder* de la fábrica de cubiertos Progress, que tenía un grado de reserva de la SS, se pondría hoy su uniforme de suboficial para integrar uno de los escuadrones que operarían en el gueto. Y por esto el distinguido Willi Haase, de alto rango, que había actuado en el planeamiento, estaría también presente.

Amon sufría, como de costumbre, un leve dolor de cabeza y sentía cierta fatiga por el febril insomnio de la madrugada. Pero ahora que estaba allí, experimentaba cierto júbilo profesional. Era un gran don del partido nacional socialista a los hombres de la SS esa posibilidad de entrar en batalla sin riesgo físico, y de alcanzar honores sin los inconvenientes y las incomodidades de recibir un disparo. Era más difícil obtener la impunidad psicológica. Todo oficial de la SS tenía algún amigo que se había suicidado. Los textos de instrucción de la SS, escritos para combatir esas fútiles bajas, señalaban el necio error de creer que un judío, aunque no llevara armas a la vista, estaba desprovisto de armamento social, económico y político. En verdad, estaba armado hasta los dientes. Debéis endureceros, decían los textos, porque un judío es un enemigo mucho más poderoso de lo que llegará a ser nunca un ruso; una mujer judía es una biología entera de traiciones, y un niño judío una bomba de tiempo cultural.

Amon Goeth se había endurecido. Se sabía intocable, y la sola idea le daba la deliciosa excitación que puede sentir un corredor de fondo cuando se siente seguro ante una competición. Amon despreciaba cordialmente a los oficiales que dejaban la acción a sus soldados y a sus suboficiales. Sentía que, de algún modo, eso era más peligroso que poner personalmente manos a la obra. Mostraría el camino, como había hecho con Diana Reiter. Conocía la euforia que iría en aumento durante el día, y la gratificación que sentiría, junto con el deseo de beber, cuando llegara el mediodía y el ritmo de la acción aumentara. Incluso bajo la sordidez de esas nubes, sabía que ese día había de ser uno de los mejores, que cuando fuera viejo y su raza se extinguiera, los jóvenes preguntarían maravillados por días como éste.

A menos de un kilómetro de distancia, un médico de hospital de convalecientes del gueto, el doctor D, estaba también despierto y mentalmente activo esa oscura mañana de la liquidación. El piso alto del hospital, donde se encontraba con sus últimos pacientes, estaba a oscuras; agradecía que el dolor y la fiebre los mantuvieran aislados, a cierta altura sobre la calle.

Porque al nivel de la calle todo el mundo sabía lo que había ocurrido en el hospital de epidemias próximo a la Plac Zgody. Un destacamento de la SS al mando del *Oberscharführer* Albert Hujar había entrado en el hospital para cerrarlo, encontrando allí a la doctora Rosalia Blau entre las camas de sus pacientes de escarlatina y tuberculosis que, según dijo, no podían ser trasladados. Más temprano había enviado a su casa a los niños con tosferina. Pero era peligroso sacar de allí a los pacientes de escarlatina, por ellos mismos y por la comunidad, y los tuberculosos no podían moverse.

La escarlatina es una enfermedad propia de adolescentes, y muchas pacientes de la doctora Blau eran chicas de doce a dieciséis años. La doctora Blau señaló a Albert Hujar, como prueba de su juicio profesional, esas chicas febriles de ojos muy abiertos.

Hujar, de acuerdo con el mandato que había recibido de Amon Goeth la semana anterior, mató de un balazo en la cabeza a la doctora Blau. Los soldados ejecutaron con furiosas ráfagas a los pacientes infecciosos. Algunos trataron de salir de sus camas, otros no llegaron a salir de su propio delirio. Cuando el destacamento de Hujar terminó su obra, se llamó a un grupo de hombres del gueto para que se ocuparan de los cadáveres, amontonaran las sábanas ensangrentadas y fregaran las paredes.

El hospital de convalecientes estaba situado en lo que antes había sido un cuartel de policía polaco. Durante toda la vida del gueto, sus tres pisos habían estados repletos de pacientes. Su director era un respetado médico llamado doctor B. Para la lúgubre mañana del 13 de marzo, los doctores B y D habían reducido su población a cuatro personas, todas ellas incapacitadas de moverse. Una era un joven obrero con una tuberculosis galopante, el segundo un talentoso músico afectado por una enfermedad renal incurable. D consideraba importante que se les ahorrara el pánico final de una loca ráfaga de metralla. Y más todavía al ciego que había sufrido un ataque, y al anciano recientemente operado de un tumor intestinal, debilitado por una colostomía.

El equipo médico, incluyendo al doctor D, era extraordinario. De ese mal equipado hospital del gueto saldría el primer estudio polaco sobre la enfermedad eritroblástica de Weil, que afectaba la médula ósea, y del síndrome de Wolff-Parkinson-White. Sin embargo, esa mañana el doctor D estaba preocupado por problemas vinculados con el empleo de cianuro.

Con miras a la opción del suicidio, D había adquirido una cantidad de solución de ácido cianhídrico. Sabía que otros médicos habían hecho lo mismo. El año anterior, la depresión había sido un mal endémico en el gueto. Había contagiado también a D. Era joven y tenía brazos poderosos. Pero la misma historia parecía un tumor maligno. Saber que disponía de cianuro había sido un consuelo para D en sus peores días. En esa última etapa de la historia del gueto era el único fármaco del que había cierta cantidad. Casi nunca habían tenido sulfamidas. Se habían acabado los eméticos, el éter y hasta las aspirinas. El cianuro era la única droga sofisticada que quedaba.

El doctor D había despertado esa mañana antes de las cinco en su habitación de la calle Wit Stwosz a causa del estrépito de los camiones que pasaban. Al mirar por su ventana, vio a los *Sonderkommandos* que se concentraban junto al río, y comprendió que habría en el gueto una acción decisiva. Corrió al hospital y encontró al doctor B y a las enfermeras actuando ya sobre el mismo presupuesto. Juntos se ocuparon de que todos los pacientes que podían moverse se marcharan a su casa, acompañados por parientes o amigos. Cuando todos menos los cuatro mencionados se fueron, el doctor B ordenó a las enfermeras que se retiraran, lo que todas hicieron excepto la de mayor edad y categoría. Ella y los doctores B y D. permanecieron junto a los cuatro últimos pacientes en el hospital casi desierto.

B y D no hablaron mucho mientras aguardaban. Ambos conocían la existencia de la droga, y pronto D advertiría que la mente de B estaba tristemente preocupada por el mismo motivo.

El suicidio era una posibilidad, desde luego. La eutanasia también. Pero la idea aterrorizaba a D. Tenía rostro sensible y sus ojos expresaban gran delicadeza. Sufría a causa de una ética tan real e íntima como los órganos de su cuerpo. Sabía que cualquier médico dotado de sentido común y una jeringa podía sumar, como una lista de compras, las ventajas de ambas posibilidades: inyectar el ácido cianhídrico, o abandonar los pacientes a los *Sonderkommandos*. Pero D sabía que eso no era cosa de sumar columnas de cifras; que la ética era más compleja y tortuosa que el álgebra.

De vez en cuando, el doctor B se acercaba a la ventana, miraba si ocurría algo en la calle, y se volvía hacia D con una mirada equilibrada y profesional. También B, sabía D, examinaba las opciones como si fueran naipes, y volvía a comenzar. Suicidio. Eutanasia. Ácido cianhídrico. Un concepto atractivo: quedarse entre las camas como Rosalia Blau. Otro: tomar el cianuro junto con los pacientes. La segunda idea le gustaba más al doctor D, porque parecía menos pasiva que la primera. Y además, los tres últimos días, al despertar, había sentido casi un deseo físico del rápido veneno, como si fuera meramente la droga que toda víctima necesitaba para suavizar la hora final.

Para un hombre serio como D, esto mismo era una razón compulsiva para no tomar esa droga. Había adquirido su idea del suicidio en la infancia, cuando su padre le había leído el informe de Flavio Josefo sobre el suicidio en masa de los fanáticos del mar Muerto antes de ser capturados por los romanos. Esa idea establecía que no se debía entrar en la muerte como en un puerto abrigado. Debía ser una clara negativa a rendirse. Por supuesto, los principios son los principios; y el terror, una mañana gris, es una cosa muy distinta. Pero D era un hombre de principios.

Y tenía una esposa. Él y su esposa podían seguir otro camino: partía del desagüe situado en la esquina de las calles Piwna y Krakusa, y llevaba, con un poco de suerte, al bosque de Ojcow. Tenía más miedo de eso que del fácil abandono del cianuro. Y sin embargo, si lo detenían los alemanes o la Policía Azul, y le bajaban los pantalones, pasaría la prueba gracias al doctor Lachs. Lachs era un distinguido especialista en cirugía plástica, que había enseñado a una cantidad de jóvenes judíos de Cracovia cómo alargar incruentamente sus prepucios durmiendo con un peso, una botella con una cantidad creciente de agua. Lachs decía que los judíos habían utilizado ese método durante la persecución romana, y la intensidad de la acción de la SS en Cracovia había hecho que reviviera su empleo durante los últimos dieciocho meses. Lachs lo había enseñado a su joven colega D; y, como había tenido bastante éxito, D tenía aún menos razones para suicidarse.

Al alba, la enfermera, una mujer serena de unos cuarenta años, rindió su informe a D. El joven descansaba tranquilamente, pero el ciego estaba muy ansioso. El músico y el hombre que había sufrido la intervención habían pasado una mala noche. Sin embargo el hospital de convalecientes estaba muy silencioso. Los pacientes respiraban, al final de su sueño o en la intimidad de su dolor, y el doctor D salió al helado balcón sobre el patio para fumar un cigarrillo y volver a plantearse la pregunta consabida.

El año anterior, D se encontraba en el viejo hospital de enfermedades epidémicas de la calle Rekawka cuando la SS decidió cerrar esa parte del gueto y reubicar el hospital. Alinearon al personal junto a la pared e hicieron descender a los pacientes por la escalera. D vio que la pierna de la anciana señora Reisman quedaba atrapada entre dos pilares de la balaustrada; el SS que la empujaba no la ayudó a liberarse, sino que tiró de la otra pierna hasta que el miembro se quebró con un ruido ahogado. Así se trataba a los enfermos en el gueto. Pero el año pasado nadie pensaba en la muerte por piedad. En ese momento, todos esperaban aún que las cosas mejorarían.

Ahora bien, incluso si el doctor B y él tomaban esa decisión, D no sabía si tendría valor para administrar cianuro a los pacientes, o para contemplar con serenidad profesional a quien lo hiciera. Era, absurdamente, como aquel problema de la juventud: uno decidía aproximarse a la chica que le gustaba, pero, aun si lo decidía, eso no contaba: todavía era necesaria la acción.

Oyó los primeros ruidos fuera del balcón. Empezaron temprano, en el extremo este del gueto. Los megáfonos aullando *Raus! Raus!,* las habituales mentiras sobre los equipajes, que algunos todavía ansiaban creer. En las calles desiertas, y entre los edificios donde nadie se movía, se podía oír en todas partes, desde los cantos rodados de la Plac Zgody hasta la calle Nadwislanska, cerca del río, un indefinido murmullo aterrorizado que estremeció al doctor D.

Luego oyó la primera ráfaga, bastante fuerte para despertar a los pacientes. Y una brusca estridencia después de los disparos: un megáfono y una quejumbrosa voz femenina, y luego una nueva ráfaga apagando el quejido, y otros gritos. Los megáfonos, los ansiosos hombres del OD, los vecinos, urgían a los desposeídos, y un sufrimiento inexpresable se desvanecía en la puerta situada en el punto más remoto del gueto. D sabía que el ruido podía llegar incluso al músico, a pesar de su estado precomatoso.

Cuando regresó a la sala, vio que todos lo miraban. Podía sentir que sus cuerpos se endurecían en sus camas; el anciano de la colostomía se quejaba por el esfuerzo muscular.

—Doctor, doctor —dijo alguien.

—Un segundo —respondió D, con lo que quería decir: *Estoy aquí y todavía están lejos.*

Miró al doctor B, que entrecerró los ojos mientras el ruido de los desalojos volvía a estallar a tres manzanas. El doctor B asintió, se dirigió al pequeño botiquín cerrado que había en un extremo de la sala y regresó con una botella de ácido cianhídrico. Después de una pausa, D se acercó a su colega. Podía haberse quedado donde estaba, encargando de la misión a B. Imaginaba que el hombre tendría valor para hacerlo solo, sin la aprobación de un colega. Pero sería una vergüenza, pensó D, no poner su propio voto, no asumir parte del peso. D, aunque más joven que B, había pertenecido a la Universidad Jagielloniana, era un especialista y un investigador. Quería, pues, dar su respaldo a B.

—Bien —dijo B, alzando por un instante la botella. La palabra quedó casi oculta por un grito de mujer y violentas órdenes oficiales que venían del otro extremo de la calle Jozefinska. B llamó a la enfermera.

—Administre cuarenta gotas disueltas en agua a cada paciente.

—Cuarenta gotas —repitió ella. Sabía de qué medicamento se trataba.

—Así es —dijo B. D también la miró. Sí, quería decir. Ahora tengo bastante fuerza, yo mismo podría hacerlo. Pero eso los alarmaría. Todos los pacientes saben que son las enfermeras quienes distribuyen las medicinas.

Mientras la enfermera preparaba las dosis, D recorrió la sala y apoyó su mano sobre la del anciano.

—Le daré algo que le hará bien, Roman —le dijo.

D sintió con sorpresa la historia del anciano a través del roce. Por un segundo, como una llamarada, apareció allí Roman, joven, durante la época de Francisco José; un don Juan de Cracovia, la joya del Vístula, la *petite* Viena, una ciudad como un bombón. Vistiendo el uniforme de Francisco José, iba a las maniobras de primavera en las montañas. En Rynek Glowny, con las chicas de Kazimierz, presumiendo de su uniforme, en la ciudad de los encajes y las pastas. En lo alto del monte Kosciuszko, robando un beso entre los arbustos. ¿Cómo podía cambiar tanto el mundo en la vida de un hombre?, preguntaba el joven Roman desde el viejo Roman. ¿Cómo se llegaba desde Francisco José hasta un suboficial que tenía el derecho de condenar a muerte a Rosalia Blau y a unas chicas enfermas de escarlatina?

—Por favor, Roman —dijo el doctor; quería decir que el anciano debía relajar su cuerpo. Pensó que los *Sonderkommandos* tardarían a lo sumo una hora. D sintió, pero resistió, la tentación de comunicarle el secreto. El doctor B había ordenado una dosis generosa. Unos segundos de dificultad respiratoria y una pequeña sorpresa no serían una sensación nueva ni intolerable para el viejo Roman.

Cuando llegó la enfermera con los cuatro vasos de medicamento, ninguno de los pacientes preguntó de qué se trataba. D no sabría nunca si alguno de ellos comprendía. Se apartó y miró su reloj. Temía que cuando lo bebieran se oyera algún ruido, algo peor que los estertores de los hospitales. Oyó murmurar a la enfermera:

—Esto es para usted.

Un suspiro. No sabía si era un paciente o la enfermera. Esta mujer es la heroína de esta situación, pensó.

Cuando alzó nuevamente la vista, la enfermera había despertado al paciente renal, el soñoliento músico, y le ofrecía el vaso. Desde el extremo opuesto de la sala, el doctor B, con una bata blanca limpia, miraba. D se acercó al viejo Roman y le tomó el pulso. No había. El músico bebía el líquido que olía a almendras.

Todo fue tan tranquilo como D esperaba. Los miró. Tenían las bocas abiertas, pero sin exageración; los ojos vidriosos e inmunes, las cabezas hacia atrás, el mentón hacia lo alto. Los miró con la envidia que sentían todos los pobladores del gueto ante los fugitivos.

CAPÍTULO·21

Poldek pfefferberg compartía una habitación en el segundo piso de una casa del siglo XIX en la calle Jozefinska. Sus ventanas daban, por encima del muro del gueto, al Vístula, por donde las barcas polacas remontaban la corriente ignorando el último día del gueto y las lanchas patrulleras de la SS zumbaban alegremente como embarcaciones de placer.

Pfefferberg esperaba con su esposa Mila a que llegaran los *Sonderkommandos* y les ordenaran bajar a la calle. Mila era una chica nerviosa y pequeña de veintidós años, refugiada de Lodz, con quien Poldek se había casado los primeros días del gueto. Provenía de una familia de varias generaciones de médicos. Su padre era un cirujano que había muerto muy joven, en 1937, y su madre una dermatóloga que había sufrido la misma muerte que Rosalia Blau durante una *Aktion* en el gueto de Tarnow el año anterior: una ráfaga de ametralladora mientras estaba entre sus pacientes.

Mila había tenido una infancia feliz, pese al antisemitismo de Lodz, y había iniciado sus estudios de medicina en Viena el año anterior a la guerra. Se habían encontrado cuando la gente de Lodz fue remitida a Cracovia en 1939: Mila fue instalada en el mismo piso donde residía el vivaz Poldek Pfefferberg.

Ahora, como Mila, él era también el último de su familia. Su madre, que había decorado el apartamento de Schindler en la calle Straszewskiego, había sido enviada con su padre al gueto de Tarnow. Como se sabría más tarde, de allí pasaron a Belzec, donde fueron asesinados. Su hermana y su cuñado, con documentos arios, se habían desvanecido en la prisión de Pawiak, en Varsovia. Mila y él sólo se tenían el uno al otro.

Había entre ambos abismal diferencia de temperamento: Poldek era un chico de barrio, un líder y un organizador; el tipo de hombre que, cuando aparece la autoridad y pregunta qué ocurre, da un paso al frente y habla. Mila era menos inquieta, y el destino que había devorado a toda su familia la había tornado aún más silenciosa. En una época de paz, la mezcla habría sido excelente. Ella no sólo era inteligente sino sabia: un centro sereno. Tenía el don de la ironía, que con frecuencia necesitaba Poldek Pfefferberg para contener sus torrentes de elocuencia. Sin embargo, hoy, en este día imposible, estaban en conflicto.

Mila deseaba escapar del gueto si se daba la

oportunidad, e incluso alentaba la imagen mental de sí misma y de Poldek como guerrilleros en el bosque, pero temía los desagües. Poldek se había valido de ellos más de una vez para salir del gueto, aun cuando a veces se encontraban policías en alguno de los dos extremos. Recientemente, su amigo y antiguo profesor, el doctor D, había mencionado también los desagües como una ruta de salida que tal vez quedara sin custodia el día que vinieran los *Sonderkommandos*. Habría que esperar hasta el temprano crepúsculo invernal. La puerta de la casa del doctor estaba a unos metros de la tapa circular de la alcantarilla. Una vez allí, había que seguir hacia la izquierda un túnel que pasaba por debajo de las calles de Podgórze, fuera del gueto, hasta la salida, en la costa del Vístula, cerca del canal de la calle Zatorska. D le había explicado ayer su plan. D y su esposa intentarían huir por allí y esperaban que los Pfefferberg se reunieran con ellos. En ese momento, Poldek no podía comprometerse. Mila tenía el temor, perfectamente razonable, de que la SS inundara de gas el sistema de desagües, o resolviera las cosas de otro modo llegando temprano a su habitación de la calle Jozefinska.

Vivieron en su ático una lenta jornada de tensión, aguardando, sin saber en qué dirección saltar. También los vecinos aguardaban. Quizás algunos, para no soportar esa tensión, habían bajado ya a la calle con sus paquetes y maletas. Era natural ser arrastrado escaleras abajo por la peculiar mezcla de ruidos: el violento estruendo que se oía a la distancia y el silencio de la casa, en que se podía oír cómo los antiguos e indiferentes maderos de la construcción marcaban los últimos y peores segundos de la residencia en el gueto. A mediodía Poldek y Mila masticaron su reserva de trescientos gramos de pan moreno. El ruido de la *Aktion* saltó a la esquina de la calle Wegierska, a una larga manzana de distancia, y luego, cerca de la media tarde, volvió a desaparecer. Casi había silencio. Alguien trataba en vano de descargar la cisterna del recalcitrante lavabo del rellano del primer piso. En ese momento, casi era posible creer que habían pasado inadvertidos.

Esa sombría tarde se negaba a terminar en la calle Jozefinska número 2. Poldek pensaba que la luz era bastante escasa para probar suerte con el desagüe antes del anochecer. Quería salir, ahora que todo estaba tranquilo, para hablar con el doctor D. *Por favor, no*, dijo Mila. Pero él la tranquilizó. Se mantendría fuera de las calles, moviéndose por la red de huecos en los muros que conectaban unos edificios con otros. Amontonó las razones: no había patrullas en estas calles; eludiría a algún OD o SS que pudiera haber en las esquinas, volvería en cinco minutos. Querida, querida, le dijo, tengo que hablar con D.

Bajó por la escalera posterior y pasó por los huecos de las paredes, sin emerger a la calle hasta la Oficina de Trabajo. allí se arriesgó a cruzar la ancha calzada para alcanzar el laberinto de la manzana triangular que había enfrente; allí vio grupos de hombres confundidos que discutían rumores y posibilidades de esconderse en cocinas, cobertizos, corredores. Salió a la calle Krakusa, justamente frente a la casa del médico. Cruzó sin ser visto por una patrulla que trabajaba cerca del extremo sur del gueto, en la zona donde Schindler había visto las primeras demostraciones de la política racial del Reich y los extremos a que podía llegar.

La casa de D estaba vacía, pero en el patio Poldek encontró a un hombre deslumbrado; éste le dijo que los *Sonderkommandos* ya habían estado allí, y que D y su esposa se habían escondido primero, para dirigirse luego a los desagües. Quizás eso sea lo mejor, dijo el hombre. Los SS volverán. Poldek asintió; conocía las tácticas de las *Aktionen*, porque había sobrevivido a muchas.

Regresó por donde había venido y no tuvo dificultad para cruzar las calles. Pero halló su casa vacía. Mila había desaparecido con el equipaje; todas las puertas estaban abiertas y las habitaciones desiertas. Se preguntó si no estarían todos escondidos en el hospital: el doctor D, la señora D, Mila. Quizá los D habían ido a buscarla, por sus temores y por su linaje médico.

Poldek volvió a salir y por otro camino llegó al patio del hospital. Como abandonadas banderas de rendición, sábanas ensangrentadas colgaban de los balcones de ambos pisos superiores. Sobre el empedrado había un montón de víctimas. Algunas tenían las cabezas partidas y los miembros retorcidos. No eran, por supuesto, los pacientes de extrema gravedad de los doctores B y D. Eran personas detenidas allí durante el día, y ejecutadas luego. Algunos de ellos parecían capturados arriba, muertos y arrojados por las ventanas.

Aunque no tuvo tiempo de contar los elementos entrelazados de esa pirámide, Poldek dijo siempre, cuando le preguntaban por los muertos del patio del hospital del gueto, que eran sesenta o setenta. Como Cracovia era una ciudad de provincias, y Poldek había desarrollado su sociabilidad en Podgórze, y luego en el centro, visitando con su madre a las personas ricas y distinguidas de la ciudad, reconoció en ese montón rostros familiares, viejos clientes de su madre, personas que le habían preguntado por sus estudios en el *Gymnasium* Kosciuszko y le habían regalado pastas o golosinas por la gracia de sus precoces respuestas o por su encanto. Ahora estaban indecorosamente expuestas y confundidas en ese patio enrojecido por la sangre.

Por algún motivo, no se le ocurrió buscar en ese terrible montón los cuerpos de su esposa y de los D. Sintió, en cambio, que estaba allí por un motivo concreto. Creía inconmoviblemente que llegarían mejores años, años de tribunales justos. Y tenía en ese momento la misma sensación de ser un testigo que había experimentado Schindler en la colina, más allá de la calle Rekawka.

Se distrajo al ver un grupo de gente en la calle Wegierska. Se movían hacia la puerta de Rekawka con la obtusa languidez de los obreros de las fábricas los lunes por la mañana o los partidarios de un equipo de fútbol derrotado. Entre esa ola de gente vio algunos vecinos de la calle Jozefinska. Se alejó del patio del hospital, guardando como un arma su recuerdo. ¿Qué le había ocurrido a Mila? ¿Alguien lo sabía? Ya se había marchado, le dijeron. Los *Sonderkommandos* llegaron después. Ya estaría fuera de la puerta, en camino a ese lugar. A Plaszow.

Por supuesto, él y Mila tenían un plan de emergencia para esa situación. Si alguno de los dos terminaba en Plaszow, sería mejor que el otro intentara mantenerse fuera. No ignoraba que Mila tenía el don de pasar inadvertida, un don valioso para un prisionero, pero también que sufría dolorosos accesos de hambre. Él podría enviarle alimentos desde afuera. Estaba seguro de que cosas como ésa eran posibles. Pero era una decisión difícil: la multitud confusa, apenas custodiada por los SS, que se dirigía hacia la puerta del sur y hacia las fábricas situadas detrás de las alambradas de espino de Plaszow, indicaba claramente adónde pensaba la mayoría de la gente, sin duda con acierto, que estaba a la larga la seguridad.

Aunque era tarde, la luz era nítida, como si estuviera a punto de nevar. Poldek cruzó la calle y entró en la casa de apartamentos que había enfrente. Se preguntó si estaban realmente vacíos, o si había muchos moradores del gueto escondidos más o menos astuta o inocentemente, creyendo que, adondequiera llevara la SS a alguien, siempre era en última instancia a las cámaras de gas.

Poldek buscaba un escondite de primera. Fue por los patios traseros hasta el depósito de madera de la calle Jozefinska. La madera escaseaba. No había grandes estructuras ni tablas para ocultarse detrás. El mejor lugar era, aparentemente, detrás del portal de hierro, en la entrada del depósito. Su tamaño y su negrura parecían una promesa de la próxima noche. Más tarde, no podría creer que hubiese elegido ese escondite con tal entusiasmo.

Se acurrucó detrás del batiente abierto; entre la puerta y el marco podía ver la calle Jozefinska, por donde había venido. Más allá de esa helada hoja de hierro había una franja vertical de noche gris, fría y luminosa, y cruzó las solapas de su abrigo sobre el pecho. Un hombre y su esposa corrían hacia la salida del gueto, esquivando los bultos y maletas abandonados con sus fútiles rótulos. *Kleinfeld*, proclamaban a la luz nocturna. *Lehrer, Baume, Weinberg, Smolar, Strus, Rosenthal, Birman, Zeitlin*. Ningún recibo se extendería a cambio de esos equipajes. «Montones de cosas cargadas de recuerdos», escribió el joven Bau. «¿Dónde están mis tesoros?»

Oyó, más allá de ese campo de batalla de maletas caídas, agresivos ladridos. Luego irrumpieron en la calle Jozefinska tres hombres de la SS, uno de ellos arrastrado por un tumulto canino que se resolvió en dos enormes perros de policía. Los perros lo llevaron hacia el número 41 de la calle Jozefinska, pero los otros dos hombres permanecieron donde estaban. Poldek miró atentamente a los perros. Parecían un producto muy delgado de un cruce entre dálmatas y pastores alemanes. Pfefferberg aún pensaba que Cracovia era una ciudad cordial, y perros como aquellos parecían extranjeros, como si los hubiesen traído de otro gueto donde todo fuera peor. Porque incluso en ese momento, entre los equipajes abandonados, detrás de esa puerta de hierro, estaba agradecido a su ciudad y creía que el horror final sólo podía ocurrir en otro lugar. El medio minuto siguiente desmintió esa suposición. Es decir, lo peor ocurrió allí, en Cracovia. Por la hendedura vio que, si había un polo del mal, no estaba situado en Tarnow, en Czestochowa, en Lwow o en Varsovia: estaba en la acera norte de la calle Jozefinska, a ciento veinte pasos de distancia. Del número 41 emergió una mujer gritando, con un niño. Uno de los perros retenía a la mujer por la carne del muslo y la tela del vestido. El SS que era el criado de los perros cogió al niño y lo arrojó contra la pared. El ruido obligó a Pfefferberg a cerrar los ojos; oyó el disparo que puso fin al aullido de protesta de la mujer.

Pfefferberg diría siempre que el niño tenía dos o tres años de edad, así como que había sesenta o setenta cadáveres en el patio del hospital.

Tal vez antes de que la mujer estuviera muerta, y ciertamente antes de que él tuviera conciencia de que se había movido, como si la decisión viniera de alguna glándula de reservas de coraje situada detrás de su frente, Pfefferberg salió de detrás de la puerta —que no podía protegerlo de los perros— y se encontró en mitad del patio. Adoptó instantáneamente la actitud militar que había aprendido en el ejército polaco. Salió del depósito de maderas como un hombre que cumple una misión ceremonial, y empezó a sacar del paso las maletas y los bultos, y a apilarlos contra la pared del depósito. Oía que los tres SS se acercaban; casi podía sentir el aliento de los perros y la noche entera se estiraba hasta romperse en sus tráillas. Cuando calculó que se encontraban a unos diez pasos se enderezó y se permitió advertir su presencia. Vio que sus botas y sus polainas estaban manchadas de sangre, y que no les avergonzaba presentarse así ante otros seres humanos. El oficial que estaba en el medio era el más alto. No parecía un asesino: su cara alargada no carecía de sensibilidad y en su boca había sutileza.

Pfefferberg, con sus ropas gastadas, golpeó los talones al modo polaco y saludó al hombre alto. No conocía los grados de la SS y no sabía cómo llamarlo.

—Herr —dijo—. Herr Commandant.

Su cerebro, amenazado con la extinción, había propuesto ese término con energía eléctrica. Era precisamente el que correspondía, porque el hombre alto era Amon Goeth en el momento más vital de su jornada, exaltado por el progreso del día y tan capaz de ejercer instantánea e instintivamente el poder como era capaz Poldek Pfefferberg del subterfugio instantáneo e instintivo

—Herr Commandant, informo respetuosamente que he recibido la orden de amontonar estos equipajes a un lado para que no haya obstáculos al paso.

Los perros se estiraban hacia él. A causa de su negro entrenamiento, y del ritmo de la *Aktion* en curso, esperaban que les permitirían lanzarse contra la muñeca y la ingle de Pfefferberg. Sus gruñidos demostraban no sólo animalidad, sino una terrible seguridad acerca del resultado. El interrogante era si el SS que estaba a la izquierda del Herr Commandant tenía suficiente fuerza para contenerlos. Pfefferberg lo dudaba. No le sorprendería caer bajo los perros para ser librado de sus dientes por un balazo. Si esa mujer no había tenido éxito alegando su maternidad, menos probable era que él se salvara con una historia de equipajes, o de despejar una calle donde, de todos modos, el tránsito de seres humanos había sido abolido.

Pero Pfefferberg divertía más al comandante que una madre. He ahí a un *Ghettomensch* que juega a ser soldado ante tres oficiales de la SS y da el parte de novedades, servil si es cierto y casi enternecedor si no lo es. Y sus maneras son todo un cambio en el estilo de las víctimas. De todos los condenados de la jornada sólo éste ha tenido la idea de golpear sus talones.

Por lo tanto, el Herr Commandant podía ejercer el derecho imperial de demostrar su diversión irracional e inesperada. Su cabeza se inclinó hacia atrás, su largo labio superior se retrajo. Fue una risa franca y alegre y sus colegas sonrieron y movieron la cabeza a su medida.

En su excelente voz de barítono, el *Untersturmführer* Goeth dijo:

—Nosotros nos ocuparemos de todo. El último grupo está saliendo del gueto. *Verschwinde!* Es decir, ¡desaparece, soldadito polaco! Pfefferberg echó a correr, sin mirar hacia atrás; no se habría sorprendido si lo hubieran derribado por la espalda. Corriendo llegó a la esquina de la calle Wegierska, y allí torció, pasando por el patio del hospital donde había sido, horas antes, un testigo. Cuando se acercaba a la puerta descendió la oscuridad, y se desvanecieron las últimas familiares calles del gueto. En la plaza Podgórze el último grupo oficial de prisioneros estaba rodeado por un descuidado cordón de ucranianos y SS.

—Debo de ser el último que ha salido vivo —dijo a la gente.

Si no era él, eran tal vez el joyero Wulkan, su mujer y su hijo. Durante esos meses Wulkan había trabajado en la fábrica Progress. Sabía lo que ocurriría y se había dirigido al *Treuhänder* Unkelbach con un gran diamante que había guardado durante dos años, escondido en el forro de un abrigo. Herr Unkelbach, dijo al hombre, yo iré adonde me envíen; pero mi mujer no podrá soportar tanto ruido y violencia. Wulkan, su mujer y su hijo aguardarían en el cuartel policial del OD, bajo la protección de un policía judío que conocían; y quizá más tarde, durante el día, Herr Unkelbach podría llevarlos a Plaszow sin derramamiento de sangre.

Desde esa mañana habían estado en un cubículo del cuartelillo; había sido una espera tan espantosa como si se hubieran quedado en su cocina. El chico estaba alternativamente aburrido y aterrorizado; su esposa silbaba incesantemente reproches. ¿Dónde estaba? ¿Vendría alguna vez? Esa gente, esa gente... Poco después de mediodía, sin embargo, Unkelbach apareció. Entró en el cuartel de la *Ordnungdienst* para usar el lavabo y tomar un café. Wulkan emergió del pequeño despacho donde estaba y vio a un *Treuhänder* Unkelbach que no conocía, un hombre pequeño vestido con el uniforme de suboficial de la SS que fumaba y cambiaba cortas frases animadas con otro; con una mano bebía con pasión su café, mordía el humo de su cigarrillo o devoraba un trozo de pan moreno mientras apoyaba la izquierda, con la pistola, en una mesa, como un animal descansando. Tenía oscuras manchas de sangre en el uniforme, sobre el pecho. Los ojos que volvió para mirar a Wulkan no lo vieron. Wulkan supo inmediatamente que Unkelbach no había decidido faltar a su compromiso: simplemente, no lo recordaba. El hombre estaba ebrio, y no de alcohol. Si Wulkan lo hubiera llamado, la respuesta habría sido una mirada de total incomprensión. Seguida, probablemente, por algo peor.

Wulkan cedió y retornó al lado de su mujer. Ella repetía:

—¿Por qué no le hablas? Iré yo, si aún está allí. Pero vio entonces la sombra en los ojos de Wulkan, y espió por el borde de la puerta. Unkelbach se preparaba para salir. Vio su uniforme, manchado con la sangre de pequeños comerciantes y de sus esposas. Dejó escapar un gemido y volvió a su silla.

Como su marido, cayó en una bien fundada desesperación, y la espera se tornó algo más fácil. El hombre del OD que conocían les devolvió la pulsación habitual de esperanza y ansiedad. Les dijo que todo el OD, aparte de los pretorianos de Spira, debía estar, a las seis de la tarde, fuera del gueto, en la carretera de Wieliczka y el camino a Plaszow. Vería si había un modo de llevar a los Wulkan en uno de los vehículos.

Después de la caída de la oscuridad, cuando

Pfefferberg ya había llegado a la calle Wegierska y el último grupo de prisioneros estaba reunido ante la puerta en la plaza Podgórze, cuando el doctor D y su esposa se dirigían hacia el este, acompañados y amparados por un grupo de ruidosos ebrios polacos, mientras los escuadrones de *Sonderkommandos* descansaban y fumaban antes del registro final de los edificios, dos carros arrastrados por caballos se acercaron a la puerta del cuartel policial. Los hombres del OD escondieron a la familia Wulkan entre cajas y líos de ropa. No se veía a Symche Spira ni a sus amigos del OD: seguramente estaban trabajando en las calles o bebiendo café con los suboficiales para celebrar su permanencia dentro del sistema.

Pero antes de que los carros salieran de las puertas del gueto, los Wulkan, apretados contra las tablas, oyeron el tableteo casi continuo de metralletas y armas pequeñas en las calles que dejaban atrás. Significaba que Amon Goeth, Willi Haase, Albert Hujar, Horst Pilarzik y varios centenares más buscaban ahora en los falsos techos, las paredes dobles de los áticos, los recovecos de los sótanos, a los que durante ese día habían mantenido un esperanzado silencio. Más de cuatro mil de ellos fueron descubiertos esa noche y ejecutados en las calles. En el curso de los dos días siguientes llevaron sus cuerpos a Plaszow en carros abiertos y los sepultaron en dos grandes fosas comunes en el bosque, más allá del nuevo campo de trabajo.

CAPÍTULO·22

No sabemos en qué estado de ánimo estuvo Oskar Schindler el 13 de marzo, el peor y último día del gueto. Pero cuando sus operarios regresaron de Plaszow, con escolta, ya estaba reuniendo datos para comunicar al doctor Sedlacek en su próxima visita. Por los prisioneros supo que el *Zwangsarbeitslager* Plaszow —como lo llamaba la burocracia SS— no sería el reino de la razón. Goeth había dado una segunda muestra de su odio a los ingenieros haciendo que los guardias golpearan a Zygmunt Grunberg hasta dejarlo en coma y demorando tanto su envío a la clínica, situada junto al sector de las mujeres, que su muerte quedó asegurada. Mientras comían la excelente sopa del mediodía en la Deutsche Email Fabrik, los prisioneros dijeron a Oskar que Plaszow no se usaba solamente como un campo de trabajo, sino también como un sitio de ejecución. Todo el campo podía oír las ejecuciones, pero algunos habían sido también testigos presenciales.

Por ejemplo, el prisionero M*, que antes de la guerra poseía en Cracovia un estudio de decoración. En los primeros días de existencia de Plaszow, le ordenaron que decorara las casas de oficiales de la SS, unas pocas casas de campo situadas al norte. Como cualquier otro artesano especialmente valioso, tenía más libertad de movimiento. Una tarde regresaba de la casa del *Untersturmführer* Leo John por el sendero que atravesaba la elevación llamada Chujowa Gorka, en cuya cima se encontraba el fuerte austríaco.

Antes de torcer hacia las fábricas, tuvo que ceder el paso a un camión del ejército que subía penosamente la cuesta. M observó que, debajo de la lona, había un grupo de mujeres custodiadas por guardias ucranianos con petos blancos. Se escondió entre unos maderos y pudo ver, por un hueco entre los muros de la fortificación, cómo hacían descender a las mujeres, las llevaban al interior de la fortificación y les ordenaban que se desnudaran. Ellas se negaron. El hombre que gritaba las órdenes era el SS Edmund Sdrojewski. Los suboficiales ucranianos castigaron a las mujeres con sus látigos. M pensaba que eran judías, probablemente sorprendidas con documentos arios y traídas de la prisión de Montelupich. Algunas gritaron bajo los golpes, pero otras guardaron silencio, como para rehusar esa satisfacción a los

---

* Reside actualmente en Viena y no desea que se mencione su nombre real.

ucranianos. Una de las mujeres empezó a cantar el *Shema Yisroel, y* las demás la acompañaron. Los versos brotaron vigorosamente de la fortificación, como si las muchachas —que hasta ayer se habían fingido arias puras— se sintieran ahora perfectamente libres de celebrar sus diferencias tribales ante las caras de Sdrojewski y de los ucranianos. Luego, mientras se apretujaban en el frío aire de primavera, las derribaron a balazos. A la noche, los ucranianos cargaron sus cuerpos en carretillas y las enterraron en el bosque.

También la gente del campo había oído esa primera ejecución en la colina que los alemanes llamaban colina del pene. Algunos prisioneros se dijeron que allí fusilaban a los guerrilleros, marxistas empedernidos o nacionalistas acérrimos. Ese sitio era otro mundo. Si cumplían las órdenes dentro de las alambradas, nunca irían allí. Pero los más lúcidos de los operarios de Schindler, que habían sido escoltados por la calle Wieliczka, junto a la fábrica de cables, y luego hasta Zablocie para trabajar en la DEF, *sabían* por qué se ejecutaba en la fortificación austríaca a los prisioneros de Montelupich y por qué la SS no se inmutaba si todo el mundo veía llegar los camiones y escuchaba los disparos. La razón era que la SS no pensaba que la población de Plaszow pudiera dar su testimonio. Si hubieran estado preocupados por un futuro tribunal, por un conjunto de futuros testigos, habrían ejecutado a las mujeres en lo más profundo del bosque. La conclusión, para Oskar, era que la fortificación austríaca no era un mundo separado de Plaszow, sino que todos los prisioneros del campo de trabajo estaban sentenciados.

La primera mañana que el comandante Goeth salió a la puerta de su casa y mató a un prisionero al azar, también se pudo advertir la tendencia a considerar incluso *eso* —como la primera ejecución en la fortificación— un hecho aislado. Pero muy pronto se vería que las ejecuciones en la colina eran habituales, y también la rutina matinal de Amon.

Éste solía bajar los escalones de su casa provisional (estaban reformando otra mejor en el extremo opuesto del campo) en camisa, pantalones de montar y botas bien lustradas por su ordenanza. A medida que avanzaba la primavera aparecería también sin la camisa, porque amaba el sol. Pero por ahora se presentaba con las mismas ropas con que había tomado el desayuno, unos binoculares en una mano y un rifle de francotirador en la otra. Examinaba las obras en la cantera mirando detenidamente a los prisioneros que empujaban las vagonetas por los carriles que pasaban ante su puerta. Quienes alzaban la vista podían ver el humo del cigarrillo apretado entre sus labios a la manera del hombre que fuma sin usar las manos porque está demasiado ocupado para dejar las herramientas de su oficio. En los primeros días de la vida en el campo disparaba así, desde su puerta, contra cualquier prisionero que no empujara con fuerza suficiente las vagonetas cargadas de piedra caliza. Nadie sabía cuáles eran sus razones concretas para elegir a un prisionero determinado; ciertamente Amon no estaba obligado a documentar sus motivos. Después del disparo, los guardias apartaban del grupo al hombre caído y lo arrojaban a un lado del camino. Los demás dejaban de empujar, con los músculos tensos, esperando una masacre general. Pero Amon agitaba su mano con el ceño fruncido, como si quisiera decir que, por el momento, estaba satisfecho con su nivel de desempeño.

Aparte de estos excesos, Amon rompió también una de las promesas que había hecho a los industriales. Madritsch telefoneó a Oskar: deseaba que ambos se quejaran. Amon había dicho que no interferiría con el funcionamiento de las fábricas. No interfería desde dentro; pero demoraba a los grupos de trabajadores al mantener a la población del campo durante horas en la *Appellplatz* para pasar lista. Madritsch mencionó un caso particular. Se encontró una patata en un barracón y hubo que azotar públicamente a todos los prisioneros del mismo ante los demás. No es posible conseguir que unos cuantos centenares de personas reciban veinticinco latigazos con rapidez después de haberse bajado los pantalones y de haber subido sus camisas o sus vestidos. La norma de Goeth era que la persona castigada llevara la cuenta de los azotes para los ordenanzas ucranianos que realizaban la tarea. Si la víctima perdía la cuenta, había que recomenzar. Las reuniones para pasar lista de la *Appellplatz* consumían enormes cantidades de tiempo.

Por lo tanto, los grupos de trabajadores llegaban con varias horas de demora a la fábrica de ropas de Madritsch situada dentro del campo, y todavía una hora después a la calle Lipowa. Además, venían espantados, incapaces de concentrar su mente, murmurando el relato de lo que Amon, John o Scheidt, o algún otro oficial, habían hecho esa mañana. Oskar se quejó a un ingeniero que conocía en la Inspección de Armamentos. De nada sirve quejarse a los jefes de la policía, dijo el ingeniero. No están haciendo la misma guerra que nosotros. Lo que yo debería hacer, respondió Oskar, es mantener a la gente en la fábrica. Hacer mi propio campo de trabajo.

La idea divirtió al ingeniero.

—¿Y dónde los pondría? —preguntó—. No tiene bastante espacio.

—Si yo pudiera comprar el espacio —dijo Oskar—, ¿escribiría una carta apoyando la petición?

El ingeniero aceptó. Oskar telefoneó a los Bielski, la pareja anciana que vivía en la calle Stradom. Les preguntó si estarían dispuestos a recibir una oferta por el terreno adyacente a su fábrica. Cruzó el río para visitarlos. Les encantó el estilo de Schindler. Como siempre le había aburrido el ritual del regateo, empezó por ofrecerles un precio propio de una época de *boom*. Sirvieron el té y, muy excitados, llamaron a su abogado para que preparara los papeles, lo que se hizo de inmediato. Oskar fue luego a visitar a Amon, a quien informó por cortesía que se proponía crear un subcampo de Plaszow en el terreno de su propia fábrica. Amon se mostró conforme con la idea. Si los jefes de la SS lo aprueban, dijo, puede contar con mi cooperación, siempre que no se lleve a mis músicos ni a mi criada.

El día siguiente se realizó un encuentro formal con el *Oberführer* Scherner en la calle Pomorska. Tanto Amon como el general Scherner sabían que sería posible inducir a Oskar a pagar el coste íntegro de un nuevo campo. Pudieron observar que, cuando Oskar formuló su argumento industrial («Quiero a mis operarios en la fábrica misma para poder explotar al máximo su trabajo»), complacía al mismo tiempo alguna íntima locura personal en la que no contaban los gastos. Pensaban que era una persona bastante valiosa afectada por alguna forma de amor a los judíos, semejante a un virus. La teoría de la SS sostenía que el genio judío invadía el mundo y podía determinar efectos mágicos; el corolario era que se debía compadecer a Herr Schindler tanto como si fuera un príncipe convertido en sapo. Pero tendría que pagar por su enfermedad.

Los requisitos impuestos por el *Obergruppenführer* Friedrich Wilhelm Krüger, jefe de policía del Gobierno General, y superior de Scherner y de Czurda, se fundaban en los reglamentos establecidos por la Sección de Campos de Concentración de la Oficina Administrativa y Económica de la SS del general Oswald Pohl, aunque en ese momento la dirección de Plaszow no dependía de Pohl. Un Subcampo de Trabajo Forzado de la SS debía tener cercos de tres metros de altura, torres de guardia a intervalos establecidos a lo largo del perímetro, letrinas, barracones, una clínica, un consultorio dental, una sala de baño, instalaciones para despojar de piojos a los prisioneros, un depósito de alimentos, un lavadero, una construcción para la guardia, de mejor calidad que los barracones, con todos sus accesorios. Amon, Scherner y Czurda consideraban que Oskar, como correspondía, haría frente al coste ya fuera por motivos económicos justificables, ya por el hechizo cabalístico de que era víctima.

Aunque le obligaran a pagar, la propuesta de Oskar les convenía. Todavía quedaba un gueto en Tarnow, cien kilómetros al este; Plaszow debería absorber su población cuando fuera abolido. Y además estaban llegando a Plaszow miles de judíos provenientes de los *shtetls* del sur de Polonia. Un subcampo en la calle Lipowa aliviaría la presión.

Amon comprendía también, aunque jamás hablaría de esto con los jefes de policía, que no tendría necesidad de proveer con demasiado rigor al campo de la calle Lipowa la mínima cantidad de alimentos mencionada en las directrices del general Pohl.

Amon, que podía matar a quien quisiera desde su puerta sin temor a protestas, que creía en la idea oficial de que en Plaszow se debía tender a la reducción del número, ya estaba vendiendo un porcentaje de la ración de alimentos destinados a la prisión en el mercado negro de Cracovia por medio de un agente, un judío llamado Wilek Chilowicz, relacionado con gerentes de fábrica, comerciantes, e incluso con restaurantes de Cracovia.

El doctor Alexander Biberstein, que era también ahora un prisionero de Plaszow, calculó que la ración diaria oscilaba entre setecientas y mil cien calorías. A la hora del desayuno cada prisionero recibía medio litro de café negro con sabor a bellotas y un trozo de pan de centeno de ciento setenta y cinco gramos, la octava parte de las hogazas redondas que cada mañana recogían los guardias de los barracones en la panadería. Para aprovechar la insolidaridad que genera el hambre, los guardias encargados del rancho cortaban el pan de espaldas a los prisioneros, gritando:

—¿Quién quiere este trozo?

A mediodía se distribuía una sopa, con zanahorias, remolachas, y sucedáneo de sagú. Algunos días era menos clara que otros. Los grupos de trabajo que regresaban a la noche traían mejores alimentos. Se podía ocultar bajo el abrigo o en las perneras del pantalón un panecillo blanco o un pollo pequeño. Amon intentaba impedirlo haciendo que los guardias registraran a los destacamentos de trabajo frente al edificio de la administración, al anochecer. No quería frustrar la obra del desgaste natural ni que sus negocios de alimentos, realizados por medio de Chilowicz, quedaran privados de su ideología básica. Y por lo tanto, ya que no favorecía a sus propios prisioneros, consideraba que, si Oskar quería cargar con mil judíos, bien podía hacerlo a sus propias expensas, sin recurrir a una provisión regular de pan y remolachas de los depósitos de alimentos de Plaszow.

Esa primavera Oskar no sólo tuvo que hablar con los jefes de policía de la región de Cracovia, sino también con sus vecinos. Fue, pasando las dos endebles cabañas construidas con la madera de Jereth, hasta la fábrica de radiadores de Kurt Hoderman. Empleaba gran cantidad de polacos y más o menos un centenar de reclusos de Plaszow. En la dirección opuesta se encontraba la fábrica de cajas de Jereth, supervisada por el ingeniero alemán Kuhnpast. Como los prisioneros de Plaszow eran una proporción muy pequeña de su personal, no se apasionaron por la idea aunque tampoco se oponían. Oskar les ofreció alojar a sus judíos a cincuenta metros del lugar de trabajo, y no a cinco kilómetros.

Oskar visitó después al ingeniero Schmilewski en la guarnición de la Wehrmacht, a pocas calles de distancia. Empleaba varios reclusos de Plaszow. Schmilewski no formuló objeciones. Su nombre, con los de Kuhnpast y Hoderman, se unió a la solicitud que envió Schindler a la calle Pomorska.

Los inspectores de la SS visitaron Emalia y conversaron con el inspector Steinhauser, un viejo amigo de Oskar perteneciente a la Inspección de Armamentos. Examinaron el sitio con el ceño fruncido, como se supone que deben hacer los inspectores, e hicieron preguntas acerca de los desagües. Oskar los invitó a su despacho a tomar café y coñac, y luego todos se despidieron cordialmente. Pocos días más tarde se aceptaba la solicitud para establecer un campo de trabajo forzado detrás de la fábrica.

Ese año, la Deutsche Email Fabrik vendió productos por valor de 15,8 millones de marcos. Se podría pensar que los trescientos mil marcos que invirtió Oskar en la compra de materiales de construcción para el campo de Emalia constituían una cifra elevada, pero no fatal. Pero la verdad era que, con ese dinero, sólo había empezado a pagar.

Oskar pidió al *Bauleitung* (Oficina de Construcciones) de Plaszow la colaboración de un joven ingeniero llamado Adam Garde. Garde estaba trabajando todavía en los barracones del campo de Amon; después de dejar instrucciones a los hombres fue enviado con guardia individual de Plaszow a la calle Lipowa para supervisar la construcción. La primera vez que Garde estuvo en Zablocie encontró dos cabañas rudimentarias ocupadas por cerca de cuatrocientas personas. Había un cerco patrullado por un destacamento de la SS, pero los prisioneros dijeron a Garde que Oskar no permitía la entrada de la SS al campo ni a la fábrica excepto, por supuesto, cuando inspectores de rango más elevado venían a examinar el lugar. Oskar, agregaron, obsequiaba con licores a la pequeña guarnición SS de Emalia, que estaba encantada con su suerte. Garde observó además que los prisioneros de Emalia no parecían descontentos entre las frágiles tablas de las dos cabañas, la de los hombres y la de las mujeres. Empezaban ya a llamarse *Schindlerjuden;* usaban el término con cautelosa complacencia, como podría denominarse a sí mismo un mendigo feliz o el hombre que se recupera de un ataque cardíaco.

Habían construido unas letrinas primitivas que el ingeniero Garde, a pesar de su aprobación del impulso que les había llevado a construirlas, podía oler desde la entrada de la fábrica. Utilizaban una bomba situada en el patio de la DEF.

Oskar le pidió que subiera a su despacho a ver los planos. Seis barracones para mil doscientas personas. La cocina en el extremo, el barracón de la SS (Oskar los alojaba provisionalmente en una parte separada de la fábrica) en el extremo opuesto y detrás de las alambradas. Quiero un lavadero y unas duchas de primera categoría, le dijo Oskar. Mis soldadores pueden hacer el trabajo bajo su dirección. Por el tifus, gruñó, sonriente. No queremos tifus. En Plaszow hay muchos piojos. Quiero que sea posible hervir las ropas.

A Adam Garde le gustaba ir todos los días a la calle Lipowa. Dos ingenieros habían sido castigados en Plaszow por poseer diplomas; pero en la Deutsche Email Fabrik un experto era todavía un experto. Una mañana, mientras caminaban por la calle Wieliczka hacia Zablocie, ni él ni el guardia ucraniano apresuraban el paso y sólo se veían carros de campesinos cuando apareció bruscamente un gran coche negro que frenó a su lado. De él surgió el *Untersturmführer* Goeth. Tenía un aire especial: el del hombre que no se permite negligencias.

Un prisionero, un guardia, observó. ¿Qué significa esto? El ucraniano informó al Herr Commandant que tenía la orden de escoltar todas las mañanas a este prisionero a Emalia, de Herr Oskar Schindler.

Tanto Garde como el ucraniano esperaban que la mención del nombre de Oskar les concediera inmunidad. ¿Un guardia, un prisionero?, volvió a preguntar el comandante, pero, apaciguado, retornó a su coche sin resolver de modo radical el asunto.

Ese día, más tarde, vio a Wilek Chilowicz, que era, aparte de sus tareas como intermediario, el jefe de la policía judía del campo, los «bomberos». Symche Spira, que hasta poco antes había sido el Napoleón del gueto, aún se encontraba allí supervisando la búsqueda de oro, dinero y diamantes escondidos por personas que ahora eran sólo cenizas en los pinares de Belzec. Sin embargo, Spira no tenía poder en Plaszow.

El centro del poder era Chilowicz, aunque nadie sabía de dónde derivaba su autoridad. Quizá Willi Kunde había mencionado su nombre a Amon, quizás Amon estaba complacido con su estilo. Pero de pronto había aparecido como el jefe de los bomberos de Plaszow y el dispensador de las gorras y brazales de la autoridad en ese degradado reino. Como Symche, tenía tan poca imaginación, que equiparaba ese poder con el de los zares.

Goeth dijo a aquel Seyano en miniatura que haría mejor en enviar definitivamente a Adam Garde a la fábrica de Schindler y terminar con esa cuestión. Tenemos ingenieros para tirar, dijo Goeth con repugnancia. La ingeniería, sabía Goeth, había sido una opción aceptable para los judíos a quienes no se permitía acceder a las facultades de medicina polacas. Sin embargo, dijo Amon, antes de que se marche a Emalia debe terminar la construcción de mi invernadero.

Adam Garde se enteró de la noticia en su barracón, el número 21, entre las hileras de cuatro literas superpuestas. Iría a Zablocie después de una dura prueba. Debería trabajar junto a la puerta trasera de la casa de Goeth, donde, como Grunberg y Diana Reiter habían descubierto, las reglas eran impredecibles.

Durante la construcción se elevó una gran viga que sostendría el techo del invernadero de Amon. Mientras trabajaba, Adam Garde oía los ladridos de los perros del comandante. Se llamaban *Rolf* y *Ralf* y sus nombres procedían de un cómic de los periódicos. Tenía gracia; pero la semana pasada Amon había hecho que desgarraran el pecho de una prisionera porque no trabajaba con suficiente diligencia. Amon, que no había terminado su educación técnica, asumía una actitud profesional para mirar a los hombres que elevaban las vigas con poleas. Hizo una pregunta mientras colocaban en posición la viga central. Era un inmenso madero de pino. Adam Garde no comprendió y llevó la mano a su oído. Goeth repitió la pregunta: Garde no comprendió, lo que era peor que no haber oído. No comprendo, Herr Kommandant, admitió. Amon aferró la viga con sus manos de largos dedos y la empujó hacia el ingeniero. Garde vio que el enorme madero giraba hacia su cabeza y comprendió que era un instrumento mortal. Alzó la mano derecha y la viga dio contra ella, destrozando sus nudillos y sus metacarpos. Adam Garde cayó. Cuando recuperó la visión entre una niebla de dolor y náusea, Amon había girado sobre sus talones y se alejaba. Tal vez volvería más tarde para recibir una respuesta satisfactoria.

Para que no lo consideraran deformado e inútil, el ingeniero Garde no se ocupó de su mano destrozada mientras iba a la *Krankenstube*, la clínica. Colgaba a su lado y era un tormento. El doctor Hilfstein lo persuadió a aceptar una escayola. Continuó supervisando la construcción del invernadero; todos los días iba a Emalia esperando que la larga manga de su abrigo ocultara la escayola. Se la quitó muy pronto, porque no estaba seguro de que quedara bien oculta. Que la mano colgara como fuera. No quería que un defecto pudiera impedir su transferencia al subcampo de Schindler.

Una semana más tarde lo llevaron definitivamente a la calle Lipowa: traía, en un lío, una camisa y algunos libros.

CAPÍTULO·23

Los prisioneros que lo sabían empezaban a competir por entrar en Emalia. Dolek Horowitz, encargado de compras del campo de Plaszow, no ignoraba que no se le permitiría. Pero tenía esposa y dos hijos.

Richard, el menor, solía despertarse temprano aquellas mañanas de primavera, cuando la tierra exhalaba en forma de vapor sus últimos humores invernales, bajaba de la litera de su madre, en uno de los barracones de las mujeres, y corría colina abajo hacia el sector de los hombres, con la mente fija en el áspero pan de la mañana. Debía estar con su padre a la hora de la revista matinal, en la *Appellplatz*. Su camino lo llevaba a pasar por el puesto de policía judía de Chilowicz e, incluso las mañanas de niebla, a la vista de dos torres de guardia. Pero no corría peligro porque lo conocían. Era el hijo de Horowitz. Herr Bosch, uno de los compañeros de copas del comandante, consideraba inapreciable a su padre. La inconsciente libertad de movimientos de Richard derivaba de la capacidad de su padre. Como amparado por un hechizo se movía bajo los ojos de las torres hasta el barracón de su padre, trepaba a su litera y lo despertaba con preguntas. ¿Por qué hay niebla a la mañana y no a la tarde? ¿Vendrán camiones? ¿Estaremos mucho tiempo en la *Appellplatz*? ¿Habrá azotes? Los azotes retardaban la llamada para el desayuno.

Por las preguntas matutinas de Richard, Dolek Horowitz vio que Plaszow no era un lugar adecuado ni siquiera para un niño privilegiado. Tal vez pudiera dirigirse a Schindler; de vez en cuando Schindler iba allá, al edificio de la administración y a los talleres, como si estuviera haciendo negocios, para llevar pequeños regalos y noticias a sus amigos como Stern, Roman Ginter y Poldek Pfefferberg. A Dolek no le parecía posible hablar con él en esas ocasiones, pero tal vez sí por intermedio de Bosch. Dolek creía que Bosch y Schindler se veían a menudo. Tal vez no tanto en Plaszow como en las reuniones o en los despachos de la ciudad. Era evidente que no eran amigos, pero estaban unidos por tratos y favores mutuos.

Dolek no quería enviar a la fábrica de Schindler a Richard solamente. Richard lograba difuminar sus terrores en una nube de preguntas. Pero su hija Niusia, de diez años, ya no hacía preguntas. Ya había llegado a la edad de la sinceridad y, desde la ventana del taller, mientras cosía cerdas al mango de madera de los cepillos, veía llegar la carga diaria de los camiones a la fortaleza austriaca. Era una niña delgada para quien el terror era insoportable, como para los adultos, que ya no podía transferir sus miedos al pecho del padre o de la madre. Para calmar el hambre, Niusia había aprendido a fumar la piel de las cebollas envuelta en papel de periódico. Según rumores dignos de confianza, precoces hábitos como ése eran innecesarios en Emalia.

Dolek se dirigió a Herr Bosch cuando éste recorría el depósito de ropas. Por las anteriores bondades de Herr Bosch, dijo, esperaba que hablara ahora con Herr Schindler. Repitió dos veces su petición y los nombres de los niños para que Bosch, cuya memoria estaba en parte atrofiada por el alcohol, no lo olvidara. Probablemente, respondió Bosch, Herr Schindler es mi mejor amigo. Hará lo que yo le pida.

Dolek no esperaba gran cosa de esa conversación. Regina, su mujer, no tenía experiencia en la fabricación de granadas ni esmaltados. Y Bosch no volvió a hablar del asunto. Sin embargo, una semana después estaban incluidos en la lista de personal enviado a Emalia, firmada por el comandante Goeth a cambio de un pequeño sobre con joyas. Niusia parecía una adulta delgada y reservada en el barracón de las mujeres de Zablocie, y Richard andaba por todas partes, como en Plaszow. Todo el mundo lo conocía en la sección de municiones y en los talleres de esmaltados, y los guardias aceptaban su familiaridad. Regina esperaba que Oskar se acercara a ella y le dijera: «¿Así que usted es la esposa de Dolek Horowitz?» No sabía cómo le daría las gracias. Pero él nunca se acercó. Regina se tranquilizó al ver que ni ella ni su hija llamaban la atención en la calle Lipowa. Sin embargo, Oskar debía de saber quiénes eran, porque muchas veces llamaba a Richard por su nombre. Y podían apreciar lo mucho que habían recibido por el cambio en las preguntas del niño.

En el campo de Emalia no había un comandante residente de la SS que tiranizara a los reclusos. No había guardias permanentes, ya que la guarnición se relevaba cada dos días. Venían a Zablocie, desde Plaszow, dos camiones de ucranianos y SS para velar por la seguridad del subcampo. A los soldados de Plaszow les agradaba el servicio ocasional en Emalia. La cocina del Herr Direktor, aunque era más primitiva que la de Plaszow, obtenía mejores comidas. Como el Herr Direktor se indignaba y empezaba a telefonear al *Oberführer* Scherner si algún guardia entraba en el campo en lugar de patrullar por fuera de las alambradas, la guarnición se mantenía en el exterior. La vigilancia en Zablocie era afortunadamente aburrida.

Los prisioneros que trabajaban en la DEF rara vez veían de cerca a los guardias, excepto durante las inspecciones de los oficiales superiores de la SS. Un pasillo de alambre de espino conducía a los reclusos a la fábrica de esmaltados y otro a la sección de armamentos. Los prisioneros que trabajaban en la fábrica de cajas, en la de radiadores o en el despacho de la guarnición eran escoltados por los ucranianos, que se renovaban cada dos días. Ningún guardia tenía tiempo para desarrollar un odio fatal contra algún prisionero.

Por lo tanto, aunque la SS controlaba los límites de la vida que la gente llevaba en Emalia, Oskar imponía su carácter. Ese carácter implicaba cierta frágil estabilidad. No había perros. No había palizas. El pan y la sopa eran mejores y más abundantes que en Plaszow: unas dos mil calorías diarias, según un médico que fue operario de Emalia. Los turnos eran largos y a veces llegaban a doce horas, porque Oskar no había dejado de ser un empresario con contratos de guerra y deseos convencionales de lucro. Debe decirse, sin embargo, que el trabajo no era penoso y que, para muchos de sus prisioneros, significaba una contribución en términos mensurables a su propia supervivencia. Según las cuentas que Oskar presentó, después de la guerra, a la Comisión de Distribución Conjunta, invirtió un millón ochocientos mil zlotys (trescientos sesenta mil dólares) en alimentos para el campo de Emalia. En los libros de Farben y Krupp se hallaron partidas destinadas a los mismos bienes, aunque en ningún caso representaban un porcentaje tan alto de las ganancias. En Emalia nadie murió ni enfermó a causa del hambre, el exceso de trabajo o los castigos, en tanto que sólo en una fábrica de la I. G. Farben, la de Buna, veinticinco mil prisioneros, sobre una fuerza de trabajo total de treinta y cinco mil, perecieron en el lugar de trabajo.

Mucho más tarde el personal de Emalia pensaría que el campo de trabajo de Schindler había sido un paraíso. Como para ese momento ya no estaban juntos sino ampliamente dispersos, no es posible que fuera una descripción decidida con posterioridad. Sin duda, ese término se usaba cuando estaban trabajando en Emalia. Por supuesto, sólo era un paraíso relativo, en comparación con Plaszow. La gente de Emalia tenía la sensación de una seguridad casi surrealista, una cosa absurda que no quería mirar muy de cerca por temor a que se evaporara. Los nuevos operarios de la DEF sólo conocían a Oskar de oídas. No querían ponerse en el camino del Herr Direktor ni se atrevían a hablar con él. Necesitaban tiempo para recobrarse y ajustarse al poco ortodoxo sistema carcelario de Schindler.

Un ejemplo es una muchacha llamada Lusia. Recientemente su marido había sido seleccionado entre los prisioneros reunidos en la *Appellplatz* de Plaszow y enviado con otros a Mauthausen. Ella lo lloró como una viuda, lo que era, como se vio, puro realismo. Llorando, había sido trasladada a Emalia. Se le asignó la tarea de llevar al horno los objetos de metal con el esmalte fresco. Se podía calentar agua sobre la superficie caliente de los hornos, y el suelo estaba tibio. El agua caliente fue para Lusia el primer don benéfico de Emalia.

Al principio, Oskar era sólo una gran forma que se movía entre las prensas o atravesaba una pasarela. De alguna manera, esa forma no era amenazante. Sentía que, si alguien la observaba, las condiciones del sitio —la comida, la ausencia de guardias, la inexistencia de castigos— podrían cambiar. Sólo deseaba cumplir su horario sin ser advertida y regresar por el pasillo de alambre de espino a un barracón.

Algún tiempo después podía saludar con un gesto de la cabeza a Oskar y hasta decirle: «Sí, gracias, Herr Direktor, estoy muy bien.» En una oportunidad, él le regaló algunos cigarrillos, más valiosos que el oro, tanto por sí mismos como para hacer transacciones con los obreros polacos. Como sabía que los amigos desaparecen, temía a causa de su amistad: quería que él fuera una presencia permanente, un padre mágico. Un paraíso gobernado por un amigo era algo demasiado vulnerable. Para gobernar un cielo estable era necesario alguien más autoritario y misterioso que un amigo. Muchos prisioneros de Emalia pensaban igual.

En esa época, una muchacha llamada Regina Perlman vivía en la ciudad de Cracovia con documentos falsos de sudamericana. Su tez oscura tornaba creíbles sus papeles, y trabajaba en el despacho de una fábrica de Podgórze, pasando por aria. Habría estado más resguardada de los chantajistas si hubiera ido a Varsovia, a Lodz o a Gdansk. Pero sus padres estaban en Plaszow y también por ellos usaba documentos falsos; porque así podía enviarles comida, consuelo, medicamentos. Sabía, por sus días en el gueto, que se podía esperar de Herr Schindler, según la mitología judía de Cracovia, considerable ayuda. Sabía también qué ocurría en Plaszow, en la cantera, en la puerta de la casa del comandante. Consideraba esencial lograr que sus padres fueran trasladados al campo de Schindler, aunque para ello tuviera que abandonar su cobertura. La primera vez que fue a la Deutsche Email Fabrik lo hizo con un vestido floreado anónimo y sin medias. El portero polaco se tomó el trabajo de subir al despacho de Herr Schindler, pero ella pudo ver, a través de los cristales, que el hombre no la aprobaba. Una pobre chica de otra fábrica. Ella tenía el miedo —corriente entre la gente que usaba documentos arios— de que un polaco hostil descubriera de algún modo que era judía. Y éste parecía hostil.

No tiene importancia, dijo cuando él volvió moviendo la cabeza. Quería que él no le pudiera seguir la pista. Pero el polaco ni siquiera se molestó en mentir. No la verá, le dijo. En el patio de la fábrica brillaba la carrocería de un BMW; sólo podía pertenecer a Herr Schindler. Él estaba allí, pero no para una visitante sin medias. Regina se alejó temblando. Se había salvado de hacer a Herr Schindler una confesión que temía hacer a nadie, incluso en sueños.

Esperó una semana buscando una oportunidad en que la fábrica de Podgórze le concediera más tiempo libre. Dedicó medio día a preparar el encuentro. Se bañó y compró medias en el mercado negro. Una de sus escasas amigas —una chica judía con documentos arios no podía tener muchas— le prestó una blusa. Poseía una bonita chaqueta y compró también un sombrerito de paja con un velo. Se maquilló y obtuvo una oscura irradiación apropiada para una mujer libre de amenazas. Vio en el espejo algo parecido a su imagen de preguerra: una elegante cracoviana de orígenes exóticos, quizás un padre húngaro y una madre brasileña.

El polaco de la puerta, como ella se proponía, no la reconoció. La hizo pasar al interior mientras llamaba a la secretaria del Herr Direktor, de nombre Klonowska, que pasó la comunicación al Herr Direktor mismo. Herr Direktor, dijo el polaco, una señora lo busca por un asunto importante. Herr Schindler quería más detalles. Una señora muy elegante, dijo el polaco, y luego, haciendo una inclinación, sin dejar el teléfono, agregó: y muy hermosa. Como si estuviera impaciente por verla, o tal vez como si temiera que fuese una perdida capaz de avergonzarlo, Schindler la recibió en la escalera. Sonrió al ver que no la conocía. Tenía mucho gusto de conocer a la señorita Rodríguez. Ella vio que le interesaban las mujeres guapas y que era un hombre a la vez infantil y sofisticado. Con un gesto semejante al de un actor, le indicó que la siguiera. ¿Quería hablar con él a solas? Por supuesto. Ambos pasaron ante Victoria Klonowska. Ésta no se inmutó. La chica podía significar cualquier cosa, mercado negro, divisas, incluso podía ser una guerrillera bonita. El motivo no tenía por qué ser el amor. Y a una chica mundana como Victoria no le interesaba ser la dueña de Oskar ni que él fuera su dueño.

En el despacho, Schindler aguardó a que se sentara y luego se instaló detrás de su escritorio, bajo el retrato ritual del Führer. ¿Deseaba un cigarrillo? ¿Quizás un pernod o un coñac? No, pero tampoco tenía inconveniente en que él bebiera. Schindler se sirvió una copa y preguntó cuál era el asunto importante, sin la gracia vivaz que había demostrado en la escalera. Porque la actitud de ella había cambiado ahora que la puerta estaba cerrada. Él sabía que se trataba de un asunto difícil. Regina se inclinó hacia adelante. Por un segundo le pareció ridículo —su padre había pagado cincuenta mil zlotys por sus papeles arios— contar la verdad, sin pausas, a un alemán de los Sudetes mitad irónico, mitad preocupado, con una copa de coñac en la mano. Sin embargo, de algún modo, fue lo más fácil que había hecho nunca.

—Debo decirle, Herr Schindler, que no soy aria. Mi nombre verdadero es Perlman. Mis padres están en Plaszow. Dicen, y lo creo, que venir aquí es como recibir una *Lebenskarte,* un permiso de vida. Nada puedo ofrecer a cambio, he pedido ropas prestadas para venir a verlo. ¿Podrá usted traerlos aquí?

Schindler dejó su copa y se puso de pie.

—¿Quiere usted hacer un arreglo secreto? Yo no hago arreglos secretos. Lo que usted sugiere, señorita Perlman, es ilegal. Yo soy dueño de una fábrica y lo único que me importa es si una persona posee o no cierta capacitación. Si quiere usted dejarme su nombre ario y su dirección, tal vez pueda escribirle en alguna ocasión para decirle si necesito a sus padres por sus oficios. Pero no ahora, ni por ningún otro motivo.

—No podrían venir como obreros capacitados —dijo ella—. Mi padre es importador, no obrero metalúrgico.

—Tenemos un equipo administrativo —dijo Schindler—. Pero lo que más necesitamos son operarios calificados.

Regina estaba derrotada. Cegada a medias por las lágrimas, escribió su nombre falso y su dirección verdadera. Que él hiciera con eso lo que deseara.

En la calle comprendió y empezó a reanimarse. Quizá Schindler había creído que ella era una agente, que le tendía una celada. De todos modos, había sido muy frío. Le había señalado la puerta sin siquiera un ambiguo gesto de amabilidad.

Un mes más tarde el señor y la señora Perlman llegaron a Emalia desde Plaszow. No solos, como había imaginado Regina Perlman que ocurriría si Herr Oskar Schindler se dignaba mostrarse piadoso, sino como parte de un nuevo destacamento de treinta operarios. De vez en cuando, ella iba a la calle Lipowa a visitarlos. Su padre hundía las piezas metálicas en esmalte, paleaba carbón, barría los desechos del suelo. Pero ha vuelto a hablar, dijo la señora Perlman a su hija. Porque en Plaszow no abría la boca.

A pesar de las corrientes de aire de los barracones, en Emalia había una tenue confianza, una sospecha de estabilidad que ella, viviendo con documentos peligrosos en la sombría Cracovia, no podría sentir hasta el momento en que esa locura se acabara.

Regina Perlman-Rodríguez no complicó la vida de Herr Schindler irrumpiendo en su despacho llena de gratitud ni escribiendo cartas efusivas. Sin embargo, siempre salía del portal amarillo de la Deutsche Email Fabrik con envidia por los que se quedaban adentro.

Hubo una campaña para llevar a Emalia al rabino Menasha Levartov, que pasaba en Plaszow por obrero del metal. Levartov era un erudito rabino de la ciudad, joven y de barba negra. Era más liberal que los rabinos de los *shtetls* de Polonia, para quienes el Sabbath era más importante que la vida y que durante 1942 y 1943 morían a centenares los viernes a la noche por negarse a trabajar en los campos de trabajo. Era uno de esos hombres que, incluso en los años de paz, habría enseñado a su congregación que se podía honrar a Dios con la inflexibilidad de las personas piadosas, pero también sin dejar de tener la flexibilidad de las personas sensatas.

Itzhak Stern, que trabajaba ahora en la Oficina de Construcción en la administración de Amon Goeth, había admirado siempre a Levartov. Stern y Levartov, si hubieran podido, habrían hablado durante horas, dejando enfriar sus tazas de té, acerca de la influencia de Zoroastro sobre el judaísmo, o viceversa, o sobre el concepto del mundo natural en el taoísmo. Stern siempre sintió más placer cuando hablaba de religiones comparadas con Levartov que con Oskar Schindler, quien tenía fatales veleidades al respecto.

Durante una de las visitas de Oskar a Plaszow, Stern le dijo que era necesario llevar a Menasha Levartov a Emalia de algún modo, porque era seguro que Goeth lo mataría. Levartov se destacaba. Era una cuestión de presencia. Las personas de presencia ejercían materialmente atracción sobre Goeth, como los ociosos, otra clase de gente que constituía un blanco prioritario. Stern contó a Oskar cómo Goeth había tratado de matar a Levartov.

Había ahora en Plaszow más de treinta mil personas. En la parte más próxima a la *Appellplatz*, cerca del establo en que se había convertido la capilla del cementerio judío, había un grupo de barracones destinados a polacos que podía contener unos mil doscientos prisioneros. El *Obergruppenführer* Krüger quedó tan satisfecho con la inspección de este nuevo sector, velozmente construido, que ascendió al comandante dos grados, al rango de *Hauptsturmführer*.

Así como una muchedumbre de polacos, también residirían en Plaszow los judíos del este y de Checoslovaquia, mientras se les hacía sitio en Auschwitz-Birkenau y en Gröss-Rosen. A veces la población sobrepasaba los treinta y cinco mil, y la *Appellplatz* estaba llena a rebosar durante la revista. Con frecuencia, Amon debía reducir el número de los reclusos que habían llegado más temprano para dejar espacio a los nuevos. Y Oskar sabía que el sencillo método del comandante consistía en entrar en cualquier taller o despacho, hacer formar al personal en dos hileras y llevarse una. Ésta era conducida o bien a la fortaleza austríaca, donde los pelotones de fusilamiento de Horst Pilarzik procedían a la ejecución, o bien a los vagones de ganado de Cracovia-Plaszow, o del ramal que llevaba a los bien protegidos barracones de la SS, apenas quedó terminado, en el otoño de 1943.

En una ocasión semejante, unos pocos días atrás,

Amon había entrado en un taller, continuó narrando Stern a Oskar. Los supervisores se cuadraron como soldados y rindieron ansiosamente su informe, sabiendo que podían morir por una infortunada elección de palabras. Necesito veinticinco obreros, dijo Amon después de escuchar los informes. Veinticinco solamente. Muy capacitados.

Uno de los supervisores señaló a Levartov, que se unió a la línea, aunque pudo ver que Amon observaba especialmente su designación. Por supuesto, nunca se sabía qué línea sería elegida ni para qué; pero en la mayor parte de los casos era más seguro contarse entre los más capacitados.

La selección continuó. Levartov advirtió que el taller estaba notablemente menos poblado esa mañana; algunos de los que allí trabajaban, advertidos de que Goeth se acercaba, se habían deslizado hasta la fábrica de ropas de Madritsch para esconderse entre las balas de lino o entre las máquinas de coser, que simulaban reparar. Ahora, los cuarenta que no estaban enterados de la visita o habían sido demasiado lerdos estaban alineados en dos hileras entre los bancos y los tornos. Todo el mundo tenía miedo, pero los más inquietos eran los de la hilera menos numerosa.

Uno de éstos, un chico de edad indeterminada, tal vez de dieciséis años, o a lo sumo diecinueve, dijo:

—Pero, Herr Commandant, también yo soy un obrero calificado.

—¿Sí, *Liebchen*? —murmuró Amon. Luego sacó su pistola de reglamento, se acercó al muchacho y le disparó a la cabeza. El feroz impacto arrojó el cuerpo contra la pared. El espantado Levartov creía que estaba muerto antes de caer al suelo.

Llevaron esa hilera, ahora aún más breve, a la estación y el cadáver a la colina en una carretilla. Lavaron el suelo y pusieron nuevamente en marcha los tornos. Levartov, que en su banco de trabajo hacía lentamente bisagras para puertas, no olvidó la mirada de reconocimiento que había brillado un instante en los ojos de Amon, una mirada que significaba: «Éste es uno de ellos.» El rabino pensaba que el chico, al gritar, había distraído a Amon de su blanco más propicio, es decir, de él mismo. Y que la deplorable muerte de ese joven no era un simple asesinato, sino también la promesa de que él, Levartov, sería atendido a su debido tiempo.

Pasaron unos días, continuó Stern, antes de que Amon retornara al taller. Lo encontró repleto y empezó a preparar su selección de candidatos a la colina o a los vagones. Se detuvo junto al banco de Levartov, como éste sabía que haría. Levartov podía oler su loción para después de afeitarse. Veía el almidonado puño de su manga. Amon vestía muy bien.

—¿Qué está haciendo? —preguntó el comandante.

—Bisagras, Herr Commandant —dijo Levartov. Y señaló un pequeño montón de bisagras que había en el suelo.

—Haga una ahora —ordenó Amon. Sacó su reloj del bolsillo y empezó a contar el tiempo. Levartov empezó a cortar y trabajar el metal urgiendo a sus dedos, unos dedos que trabajaban con enorme convicción y felices de ser hábiles. Llevando en su mente una temblorosa estima del tiempo, terminó una bisagra en lo que le parecieron unos cincuenta y ocho segundos, y la dejó caer a sus pies.

—Otra —murmuró Amon. Después de su prueba anterior, el rabino estaba más tranquilo y trabajaba con confianza. En un minuto más, otra bisagra cayó al suelo. Amon miró el montón.

—Está trabajando aquí desde las seis de la mañana —dijo Amon, sin apartar la vista del suelo—. Puede trabajar a la velocidad que acaba de demostrar, ¿y ha hecho tan pocas bisagras?

Levartov sabía, por supuesto, que acababa de producir, con sus dedos, su propia muerte. Amon lo llevó hacia afuera. Nadie se preocupó o tuvo valor para alzar la vista. ¿Para ver qué? Un paseo hacia la muerte. Esos paseos eran prosaicos en Plaszow.

Una vez en el exterior, ese mediodía primaveral, Amon situó a Menasha Levartov contra la pared, cogiéndolo por el hombro, y sacó la misma pistola con que había matado al chico dos días antes. Levartov parpadeó y miró a los demás prisioneros, que transportaban materiales o empujaban carretillas, procurando mantenerse fuera del alcance. Quizá los cracovianos pensaban: Dios mío, le ha tocado el turno a Levartov. Secretamente, murmuró el *Shema Yisroel* mientras oía los pequeños ruidos de la pistola. Pero el movimiento interno de los resortes no terminó con un rugido, sino con un clic semejante al de un mechero que no da lumbre. Y como un fumador frustrado, con el mismo nivel de molestia banal, Amon Goeth sacó el cargador de la pistola y lo reemplazó por otro, volvió a apuntar y disparó. Mientras la cabeza del rabino empezaba a desear que fuera posible absorber el impacto de una bala como si fuera un puñetazo, de la pistola de Goeth sólo surgió otro clic.

El Herr Commandant Goeth empezó a maldecir groseramente.

—*Donnerwetter! Zum Teufel!* —Levartov pensó

que en cualquier momento Amon empezaría a denigrar la pésima calidad de la artesanía moderna, como si ellos dos fueran unos operarios que intentan realizar una pequeña tarea, instalar un caño o hacer un agujerito con un taladro. Amon guardó la defectuosa pistola en la cartuchera y sacó de un bolsillo de la chaqueta un revólver con cachas de nácar; sólo por los westerns que había leído en su juventud conocía el rabino la existencia de armas semejantes. Pero estaba clarísimo, pensó, que no habría salvación por fallo técnico. El comandante insistiría y lo mataría con un revólver de cowboy; e incluso si alguien había limado todos los percutores de los revólveres era seguro que el *Hauptsturmführer* recurriría a armas más primitivas.

Según el relato de Stern, cuando Goeth apuntó nuevamente, Menasha Levartov había empezado a mirar a su alrededor, buscando alguna cosa que, sumada a los dos sorprendentes fallos de la pistola, pudiera ayudarle. Junto a la pared había una pila de carbón, un artículo poco prometedor en sí.

—Herr Cornmandant —empezó a decir Levartov; pero ya oía cómo los pequeños y asesinos martillos y resortes de esa arma de *saloon* actuaban unos sobre otros. Y por tercera vez, un clic como el de un mechero descargado. Amon, enfurecido, parecía decidido a arrancar el cañón del revólver.

El rabino Levartov adoptó entonces la actitud que muchas veces había observado en los supervisores del taller.

—Herr Commandant, deseo informar que mi producción de bisagras era insatisfactoria porque hoy se han recalibrado las máquinas, de modo que se me ordenó, en vez de hacer bisagras, bajar de un carro ese carbón con una pala.

Levartov sintió que estaba violando las reglas del juego a que jugaban ambos, un juego que debía terminar razonablemente con su muerte, así como termina el juego de Serpientes y Escaleras cuando alguien saca un seis. Era como si el rabino hubiese robado el dado, y ahora no pudiese haber una conclusión. Amon le golpeó la cara con la mano izquierda libre y Levartov sintió sabor a sangre en su boca.

Y luego el *Hauptsturmführer* Goeth se limitó a dejar a Levartov abandonado, contra la pared. Sin embargo, tanto Levartov como Stern estaban seguros de que la partida solamente había sido suspendida.

Stern susurró este relato a Oskar en la Oficina de Construcciones de Plaszow, algo inclinado, con las manos unidas, mirando hacia arriba y tan generoso en detalles como de costumbre.

—No hay ningún problema —dijo Oskar. Pero le agradaba fastidiar a Stern—. ¿Por qué hacer tan larga la historia? En Emalia —dijo— siempre habrá sitio para una persona que puede hacer una bisagra en menos de un minuto.

Cuando Levartov y su esposa llegaron al campo de Emalia en el verano de 1943, el rabino tuvo que soportar lo que inicialmente consideraba pequeñas ironías religiosas de Schindler.

Los viernes a la tarde, en la sección de municiones de la DEF, donde Levartov trabajaba como tornero, Schindler decía:

—No debería estar aquí, rabino. Tendría que prepararse para el Sabbath.

Pero cuando Oskar le entregó una botella de vino para la ceremonia, Levartov comprendió que el Herr Direktor no bromeaba. Y desde entonces, los viernes, antes del ocaso, el rabino abandonó su banco de trabajo para dirigirse a su barracón, detrás de la DEF. Y allí, bajo la ropa tendida que se secaba lentamente, recitaba el *Kiddush* sobre una copa de vino, entre las literas. Y también, por supuesto, debajo de la torre de guardia de la SS.

CAPÍTULO·24

El Oskar Schindler que solía desmontar de su caballo por esos días en el patio de Emalia era todavía un próspero hombre de negocios. Su rostro terso y bello recordaba el estilo de dos actores cinematográficos —George Sanders y Curd Jurgens— con quienes siempre lo compararían. Vestía una bien cortada chaqueta de montar, polainas y botas bien lustradas. Parecía un hombre de gran éxito.

Sin embargo, cuando regresaba de sus paseos por el campo, debía afrontar en su despacho cuentas y facturas insólitas incluso para una empresa tan poco convencional como la Deutsche Email Fabrik.

Dos veces por semana llegaban de Plaszow a la calle Lipowa, en Zablocie, remesas de unos pocos centenares de panes y, de vez en cuando, media carretada de nabos. Sin duda, esos pequeños cargamentos aparecían multiplicados en los libros del comandante Goeth. Intermediarios como Chilowicz vendían en beneficio del *Hauptsturmführer* la diferencia entre las magras provisiones que llegaban a la calle Lipowa y los opulentos convoyes fantasmas que Goeth asentaba en sus libros. Si Oskar hubiera dependido de Amon para las comidas de Emalia, sus novecientos reclusos habrían recibido tal vez tres cuartos de kilo de pan por semana, y sopa un día de cada tres. Oskar invertía mensualmente, personalmente o por medio de su gerente, cincuenta mil zlotys en alimentos comprados en el mercado negro para sus cocinas. Algunas semanas adquiría hasta tres mil hogazas redondas. Se dirigía a la ciudad y visitaba a los supervisores alemanes de las grandes panaderías, llevando en su cartera abundantes marcos y dos o tres botellas.

Aparentemente, Oskar no pensó nunca que ese verano de 1943, en Polonia, era uno de los campeones de la alimentación ilícita de prisioneros, ni que la nube de hambre que la política de la SS suspendía sobre las grandes fábricas de la muerte y sobre los barracones rodeados de alambradas de espino de los campos de trabajos forzados brillaba por su ausencia, de un modo peligrosamente ostensible, en la calle Lipowa.

Ese verano ocurrió una multitud de incidentes que acrecentaron la mitología de Schindler y la suposición casi religiosa de muchos prisioneros de Plaszow y de la población total de Emalia de que Oskar era capaz de lograr una absurda salvación.

Al comienzo de la existencia de todos los subcampos, los directores del *Lager* padre los visitaban para asegurarse de que la energía de los trabajadores esclavos fuera estimulada del modo más ejemplar y radical. No se sabe con exactitud qué miembros del equipo directivo de Plaszow estuvieron en Emalia, pero varios prisioneros y el mismo Oskar dijeron más tarde que Goeth era uno de ellos. También pueden haber estado allí Leo John, Scheidt, o Josef Neuschel, un protegido de Goeth. No es en modo alguno inexacto mencionar sus nombres en relación con «estimular la energía del modo más ejemplar y radical». Ya lo habían hecho en Plaszow. Cuando visitaron Emalia, vieron que, en el patio, un prisionero llamado Lamus empujaba una carretilla con demasiada lentitud. Oskar declaró posteriormente que había sido Goeth quien estaba allí ese dia y, al ver la parsimonia de Lamus, se había vuelto hacia un joven suboficial llamado Grün; Grün era otro protegido de Goeth; especialista en lucha libre, era el guardaespaldas del comandante. Fue ciertamente Grün quien recibió la orden de ejecutar a Lamus.

De modo que Grün arrestó al hombre mientras los inspectores visitaban otras partes de la fábrica. Alguien corrió al despacho del Herr Direktor y le avisó. Oskar bajó aún más rápido que el día de la visita de Regina Perlman y llegó al patio justamente cuando Grün ponía a Lamus contra la pared.

Oskar gritó. No puede hacer eso aquí. Si empiezan a fusilar gente no podré hacer que los demás trabajen. Tengo contratos de guerra de alta prioridad, etc. Era el argumento standard de Schindler, realzado con la sugerencia de que había oficiales superiores, conocidos de Schindler, que se enterarían del nombre de Grün si ponía obstáculos a la producción de Emalia.

Grün no era tonto. Los demás inspectores habían pasado al taller, de modo que el estruendo de las prensas y los tornos ocultaría cualquier ruido que hiciera o dejara de hacer. Lamus era un ser tan poco importante para hombres como Goeth o John, que no se haría ninguna investigación.

—¿Qué ganaría yo? —le preguntó a Oskar el joven SS.

—¿Vodka, tal vez? —dijo Oskar—. ¿Un litro y medio?

Era un precio considerable para Grün. Se le daba medio litro de vodka al soldado que trabajaba todo el día con la ametralladora durante las *Eimatzaktionen*, las ejecuciones masivas y cotidianas del este, es decir, por matar a centenares de personas. Los muchachos hacían cola para integrar esos pelotones y ganar ese premio de licor, que llevarían con orgullo al comedor del cuartel. Y Herr Schindler le ofrecía tres veces más por una simple omisión.

—No veo la botella —dijo, de todos modos. Herr Schindler ya estaba empujando a Lamus lejos del alcance de Grün—. ¡Fuera! —gritó Grün a Lamus.

—Puede ir a buscarla a mi despacho al final de la inspección.

Oskar realizó una transacción parecida cuando la Gestapo allanó la casa de un falsificador y descubrió, entre varios documentos falsos terminados o casi terminados, los papeles arios de los Wohlfeiler, el padre, la madre y los tres hijos adolescentes. Los cinco estaban en el campo de trabajo de Oskar. Por lo tanto, dos hombres de la Gestapo fueron a la calle Lipowa a buscar a la familia para interrogarla, lo que conduciría, a través de la cárcel de Montelupich, a la fortaleza austríaca de Plaszow. Tres horas después de entrar en el despacho de Oskar, los dos salieron de la Deutsche Email Fabrik con cierta vacilación y resplandeciendo con la momentánea afabilidad del coñac y seguramente de alguna otra compensación. Los papeles confiscados quedaron en el escritorio de Oskar, que los arrojó al fuego.

Un viernes, los hermanos Danziger rompieron una prensa de estampar. Su formación técnica no era impecable; un poco aturdidos observaban, con la mirada fija del *shtetl*, la máquina que acababan de destrozar con gran estruendo. El Herr Direktor estaba fuera y alguien —un espía de la fábrica, dijo luego Oskar— denunció a los hermanos Danziger a la administración de Plaszow. Los sacaron de Emalia y en la revista de diana de la mañana siguiente se anunció que serian ahorcados. *Esta noche* (decía el anuncio) el *personal de Plaszotv asistirá a la ejecución de dos saboteadores.* Por supuesto, el principal motivo era el aspecto de judíos ortodoxos de los hermanos Danziger.

Oskar regresó de su viaje de negocios a Sosnowice a las tres de la tarde del sábado, tres horas antes de la hora fijada para la ejecución. En su escritorio le esperaba la noticia de la sentencia. Se dirigió de inmediato a Plaszow, llevando consigo coñac y algunas excelentes salchichas *kielbasa.* Aparcó junto al edificio de la administración de Plaszow y encontró a Goeth en su despacho. Le alegró no verse obligado a despertarlo de la siesta vespertina. Nadie sabe qué negociación se realizó esa tarde en ese despacho semejante al de un Torquemada, en cuyos muros había anillas de hierro destinadas a sujetar a las personas para su instrucción o su castigo. Pero es difícil creer que Amon se contentara con coñac y unas salchichas. De todos modos, su preocupación por las prensas de estampar del Reich disminuyó merced a la entrevista, y a las seis en punto, la hora de la ejecución, los dos condenados regresaban en el mullido asiento trasero del coche de Oskar a la dulce sordidez de Emalia.

Por supuesto, sólo eran triunfos parciales. Era un don de los césares —Oskar lo sabía— poder conceder el perdón tan irracionalmente como la condena. Emil Krautwirt, que de día trabajaba como ingeniero en la fábrica de radiadores situada detrás de los barracones de Emalia, era uno de los reclusos del subcampo SS de Oskar. Era joven, y había obtenido su diploma a fines de la década de 1930. Como otras personas de Emalia, llamaba al lugar el campo de Schindler; pero, cuando se llevaron a Krautwirt a Plaszow para ahorcarlo como escarmiento, la SS demostró de quién era el campo de trabajo, al menos en uno de sus aspectos.

La ejecución del ingeniero Krautwirt es la primera historia que relatan, aparte de su propia historia de dolor y humillación, la fracción de los reclusos de Plaszow que sobrevivieron hasta que llegó la paz. La SS fue siempre ahorrativa con sus horcas. Las de Plaszow parecían una acumulación baja y larga de porterías de fútbol; carecían de la majestad de otras instalaciones históricas, como la guillotina revolucionaria, los patíbulos isabelinos, o la solemne horca del jardín del *sheriff:* Vistas en tiempos de paz, las horcas de Plaszow no llamarían la atención por su solemnidad sino por ser tan ordinarias. Pero, como sabían las madres de Plaszow, sus hijos podían ver demasiado bien las ejecuciones desde las filas de prisioneros reunidas en la *Appellplatz.* Un chico de dieciséis años llamado Haubenstock sería ejecutado en la misma ocasión. Krautwirt estaba acusado de haber escrito cartas a personas sediciosas de la ciudad de Cracovia. Se había oído cantar a Haubenstock *Volga, Volga, Kalinka Maya* y otras canciones rusas prohibidas con la intención de convertir al bolchevismo a los guardias ucranianos, según afirmaba su sentencia de muerte.

El ritual de ejecuciones de Plaszow imponía silencio. Contrariamente a los alegres ahorcamientos de épocas anteriores, el acto se cumplía en un silencio de iglesia. Los prisioneros estaban agrupados en falanges separadas, custodiadas por hombres y mujeres que conocían la extensión de su poder: Hujar y John, Amthor y Scheidt, Grimm y Grün, Ritschek y Schreiber, la supervisora SS recientemente designada en Plaszow, Alice Orlowski y Luise Danz, ambas enérgicas en el uso del bastón. Bajo su atenta vigilancia, todos oían en silencio la defensa de los condenados.

Al principio, el ingeniero Krautwirt parecía aturdido, y no quiso decir nada, pero el chico era locuaz. Con la voz quebrada intentó razonar con el *Hauptsturmführer,* que estaba al lado de la horca. No soy comunista, Herr Commandant. Odio al comunismo. Sólo eran canciones, canciones corrientes. El verdugo, un carnicero judío de Cracovia, a quien le había sido perdonado un crimen anterior a condición de que aceptara esa tarea, hizo colocar a Haubenstock sobre un banco y le puso el nudo corredizo alrededor del cuello. Sabía que Amon quería que el chico fuera ejecutado en primer término para acabar con la discusión. Cuando el carnicero dio un puntapié al banco, la soga se cortó y el muchacho, sofocado, rojo, con la cuerda al cuello, a gatas, se acercó suplicante a Goeth, hasta que puso su cabeza contra los tobillos del comandante y le abrazó las piernas. Era el gesto de la sumisión definitiva, y confería a Goeth una vez más el dominio que había estado ejerciendo durante todos esos meses. Amon, ante la *Appellplatz*, ante las bocas abiertas que sólo emitían una especie de grave silbido, o un susurro como el del viento sobre la arena, sacó la pistola, apartó al muchacho de una patada y le disparó a la cabeza. Cuando el pobre ingeniero Krautwirt vio esta horrible ejecución, se cortó las muñecas con una hoja de afeitar que había ocultado en el bolsillo. Los prisioneros de las primeras filas dijeron que Krautwirt se había herido gravemente. Pero Goeth ordenó que el verdugo continuara con su tarea, de modo que dos ucranianos, ensangrentados por las heridas de Krautwirt, lo subieron al banco donde el carnicero lo ahorcó ante los judíos del sur de Polonia.

Era natural que los reclusos de Plaszow creyeran con una parte de la mente que cada una de estas bárbaras exhibiciones podía ser la última, que quizás habría un cambio de métodos y actitudes inclusive en Amon y, si no en él, en los oficiales invisibles que en algún lujoso despacho con puertas de cristal y suelos de parquet, sobre una plaza en la que las ancianas vendían flores, debían proyectar la mitad de lo que ocurría en Plaszow, omitiendo el resto.

Durante la segunda visita a Cracovia del doctor Sedlacek, Oskar y él tuvieron una idea que habría parecido ingenua a un hombre más introvertido que Schindler. Oskar dijo a Sedlacek que quizás Amon Goeth se conducía de modo tan bestial, en parte, por la mala calidad del alcohol que bebía; esos cubos de alcohol local de noventa y seis grados que recibían el nombre de coñac debían debilitar aún más el ya defectuoso sentido de las consecuencias últimas de Amon. Con una parte de los marcos que el doctor Sedlacek acababa de entregar a Oskar, se compraría un garrafón de coñac de primera, muy costoso y difícil de encontrar en Polonia, después de Stalingrado. Oskar se lo regalaría a Amon y en el curso de la conversación siguiente le sugeriría que, de un modo u otro, la guerra llegaría a su fin, y que quizás habría investigaciones sobre los actos de los individuos. Y que tal vez incluso los amigos de Amon recordarían su excesiva severidad.

Estaba en la naturaleza de Oskar la creencia de que se podía beber con el diablo y corregir la balanza del mal con una copa de coñac en la mano. No era que le asustaran los métodos más radicales. Simplemente, no se le ocurrían. Toda su vida había sido un negociador. El *Wachtmeister* Oswald Bosko, que había estado anteriormente a cargo de la custodia del gueto, era, en cambio, un hombre de ideas. Se le había hecho imposible seguir tolerando el plan de la SS, reducido a pagar un soborno, entregar algún documento falso, o poner a una docena de niños al amparo de su autoridad mientras se llevaban del gueto a un centenar. Bosko huyó del cuartel de policía de Podgórze y se unió a los guerrilleros en los bosques de Nepolomice, tratando de expiar en el Ejército del Pueblo el inmaduro entusiasmo que había sentido por el nazismo en el verano de 1938. Un tiempo después, reconocido en un pueblo al oeste de Cracovia, vestido de granjero polaco, fue fusilado por traición. Desde entonces fue considerado un mártir.

Bosko había ido al bosque porque no tenía otra opción. No poseía los recursos financieros con que Oskar engrasaba los engranajes del sistema. Pero estaba en la naturaleza de uno morir sin otra cosa que un uniforme y un grado abandonados, y en la del otro esforzarse por tener dinero y bienes de intercambio. No ensalza a Bosko ni denigra a Schindler afirmar que, si alguna vez Oskar sufriera el martirio, sería sólo por accidente, porque alguno de sus planes había marchado mal. Y había gente que aún respiraba —los Wohlfeiler, los hermanos Danziger, Lamus— sólo porque Oskar actuaba de ese modo. Y porque Oskar actuaba de ese modo estaba en la calle Lipowa el improbable campo de trabajo de Emalia donde, la mayor parte del tiempo, había mil personas a salvo de una captura y donde la SS se quedaba fuera de las alambradas. Allí no se golpeaba a nadie y la comida era suficientemente nutritiva para sostener la vida. En relación con sus naturalezas, el disgusto moral de los dos miembros del partido nacionalsocialista era equivalente, aunque Bosko lo manifestara colgando la chaqueta de su uniforme en una percha en Podgórze y Oskar poniéndose su gran insignia del partido para llevar excelente coñac al demente Amon en Plaszow.

Anochecía; Oskar y Goeth estaban en el salón de la casa blanca de Goeth. Majola, la amiga de Goeth, una muchacha de huesos pequeños, que era secretaria en la fábrica Wagner en Cracovia, llegó de visita. No pasaba todo el tiempo en la abrumadora atmósfera de Plaszow. Parecía una persona sensible y su delicadeza contribuyó a crear el rumor de que había amenazado a Goeth con no acostarse con él si seguía matando gente. Nadie sabía, sin embargo, si era verdad o sólo una de esas interpretaciones terapéuticas que surgen en la mente de los prisioneros desesperados por hacer tolerable su cárcel.

Esa noche Majola no se quedó mucho tiempo

con Amon y Oskar. Estaba segura de que beberían copiosamente. Helen Hirsch, pálida, de negro, les llevó los complementos necesarios: tortas, canapés, salchichas. Apenas podía tenerse en pie de agotamiento. La noche anterior Amon le había pegado porque había preparado la cena a Majola sin su permiso; esa mañana la había obligado a subir y bajar cincuenta veces los tres pisos porque había encontrado una cagada de mosca en uno de los cuadros del pasillo. Helen Hirsch había oído rumores acerca de Herr Schindler, pero aún no lo conocía. Y esa tarde no le alegró ver a esos dos hombres sentados frente a frente ante una mesa baja con aparente fraternidad. Aunque tampoco le importaba mucho, porque tenía la certidumbre de su propia muerte a breve plazo. Sólo esperaba que sobreviviera su hermana menor, que trabajaba en la cocina general del campo. Tenía escondida una suma de dinero con la que se proponía contribuir a la vida de su hermana. Pero creía que ninguna suma, ninguna solución podría mejorar sus propias perspectivas.

Oskar y Amon empezaron a beber al atardecer y continuaron por la noche. No dejaron de hacerlo hasta mucho después de que la prisionera Tosia Lieberman cantara, como todas las noches, la *Canción de cuna* de Brahms para serenar a las mujeres de los barracones, aunque algunas palabras se filtraban también hasta el sector de los hombres. Sus hígados prodigiosos ardían como hornos. Y, a la hora precisa, Oskar se inclinó sobre la mesa y, demostrando una amistad que ni siquiera con tanto coñac sobrepasaba la superficie de su piel, que sólo era una especie de temblor, un estremecimiento fantasmal, empezó a tentar a Amon, con la astucia del demonio, para inducirlo a la moderación.

Amon no lo tomó a mal. Oskar pensó que le atraía la idea, que era una tentación digna de un emperador. Amon podía imaginar a un esclavo enfermo empujando una vagoneta o a un prisionero que regresaba de la fábrica de cables, vacilando —de ese modo tan deliberado que era difícil tolerar— bajo una carga de ropas o de madera recogidas en la puerta de la prisión. Y la fantasía inspiraba una extraña calidez en Amon, que era capaz de perdonar a ese perezoso, a ese actor patético. Así como quizá Calígula tuvo alguna vez la tentación de verse como Calígula el Bueno, la imagen de Amon el Bueno habitó por un tiempo en la mente del comandante. En realidad, siempre había tenido una debilidad por esa imagen. Y esa noche, mientras el coñac tornaba dorada su sangre y el campo dormía, la piedad seducía a Amon más vigorosamente que el miedo a las represalias. Pero a la mañana siguiente recordaría la advertencia de Oskar y la combinaría con las noticias del día: los rusos amenazaban el frente de Kíev. Stalingrado estaba muy lejos de Plaszow, pero la distancia a Kíev no era nada inimaginable.

Durante algunos días, después de la conversación de Oskar con Amon, llegó a Emalia la noticia de que la doble tentación de la discreción y la piedad había dado cierto resultado. El doctor Sedlacek, al regresar a Budapest, informó a Samu Springmann que Amon había dejado de asesinar personas arbitrariamente, al menos por el momento. Y el amable Samu, preocupado por una larga lista de lugares, desde Dachau y Drancy en el oeste hasta Sobibor y Belzec en el este, alimentó alguna esperanza de una mejora en Plaszow. Sin embargo, la clemencia se desvaneció rápidamente. Si hubo un breve respiro, los que sobrevivieron y pudieron dar testimonio de sus días en Plaszow no se enteraron. A su juicio, las ejecuciones sumarias continuaron. Si Amon no aparecía en la puerta de su casa una mañana determinada, o la siguiente, eso no impedía que lo hiciese una tercera. Se habría necesitado mucho más que una ausencia temporal de Goeth para dar incluso al prisionero más engañado la esperanza de un cambio fundamental en la naturaleza del comandante. Y, de todos modos, allí estaba, en los escalones de la entrada, con el sombrero tirolés que usaba para el crimen, buscando un culpable con sus binoculares.

El doctor Sedlacek no sólo llevó a Budapest la esperanza de un cambio en Amon, sino también datos más exactos sobre el campo de trabajo de Plaszow.

Una tarde, un guardia de Emalia fue a Plaszow para buscar a Stern y conducirlo a Zablocie. Apenas Stern llegó, le indicaron que subiera al nuevo apartamento de Oskar, que le presentó a dos hombres bien vestidos. Uno era el doctor Sedlacek y el otro un judío —equipado con un pasaporte suizo— llamado Babar.

—Querido amigo —dijo Oskar—, quiero que escriba el informe más completo sobre la situación en Plaszow que se pueda terminar en una tarde.

Stern no había visto nunca antes a Sedlacek ni a Babar y pensó que la conducta de Oskar era imprudente. Se inclinó murmurando que antes de emprender la tarea querría hablar un momento en privado con el Herr Direktor.

Oskar solía decir que Itzhak Stern nunca podía hacer una petición o una afirmación directa si no estaba envuelta en un montón de conversación sobre el Talmud de Babilonia y los ritos de purificación. Pero en esa ocasión fue más directo.

—Herr Schindler —dijo—, ¿no cree que esto es una locura?

Oskar explotó. Antes de que pudiera controlarse, sus dos invitados le oyeron gritar:

—¿Cree que lo habría llamado si hubiera peligro? —Luego se calmó y agregó—: Siempre hay algún riesgo, como sabe usted mejor que yo. Pero no con estos dos hombres.

Finalmente, Stern dedicó toda la tarde a redactar su informe. Era un erudito y estaba acostumbrado a escribir con gran exactitud y corrección. La organización de rescate de Budapest y los sionistas de Estambul recibieron de Stern un informe verdaderamente digno de confianza. Multiplicando el resumen de Stern por los mil setecientos campos de concentración y de trabajo, grandes y pequeños, de Polonia se podía obtener un cuadro capaz de asombrar al mundo.

Oskar y Sedlacek querían algo más que el informe de Stern. La mañana siguiente a su alcohólica noche con Amon, Oskar llevó de vuelta a Plaszow su heroico hígado antes de la hora de abrir los despachos. Oskar no sólo había intentado sugerir tolerancia a Goeth, sino que también había conseguido una autorización escrita para llevar a dos «industriales» amigos a visitar aquella comunidad industrial modelo. Oskar entró con esos capitanes de empresa en el grisáceo edificio de la administración y solicitó los servicios del *Haftling* (prisionero) Itzhak Stern para que los guiara en el campo. El amigo de Sedlacek, Babar, tenía una cámara en miniatura que llevaba ostensiblemente en la mano. Casi se podía pensar que, si un SS le llamaba la atención, aprovecharía con gusto la oportunidad para jactarse durante cinco minutos de ese objeto minúsculo que había comprado en un reciente viaje comercial a Bruselas o a Estocolmo.

Cuando Oskar y los visitantes de Budapest salieron del edificio, Oskar cogió del hombro al delgado Stern. A sus amigos les gustaría ver los talleres y los barracones, dijo Oskar. Pero si Stern pensaba que no debían dejar de ver algo en particular, sólo debía inclinarse para atar el cordón de sus zapatos.

Fueron por el camino central de Plaszow hasta más allá de los barracones de la SS. Allí se desató bruscamente un zapato del prisionero Stern. El socio de Sedlacek sacó fotos de los grupos que cargaban rocas cuesta arriba en la cantera mientras Stern murmuraba: perdón, señores. Pero atar el cordón le llevó bastante tiempo para que ellos pudieran mirar el suelo y leer los fragmentos de lápida con que el camino estaba pavimentado. Estaban allí las lápidas de Bluma Gemeinerowa (1859-1927); Matylde Liebeskind, muerta a los noventa años en 1912; Helena Wachsberg, que había muerto al dar a luz en 1911; Rozia Groder, una chica de trece fallecida en 1931; Soffa Rosner y Adolf Gottlieb, muertos durante el reinado de Francisco José. Stern deseaba destacar que los nombres de esas personas habían sido convertidos en adoquines.

Pasaron luego junto a la *Puffhaus*, el burdel de chicas polacas de los ucranianos y la SS y fueron hasta la cantera, cuyas excavaciones penetraban profundamente en la colina de piedra caliza. Allí Stern se vio obligado a atar sólidamente sus cordones. En esos socavones se destruía a los hombres que trabajaban con cuñas y martillos. Ninguno de los hombres cubiertos de cicatrices que trabajaban en la canteras demostró interés por los visitantes. Estaba presente el chófer ucraniano de Goeth, y el supervisor era un criminal alemán llamado Erik. Erik había demostrado su capacidad de asesinar familias porque había matado a sus propios padres y a su hermana. Estaría ahora colgado o en un calabozo si la SS no hubiera comprendido que había todavía peores criminales que los parricidas y que era conveniente emplear a Erik como un garrote para golpearlos. Stern contaba en su informe que un médico de Cracovia llamado Edward Goldblatt había sido enviado a la cantera por el médico Blancke, de la SS, y su protegido judío el doctor Leon Gross. A Erik le encantaba ver en la cantera a un hombre culto y capaz pero débil para el trabajo físico, y en el caso de Goldblatt los castigos empezaron con la primera vacilación en el uso del martillo y la alcayata. Durante varios días, Erik y varios ucranianos y SS golpearon a Goldblatt. El médico trabajaba con la cara terriblemente hinchada y un ojo semicerrado. Nadie sabe qué error de técnica de canteras indujo a Erik a dar al doctor Goldblatt la paliza final. Bastante después de que el médico perdiera el conocimiento, Erik permitió que lo llevaran a la *Krankenstube*, donde el doctor Leon Gross se negó a aceptarlo. Con esa sanción médica, Erik y un SS siguieron pateando al agonizante donde estaba, en el umbral del hospital.

Stern había atado los cordones de sus zapatos porque, como Oskar y varias otras personas de Plaszow, creía en futuros jueces que preguntarían:

—¿Dónde ha ocurrido esto?

Esa mañana Oskar pudo dar a sus colegas una visión general del campo. Los llevó incluso a Chujowa Gorka, donde las ensangrentadas carretillas usadas para transportar los muertos al bosque estaban desvergonzadamente a la vista en la entrada de la fortaleza. Había ya miles sepultados en fosas comunes en los pinares del este. Cuando llegaron los rusos ese bosque cayó en sus manos, con su población de víctimas, antes que el agonizante campo de trabajo de Plaszow.

CAPÍTULO·25

Algunas personas pensaban que Oskar gastaba dinero como un hombre poseído por la locura del juego. Aun aquellos que lo conocían, poco podían presumir que estaba dispuesto a arruinarse si ése era el precio. Más tarde —no en aquel momento, porque entonces aceptaban su caridad como acepta un niño los regalos de Navidad de sus padres— dirían: gracias a Dios que era más fiel con nosotros que con su esposa. Como los prisioneros, muchos oficiales y funcionarios adivinaban también la pasión de Oskar.

Uno de ellos, el doctor Sopp, médico de las cárceles SS de Cracovia y de la corte SS de la calle Pomorska, hizo saber a Herr Schindler por medio de un mensajero polaco que deseaba hacer un pequeño negocio con él. En la cárcel de Montelupich había una mujer llamada Frau Helene Schindler. El doctor Sopp sabía que no tenía parentesco alguno con Oskar, pero su marido había invertido algún dinero en Emalia. La mujer tenía documentos arios muy dudosos. El doctor Sopp no necesitaba agregar que esto significaba para Frau Schindler el viaje seguro a Chujowa Gorka. Pero si Oskar estaba dispuesto a invertir cierta cantidad, el doctor podía extender un certificado médico que permitiría a Frau Schindler, por su estado, hacer una cura por tiempo indefinido en Marienbad, en Bohemia.

Oskar fue a la consulta de Sopp y halló que el doctor quería cincuenta mil zlotys por ese certificado. De nada valía discutir. Después de tres años de práctica, Sopp sabía con gran exactitud cuánto valían los favores. Durante el curso de la tarde, Oskar reunió el dinero. Sopp sabía que así debía ser, porque Oskar era de esa clase de hombres que tenían reservas de dinero del mercado negro, dinero sin historia.

Antes de pagar, Oskar puso algunas condiciones. Iría a Montelupich con el doctor Sopp a buscar a la mujer en su celda. Él mismo la llevaría a casa de sus amigos. Sopp no se opuso.

En la helada prisión de Montelupich, a la luz de una bombilla desnuda, Frau Helene Schindler recibió su costoso certificado.

Un hombre más cuidadoso, con mente de contable, habría pagado estas molestias con el dinero traído de Budapest por Sedlacek. Oskar recibiría pronto ciento cincuenta mil marcos transportados en maletas de doble fondo o en el forro de alguna chaqueta. Pero Oskar, en parte por su sentido del honor y en parte por su impreciso sentido del dinero (ya fuera deudor o acreedor), entregó a sus contactos judíos todo el dinero que recibió de Sedlacek, con excepción de la suma invertida en el coñac de Amon.

No siempre fue fácil. En el verano de 1943, cuando Sedlacek llevó dinero a Cracovia por vez primera, los sionistas de Plaszow a quienes Oskar ofreció esos cincuenta mil marcos tuvieron miedo de que fuera una emboscada.

Oskar se dirigió primero a Henry Mandel, soldador del garaje de Plaszow y miembro del Hitach Dut, el movimiento juvenil sionista. Mandel no quiso tomar el dinero. Tengo una carta de Palestina, dijo Schindler, escrita en hebreo. Pero, naturalmente, si era una trampa, si alguien estaba usando a Oskar, era lógico que tuviera una carta de Palestina; y cuando a uno le faltaba el pan, que le ofrecieran semejante suma —cincuenta mil marcos, cien mil zlotys— para usarlos a su antojo, era simplemente increíble.

Entonces Schindler trató de dar el dinero que tenía allí, dentro de las alambradas de Plaszow, en el maletero de su coche, a otro miembro del Hitach Dut, una mujer llamada Alta Rubner, que tenía ciertos contactos, mediante los prisioneros que trabajaban en la fábrica de cables y algunos polacos de la prisión polaca, con la resistencia de Sosnowiec. Quizá, dijo ella a Mandel, lo mejor sería poner todo el asunto en manos de la resistencia a fin de que ellos decidieran acerca del buen origen del dinero que les ofrecía Herr Oskar Schindler.

Oskar intentó convencerla, alzando su voz al amparo de las ruidosas máquinas de coser de la fábrica de Madritsch.

—Le aseguro con todo mi corazón que esto no es una trampa.

Con todo mi corazón. ¿Qué otra cosa hubiera dicho un agente provocador?

Sin embargo, después de que Oskar se marchó, Mandel habló con Stern, que declaró auténtica la carta, y volvió a hablar con la muchacha, decidiendo luego aceptar el dinero. Pero entonces Oskar se negó a llevarlo. Mandel se dirigió a Marcel Goldberg en la administración. Goldberg también había sido miembro del Hitach Dut pero, a partir del momento en que le encargaron llevar las listas de trabajo y de transporte, las listas de los vivos y los muertos, había empezado a recibir sobornos. Mandel logró presionarlo. Una de las listas que Goldberg podía manipular, por lo menos con adiciones y sustracciones, era la de prisioneros que debían ir a Emalia a recoger chatarra para los talleres de Plaszow. De ese modo, en recuerdo de los viejos tiempos y sin verse obligado a revelar sus razones para ir a Emalia, el nombre de Mandel fue incluido en esa lista.

Al llegar a Zablocie, pasó furtivamente a los despachos pero Bankier le impidió el acceso. Herr Schindler estaba muy ocupado, dijo Bankier.

Una semana más tarde Mandel volvió. Bankier tampoco le permitió hablar con Oskar. La tercera vez fue más explícito: ¿quiere el dinero sionista? Antes lo rechazó. Y ahora no lo tendrá. Así es la vida, señor Mandel.

Mandel asintió y se marchó, presumiendo que Bankier se había quedado al menos con una parte del dinero. Pero Bankier era muy cuidadoso. El dinero llegó a las manos de los prisioneros sionistas de Plaszow: Sedlacek entregó a Springmann el recibo firmado por Alta Rubner. Se empleó, en parte, para ayudar a judíos que no venían de Cracovia y que, por lo tanto, no poseían fuentes de apoyo.

Oskar jamás se preocupó por el destino de esos fondos una vez que los había transmitido; no sabía si se invertían especialmente en alimentos, como hubiera preferido Stern, o en armas y documentos falsos para la resistencia. Pero no salía de allí el dinero necesario para sacar a Frau Schindler de la cárcel de Montelupich o para salvar a los hermanos Danziger. Ni para pagar las treinta toneladas de ollas esmaltadas que Oskar entregó a oficiales superiores e inferiores de la SS durante 1943 para impedir que recomendaran el cierre del campo de trabajo de Emalia.

Tampoco fue el dinero de Sedlacek el que pagó los diecisiete mil zlotys en instrumentos ginecológicos que Oskar compró en el mercado negro cuando una muchacha de Emalia quedó embarazada, lo que significaba, por supuesto, la transferencia inmediata a Auschwitz. Ni el Mercedes deteriorado del *Untersturmführer* John. John le ofreció en venta a Oskar ese coche al mismo tiempo que Oskar pedía el traslado a Emalia de treinta prisioneros de Plaszow. Oskar lo compró por doce mil zlotys y el día siguiente fue requisado por un amigo y colega de Leo John, el *Untersturmführer* Scheidt, para la construcción de sembradíos dentro del campo. Tal vez lo usen para llevar tierra en el maletero, dijo furioso Oskar a Ingrid durante la cena. En una narración informal de ese incidente, dijo luego que le había complacido prestar un servicio a los dos oficiales.

CAPÍTULO·26

Raimund Titsch pagaba en otra moneda. Titsch era un austríaco católico tranquilo, de aspecto burocrático, que cojeaba un poco. Algunos decían que era un recuerdo de la primera guerra mundial y otros que se debía a un accidente en su infancia. Era diez años mayor que Amon y Oskar. Dirigía la fábrica de uniformes de Julius Madritsch en el interior de Plaszow, que empleaba a tres mil costureras y mecánicos. Una forma de pago eran sus partidas de ajedrez con Amon Goeth. Una línea telefónica conectaba el edificio de administración con los talleres de Madritsch y Amon solía llamar para invitar así a una partida en su despacho. La primera vez que Raimund aceptó, la partida terminó en media hora, con resultado adverso para el comandante. Mientras moría en sus labios el «mate» discreto y muy poco triunfal que había pronunciado, Titsch contemplaba la sorprendente reacción de Amon. El comandante cogió su chaqueta y el cinturón con la pistola, lo abotonó con furia y se encasquetó la gorra. Raimund Titsch, espantado, pensó que Amon iba a buscar de inmediato un prisionero para castigarlo debidamente por la pequeña hazaña ajedrecística de su adversario. A partir de esa ocasión, Titsch adoptó una nueva política. A veces le llevaba hasta tres horas perder la partida. Y cuando el personal de administración veía pasar a Titsch por la Jerozolimska para cumplir con ese pequeño trabajo forzado, sabían que esa tarde sería más segura. Esa modesta sensación se transmitía hasta los talleres y llegaba incluso a los desventurados que empujaban las vagonetas.

Raimund Titsch no se limitaba al ajedrez preventivo. Titsch, que nada sabía del amigo de Sedlacek que había visitado Plaszow con una cámara en miniatura, había empezado a tomar fotos. Desde la ventana de su despacho, desde los rincones de los talleres, fotografiaba a los prisioneros con sus uniformes rayados en los carriles de las vagonetas, la distribución del pan y la sopa, la excavación de cimientos y desagües. Algunas fotos registraban la provisión ilegal de pan a los talleres de Madritsch. Raimund compraba personalmente ese pan, con el consentimiento y el dinero de Julius Madritsch, y lo llevaba a Plaszow en camiones, escondido con lonas y rollos de tela. Titsch fotografió esos redondos panes de centeno que pasaban de mano en mano al depósito de la fábrica por la parte relativamente oculta que estaba más lejos de las torres y del camino principal de acceso. También tomó fotos de los SS y de los ucranianos durante su trabajo y su descanso. Y de un grupo de trabajo supervisado por el ingeniero Karp, a quien pronto los perros asesinos desgarrarían un muslo y los genitales. Una toma general de Plaszow mostraba el tamaño y la desolación del campo. Y en el terrado en que Amon tomaba sol se atrevió a hacer fotos del comandante dormido en una tumbona, cerca ya de los ciento veinte kilos que le reprochaba Blancke, el nuevo médico de la SS: «Basta ya, Amon; tiene que perder peso.» Titsch fotografió también a *Rolf* y a *Ralf* jugando al sol, y a Majola sosteniendo del collar a uno de los perros con pretendida diversión. Y a Amon en toda su majestad, montado en un gran caballo blanco.

Titsch no revelaba los rollos. Eran más seguros y portátiles tal como estaban. Los guardaba en una caja de acero en su casa de Cracovia, donde conservaba también algunos pocos objetos pertenecientes a los judíos de Madritsch. En todo Plaszow había gente que poseía un último tesoro, algo que ofrecer en el momento de mayor peligro al hombre de la lista, al hombre que abría y cerraba las puertas de los vagones de ganado. Titsch sabía que sólo las personas más desesperadas confiaban esos bienes a su custodia. En la prisión había una minoría que había logrado esconder en Plaszow anillos, joyas, relojes, y no necesitaban su ayuda: compraban regularmente favores. Titsch guardaba los últimos recursos de una docena de familias, el broche de la prima Yanka, el reloj del tío Mordche.

En realidad, cuando caducó el régimen de Plaszow, cuando huyeron Scherner y Czurda, cuando los impecables archivos de la Oficina Administrativa y Económica de la SS fueron cargados en camiones para servir como pruebas, Titsch no tuvo necesidad de revelar las fotografías. No le faltaban razones. En los registros de la ODESSA, la sociedad secreta de posguerra de los antiguos miembros de la SS, figuraba como un traidor. La prensa dio cierta publicidad al hecho de que Titsch había suministrado al personal de Madritsch unas treinta mil hogazas de pan, una buena cantidad de gallinas y algunos kilos de mantequilla, acción humanitaria que había sido honrada por el gobierno israelí. Algunas personas lo habían amenazado en las calles de Viena llamándolo amante de los judíos. Por esa razón, los rollos de negativos de Plaszow estuvieron enterrados veinte años en un pequeño parque de los suburbios de Viena y podrían haber permanecido allí para siempre, mientras se secaba la emulsión que contenía las oscuras y secretas imágenes de Majola, el amor de Amon, de sus perros asesinos, de sus trabajadores esclavos sin nombre. Seguramente fue una especie de triunfo para la población de Plaszow que en noviembre de 1963 un superviviente de Schindler (Leopold Pfefferberg) comprara discretamente esa caja a Raimund Titsch, que sufría entonces una enfermedad cardíaca mortal. Raimund pidió que los rollos se revelaran sólo después de su muerte. La sombra anónima de la ODESSA le asustaba más que, en los días de Plaszow, la presencia de Amon Goeth, de Scherner, de Auschwitz. Después de su entierro se revelaron los rollos. Casi todas las fotos aparecieron al revelado.

Esto no implica que la pequeña cantidad de reclusos que lograron sobrevivir a Plaszow y a Goeth tuvieran algo que criticar a Raimund Titsch. Sólo que él no era, como Oskar, uno de esos hombres a cuyo alrededor se crean mitologías. A partir del final de 1943 se extendió entre los supervivientes de Plaszow una imagen de Schindler dotada de la excitación eléctrica de los mitos. No importa que un mito sea o no verdadero, ni que debiera ser verdadero: un mito es de algún modo más verídico que la verdad misma. Cuando se oye hablar de este asunto, se ve claramente que Titsch era para la gente de Plaszow el buen ermitaño; pero Oskar era un dios menor de la liberación, bifronte al modo griego, dotado de todos los vicios humanos y de muchas manos, sutilmente poderoso, capaz de obtener una salvación gratuita y segura.

Una historia se refiere al momento en que los jefes policiales de la SS empezaron a recibir presiones para cerrar Plaszow, que no tenía buena reputación en la Inspección de Armamentos como eficiente complejo industrial. Helen Hirsch, la criada de Goeth, vio muchas veces oficiales invitados que salían a la cocina o a la galería para escapar de Amon por un rato, moviendo la cabeza. Un oficial SS llamado Tibritsch, dijo una vez a Helen:

—¿No sabe él acaso que otros hombres también mueren?

Quería decir que morían en el frente del Este, por supuesto, y no en la oscuridad de Plaszow. Los oficiales que tenían vidas menos imperiales empezaban a indignarse por lo que veían en la casa de Amon. O quizá sentían envidia, lo que era aún más peligroso. Según la leyenda, el general Julius Schindler visitó personalmente Plaszow un domingo por la noche para decidir si su existencia tenía verdadero valor en relación con el esfuerzo de guerra. Era una extraña hora para que un gran burócrata hiciera visitas de fábrica, pero tal vez la Inspección de Armamentos, ante el terrible invierno que caía sobre el frente del Este, había empezado a trabajar con desesperación. La inspección siguió a una cena en Emalia en la que fluyeron el vino y el coñac, de acuerdo con la tradición que asocia a Oskar con la estirpe de los dioses dionisíacos.

Después de la cena, los inspectores se dirigieron a Plaszow en sus Mercedes, no muy bien dispuestos para la imparcialidad profesional. Cuando afirma esto, la leyenda ignora que Schindler y los oficiales eran ingenieros y expertos en producción con casi cuatro años de profesionalismo imparcial. Pero esto en modo alguno sorprendía a Oskar.

La inspección empezó por los talleres de Madritsch, que eran lo que siempre se mostraba de Plaszow. Durante 1943 habían producido algo más de veinte mil uniformes mensuales para la Wehrmacht. Se trataba de establecer si Herr Madritsch no haría mejor en abandonar Plaszow, invirtiendo su capital en la expansión de sus fábricas, más eficaces y mejor equipadas, de Podgórze y Tarnow. Las deplorables condiciones de Plaszow no podían alentar a Madritsch ni a ningún otro inversor a instalar el tipo de maquinaria que requería una industria moderna.

La inspección acababa de comenzar cuando se extinguieron las luces de todos los talleres. Los amigos de Itzhak Stern acababan de sabotear el generador de Plaszow. A las desventajas del alcohol y la indigestión que Oskar había impuesto a los oficiales de la Inspección de Armamentos se añadió así la falta de luz. La inspección continuó a la luz de linternas entre las máquinas paradas y, por lo tanto, menos provocativas para la actitud profesional de los inspectores.

Mientras el general Schindler recorría las inmóviles prensas y tornos, treinta mil habitantes de Plaszow, desasosegados en sus literas, aguardaban su decisión. A pesar del recargado tránsito de la Ostbahn, la elevada tecnología de Auschwitz se encontraba a muy pocas horas de viaje. Comprendían que no podían esperar compasión del general Schindler. Su especialidad era la producción; ésta debía ser también para él el criterio supremo.

El mito dice que la gente de Plaszow se salvó a causa de la cena de Oskar y del fallo en el generador.

Es una fábula generosa porque apenas una décima parte de la población de Plaszow había de salvarse. Pero más tarde Stern y otros celebraron esa victoria, y la mayoría de sus detalles son probablemente verídicos. Porque Oskar siempre recurría al alcohol cuando no sabía bien cómo tratar a los funcionarios o a los oficiales y, además, no hay dudas de que le habría encantado la treta de reducirlos a la oscuridad.

—No se debe olvidar —dijo más tarde un muchacho salvado por Oskar— que Schindler tenía una parte alemana y también una parte checa. Era el buen soldado Schweik. Nada le gustaba más que obstruir el sistema.

No hace justicia al mito preguntarse qué pensó Goeth cuando las luces se apagaron. Tal vez estaba borracho o cenando en otra parte. Más justo sería preguntar si Plaszow sobrevivió porque el alcohol y la oscuridad engañaron al general Schindler, o porque era un centro de concentración excelente por el momento, ya que la gran estación terminal de Auschwitz-Birkenau estaba abarrotada. Pero, de todos modos, la historia se refería más bien a las expectativas que Oskar inspiraba a la gente que al terrible campo de Plaszow o al fin de la mayor parte de sus reclusos.

Mientras la SS y la Inspección de Armamentos analizaban el futuro de Plaszow, Josef Bau —un joven artista de Cracovia a quien Oskar llegaría a conocer bien— se enamoró conspicua e incondicionalmente de una muchacha llamada Rebecca Tannenbaum. Bau trabajaba como delineante en la Oficina de Construcciones. Era un chico solemne con el sentido del destino que suelen tener los artistas. Se había *fugado* a Plaszow, por así decirlo, porque jamás había tenido en el gueto los documentos apropiados. Como de nada servía para las fábricas del gueto, había sido escondido por su madre y sus amigos. Durante la liquidación de marzo de 1943, había logrado salir y unirse a un destacamento de trabajo que marchaba hacia Plaszow. Allí había una industria nueva que no existía en el gueto: la construcción. Josef Bau trabajaba con las cianocopias de los planos en el mismo edificio sombrío donde estaba el despacho de Amon. Gozaba de la protección de Itzhak Stern, que lo había recomendado a Oskar como un excelente dibujante y un buen herrero, al menos en potencia.

Bau tuvo escaso contacto con Amon, lo que era una ventaja, porque tenía ese aspecto sensible que inducía irresistiblemente a Amon a coger su pistola.

El despacho de Bau era el más alejado del de Amon. Algunos prisioneros trabajaban en la planta baja, en los despachos adyacentes al del comandante: los encargados de las compras, las secretarias, el taquígrafo Mietek Pemper. No sólo se enfrentaban al riesgo permanente de una bala inesperada sino, con mayor certidumbre, al ataque de su sentido del poder. Por ejemplo, Mundek Korn, que había sido el gerente de compras de una serie de subsidiarias de Rothschild antes de la guerra, y que ahora compraba telas, hierros y maderas para los talleres, trabajaba en la misma ala del edificio donde estaba el despacho de Amon. Una mañana Korn alzó la vista de su mesa y vio por la ventana, al otro lado de la calle Jerozolimska y junto al barracón de la SS, a un muchacho de Cracovia que conocía, de unos veinte años, mientras orinaba contra una pila de maderos. Al mismo tiempo vio emerger de la ventana del cuarto de baño dos brazos cubiertos por una camisa blanca y dos enormes puños. El derecho sostenía una pistola. Hubo dos rápidos disparos; por lo menos uno de ellos atravesó la cabeza del chico y lo lanzó contra la pila de tablones. Cuando Korn volvió a dirigir la vista a la ventana del baño, un brazo y la mano libre se ocupaban de cerrar la ventana.

Esa mañana en la mesa de Korn había formularios de pedidos firmados con la letra de Amon, bastante legible a pesar de las vocales abiertas. Su mirada iba de la firma al cadáver desabotonado. No sólo se preguntaba si había visto realmente lo que había visto. Percibía el concepto intrínseco en los métodos de Amon. Es decir, la tentación de pensar que, si el asesinato no significaba más que una visita al lavabo, una mera pausa en la monótona tarea de firmar formularios, entonces toda muerte debía aceptarse como una rutina.

Aparentemente, Josef Bau no estuvo expuesto a formas tan radicales de persuasión. Incluso se libró de la purga del equipo administrativo de la planta baja. Ésta comenzó cuando Josef Neuschel, un protegido de Goeth, informó al comandante que una chica del despacho había comprado una corteza de tocino. Amon llegó indignado de su despacho. Aquí están todas demasiado gordas, gritó. Y luego dividió al personal en dos hileras. A Korn le parecía una escena de la escuela de Podgórze: muchas chicas de la otra fila eran hijas de las familias a las que conocía de toda su vida. Una maestra elegía quiénes visitarían el monumento a Kosciuszko y quiénes irían al museo del castillo de Wawel. Pero toda la gente de la otra hilera fue conducida a Chujowa Gorka y ametrallada por uno de los pelotones de Pilarzik, por una corteza de tocino.

Aunque Josef Bau no se vio afectado por ese hecho, nadie podía decir que viviera con seguridad en Plaszow. Sin embargo, había corrido menos peligro que la muchacha de quien se había enamorado. Rebecca Tannenbaum era huérfana, pero, dada la vida de clanes de la Cracovia judía, no estaba desprovista de tíos y tías amables. Tenía diecinueve años, bonita figura y expresión tierna. Hablaba bien alemán y le gustaba charlar. Desde hacía poco tiempo trabajaba en el despacho de Itzhak Stern, en el piso alto del edificio de la administración, lejos del entorno inmediato de las vesánicas interferencias del comandante. Pero ésta era sólo una parte de sus tareas. Rebecca era manicura. Se ocupaba una vez por semana de las manos de Amon, del *Untersturmführer* Leo John, del doctor Blancke y de su amante, la SS Alice Orlowski, bonita y brutal. Las manos de Amon eran largas y bien hechas y sus dedos finos no eran los de un hombre grueso ni, ciertamente, los de un salvaje.

Cuando un prisionero se le acercó y le dijo que el Herr Commandant quería verla, Rebecca echó a correr entre las mesas y luego escaleras abajo. El prisionero la siguió exclamando:

—Por Dios, no. Me castigará a mí si no te llevo.

Entonces Rebecca lo siguió hasta la casa de Goeth. Antes de entrar en el salón, visitó el maloliente sótano; esto ocurría en la primera casa de Goeth, construida dentro del antiguo cementerio judío.

Allí, en el sótano, Helen Hirsch, la amiga de Rebecca, se curaba sus magulladuras. Es un problema, admitió Helen. Haz lo que dice y veremos, no puedes hacer otra cosa. De algunas personas espera un tono profesional, de otras no. Y yo te daré pasteles y salchichas cuando vengas. No los tomes, pídeme. Algunas personas se llevan de aquí cosas de comer y yo no siempre sé cómo reemplazarlas .

Amon aceptó la actitud profesional de Rebecca; extendió sus dedos mientras charlaba con ella en alemán. Podrían haber estado en el hotel Cracovia, Amon podría haber sido un joven y opulento comerciante alemán, de camisa almidonada y excesivamente grueso que había venido a Cracovia a vender textiles, acero o productos químicos. Sin embargo había en esos encuentros algo que disipaba la atmósfera intemporal. El comandante siempre tenía su pistola junto al codo izquierdo, y con frecuencia alguno de los perros dormitaba en el salón. Ella los había visto cuando desgarraban la carne del ingeniero Karp en la *Appellplatz*. Y, no obstante, cuando el perro resoplaba en sueños, cuando Amon y ella hablaban de sus visitas de preguerra a las termas de Carlsbad, los horrores de la revista en la *Appellplatz* parecían remotos e increíbles. Un día se sintió bastante confiada para preguntar por qué tenía siempre la pistola a mano. La respuesta congeló la nuca de

Rebecca mientras se inclinaba sobre la mano del comandante.

—Por si alguna vez me haces daño.

Si necesitaba alguna prueba de que para Amon era lo mismo charlar sobre Carlsbad que proceder a un acto de locura, la tuvo un día en que al entrar vio cómo Amon arrastraba por el pelo a su amiga Helen Hirsch: Helen trataba de no perder el equilibrio y Amon, si perdía agarre un segundo, lo recuperaba al siguiente con sus manos gigantescas y bien cuidadas. Y tuvo aún otra prueba la noche en que, al entrar en el salón, uno de los perros —*Rolf* o *Ralf*— apareció bruscamente, saltó sobre ella y mantuvo uno de sus pechos entre sus dientes mientras apoyaba las patas en sus hombros. Ella vio a Amon, sonriente, reclinado en el sofá.

—No siga temblando, estúpida —dijo él—, o no podré contenerlo.

Durante el tiempo en que Rebecca se ocupó de las manos del comandante, él mató a su limpiabotas por no hacer su trabajo con perfección, colgó de las anillas de su despacho a su ordenanza de quince años, Poldek Dereshowitz, porque había encontrado una pulga en uno de los perros y ejecutó a su criado Lisiek, que había prestado a Bosch una *drozka y* un caballo sin pedir permiso. Sin embargo, dos veces por semana la bonita huérfana entraba en el salón y cogía filosóficamente la mano de la bestia.

Conoció a Josef Bau una mañana gris: él sostenía hacia las bajas nubes de otoño un marco que contenía la copia de un plano, junto a la Oficina de Construcciones. El delgado cuerpo de Josef casi parecía incapaz de sostener el marco. Rebecca le preguntó si necesitaba ayuda. No, dijo él, necesito la ayuda del sol. ¿Por qué?, preguntó ella. Josef explicó que en el marco estaba la perspectiva de un nuevo edificio, dibujada en papel de calco, sobre el papel sensible azul. Si el sol brillara un poco más, dijo, una misteriosa unión química transferiría el dibujo al papel azul de copia. Y luego dijo: ¿no quieres ser tú ese sol?

Las mujeres bonitas no estaban acostumbradas a la delicadeza en Plaszow. La sexualidad adquiría una áspera violencia por las ejecuciones en la *Appellplatz* y por las ráfagas que se oían en Chujowa Gorka. Basta recordar, por ejemplo, el día en que se encontró una gallina abandonada dentro de un saco ante la puerta del campo durante el registro de un grupo de trabajo que regresaba de la fábrica de cables de Wieliczka. Amon vociferaba en la *Appellplatz*. ¿De quién es este saco? ¿De quién es esta gallina? Como nadie hablaba, Amon arrebató el fusil de un SS y disparó contra el prisionero que encabezaba una fila. La bala atravesó su cuerpo y derribó también al hombre que estaba detrás. Nadie habló. Cómo os amáis unos a otros, rugió Amon preparándose para ejecutar al tercer hombre. Un chico de catorce años se adelantó. Temblaba y lloraba. Él sabía quién había traído la gallina. ¿Quién?, gritó el Herr Commandant.

El chico señaló a uno de los dos hombres caídos. Éste, gritó. Y Amon sorprendió a toda la *Appellplatz* cuando le creyó y se echó a reír con esa especie de incredulidad que a veces afectan los maestros en el aula. Qué gente, decía. ¿Comprenderían por fin por qué estaban todos condenados?

Después de una noche así, en las horas de libertad, entre las siete y las nueve, los prisioneros sentían en general que no había tiempo para un cortejo prolongado. Los piojos que pululaban en el pubis y las axilas de todos hacían de la formalidad una burla. Los jóvenes se echaban sin ceremonia sobre las muchachas. En el barracón de las mujeres se cantaba una canción que preguntaba por qué y para quién se reservaban las vírgenes.

En Emalia la situación no era tan desesperada. En el taller de esmaltados había rincones, entre las máquinas, que permitían encuentros menos apresurados a los amantes. La separación de hombres y mujeres era sólo teórica. La ausencia de miedo y la ración más abundante de comida creaban un clima más sosegado. Y, además, Oskar no permitía que la guarnición SS penetrara en la prisión sin su permiso.

Un prisionero recordó que en el despacho de Oskar se había instalado un discreto sistema de alarma para el caso de que algún oficial SS solicitara acceso a los barracones. Mientras el hombre bajaba, Oskar oprimía un botón conectado con un timbre en los talleres: daba a los hombres y las mujeres tiempo para ocultar los cigarrillos provistos ilícitamente por Oskar. («Vaya a mis habitaciones», decía casi a diario a algún miembro del personal, «y llene esta cigarrera». Y luego guiñaba un ojo.) Por la noche, el timbre advertía a la gente que debía volver a las literas que tenían asignadas.

Por todo esto, para Rebecca fue una indecible sorpresa, algo parecido al recuerdo de una cultura extinguida, encontrar a un chico que la cortejaba como si ambos hubieran estado en un salón de té del Rynek.

Otra mañana, cuando ella bajaba del despacho de Stern, Josef le mostró su mesa de trabajo. Estaba dibujando los planos de nuevos barracones. ¿Cuál es el tuyo? ¿Quién es la *Alteste* de tu barracón? Ella se lo dijo, después de ofrecer la resistencia que correspondía. Había visto cómo Amon arrastraba por el pelo a Helen Hirsch, y moriría si alguna vez cortaba accidentalmente la cutícula del pulgar de Amon; y sin embargo ese muchacho le había devuelto la timidez de la juventud. Iré a hablar con tu madre, dijo él. No tengo madre, dijo Rebecca. Entonces hablaré con tu *Alteste*. Así comenzó su noviazgo, con el permiso de los mayores y como si existieran espacio y tiempo suficientes. Como era un chico lleno de ceremonia y fantasía, no la besó. La primera vez que la abrazó fue bajo el techo de Amon. Después de cumplir sus tareas de manicura, Rebecca tomó el agua caliente y el jabón que Helen le entregó y se deslizó al piso alto, vacío porque se proyectaban reformas, para lavar su blusa y su ropa interior. Usaba para lavar el mismo jarro en que mañana tomaría la sopa.

Estaba inclinada sobre ese pequeño recipiente espumoso cuando apareció Josef. ¿Qué haces aquí?, le preguntó. Tomo medidas para los planos de las reformas. ¿Y tú? Ya lo ves, dijo ella. Pero habla más bajo, por favor.

Josef bailaba por la habitación, estirando la cinta de medir a lo largo de las paredes y las mesas. Hazlo con cuidado, dijo ella, ansiosa, consciente del nivel de exigencia de Amon.

Ya que estás aquí, dijo él, también podría medirte. Deslizó la cinta a lo largo de sus brazos y luego desde la nuca de Rebecca hasta el punto más delgado de su espalda. Ella no podía resistir el contacto de esos dedos que establecían sus dimensiones. Pero después de un largo abrazo, ella le pidió que se marchara. No era un lugar adecuado para una tarde de languidez.

Había otros desesperados romances en Plaszow, incluso entre la SS, pero eran menos alegres que el verdadero noviazgo de Josef Bau y la manicura. Por ejemplo, el *Oberscharführer* Albert Hujar, que había matado a la doctora Rosalia Blau en el gueto y a Diana Reiter cuando cedieron los cimientos de un barracón, se había enamorado de una prisionera judía. La hija de Madritsch estaba cautivada por un chico judío del gueto de Tarnow; por supuesto había trabajado en la fábrica de Madritsch en Tarnow hasta que el experto liquidador de guetos, Amon, se encargó de clausurar Tarnow al fin del verano, como había hecho con Cracovia. Ahora el chico estaba en el taller de Madritsch en Plaszow, donde su hija podía visitarlo. Pero no tenía salida. Los prisioneros disponían de rincones donde podían encontrarse los amantes y los esposos. Pero todo —las leyes del Reich y el extraño código de los prisioneros— se oponía a las relaciones entre Fraulein Madritsch y ese joven. Del mismo modo, el honesto Raimund Titsch se había enamorado de una de sus maquinistas. Era un amor suave, secreto y en gran medida frustrado. En cuanto al *Oberscharführer* Hujar, Amon le ordenó personalmente que dejara de hacer el tonto; de modo que Albert llevó a su amiga a pasear por el bosque y con gran dolor le disparó un balazo en la nuca.

Parecía realmente que la muerte pendía sobre las pasiones de la SS. Henry y Leopold Rosner lo sabían, mientras difundían melodías vienesas junto a la mesa de Goeth. Una noche un alto y delgado oficial de la Waffen SS, de pelo gris, había acudido a cenar a casa de Amon y, después de beber en abundancia, había pedido reiteradamente a los Rosner una canción húngara, *Domingo triste,* una almibarada balada amorosa en que un muchacho está a punto de suicidarse por amor. Poseía exactamente ese tipo de sentimiento excesivo que, como Henry había observado, atraía a la SS en sus ratos de ocio. La canción había adquirido fama en la década de 1930: los gobiernos de Hungría, Polonia y Checoslovaquia habían considerado la posibilidad de prohibirla porque su popularidad había coincidido con una epidemia de suicidios por amores infelices. A veces, los jóvenes que se preparaban para volarse la cabeza citaban las palabras de la canción en sus cartas al juez. Estaba prohibida hacía mucho por el Departamento de Propaganda del Reich. Y ahora ese oficial alto y elegante, lo suficientemente mayor para tener hijos e hijas adolescentes envueltos en pasiones juveniles, se dirigía una y otra vez a los Rosner para decir: «Tocad *Domingo triste.*» Aunque el doctor Goebbels no lo hubiera permitido, nadie en las soledades del sur de Polonia pensaba discutir con un oficial combatiente de la SS con dolorosos recuerdos de amor.

Cuando el invitado pidió por cuarta o quinta vez la canción, Henry Rosner sintió una increíble convicción. En sus orígenes tribales, la música siempre era mágica y siempre buscaba un resultado. Y nadie, en Europa, tenía un sentido más claro del poder del violín que un judío de Cracovia como Henry, proveniente de aquellas familias para quienes la música no es tanto algo aprendido como heredado, así como el rango de los sacerdotes hereditarios, los *Kohen.* Henry pensó en ese momento, según dijo después: «Dios mío, si tengo ese poder, tal vez este hijo de perra se suicide.»

Aquella repetición otorgó legitimidad a la música prohibida de *Domingo triste* en el comedor de

Amon, y ahora Henry declaraba la guerra con ella. Leopold tocaba con él, bajo las miradas de melancolía casi agradecidas que el oficial les dirigía.

Henry sudaba: pensaba que estaba tocando en su violín tan visiblemente la muerte del SS, que en cualquier momento Amon lo advertiría y lo llevaría a la parte trasera de la casa para ejecutarlo. En cuanto al nivel de la interpretación de Henry, no tiene sentido preguntar si era bueno o malo. Henry estaba poseído. Y sólo un hombre lo advirtió, el oficial SS, que, a través de la estrepitosa conversación de ebrios de Bosch, Scherner, Czurda y Amon, continuaba mirando fijamente a los ojos de Henry, como si pensara ponerse en pie en cualquier momento para decir: «Por supuesto, el violinista tiene toda la razón. No tiene sentido soportar una aflicción como ésta.»

Los Rosner repitieron esa música hasta pasar el límite en que Amon solía gritar «¡Basta!». El oficial se levantó y salió al balcón. Henry comprendió de inmediato que todo lo que él podía hacer a ese hombre estaba hecho. Se deslizó, con su hermano, a Lehar y a Von Suppé, procurando cubrir sus huellas rotundamente con la opereta. El invitado se quedó en el balcón y un rato más tarde interrumpió la fiesta disparándose un tiro en la cabeza.

Así era el sexo en Plaszow. Piojos, ladillas y urgencia dentro de las alambradas, crimen y locura fuera de ellas. Y, en el centro, Josef Bau y Rebecca Tannenbaum bailaban la danza ritual del cortejo.

Entre las nieves de ese año, hubo en Plaszow un cambio administrativo adverso para todos los amantes del interior. En los primeros días de enero de

1944, Plaszow pasó a ser un *Konzentrationslager* sometido a la autoridad central de la Oficina Administrativa y Económica de la SS de Oranienburg, en las afueras de Berlín, cuyo mando ejercía el general Oswald Pohl. Los subcampos de Plaszow —como Emalia, de Oskar Schindler— estaban ahora bajo el control de Oranienburg. Los jefes de policía Scherner y Czurda perdieron su autoridad directa. Las tarifas pagadas por los prisioneros que empleaban Oskar y Madritsch no iban ya a la calle Pomorska, sino al despacho del general Richard Glucks, jefe de la Sección D (campos de concentración) de Pohl. Si Oskar quería algún favor, no sólo debía conducir hasta Plaszow y emborrachar a Amon o invitar a Julian Scherner a cenar, sino también dirigirse a ciertos oficiales del gran complejo burocrático de Oranienburg. Oskar aprovechó la primera oportunidad que tuvo para viajar a Berlín y conocer a las personas vinculadas con sus asuntos. Oranienburg había sido inicialmente un campo de concentración. Ahora era un conjunto de edificios administrativos.

Desde los despachos de la Sección D se reglamentaban todos los aspectos de la vida y la muerte en las prisiones. Su jefe, Richard Glucks, era quien decidía, en consulta con Pohl, la proporción entre los trabajadores esclavos y los candidatos a las cámaras de gas, resolviendo una ecuación en que X representaba el trabajo esclavo e Y a los condenados con mayor urgencia.

Glucks había establecido procedimientos para cada situación y su departamento emitía memorandos redactados en el lenguaje anestésico del distante especialista en planificación:

Oficina Principal SS
Administrativa y Económica
Jefe de Sección D
(campos de concentración)
Dl-AZ: 14fl-ot-S-GEH TGB NO 453/44
A los Comandantes de los Campos de Concentración
Da, Sah, Bu, Mau, Slo, Neu, Au I-III,
Gr-Ro, Natz, Stu, Rav, Herz, A-L-Bels,
Gruppenl. D. Riga, Gruppenl. D. Cracow (Plaszow).

Registrándose un aumento en las solicitudes formuladas por los Comandantes de Campo para la flagelación de prisioneros afectados a las industrias de producción de guerra en casos de sabotaje, ordeno:

que en el futuro se formule una solicitud de ejecución en la horca para todos los casos *probados* de sabotaje (con un informe adjunto de la dirección). La ejecución debe realizarse entre los miembros reunidos del destacamento de trabajo correspondiente. Se debe proclamar el motivo de la ejecución para obtener un efecto disuasorio.

Firmado: SS *Obersturmführer*

En esa disparatada cancillería, algunos documentos analizaban la longitud que debía tener el pelo de los prisioneros para que pudiera considerarse de utilidad económica en «la manufactura de calcetines de pelo para las tripulaciones de los submarinos y de alfombrillas de pelo para los ferrocarriles del Reich»; otros estudiaban si los formularios que registraban las «bajas mortales» debían archivarse en ocho departamentos o si bastaba con una carta unida a la ficha personal a medida que se actualizaban los datos. Y a ese lugar acudía Herr Schindler, de Cracovia, para hablar de su pequeña industria de Zablocie. Enviaron a atender a Oskar a un oficial de rango medio, un funcionario menor de personal.

Oskar no se desanimó. Había patronos de prisioneros judíos de mayor importancia que él. Los grandes elefantes: Krupp, naturalmente, e I. G. Farben. Y las fábricas de cables de Plaszow. Walter C. Toebbens, el industrial de Varsovia a quien Himmler había tratado de alistar en la Wehrmacht, empleaba más prisioneros que Herr Schindler. Y también las acerías de Stalowa Wola, las fábricas de aviones de Budzyn y Zakopane, las instalaciones de Steyr-Daimler-Puch en Radom.

El funcionario tenía en su mesa los antecedentes de Emalia. Espero, dijo brevemente, que no desee usted aumentar las dimensiones de su campo. Sería imposible sin correr el riesgo de una epidemia de tifus.

Oskar hizo un gesto, indicando que eso no le importaba. Pero le interesaba la permanencia de su fuerza de trabajo. Había hablado del asunto, dijo, con su amigo el coronel Erich Lange. Ese nombre significaba algo para el SS. Oskar le dio una carta del coronel, que el hombre leyó. El despacho estaba tan tranquilo y silencioso que sólo se podía oír el rasguear de las plumas, el susurro de los papeles, las conversaciones en voz baja, como si nadie en ese lugar supiera que estaba en el corazón de un universo de gritos.

El coronel Lange era un hombre de gran influencia, jefe de estado mayor de la Inspección de Armamentos en el Cuartel General del Ejército de Berlín. Oskar lo había conocido en una reunión en el despacho del general Schindler, en Cracovia. Ambos hombres se habían gustado de inmediato. En las reuniones solía ocurrir que dos personas sintieran mutuamente su resistencia al régimen y se retiraran a un lugar apartado para ponerse a prueba y, tal vez, para establecer una amistad. Erich Lange se había escandalizado ante los campos de trabajo de Polonia, como la fábrica de la I. G. Farben en Buna, por ejemplo, donde los capataces adoptaban el tono de la SS y obligaban a los prisioneros a descargar cemento a la carrera y donde los cadáveres de los presos hambrientos y desgastados eran arrojados a las trincheras construidas para los cables y recubiertos de cemento. «No estáis aquí para vivir, sino para ser sepultados en cemento», decía un capataz a los prisioneros recién llegados. Lange había oído pronunciar esas palabras y se había sentido muy mal.

La carta que llevaba Schindler había sido precedida por varias llamadas telefónicas; tanto carta como llamadas formulaban iguales aseveraciones: «Esta Inspección de Armamentos considera que los equipos de cocina y las granadas antitanque de 45 mm de Herr Schindler son una importante contribución a la lucha por la supervivencia nacional. Herr Schindler ha entrenado un conjunto de operarios especializados, y no debe hacerse nada que interfiera con las tareas que cumplen bajo la supervisión del Herr Direktor Schindler.»

El funcionario quedó impresionado, y dijo que sería sincero con Herr Schindler. No había planes de alterar la situación del campo de Zablocie, ni de interferir con su población. Sin embargo, el Herr Direktor debía comprender que la situación de los judíos, aunque sean obreros calificados de una fábrica de armas, es siempre arriesgada. Incluso en nuestras propias empresas de la SS. La Ostindustrie emplea prisioneros en las turberas, en una fábrica de cepillos y una fundición de hierro de Lublin, y en fábricas de Radom y Trawniki. Pero, aunque la Ostindustrie es la compañía de la SS, otras ramas de la

SS aniquilan continuamente su fuerza de trabajo, a tal punto que ahora la Osti está prácticamente inactiva. Y en los centros de exterminio jamás se conserva un porcentaje de prisioneros suficiente para el trabajo de las fábricas. Esto ha determinado una cantidad de correspondencia, pero los superiores son intransigentes. Por supuesto, dijo el funcionario, repicando con los dedos sobre la carta, haré lo que pueda por usted.

Comprendo su problema, dijo Oskar, mirando al hombre de la SS con una sonrisa radiante. Si puedo expresar mi gratitud de alguna manera...

Oskar salió de Oranienburg con ciertas garantías acerca de la permanencia de su campo de trabajo de Zablocie.

La nueva caracterización de Plaszow afectaba a los amantes porque establecía una adecuada separación penal de los sexos, de acuerdo con las precisas instrucciones de la Oficina Administrativa y Económica de la SS. Se electrificarían las cercas entre el sector de las mujeres y el de los hombres, la que rodeaba el sector industrial y la perimetral. Las directrices de la Oficina detallaban el voltaje, la distancia entre los alambres, la cantidad de aisladores. Amon y sus hombres comprendieron rápidamente las posibilidades disciplinarias del nuevo sistema. Ahora podían poner de plantón a los prisioneros veinticuatro horas ininterrumpidas entre la cerca exterior electrificada y la interior. Si vacilaban de fatiga, sabían que a unos centímetros de su espalda corrían centenares de voltios. Por ejemplo, Mundek Korn, que regresó al campo con un destacamento de prisioneros en que faltaba uno, se encontró en ese estrecho espacio por un día y una noche.

Aún peor que el riesgo de caer contra la cerca electrificada era que le dieran corriente desde el final de la revista de la noche hasta la diana del día siguiente, abriendo un abismo entre hombres y mujeres. Ahora sólo había un momento para el contacto, cuando la *Appellplatz* estaba atestada, antes de que se gritaran las órdenes de ponerse en columna. Cada pareja eligió una melodía que silbaba entre la muchedumbre, tratando de oír la respuesta entre un bosque de silbidos. También Rebecca Tannenbaum estableció su melodía simbólica. Las instrucciones de la Oficina del general Pohl habían obligado a los prisioneros de Plaszow a adoptar las estratagemas conyugales de las aves. Y, de este modo, el noviazgo formal de Rebecca y Josef continuó.

Luego Josef consiguió en el depósito de ropas el vestido de una prisionera muerta. Con frecuencia, después de la revista de los hombres, se dirigía a las letrinas, se ponía el largo vestido y se cubría el pelo con un gorro ortodoxo, y se unía a la formación de las mujeres. Su pelo corto no podía sorprender a los guardias, porque la mayoría de las mujeres estaban rapadas a causa de los piojos. Con las trece mil prisioneras, entraba en el sector de las mujeres y pasaba la noche en el barracón 57, sentado, acompañando a Rebecca.

Las ancianas de ese barracón aceptaron la palabra de Josef. Si él deseaba un cortejo tradicional, ellas cumplirían su papel tradicional de carabinas. Josef era también para ellas un regalo; les permitía jugar a su ceremoniosa identidad de preguerra. Desde sus literas vigilaban a los dos jóvenes hasta que todos dormían. Si alguna de ellas pensó: «No nos preocupemos demasiado, en un tiempo como éste, por lo que hagan los jóvenes a la madrugada», jamás lo dijo. Dos de las ancianas se apretujaban en una estrecha litera para que Josef tuviera una libre. La incomodidad, el olor del otro cuerpo, el riesgo de las mutuas migraciones de piojos, nada tenía tanta importancia como la propia estima y como el desarrollo del cortejo según las normas.

Al final del invierno, Josef, con el brazal de la Oficina de Construcciones, se acercó a la nieve curiosamente inmaculada de la franja situada entre la cerca interior y la electrificada y, con la cinta metálica en la mano, fingió medir esa tierra de nadie por alguna razón arquitectónica.

En la base de los pilares de cemento erizados de aisladores de porcelana crecían las primeras florecillas del año. Sin abandonar su cinta, recogió muchas y las guardó en su chaqueta. Después se dirigió a la calle Jerozolimska; pasaba junto a la casa de Amon, con el pecho cubierto de flores, cuando el comandante bajó los escalones del frente. Josef Bau se detuvo. Era peligrosísimo detenerse, dar ante Amon la impresión de un movimiento contenido. Pero ya que lo había hecho, se mantuvo inmóvil, temiendo que ese corazón que tan enérgica y honestamente había consagrado a la huérfana Rebecca se convirtiera en un nuevo blanco para Amon.

Pero cuando éste pasó a su lado, sin verlo, sin objetar que estuviera allí con una ociosa cinta métrica en la mano, Josef Bau sintió que esto tenía un significado. Nadie escapaba de Amon si no era por un destino manifiesto. Un día, Amon había entrado inesperadamente en el campo de trabajo por la puerta posterior, con el uniforme de matar, y había encontrado a la chica Warrenhaupt en el garaje, dentro de un coche y mirándose en el espejo retrovisor.

Las ventanillas que le habían ordenado limpiar estaban sucias. Había muerto por eso. Y por una ventana de la cocina Amon había visto, en otra oportunidad, que una madre y una hija mondaban patatas con demasiada lentitud: apoyado sobre el antepecho, las había matado a las dos. Y, sin embargo, ahora, casi al lado de su puerta, había encontrado algo que odiaba, un dibujante judío enamorado e inmóvil, con una cinta métrica en la mano, y había pasado de largo. Bau sintió la necesidad de confirmar su absurda buena suerte con una acción decidida. Y el matrimonio era, por supuesto, la acción más decidida que existía.

Regresó al edificio de la administración, subió la escalera hasta el despacho de Stern y pidió a Rebecca que se casara con él. A Rebecca le agradó y le preocupó que la urgencia apareciera en escena.

Esa noche, con el vestido de la prisionera muerta, visitó nuevamente a su madre y a las ancianas del barracón 57. Sólo faltaba un rabino. Pero la presencia de un rabino habría significado que estaban ya muy cerca de Auschwitz, y que no había tiempo para que unas personas que necesitaban los ritos del *kiddushin* y el *nissuin* pudieran pedirle ese último ejercicio de su sacerdocio antes de que entrara en el horno.

Josef se casó con Rebecca una noche muy fría de febrero, un domingo. No hubo rabino. La señora Bau, madre de Josef, ofició. Eran judíos reformados, de modo que podían prescindir del *ketubbah* escrito en arameo.

En su taller, el joyero Wulkan había logrado hacer dos anillos con una cucharilla de plata que la señora Bau había escondido. En el suelo del barracón, Rebecca giró siete veces en torno de Josef, quien aplastó cristales con sus pies (una bombilla quemada de la Oficina de Construcciones).

Habían destinado a la pareja una litera alta. Para mayor intimidad, estaba rodeada de mantas. Josef y Rebecca treparon hasta allí en la oscuridad, entre bromas terrenales. En las bodas de Polonia siempre había un período de tregua en que se daba oportunidad de expresarse al amor profano. Si los invitados a la boda no deseaban proferir ellos mismos chistes de doble sentido, contrataban a un bromista profesional de bodas. Y, esa noche, las mujeres que quizá diez o veinte años antes desaprobaban las frases atrevidas y las risotadas de los hombres, permitiéndose sólo por momentos acceder a la diversión, como personas maduras, desempeñaron el papel de todos los bromistas de bodas, muertos y ausentes, del sur de Polonia. Josef y Rebecca no habían estado juntos más de diez minutos cuando se encendieron las luces del barracón. Mirando entre las mantas, Josef vio al *Untersturmführer* Scheidt caminando entre las literas superpuestas. Su eterna sensación de destino sobrecogió a Josef. Por supuesto, habían descubierto que no estaba en su litera, y habían enviado a uno de los más crueles oficiales a buscarlo al barracón de su madre. Amon sólo había sido cegado por un instante para que Scheidt, que era veloz con el gatillo, viniera a matarlo la noche de su boda.

Sabía también que todas las mujeres estaban en peligro: su esposa, su madre, las que habían pronunciado las bromas más atrevidas y exquisitas. Empezó a pedir que lo perdonaran. Rebecca le pidió que callara. Quitó las mantas. A esa hora de la noche, pensó, Scheidt no treparía a una litera alta si no había un motivo. Las mujeres de las literas inferiores le pasaron sus pequeñas almohadas rellenas de paja. Josef se había casado, es cierto; pero en ese momento era un niño a quien había que esconder. Rebecca lo empujó contra el ángulo de la litera y lo cubrió de almohadas. Vio pasar a Scheidt por debajo y salir del barracón por la puerta trasera. Las luces se apagaron. Entre una última lluvia de oscuros chistes, los Bau regresaron a su intimidad.

Muy poco después se oyeron las sirenas. Todo el mundo se incorporó en la oscuridad. Para Josef, eso significaba que sí, que estaban decididos a impedir su boda ritual. Que habían encontrado vacía su litera y lo buscaban, ahora de verdad.

Las mujeres se apretujaban en los pasillos. También ellas lo sabían. Oía que lo decían. Su amor a la antigua las mataría a todas. La *Alteste* del barracón, que tan bien se había portado con ellos, sería fusilada en primer término cuando se encendieran las luces y se descubriera al novio vestido de mujer.

Josef Bau recogió sus ropas. Besó rápidamente a su esposa, se deslizó al suelo y salió del barracón a la carrera. El aullido de las sirenas perforaba la oscuridad. Corrió por la nieve sucia, con su chaqueta y el viejo vestido bajo el brazo. Cuando encendieran las luces, lo verían desde las torres. Pero tenía la loca idea de que podía llegar a la cerca antes que la luz, y que incluso podía saltar sobre ella entre los ciclos alternados de la corriente. Una vez de vuelta en el sector de los hombres, podía inventar alguna historia, una diarrea súbita, se había desmayado en el suelo de las letrinas y había despertado con las sirenas.

Si se electrocutaba, pensó mientras corría, no podría confesar a qué mujer visitaba. Mientras se acercaba a los alambres de la inmolación no comprendía que habría una de esas escenas escolares en la *Appellplatz* y que Rebecca se vería obligada, de todos modos, a dar un paso al frente.

La cerca entre el sector de los hombres y el de las mujeres tenía nueve alambres electrificados. Josef Bau saltó hacia arriba, para poder poner el pie en el tercero y alcanzar con sus manos el segundo contando desde arriba. Imaginaba que podría deslizarse por encima con la vivacidad de una rata, pero simplemente quedó colgado de la cerca. Creyó que la frialdad del metal era el primer mensaje de la corriente. Pero no había corriente. No había luz. Josef Bau, apretado contra la cerca, no se detuvo a pensar por qué. Pasó por encima y se dejó caer en el sector de los hombres. Eres un hombre casado, se dijo. Se deslizó a las letrinas, junto a las duchas. «Una terrible diarrea, Herr *Oberscharführer.*» Se detuvo jadeante, en mitad del hedor. La ceguera de Amon el día de las flores... La consumación, esperada con indecible paciencia, interrumpida dos veces... Scheidt y las sirenas... Un problema con las luces y las cercas. Vacilante, sin aliento, se preguntó si podía soportar la ambigüedad de su vida. Como otros, anhelaba un rescate más definido.

Fue uno de los últimos en unirse a los hombres formados ante el barracón. Temblaba, pero estaba seguro de que el *Alteste* lo protegería. «Sí, Herr *Untersturmführer;* he dado permiso al *Haftling* Bau para ir a las letrinas.»

No lo buscaban a él. Buscaban a tres jóvenes sionistas que habían huido en un camión cargado con los productos del taller de tapizado, donde hacían, con algas, colchones para la Wehrmacht.

CAPÍTULO·27

El 28 de abril de 1944 Oskar reconoció, al mirar-
se de lado en el espejo, que su cintura se había en-
sanchado. Cumplía treinta y seis años. Pero esta
vez, al menos, nadie se molestaría en denunciarlo si
besaba a las chicas. Cualquier informante que hubiera entre los técnicos alemanes estaría desmorali-
zado, puesto que la SS había permitido a Oskar salir
de Pomorska y de Montelupich, sitios que se consideraban inaccesibles para toda influencia.

Emilie envió su habitual felicitación desde Checoslovaquia; Ingrid y Victoria Klonowska le hicieron regalos. Su vida privada casi no había cambiado
en los cuatro años y medio que llevaba en Cracovia.
Ingrid era su consorte, Victoria su amiga, Emilie

una esposa comprensiblemente ausente. No se recuerdan las amarguras ni las perplejidades de cada una, pero pronto sería evidente que había cierta frialdad en las relaciones de Oskar con Ingrid, que la Klonowska, una amiga siempre leal, se contentaba con una *liaison* esporádica, y que Emilie consideraba aún que su matrimonio era indisoluble. Por el momento, entregaban sus regalos y reservaban su opinión.

Otras personas participaron en la celebración. Amon permitió que Henry Rosner fuera con su violín a la calle Lipowa, custodiado por el mejor barítono de la guarnición ucraniana. En ese momento, Amon estaba muy satisfecho de su asociación con Schindler. A cambio de su permanente apoyo al campo de trabajo de Emalia, Amon había pedido un día, y recibido, el Mercedes de Oskar; no el cacharro que Oskar había comprado a John, sino el coche más elegante del garaje de Emalia.

El recital se realizó en el despacho de Oskar. Sólo Oskar estaba presente, como si el bullicioso empresario estuviera harto de compañía.

En un momento en que el ucraniano se fue al lavabo, Oskar habló a Henry de su depresión. Estaba preocupado por las noticias de la guerra. Había demoras. Los ejércitos rusos se habían detenido del otro lado de las ciénagas de Pripet, en Bielorrusia, ante Lwow. Los temores de Oskar sorprendieron a Henry. ¿Acaso no comprendía, se preguntó, que si nadie contenía a los rusos eso significaría el fin de sus actividades?

—Muchas veces he pedido a Amon que le permita instalarse aquí permanentemente —dijo Oskar a Rosner—. Con su esposa y su hijo. Pero no quiere saber nada; siente gran admiración por usted, mas...

Henry estaba agradecido. Pero le parecía conveniente señalar que su familia estaba segura en Plaszow. Por ejemplo, Goeth había descubierto a su cuñada fumando mientras trabajaba, y había ordenado su ejecución. Pero uno de los suboficiales había dicho al Herr Commandant que esa mujer era la señora Rosner, la esposa del acordeonista. Oh, había dicho Amon al perdonarla, pero recuerda, muchacha, no quiero que nadie fume en el trabajo.

Henry dijo a Oskar que a esa actitud de Amon —esa inmunidad de los Rosner por su talento musical— se debía a que Manci hubiese decidido llevar al campo a su hijo de ocho años, Olek. Había estado escondido en Cracovia, en casa de unos amigos; pero eso era cada vez menos seguro. Una vez en el interior, Olek se podía confundir con la pequeña multitud de niños, muchos no registrados en la prisión, que los prisioneros cuidaban y los oficiales de menor graduación no maltrataban. Pero llevar a Olek a Plaszow había sido peligroso. Poldek Pfefferberg, que había ido a la ciudad a buscar herramientas en un camión, había traído al chico a su regreso. Los ucranianos casi lo habían descubierto en la puerta, cuando todavía era un extraño y contravenía todos los estatutos raciales del Gobierno General del Reich. Sus pies asomaban por el extremo de la caja que había entre los tobillos de Pfefferberg. «Señor Pfefferberg, señor Pfefferberg», había oído decir Poldek, mientras los ucranianos registraban la parte posterior del camión, «se me ven los pies».

Henry podía reír ahora, aunque cautelosamente, porque había aún muchos ríos que cruzar. Pero Schindler reaccionó dramáticamente, con un gesto que parecía brotar de la melancolía levemente alcohólica que había caído sobre él ese aniversario. Alzó su sillón hasta la altura del retrato del Führer. Por un segundo, pareció que iba a lanzarlo contra el icono. Pero giró sobre sus talones, lo bajó hasta que las cuatro patas estuvieron a la misma distancia del suelo y entonces lo hundió en la alfombra con tal violencia que temblaron las paredes.

Luego dijo:

—Allí están quemando cadáveres, ¿no es verdad?

Henry hizo una mueca, como si el olor llegara a esa habitación.

—Sí —admitió—. Han comenzado.

Ahora que Plaszow era, en el lenguaje de los burócratas, un KL *(Konzentrationslager)*, sus reclusos consideraban menos peligroso un encuentro con Amon. Los jefes de Oranienburg no permitían las ejecuciones sumarias. Los días en que se podía castigar en el acto a las mondadoras de patatas lerdas ya habían pasado. Sólo se podían matar con un proceso en regla. Debía haber una audiencia, de la cual se enviaba un informe por triplicado a Oranienburg. Debía confirmar la sentencia el despacho del general Glucks, y también el Departamento W (Empresas Económicas) del general Pohl. Porque, si un comandante mataba obreros esenciales, el Departamento W podía recibir demandas de compensación. Por ejemplo, Allach-Munich Ltd., fabricante de porcelana que empleaba trabajadores esclavos de Dachau, había solicitado recientemente treinta y un mil ochocientos marcos porque «a causa de la epidemia de tifoidea que se declaró en enero de 1943, no hemos tenido trabajadores a nuestra disposición desde el 26 de enero hasta el 3 de marzo de 1943. Por lo tanto, creemos tener derecho a compensación según la Cláusula 2 del Fondo de Compensación Comercial...».

Las responsabilidades del Departamento W se agravaban si la pérdida de trabajadores calificados se debía al celo de un oficial de la SS demasiado veloz con el gatillo.

Por lo tanto, para evitar el papeleo y las complicaciones burocráticas, Amon contenía en general sus impulsos. Las personas que lo veían en la primavera y a principios del verano de 1944 entendían que había menos peligro, aunque nada sabían del Departamento W ni de los generales Pohl y Glucks. Les parecía tan misterioso como la misma locura de Amon.

Sin embargo, como Oskar le había dicho a Henry Rosner, ahora estaban quemando cadáveres en Plaszow. Entre sus preparativos para la ofensiva rusa, la SS suprimía sus instituciones del este. Treblinka, Sobibor y Belzec habían sido evacuados el otoño anterior. Se había ordenado a la Waffen SS, que los dirigía, dinamitar las cámaras y los crematorios para no dejar huellas, y luego partir a Italia para luchar contra los *partigiani*. El inmenso complejo de Auschwitz, en el seguro territorio de Alta Silesia, completaría la gran tarea del este y, una vez terminada, los crematorios serían enterrados. Porque sin la evidencia de los crematorios los muertos no podrían presentar testigos, serían solamente un susurro en el viento, un polvo etéreo sobre las hojas de los álamos.

En Plaszow las cosas no eran tan sencillas, porque había muertos en todas partes. En el entusiasmo de la primavera de 1943, los cuerpos —y en particular los cuerpos de los muertos en los dos últimos días del gueto— habían sido arrojados al azar en fosas comunes abiertas en el bosque. Pero ahora el Departamento D ordenaba a Amon que los buscara a todos.

Las estimaciones de la cantidad varían ampliamente. Las publicaciones polacas, fundadas en los trabajos de la Comisión de Investigación de los Crímenes Nazis en Polonia, y otras fuentes, sostienen que ciento cincuenta mil prisioneros, muchos de ellos en tránsito a otros lugares, pasaron por Plaszow y sus cinco subcampos. Los polacos creen que ochenta mil murieron allí, principalmente en las ejecuciones masivas de Chujowa Gorka y a causa de epidemias.

Estas cifras confunden a los reclusos supervivientes de Plaszow que recuerdan la terrible tarea de incinerar a los muertos. Dicen que la cantidad que ellos exhumaron varía entre ocho y diez mil —una terrible multitud— y que no desean exagerar. La distancia entre las dos estimaciones se acorta si se recuerda que las ejecuciones de polacos, gitanos y judíos continuaría a lo largo de todo ese año en Chujowa Gorka y en otros puntos, cerca de Plaszow, y que la SS adoptó la práctica de quemar los cuerpos inmediatamente después de las masacres de la fortificación austríaca. Además, Amon no consiguió sacar todos los cadáveres de los bosques. Se encontraron muchos miles más en las exhumaciones de posguerra; y todavía hoy, a medida que los suburbios de Cracovia se extienden hacia Plaszow, se descubren huesos cuando se construyen cimientos.

Oskar vio una serie de hogueras en la elevación situada sobre los talleres durante una visita que hizo a Plaszow justamente antes de su cumpleaños. Cuando regresó, una semana más tarde, esa actividad había aumentado. Prisioneros varones, con mascarillas, exhumaban los cuerpos. Los transportaban en carretillas y angarillas, cubiertos con mantas, hasta el sitio elegido. Allí los colocaban sobre troncos entrecruzados. Construían una pira, capa por capa, y cuando alcanzaba la altura del hombro, vertían petróleo y le prendían fuego. Pfefferberg se horrorizó al ver la momentánea vida que las llamas conferían a los muertos, la forma en que los cuerpos se sentaban, arrojando lejos los leños encendidos, en que los miembros se extendían y las bocas se abrían para una palabra final. Un joven SS corría entre las piras agitando una pistola y rugiendo órdenes frenéticas. Las cenizas de los muertos caían sobre las ropas tendidas en los jardines posteriores de las casas de los oficiales jóvenes. Oskar se asombró al ver cómo reaccionaba el personal al humo, como si esas cenizas fueran un inevitable subproducto industrial. Y, entre la niebla creada por las piras, Amon salía a caballo con Majola. Ambos parecían tranquilos en sus sillas. Leo John llevaba a su hijo de doce años a cazar renacuajos en las zonas pantanosas del bosque. Las llamas y el olor no los apartaban de sus vidas cotidianas.

Oskar, en el asiento del conductor de su BMW, con las ventanas cerradas y un pañuelo sobre la nariz y la boca, pensó que los Spira ardían con los demás. Le había sorprendido la ejecución de todos los policías del gueto y de sus familias la última Navidad, apenas Symche Spira terminó de supervisar la destrucción del gueto. Los habían llevado allí a todos, con sus esposas e hijos, y los habían matado a la caída del frío sol. Habían matado a los más fieles (Spira y Zellinger), así como a los más reticentes. Spira, y la vergonzosa señora de Spira, y los poco dotados niños de Spira a quienes había dado clases

Pfefferberg: todos estaban desnudos ante los rifles, apretujándose entre sí, temblando. El napoleónico uniforme de Spira era un montoncillo de ropa a reciclar, caído junto a la entrada de la fortificación. Y Spira quizá seguía asegurando a todos que eso no podía ocurrir.

La ejecución había asombrado a Oskar porque demostraba que un judío no podía ofrecer ninguna muestra de sumisión que pudiera asegurarle la supervivencia. Y ahora quemaban a los Spira tan anónima e ingratamente como los habían fusilado.

Incluso a los Gutter. Eso había ocurrido el año anterior, después de una cena en casa de Amon. Oskar se había marchado temprano, pero luego se enteró de lo ocurrido. John y Neuschel habían obligado a Bosch. Pensaban que él no era capaz. Siempre se había jactado de ser un veterano de las trincheras. Pero no le habían visto practicar jamás una ejecución. Continuaron durante horas: fue la broma de la noche. Finalmente, Bosch ordenó que sacaran de sus barracones a David Gutter, su esposa, su hijo y su hija. También en ese caso se trataba de fieles servidores. David Gutter había sido el último presidente del *Judenrat* y había cooperado en todo; jamás había ido a la calle Pomorska a protestar por las *Aktionen* o por las dimensiones de los traslados a Belzec. Gutter había firmado todo, considerando razonable cualquier exigencia de los alemanes. Y, además, Bosch había utilizado a Gutter como agente dentro y fuera de Plaszow, y lo había enviado a Cracovia con cargamentos de muebles recién tapizados y bolsos de joyas para vender en el mercado negro. Y Gutter lo había hecho, en parte porque era de todos modos un delincuente, pero sobre todo porque creía que así su esposa y sus hijos estarían a salvo.

A las dos de esa madrugada polar, un policía judío, Zauder, amigo de Pfefferberg y de Stern, y a quien mataría Pilarzik durante una de sus correrías de borracho, oyó lo que ocurría. Bosch ordenó a los Gutter que se alinearan en una depresión del suelo, cerca del sector de las mujeres. Los niños suplicaban, pero David y la señora Gutter se mostraban serenos, sabiendo que no había remedio. Y ahora, mientras Oskar miraba las hogueras, todas esas pruebas, los Gutter, los Spira, los rebeldes, los sacerdotes, los niños, las muchachas bonitas con documentos arios, todo volvía a esa colina de la locura para ser borrado por el temor de que los rusos entraran en Plaszow y dieran demasiada importancia al asunto. «Se deben tomar precauciones con la eliminación de todos los cuerpos en el futuro», decía una carta de Oranienburg a Amon; para ese fin se enviaría un representante de una firma de ingeniería de Hamburgo a examinar el terreno para construir crematorios. Mientras tanto, se debían colocar los cadáveres en tumbas cuidadosamente señaladas para su recuperación posterior.

Cuando Oskar vio la cantidad de hogueras de Chujowa Gorka, en su segunda visita, su primer impulso fue no salir del coche, ese cuerdo mecanismo alemán, y regresar a su casa. Pero en cambio fue a visitar a sus amigos de los talleres y luego a Stern. Creía que mientras esas cenizas entraban por las ventanas, no era improbable que la gente de Plaszow pensara en el suicidio. Y, sin embargo, era él quien se mostraba más deprimido. No preguntó, como solía: «Si Dios ha hecho al hombre a su imagen y semejanza, Herr Stern, ¿qué raza se le parece más? ¿Un polaco se parece más a Dios que un checo?» En cambio, murmuró:

—¿Qué piensa la gente?

Stern respondió que los prisioneros eran prisioneros: hacían su trabajo y esperaban sobrevivir.

—Yo los sacaré —dijo Oskar de pronto, apoyando el puño sobre la mesa—. Los sacaré a todos de aquí.

—¿A todos? —preguntó Stern. No lo había podido evitar. Esos bíblicos rescates masivos no estaban de acuerdo con estos tiempos.

—A ustedes —dijo Oskar—. A *ustedes*.

CAPÍTULO·28

En el despacho de Amon en el edificio de la Administración había dos mecanógrafos. Una muchacha alemana llamada Frau Kochmann, y un joven prisionero estudioso, Mietek Pemper. Pemper sería más adelante secretario de Oskar, pero en el verano de 1944 todavía trabajaba con Amon y, como cualquier otra persona en su situación, no tenía demasiada confianza en sus posibilidades.

Entró en contacto con Amon tan accidentalmente como la criada, Helen Hirsch. Pemper fue llamado al despacho de Amon porque alguien lo había recomendado al Herr Commandant.

El prisionero era estudiante de contabilidad, mecanógrafo al tacto, y sabía taquigrafía en alemán y polaco. Se decía que su memoria era prodigiosa. Así, víctima de su propia capacidad, Pemper se encontró al lado de Amon, en el despacho principal de Plaszow, y a veces acudía a su casa para que el comandante le dictara.

La ironía es que, a pesar de los testimonios de tantos prisioneros, sería la memoria fotográfica de Pemper lo que llevaría a Amon con más eficacia a la horca.

Pemper era el segundo mecanógrafo. Para los documentos confidenciales, Amon se valía de su secretaria alemana, Frau Kochmann, que era mucho menos competente que Mietek y muy lenta como taquígrafa. A veces, Amon rompía la regla y dictaba textos confidenciales al joven Pemper. Mientras estaba sentado frente a Amon, con el bloc de notas en las rodillas, Mietek no podía evitar distraerse por dos sospechas contradictorias. Una era que todos esos informes y memorandos cuyos detalles quedaban grabados en su mente extraordinaria harían de él un testigo de primera el remoto día en que Amon y él estuviesen ante un tribunal. La otra era que Amon terminaría por eliminarlo, como se hace con un documento peligroso.

Sin embargo, todas las mañanas Mietek preparaba sus propios juegos de folios, papel carbón y copias, y una docena para la chica alemana. Cuando ella terminaba su trabajo, Pemper se ocupaba de destruir el papel carbón; pero no lo hacía sin leerlo antes. No guardaba notas escritas, pero la fama de su buena memoria lo acompañaba desde la infancia. Sabía que si alguna vez se reunía ese tribunal, y si Amon se sentaba en el banquillo de los acusados, él había de sorprender al comandante con la precisión de sus datos y fechas.

Pemper vio así varios sorprendentes documentos secretos. Por ejemplo, un memorando sobre la aplicación de latigazos a las mujeres. El memorando recordaba a los comandantes de los campos que debían practicarse con la máxima energía. Como se consideraba indecoroso emplear, para esa tarea, personal de la SS, las mujeres checas debían ser azotadas por las eslovacas, y las eslovacas por las checas. Lo mismo con las rusas y las polacas. Los comandantes debían usar la imaginación para explotar las diferencias nacionales y culturales.

Una circular establecía que los comandantes no poseían el derecho de imponer sentencias de muerte, y que debían pedir la autorización correspondiente, por carta o telegrama, a la Oficina Principal de Seguridad del Reich. Amon había hecho esto en la primavera cuando dos judíos prisioneros de Wieliczka intentaron fugarse; el comandante propuso que fueran ahorcados, y recibió la autorización por telegrama. Estaba firmada, como observó Pemper, por el doctor Ernst Kaltenbrunner, jefe de la Oficina Principal de Seguridad del Reich.

En abril Pemper leyó también un memorando de Gerhard Maurer, jefe de distribución de trabajadores de la Sección D del general Glucks. Maurer preguntaba a Amon a cuántos húngaros podía alojar temporalmente en Plaszow. El destino final de esos húngaros era la DAW (Fábrica Alemana de Armas), una subsidiaria de Krupp que producía detonadores para granadas de artillería en el enorme complejo de Auschwitz. Como Hungría se había convertido recientemente en un Protectorado Alemán, los judíos y disidentes húngaros estaban en mejor estado de salud que los polacos, porque no habían sufrido años de gueto y de prisión, y eran, por lo tanto, un verdadero regalo para las fábricas de Auschwitz. Infortunadamente, no había todavía posibilidades de alojarlos en la DAW; y la Sección D quedaría muy agradecida si el comandante de Plaszow recibía siete mil, una vez hechos los arreglos adecuados.

Pemper leyó o copió la respuesta de Amon: Plaszow tenía su capacidad colmada, y no había ya espacio para nuevas construcciones dentro de las cercas electrificadas. Pero Amon aceptaría hasta diez mil prisioneros en tránsito si a) se le permitía liquidar a los elementos improductivos de su campo, y b) si se autorizaba que sus prisioneros durmieran dos en cada litera. Maurer respondió que esto último era inconveniente en verano por temor al tifus y que, según las normas, lo ideal era que cada prisionero dispusiera de tres metros cúbicos de aire. En cambio, la respuesta al punto «a» era afirmativa: la Sección D advertiría a Auschwitz-Birkenau —o por lo menos al sector de exterminio de esa gran empresa— que recibirían un cargamento de prisioneros de desecho de Plaszow; también se llegaría a un acuerdo para el transporte con la Ostbahn, que pondría suficientes vagones de ganado en el ramal que llevaba hasta las puertas mismas de Plaszow.

Por lo tanto, Amon debía realizar un proceso de selección en su campo. Con la bendición de Maurer y de la Sección D, destruiría en un solo día tantas vidas como Oskar Schindler había logrado albergar en Emalia tras años de ingenio y de tremendos gastos. Amon denominó a esa selección *Gesundheitaktion* (acción sanitaria).

La organizó como si fuera una feria rural. Se inició el 7 de mayo en la *Appellplatz* cubierta de banderas y pancartas: *Para cada prisionero, el trabajo apropiado.* Los altavoces emitían valses de Strauss, baladas y canciones de amor. Bajo las banderas había una mesa donde estaban el médico de la SS, el doctor Blancke, el doctor Leon Gross y varios empleados administrativos. La idea de salud del doctor Blancke no era menos excéntrica que las de otros médicos de la SS. Había librado de los enfermos crónicos a la clínica de la prisión con inyecciones de bencina en las venas. Nadie podía considerar que ese método procurara una muerte piadosa: los pacientes sufrían convulsiones y morían de asfixia en un cuarto de hora. Marek Biberstein, que había sido presidente del *Judenrat* y enviado a Plaszow tras dos años de cárcel, sufrió un fallo cardíaco y fue atendido en la *Krankenstube*. Pero antes de que acudiera Blancke con su jeringa de bencina, el doctor Idek Schindel, tío de Genia, la niña que había galvanizado la atención de Oskar a distancia, dos años antes, se acercó al lecho de Biberstein acompañado por varios colegas; uno de ellos le aplicó una indolora inyección de cianuro.

Con los ficheros de toda la población de Plaszow sobre la mesa, Blancke se dispuso a evaluar el estado sanitario de cada prisionero, barracón por barracón. Al llegar a la *Appellplatz,* se ordenaba a los prisioneros que se desnudaran. Así, desnudos, debían formar en línea y correr por turno ante los médicos. Blancke y su colaborador judío Leon Gross hacían anotaciones en las fichas, señalaban a los prisioneros, pedían a alguno que confirmara su nombre. Mientras corrían, los médicos buscaban signos de enfermedad o de debilidad muscular. Era una situación extraña y humillante. Hombres con la espalda dislocada (como Pfefferberg, a causa de un golpe descargado por Hujar con el cabo de un látigo), mujeres que sufrían de diarrea crónica y que se habían frotado las mejillas con col roja para darles color, corrían para salvar su existencia y con pleno conocimiento de ello. La joven corredora Kinstlinger, que había representado a Polonia en las Olimpíadas de Berlín, sabía que aquello había sido apenas un juego. Ésta era la verdadera competición. Sin aliento, con el estómago revuelto, había que correr por la vida misma, entre las mentirosas oleadas de la música.

Nadie supo los resultados hasta el domingo siguiente en que, con la misma música y las mismas banderas, se reunió de nuevo al total de los reclusos. Mientras se leían los nombres y se hacía formar a los desaprobados de la *Gesundheitaktion* en el lado este de la plaza, se oyeron gritos de indignado asombro. Amon, que esperaba un tumulto, había pedido la ayuda de la guarnición de la Wehrmacht en Cracovia, que permanecía alerta por si se producía un levantamiento. Durante la inspección general del domingo anterior habían aparecido casi trescientos niños; ahora, mientras los apartaban, los llantos y protestas de sus padres eran tan violentos que la mayor parte de la guarnición, junto con los destacamentos de la policía de seguridad venidos de Cracovia, se sumaron al cordón que separaba ambos grupos. La confrontación duró horas; los guardias rechazaban a los padres enloquecidos y repetían las mentiras habituales a quienes tenían parientes entre las personas rechazadas. Nada se había dicho, pero todos sabían que las personas apartadas habían fallado en la prueba y que no tenían ningún futuro posible. Una deplorable barahúnda de mensajes gritados de un grupo al otro se confundía con los valses y las canciones cómicas de los altavoces. Henry Rosner, atormentado por la idea de que su hijo

Olek estaba escondido en alguna parte del campo, tuvo una curiosa experiencia: un joven SS, que proclamaba a gritos lo que estaba ocurriendo, le aseguró que se ofrecería como voluntario para el frente del Este. Los oficiales anunciaron que, si los prisioneros no demostraban mayor disciplina, ordenarían abrir fuego a sus hombres. Quizás Amon esperaba que unas ráfagas de metralla justificables redujeran aún más la superpoblación de Plaszow.

Al final del proceso, mil cuatrocientos adultos y doscientos sesenta y ocho niños quedaron confinados, bajo la amenaza de las armas, en el lado este de la *Appellplatz*, para su inmediato traslado a Auschwitz. Pemper vio y recordó las cifras, y también que Amon las consideró decepcionantes. Pero, aunque no fueran las que esperaba, dejaban sitio de inmediato a una gran cantidad de húngaros.

El sistema de ficheros del doctor Blancke no registraba tan precisamente a los niños como a los adultos. Muchos de ellos habían decidido pasar los dos domingos escondidos; como sus padres, sabían instintivamente que su edad y la ausencia de sus nombres y otros datos en los registros del campo los convertían en blancos evidentes del proceso de selección. Olek Rosner se escondió en el techo de un barracón el segundo domingo. Había otros dos niños que pasaron todo el día sobre las vigas con él, manteniendo absoluto silencio y conteniendo sus deseos de ir al lavabo, entre los piojos, los pequeños líos de pertenencias de los prisioneros y las ratas del techo. Porque los niños sabían tan bien como los adultos que la SS y los ucranianos tenían miedo de ese espacio sobre el techo: creían que estaba habitado por el tifus; el doctor Blancke les había dicho que bastaba la caída de un fragmento de las heces de un piojo sobre una diminuta herida de la piel para provocar el tifus epidémico. Algunos niños de Plaszow habían estado alojados durante meses en el barracón, situado junto al sector de los hombres, que llevaba la inscripción «*Achtung Typhus*». Pero ese domingo, para Olek Rosner, la acción sanitaria de Amon era infinitamente más peligrosa que los piojos portadores de tifus.

Otros niños, incluso varios de los doscientos sesenta y ocho apartados ese día, se habían escondido antes de la *Aktion*. Cada uno de ellos había elegido su escondite favorito, con la misma decisión que llevaba a Olek a mantenerse inmóvil y en silencio. Algunos habían elegido un hueco debajo de algún barracón, otros el lavadero, o un cobertizo detrás del garaje. Muchos de esos escondites habían sido descubiertos ese domingo, o el anterior.

Muchos habían concurrido a la *Appellplatz* sin sospechar nada. Había padres que conocían a algún suboficial. Himmler mismo se había quejado de esto: un *Oberscharführer* que no parpadeaba ante una ejecución tenía, sin embargo, niños a quienes protegía, como si un campo de concentración fuera el patio de una escuela. Si había problemas con los niños, pensaban algunos padres, se podía recurrir a algún SS conocido.

El domingo anterior, un niño huérfano de trece años se había considerado seguro porque, en otras revistas, había pasado por un jovencito. Pero, desnudo, no podía ocultar las formas infantiles de su cuerpo: le ordenaron que se vistiera y se reuniera con los destinados a Auschwitz. Y mientras los padres lloraban en el otro extremo de la *Appellplatz*, y los altavoces rebuznaban una canción sentimental llamada *Mammi, kauf mir ein Pferdchen* (Mamá, cómprame un caballito), el chico simplemente pasó de un grupo a otro, moviéndose con el mismo instinto infalible que la niña de rojo de la Plac Zgody. Y, como Caperucita Roja, pasó inadvertido. Ahora era un adulto aceptable entre los demás, mientras la odiosa música atronaba y su corazón parecía a punto de escapar de su pecho. Fingiendo los espasmos de la diarrea, pidió autorización a un guardia para ir a las letrinas.

Las largas letrinas estaban más allá del sector de los hombres; al llegar, el chico se metió entre los dos tablones y, con un brazo a cada lado, se dejó caer, tratando de apoyar pies y rodillas en ambas paredes, enceguecido por la fetidez y por las moscas que invadían su boca, sus orejas, su nariz. Cuando tocó el inmundo suelo, oyó lo que le pareció una alucinación: un rumor de voces, por encima del zumbido de las moscas:

—¿Te siguieron? —preguntó una voz.

Y otra dijo:

—¿Qué haces aquí? ¡Este lugar es nuestro!

Había diez niños más allí con él.

El informe de Amon, que Mietek Pemper leyó por encima del hombro de Frau Kochmann el lunes por la mañana, utilizaba la palabra compuesta *Sonderbehandlung:* tratamiento especial. Años más tarde sería una palabra famosa, pero era la primera vez que Pemper la veía. Por supuesto, tenía un sentido tranquilizador, e incluso médico. Pero Mietek sabía ya que no implicaba ninguna terapéutica.

Un telegrama que dictó luego Amon, al campo de Auschwitz, explicó con menos ambigüedad su significado. Amon explicaba que, para hacer más difácil la huida, había insistido en que el personal seleccionado para el *Sonderbehandlung* se despojara, antes de subir a los vagones de ganado, de todo resto de ropa corriente que aún conservara, y vistiera el uniforme rayado de la prisión. Como en todo el sistema había gran escasez de estas prendas, solicitaba su devolución al KL Plaszow apenas los candidatos al *Sonderbehandlung* llegaran a Auschwitz.

Todos los niños que permanecieron en Plaszow, como los que habían compartido la letrina con el huérfano alto, se escondieron o pasaron por adultos hasta que búsquedas posteriores revelaron su presencia. En el momento en que esto ocurría, iniciaban el lento viaje diurno de sesenta kilómetros hasta Auschwitz. El material rodante se usó de este modo durante todo el verano: llevaba tropas y provisiones a las paralizadas líneas alemanas cerca de Lwow y, al regreso, se detenía en el ramal de Plaszow donde los médicos de la SS examinaban sin cesar a hombres y mujeres que corrían desnudos.

CAPÍTULO·29

Oskar, sentado en el despacho de Amon ante las ventanas abiertas de par en par, un sofocante día de verano, tenía la impresión de que esa reunión era una farsa. Quizá Madritsch y Bosch pensaban lo mismo, porque apartaban incesantemente la vista de Amon para mirar las vagonetas de piedra caliza o cualquier carro o camión que pasara. Sólo el *Untersturmführer* John tomaba notas, se mantenía bien erguido y llevaba la chaquetilla abotonada.

Amon había dicho que se trataba de una reunión de seguridad. Aunque ahora el frente se había estabilizado, dijo, el avance del centro de los ejércitos rusos hasta los suburbios de Varsovia alentaba la actividad de la resistencia en toda la Gobernación General, y las tentativas de fuga de los judíos que oían hablar de esa actividad. Por supuesto, éstos ignoraban, señaló Amon, que estaban mejor detrás de las alambradas que expuestos a los guerrilleros polacos, asesinos de judíos. En todo caso, todo el mundo debía prepararse para un posible ataque guerrillero del exterior y para lo que podía ser peor, el contacto entre guerrilleros y reclusos.

Oskar trató de imaginar una invasión de Plaszow por la guerrilla, que dejaba en libertad a los polacos y judíos para convertirlos en un ejército de inmediato. Era un sueño diurno; ¿quién podía creerlo? Pero Amon se esforzaba por convencer a todo el mundo de que él lo creía. Esa pequeña comedia debía de tener un sentido. Oskar estaba seguro.

Bosch dijo:

—Espero que los guerrilleros no aparezcan por aquí una noche que me hayas invitado.

—Amén, amén —murmuró Schindler.

Después de la reunión, Oskar llevó a Amon a su coche, aparcado junto al edificio de la administración. Abrió el maletero. En su interior había una silla de montar ricamente adornada con el diseño típico de Zakopane, una región montañosa al sur de Cracovia. Oskar debía continuar con sus pequeños regalos a Goeth, ahora que la paga del trabajo esclavo de la Deutsche Email Fabrik no se entregaba al comandante de Plaszow sino directamente al representante, en la zona de Cracovia, de los cuarteles del general Pohl en Oranienburg.

Oskar ofreció llevar a Amon, junto con su silla de montar, hasta su casa.

Ese día ardiente algunos de los prisioneros que empujaban las vagonetas mostraban algo menos que el celo requerido. Pero la silla de montar había dulcificado a Amon, y de todos modos ya no le permitían bajar del coche y matar a la gente. El coche pasó más allá de los barracones de la guarnición y llegó hasta el fin del ramal, donde había un tren de vagones de ganado custodiados. Oskar supo inmediatamente, por la ondulante niebla que cubría los vagones y se combinaba con el efecto del sol sobre los techos metálicos, que estaban repletos. Y por encima del fragor de la locomotora se podían oír quejas y voces suplicando agua.

Oskar frenó y escuchó. Podía hacerlo, merced a la costosa silla que había en el maletero. Amon sonrió con indulgencia a su sentimental amigo.

—En parte son de aquí, en parte del campo de trabajo de Szebnia —dijo—. Y algunos polacos y judíos de Montelupich. Van a Mauthausen. —Amon dejó flotar unos segundos el punto de destino—. ¿Se quejan aquí? Ya tendrán motivos en Mauthausen...

Los techos de los vagones resplandecían al sol.

—¿Le importa que llame a su brigada de incendios? —dijo Oskar.

Amon dejó escapar una risa que significaba: «Y, después, ¿qué se le ocurrirá?» Y también que a ningún otro le permitiría hacerlo, pero sí a Oskar, que era tan extravagante. Y, por otra parte, el asunto sería una excelente anécdota para alguna de sus cenas.

Sin embargo, mientras los guardias ucranianos hacían sonar la campana para llamar a los bomberos judíos, estaba sinceramente desconcertado. Sabía que Oskar sabía qué significaba Mauthausen. Y arrojar agua sobre los vagones era como prometer algún futuro a sus ocupantes. ¿No era eso, para cualquier código, una verdadera crueldad? Cierta incredulidad se mezclaba con su divertida tolerancia mientras los chorros de agua restallaban con un ruido sibilante sobre el metal ardiente. Neuschel se acercó; movió la cabeza, sonriendo, mientras los ocupantes del tren gritaban agradecidos. Grün, el guardaespaldas de Amon, que estaba charlando con el *Untersturmführer* John, reía sonoramente y se daba palmadas. Pero, aun con toda su presión, el chorro de las mangueras sólo llegaba hasta la mitad del tren. Oskar pidió entonces a Amon un camión y unos ucranianos para que fueran a buscar a Zablocie las mangueras de incendio de la Deutsche Email Fabrik. Tenían doscientos metros, dijo Oskar. Por alguna razón, esto le pareció muy hilarante a Amon. Por supuesto, puede usar ese camión, dijo. Amon estaba dispuesto a contribuir con lo que fuera a la comedia de la vida.

Oskar dio a los ucranianos una nota para Bankier o Garde. Cuando partieron, Amon, compenetrado con el espíritu de la situación, permitió que se abrieran las puertas de los vagones, se distribuyeran cubos de agua y se sacara a los muertos, con sus caras rojas e hinchadas. Alrededor del tren había oficiales y suboficiales de la SS, muy divertidos.

—¿De qué pensará que los está salvando?

Cuando llegaron las grandes mangueras de la DEF y todos los vagones fueron refrescados, la broma asumió nueva dimensión. Oskar, en su nota, había pedido también que llenaran, en sus habitaciones, una cesta de bebidas, quesos, salchichas y cigarrillos. Entregó la cesta al suboficial que estaba a cargo de la custodia del tren. Era una transacción descarada, y el hombre, sorprendido ante tal abundancia, la guardó rápidamente en el interior del último vagón para no ser visto por los oficiales. Sin embargo, dado que Oskar parecía gozar hasta tal punto del favor del comandante, lo escuchó respetuosamente.

—¿Querrá usted abrir las puertas de los vagones —dijo Oskar— cuando el tren se detenga cerca de alguna estación?

Años más tarde, dos supervivientes de ese tren, los doctores Rubinstein y Feldstein, dijeron a Oskar que el suboficial había ordenado frecuentemente que se abrieran las puertas y se llenaran de nuevo los cubos de agua durante el fatigoso viaje a Mauthausen.

Por supuesto, para la mayor parte de los ocupantes de los vagones esto fue sólo un consuelo antes de la muerte.

Mientras Oskar caminaba junto al tren, entre risas de los SS, distribuyendo una misericordia que era, en términos generales, inútil, parecía cada vez menos desasosegado y más sereno. Incluso Amon sabía que su ánimo había cambiado. Todo aquello: las largas mangueras, el soborno de un suboficial a la vista de todos... Un matiz en la risa de Scheidt, de John o de Hujar podría provocar la denuncia colectiva de Oskar, algo que la Gestapo no podría ignorar. Y, en ese caso, Oskar iría a Montelupich, y a causa de las acusaciones raciales previas, seguramente a Auschwitz.

Amon se horrorizó al ver que Oskar insistía en tratar a esos muertos como si fueran parientes pobres que viajaban en tercera clase para ir a un sitio normal.

Poco después de las dos la locomotora arrastró el miserable tren de vagones de ganado hacia la vía principal, y se enrollaron las mangueras. Schindler dejó a Amon, con su silla de montar, en su casa.

Amon vio que Oskar estaba aún inquieto y, por primera vez, le dio un consejo.

—Debe tranquilizarse —dijo—. No puede usted correr detrás de todos los trenes que salen de aquí.

También el ingeniero Adam Garde vio huellas de un cambio en Oskar. La noche del 20 de julio, un SS entró en el barracón de Garde y lo despertó. El Herr Direktor había llamado para solicitar la ayuda profesional del ingeniero, en su despacho.

Garde halló a Oskar ante la radio, con el rostro encendido, y una botella y dos vasos sobre el escritorio. Adornaba la pared un mapa en relieve de Europa. No había ninguno durante los días de la expansión alemana, pero Oskar parecía tener gran interés por el retroceso del frente. Esta noche escuchaba la *Deutschlandsender* y no, como de costumbre, la BBC. Transmitía música seria, como solía ocurrir antes de los anuncios importantes.

Oskar parecía escuchar con avidez. Cuando entró Garde, se puso de pie e invitó a sentarse al joven ingeniero. Sirvió coñac y pasó de prisa al otro lado del escritorio.

—Han tratado de matar a Hitler —explicó Oskar. Lo habían anunciado más temprano, y también habían dicho que Hitler vivía y que pronto hablaría al pueblo alemán. Pero no había ocurrido. Habían pasado horas, y aún no podían presentarlo. Y seguían emitiendo música de Beethoven, como el día de la caída de Stalingrado.

Oskar y Garde pasaron horas juntos. Era la rebelión: un judío y un alemán dispuestos a escuchar la radio toda la noche, si era preciso, para saber si el Führer había muerto. Naturalmente, Adam Garde compartía el mismo resurgimiento de la esperanza. Oskar hacía vagos ademanes, como si la posibilidad de la muerte de Hitler hubiese distendido sus músculos. Bebía asiduamente y urgía a beber a Garde. Si era verdad, decía, los alemanes, los alemanes comunes como él, podrían empezar a redimirse. Sólo porque alguien del entorno de Hitler había tenido valor suficiente para liquidarlo. Sería el fin de la SS. Himmler estaría en la cárcel a la mañana siguiente.

Oskar fumaba nubes de humo.

—Dios mío—dijo—, ¡qué alivio ver el fin de esto!

A las diez de la noche se repitió el anuncio anterior. El atentado contra la vida del Führer había fracasado; el Führer hablaría poco más tarde. Una hora después aún no lo había hecho, y Oskar experimentó una fantasía que sería muy común entre los alemanes a medida que se aproximaba el fin de la guerra. Nuestras penurias se acaban, se dijo. El mundo recupera la cordura; Alemania podrá aliarse a Occidente contra Rusia.

Las esperanzas de Garde eran más modestas. Le bastaba con un gueto como los del tiempo de Francisco José.

Mientras bebían y oían música, cada vez les parecía más razonable que Europa les concediera esa noche una muerte esencial para la restauración de la salud de su mente. Eran de nuevo ciudadanos de Europa; no un prisionero y el Herr Direktor. Las promesas del mensaje del Führer se repitieron, y cada vez Oskar rió con menos mesura.

A medianoche dejaron de atender a esas promesas. Ya era más fácil respirar en la Cracovia posthitleriana. Por la mañana, pensaban, se bailaría en todas las plazas, sin que nadie pudiera reprimirlo. La

Wehrmacht arrestaría a Frank en el castillo de Wawel y rodearía a la SS de la calle Pomorska.

Poco antes de la una Hitler habló desde Rastenberg. Oskar estaba ya tan convencido de que no volvería a oír *esa* voz, que durante unos segundos no la reconoció, a pesar de su familiaridad. Pensó que era algún contemporizador portavoz del partido nazi. Pero el ingeniero Garde no se engañó desde la primera palabra.

—¡Camaradas alemanes! —decía la voz—. Os hablo ahora en primer lugar para que oigáis mi voz y sepáis que estoy sano e ileso y, en segundo lugar, para que os enteréis de un crimen que no tiene paralelo en la historia de Alemania. El discurso concluyó cuatro minutos después, con una amenaza a los conspiradores.

—Ajustaremos cuentas con ellos en la forma en que nosotros, los nacionalsocialistas, acostumbramos hacerlo.

Adam Garde no había compartido la fantasía de Oskar. Porque Hitler era más que un hombre: era un sistema con ramificaciones. Aun si moría, no era seguro que el sistema cambiara de carácter. Y no era natural que un fenómeno semejante desapareciera de la noche a la mañana. Pero Oskar había creído en esa muerte con febril convicción durante horas; y cuando vio que era una ilusión, fue el joven Garde quien tuvo que consolarlo, mientras el alemán se quejaba casi con acentos de ópera.

—Nuestra esperanza se desvanece —dijo. Sirvió otra copa de coñac para cada uno, y luego le ofreció la botella y su cigarrera abierta—. Llévese el coñac y algunos cigarrillos y duerma un poco —agregó—. Tendremos que esperar un poco más hasta que llegue nuestra libertad.

Confundido por el coñac, la esperanza inicial y el brusco cambio de la madrugada, Garde no consideró extraño que Oskar hablara de «nuestra libertad», como si sus necesidades fueran equivalentes y ambos fueran prisioneros en espera pasiva de su libertad. Pero, al regresar a su litera, Garde pensó: Es extraño que el Herr Direktor hable así, como una persona dada a las fantasías y a los accesos de depresión. Por lo general, parece un hombre pragmático.

En la calle Pomorska y en los campos de trabajo de los alrededores de Cracovia pululaban los rumores de una redistribución inminente de los prisioneros. Oskar estaba preocupado por esto; en Plaszow, Amon recibió la noticia extraoficial de que los campos desaparecerían.

En realidad, la «reunión de seguridad» no se debía a la necesidad de defender Plaszow contra la resistencia, sino al próximo cierre del campo de trabajo. Amon sólo había convocado a Madritsch, a Oskar y a Bosch buscando camuflaje. Después de la reunión, fue a visitar, en Cracovia, a Wilhelm Koppe, el nuevo jefe de policía de la SS en la Gobernación General. Amon se instaló ante el escritorio de Koppe fingiendo preocupación; sus largos dedos se abrían y cerraban al azar como si le angustiara el posible asedio de Plaszow. Repitió ante Koppe lo mismo que había dicho a Oskar y a los demás. Las organizaciones de la resistencia actuaban dentro del campo, los sionistas de Plaszow se comunicaban con los guerrilleros del Ejército del Pueblo y de la Organización Judía de Combate. Como el *Obergruppenführer* sin duda comprendía, era difícil evitar esas comunicaciones: se podía deslizar un mensaje dentro de un trozo de pan. Pero ante la primera señal de una rebelión concreta, él, Amon Goeth, como comandante del campo, debería tomar decisiones inmediatas. Lo que deseaba preguntar era lo siguiente: ¿Tendría el apoyo del *Obergruppenführer* Koppe si disparaba primero y se ocupaba después del papeleo con Oranienburg?

—Naturalmente —dijo Koppe. Tampoco él aprobaba a los burócratas. Durante los últimos años, como jefe de policía de la Wartheland, había dirigido una flota de vehículos que llevaban a los *Untermenschen* al campo; allí se bombeaban al interior los gases del escape de los motores a plena potencia. También ésas eran acciones no autorizadas de las que no se llevaba un registro perfecto.

—Por supuesto, pero tendrá que hacerlo con discreción —dijo—. Si es así, lo apoyaré.

Oskar había percibido desde el inicio que Amon no estaba verdaderamente preocupado por la resistencia. Si hubiera sabido que Plaszow sería liquidado, habría comprendido el sentido profundo de la representación de Amon. Amon estaba preocupado por Wilek Chilowicz, el jefe de la policía judía del campo, a quien había usado frecuentemente como intermediario ante el mercado negro. Chilowicz conocía Cracovia. Sabía dónde vender la harina, el arroz, la mantequilla que el comandante tomaba para sí de las provisiones del campo. Conocía a los comerciantes que podían tener interés en la producción de la joyería de moda que había creado en Plaszow merced al trabajo de reclusos como Wulkan. Amon estaba preocupado por todos los Chilowicz: Marysia Chilowicz, que gozaba de privilegios conyugales, Mietek Finkelstein, el segundo de Chilowicz, la señora Ferber, hermana de Chilowicz, y su marido el señor Ferber. Si había una aristocracia en Plaszow, era la de los Chilowicz. Tenían autoridad sobre los prisioneros; pero su conocimiento tenía doble filo. Sabían tanto acerca de un pobre maquinista de los talleres de Madritsch como acerca de Amon. Si al desaparecer Plaszow eran enviados a otro campo de concentración, y si alguna vez estaban en peligro, tratarían de sacar provecho de su conocimiento de los turbios negocios del comandante. Bastaría con que tuvieran hambre.

Naturalmente, también Chilowicz estaba preocupado. No sabía si le permitirían salir de Plaszow, y Amon no ignoraba sus dudas. Decidió entonces usar como palanca precisamente la ansiedad de Chilowicz. Amon llamó a Sowinski, un auxiliar de la SS reclutado en Checoslovaquia, en la región del Tatra, a su despacho, y le encargó una tarea: Sowinski debía acercarse a Chilowicz y ofrecerle un plan de fuga. Amon estaba seguro de que Chilowicz aceptaría de buena gana la posibilidad. Sowinski hizo bien su tarea. Dijo a Chilowicz que podía sacar del campo a toda la familia en uno de los grandes camiones que utilizaban leña como combustible. Si se empleaba, en cambio, gasolina, se podría ocultar a media docena de personas en el depósito de leña.

A Chilowicz le interesó la proposición. Por supuesto, Sowinski enviaría una nota a algunos amigos del exterior, que proporcionarían otro vehículo. Sowinski llevaría a la familia en el camión hasta el punto de la cita. Chilowicz no tenía inconveniente en pagar con diamantes; pero, en señal de mutua confianza, Sowinski debía conseguirle un arma. Sowinski informó de este trato al comandante, y Amon le entregó una pistola del calibre 38 con el percutor limado. Sowinski se la dio a Chilowicz, quien, por supuesto, no podía probarla. En cambio, Amon podría jurar ante Koppe y sus superiores de Oranienburg que el prisionero estaba armado.

Un domingo, a mediados de agosto, Sowinski recibió a los Chilowicz en el depósito de materiales de construcción y los escondió en el camión. Luego condujo por la calle Jerozolimska hasta la puerta. Después de las formalidades de rutina, el camión partiría hacia el campo. En los cinco fugitivos ocultos latía una ansiedad febril y casi intolerable por alejarse de Amon.

Pero en la puerta estaban Amon, Amthor, Hujar y el ucraniano Ivan Scharujew. Procedieron a una detallada inspección. Con una media sonrisa, los SS dejaron el depósito de leña para el final, y fingieron sorpresa cuando descubrieron al lamentable clan Chilowicz comprimido como sardinas. Chilowicz fue arrastrado afuera y Amon «encontró» el arma ilegal oculta en una de sus botas. Los bolsillos de Chilowicz estaban repletos de diamantes que le habían dado, a cambio de su favor, reclusos desesperados.

Los prisioneros, en su día de descanso, se enteraron de que Chilowicz había sido sentenciado. La noticia causó el mismo asombro y las mismas emociones confusas que la ejecución de Symche Spira y otros miembros del OD, el año anterior. Ningún prisionero podía saber, por otra parte, qué significaba eso para él.

Los Chilowicz fueron ejecutados uno por uno con una pistola. Amon, amarillento por trastornos del hígado y una incipiente diabetes, en el punto culminante de su obesidad y respirando con dificultad, como un anciano, apoyó el cañón de su arma contra el cuello de Chilowicz. Los cadáveres fueron exhibidos en la *Appellplatz* con leyendas atadas al pecho: *Quienes violen leyes justas pueden esperar una muerte igual..*

No fue ésa, por supuesto, la moraleja que extrajeron del espectáculo los prisioneros del KL Plaszow.

Amon pasó la tarde redactando dos largos informes, uno para Koppe y otro para la Sección D (campos de concentración) del general Glucks. Explicaba que había salvado al KL Plaszow del principio de una rebelión en el momento en que un grupo de conspiradores huía del campo, mediante la ejecución de los cabecillas. No terminó de revisar los informes hasta las once de la noche. Como Frau Kochmann no podía trabajar con rapidez y era muy tarde, el comandante ordenó que despertaran a Mietek Pemper en su barracón y que lo llevaran a su casa. Con voz tranquila, Amon le dijo que creía que había participado en el intento de fuga de Chilowicz. Pemper, desconcertado, no supo qué responder; buscando alguna inspiración, miró el suelo y vio que tenía descosidos los pantalones en la pierna izquierda.

—¿Cómo podría salir de aquí con esta ropa? —preguntó. La sincera desesperación de la respuesta satisfizo a Amon. Dijo al muchacho que se sentara y le indicó cómo debía hacer el trabajo y numerar los folios. Amon golpeó los papeles con sus dedos en forma de espátula.

—Quiero un trabajo de primera —dijo.

Pomper pensó: «Está claro: puedo morir ahora por tentativa de fuga, o, más tarde, por haber leído la justificación de Amon.» Cuando Pemper salía con los borradores, Amon lo siguió hasta fuera y le dio una última orden.

—Cuando copie la lista de los insurgentes —dijo suavemente—, deje sitio para otro nombre encima de mi firma.

Pemper asintió, con la discreción del secretario profesional. Durante medio segundo buscó inspiración, alguna respuesta serena que pudiera modificar la orden de Amon acerca de ese espacio extra. El espacio para su nombre: *Mietek Pemper.* En el tórrido silencio de esa noche de domingo en la Jerozolimska, no se le ocurrió nada plausible.

—Sí, Herr Commandant —dijo.

Mientras Pemper recorría a tropezones el camino hasta el edificio de la administración, recordó una carta que Amon le había dado para copiar a principios de ese verano. Estaba dirigida a su padre, el editor vienés, y mostraba gran preocupación filial por la alergia que había aquejado al anciano esa primavera. Amon esperaba que ya estuviese mejor. Pemper recordaba esa carta entre todas las demás por una razón: media hora antes de llamarlo a su despacho, Amon había arrastrado afuera a una chica del archivo y la había ejecutado. La carta y la ejecución sumadas demostraban a Pemper que para Amon el crimen y la alergia eran acontecimientos de igual peso. Cuando se le indicaba a un taquígrafo dócil que dejara espacio para poner su nombre, era evidente que lo haría.

Pemper trabajó durante más de una hora, y finalmente dejó el espacio. No hacerlo habría sido más rápidamente fatal. Los amigos de Stern comentaban que Schindler tenía una especie de plan de rescate. Pero esa noche los rumores de Zablocie no significaban nada. Mietek dejó en ambos informes el sitio vacío para su propia muerte. La cantidad de criminales hojas de papel carbón que había sostenido ante un espejo y aprendido de memoria se convertía en una tarea inútil a causa de ese espacio vacío. Cuando la copia de ambos documentos quedó perfecta, regresó a la casa de Amon; éste le pidió que esperara junto a las puertas de cristal mientras leía los informes en su sala. Pemper se preguntó si pondrían en su cuerpo una inscripción declamatoria: *Así mueren todos los judíos bolcheviques.*

Por fin Amon reapareció.

—Puede irse a dormir —dijo.

—¿Herr Commandant?

—Le dije que puede marcharse.

Pemper se alejó. Su paso era más inseguro. Después de lo que había visto, Amon no lo dejaría con vida. Pero tal vez pensaba que había tiempo para matarlo más tarde. Mientras tanto, un día de vida era vida.

Como se supo más tarde, el espacio era para el nombre de un prisionero que, en algún momento de sus insensatos arreglos con hombres como John y Hujar, había revelado que tenía unos diamantes escondidos fuera del campo de concentración. Mientras Pemper se sumergía en el sueño de los que han vuelto a la vida, Amon hizo llamar a ese hombre, le ofreció la salvación a cambio de su secreto y, cuando le mostró el escondite, lo ejecutó en el acto. Luego agregó su nombre a los informes destinados a Koppe y a Oranienburg, donde afirmaba humildemente que había cortado de raíz la insurrección.

CAPÍTULO·30

Las órdenes, con el sello del Okh (alto mando del ejército), estaban ya sobre el escritorio de Oskar. El director de Armamentos informaba a Oskar que, a causa de la situación bélica, el KL Plaszow, y por lo tanto también el campo de Emalia, sería clausurado. Se enviaría a Plaszow a los prisioneros de Emalia, en espera de su redistribución. Oskar debía ocuparse personalmente de concluir sus actividades en Zablocie, con la mayor urgencia, reteniendo solamente al personal indispensable para desmantelar la fábrica. Si deseaba ulteriores instrucciones debía dirigirse a la Junta de Evacuación, OKH, Berlín. La primera reacción de Oskar fue una fría indignación. Le enfurecía el tono de la carta, la idea de que un remoto funcionario quisiera absolverlo de toda preocupación posterior. En Berlín había un hombre que nada sabía del pan del mercado negro que unía a Oskar con sus prisioneros; ese hombre consideraba razonable que el dueño de una fábrica abriera las puertas y permitiera que se llevaran a su personal. Pero lo peor era que no se definía el término «redistribución». El gobernador general Frank había sido más sincero en un reciente discurso: «Cuando al fin ganemos la guerra, por lo que a mí me importa, podéis hacer picadillo o lo que queráis con los polacos, los ucranianos y todo el resto de esa chusma ociosa.» Frank había tenido el valor de utilizar una expresión adecuada. En Berlín hablaban de «redistribución» y creían que eso era excusa suficiente.

Amon sabía qué era la «redistribución», y en la siguiente visita de Oskar a Plaszow se lo dijo claramente. Todos los hombres de Plaszow serían enviados a Gröss-Rosen. Las mujeres irían a Auschwitz. Gröss-Rosen era una vasta zona de canteras de la Baja Silesia. Obras Alemanas de Tierra y Piedra era una empresa de la SS con ramificaciones en Polonia, Alemania y los territorios conquistados que se ocupaba de liquidar a los prisioneros en Gröss-Rosen. En Auschwitz los métodos eran más directos y modernos.

Cuando la noticia de la clausura de Emalia llegó a los talleres y barracones, algunos pensaron que era el fin del santuario. Los Perlman, cuya hija había abandonado su cobertura aria para ayudarlos, empacaron sus mantas y hablaron filosóficamente con sus amigos. Emalia nos ha dado un año de descanso, un año de comida, un año de cordura. Tal vez sea suficiente, decían. Y ahora esperaban que morirían. Era evidente por el tono de sus voces.

El rabino Levartov también estaba resignado. Amon resolvería la cuenta pendiente que tenía con él. Edith Liebgold, que había sido reclutada por Bankier para el turno de noche en los primeros días del gueto, observó que Oskar pasaba horas hablando gravemente con su plana mayor judía, pero que no hacía asombrosas promesas al personal. Quizás estaba tan desconcertado y disminuido por esas órdenes de Berlín como ellos. Y no era ese profeta que ella había visto al llegar, más de tres años antes.

De todos modos, al final del verano, mientras los prisioneros empacaban para que los condujeran de vuelta a Plaszow, corrió entre ellos el rumor de que Oskar hablaba de recuperarlos. Se lo había dicho a Klein, se lo había dicho a Bankier. Casi se podía oír cómo lo decía, con esa equilibrada certidumbre y esa voz gruñona y paternal. Pero al entrar a la calle Jerozolimska, al pasar más allá del edificio de la administración y mirar con la incredulidad de un recién llegado los grupos que cargaban las piedras de la cantera, el recuerdo de la convicción y las promesas de Oskar era simplemente una nueva carga.

La familia Horowitz estaba nuevamente en Plaszow. Aunque Dolek, el padre, había logrado ir con los demás a Emalia, allí estaban otra vez. Richard, de seis años, Regina, la madre, y Niusia, de once, que nuevamente cosía cerdas a los cepillos y miraba desde las altas ventanas los camiones mientras subían a Chujowa Gorka, y el negro humo de la incineración que se alzaba de la colina. Plaszow era lo mismo que había dejado el año anterior; Niusia no podía creer que eso se acabara nunca.

Pero su padre creía que Oskar haría una lista de personas y las sacaría de Plaszow. La lista de Oskar, en la mente de muchos, era ya más que una mera enumeración. Era la lista por antonomasia, una dulce carroza que descendía.

Oskar propuso la idea de llevarse algunos judíos de Cracovia una noche, en la casa de Amon. Era una noche serena, al final del verano. Amon parecía contento de verlo. A causa de su salud —los doctores Blancke y Gross le habían advertido que, si no se moderaba en la comida y la bebida, corría peligro de muerte— en los últimos tiempos no había tantos visitantes en su casa.

Estaban bebiendo al nuevo ritmo moderado de Amon. Oskar dijo bruscamente lo que pensaba hacer. Quería trasladar su fábrica a Checoslovaquia, y llevarse a sus obreros calificados. También necesitaría otras personas capacitadas de Plaszow. Buscaría la ayuda de la Junta de Evacuación para encontrar un sitio adecuado, en alguna parte de Moravia, y también la de la Ostbahn para transportar sus máquinas hacia el sudoeste. Hizo saber a Amon que le agradecería su apoyo. La mención de la gratitud siempre excitaba a Amon. Sí, dijo; si Oskar conseguía la cooperación de las instituciones citadas, él permitiría que una lista de personas saliera de Plaszow.

Después de cerrar el trato, Amon propuso una partida de cartas. Le gustaba el *blackjack,* una versión del *vingt-et-un* francés. En ese juego, era difícil para los oficiales jóvenes fingir que perdían sin ponerse en evidencia. No permitía la obsecuencia. Por lo tanto, era verdaderamente un juego, y Amon lo prefería. Además, Oskar no tenía interés en perder esa noche; ya le pagaría suficientemente a Amon por esa lista.

El comandante hizo inicialmente apuestas modestas con billetes de cien zlotys, como si sus médicos le hubiesen aconsejado también moderación en el juego. Pero pronto empezó a elevarlas, y cuando llegaron a los quinientos zlotys, Oskar obtuvo un «natural», es decir, un as y un diez; lo cual significaba que Amon debía pagar el doble de la apuesta.

Amon estaba desconsolado, pero no demasiado enfadado. Ordenó a Helen Hirsch que trajera café. Ella entró: era la parodia de una criada, muy pulcra y vestida de negro, pero con el ojo derecho hinchado. Era tan pequeña que Amon debía inclinarse para pegarle. Ahora la muchacha conocía a Oskar, pero no lo miraba. Casi un año antes, él había prometido sacarla de allí. Cada vez que él iba a casa de Amon, se arreglaba para deslizarse por el pasillo hasta la cocina y preguntarle cómo estaba. Eso significaba algo, pero no afectaba lo esencial de su vida. Por ejemplo, pocas semanas atrás, porque la sopa no estaba bien caliente —Amon era muy exigente con la sopa, con las manchitas de las moscas, con las pulgas de los perros—, el comandante había llamado a Ivan y a Petr y les había ordenado que la llevaran junto al abeto del jardín y la mataran. Él miraba desde las puertas de cristal; ella estaba ante el máuser de Petr y hablaba en voz muy baja con el joven ucraniano. «Petr, ¿a quién vas a matar? Soy yo, Helen, Helen, que te da pasteles. No puedes matar a Helen, ¿verdad?» Petr respondía en igual tono: «Lo sé, Helen. No quiero. Pero, si no lo hago, me matará a mí.» Ella inclinó la cabeza junto a la corteza moteada del abeto. Muchas veces había preguntado a Amon por qué no la mataba; ahora quería morir serenamente, herirlo con su aceptación. Pero no era posible. Temblaba tan violentamente que él seguramente lo vería. Y luego oyó decir a Amon:

—Traed aquí a esa perra. Sobra tiempo para matarla. Mientras tanto, quizá sea posible mejorar su educación.

Locamente, entre estallidos de salvajismo, había breves momentos en que trataba de mostrarse como un amo bondadoso. Una mañana le dijo:

—Realmente es usted una excelente cocinera. Si necesita referencias después de la guerra, me agradará darle mi recomendación.

Helen sabía que sólo eran palabras, sueños diurnos. Volvía hacia ellas su oído sordo, el que tenía el tímpano perforado por uno de sus golpes. Tarde o temprano, sabía, moriría a causa de sus habituales violencias.

En una vida semejante, la sonrisa de un invitado sólo era un consuelo momentáneo. Esa noche colocó una enorme cafetera de plata al lado del Herr Commandant —aún bebía café copiosamente en tazas repletas de azúcar—, hizo una leve reverencia y salió.

Una hora más tarde Amon debía a Oskar tres mil setecientos zlotys y se quejaba amargamente de su suerte. Oskar sugirió una apuesta distinta. Necesitaría una criada en Moravia, dijo, cuando se fuera a Checoslovaquia. Allí no era posible encontrar una tan capaz e inteligente como Helen Hirsch. Sólo había chicas del campo. Oskar sugirió jugar una última mano. Si Amon ganaba, Oskar le pagaría siete mil cuatrocientos zlotys. Si conseguía un «natural», serían catorce mil ochocientos.

—Pero si yo gano —dijo Oskar—, Helen Hirsch entra en mi lista.

Amon reflexionó. Vamos, dijo Oskar, irá a Auschwitz de todos modos. Pero había una relación personal; Amon estaba tan acostumbrado a Helen que no podía privarse de ella automáticamente. Si había pensado alguna vez en su destino, probablemente había previsto que moriría por su mano, en un acceso de pasión personal. Pero si la apostaba y la perdía, tendría la obligación, como un buen deportista vienés, de renunciar al placer de un crimen llevado a cabo en la intimidad.

Mucho antes, Schindler había pedido a Helen para Emalia, y Amon se había negado. Apenas un año antes parecía que Plaszow duraría décadas y que el comandante y su criada envejecerían juntos, a menos que algún error de Helen provocara el brusco fin de la relación. El verano anterior, nadie habría creído que las cosas pudieran cambiar porque los rusos estaban en las afueras de Lwow. Oskar formuló ligeramente su propuesta. No parecía ver ningún paralelo con Dios y Satán jugando a las cartas por un alma humana. No se preguntó qué derechos tenía para hacer esa apuesta. Si perdía, sus posibilidades de salvarla de otra manera eran mínimas. Pero ese año todas las posibilidades eran mínimas. Inclusive las suyas.

Oskar se puso de pie y recorrió la habitación en busca de papel con el membrete oficial. Escribió la declaración que Amon debería firmar si perdía: *Autorizo que se incluya el nombre de la prisionera Helen Hirsch en cualquier lista de obreros calificados asignados a la DEF, de Herr Oskar Schindler.*

Le tocaba dar cartas a Amon: Oskar recibió un ocho y un cinco, y luego pidió más. Un cinco y un as. Tendría que arreglarse únicamente con eso. Amon cogió sus cartas: un cuatro y un rey. Dios del cielo, dijo Amon. Era un caballero demasiado cuidadoso para proferir obscenidades. Estoy liquidado. Rió un poco, pero no estaba nada divertido. Mis primeras cartas, explicó, eran un tres y un cinco. Con el cuatro tenía buenas perspectivas. Y entonces salió ese maldito rey.

Finalmente, firmó el papel. Oskar recogió todo lo que había ganado esa noche y se lo devolvió a Amon.

—Cuide bien a la muchacha —dijo— hasta que nos marchemos todos.

Helen Hirsch, en la cocina, ignoraba que Oskar la había ganado a las cartas.

Probablemente porque Oskar habló con Stern de su noche con Amon, se oyeron rumores sobre el plan de Oskar en el edificio de la administración e incluso en los talleres. Había una lista de Schindler. Nada valía más que estar incluido en ella.

CAPÍTULO·31

Siempre, en algún momento de cualquier conversación acerca de Schindler, los amigos supervivientes del Herr Direktor, después de parpadear y mover la cabeza, se enfrentarán al problema casi matemático de establecer la suma de sus motivos. Todavía hoy, los judíos de Schindler repiten: «No sé por qué lo hizo.» Quizá se diga inicialmente que Oskar era un jugador y una persona sentimental que amaba la transparencia y la sencillez de hacer el bien; o que era por temperamento un anarquista a quien encantaba poner en ridículo al sistema, o que, debajo de su jovial sensualidad, estaba la capacidad de indignarse ante el salvajismo humano y de reaccionar sin dejarse abrumar. Pero nada de esto, ni la suma completa, explica la obstinación con que preparó, en el otoño de 1944, un puerto de destino para los graduados de Emalia.

Y no sólo para ellos. A principios de septiembre fue a Podgórze a visitar a Madritsch, que en ese momento empleaba en su fábrica de uniformes a más de tres mil prisioneros. Ahora la fábrica cerraría. Madritsch se llevaría sus máquinas de coser y su personal desaparecería. Si hacemos un plan conjunto, dijo Oskar, podremos sacar a más de cuatro mil. Los suyos y los míos. Y llevarlos a un lugar más o menos seguro en la tranquila Moravia.

Madritsch sería adorado siempre y con toda justicia por sus prisioneros supervivientes. Pagaba de su bolsillo y con riesgo permanente el pan y las gallinas que entraban de contrabando en su fábrica. Sería considerado un hombre más estable que Oskar. Menos brillante y menos proclive a la obsesión. Jamás había sido arrestado. Pero se había conducido con una humanidad peligrosa que, sin talento y energía, lo habría llevado a Auschwitz.

Oskar ponía ahora ante sus ojos la visión de un campo de trabajo Madritsch-Schindler situado en alguna parte de los Altos Jeseniks, una pequeña, segura y humeante aldea industrial.

A Madritsch le agradó la idea pero no se apresuró a decir que sí.

Podía ver que, aunque la guerra estaba perdida, el sistema SS era más implacable. Creía, y no se equivocaba, que los prisioneros de Plaszow se consumirían en los campos de exterminio del oeste en los próximos meses. Porque, si Oskar era obstinado y resuelto, también lo eran la Oficina Principal SS y sus oficiales más apreciados, los comandantes de los campos de concentración.

Sin embargo, tampoco dijo que no. Necesitaba tiempo para reflexionar. Aunque no se lo podía decir a Oskar, es probable que compartir una zona fabril con un energúmeno como Herr Schindler le inspirara temor.

Sin la decisión explícita de Madritsch, Oskar pasó a la acción. Fue a Berlín e invitó a cenar al coronel Erich Lange. Puedo dedicarme íntegramente a la fabricación de granadas, dijo Oskar a Lange. Puedo trasladar la maquinaria pesada.

La ayuda de Lange fue decisiva. Estaba dispuesto a otorgar contratos y a escribir las cálidas recomendaciones que Oskar necesitaba para la Junta de Evacuación y para los funcionarios alemanes de Moravia. Más tarde Oskar diría que ese oscuro oficial de estado mayor le había prestado siempre ayuda. Lange se encontraba en un estado de exaltada desesperación y de disgusto moral, como muchos que habían trabajado dentro del sistema, pero no siempre para él. Podemos hacerlo, dijo Lange, aunque costará dinero. No para mí. Para otros.

Por mediación de Lange, Oskar pudo hablar con un funcionario de la Junta de Evacuación del OKH, en la Bendlerstrasse. Era probable que se aprobara en principio la evacuación de esos prisioneros, dijo el funcionario; pero había un grave obstáculo. El gobernador y Gauleiter de Moravia, cuya sede estaba en el castillo de Liberec, había seguido siempre la política de mantener los campos de trabajo judíos fuera de su provincia. Hasta el momento, ni la SS ni la Inspección de Armamentos habían logrado que cambiara de actitud. Convenía estudiar la forma de resolver ese problema, dijo el funcionario, con un ingeniero de la Wehrmacht, un hombre de mediana edad que trabajaba en el despacho de Troppau de la

Inspección de Armamentos. Se llamaba Sussmuth. Oskar podía hablar también con Sussmuth acerca de los posibles puntos de establecimiento en Moravia. Y, mientras tanto, Herr Schindler podía contar con el apoyo de la Junta Presidencial de Evacuación. Debía comprender, eso sí, que sus miembros sufrían gran presión y que la guerra había carcomido su comodidad personal, de modo que probablemente darían una respuesta más rápida si eran tratados con cierta consideración. Nosotros, la pobre gente de la ciudad, carecemos de jamón, tabaco, bebidas, ropa, café, ese tipo de cosas.

El funcionario parecía creer que Oskar poseía la mitad de la producción de Polonia en tiempos de paz. Pero, para reunir algunos regalos destinados a los miembros de la junta, Oskar tuvo que comprar objetos de lujo a los precios del mercado negro de Berlín. Un anciano empleado del Adler pudo comprar para Herr Schindler un buen *Schnaps* al reducido coste de ochenta marcos por botella. Y no se podía enviar a la junta menos que una docena. El café era como el oro y los puros tenían un precio insensato. Oskar compró una cantidad y los incluyó en el paquete. Los miembros de la junta necesitarían tener la cabeza fuerte para persuadir al gobernador de Moravia.

En mitad de las negociaciones de Oskar, Amon Goeth fue arrestado.

Sin duda alguien lo denunció. Algún oficial joven celoso, algún ciudadano responsable que visitó su casa, disgustado por el sibaritismo de Amon. Un inspector superior llamado Eckert empezó a investigar los asuntos financieros de Amon. Los disparos desde la puerta no interesaban a su investigación. Pero sí la malversación de fondos y los negocios con el mercado negro, así como las quejas por su severidad de algunos de sus subordinados.

Amon estaba de permiso en Viena, con su padre, el editor Amon Franz Goeth, cuando la SS lo arrestó. También allanaron un piso que poseía el *Hauptsturmführer* Goeth en la ciudad, donde encontraron escondidos unos ochenta mil marcos, cuya procedencia no pudo explicar satisfactoriamente. Hallaron también casi un millón de cigarrillos. El apartamento en Viena de Amon era más bien un depósito que *un pied-à-terre.*

A primera vista podría parecer sorprendente que la SS —o con más precisión los funcionarios del Buró V de la Oficina Principal de Seguridad del Reich— arrestara a un servidor tan eficaz como el *Hauptsturmführer* Goeth. Pero ya había investigado ciertas irregularidades en Buchenwald tratando de incriminar al comandante Koch. Incluso había intentado hallar motivos para el arresto del famoso comandante de Auschwitz, Rudolf Hoss; había interrogado a una judía vienesa que, según sospechaba, debía su embarazo a esa estrella del sistema de campos de concentración. De manera que Amon, enfurecido mientras registraban su apartamento, no tenía ninguna razón para esperar inmunidad.

Lo llevaron a Breslau, a una prisión de la SS, hasta que concluyera la investigación y se realizara el juicio. Demostraron su inocencia acerca de la forma en que se llevaban las cosas en Plaszow cuando interrogaron a Helen Hirsch, a quien sospechaban implicada en los asuntos de Amon. En los meses siguientes la llevaron en dos ocasiones a las celdas situadas debajo de los barracones de la SS de Plaszow para interrogarla. Le hicieron preguntas sobre los contactos de Amon con el mercado negro y sobre sus agentes y acerca del funcionamiento del taller de joyería de Plaszow, la tienda de modas y la tapicería. Nadie la golpeó ni la amenazó. Pero estaban convencidos de que Helen era miembro de una pandilla que la amenazaba. Si ella pensó alguna vez en una salvación gloriosa e improbable, ciertamente nunca se atrevió a soñar que Amon pudiera ser arrestado por sus iguales. Pero durante los interrogatorios sintió que perdía la razón mientras intentaban, cumpliendo sus propias leyes, encadenarla junto a Amon.

Quizá Chilowicz hubiera podido ayudarlos, dijo Helen. Pero Chilowicz estaba muerto.

Eran policías profesionales y, sin duda, pronto llegaron a la conclusión de que ella apenas podía dar alguna información sobre la suntuosa cocina de la casa de Goeth. Quizá podrían haberle hecho preguntas acerca de sus cicatrices, pero sabían que no podían condenar a Amon por sadismo. Cuando investigaban el sadismo en el campo de Sachsenhausen habían sido obligados a retirarse por guardias armados. En Buchenwald habían encontrado a un suboficial dispuesto a dar su testimonio contra el comandante, pero ese testigo presencial había aparecido muerto en su celda. El jefe del destacamento de investigación de la SS ordenó que se administraran muestras del veneno encontrado en el estómago del suboficial a cuatro prisioneros rusos. Cuando murieron tuvo una prueba contra el comandante y el médico del campo. Una extraña forma de hacer justicia, aunque así pudo acusarlos de asesinato y de prácticas sádicas.

Esto hizo que el personal del campo cerrara sus

filas y liquidara a toda persona capaz de aportar pruebas. Por estos motivos, los hombres del Buró V nada preguntaron a Helen acerca de sus heridas. Se limitaron al tema de la malversación y por fin dejaron de molestarla.

También interrogaron a Mietek Pemper, quien, prudentemente, dijo poco acerca de Amon y nada sobre sus crímenes contra seres humanos. Sólo conocía por rumores los negocios turbios de Amon. Representó el papel del secretario cortés y neutral a quien no se entrega material secreto.

—El Herr Commandant jamás me habría hablado de asunto semejante —repetía continuamente. Pero, a pesar de su representación, sin duda tuvo una sensación de incredulidad parecida a la de Helen Hirsch. El acontecimiento que más podía contribuir a darle una posibilidad de sobrevivir era el arresto de Amon. Hasta ese momento, su vida había tenido un límite preciso: cuando los rusos llegaran a Tarnow, Amon le dictaría sus últimas cartas y luego lo mataría. Por lo tanto, lo que más preocupaba a Mietek era que pusieran en libertad demasiado pronto a Amon.

Pero los investigadores no se preocupaban exclusivamente por los negocios de Amon. El *Oberscharführer* Lorenz Landsdorfer había dicho al juez SS que el *Hauptsturmführer* Goeth había dictado a su taquígrafo judío los planes y directrices que debía seguir la guarnición de Plaszow ante un ataque de los guerrilleros. Amon, cuando explicó a Pemper cómo debía realizar su trabajo, le había mostrado incluso copias de planes similares de otros campos de concentración. Tanto alarmó al juez esa revelación de documentos secretos a un prisionero judío, que ordenó el arresto de Pemper.

Pemper pasó dos miserables semanas en una celda, debajo de un barracón de la SS. No hubo malos tratos, pero una serie de investigadores del Buró V y dos jueces SS lo interrogaron continuamente. Creyó leer en sus ojos la conclusión de que lo más seguro era fusilarlo. Un día, mientras lo interrogaban sobre los planes de emergencia de Plaszow, Pemper preguntó a sus jueces:

—¿Por qué me tienen aquí? Una cárcel es una cárcel. De todos modos estoy recluido a perpetuidad. —Era un argumento calculado para provocar una resolución, la libertad o una bala. Cuando concluyó el interrogatorio, Pemper vivió algunas horas de ansiedad hasta que se abrió nuevamente la puerta de su celda. Lo llevaron a su barracón. Sin embargo, no fue ésa la última vez que respondió a preguntas sobre temas relacionados con el comandante Goeth.

Aparentemente, después del arresto, los subordinados de Amon no se apresuraron a defenderlo. Se mostraron cautelosos. Esperaron. Bosch, que había bebido una proporción apreciable de los licores del comandante, dijo al *Untersturmführer* John que era peligroso tratar de sobornar a los investigadores del Buró V. En cuanto a los superiores de Amon, Scherner había sido enviado a perseguir a los guerrilleros, y terminaría sus días en una emboscada, en los bosques de Niepolomice. Amon estaba en manos de hombres de Oranienburg que nunca habían cenado en su casa. Y, si lo habían hecho, habían sentido envidia o repulsión.

Cuando la SS la puso en libertad, Helen Hirsch empezó a servir al nuevo comandante, el *Hauptsturmführer* Buscher. Poco después recibió una amistosa nota de Amon: le pedía que le enviara algunas ropas, novelas policíacas y un poco de alcohol para alegrar sus días en la prisión. Helen pensó que era como la carta de un pariente. «¿Querría usted, por favor, enviarme lo siguiente?», empezaba; y terminaba: «Esperando verla muy pronto.»

Mientras tanto, Oskar había ido a Troppau a ver al ingeniero Sussmuth. Llevaba consigo bebidas y diamantes que, en ese caso, no fueron necesarios. Sussmuth dijo a Oskar que ya había propuesto el establecimiento de pequeños campos de trabajo judíos en las ciudades fronterizas de Moravia para producir los equipos que necesitaba la Inspección de Armamentos. Por supuesto, esos campos estarían sometidos al control central de Auschwitz o de Gröss-Rosen, porque las zonas de influencia de los grandes campos de concentración atravesaban la frontera entre Polonia y Checoslovaquia. Pero había más seguridad para los prisioneros en un pequeño campo de trabajo que en la gran necrópolis de Auschwitz. Sin embargo, Sussmuth nada había conseguido. El castillo de Liberec había desestimado la propuesta. Nunca había tenido una influencia. Quizá la palanca fuera Oskar, o el apoyo que tenía Oskar de Lange y de los miembros de la Junta de Evacuación.

Sussmuth tenía en su despacho una lista de sitios adecuados para establecer industrias evacuadas de la zona de guerra. Cerca de la ciudad natal de Oskar, Zwittau, en las afueras de un pueblo llamado Brinnlitz, estaba la gran empresa textil de los hermanos vieneses Hoffman. Habían vivido pobremente en Viena, pero habían llegado a los Sudetes detrás de las legiones (así como había entrado Oskar en Cracovia) convirtiéndose en magnates de la industria textil. Una gran parte de sus naves estaba ociosa, y se usaba como depósito de telares anticuados. Hasta sus puertas llegaba un ramal desde la estación ferroviaria de Zwittau, donde el cuñado de Schindler estaba a cargo del depósito de mercancías. Los hermanos han aprovechado la oportunidad, dijo, sonriendo, Sussmuth. Tienen cierto apoyo local del partido; se han metido en el bolsillo al jefe de distrito y al consejo. Pero usted tiene el respaldo del coronel Lange. Escribiré inmediatamente a Berlín, prometió Sussmuth, recomendando que se aproveche el anexo ocioso de los Hoffman.

Oskar conocía desde la infancia el pueblo alemán de Brinnlitz. Su nombre contenía su carácter racial; los checos lo habrían llamado Brnenec, así como un Zwittau checo se habría llamado Zvitavy. A los ciudadanos de Brinnlitz no les agradaría tener mil o más judíos en la vecindad. Y tampoco gustaría a los habitantes de Zwittau, de donde procedía en parte el personal de Hoffman, esa invasión de sus rústicas instalaciones industriales casi al fin de la guerra.

De todos modos, Oskar fue a dar un vistazo a Brinnlitz. No se acercó al despacho de los Hoffman para no poner sobre aviso al más duro de los hermanos, el que dirigía la empresa. Pero también pudo deslizarse en el anexo sin que nadie se lo impidiera. Eran unas anticuadas naves industriales de dos pisos, construidas en torno a un patio central. El piso bajo, de alto cielorraso, estaba lleno de viejas máquinas y cajones de lana. El piso alto seguramente había sido concebido para alojar despachos y equipo ligero. Su suelo no podría soportar el peso de las grandes prensas. Pero se podrían instalar abajo los nuevos talleres de la DEF, los despachos y, en un ángulo, el apartamento del Herr Direktor. La parte alta sería el barracón de los prisioneros.

Le encantó el lugar. Regresó a Cracovia ansioso por comenzar, por hacer los gastos necesarios, por volver a hablar con Madritsch. Sussmuth podría encontrar también un sitio para Madritsch, tal vez incluso en Brinnlitz.

A su regreso halló que un avión de bombardeo aliado, derribado por un caza de la Luftwaffe, había caído sobre los dos barracones últimos de su campo de trabajo. El fuselaje ennegrecido estaba curiosamente retorcido sobre los escombros de las construcciones. En Emalia sólo había quedado un pequeño grupo de prisioneros para completar las tareas pendientes y mantener las instalaciones. Habían visto caer el avión en llamas. Había dos hombres entre los restos; sus cuerpos estaban carbonizados. Los hombres de la Luftwaffe que se los llevaron habían dicho a Adam Garde que el bombardero era un Stirling, y que los hombres eran australianos. Uno tenía en las manos una biblia en inglés, quemada; se había estrellado sin dejar de agarrarla. Otros dos se habían lanzado en paracaídas en los suburbios. Se había encontrado a uno, muerto a causa de sus heridas. Los guerrilleros se habían apoderado del otro y lo escondían en alguna parte. Lo que hacían esos australianos era arrojar provisiones a la guerrilla oculta entre los antiguos bosques al este de Cracovia. Si Oskar quería alguna confirmación, allí estaba. Unos hombres habían recorrido toda la distancia que había desde los inimaginables pueblecitos de Australia para apresurar el fin de Cracovia. Llamó de inmediato al funcionario que estaba a cargo del material rodante en el despacho de Gerteis, el presidente de la Ostbahn, y lo invitó a cenar para conversar sobre la posible necesidad de vagones de la DEF.

Una semana después de su entrevista con Sussmuth, los directores de la Junta de Armamentos de Berlín comunicaron al gobernador de Moravia que la empresa de armamentos de Schindler debía instalarse en el anexo de la hilandería Hoffman, de Brinnlitz. Los burócratas del gobernador poco podrían hacer, informó Sussmuth a Oskar por teléfono, aparte de retrasar el papeleo. Pero Hoffman y la gente del partido nazi de Zwittau se habían reunido para adoptar disposiciones contra la intrusión de Oskar en Moravia. El *Kreisleiter* (jefe de distrito) del partido en Zwittau escribió a Berlín protestando por el peligro para la salud de los alemanes de Moravia que supondrían los prisioneros judíos de Polonia. Probablemente la peste negra aparecería en la región por vez primera en la historia moderna; y la pequeña fábrica de armamentos de Oskar, de dudoso valor para el esfuerzo de guerra, atraería además a los aviones aliados de bombardeo, con los daños consiguientes para la importante hilandería Hoffman. La población de criminales judíos del campo de trabajo propuesto superaría en cantidad a la pequeña y decente población de Brinnlitz y sería un cáncer en el honrado cuerpo de Zwittau.

Esta protesta no tenía ninguna posibilidad de éxito, puesto que fue remitida directamente al despacho de Erich Lange en Berlín. Todas las protestas dirigidas a Troppau fueron desestimadas por el excelente Sussmuth. Sin embargo, aparecieron carteles en las paredes de la ciudad natal de Oskar. *No dejéis entrar a los criminales judíos.*

Oskar pagaba y pagaba. Pagó a la Comisión de Evacuación de Cracovia para que se diera prisa con los permisos de traslado de su maquinaria. Tuvo que alentar al Departamento de Economía de Cracovia para que liberase sus cuentas bancarias. Como en esos días el dinero no tenía gran valor, pagaba en bienes de consumo: kilos de té, pares de zapatos, alfombras, café, latas de pescado. Pasaba las tardes en las callejuelas del mercado de Cracovia, adquiriendo a precios descomunales lo que más podían desear los burócratas. De otro modo, no lo dudaba, lo harían esperar hasta que el último judío estuviera en Auschwitz.

Sussmuth le dijo que la gente de Zwittau había escrito a la Inspección de Armamentos; acusaban a Oskar de comerciar en el mercado negro. Si me han escrito a mí, dijo Sussmuth, puede usted apostar a que también han enviado copias de esta carta al jefe de policía de Moravia, el *Obersturmführer* Otto Rasch. Debería visitar a Rasch y demostrarle que es usted una persona llena de encanto.

Oskar había conocido a Rasch cuando éste era jefe de policía de Katowice. Rasch era, por una feliz coincidencia, amigo del presidente de Ferrum AG, de Sosnowiec, la empresa a la que Oskar compraba acero. Fue en seguida a Brno para adelantarse a sus adversarios, pero, como no confiaba en algo tan tenue como una amistad personal, llevó un diamante tallado en brillante que se las arregló para exhibir en mitad de la reunión. La piedra preciosa atravesó la mesa y pasó a manos de Rasch, y Oskar no tuvo ya nada que temer en el frente de Brno.

Más tarde, Oskar calculó que había gastado cien mil marcos —casi cuarenta mil dólares— para facilitar el traslado a Brinnlitz. La cifra no parecería nunca improbable a la mayor parte de los supervivientes, aunque algunos moverían la cabeza y dirían: «No. Más. Tenía que ser más.»

Oskar había preparado una lista que él llamaba previa y la había entregado en la administración de Plaszow. En ella había más de mil nombres: todos los de los prisioneros de Emalia, y otros nuevos, como el de Helen Hirsch, recientemente incorporado. Amon no estaba allí para discutirlo.

La lista aumentaría si Madritsch aceptaba ir a Moravia con Oskar, de modo que él seguía insistiendo con Titsch, su aliado ante Madritsch. Los prisioneros de Madritsch más próximos a Titsch sabían que se estaba preparando la lista y que podían acceder a ella. Titsch les había dicho sin la menor ambigüedad que debían hacer todo lo posible. Entre todos los papeles de los archivos de Plaszow, solamente los doce folios de nombres de Oskar tenían alguna relación con el futuro.

Pero Madritsch aún no había decidido si deseaba una alianza con Oskar ni si añadiría sus tres mil judíos al total.

Nuevamente aparece la vaguedad típica de las leyendas en la cronología exacta de la lista de Oskar. La vaguedad no se refiere a la existencia de esa lista: se puede ver hoy la copia en los archivos de Yad Vashem. Como veremos, no hay tampoco incertidumbre acerca de los nombres recordados por Oskar y Titsch en el último minuto y añadidos al final del documento oficial. No hay duda sobre los nombres incluidos. Pero las circunstancias alimentan la leyenda. El problema es que se recuerda esa lista con una intensidad tal que su mismo ardor confunde los hechos. La lista era un bien absoluto. La lista era la vida. Más allá de sus márgenes se abría el abismo.

Algunos de los incluidos afirman que hubo una fiesta en casa de Goeth, una reunión de empresarios y SS para festejar los momentos pasados allí. Algunos creen incluso que Goeth estaba presente; pero, como la SS no concedían a nadie libertad condicional, eso es imposible. Otros piensan que la fiesta se realizó en el apartamento de Oskar, en su fábrica. Oskar había ofrecido muchas reuniones durante más de dos años. Un prisionero de Emalia recuerda que, en las primeras horas del año 1944, mientras desempeñaba sus funciones como vigilante nocturno, Oskar bajó de su apartamento, huyendo del bullicio, para regalar a su amigo el vigilante dos tortas, doscientos cigarrillos y una botella.

En esa fiesta de fin de curso de Plaszow, fuera donde fuera, los invitados incluían al doctor Blancke, a Bosch y, según algunos informes, al *Oberführer* Scherner, en vacaciones de su cacería de guerrilleros. También estaban allí Madritsch y Titsch. Titsch diría más tarde que en esa reunión Madritsch dijo a Oskar por primera vez que no lo acompañaría a Moravia.

—He hecho por los judíos cuanto he podido —dijo. Era una aseveración razonable; y no estaba dispuesto a dejarse convencer, aunque Titsch, como agregó, había insistido durante días.

Madritsch era un hombre justo. Posteriormente eso sería reconocido. Simplemente, no creía que el plan de Moravia pudiera tener éxito. Si lo hubiera creído, todo indica que lo habría intentado.

Lo que se sabe de esa fiesta, además, es que en ella imperaba la urgencia, porque esa misma noche se debía entregar la lista de Schindler. Este elemento se repite en todas las versiones de los supervivientes. Los supervivientes sólo podían saber esto y explayarse al respecto si lo habían oído de Oskar, un hombre que tendía a embellecer las historias. Pero a principios de la década de 1960 Titsch atestiguó personalmente la verdad sustancial de ésta. Podría ser que el nuevo comandante interino de Plaszow, el *Hauptsturmführer* Buscher, hubiera dicho a Oskar:

—Basta de bromas, Oskar. Tenemos que completar la documentación y resolver el problema del transporte.

O quizás había cierta fecha límite establecida por la Ostbahn y relacionada con la disponibilidad de vagones.

Pero lo cierto es que Titsch anotó, por encima de las firmas oficiales, los nombres de los prisioneros de Madritsch cuyos rostros pudo evocar. Se añadieron así casi setenta nombres, recordados por Titsch o por Oskar. Entre ellos estaban los de la familia Feigenbaum, con su hija adolescente que sufría de un cáncer incurable de los huesos, y el hijo, Lutek, de vacilante experiencia en la reparación de máquinas de coser. Todos ellos se transformaron, mientras Titsch escribía, en obreros calificados de la industria armamentista. En la casa había risas, vocinglera conversación, canciones, una nube de humo de tabaco; y en un rincón Oskar y Titsch se interrogaban mutuamente sobre nombres de personas, esforzándose por imaginar la ortografía correcta de algunos apellidos polacos.

Finalmente, Oskar puso su mano sobre la muñeca de Titsch.

—Estamos sobrepasando el límite —dijo—. Ladrarán ante la cantidad que ya tenemos.

Titsch no cesaba en su búsqueda de nombres, y el día siguiente se reprocharía que se le hubiera ocurrido alguno demasiado tarde. Pero en ese momento estaba en el límite, agotado por la tarea. De un modo casi blasfemo, estaba a punto de crear seres humanos con sólo pensar en ellos. No lo eludía; era lo que esto decía acerca del mundo lo que tornaba esa noche tan irrespirable la atmósfera de la casa de Schindler.

Marcel Goldberg, el encargado de personal, podía interferir con la integridad de la lista. A Buscher, el nuevo comandante, poco le podía importar quién figuraba en ella, siempre que el total de nombres no excediera de cierto límite. Pero Goldberg podía manipular sus márgenes. Los prisioneros sabían además que estaba dispuesto a recibir sobornos. Los Dresner lo sabían. Juda Dresner, tío de Genia la Roja, marido de la señora Dresner, a quien una vez le habían impedido esconderse tras una pared falsa, padre de Janek y la joven Danka; él lo sabía. «Compró a Goldberg», dirían luego para explicar cómo habían sido incluidos en la lista de Schindler. Nunca supieron qué le dio. Presumiblemente el joyero Wulkan entró en la lista del mismo modo, junto con su mujer y su hijo. Un suboficial SS llamado Hans Schreiber habló de la lista a Poldek Pfefferberg, que había sido en un tiempo proveedor de Oskar en materia de anillos de diamantes, perros falderos y tapices del mercado negro. Schreiber, un joven de unos veinticinco años, tenía tan mala fama como cualquier otro hombre de la SS de Plaszow, pero Pfefferberg se había convertido en algo así como su favorito, como solía ocurrir, dentro del sistema, entre prisioneros y personal de la SS. Esto había comenzado cuando Pfefferberg, jefe de grupo de su barracón, era responsable de la limpieza de las ventanas. Schreiber inspeccionó los cristales y halló una mancha. Empezó a vituperar a Poldek del modo que solía preludiar una ejecución; Pfefferberg perdió los estribos y le dijo que ambos sabían que las ventanas estaban perfectamente limpias. Si sólo buscaba un pretexto, más valía que lo matara sin demora. El exabrupto, paradójicamente, agradó a Schreiber, quien, a partir de ese momento, detenía ocasionalmente a Pfefferberg para preguntarle cómo estaba y una vez le regaló una manzana para Mila. En el verano de 1944 Poldek apeló a él frenéticamente para que sacara a Mila de un cargamento de mujeres que partía de Plaszow al terrible campo de concentración de Stutthof, en el Báltico. Mila estaba ya en la fila destinada a los vagones de ganado cuando apareció Schreiber con un papel en la mano, gritando su nombre. Otra vez, un domingo, Schreiber, ebrio, fue al barracón de Pfefferberg y, en presencia de unos pocos prisioneros, se echó a llorar por «las cosas terribles» que había hecho en Plaszow. Quería redimirse, dijo, en el frente del este. Y finalmente lo haría.

En ese momento, dijo a Pfefferberg que Schindler tenía una lista y que debería hacer todo lo posible para conseguir que su nombre fuera incluido. Poldek fue a la administración y pidió a Goldberg que añadiera su nombre y el de Mila. Durante el último año y medio, Schindler había visitado frecuentemente a Poldek en el garaje de Plaszow, y en varias ocasiones le había asegurado que lo rescataría. Pero Poldek se había convertido en un soldador consumado, y los encargados del garaje, obligados a obtener alta calidad de trabajo para conservar sus vidas, se negaban rotundamente a que se marchara. Goldberg estaba con la lista en la mano; ya había incluido su propio nombre, y el viejo amigo de Oskar, que había sido un invitado frecuente en el apartamento de la calle Straszewskiego, esperaba que anotara también el de Mila y el suyo sólo en honor de esa relación.

—¿Tiene diamantes? —preguntó Goldberg.

—¿Lo dice usted en serio? —dijo Poldek.

—Para esta lista —respondió Goldberg, ese hombre de prodigioso poder accidental, mientras apretaba los folios con el índice— hacen falta diamantes.

Ahora que el *Hauptsturmführer* Goeth, amante de la música vienesa, estaba en la cárcel, los hermanos Rosner, músicos de la corte, se encontraban en libertad de abrirse paso hacia la lista de Schindler. También Dolek Horowitz, que antes había logrado llevar a Emalia a su mujer y a sus hijos, persuadió a Goldberg de que anotase su nombre y el de su familia. Horowitz había trabajado siempre en el depósito central de Plaszow, y reunido así un pequeño tesoro, que entregó a Marcel Goldberg.

También figuraban los hermanos Bejski, Uri y Moshe, con las calificaciones oficiales respectivas de ajustador de máquinas y delineante. Uri sabía de armas y Moshe tenía dotes para la falsificación de documentos. El misterio envuelve muchos pormenores de la lista, y no se puede saber si fueron o no incluidos por esas capacidades.

En cierto momento se agregaría también el nombre de Josef Bau, el ceremonioso novio, pero sin que él lo supiera. A Goldberg le convenía mantener a todo el mundo en la incertidumbre. Cabe suponer que, si Josef Bau hizo alguna petición personal a Goldberg, debía referirse también, dada su naturaleza, a su madre y a su esposa. Sólo cuando ya era demasiado tarde supo que únicamente él estaba entre las personas destinadas a Brinnlitz.

En cuanto a Stern, el Herr Direktor lo había incluido desde el principio. Stern era el único padre confesor que había tenido Oskar en su vida, y sus sugerencias tenían para él gran importancia. Desde el primero de octubre, no se permitía salir de Plaszow a los prisioneros judíos por ningún motivo. Además, los encargados del sector polaco montaban guardia en los barracones para impedir el comercio de pan entre los prisioneros judíos y los polacos. El precio del pan ilegal llegó a un nivel que era difícil de contar en zlotys. Antes era posible comprar un pan entero por una chaqueta, o doscientos cincuenta gramos por una camisa en buen estado. Ahora —con las mismas palabras de Goldberg— hacían falta diamantes.

Durante la primera semana de octubre, Oskar y su gerente, Bankier, visitaron Plaszow por alguna razón y, como de costumbre, vieron a Stern en la Oficina de Construcciones. El escritorio de Stern no estaba lejos del antiguo despacho de Amon, pero ahora se podía hablar con más libertad que nunca. Stern habló a Herr Schindler de la inflación del precio del pan de centeno. Oskar se volvió hacia Bankier.

—Ocúpese de que Weichert reciba cincuenta mil zlotys —murmuró.

Michael Weichert era el director del JUS, una organización de asistencia consentida por los alemanes en virtud de sus relaciones con la Cruz Roja Internacional. Aunque muchos judíos consideraban ambigua su posición, y la resistencia la condenaba, el JUS, dentro de los estrechos límites en que podía actuar, proporcionaba pan a muchos prisioneros y papeles falsos a algunos. Weichert nunca exigió compensaciones en dinero o en especie, y una corte israelí lo absolvió después de la guerra de la acusación de haber colaborado con los alemanes. Y era la persona ideal si se deseaba introducir cierta cantidad de alimentos en un campo de concentración.

La conversación de Stern y Oskar prosiguió rápidamente. Los cincuenta mil zlotys fueron un mero incidente en su charla sobre esos días de inquietud y sobre cómo estaría Amon en su celda de Breslau.

Unos días después esa misma semana entró en el campamento, de contrabando, el pan del mercado negro, escondido debajo de los cargamentos de tela, carbón o chatarra. Y un día más tarde el precio del pan había retornado a su nivel habitual. Era un buen ejemplo de la colaboración entre Oskar y Stern. Habría otros.

CAPÍTULO·32

Por lo menos una de las personas de Emalia cuyo nombre tachó Goldberg para dejar sitio a otros —a un pariente, un sionista, un operario calificado, una persona que le pagaba bien— censuró luego a Oskar.

En 1963 la Sociedad Martin Buber recibió una dolorosa carta de un neoyorquino que había sido prisionero de Emalia. Oskar había prometido la liberación, decía. Y la gente lo había enriquecido con su trabajo. Pero algunos fueron marginados de la lista. Ese hombre veía su omisión como una traición personal, y con toda la furia de alguien que ha debido atravesar las llamas para pagar por la mentira de otro, culpaba a Oskar de todo lo que le había ocurrido después: Gröss-Rosen, el terrible acantilado de Mauthausen de donde se despeñaba a los prisioneros, y la marcha de la muerte con que terminó la guerra.

La carta, llena de justa indignación, demostraba gráficamente que la vida dentro de la lista era una cosa posible, y fuera de ella algo inexpresable. Pero parece injusto condenar a Oskar por los manejos que hacía Goldberg con los nombres. En el caos de esos últimos días, las autoridades del campo de concentración habrían firmado cualquier lista entregada por Goldberg si no excedía demasiado notablemente de los mil cien prisioneros asignados a Oskar. Y éste no podía controlar a Goldberg cada momento. Pasaba los días hablando con los burócratas, y las noches sobornándolos.

Por ejemplo, no tenía aún las autorizaciones requeridas para el transporte de sus máquinas Hilo y de sus prensas; sus viejos conocidos del despacho del general Schindler se demoraban con los papeles o encontraban pequeños problemas capaces de obstaculizar el plan de Oskar para salvar a sus mil cien.

Uno de ellos había planteado una dificultad: las máquinas de la sección de armamentos de Oskar habían sido aprobadas por el departamento de licencias de la Inspección de Berlín, pero específicamente para su uso en Polonia. El departamento no había sido notificado de su desplazamiento a Moravia, y era preciso pedir su autorización. Eso podía demorarse un mes. Oskar no tenía un mes. A fines de octubre, Plaszow estaría desierto y todos sus prisioneros en Gröss-Rosen o en Auschwitz. Finalmente, ese problema se resolvió como los demás, con los regalos acostumbrados. Aparte de esto, Oskar estaba preocupado por los investigadores de la SS que habían arrestado a Amon. Esperaba que lo arrestaran también a él o, lo que era lo mismo, que lo interrogaran detenidamente acerca de su relación con el anterior comandante del campo. Hacía bien en pensarlo, porque una de las explicaciones que dio Goeth acerca de los ochenta mil marcos hallados entre sus pertenencias había sido: «Me los dio Oskar Schindler para que tratara bien a los judíos.» Por lo tanto, Oskar no debía perder contacto con sus amigos de la calle Pomorska, que podían informarle del rumbo que tomaba la investigación del Buró V.

Y finalmente, como su campo de Brinnlitz quedaría bajo la jurisdicción del KL Gröss-Rosen, estaba ya en tratos con el comandante de Gröss-Rosen, el *Sturmbannführer* Hassebroeck. Durante la administración de Hassebroeck morirían cien mil personas en el complejo de Gröss-Rosen; pero ese hombre no representaba un escollo grave para Oskar, que habló por teléfono con él y luego lo visitó en la Baja Silesia. Schindler estaba acostumbrado, para ese entonces, a los carniceros encantadores; observó incluso que Hassebroeck estaba agradecido por la oportunidad de extender a Moravia el imperio de Gröss-Rosen. Porque Hassebroeck pensaba realmente en términos imperiales. Dirigía ciento tres subcampos. (Brinnlitz sería el centésimo cuarto y, con sus mil prisioneros y su sofisticada industria, una prestigiosa adquisición.) De los campos de concentración de Hassebroeck, setenta y ocho estaban en Polonia, dieciséis en Checoslovaquia y diez en el Reich. Era mucho más de lo que había tenido Amon.

Con semejante tarea de persuasión, cohecho y papeleo durante la semana en que se desalojaba Plaszow, Oskar no habría tenido tiempo para vigilar a Goldberg, aun si hubiese podido hacerlo. De todos modos, el relato que hacen los prisioneros acerca del último día y la última noche del campo de concentración habla de caos y de movimiento incesante en torno a Goldberg, el Señor de las Listas, que aún recibía ofertas.

Por ejemplo, el doctor Idek Schindel pidió ayuda a Goldberg para ir a Brinnlitz con sus dos hermanos menores. Goldberg no le dio una respuesta definitiva y Schindel descubrió la noche del 15 de octubre —mientras lo llevaban con otros prisioneros varones a los vagones de ganado— que no estaba en la lista. De todos modos, lograron unirse a la columna de Schindler. Como en un grabado moralista del día del Juicio Final, los que no tenían la marca requerida intentaban confundirse con los justos desafiando al ángel de la retribución. Éste —el *Oberfcharführer* Muller— se acercó al doctor y lo golpeó dos veces, en la mejilla izquierda y en la derecha, y luego otras dos, con el cabo de su látigo, mientras preguntaba con regocijo:

—¿Por qué quieres meterte en esa columna?

Schindel fue obligado a quedarse con el pequeño destacamento dedicado a realizar las últimas tareas del cierre de Plaszow, y luego a viajar, con un grupo de mujeres enfermas, a Auschwitz. Alojaron a las mujeres y al doctor en un barracón apartado de Birkenau, y los abandonaron a su suerte, para que murieran de inanición. Sin embargo, sobrevivieron en su mayoría, porque estaban libres de la atención de los funcionarios y del régimen habitual del campo de concentración. Luego Schindel fue enviado a Flossenburg con sus hermanos, y por fin a una marcha de la muerte. Sobrevivió por muy poco, pero el menor de sus hermanos fue abatido a balazos durante la marcha el penúltimo día de la guerra. Esto proporciona una imagen de la forma en que la lista de Schindler, sin ninguna malicia por parte de Oskar, y con la malicia natural por parte de Goldberg, obsesiona todavía a los supervivientes, como los obsesionaba en esos desesperados días de octubre.

Todo el mundo tiene su historia acerca de la lista. Henry Rosner se unió a la columna de Schindler, pero un suboficial advirtió su violín, pensó que, si Amon recuperaba la libertad, querría conservar a sus músicos, y lo obligó a alejarse. Entonces Rosner ocultó el violín debajo de su abrigo, con la caja apretada en la axila, y volvió a la hilera: así pudo llegar hasta los vagones de Schindler.

Rosner era una de las personas a quienes Oskar había hecho promesas concretas, y por lo tanto estaba en la lista desde el comienzo. Ése era también el caso de los Jereth, el viejo Jereth de la fábrica de cajas y su mujer Chaja, a quien la lista describía con evidente inexactitud y optimismo como *Metallarbeiterin*, «obrera del metal». También figuraban los Perlman y los Levartov. En realidad, y a pesar de Goldberg, Oskar logró sacar de Plaszow a la mayor parte de la gente que pidió, aunque había además varios personajes inesperados. Sin embargo, un hombre mundano como Oskar no debe de haberse sorprendido al encontrar a Goldberg mismo entre los enviados a Brinnlitz.

Había adiciones más deseables. Por ejemplo, Poldek Pfefferberg, accidentalmente rechazado por Goldberg a causa de su carencia de diamantes. Pfefferberg decidió comprar vodka, que podía pagar con ropas o con pan; adquirió una botella y pidió y obtuvo permiso para visitar el edificio de la calle Jerozolimska donde Schreiber estaba de servicio. Dio la botella a Schreiber y le pidió que obligara a Goldberg a anotar en la lista su nombre y el de Mila. Oskar Schindler lo habría hecho si lo hubiera recordado, dijo. Poldek sabía que era cuestión de vida o muerte.

—Sí —dijo Schreiber—, ambos deben ir.

Es un misterio que hombres como Schreiber no se preguntaran en un momento semejante: «Si este hombre y su esposa tienen derecho a salvarse, ¿por qué no los demás?» Los Pfefferberg estaban por lo tanto en la lista en el momento de la verdad. Y también, para su sorpresa, Helen Hirsch y la hermana menor cuya supervivencia había sido siempre su principal preocupación.

Los ochocientos hombres de la lista de Schindler subieron al tren que aguardaba en el ramal de Plaszow el domingo 15 de octubre. Pasaría una semana antes de que salieran las mujeres. Aunque los ochocientos estuvieron separados mientras se cargaba el tren y luego fueron introducidos en los vagones de mercancías reservados exclusivamente al personal de Schindler, estos vagones se acoplaron a un tren que contenía a otros mil trescientos prisioneros destinados a Gröss-Rosen. Aparentemente, la mitad pensaba que pasarían a través de Gröss-Rosen en su camino al campo de Schindler, pero muchos otros creían que el viaje sería directo. Todos estaban preparados para un lento viaje a Moravia, y sabían que pasarían cierto tiempo detenidos en empalmes y vías muertas, o que deberían esperar quizás hasta medio día, en alguna ocasión, a que pasaran trenes con mayor prioridad. La semana pasada había caído la primera nieve, y haría frío. A cada prisionero se le habían asignado sólo trescientos gramos de pan para todo el viaje; en cada vagón había un solo cubo de agua. Para sus necesidades naturales, los viajeros debían usar un rincón del suelo, o, si estaban demasiado apretados, orinar y defecar donde estaban. Pero finalmente, y a pesar de todos sus sufrimientos, llegarían al establecimiento de Schindler.

Las trescientas mujeres de la lista subirían a los vagones el domingo siguiente, en el mismo estado de ánimo esperanzado de los hombres.

Algunos prisioneros observaron que Goldberg viajaba con tan poco equipaje como los demás. Por lo tanto, debía tener amigos, fuera de Plaszow, que guardaban sus diamantes y otros objetos. Quienes aún esperaban de él alguna ayuda para sus tíos, hermanos o hermanas le cedieron espacio para que se acomodara. Otros se acurrucaron con el mentón contra las rodillas. Dolek Horowitz sostenía en brazos a su hijo Richard, de seis años. Henry Rosner hizo en el suelo, con ropas, una camita para Olek, de nueve años. El viaje duró tres días. A veces, cuando se detenían, el aliento se congelaba sobre las paredes. Escaseaba el aire, y cada bocanada era fétida y glacial. Finalmente el tren se detuvo al ocaso de un día desapacible de otoño. Las puertas se abrieron; los pasajeros fueron obligados a descender tan rápidamente como hombres de negocios con citas que cumplir. Guardias SS corrían dando órdenes, y los insultaban por su mal olor.

—¡Quítense todo! —gritó un suboficial—. Hay que desinfectar la ropa.

Amontonaron sus ropas y marcharon desnudos hacia la *Appellplatz* de ese lugar siniestro, donde permanecieron en formación. La nieve cubría los bosques próximos, y el suelo de la *Appellplatz* estaba helado. No era el campo de Schindler. Era Gröss-Rosen. Los que habían pagado a Goldberg lo miraban con furia, y amenazaban matarlo, mientras los hombres de la SS, abrigados con capotes, caminaban entre las líneas y descargaban latigazos sobre los traseros de los que tiritaban visiblemente.

Los retuvieron en la *Appellplatz* toda la noche, porque no había barracones disponibles. Sólo a media mañana del día siguiente los llevaron a un sitio bajo techo. Los supervivientes no mencionan ninguna muerte debida a esas diecisiete horas de desnudez con un frío indecible. Quizá su vida en Emalia o en Plaszow había templado sus ánimos y los había preparado para una noche semejante. Aunque hacía menos frío que otras noches de la misma semana, el clima era terrible. Por supuesto, muchos de ellos estaban demasiado pendientes de la esperanza de Brinnlitz para dejarse morir de frío.

Más tarde, Oskar había de conocer prisioneros que habían sobrevivido a mayores exposiciones al frío. Y ciertamente pudieron soportar esa noche el anciano Garde, el padre de Adam, y los niños como Olek Rosner y Richard Horowitz.

A las once de la mañana los llevaron a las duchas. Poldek Pfefferberg miró con desconfianza las tuberías, preguntándose si traerían agua o gas. Sería finalmente agua, pero antes entraron los barberos ucranianos que venían a rapar sus cabezas y afeitar sus axilas y pubis. Los prisioneros debían permanecer erguidos y mirando al frente mientras los barberos trabajaban con sus navajas mal afiladas.

—No corta —se quejó uno.

—¿No? —dijo el ucraniano, y dio un tajo en la

pierna del prisionero para demostrar que la hoja aún tenía filo.

Después de la ducha, les entregaron los trajes a rayas de la prisión y los llevaron a los barracones. Los hombres de la SS los obligaron a sentarse en hileras, como esclavos en las galeras: cada hombre se apoyaba en las piernas del que estaba atrás y doblaba las piernas para sostener al que estaba delante. Con este método, los ochocientos hombres de Schindler y los otros mil trescientos prisioneros del tren cabían en sólo tres barracones. Los Kapos alemanes, armados con cachiporras, los vigilaban, sentados en sillas junto a la pared. Los hombres estaban tan apretados —no quedaba libre un centímetro de suelo— que salir a la letrina, si los Kapos lo permitían, significaba pisar hombros y cabezas y recibir por ello maldiciones.

En mitad de uno de los barracones habían una cocina donde se hacía pan y se preparaba sopa de nabos. Poldek Pfefferberg, al regresar de una impopular visita a las letrinas, descubrió que el encargado de la cocina era un suboficial polaco a quien había conocido al principio de la guerra. El hombre le dio un poco de pan y le permitió dormir junto a la cocina. Los demás pasaron la noche apretujados en la cadena humana. Por la mañana los llevaron a la *Appellplatz*, donde permanecieron diez horas en silencio y en posición de firmes. Por la noche, después de la sopa aguada, les permitieron caminar en torno a los barracones y conversar entre ellos. Un silbato señaló a las nueve de la noche que debían retornar a su curiosa posición para pasar la noche. El segundo día un oficial SS acudió a la *Appellplatz* y preguntó quién había escrito la lista de Schindler, puesto que aparentemente no la habían traído de Plaszow. Temblando, con las ásperas ropas de la prisión, Goldberg fue conducido a un despacho donde le ordenaron que escribiera a máquina la lista, de memoria. Al final del día no había terminado su tarea y retornó a su barracón; nuevamente lo acosaron con súplicas. En el frío ocaso, la lista seguía fascinando y atormentando a los hombres, aunque hasta ese momento sólo había logrado llevarlos a Gröss-Rosen. Pemper y otros se acercaron a Goldberg y empezaron a presionar para que incluyera el nombre del doctor Alexander Biberstein la mañana siguiente. Era un respetado médico, hermano del Marek Biberstein que había sido aquel optimista primer presidente del *Judenrat* de Cracovia. Unos días antes, esa misma semana, Goldberg había engañado a Biberstein: le había asegurado que estaba en la lista. Y, cuando los prisioneros subían a los vagones, el doctor descubrió que no era así. Incluso en un sitio como Gröss-Rosen, Mietek Pemper confiaba suficientemente en el futuro para amenazar a Goldberg con represalias en la posguerra si no se agregaba el nombre de Biberstein.

El tercer día, separaron del conjunto formado en la *Appellplatz* a los ochocientos hombres de la lista revisada de Schindler. Luego los llevaron al puesto de desinfección y a las duchas, los dejaron charlar unas horas delante de los barracones, como aldeanos, y los condujeron nuevamente a los andenes, donde subieron a los vagones de ganado con una pequeña ración de pan. Ninguno de los guardias presentes admitió saber adónde se dirigían. Se instalaron en los vagones, sentados en el suelo, como esclavos de las galeras. Tenían en la mente el mapa de Europa central, y trataban de estimar continuamente la dirección y la duración del viaje por medio de la altura del sol y las vislumbres del paisaje que recibían por los respiraderos cubiertos de tela metálica que había cerca del techo. Alzaron a Olek Rosner hasta uno de ellos, y dijo que podía ver bosques y montañas. Los expertos en navegación sostenían que se dirigían en general hacia el sudeste. Eso indicaba algún punto de Checoslovaquia, pero no se atrevían a afirmarlo.

Ese viaje de unos ciento sesenta kilómetros llevó casi dos días. Cuando se abrieron las puertas, era el amanecer del segundo día. Estaban en la estación de Zwittau. Bajaron y los guardias los condujeron a través de una ciudad que aún no había despertado y que se encontraba intacta, como si se hubiera congelado en 1939. Incluso las leyendas pintadas en los muros *(Judíos: ¡Fuera de Brinnlitz!)* les parecían, extrañamente, de la preguerra. Habían vivido en un mundo donde les estaba prohibido respirar; consideraban candorosa la ingenuidad de la gente de Zwittau, que sólo quería excluirlos de un pueblo.

Tras una marcha de cinco o seis kilómetros, colina arriba, siguiendo una vía férrea, llegaron al pueblo industrial de Brinnlitz y vieron al frente, a la suave luz de la mañana, el macizo edificio del anexo de Hoffman. Era ahora el *Arbeitslager* Brinnlitz (campo de trabajo de Brinnlitz), con torres de vigilancia, una cerca de alambre, el barracón de la guardia situado dentro de la alambrada, y, más allá de la guardia, estaba la puerta que llevaba a la fábrica y a los dormitorios de los prisioneros.

Mientras entraban por el portal exterior, Oskar apareció en el patio de la fábrica con un sombrerito tirolés.

CAPÍTULO·33

Ese campo, como Emalia, había sido equipado por Oskar a sus expensas. De acuerdo con la teoría de los burócratas oficiales, todos los campos de trabajo de las fábricas debían ser costeados por los empresarios. Se pensaba que cualquier industrial hallaría, en el barato trabajo de los prisioneros, suficiente incentivo para una pequeña inversión en madera y alambre. En realidad, los industriales mimados por el régimen, como Krupp o Farben, construían sus campos de trabajo con materiales donados por las empresas de la SS y con gran abundancia de mano de obra prestada. Oskar no era un industrial mimado, y jamás recibió nada. Pudo conseguir algunas toneladas de cemento de la SS por medio de Bosch, a un precio que en el mercado negro Bosch hubiera considerado bajo. Y de la misma fuente obtuvo dos o tres toneladas de gasolina y gasóleo para usar en la producción y distribución de sus mercancías. Y también llevó de Emalia parte de las alambradas.

Pero se vio obligado a construir una cerca electrificada en torno al desnudo anexo de Hoffman, letrinas, un barracón de guardia para cien SS, un despacho adjunto, una enfermería y cocinas. El *Sturmbannführer* Hassebroeck había estado ya de visita, y se había llevado una provisión de coñac y de porcelana, así como «kilos de té», según decía Oskar, lo que también debía sumarse al coste. Hassebroeck había cobrado también aranceles por la inspección y había exigido las contribuciones a la Ayuda de Invierno previstas por la Sección D, sin entregar recibo.

—Su coche tenía notable capacidad para estas cosas —dijo más tarde Oskar. No dudaba de que Hassebroeck ya había comenzado a falsear datos en los libros de Brinnlitz en octubre de 1944.

También era necesario complacer a los inspectores enviados directamente desde Oranienburg. Y antes de que llegara el total de los materiales y la maquinaria de la Deutsche Email Fabrik, se necesitaría la capacidad de carga de unos doscientos cincuenta vagones. Es sorprendente, dijo luego Oskar, que en un Estado en pleno desmoronamiento los funcionarios de la Ostbahn —debidamente alentados— pudieran encontrar semejante cantidad de vagones.

Lo más sorprendente de todo es que, en ese momento, mientras aparecía con su sombrero tirolés en el helado patio, Oskar, al contrario de Krupp, Farben y los demás industriales que empleaban esclavos judíos, no tenía ninguna clase de intenciones industriales serias. No tenía expectativas de producción ni gráficos de ventas en la mente. Cuatro años atrás había ido a Cracovia en busca de la riqueza; ahora no tenía ya ambiciones empresariales.

La situación, desde el punto de vista industrial, era descabellada. Aún no había llegado buena parte de las prensas, tornos y taladros, ni se habían construido los suelos de cemento que debían soportar su peso. Todavía el anexo estaba lleno de máquinas de Hoffman en desuso. Pero, por el supuesto personal especializado que entraba en ese momento, Oskar debía pagar a razón de seis marcos diarios por obrero no calificado y siete y medio por los calificados. Esto significaba 14.000 dólares semanales; y cuando llegaran las mujeres la cuenta ascendería a 18.000. Por lo tanto, Oskar celebraba con su sombrerito tirolés una insensata locura comercial.

Otras cosas habían cambiado también en la vida de Oskar. Frau Emilie Schindler había venido de Zwittau para instalarse en su apartamento de la planta baja. Brinnlitz no estaba lejos, como Cracovia, y Emilie no hallaba excusa para su separación. Para una católica como ella, se trataba de legalizar la ruptura o bien de reanudar la convivencia. Y entre ambos había, por lo menos, tolerancia y profundo respeto. A primera vista, ella podía parecer un cero a la izquierda, una mujer engañada. Algunos de los prisioneros se preguntaron inicialmente qué pensaría al ver el tipo de fábrica y de campo de trabajo que había instalado Oskar en Brinnlitz; ignoraban todavía que Emilie había de hacer su propia y discreta contribución, y no por obediencia conyugal, sino por sus propias ideas.

Ingrid había venido con Oskar a trabajar en las nuevas instalaciones de Brinnlitz, pero se alojaba fuera del campo de trabajo y sólo acudía al KL Brinnlitz en horas de trabajo. Sus relaciones con Oskar se habían enfriado ostensiblemente, y ya no volvería a vivir con él. Pero no demostraba animosidad, y en los meses subsiguientes Oskar la visitaba con frecuencia en su nuevo apartamento. La elegante patriota polaca —la atractiva Victoria Klonowska— se quedó en Cracovia, y también sin rencor. Oskar solía verla durante sus visitas a Cracovia, y ella volvió a prestarle ayuda en sus problemas con la SS. Pero, aunque sus relaciones con Ingrid y con Victoria se desvanecían del modo más afortunado y sin amargura, habría sido un error creer que Oskar había sentado la cabeza.

Schindler dijo a los hombres, el día de su llegada, que se podía esperar con confianza a las mujeres. No creía que sufrieran más demoras que ellos. Sin embargo, el viaje de las mujeres fue muy distinto. Después de un breve recorrido, la locomotora invirtió la marcha y las llevó, junto con otros varios centenares de prisioneras de Plaszow, al arco de la entrada de Auschwitz-Birkenau. Cuando las puertas se abrieron, se encontraron en la enorme explanada que dividía el campo de concentración, y hombres y mujeres de la SS, de aspecto competente, empezaron a clasificarlas. La selección se realizaba con aterradora frialdad. Si una mujer se movía lentamente, la golpeaban con porras. El golpe no tenía sentido personal. Se trataba de que las cifras coincidieran. Para los miembros de la SS de Birkenau, era un tedioso asunto de rutina. Ya habían oído todas las súplicas y las historias. Conocían todas las argucias imaginables.

Bajo los potentes focos, las mujeres se preguntaban mutuamente qué significaba eso. Pero incluso a pesar de su asombro, mientras sus pies se hundían en el barro que era el verdadero elemento de Birkenau, podían advertir que las mujeres SS las señalaban y decían a los médicos uniformados que demostraban algún interés:

—*Schindlergruppe!*

Los médicos, jóvenes y elegantes, se alejaban y las dejaban en paz.

Con los pies hundidos en el barro, marcharon a las instalaciones de desinfección. Allí, jóvenes y fornidas SS, armadas con porras, les ordenaron que se desnudaran. Mila Pfefferberg estaba asustada por los rumores que la mayor parte de los prisioneros del Reich conocían: que de las duchas brotaba a veces un gas letal. Pero de ésas, como vio con regocijo, sólo salía agua helada. Después del baño, algunas esperaban que las tatuaran. Eso era todo lo que sabían acerca de Auschwitz. Los SS tatuaban a la gente que pensaban utilizar. Si pensaban arrojarlas a los hornos, no se tomaban la molestia. En el mismo tren que había traído a las mujeres de la lista venían otras dos mil que, como no eran *Schindlerfrauen,* fueron sometidas al método habitual de selección. A Rebecca Bau le habían otorgado un número, y también la robusta madre de Josef Bau había ganado un tatuaje en esa grotesca lotería de Birkenau. Otra chica de Plaszow, de quince años, miró su tatuaje y descubrió encantada que contenía dos cincos, un tres y dos sietes, cifras veneradas por el *Tashlag,* el calendario judío. Con un tatuaje, se podía salir de Birkenau para ir a alguno de los campos de trabajo de Auschwitz, donde por lo menos había una posibilidad de sobrevivir.

Pero las mujeres de Schindler no fueron tatuadas. Se les ordenó que volvieran a vestirse y las condujeron a un barracón sin ventanas en el sector de las mujeres. En el centro había una cocina de ladrillos con una plancha de hierro en la parte superior: era la única comodidad. No había literas; las mujeres debían dormir de a dos o de a tres sobre delgados colchones de paja. El suelo de arcilla estaba húmedo; la humedad rezumaba y terminaba por empapar la paja y las andrajosas mantas. Era una de las casas de la muerte en el corazón de Birkenau. Allí dormitaron, ateridas y angustiadas en mitad de aquella inmensa extensión de barro.

Ese sitio alteraba sus imágenes de una aldea íntima de Moravia. Era una inmensa ciudad, aunque transitoria. Un día cualquiera podía alojar, por breve tiempo, una población de más de un cuarto de millón de polacos, gitanos y judíos. Había miles más en Auschwitz I, el primer campo de concentración, más pequeño, donde residía el comandante Rudolf Hoss. Y varias decenas de miles trabajaban, mientras podían, en la gran zona industrial llamada Auschwitz III. Las mujeres de Schindler no habían sido informadas en detalle acerca de las estadísticas de Birkenau o del ducado de Auschwitz. Sin embargo, podían ver hacia el oeste del enorme establecimiento, más allá de los abedules, el humo que se elevaba constantemente de los cuatro crematorios y de las numerosas hogueras. Sentían ahora que estaban a la deriva, y que la corriente acabaría por llevarlas hacia allí.

Pero ni siquiera con la capacidad de segregar y creer rumores que caracteriza la vida en la prisión hubiesen podido imaginar cuánta gente podía morir allí en las cámaras de gas un día en que el sistema funcionara eficientemente. Esa cifra, según el mismo Hoss, era de nueve mil.

Las mujeres de Schindler ignoraban también que habían llegado a Auschwitz en un momento en que el desarrollo de la guerra y ciertas negociaciones secretas entre Himmler y el conde sueco Folke Bernadotte imponían algunos cambios. No se había logrado mantener en secreto la existencia de campos de exterminio, porque los rusos, al excavar en el campo de Lublin, habían encontrado hornos con huesos humanos y más de quinientos barriles de Zyklon B. La noticia se publicó en todo el mundo; y Himmler, que deseaba ser considerado el obvio sucesor del Führer en la posguerra, estaba dispuesto a transmitir a los aliados la promesa de que se terminaría la ejecución de judíos con gases. Pero no dictó la orden correspondiente hasta algún momento de octubre: no se conoce con certidumbre la fecha exacta. Envió una copia al general Oswald Pohl, a Oranienburg, y otra a Kaltenbrunner, jefe de seguridad del Reich. Ambos ignoraron la orden, como hizo también Adolf Eichmann. Por lo tanto, las ejecuciones masivas de judíos con gases continuaron hasta mediados de noviembre. Se cree que la última selección para las cámaras de gas se hizo el 30 de octubre.

Durante los primeros ocho días de su permanencia en Auschwitz, las mujeres estuvieron en inminente peligro de muerte. E incluso después, ya que las últimas víctimas de las cámaras continuaron desfilando a lo largo de noviembre hacia el extremo oeste de Birkenau; como los hornos y las hogueras continuaban devorando los cadáveres anteriormente acumulados, las trescientas prisioneras no podían advertir el menor cambio en la naturaleza esencial del campo. Y toda su ansiedad estaba bien fundada;

porque la mayoría de las personas que subsistieran después de terminar el empleo de los gases, serían fusiladas —como ocurrió a todos los trabajadores encargados de los hornos— o se permitiría que murieran de enfermedad.

De todos modos, las *Schindlerfrauen* sobrellevaron frecuentes visitas médicas durante octubre y noviembre. Algunas fueron separadas en los primeros días, y enviadas a los barracones destinados a los enfermos incurables. Los médicos de Auschwitz —Josef Mengele, Fritz Klein, los doctores Konig y Thilo— no sólo se presentaban en la explanada de Birkenau, sino en las revistas y en las duchas, a preguntar con una sonrisa:

—¿Qué edad tiene, abuela?

Así enviaron al barracón de las ancianas a Clara Sternberg, y también a Lola Krumholz, que tenía sesenta años pero hasta ese momento había pasado por ser mucho más joven. En barracones como ése, los ancianos morían de inanición sin ocasionar gastos a la administración. La señora Horowitz pensó que su hija de once años, delgadísima, no sobreviviría a una inspección en las duchas, de modo que la ayudó a ocultarse en una tina de sauna vacía. Una de las muchachas SS de la custodia, rubia y bonita, la vio pero no la denunció. Era cruel y de genio vivo, pero más tarde pidió algo a cambio a Regina Horowitz, y recibió un broche que ella había logrado ocultar hasta ese momento, y que entregó filosóficamente a la joven SS. Había otra chica, más robusta y de maneras más suaves, que hacía a las prisioneras propuestas lesbianas y a veces requería formas de soborno más personales.

Durante la revista, solían aparecer uno o más médicos ante los barracones. Cuando veían a los médicos, las mujeres se frotaban las mejillas con tierra para darles un falso color. En una de esas inspecciones, Regina apiló unas piedras para que su hija subiera sobre ellas; el doctor Mengele, joven y de pelo blanco, le preguntó con voz suave qué edad tenía su hija, y le pegó por mentir. Era habitual que las mujeres derribadas así durante la inspección fueran arrastradas por los guardias hacia la cerca electrificada, mientras estaban aún medio inconscientes, y luego arrojadas contra ella.

Regina estaba ya a mitad de camino cuando recobró el conocimiento y suplicó que no la quemaran viva, que le permitieran volver a la formación. La dejaron; se arrastró hasta su puesto y vio a su hija todavía inmóvil y sin poder articular palabra sobre la pila de piedras.

Las inspecciones se realizaban en cualquier momento. Una noche sacaron a las mujeres de Schindler y les ordenaron esperar de pie en el barro mientras se registraba el barracón. La señora Dresner, la misma que había salvado una vez un desaparecido chico del OD, salió con la alta Danka, su hija adolescente, a ese fango de Auschwitz que, como el fabuloso barro de Flandes, no se congelaba cuando todo lo demás estaba helado: los caminos, los techados, los viajeros.

Danka y la señora Dresner habían salido de Plaszow con las ropas de verano, que eran sus únicas posesiones. Danka llevaba una blusa, una chaqueta ligera, una falda de color castaño. Como había empezado a nevar al anochecer, la señora Dresner había sugerido a Danka que rasgara una tira de su manta y la llevara debajo de su falda. En el curso de la inspección, la SS descubrió la manta rota.

El oficial llamó a la *Alteste* del barracón, una holandesa a quien nadie había visto hasta el día anterior, y le dijo que sería fusilada junto con la prisionera que tuviera un trozo de manta debajo de su ropa. La señora Dresner susurró a Danka:

—Quítatela y la meteré otra vez en el barracón.

—Era una buena idea. El barracón estaba a la altura del suelo, sin escalones: cualquier mujer de la fila de atrás podía deslizarse hacia la puerta. Así como había obedecido a su madre en la calle Dabrowski de Cracovia, Danka la obedeció ahora, dejando caer el jirón de la manta más raída de Europa. Mientras su madre entraba en el barracón, el oficial SS se llevó a una mujer de la edad de la señora Dresner a un sitio peor que Auschwitz, un sitio donde no sería posible mantener la ilusión de Moravia.

Quizá las demás no se permitieron comprender lo que ese simple acto significaba. Pero era, realmente, la manifestación explícita de que ningún grupo reservado de «prisioneros industriales» estaba seguro en Auschwitz. No siempre bastaría gritar *«Schindlerfrauen!»* para conservar la inmunidad. Otros grupos de «prisioneros industriales» habían desaparecido ya en Auschwitz. La Sección W del general Pohl había enviado el año anterior varios trenes cargados de obreros judíos calificados de Berlín. La I. G. Farben necesitaba mano de obra, y la Sección W le había comunicado que debía elegirla entre ellos. La Sección W había sugerido al comandante Hoss, además, que esos trenes debían dirigirse a los talleres de la I. G. Farben, y no a los crematorios de Auschwitz-Birkenau. De los mil setecientos cincuenta hombres del primer tren, mil fueron enviados sin tardanza a las cámaras de gas. De los cuatro mil que llevaba el segundo tren, dos mil quinientos fueron destinados a las «duchas». Si la administración de Auschwitz no refrenaba la mano ante la I. G. Farben o la Sección W, menos escrúpulos tendría con las prisioneras asignadas a algún oscuro fabricante alemán de esmaltados.

En los barracones como los que ocupaban las mujeres de Schindler se vivía como a la intemperie. Las ventanas no tenían cristales y sólo servían para poner un límite a las ráfagas heladas que soplaban desde Rusia. La mayor parte de las muchachas sufría de disentería. Encorvadas por el dolor, se acercaban cojeando con sus zuecos al tonel que servía de lavabo. La mujer que se ocupaba de él recibía a cambio un plato más de sopa. Una noche, Mila Pfefferberg se acercó al tonel trastabillando; la mujer que estaba de turno —no era una mala mujer; Mila la había conocido en otros tiempos— insistió en que no podía utilizarlo. Debía esperar a la próxima usuaria y luego vaciar el tonel con su ayuda. Mila protestó pero no pudo convencer a la mujer. Bajo las hambrientas estrellas, esa tarea se había convertido en algo semejante a una profesión, y había reglas. Con el tonel como pretexto, la mujer había llegado a creer que el orden, la higiene y la cordura eran posibles.

Otra chica se acercó, gimiendo, desesperada. También ella era muy joven y había conocido en Lodz a la mujer del tonel cuando era una respetable señora. Ambas, obedientes, llevaron el objeto a trescientos metros de distancia por el barro. La chica preguntó a Mila:

—¿Dónde está Schindler ahora?

No todo el mundo, en el barracón, preguntaba eso mismo, o con esa amarga ironía. Por ejemplo, Lusia, la viuda de veintidós años cuya primera experiencia de la caridad de Schindler había sido el agua caliente de Emalia, repetía:

—Ya veréis como todo se arregla. Terminaremos en un sitio abrigado y con la sopa de Schindler.

Ella misma no sabía por qué lo decía. En Emalia no solía hacer predicciones. Trabajaba, dormía, comía. Nunca había anticipado acontecimientos grandiosos. La supervivencia cotidiana era bastante para ella. Ahora estaba enferma y no tenía motivos para las profecías. El frío y el hambre la consumían, y también ella padecía las obsesiones que provocaban. Y se sorprendía a sí misma repitiendo las promesas de Oskar.

Más tarde las trasladaron a un barracón situado más cerca de los crematorios, y mientras formaban de cinco en fondo junto a su nueva morada ignoraban si las llevarían a las duchas o a las cámaras de gas. Pero Lusia no dejaba de difundir su mensaje esperanzado.

Aun en esas circunstancias, en ese momento en que la marea del campo de concentración las había llevado a ese límite geográfico del mundo, ese polo, ese abismo, la desesperación no era un sentimiento común entre las *Schindlerfrauen*. Todavía se veían mujeres que hablaban de recetas y soñaban con sus cocinas de la preguerra.

En Brinnlitz, cuando llegaron los hombres, no había más que una armazón. No había literas, y el dormitorio del piso superior sólo disponía de un poco de paja. Pero estaba caliente, merced a las calderas. Tampoco había cocineros ese primer día. En la cocina había sacos de nabos, que los hombres devoraron crudos. Luego se preparó una sopa y se coció pan, y el ingeniero Finder empezó a distribuir las tareas. Pero desde el comienzo mismo todo se hizo con lentitud, excepto cuando los hombres de la SS estaban mirando. De modo misterioso, los prisioneros sentían que el Herr Direktor no participaba ya en el esfuerzo de guerra. El ritmo de trabajo de Brinnlitz llegó a tener un carácter muy especial y deliberado. Como a Oskar no le preocupaba la producción, el trabajo a desgana se convirtió en la venganza y la declaración de principios de los prisioneros.

Era apasionante restringir la capacidad de trabajar. En todo el resto de Europa, la mano de obra esclava trabajaba hasta el límite de sus seiscientas calorías diarias, con la esperanza de atraer la atención de los supervisores y demorar el traslado al campo de exterminio.

Pero en Brinnlitz existía la embriagadora libertad de utilizar las herramientas con calma y sobrevivir a pesar de todo.

Esa decisión inconsciente no era ostensible los primeros días. Todavía la mayor parte de los prisioneros estaban preocupados por sus mujeres. Como Dolek Horowitz, que tenía en Auschwitz a su esposa y a su hija. O los hermanos Rosner. Pfefferberg podía imaginar el efecto que algo tan espantoso como Auschwitz causaría en Mila. Jacob Sternberg temía por la suerte de Clara. Pfefferberg recuerda que los hombres se reunían en torno a Schindler en el patio de la fábrica para preguntar dónde estaban las mujeres.

—Las sacaré —murmuraba. No entraba en explicaciones. No decía públicamente que sería menester sobornar a la SS de Auschwitz. No decía que había enviado la lista de las mujeres al coronel Erich

Lange, y que tanto Lange como él se proponían llevarlas a Brinnlitz conforme a la lista. Nada de eso. Sencillamente—: Las sacaré.

La guarnición SS que llegó a Brinnlitz dio a Oskar algunos motivos de esperanza. Eran reservistas de edad mediana; reemplazaban a los más jóvenes, que eran enviados al frente. No había tantos dementes como en Plaszow, y Oskar los seducía con su cocina, que elaboraba comidas sencillas, pero abundantes. Cuando visitó su barracón pronunció su discurso habitual acerca de las maravillosas capacidades de sus prisioneros y de la importancia de sus actividades industriales. Granadas antitanque y la cubierta de un proyectil que aún estaba incluido en la lista secreta. Pidió que no interfirieran con la fábrica, para no perturbar a los operarios.

Podía ver en sus ojos que no les desagradaba ese pueblo tranquilo. Esperaban poder sobrevivir allí al cataclismo. No estaban dispuestos a irrumpir en los talleres como un Goeth o un Hujar. No querían que el Herr Direktor se quejase de ellos.

Pero su oficial superior no había llegado aún. Estaba en viaje desde el campo de trabajo de Budzyn, donde se habían fabricado piezas de aviones Heinkel de bombardeo hasta los últimos avances rusos. Sería un hombre más joven, más duro, más difícil. Quizá no aceptaría que se le negara acceso a la fábrica.

Mientras se vertía el cemento y se hacían aberturas en el techo para acomodar las inmensas máquinas Hilo; mientras intentaba ganarse la buena voluntad de los suboficiales de la SS y se acomodaba a la vida conyugal con Emilie, Oskar fue arrestado por tercera vez.

La Gestapo apareció a la hora de comer. Oskar no estaba en su despacho: había ido más temprano a Brno por negocios. Acababa de llegar de Cracovia un camión cargado con una parte de los bienes muebles del Herr Direktor: cajas de vodka, coñac, champaña, cigarrillos. Algunos dirían más tarde que eran propiedad de Goeth y que Oskar había convenido llevarlos a Brinnlitz a cambio del apoyo de Goeth. Pero como éste se encontraba en la prisión desde hacía un mes y no tenía ya autoridad, también se podía considerar que esos artículos suntuarios eran de Oskar.

Los hombres encargados del transporte lo pensaron así, atemorizados al ver a la Gestapo en el patio. Amparados por sus propias actividades, continuaron la marcha hasta encontrar un torrente, colina abajo, donde arrojaron las bebidas.

Luego ocultaron los doscientos mil cigarrillos que traían —de modo más recuperable— bajo la cubierta del enorme transformador de la fábrica. Es significativo que hubiera tantos cigarrillos y tanta bebida en ese camión: esto indica que Oskar, siempre dispuesto a comerciar con bienes de consumo, proyectaba ganarse la vida por medio del mercado negro. Llevaron el camión al garaje justamente cuando sonaba la sirena de mediodía. Los días anteriores, el Herr Direktor había comido con los prisioneros, y los transportistas esperaban que hoy volviera a hacerlo, para explicar lo ocurrido con el valioso cargamento.

Regresó de Brno poco después, y fue detenido junto al portal por un hombre de la Gestapo, con la mano alzada. Le ordenaron que saliera inmediatamente del coche.

—Ésta es mi fábrica —gruñó Oskar, como oyó un prisionero—. Si quieren hablar conmigo, suban al coche. De lo contrario, síganme a mi despacho.

Entró en el patio mientras los dos hombres de la Gestapo caminaban de prisa al lado del coche. En el despacho le hicieron preguntas acerca de sus relaciones con Goeth y del botín de Goeth.

—Aquí tengo algunas maletas —dijo Oskar—. Son de Herr Goeth. Me pidió que se las guardara hasta que lo pusieran en libertad.

Los investigadores pidieron que se las mostrara, y Oskar los guió a sus habitaciones. Fría y formalmente presentó a Frau Schindler a los dos hombres del Buró V. Luego buscó y abrió las maletas. Estaban llenas de ropa de paisano de Amon, y de los uniformes que había usado cuando era un delgado suboficial de la SS. Cuando terminaron su registro, sin hallar nada, procedieron a arrestarlo y Emilie se tornó agresiva. No tenían derecho, dijo, a llevarse a su marido sin decir cuál era el motivo. Eso no agradaría precisamente a la gente de Berlín. Oskar le aconsejó que callara.

—Pero tendrás que llamar a mi amiga Klonowska —dijo Oskar—, y cancelar las demás citas.

Emilie sabía qué quería decir. Victoria Klonowska volvería a demostrar su eficacia telefónica llamando a Martin Plathe, de Berlín, a los amigos del general Schindler, a todas las personas importantes. Uno de los hombres del Buró V sacó unas esposas y las cerró sobre las muñecas de Oskar. Lo llevaron a su propio coche, fueron hasta la estación de Zwittau y lo escoltaron en tren a Cracovia.

Se piensa que ese arresto le alarmó más que los

anteriores. No se conserva ninguna historia de coroneles enamorados que compartieran su celda y bebieran su vodka. Sin embargo, Oskar recordó ulteriormente algunos detalles. Cuando los hombres del Buró V lo acompañaban por la gran loggia neoclásica de la estación central de Cracovia, un hombre llamado Huth se acercó. Era un ingeniero civil de Plaszow. Siempre se había mostrado obsequioso con Amon, pero tenía fama de hacer secretos actos de generosidad. Quizá fuera un encuentro accidental, pero también es posible que actuara de acuerdo con Victoria. Huth insistió en dar un apretón a la mano de Oskar, con las esposas puestas. Un hombre del Buró V protestó.

—¿Le va a dar la mano a un prisionero? —preguntó a Huth.

El ingeniero habló cálidamente de Oskar. Se trataba del Herr Direktor Schindler, dijo; un hombre muy respetado en toda Cracovia y un industrial importante. Para mí no es un prisionero.

Llevaron a Oskar a un coche, y en él, a través de la ciudad familiar, a la calle Pomorska. Lo dejaron en una celda como la que había ocupado en el primer arresto; una habitación con una cama, una silla y un lavabo, con la ventana cerrada con barrotes. Aunque mostraba una tranquilidad de oso, estaba inquieto. En 1942, cuando lo arrestaron el día siguiente al de su trigésimo cuarto cumpleaños, el rumor de que en la calle Pomorska había cámaras de tortura era terrorífico, pero indefinido. Ahora no era indefinido. Sabía que el Buró V lo torturaría si quería realmente comprometer a Amon.

Esa noche fue a visitarlo Herr Huth, con una bandeja de comida y una botella de vino. Huth había hablado con Victoria. Oskar mismo no sabría nunca con certeza si la Klonowska había concertado o no el encuentro «casual».

Fuera como fuese, Huth le dijo que Victoria había llamado a todos sus antiguos amigos.

El día siguiente fue interrogado por un conjunto de doce investigadores SS, de los cuales uno era un juez de la Corte SS. Oskar negó haber entregado dinero para conseguir que el comandante, como decía la transcripción de su testimonio, «tratara bien a los judíos». Podría ser, eso sí, que le hubiera hecho un préstamo, admitió Oskar en cierto momento.

—¿Y para qué le habría hecho usted un préstamo?

—Dirijo una industria esencial de guerra —respondió Oskar, fiel a la vieja cantinela—. Tengo un conjunto de operarios especializados. Si se modifica, puede haber pérdidas para mí, para la Inspección de Armamentos, para el esfuerzo de guerra. Si yo encontraba entre la masa de prisioneros de Plaszow un buen obrero del metal de la categoría que necesito, por supuesto que se lo pedía al Herr Commandant. Mi interés está en la producción, por lo que significa para mí y para la Inspección de Armamentos; por eso, en consideración a la ayuda del Herr Commandant, puedo haberle hecho algún préstamo.

Esa defensa implicaba cierta deslealtad a su antiguo anfitrión. Pero Oskar no vaciló. Con una transparente sinceridad brillando en los ojos, en tono grave y sin mucho énfasis, Oskar —sin decir una sola palabra— hizo saber a los investigadores que ese préstamo era una extorsión. No les causó mucha impresión. Volvieron a encerrarlo.

El interrogatorio continuó durante el segundo, el tercer y el cuarto día. Nadie lo tocó, pero la severidad no disminuía. Finalmente negó toda amistad con Amon. No fue tarea difícil: Goeth le inspiraba profunda repugnancia.

—No soy homosexual —dijo a los hombres del Buró V, evocando rumores que corrían acerca de Goeth y de sus jóvenes asistentes.

Amon no comprendería jamás que Oskar lo despreciaba y que no tenía inconveniente en contribuir a las acusaciones del Buró V. Amon siempre se hacía ilusiones a propósito de la amistad. En sus momentos sentimentales, creía que Mietek Pemper y Helen Hirsch eran fieles servidores llenos de cariño hacia él. Seguramente los investigadores no le dijeron que Oskar estaba en la calle Pomorska, y sólo escucharon en silencio si alguna vez les dijo:

—Llamad a mi viejo amigo Schindler. Él saldrá en mi defensa.

Lo que más ayudó a Oskar ante los investigadores del Buró V fue que, en realidad, casi no tenía relaciones comerciales con Amon. Aunque algunas veces le había aconsejado en materia de contactos, jamás había tenido una participación en algún negocio, ni había aceptado un zloty de Amon por sus ventas de raciones de la prisión, anillos del taller de joyería, ropas o muebles de la tapicería. También le ayudó que sus mentiras fuesen incuestionables, incluso para la policía, y que cuando decía la verdad era positivamente irresistible. Y jamás daba la impresión de estar agradecido porque le creyeran. Por ejemplo, cuando los investigadores se mostraron dispuestos a aceptar, al menos, la idea de que esos ochenta mil marcos eran realmente un «préstamo», es decir, una suma cedida bajo presión, Oskar les preguntó si finalmente le devolverían el dinero, a él, al Herr Direktor Schindler, un impecable hombre de negocios.

Un tercer factor que lo favorecía era la solidez de sus avales. Cuando la gente del Buró V le telefoneó, el coronel Erich Lange destacó la importancia de Schindler para el esfuerzo de guerra. Sussmuth, llamado a Troppau, afirmó que la fábrica de Oskar estaba vinculada con la producción de «armas secretas». No era, como veremos, una afirmación falsa. Pero era exagerada y tenía un peso equívoco. Porque el Führer había prometido «armas secretas». Una expresión carismática en sí, que extendía su protección a Oskar. Contra una expresión como «armas secretas», no tenía el menor valor ninguna lluvia de protestas de los burgueses de Zwittau.

Pero Oskar no sentía que el asunto marchara bien. El cuarto día, uno de los interrogadores lo visitó, no para hacer preguntas sino para escupirle. La saliva corrió por la solapa de su chaqueta. El hombre lo insultó, llamándolo protector de judíos y perseguidor de judías. Eso se apartaba mucho de la extraña legalidad de los interrogatorios. Pero Oskar no podía estar seguro de que no fuera algo deliberado, algo que representaba la verdadera causa de su encarcelamiento.

Transcurrida una semana, Oskar envió un mensaje, por medio de Huth y de la Klonowska, al *Oberführer* Scherner.

El Buró V aplicaba tal presión, decía el mensaje, que no creía posible proteger por mucho más tiempo al antiguo jefe de policía. Scherner abandonó su misión represiva (que muy pronto le costaría la vida) y apareció ese mismo día en la celda de Oskar. Lo que estaban haciendo con él era un escándalo, dijo Scherner.

—¿Y con Amon? —preguntó Oskar, esperando una respuesta análoga.

—Bien merecido tiene lo que le ocurre —dijo Scherner. Aparentemente, todo el mundo abandonaba a Goeth.

—No se preocupe —dijo Scherner antes de marcharse—. Me propongo sacarlo de aquí.

La mañana del octavo día lo pusieron en libertad. Oskar no perdió tiempo ni pidió un medio de transporte. Le bastaba con pisar el frío pavimento. Fue en tranvía al otro extremo de Cracovia y caminó hasta el antiguo local de su fábrica en Zablocie. Había aún algunos polacos a cargo de la vigilancia. Subió a su despacho y llamó a Brinnlitz para decir a Emilie que estaba en libertad.

Moshe Bejski, un delineante de Brinnlitz, no ha olvidado la confusión producida por la ausencia de Oskar, los rumores, las suposiciones sobre lo que podía significar. Pero Stern, Maurice Finder, Adam Garde y otros consultaron a Emilie acerca de la provision de literas y alimentos y de la organización del trabajo, y fueron los primeros en descubrir que Emilie no estaba allí de paso. No era una mujer feliz, y la prisión de Oskar aumentaba su aflicción. Le parecía sin duda cruel que la SS interrumpiera su reencuentro con Oskar antes casi de que hubiera comenzado. Pero para Stern y los demás era evidente que Emilie no estaba en el pequeño apartamento de la planta baja sólo por sus deberes de esposa. También pesaba lo que podría llamarse un compromiso ideológico. En una pared de su casa había una imagen de Jesús con el corazón a la vista y en llamas. Stern había visto esa misma imagen en casa de algunos católicos polacos, pero nada similar en ninguno de los apartamentos de Schindler en Cracovia. Ese Jesús con el corazón expuesto no siempre significaba la seguridad cuando se lo veía en una cocina polaca. Pero en el piso de Emilie parecía una promesa, y una promesa personal: la de Emilie.

Su marido regresó en tren, uno de los primeros días de noviembre. No estaba afeitado, y olía mal a causa de los días pasados en la prisión. Se asombró al enterarse de que las mujeres estaban aún en Auschwitz-Birkenau.

En el planeta Auschwitz, donde las *Schindler-frauen* se movían tan cautelosa y temerosamente como viajeros del espacio, el comandante era, como siempre, Rudolf Hoss.

Era su fundador, su constructor y su genio tutelar. Los lectores de la novela de William Styron *Sophie's Choice* (La elección de Sofía) pueden reconocerlo en el amo de Sofía, un amo muy diferente de Goeth, un hombre más cuerdo, objetivo y educado. Pero de todos modos era el sacerdote inexorable de esa región caníbal. Aunque en la década de 1920 había asesinado a una maestra del Ruhr por denunciar a un activista nazi y había estado en la cárcel por su crimen, nunca mató por su mano a un prisionero de Auschwitz. Se veía a sí mismo como un técnico. Y como el adalid del Zyklon B, esas bolillas que exhalaban vapores cuando se exponían al aire, había intervenido en un largo conflicto personal y científico contra su rival, el *Kriminalkommissar* Christian Wirth, que encabezaba la escuela del monóxido de carbono. Un día de espanto, el químico de la SS Kurt Gerstein fue testigo en Belzec de que el método del *Kommissar* Wirth requería tres horas para liquidar a un grupo de judíos encerrados en las cámaras. El hecho de que Hoss respaldaba la tecnología más adecuada quedó probado en parte por el continuo desarrollo de Auschwitz y la declinación de Belzec.

En 1943, cuando Rudolf Hoss dejó Auschwitz para prestar pasajeramente servicios como jefe de la Sección D en Oranienburg, el sitio era ya algo más que un campo de concentración. Incluso algo más que una maravilla de organización. Era un misterio. No ocurría allí que el universo moral se hubiese podrido. Se había invertido, convirtiéndose en una especie de agujero negro, a causa de la presión de toda la maldad de la tierra. Era un abismo que absorbía y vaporizaba la historia, donde el lenguaje fluía vuelto del revés. Las cámaras subterráneas recibían la denominación de «sótanos de desinfección», y las que estaban a nivel, el nombre de «salas de baño». El *Oberscharführer* Moll, a quien correspondía la tarea de introducir los cristales azules por el techo de los sótanos y por las paredes de las salas de baño, solía gritar a sus asistentes:

—Vamos, les daremos algo para masticar.

Hoss regresó a Auschwitz en mayo de 1944, y presidía el conjunto íntegro del campo en el momento en que las mujeres de Schindler se alojaban en un barracón en Birkenau, muy cerca del caprichoso *Oberscharführer* Moll.

Según la mitología de Schindler, Oskar luchó contra el mismo Hoss por sus trescientas mujeres. Ciertamente, mantuvo conversaciones telefónicas y otras relaciones con Hoss, pero también tuvo que tratar con el *Sturmbannführer* Fritz Hartjenstein, comandante de Auschwitz II, es decir, de Auschwitz-Birkenau, y con el *Untersturmführer* Franz Hossler, joven oficial que estaba a cargo, en esa gran ciudad, del suburbio de las mujeres.

Lo que está fuera de toda duda es que Oskar envió una muchacha con una maleta llena de jamón, licores y diamantes para llegar a un acuerdo con esos funcionarios. Algunos dicen que Oskar fue luego a Auschwitz personalmente, llevando consigo a un asistente, un oficial de gran influencia de las SA (*Sturmabteilung,* o tropas de asalto), el *Standartenführer* Peltze, quien, de acuerdo con lo que dijo más tarde Oskar a sus amigos, era un agente británico. Otros sostienen que Oskar se mantuvo alejado de Auschwitz por motivos de estrategia, y que acudió en cambio a Oranienburg y a la Inspección de Armamentos de Berlín, para tratar de conseguir que desde allí se hiciera presión sobre Hoss y sus hombres.

La historia, según la contó años más tarde Stern en público en Tel Aviv, en una conferencia, es la siguiente: después de que Oskar saliera de la cárcel, Stern le pidió «ante la insistencia de algunos de mis amigos» que hiciera algo decisivo acerca de las mujeres atrapadas en Auschwitz. En ese momento, apareció una de las secretarias de Oskar; Stern no dijo cuál. Schindler miró a la muchacha y señaló uno de sus propios dedos, donde había un anillo con un gran diamante. Le preguntó si le agradaría esa ostentosa joya. Según Stern, la chica demostró gran excitación y Oskar dijo:

—Busque la lista de las mujeres, prepare una maleta con las mejores cosas y bebidas que haya en mi cocina y vaya a Auschwitz. Ya sabe usted que el comandante tiene predilección por las mujeres bonitas. Si tiene usted éxito, recibirá este diamante. Y otros.

La escena y las palabras son dignas de esos episodios del Viejo Testamento en que se ofrece una mujer al invasor para salvar a la tribu. Y también de esa tradición centroeuropea sobre transacciones de la carne y el centelleo de grandes diamantes.

Según Stern, la secretaria fue y, como dos días más tarde no había vuelto, el mismo Schindler, acompañado por el oscuro Peltze, fue allá a arreglar las cosas.

De acuerdo con la mitología de Schindler, Oskar envió a una de sus amigas a acostarse con el comandante, no se sabe si Hoss, Hartjenstein o Hossler, y a dejarle diamantes debajo de la almohada. En tanto que algunos, como Stern, dicen que era «una secretaria», otros afirman que era una hermosa rubia de la SS, amante reciente de Oskar, que formaba parte de la guarnición de Brinnlitz. En todos los casos, la rubia fue a Auschwitz y habló con las *Schindlerfrauen.*

Emilie Schindler creía que la emisaria era una muchacha de veintidós o veintitrés años. Nacida en Zwittau, su padre era viejo amigo de la familia Schindler. Había regresado poco antes de la Rusia ocupada, donde había trabajado como secretaria en la administración alemana. Era amiga de Emilie, y se había ofrecido voluntariamente para esa tarea. No parece probable que Oskar pidiera un sacrificio sexual a una amiga de la familia. Aunque no tenía mayores escrúpulos en asuntos de esa clase, este aspecto de la historia es casi seguramente mítico. No conocemos el carácter de las negociaciones de la muchacha con los jefes de Auschwitz. Sólo sabemos que esa joven entró en el reino del espanto y que se condujo valerosamente.

Oskar dijo más tarde, refiriéndose a sus negociaciones con los señores de la megalópolis, que le ofrecieron el antiguo cebo. Esas mujeres habían estado en Auschwitz durante varias semanas. Ya no deben valer gran cosa como fuerza de trabajo, agregaron. ¿Por qué no se olvida de ellas? Podemos apartar para usted otras trescientas del rebaño infinito. En 1942, un suboficial SS le había dicho lo mismo en la estación de Prokocim. No se preocupe por nombres individuales, Herr Direktor.

Como en Prokocim, Oskar desarrolló su argumento habitual. Son operarias calificadas, especializadas en municiones. Son irreemplazables. Yo mismo las he adiestrado durante años. Poseen capacidades que no es posible adquirir con rapidez. Los nombres que conozco son los nombres que conozco.

Un momento, dijo su interlocutor. Veo aquí una hija de nueve años de Phila Rath. Y otra chica de once años, hija de una tal Regina Horowitz. ¿Me dirá que una niña de nueve y otra de once pueden ser obreras calificadas?

Pulen las granadas de 45 mm, dijo Oskar. Las he elegido por sus largos dedos, que pueden llegar al interior del proyectil lo cual no es posible para un adulto.

Estas conversaciones, que respaldaban los movimientos de la amiga de la familia, se realizaron personal o telefónicamente. Oskar informaba de las negociaciones a su círculo íntimo entre los prisioneros varones, que transmitía los detalles a los demás. La pretensión de Oskar de que necesitaba niños para pulir las entrañas de los proyectiles era un verdadero disparate. Pero lo había usado más de una vez. Una noche de 1943, una huérfana llamada Anita Lampel había encontrado, en la *Appellplatz* de Plaszow, a Oskar, que discutía con una mujer de cierta edad, la *Alteste* del sector de mujeres. La *Alteste* decía más o menos lo que dirían más tarde Hoss y

Hossler en Auschwitz. No me dirá que necesita a una chica de catorce años en Emalia. No puede ser que el comandante Goeth permita que en su lista de Emalia haya una chica de catorce años. (Por supuesto, la *Alteste* estaba asustada porque, si había un error en la lista de Emalia, ella tendría que pagar por él.) Y, esa noche de 1943, Anita Lampel, estupefacta, oyó decir a Herr Schindler —quien jamás le había mirado las manos— que la había elegido por el valor industrial de sus largos dedos, y que el Herr Commandant había dado su aprobación.

Ahora, Anita Lampel estaba en Auschwitz, pero había crecido y no necesitaba ya el argumento de los dedos largos. Por eso Oskar lo aplicaba en beneficio de las niñas Rath y Horowitz.

El interlocutor de Schindler no se apartaba mucho de la verdad al decir que las mujeres habían perdido casi todo su valor industrial. Durante la inspección, jóvenes como Mila Pfefferberg, Helen Hirsch o su hermana no podían impedir que los dolores de la disentería las encorvasen y envejeciesen. La señora Dresner había perdido el apetito. Danka no podía lograr que tragara ni siquiera la mezquina calidez de la sopa *ersatz*. Eso significaba que pronto sería una «musulmana». El término, perteneciente a la jerga del campo de concentración, evocaba el recuerdo de los noticieros cinematográficos que mostraban escenas de hambre en países musulmanes, y se aplicaba a los prisioneros que atravesaban la línea de separación entre los vivientes voraces y los que estaban como muertos.

Clara Sternberg, que tenía poco más de cuarenta años, había sido separada del grupo de Schindler y alojada en un barracón de «musulmanas». Todas las mañanas, se obligaba a aquellas moribundas a formar filas y se hacía una selección. A veces era Mengele quien acudía. De las quinientas se llevaban, en ocasiones, cien. Otras mañanas, cincuenta. Algunas se pintaban la cara con tierra de Auschwitz, otras intentaban mantenerse bien erguidas. Y más valía ahogarse que toser.

Después de una de esas inspecciones, Clara se encontró sin reservas para la espera y para el riesgo cotidiano. Tenía un marido y un hijo en Brinnlitz, pero ahora estaban más lejos que los canales del planeta Marte. No podía imaginar ya Brinnlitz, ni a los suyos allí. Echó a andar, vacilante, en busca de las alambradas electrificadas. Cuando había llegado, le había parecido que estaban en todas partes. Ahora que las necesitaba, no las podía encontrar. Cada giro la llevaba a otra calle fangosa y la frustraba con una nueva visión de idénticos barracones miserables. Clara vio a una persona que conocía de Plaszow, una mujer de Cracovia, y le preguntó:

—¿Dónde está la cerca electrificada? —En su mente trastornada, era una pregunta perfectamente razonable, y no dudaba de que la mujer, si aún tenía algún sentimiento fraternal, le daría la información pedida. Pero la mujer dio a Clara una respuesta poco más cuerda que la pregunta, aunque contenía un punto de vista, un equilibrio, un fondo obstinadamente sano.

—No te mates, Clara —dijo—. Si lo haces, nunca sabrás el final.

Quizá sea éste el más poderoso argumento que se puede emplear ante un potencial suicida. Mátate y nunca sabrás cómo termina la historia. Clara no tenía gran interés por saberlo, pero de alguna manera las palabras produjeron efecto. Se volvió. Cuando llegó nuevamente a su barracón, se sentía más angustiada que al salir en busca de la alambrada. Pero su amiga de Cracovia había cancelado la opción del suicidio.

Algo terrible había ocurrido en Brinnlitz. Oskar, el comerciante de Moravia, estaba ausente. Había salido a vender utensilios de cocina, diamantes, licores y tabaco por toda la provincia. Y a comprar objetos esenciales. Biberstein habla de los medicamentos y el instrumental de medicina que llegaron a la *Krankenstube* de Brinnlitz. Eran de primera calidad. Oskar debía haber comprado esas cosas en los depósitos de la misma Wehrmacht, o en algún gran hospital de Brno.

Fuera cual fuese la razón precisa de su ausencia, no estaba cuando llegó un inspector de Gröss-Rosen, que recorrió los talleres acompañado por el nuevo comandante, el *Unterstürmführer* Josef Liepold, a quien siempre complacía tener algún pretexto para entrar en la fábrica. Las órdenes del inspector, procedentes de Oranienburg, pedían que buscara en los subcampos niños para los experimentos del doctor Mengele en Auschwitz. Olek Rosner y su primo Richard Horowitz creían que no había allí necesidad de esconderse; se perseguían mutuamente por el anexo, subían y bajaban las escaleras, jugaban al escondite entre los telares en desuso. Con ellos estaba el hijo del doctor Leon Gross, quien poco antes había diagnosticado y atendido la diabetes de Amon Goeth, que había ayudado al doctor Blancke durante su «acción sanitaria» y debía responder aún por varios otros crímenes. El inspector dijo al *Untersturmführer* Liepold que, evidentemente, esos niños no eran obreros esenciales. Liepold, bajo, moreno, menos demente que Amon, era sin embargo un SS convencido y no se molestó en discutir ese punto de vista.

Luego el inspector descubrió a Roman Ginter, de nueve años. Ginter conocía a Oskar desde los tiempos del gueto y había sido proveedor de la chatarra de la Deutsche Email Fabrik a los talleres de Plaszow. Pero el *Untersturmführer* Liepold y el inspector no reconocían relaciones especiales. Roman fue enviado bajo escolta a la puerta con los demás niños. El hijo de Frances Spira, de diez años y medio, pero muy alto, que según los libros tenía catorce y que ese día estaba limpiando las ventanas en la cúspide de una larga escalera, sobrevivió a la incursión.

Las órdenes exigían también la captura de los padres, para evitar el riesgo de que se produjera una desesperada rebelión en el subcampo. Por lo tanto, fueron arrestados el violinista Rosner, Horowitz y Ginter. Leon Gross bajó a la carrera desde la clínica para negociar con la SS. Estaba congestionado. Trató de demostrar al inspector de Gröss-Rosen que hablaba con un tipo de prisionero verdaderamente responsable, con un amigo del sistema. El esfuerzo no sirvió para nada. Un SS *Unterseharführer* armado con una ametralladora recibió la misión de escoltarlos hasta Auschwitz.

El grupo de padres e hijos fue desde Zwittau hasta Katowice, en la Alta Silesia, en un tren común de pasajeros. Henry Rosner esperaba que los demás pasajeros fueran hostiles; pero una mujer se acercó por el pasillo con aire decidido y dio a Olek y a los otros chicos una manzana y un poco de pan sin dejar de mirar a los ojos al sargento, como si lo desafiara a actuar. El *Unterscharführer* asintió con cortesía y formalidad. Más tarde, cuando el tren se detuvo en Usti, dejó a los prisioneros a cargo del soldado que lo acompañaba y compró café y galletas en la cafetería de la estación, con su propio dinero. Empezó a hablar con Rosner y Horowitz. (Regina, la esposa de Horowitz, era la hermana de Rosner, y ambos hombres eran muy amigos.) Cuanto más hablaba el *Unterscharführer,* menos parecía un miembro de las mismas fuerzas que Amon, Hujar, John y los demás.

—Debo llevaros a Auschwitz —dijo—, y recoger allí a unas mujeres para traerlas a Brinnlitz.

Y así, irónicamente, los primeros moradores de Brinnlitz que descubrieron la posibilidad de que las mujeres salieran de Auschwitz fueron Rosner y Horowitz, mientras iban a ese mismo sitio. Éstos estaban felices. Se lo dijeron a los niños.

—Este buen hombre traerá a vuestras madres a Brinnlitz.

Rosner preguntó al *Unterscharführer* si le entregaría una carta a Manci; Horowitz pidió lo mismo. El *Unterscharführer* les dio papel para que escribieran a Manci y a Regina, los mismos folios que usaba para escribir a su esposa. En esa carta, Rosner proponía a Manci que se encontraran en cierta dirección de Podgórze si ambos sobrevivían.

Cuando Rosner y Horowitz terminaron, el SS guardó las cartas en su chaqueta. ¿Dónde ha estado este hombre durante estos últimos años?, se preguntó Rosner. ¿Habrá sido un fanático al principio? ¿Habrá aplaudido cuando los dioses del estrado gritaban: «Los judíos son nuestra desgracia»?

Más tarde, Olek apoyó la cabeza en el brazo de Henry y empezó a llorar. Al principio no quiso decir qué era lo que le ocurría. Cuando por fin habló, dijo que era porque lo estaba arrastrando a Auschwitz.

—A morir por mi causa —terminó. Henry podía haber tratado de animarlo con mentiras, pero de nada hubiera servido. Todos los niños sabían de la existencia de las cámaras de gas. Si se trataba de engañarlos, se irritaban.

El *Unterscharführer* se inclinó. Quizás había oído; había lágrimas en sus ojos. Esto asombró a Olek, como podía asombrar a un niño un animal del circo andando en bicicleta. Miró fijamente al hombre. Lo asombroso era que parecían lágrimas fraternales, las de otro prisionero.

—Yo sé lo que ocurrirá —dijo el *Unterscharführer* a Olek—. Hemos perdido la guerra. Os pondrán el tatuaje. Viviréis. Henry sintió que el hombre no hacía una promesa a Olek tanto como a sí mismo; que se prometía una seguridad que podría emplear para serenarse alguna vez, dentro de cinco años, cuando recordase ese viaje en tren.

La tarde del día en que salió a buscar las alambradas, Clara Sternberg oyó que en el barracón de las *Schindlerfrauen* llamaban a las prisioneras por su nombre, y, luego, risas de mujeres. Salió y vio a sus compañeras alineadas junto a la cerca del sector de las mujeres. Algunas sólo vestían blusas y largos calzones. Estaban horribles, esqueléticas. Pero parloteaban como niñas. Incluso la rubia SS parecía contenta; también ella se marcharía de Auschwitz si ellas se iban.

—*Schindlergruppe!*—ordenó—. ¡Todas a la sauna, y luego al tren!

Parecía comprender el carácter especial del acontecimiento.

Las prisioneras condenadas de los barracones vecinos miraban la escena con expresión remota, a través de las alambradas. Era irresistible mirar a esas mujeres de la lista, bruscamente tan diferentes del resto del campo de concentración. Pero se trataba de un hecho que nada significaba, por supuesto; algo que no afectaba la vida de la mayoría, no alteraba el proceso ni aligeraba el aire cargado de humo.

Sin embargo, para Clara Sternberg el espectáculo era intolerable. Y también para la señora Krumholz, relegada al barracón de las ancianas. La señora Krumholz empezó a discutir con la Kapo holandesa en la puerta.

—Voy a reunirme con ellas —dijo. La Kapo holandesa opuso vagos argumentos.

—Estará mejor aquí, en definitiva. Si se marcha, morirá en los vagones de ganado. Además, tendré que explicar dónde está.

—Les puede decir que estoy en la lista de Schindler —respondió la señora Krumholz—. Todo está arreglado. Figura en los libros. No hay ninguna duda.

Discutieron durante cinco minutos, y mientras lo hacían evocaron a sus familias tratando de conocer recíprocamente sus orígenes, quizá buscando un punto vulnerable fuera de la estricta lógica de la discusión. Así se descubrió que la Kapo holandesa también se llamaba Krumholz. Y luego hablaron de sus familiares.

—Yo creo que mi marido está en Sachsenhausen —dijo la señora Krumholz holandesa.

—El mío y mi hijo mayor han ido a otro lugar. Me parece que a Mauthausen —dijo la señora Krumholz de Cracovia—. Y yo debo ir al campo de Schindler en Moravia. Como esas mujeres, que también irán allí.

—No irán a ninguna parte —dijo la señora Krumholz holandesa—. Créame. Nadie va a ninguna parte, excepto en una dirección.

—Ellas creen que van —dijo la señora Krumholz de Cracovia—. ¡Por favor! —Porque incluso si las *Schindlerfrauen* se equivocaban, la señora Krumholz de Cracovia quería compartir su error. Finalmente la Kapo comprendió y abrió la puerta del barracón, aunque de nada sirviera.

Entre la señora Krumholz y Clara Sternberg, por una parte, y las demás mujeres de Schindler, por la otra, había sin embargo una cerca de alambre de espino. No estaba electrificada. Pero, de acuerdo con las normas de la Sección D, tenía dieciocho alambres, más próximos en la parte superior y algo más abiertos en la inferior, aunque no mucho más de una cuarta. Ese día, según el testimonio de los testigos y de las propias protagonistas, la señora Krumholz y Clara Sternberg lograron pasar a través de la alambrada para reunirse con las mujeres de Schindler y compartir cualquier ilusión de rescate que tuvieran. Estiraron los alambres, se deslizaron por un espacio de a lo sumo veinticinco centímetros, desgarraron sus ropas y lastimaron su piel con las púas, pero se unieron a la cola de las mujeres de Schindler. Nadie las detuvo, porque nadie lo creía posible. Para las demás mujeres de Auschwitz, sólo era un ejemplo irrelevante. Para cualquier otra fugitiva, después de esa alambrada de espino había otra, y luego otra, y por fin la cerca electrificada. Para Clara y la señora Krumholz, sólo había una. Las ropas que habían llevado puestas en el gueto, y que habían remendado en Plaszow, colgaban ahora del alambre de espino. Desnudas y ensangrentadas, ellas estaban ya con sus compañeras.

Rachela Korn estaba confinada en el barracón hospital. Su hija la sacó de allí por la ventana, y la sostuvo mientras la columna Schindler se movía. También ella, como las otras dos, habían vuelto a nacer ese día. Todas las felicitaban.

Luego les cortaron el pelo. Unas chicas letonas raparon una ancha franja en sus cráneos, por los piojos, y afeitaron sus axilas y pubis. Después de la ducha, marcharon desnudas hasta un depósito donde les entregaron ropas de prisioneras muertas. Cuando se vieron rapadas y vestidas con ropas heterogéneas se echaron a reír, con la risa de las muchachas muy jóvenes. La pequeña Mila Pfefferberg, que ahora pesaba poco más de treinta kilos, vestida con las prendas de una mujer alta y corpulenta, provocó enorme hilaridad. Medio muertas, vestidas con andrajos numerados, se paseaban, presumían y reían como escolares.

—¿Qué piensa hacer Herr Schindler con esta colección? —preguntó una muchacha SS a otra, como oyó Clara Sternberg.

—A nadie le importa —respondió la segunda—. Que abra un hogar de ancianos si lo desea.

A pesar de las expectativas, siempre era horrible meterse en esos trenes. Incluso a pesar del frío, los vagones eran sofocantes, y la oscuridad agravaba esa sensación. Los niños siempre buscaban una hendedura luminosa. Así hizo Niusia Horowitz esa mañana, y encontró una tabla suelta. Miró por el hueco y vio, más allá de las vías, las alambradas del sector de los hombres. Un grupo de niños miraba el tren y agitaba las manos. Parecía haber una insistencia muy especial en sus gestos. Le pareció extraño que uno de ellos se pareciese a su hermano de seis años, que estaba a salvo, con Schindler. Y el chico que estaba a su lado era el doble de su primo Olek Rosner. Y luego comprendió. Era Richard. Era Olek.

Se volvió, buscó a su madre y tiró de sus ropas. Regina miró, recorrió el mismo cruel ciclo de identificación y empezó a llorar. La puerta del vagón ya estaba cerrada; todas estaban apretujadas en la penumbra, y cada gesto, cada vestigio de pánico o de esperanza, era contagioso. Las demás se echaron también a llorar. Manci Rosner, que estaba junto a su cuñada, se acercó a la abertura, miró, vio a su hijo y estuvo a punto de caer desvanecida. Se abrió la puerta del vagón y un robusto suboficial preguntó quién hacía tanto ruido. Nadie más tenía motivos para adelantarse, pero Manci y Regina se abrieron paso atropelladamente para llegar hasta el hombre.

—Mi hijo está allí —dijeron las dos a la vez.

—Mi hijito —dijo Manci—. Quiero mostrarle que estoy viva.

Les ordenó que descendieran al andén. Cuando ambas lo hicieron, empezaron a preguntarse qué intenciones tendría el suboficial.

—¿Su nombre? —preguntó a Regina.

Ella se lo dijo; él buscó algo debajo de su cinturón. Regina esperaba que la mano reapareciera con una pistola. Pero tenía una carta de su marido para ella. Y otra de Henry Rosner para Manci. Luego contó brevemente el viaje que había hecho con sus maridos desde Brinnlitz. Manci sugirió que les permitiera meterse entre las vías, debajo del vagón, como si quisieran orinar. A veces esto se permitía, si los trenes permanecían inmóviles mucho tiempo. El hombre accedió.

Apenas Manci estuvo debajo del vagón, usó el agudo silbato que había empleado para guiar a Henry y a Olek en la *Appellplatz* hacia ella. Olek lo oyó y agitó los brazos. Luego cogió la cabeza de Richard y la orientó hacia donde estaban sus madres, sin dejar de mirar a través de las ruedas.

Olek alzó el brazo y recogió la manga para mostrar su tatuaje: parecía una vena varicosa en su antebrazo. Y por supuesto las dos mujeres agitaron sus brazos, aplaudieron, asintieron, mientras también Richard mostraba su tatuaje. Con sus mangas recogidas, los niños parecían decir: «Mirad, nos han concedido permanencia.»

Pero las mujeres estaban desesperadas. ¿Qué les ha ocurrido?, se preguntaban mutuamente. Pensaron que en las cartas hallarían una explicación más completa. Las abrieron y leyeron, y luego las apartaron, sin dejar de agitar sus brazos.

Olek abrió la mano y mostró unas pequeñas patatas que tenía.

—Oye —gritó; Manci lo oía claramente—. No tienes que preocuparte porque pase hambre.

—¿Dónde está tu padre? —gritó Manci.

—Trabajando —dijo Olek—. Pronto volverá. Le he guardado estas patatas.

—Dios mío —murmuró Manci a su cuñada.

Richard habló con menos rodeos:

—Mamushka, mamushka, tengo hambre —gritó.

Pero también él tenía unas pocas patatas. Las reservaba para Dolek. Dolek y Rosner estaban trabajando en la cantera.

Henry Rosner llegó primero. También él se acercó a la alambrada, con el brazo izquierdo desnudo en alto.

—El tatuaje —dijo, con voz triunfal. Ella pudo ver, sin embargo, que él temblaba, sudaba y tenía frío al mismo tiempo. La vida no había sido fácil en Plaszow, aunque al menos él podía dormir en el depósito de pinturas durante las horas de trabajo cuando había tocado en la casa de Amon. Pero, en Auschwitz, la banda que a veces acompañaba a las columnas que se dirigían a las salas de baños no tocaba música de Lehar.

Cuando llegó Dolek, Richard lo condujo hasta la alambrada. Dolek vio las caras bonitas y demacradas de las dos mujeres, debajo del vagón. En ese momento, lo que más temían Henry y él era que ambas intentaran quedarse. No podrían estar con sus hijos en el sector de los hombres. Se encontraban en la única situación que permitía cierta esperanza en un tren que seguramente saldría antes de que el día terminara. La idea de una reunión familiar era ilusoria, y los dos hombres, junto al alambre de espino, temían que las mujeres muriesen por ella. Por esto, Dolek y Henry se mostraron falsamente alegres, como padres de tiempos de paz que han decidido llevar a sus hijos menores al Báltico para que sus hermanas mayores puedan ir solas a Carlsbad

—Cuida bien a Niusia —dijo Dolek, recordando a su esposa que tenían otra hija, y que estaba en el tren.

Finalmente, en el campo sonó una piadosa sirena. Los hombres y los niños tuvieron que alejarse. Regina y Manci subieron a su vagón y las puertas se cerraron. No hablaron. Ya nada podía sorprenderlas.

El tren partió por la tarde. Se hicieron las conjeturas habituales Mila Pfefferberg pensó que, si no se dirigían a Moravia, la mitad de ellas no sobreviviría una semana. Pensaba que ella misma no disponía de muchos días. Lusia tenía escarlatina. La señora Dresner, corroída por la disentería, parecía a punto de morir, a pesar de los cuidados de Danka.

Pero por la tabla suelta descubierta por Niusia

Horowitz las mujeres podían ver pinares y montañas. Algunas habían visitado esas montañas en la infancia; y ver sus contornos conocidos incluso desde ese vagón nauseabundo les daba una desatinada sensación de vacaciones. Sacudieron a las chiquillas, que miraban el vacío, sentadas en el suelo.

—Ya casi hemos llegado —dijeron.

Pero ¿adónde? Un nuevo desvío acabaría con todas ellas.

Al amanecer del segundo día les ordenaron que bajaran. La locomotora silbaba en alguna región de la niebla. De los vagones pendía sucia nieve endurecida, y el aire era muy frío. Pero no era la atmósfera acre y pesada de Auschwitz. Era una rústica estación. Marcharon con los pies entumecidos en los zuecos; todas tosían. Pronto vieron un gran portal y más allá una gran construcción de donde emergían altas chimeneas. Su forma negra, de sólo dos dimensiones, recordaba demasiado las que habían dejado en Auschwitz. Un grupo de hombres de la SS aguardaba junto al portal, dando palmadas para combatir el frío. El grupo de hombres, la chimenea, todo parecía parte del mismo siniestro *continuum*. Al lado de Mila Pfefferberg, una muchacha se echó a llorar.

—Nos han traído hasta aquí sólo para enviarnos de todos modos por las chimeneas.

—No —respondió Mila—. No hubieran perdido tanto tiempo. Ya lo habrían hecho en Auschwitz.

Su optimismo era como el de Lusia; no sabía de dónde venía.

Cuando estuvieron más cerca, advirtieron que Herr Schindler estaba en mitad de los SS. Lo sabían por su memorable estatura y corpulencia. Luego vieron sus rasgos bajo el sombrero tirolés que usaba últimamente para celebrar su regreso a su tierra natal. Un oficial bajo y de tez oscura, de la SS, estaba a su lado. Era el comandante de Brinnlitz, el *Untersturmführer* Liepold. Oskar ya sabía, y las mujeres no tardarían en descubrirlo, que Liepold —contrariamente a los miembros de su guarnición— no había perdido aún la fe en lo que se llamaba «la solución final». Pero aunque era el respetable delegado personal del *Sturmbannführer* Hassebroeck, y la encarnación de su autoridad en Brinnlitz, fue Oskar quien salió al encuentro de la columna de mujeres. Ellas se detuvieron y lo miraron. Miraron ese extraño fenómeno en mitad de la niebla. Sólo algunas sonrieron.

Mila Pfefferberg, como otras, recuerda que fue un instante de la gratitud más básica y devota, totalmente inexpresable. Años después, una mujer que había estado en esa columna, al recordar esa mañana ante un equipo de la televisión alemana, dijo tratando de formular una explicación:

—Él era nuestro padre, nuestra madre, nuestra única fe. Nunca nos abandonó. Luego Oskar habló. Era otro de sus discursos absurdos, lleno de promesas.

—Sabíamos que veníais. Nos avisaron desde Zwittau. Encontraréis dentro sopa y pan. —Y luego les dijo, con seguridad pontifical—: No tenéis nada que temer. Estáis conmigo.

Nada podía hacer el *Untersturmführer* ante estas palabras. Estaba furioso, y a Oskar no le importaba. Y mientras el Herr Direktor entraba en el patio con los prisioneros, nada que hiciera Liepold podría quebrantar esa certeza.

Los hombres lo sabían. Estaban mirando desde el balcón de su dormitorio. Sternberg y su hijo buscaban a Clara; Feigenbaum y su hijo Lutek buscaban a Nocha y a su hija. Juda Dresner y su hijo Janek, el anciano Jereth, el rabino Levartov, Ginter, Garde, Marcel Goldberg, trataban de ver a sus mujeres. Mundek Korn buscaba a su madre y a su hermana, y también a la optimista Lusia, que le agradaba. Bau cayó en una melancolía de la que quizá nunca saldría: ahora sabía definitivamente que su madre y su esposa no llegarían nunca a Brinnlitz. Wulkan, el joyero, al ver a Chaja en el patio supo que realmente había individuos capaces de intervenir y procurar la salvación.

Pfefferberg agitó un paquete que guardaba para el regreso de Mila: una madeja de lana robada de una de las cajas abandonadas por Hoffman, y unas agujas de acero que él mismo había hecho en el taller de soldadura. También el hijo de diez años de Frances Spira miraba por el balcón, con el puño en la boca para no gritar, pues había muchos SS en el patio. Las mujeres pasaron tambaleantes por el patio de adoquines con sus andrajosas ropas de Auschwitz. Tenían las cabezas rapadas. Algunas estaban demasiado enfermas, demasiado delgadas para que las reconocieran de inmediato. Era un extraño conjunto. Nadie se sorprendería al descubrir, más tarde, que en ninguna parte de la dolorida Europa se había celebrado un reencuentro como ése. Jamás había habido, ni habría, un rescate comparable de Auschwitz.

Condujeron luego a las mujeres a su dormitorio. Había paja en el suelo; todavía no había literas. Una muchacha SS sirvió la sopa de la que Oskar había hablado en la puerta, de una enorme sopera de la DEF. Era deliciosa y suculenta. Su aroma era el signo externo del valor de otras promesas imponderables: «No tenéis nada que temer.»

Pero no pudieron acercarse a los hombres. Por el momento, el dormitorio de las mujeres estaba en cuarentena. Oskar, asesorado por los médicos, estaba preocupado por lo que hubiesen podido traer de Auschwitz. Sin embargo, se contravenía el aislamiento en tres puntos. Uno era un ladrillo suelto junto a la cama de Moshe Bejski. Durante las noches siguientes, los hombres pasarían las horas arrodillados sobre el colchón de Bejski, comunicando mensajes. En la sala de máquinas había un tragaluz que daba al baño de las mujeres; Pfefferberg apiló cajas para que todos pudieran subir a transmitir mensajes. Y una barrera de tela metálica separaba el balcón de ambos dormitorios: a la madrugada y al anochecer estaba muy concurrida. Allí se encontraban los Jereth, el viejo Jereth con cuya madera se habían construido los primeros barracones de Emalia, y su mujer, que en el gueto había necesitado un refugio contra las *Aktionen*. Los demás prisioneros tomaban a broma las comunicaciones que intercambiaba la anciana pareja.

—¿Has ido al lavabo hoy, querida? —preguntaba ansiosamente Jereth a su esposa, que acababa de llegar de los barracones de Birkenau, castigados por la disentería.

Al principio, nadie quería ir a la clínica. Era un lugar peligroso en Plaszow, donde el doctor Blancke aplicaba su tratamiento definitivo de inyecciones de bencina. E incluso en Brinnlitz, donde siempre existía el riesgo de una inspección, como aquella que había terminado con el rapto de los niños. Según las instrucciones de Oranienburg, las clínicas de los campos de trabajo no debían admitir pacientes con enfermedades graves. No tenían el carácter de hogares de beneficencia; su finalidad era proporcionar primeros auxilios en caso de accidentes de trabajo. Pero de todos modos la clínica de Brinnlitz se llenó de mujeres. Allí estaba Janka Feigenbaum, que padecía de cáncer óseo y moriría de todos modos, incluso en el mejor sanatorio. Al menos, se encontraba en el mejor que en su caso era posible. También se internó a la señora Dresner, y a varias mujeres que no podían comer o retener la comida. Lusia, la optimista, y otras dos muchachas, tenían escarlatina. No podían estar en la clínica, y se instalaron sus camas en el sótano, junto a las calderas. A pesar de la fiebre, Lusia advertía el maravilloso calor de ese sitio.

Emilie se ocupaba de las enfermas, silenciosa como una monja. Los que estaban sanos en Brinnlitz —como los hombres que desmontaban las máquinas de Hoffman y guardaban las piezas en los depósitos situados junto al camino— apenas notaban su presencia. Se dijo luego que era una esposa callada y sumisa. Los sanos y fuertes estaban deslumbrados por el brillo de Oskar y por el éxito de la jugarreta de Brinnlitz. Y la atención de las mujeres que se mantenían en pie estaba centrada en el mágico y todopoderoso Oskar.

Por ejemplo, Manci Rosner. Algo más tarde en la historia de Brinnlitz, Oskar se acercaría al torno en que ella trabajaba y le entregaría el violín de Henry. De alguna manera, durante una visita a Hassebroeck en Gröss-Rosen, había hallado tiempo para buscar el violín en el depósito. Le había costado cien marcos recobrarlo. Mientras se lo daba, sonrió de un modo que parecía prometer el retorno del violinista que correspondía a ese violín.

—Es el mismo instrumento —murmuró—, aunque por el momento la melodía es diferente.

Era difícil para Manci, mientras miraba ese instrumento milagroso, ver, más allá del Herr Direktor, a su serena esposa. Pero Emilie era más visible para los enfermos graves. Les daba sopa de sémola, que nadie sabía dónde había conseguido, preparada en su propia cocina y llevada luego a la *Krankenstube.* El doctor Alexander Biberstein creía que la señora Dresner no se salvaría. Emilie la alimentó cucharada a cucharada siete días seguidos, y la disentería cedió. El caso de la señora Dresner parecía confirmar la idea de Mila Pfefferberg: si Oskar no hubiese logrado rescatarlas de Birkenau, muchas de ellas no habrían sobrevivido otra semana.

Emilie atendía también a Janka Feigenbaum, de diecinueve años. Lutek, el hermano de Janka, que trabajaba en el taller, vio salir varias veces a Emilie de su apartamento con una olla de comida preparada en su cocina para la agonizante.

—Estaba dominada por Oskar —decía Lutek—, como todos nosotros. Sin embargo, no le faltaba personalidad.

Cuando se rompieron las gafas de Lutek, ella logró que fueran reparadas. La receta estaba en la consulta de algún oculista de Cracovia desde los días del gueto. Emilie hizo que alguien fuera a Cracovia, recogiera la receta y arreglara las gafas. Para el joven Lutek esto era algo más que un acto normal de generosidad, especialmente en un sistema que imponía positivamente la miopía, que deseaba quitar las gafas a todos los judíos de Europa. Hay muchas historias de gafas entregadas por Schindler a varios prisioneros. Cabe preguntarse si algunas acciones de Emilie en este sentido no han sido escamoteadas por la leyenda de Oskar, así como la figura de Robin Hood o la del rey Arturo ocultan a veces las hazañas de los héroes menores.

CAPÍTULO·34

Los médicos de la *krankenstube* eran Hilfstein, Handler, Lewkowicz y Biberstein. Los cuatro estaban preocupados por la posibilidad de una epidemia de tifus. El tifus no sólo era un riesgo sanitario. Podía ser, de acuerdo con las normas, causa suficiente para cerrar Brinnlitz, meter a los enfermos en vagones de ganado y condenarlos a morir en los barracones de Birkenau señalados con la leyenda *Achtung Typhus!* En una de las visitas matutinas de Oskar a la clínica, más o menos una semana después de la llegada de las mujeres, Biberstein le habló de dos posibles casos. Dolor de cabeza, fiebre, malestar, dolores en todo el cuerpo. Todo eso había empezado. Biberstein esperaba que pronto apareciera la característica erupción tifoidea. Era necesario aislar a las dos mujeres en una habitación especial.

Biberstein no tuvo que dar a Oskar demasiada información acerca de las características del tifus. El tifus se propagaba por la picadura de los piojos. Las prisioneras alojaban poblaciones incontrolables de piojos. La enfermedad tenía unas dos semanas de incubación. Podía estar presente ya en una docena o en cien prisioneras. Incluso con las nuevas literas, la gente estaba demasiado próxima. Los amantes transmitían el insecto virulento cuando se unían rápida y secretamente en algún rincón escondido de la fábrica. El piojo del tifus era ampliamente migratorio. Quizá su energía superaba a la de Oskar.

Por esto, cuando Oskar ordenó que se construyera una unidad de desinfección, con duchas y una lavandería donde se podría hervir la ropa, en el piso alto, no hubo demoras burocráticas. La unidad estaba alimentada por el vapor caliente de las calderas del sótano. Los soldadores trabajaron en tres turnos para realizar rápidamente la tarea. Y lo hicieron en forma voluntaria, como era característico en las industrias secretas de Brinnlitz. Las grandes máquinas Hilo apoyadas sobre el suelo recientemente construido simbolizaban la industria oficial. Estaba en el interés de los prisioneros y en el de Oskar —observó más tarde Moshe Bejski— que las máquinas funcionaran a la perfección, porque ellas daban al campo de trabajo una cobertura convincente. Pero nada era más importante que las industrias secretas. Las mujeres tejían ropas con la lana de los enormes bultos y cajones abandonados por Hoffman. Sólo se interrumpían y retornaban a la industria oficial cuando algún oficial o suboficial de la SS pasaba por los talleres de camino al despacho del Herr Direktor, o cuando los incompetentes ingenieros Fuchs y Schoenbrun («No tenían el nivel de *nuestros* ingenieros», diría más tarde un prisionero) salían de sus despachos.

El Oskar de Brinnlitz era aún el que recordaban los antiguos operarios de Emalia. Un *bon vivant*, un hombre de costumbres disipadas. Un día, Mandel y Pfefferberg, después de trabajar duramente en la soldadura para las tuberías de vapor, resolvieron bañarse en un tanque de agua que alimentaba las máquinas y que estaba situado justamente debajo del alto techo de la nave. Se podía acceder por unas escaleras y una pasarela. El agua estaba tibia, y el tanque estaba oculto a la vista si se miraba desde el taller. Los dos soldadores se izaron y se sorprendieron al ver que el tanque ya estaba ocupado. Por Oskar, que flotaba enorme y desnudo, y por la SS rubia, la misma que Regina Horowitz había conquistado con su broche, cuyos pechos ondulaban en la superficie. Oskar advirtió su presencia y los miró sin inmutarse. Para él, el disimulo o el recato en materia sexual eran conceptos muy estimables, como el existencialismo, pero difíciles de comprender. Y la chica, desnuda, era bellísima. Ambos se disculparon y se marcharon, moviendo la cabeza y riendo como niños de la escuela. En lo alto, Oskar hacía el amor como Zeus.

La epidemia no se concretó, y Biberstein lo atribuyó a la unidad de desinfección de Brinnlitz. Y cuando la disentería desapareció, lo atribuyó a la comida. En el testimonio que se conserva en los archivos de Yad Vashem, en Jerusalén, Biberstein declara que la ración diaria del campo de trabajo superaba las dos mil calorías. Ese invierno, en todo el miserable continente europeo, sólo los judíos de Brinnlitz disponían de tan sustancioso alimento. Entre tantos millones, sólo los mil de Schindler recibían una sopa nutritiva. Había también avena. Camino abajo, junto al torrente donde los transportistas de Oskar habían arrojado poco antes bebidas del mercado negro, había un molino. Los prisioneros solían ir allí, provistos de un pase de trabajo, enviados por uno u otro departamento de la Deutsche Email Fabrik. Mundek Korn recuerda cómo llevaban la avena. En el molino, ataban los pantalones a los tobillos y aflojaban su cinturón. Un compañero llenaba de grano los pantalones. Y luego el inapreciable depósito viviente retornaba y pasaba junto a los centinelas, con paso algo vacilante, y una vez en la cocina alguna mujer desataba la ligadura del tobillo y recogía la avena en un recipiente.

Los dos delineantes —Josef Bau y el joven Moshe Bejski— habían empezado ya a falsificar pases que permitieran a la gente ir al molino. Un día, Oskar mostró a Bejski los documentos que llevaban el sello de las autoridades de racionamiento de la Gobernación General. Todavía, los mejores contactos de Oskar con el mercado negro estaban en Cracovia. Podía concertar telefónicamente los envíos. Pero en la frontera de Moravia había que mostrar los permisos del Departamento de Agricultura y Alimentación del Gobierno General.

Oskar señaló el sello de los papeles que traía.

—¿Se puede hacer un sello igual? —preguntó a Bejski.

Bejski era un artista. No necesitaba muchas horas de sueño. Pronto entregó a Oskar el primero de los muchos sellos oficiales que había de elaborar.

Sus herramientas eran varios pequeños instrumentos cortantes y hojitas de afeitar. Sus sellos se convirtieron en el emblema de la descarada burocracia autónoma de Brinnlitz. Hizo sellos del Gobierno General, del gobernador de Moravia, y otros para que los prisioneros pudieran ir en camión a Brno o a Olomouc para buscar cargamentos de pan, gasolina del mercado negro, harina, telas o cigarrillos. Leon Salpeter, el farmacéutico de Cracovia, antiguo miembro del *Judenrat* de Marek Biberstein, atendía el depósito de Brinnlitz. Allí se guardaban las miserables mercancías enviadas por Hassebroeck desde Gröss-Rosen, junto a las hortalizas, la harina y los cereales que Oskar compraba utilizando los sellos de goma minuciosamente tallados por Bejski, con el águila y la ganchuda cruz del régimen.

—La vida en Brinnlitz era dura —dijo luego uno de los prisioneros—; eso no se olvida. Pero comparándolo con otros campos de trabajo, era el paraíso.

Los prisioneros no ignoraban, en apariencia, que la comida escaseaba en todas partes, y que en el exterior eran pocos los que lograban saciar el hambre.

¿Y Oskar? ¿Reducía Oskar sus propias raciones hasta el mismo nivel de los prisioneros? La respuesta a esta pregunta suele despertar una risa indulgente.

—¿*Oskar*? ¿Y por qué debía reducir Oskar sus raciones? Era el Herr Direktor. ¿Quiénes éramos nosotros para controlar sus comidas? —Nuestro interlocutor frunce rápidamente el ceño, temiendo que eso parezca demasiado servil, y agrega—: Usted no comprende. Estábamos agradecidos por estar allí. No había ningún otro sitio donde estar.

Oskar no había dejado de ser por temperamento un marido ausente, como en la primera época de su matrimonio; y era muy frecuente que estuviera fuera de Brinnlitz. A veces Stern, que era siempre el portavoz de las peticiones y deseos de cada día, lo esperaba toda la noche en su apartamento, acompañado por Emilie, que compartía sus vigilias. El erudito contable siempre daba la interpretación más leal de los vagabundeos de Schindler por Moravia. Años más tarde, durante una conferencia, Stern diría:

—Salía de día y de noche, buscando sin cesar alimentos para los judíos del campo de Brinnlitz, con documentos falsificados por uno de los prisioneros, y también armas y municiones por si la SS concebía la idea de matarnos cuando se retirara.

La imagen de ese Herr Direktor incansablemente protector acredita el amor y la lealtad de Itzhak. Pero Emilie seguramente comprendía que no todas esas ausencias se debían a sus humanitarias transacciones. Durante una de esas ausencias, Janek Dresner, de diecinueve años, fue acusado de sabotaje. Dresner no tenía idea del trabajo metalúrgico. En Plaszow había trabajado en la unidad de desinfección, donde alcanzaba las toallas a los SS que acudían a las duchas o a la sauna, y se ocupaba de poner en agua hirviente las ropas sucias y llenas de piojos de los prisioneros. (Había enfermado de tifus a causa de una picadura, y sólo se había salvado porque su primo, el doctor Schindel, lo había curado en la clínica afirmando que se trataba de un caso de anginas.)

El supuesto sabotaje se produjo cuando el ingeniero Schoenbrun, el supervisor alemán, cambió su trabajo de tornero por la atención de una de las grandes prensas de metal. Los ingenieros habían empleado una semana para ponerla a punto; apenas oprimió el botón de arranque y empezó a usarla, produjo un cortocircuito y se partió una platina. Schoenbrun increpó a Janek y luego escribió un informe en que definía la acción como un sabotaje. Hizo copiar la carta y envió las copias a las Secciones D y W de Oranienburg, a Hassebroeck en Gröss-Rosen y al *Untersturmführer* Liepold.

Como a la mañana siguiente Oskar no llegó, Stern retiró los informes del saco de la correspondencia y los guardó. La queja dirigida a Liepold había sido entregada en mano, pero Liepold obró correctamente, al menos en los términos de la organización a que pertenecía, y no quiso tomar medidas hasta que se recibieran las respuestas de Oranienburg y de Gröss-Rosen. Dos días más tarde Oskar aún no había aparecido. «Debe ser una fiesta de verdad», comentaban los más sarcásticos. Schoenbrun descubrió de algún modo que Itzhak retenía los informes. Entró en su despacho iracundo y dijo a Stern que agregaría su nombre al informe. Stern lo escuchó con infinita calma y, cuando Schoenbrun terminó, respondió que había cogido las cartas porque entendía que el Herr Direktor debía ser informado, por motivos de cortesía, de su contenido. Por supuesto, el Herr Direktor, agregó Stern, se indignará al saber que un prisionero ha provocado daños por valor de diez mil marcos en una de sus máquinas. Parece lo más justo, concluyó Stern, que Herr Schindler pueda agregar al informe sus propias observaciones.

Finalmente llegó Oskar. Stern salió a recibirlo y le estuvo hablando de la máquina y las acusaciones de Schoenbrun. También el *Untersturmführer* Liepold lo aguardaba, ansioso de afirmar su autoridad en la fábrica con el pretexto del caso de Janek Dresner.

—Presidiré la vista del caso —dijo Liepold—. Usted, Herr Direktor, debe hacer una declaración firmada de la extensión de los daños.

—Un momento —respondió Oskar—. Es mi máquina la que se ha roto. Yo presidiré la vista.

Liepold dijo que el prisionero estaba bajo la jurisdicción de la Sección D. Pero la máquina misma, repuso Oskar, dependía de la autoridad de la Inspección de Armamentos. Y, además, no podía verdaderamente permitir un juicio en los talleres. Si Brinnlitz hubiese sido una fábrica de ropas, o de materias químicas, quizás una cosa así no hubiese tenido gran impacto sobre la producción. Pero ésa era una industria de armamentos, dedicada a la fabricación de piezas secretas.

—No quiero, por lo tanto, que se perturbe al personal —dijo Oskar.

Schindler impuso su criterio, quizá porque Liepold cedió. El *Untersturmführer* temía los contactos de Oskar. De modo que esa noche se reunió el tribunal en la sección de máquinas herramientas de la DEF: sus miembros eran Herr Oskar como presidente, Herr Schoenbrun y Herr Fuchs. Una muchacha alemana, sentada a un lado de la mesa, estaba lista para tomar nota, de manera que, cuando lo llamaron, el joven Dresner vio frente a sí un tribunal completo y solemne. De acuerdo con el decreto de la Sección D del 11 de abril de 1944, lo que esperaba a Janek era el primer paso, y el más importante, de un proceso que, tras el informe a Hassebroeck y la autorización de Oranienburg, podía culminar con su ejecución en la horca en el taller, en presencia de todo el personal de Brinnlitz, incluidos sus padres y hermana. Janek observó que esa noche Oskar no exhibía la familiaridad habitual. El Herr Direktor leyó en voz alta el informe de Schoenbrun sobre el sabotaje cometido. Janek sólo conocía a Oskar por lo que decían de él otras personas, y en especial su padre; y no sabía qué podía significar la lectura, en tono grave, de las acusaciones de Schoenbrun. ¿Realmente lamentaba Oskar el destrozo de la máquina? ¿O todo era una representación?

Cuando terminó de leer, el Herr Direktor empezó a hacer preguntas. Dresner no podía responder gran cosa. Dijo que no estaba familiarizado con esa máquina. Había sido difícil calibrarla, explicó; como estaba demasiado ansioso, había cometido un error. Aseguró al Herr Direktor que no tenía ningún motivo para sabotear la máquina.

—Si no está usted capacitado para trabajar en una industria de armamentos —dijo Schoenbrun—, no debería estar aquí. El Herr Direktor me ha asegurado que todos los prisioneros tienen gran experiencia. Y usted alega incompetencia, *Haftling* Dresner.

Con gesto furioso, Schindler ordenó al prisionero que contara exactamente qué había hecho la noche del desastre. Dresner empezó a hablar de los preparativos para poner la máquina en marcha, del ensayo que había hecho antes de dar corriente, del accionamiento final del interruptor, de la brusca aceleración del motor y de la rotura de la pieza. Herr Schindler se mostraba cada vez más irritado mientras el muchacho hablaba; echó a andar de un lado a otro mirándolo con enojo. Dresner describió luego cierta modificación que había hecho en uno de los controles, y Schindler se detuvo de repente, con los puños apretados y los ojos ardiendo.

—¿Cómo ha dicho? —preguntó.

Dresner repitió:

—Ajusté el control de presión, Herr Direktor.

Schindler se lanzó contra él y le dio un puñetazo en la mandíbula. Dresner sintió que la cabeza le zumbaba, pero con alegría, porque Oskar —de espaldas a los otros dos jueces— le había guiñado un ojo de manera inconfundible. Luego empezó a agitar con fuerza sus enormes brazos, y dijo:

—¡Maldito estúpido! ¡No puedo creerlo!

Lo repitió varias veces, vociferando.

Se volvió hacia Schoenbrun y Fuchs, como si fueran sus únicos aliados.

—Desearía que fueran suficientemente inteligentes para sabotear una máquina. Así podría arrancarles la piel a tiras. Pero ¿qué se puede hacer con gente como ésta? Hablar con ellos es perder el tiempo.

Oskar amagó nuevamente con el puño, y Dresner retrocedió ante la perspectiva de un nuevo golpe que declarara su inocencia.

—¡*Fuera de aquí!* —aulló Oskar. Mientras Dresner salía, oyó que Oskar sugería a los demás olvidar el asunto y subir a beber un excelente Martell.

Es posible que esa hábil subversión del juicio no resultara satisfactoria para Liepold y Schoenbrun. Porque no se había llegado a una conclusión formal ni una sentencia. Pero no podían decir que Oskar hubiese impedido el juicio, ni que lo hubiera realizado con ligereza.

El informe que dio más tarde Dresner permite suponer que Oskar mantenía la vida de sus prisioneros mediante una sucesión de trucos tan veloces que eran casi mágicos. Sin embargo, si se aspira a la verdad estricta, la existencia misma de Brinnlitz como prisión y como empresa industrial era el gran truco de prestidigitación sostenido, deslumbrante, total.

CAPÍTULO·35

Porque la fábrica no producía nada. «Ni una sola granada», dicen todavía los antiguos prisioneros de Brinnlitz, moviendo la cabeza. Ni una cubierta de proyectil, ni una granada de 45 mm que funcionara. El mismo Oskar hizo una comparación entre la producción de la DEF en los años de Cracovia con la de Brinnlitz. En Zablocie se fabricaron esmaltados por valor de dieciséis millones de marcos. Durante el mismo período de tiempo, la sección de armamentos produjo granadas por valor de medio millón de marcos. Oskar explicaba que en Brinnlitz, «a consecuencia de la caída en la producción de esmaltados», no había producción de que hablar. Y la de armamentos encontraba «dificultades iniciales».

Con todo, logró enviar un cargamento de «piezas de proyectiles» evaluadas en treinta y cinco mil marcos, durante los meses de Brinnlitz.

—Esas piezas —dijo Oskar más tarde—, habían llegado a Brinnlitz a medio hacer. Proporcionar todavía menos (al esfuerzo de guerra) era imposible, y la excusa de las «dificultades iniciales» se tornaba cada vez más peligrosa para mí y para mis judíos, porque Speer (ministro de Armamentos) incrementaba sus exigencias mes tras mes.

El riesgo de la política improductiva de Oskar no consistía sólo en que le daba mal nombre en el Ministerio de Armamentos. Irritaba también a otras agencias administrativas. Porque el sistema de fábricas actuaba por separado: un taller producía las cubiertas, otro los detonadores, un tercero fabricaba los explosivos y montaba los demás componentes. Se pensaba que, de ese modo, una incursión aérea contra una industria determinada no podría detener la producción de armamentos. Ingenieros de otras empresas, a quienes Oskar no conocía ni podía alcanzar, inspeccionaban las granadas de Oskar, enviadas por tren a otras fábricas. Los artículos de Brinnlitz no aprobaban el control de calidad. Oskar mostraba las cartas de queja a Stern, Finder, Pemper o Garde. Y reía ruidosamente, como si los hombres que protestaban fueran cómicos burócratas de opereta.

Elegiremos uno de estos casos, más adelante en el tiempo. Itzhak Stern y Mietek Pemper estaban en el despacho de Oskar la mañana del 28 de abril de 1945, una mañana en que los prisioneros corrían peligro extremo, porque habían sido condenados a muerte, en su totalidad, por el *Sturmbannführer* Hassebroeck. Oskar cumplía treinta y siete años, y acababa de abrir una botella de coñac. Sobre su escritorio había un telegrama de una planta de montaje de armamentos situada cerca de Brno. Decía que las granadas antitanques de Oskar estaban tan mal hechas que no soportaban uno solo de los controles de calidad. Estaban mal calibradas, y estallaban durante los ensayos porque no habían sido templadas a la temperatura adecuada.

Oskar parecía extasiado con el telegrama. Lo empujó hacia Stern y Pemper para que lo leyeran. Pemper recuerda que dijo una de sus extravagancias:

—Es el mejor regalo de cumpleaños que podía haber recibido. Ahora sé que mis productos no pueden matar a ningún pobre infortunado.

Este incidente habla de dos locuras contradictorias. Hay cierta locura en un empresario como Oskar, que se alegra cuando su empresa no produce. Pero hay también una fría demencia en el tecnócrata alemán que, cuando ha caído Viena, cuando los hombres del mariscal Koniev han abrazado a los americanos en el Elba, piensa todavía que una pequeña fábrica de armamentos de las colinas tiene tiempo para refinar sus productos y para hacer una contribución digna de los grandes principios de disciplina y productividad.

La primera pregunta que se plantea ante ese telegrama de aniversario es cómo habían subsistido Oskar y su empresa durante los siete meses previos.

La gente de Brinnlitz recuerda una larga serie de inspecciones y controles. Hombres de la Sección D recorrían los talleres con largas listas de control. También los ingenieros de la Inspección de Armamentos. Oskar siempre comía o cenaba con esos funcionarios. Los agasajaba con jamón y coñac. Ya no había en el Reich muchas invitaciones a comer.

Los prisioneros que se ocupaban entonces de los tornos, los hornos o las prensas han afirmado que esos inspectores uniformados solían apestar a alcohol y andar con paso vacilante. Todos los reclusos hablan de un funcionario que se jactaba, en una de las últimas inspecciones de la guerra, de que Schindler no lograría seducirlo con su camaradería, ni con comidas o bebidas. En las escaleras de los dormitorios a los talleres, dice la leyenda, Oskar hizo una zancadilla al hombre, que rodó por los escalones y concluyó su caída con una pierna rota y una herida en la cabeza. La gente no puede identificar, en general, al protagonista de ese caso extremo de profesionalismo de la SS. Uno afirma que se trataba del *Obersturmbannführer* Rash, jefe de policía de Moravia. Oskar jamás mencionó ese incidente. Sin duda, se trata de otra de esas historias que representan a Oskar como la personificación de un dios generoso, capaz de proveer a todas las necesidades. No importa, en sí, que un hombre de la SS haya caído por las escaleras de la Deutsche Email Fabrik y se haya roto una pierna. Y es un acto elemental de justicia reconocer que los reclusos tenían derecho a difundir fábulas de este tipo. Vivían en grave peligro. Si el espíritu de la fábula no los hubiera sustentado, lo habrían pagado muy caro.

Una de las razones que favorecían la subsistencia de Brinnlitz a pesar de las inspecciones era la implacable astucia de los obreros calificados de Oskar. Los electricistas manipulaban los sistemas de control: la aguja registraba la temperatura correcta en el interior del horno, que podía estar cientos de grados más frío.

—He escrito a los fabricantes —decía Oskar a los inspectores, desempeñando el papel del empresario engañado a quien se le roba su justa ganancia. Se quejaba de la ineficacia de los supervisores alemanes. Seguía hablando de «dificultades iniciales» y de «problemas de la dentición», y sugería vastas provisiones futuras de proyectiles cuando esos problemas se resolvieran.

En las salas de máquinas herramientas todo parecía normal. Sin embargo, las máquinas que parecían perfectamente calibradas tenían sutiles defectos. La mayor parte de los inspectores que pasaron por Brinnlitz no sólo se marcharon con cigarrillos y coñac, sino también con cierta simpatía por los espinosos problemas que afrontaba ese hombre lleno de entereza.

Stern siempre afirmó que Oskar compraba cajas de granadas a otros fabricantes checos y las presentaba como propias durante las inspecciones. Pfefferberg dice lo mismo. Lo cierto es que Brinnlitz subsistió, cualesquiera que fueran los trucos usados por Schindler.

Había ocasiones en que, para contener a la hostil opinión local, invitaba a importantes funcionarios a visitar sus instalaciones y a una espléndida cena. Se trataba, en todos los casos, de personas sin experiencia en ingeniería ni en producción de armamentos. Después de la estancia de Oskar en la calle Pomorska, Liepold, de acuerdo con Hoffman y con el *Kreisleiter* local del partido, escribió a todas las autoridades locales, provinciales o de Berlín que pudo recordar, protestando por su moralidad, sus relaciones y sus reiteradas infracciones a la ley racial y penal. Sussmuth le advirtió que a Troppau llegaban montañas de cartas. Oskar invitó entonces a Brinnlitz a Ernst Hahn. Hahn era el subjefe de la asistencia social a las familias de los SS.

—Era un bebedor empedernido —decía Oskar con la inocencia de los justos.

Hahn llevó consigo a su amigo de la infancia, Franz Bosch; el Bosch que Oskar había conocido por medio de Amon. Bosch, como había dicho antes Oskar, era «un borracho impenetrable», aparte de haber asesinado a la familia Guther. Sin embargo, Oskar le dio la bienvenida por su importancia desde el punto de vista de las relaciones públicas.

Hahn llegó a Brinnlitz vestido exactamente con el espléndido uniforme que Oskar esperaba. Estaba lleno de cintas y medallas, porque Hahn era un antiguo oficial que había conocido los días iniciales y gloriosos del partido nazi. Con ese deslumbrante *Standartenführer* llegó un asistente no menos vistoso.

Oskar invitó a Liepold a cenar con los visitantes. Desde el principio de la velada, Liepold se sintió fuera de lugar. Porque Hahn amaba a Oskar; todos los borrachos lo amaban. Más tarde, Oskar describiría a esos oficiales y esos uniformes como «pomposos». Pero lo cierto es que convencieron a Liepold de que, si escribía quejas a remotas autoridades, sus cartas llegarían probablemente al escritorio de algún viejo amigo de copas de Oskar, lo que bien podía ser peligroso para el *Untersturmführer* Liepold.

Por la mañana, Oskar pasó en su coche por Zwittau, riendo, acompañado por esos rutilantes oficiales de Berlín. Los nazis locales saludaron desde las aceras al esplendor del Reich a su paso.

Pero Hoffman no se conformó tan fácilmente como los demás.

Las trescientas mujeres de Brinnlitz no tenían, según las palabras de Oskar, «oportunidad de empleo». Ya se ha dicho que muchas de ellas pasaban los días tejiendo. En el invierno de 1944, para personas que tenían como único vestido el uniforme a rayas, tejer no era un entretenimiento ocioso. Sin embargo, Hoffman se quejó formalmente a la SS por la lana que las mujeres de Schindler habían tomado del anexo. No sólo le parecía escandaloso, sino que además evidenciaba las verdaderas actividades de la industria de armamentos de Brinnlitz.

Cuando Oskar visitó a Hoffman, el anciano tenía aire triunfal. Hemos pedido a Berlín que lo saquen de aquí, dijo. Esta vez hemos incluido declaraciones juradas de que su fábrica está en contravención con las leyes económicas y raciales. Hemos propuesto a un ingeniero inválido de la Wehrmacht, de Brno, para que convierta la fábrica en una empresa digna.

Oskar escuchó con paciencia a Hoffman y se disculpó. Luego llamó al coronel Erich Lange a Berlín y le pidió que detuviera la solicitud de la pandilla de Hoffman. Pero el acuerdo que estableció con éste, fuera de los tribunales, le costó ocho mil marcos; y durante todo el invierno las autoridades municipales de Zwittau, tanto las civiles como las del partido nazi, lo fastidiaron con diversos pretextos, desde las quejas de varios vecinos acerca de sus prisioneros hasta el estado de sus desagües.

Lusia vivió una experiencia personal con los inspectores de la SS que vale la pena recordar porque ejemplifica el método de Schindler.

Aún estaba en el sótano, donde pasaría todo el invierno. Las otras chicas habían mejorado y se recuperaban en el piso alto. Pero Lusia sentía que Birkenau la había colmado de venenos. Su fiebre no cedía. Tenía las articulaciones inflamadas; en sus axilas se formaban abscesos. Apenas uno se abría y curaba, se formaba otro. El doctor Handler, contra la opinión del doctor Biberstein, perforó uno con un cuchillo de cocina. Y Lusia seguía en el sótano, bien alimentada, muy pálida, sin que su estado infeccioso remitiera. En toda la extensión de Europa, ése era el único espacio en que podía vivir. Lo sabía, y esperaba que el vasto conflicto pasara por encima de su cabeza.

En ese cálido hueco, el día y la noche eran indiferentes. También lo era la hora a que se abría la puerta en lo alto de la escalera. Estaba acostumbrada a las tranquilas visitas de Emilie Schindler. Pero una vez oyó botas en los escalones y su cuerpo se contrajo en la cama. El ruido evocaba una *Aktion* de otros tiempos.

Era el Herr Direktor con dos oficiales de Gröss-Rosen. Sus botas resonaban como un peligroso oleaje. Oskar estaba junto a los oficiales, que miraban las calderas y la miraban a ella. Lusia pensó que ese día le tocaba ser la ofrenda, el sacrificio necesario para que se fueran en paz. Estaba parcialmente oculta por una caldera, pero Oskar no intentó disimular su presencia. Como los SS parecían molestos e incómodos, Oskar halló una oportunidad para decir a Lusia unas maravillosas palabras que ella no olvidaría jamás.

—No se preocupe. Todo marcha bien.

Estaba muy cerca, como si al mismo tiempo quisiera tranquilizar a los inspectores, demostrar que no era una enferma contagiosa.

—Es una muchacha judía —les dijo directamente—. No permití que la internaran en la *Krankens-*

tube. Inflamación articular. De todos modos, no tiene cura. Le dan treinta y seis horas.

Luego continuó hablando del agua caliente, de dónde venía, del vapor para la desinfección. Señaló los medidores, las tuberías, las calderas. Se movía en torno de su cama como si ella fuera algo neutral, una parte del mecanismo. Lusia no sabía adónde mirar, si abrir o cerrar los ojos. Trataba de parecer en coma. Quizás era un poco exagerado, pero Lusia no lo pensó hasta que Oskar, mientras guiaba a los SS hacia las escaleras, le dirigió una cautelosa sonrisa.

Lusia permaneció allí durante seis meses, y en la primavera subió con dificultad las escaleras para reanudar su vida de mujer en un mundo cambiado.

Durante el invierno, Oskar creó su propio arsenal. También esto generó leyendas. Algunos dicen que compró las armas a la guerrilla checa al final del invierno. Pero Oskar, que había sido un miembro evidente del partido nacional socialista en 1938 y 1939, seguramente sentía cierto recelo ante un trato con la resistencia checa. De todos modos, la mayor parte de las armas tenían un proveedor impecable: el *Obersturmbannführer* Rasch, jefe de policía de Moravia. El pequeño arsenal incluía carabinas, ametralladoras, pistolas y unas pocas granadas de mano.

Más tarde Oskar hablaría de esa transacción sin darle mayor importancia.

—Adquirí esas armas —dijo— con el pretexto de defender mi fábrica y al precio de un anillo con un brillante para su esposa.

Se refería a la esposa de Rasch. No describió en detalle su entrevista con Rasch en el castillo de Spilberk, de Brno. No es difícil imaginarla. El Herr

Direktor, preocupado por la posibilidad de una rebelión de esclavos, a medida que la guerra se enconaba, deseaba morir lujosamente ante su escritorio, con una ametralladora en la mano, después de haber liquidado piadosamente a su esposa de un balazo para ahorrarle algo peor. El Herr Direktor seguramente evocaría también la posibilidad de que los rusos aparecieran en el portal.

—Mis ingenieros civiles, Fuchs y Schoenbrun, mis honestos técnicos, mi secretaria alemana... Todos ellos merecen un arma para defenderse. Pero no hablemos más de este triste tema. Preferiría hablar de asuntos más próximos a nuestros corazones, Herr *Obersturmbannführer*. Conozco su predilección por el arte de la joyería. ¿Puedo mostrarle algo que he encontrado hace poco?

Entonces puso el anillo sobre el escritorio. Y luego murmuró:

—Apenas lo vi, pensé en Frau Rasch.

Cuando recibió las armas, designó a Uri Bejski, hermano del artífice de los sellos de goma, como cuidador del arsenal. Uri era pequeño, vivaz, guapo. La gente podía ver que entraba y salía del apartamento de los Schindler como un hijo. También Emilie lo quería y le había dado las llaves de su piso. Frau Schindler tenía también una preocupación maternal por el hijo superviviente de Spira, al que solía invitar a su cocina y obsequiar con rebanadas de pan untadas con margarina.

Uri llevaba a los miembros del pequeño grupo de prisioneros elegidos para el adiestramiento, uno por uno, al depósito de Salpeter, para instruirlos en el uso del Gewehr 41 Ws. Se formaron tres comandos de cinco hombres. Algunos reclutas de Bejski eran muy jóvenes, como Lutek Feigenbaum. Otros eran veteranos del ejército polaco, como Poldek Pfefferberg, y el resto eran los prisioneros a quienes los demás llamaban «la gente de Budzyn».

La gente de Budzyn eran oficiales y soldados judíos del ejército polaco que habían sobrevivido a la liquidación del campo de trabajo de Budzyn, donde habían estado bajo la autoridad del *Untersturmführer* Liepold. Liepold los había traído a Brinnlitz. Eran unos cincuenta, y trabajaban en las cocinas de Oskar. La gente recuerda que estaban muy politizados. Habían aprendido marxismo durante su prisión en Budzyn, y anhelaban una Polonia comunista. Es una ironía que trabajaran, en Brinnlitz, en la cocina del más apolítico de los capitalistas, Herr Oskar Schindler.

Tenían buenas relaciones con los demás prisioneros que, con la única excepción de los sionistas, sólo seguían la política de la supervivencia. Varios de ellos tomaron lecciones privadas de Uri Bejski para el empleo de armas automáticas; en el ejército polaco de la década de 1930 no habían tenido elementos tan sofisticados.

Si Frau Rasch, en los últimos días del vasto poder de su marido en Brno, hubiese mirado casualmente, por ejemplo durante un recital de música en el castillo, el corazón del diamante obsequiado por Oskar Schindler, tal vez hubiera visto allí el íncubo más temible de sus malos sueños y los de su Führer: un judío marxista armado.

CAPÍTULO·36

Los viejos compañeros de copas de Oskar, como Amon y Bosch, habían pensado a veces que era la víctima de un virus judío. No era una metáfora. Lo creían literalmente, y no culpaban al paciente. Habían visto eso mismo en otras buenas personas. Alguna región del cerebro era afectada por un mal que era mitad bacteria, mitad magia. Si les hubiesen preguntado si eso era contagioso, habrían dicho que sí, y mucho. Y habrían considerado el caso del *Oberleutnant* Sussmuth como un conspicuo ejemplo de contagio.

Durante el invierno de 1944-1945, Oskar y Sussmuth colaboraron para llevar otras tres mil mujeres de Auschwitz, en grupos de trescientas a quinientas, a pequeños campos de Moravia. Oskar proporcionó su influencia, sus artes de vendedor y su capacidad de soborno. Sussmuth se ocupaba de los papeles. Había escasez de mano de obra en la industria textil de Moravia, y no todos los empresarios eran tan antisemitas como Hoffman. Por lo menos cinco fábricas alemanas de Moravia, situadas en Freudenthal, Jagerndorf, Liebau, Grulich y Trautenau, aceptaron a estos grupos de mujeres y construyeron campos en sus terrenos. Un campo de trabajo de este tipo no era nunca un paraíso, y los SS que los regían se mostraban más autoritarios que Liepold, a quien esto no se le permitía. Oskar hablaría luego de la vida de esas mujeres en los pequeños campos como «tolerable». Pero era precisamente la pequeñez de los campos de trabajo textil lo que permitía la supervivencia: sus guarniciones estaban integradas por hombres de mayor edad, menos disciplinados y fanáticos. Había que eludir el tifus y soportar el peso del hambre; pero esos establecimientos diminutos, casi rurales, se libraron, en su mayoría, de la orden de exterminio que llegó a los campos de concentración mayores en la primavera.

La sepsis judía que afectaba a Sussmuth tenía en Oskar carácter galopante. Por intermedio de Sussmuth, Oskar pidió otros treinta obreros metalúrgicos. Es un hecho que había perdido todo interés por la producción. Pero veía, con el sector objetivo de su mente, que, si su fábrica debía justificar su existencia ante los ojos de la Sección D, necesitaba más operarios calificados. Sin embargo, cuando se observan otros hechos de ese loco invierno, es fácil ver que Oskar quería esos treinta extra no porque fueran eficientes torneros, sino porque eran treinta más. No es exagerado decir que los quería con algo de esa pasión absoluta caracterizada por el visible corazón llameante de Jesús que colgaba en una habitación de Emilie. Como esta narración no aspira a la canonización del Herr Direktor, es indispensable demostrar que el sensual Oskar deseaba verdaderamente esas almas. Uno de esos treinta obreros del metal, llamado Moshe Henigman, ha publicado un informe acerca de su increíble liberación. Poco después de la Navidad, enviaron a Gröss-Rosen diez mil prisioneros que trabajaban en Auschwitz III en empresas como la fábrica de armas Krupp Weschel-Union, Tierras y Piedras, la fábrica Farben de gasolina sintética y la empresa de desguace de aviones. Tal vez algún experto en planificación pensaba que una vez llegados a la Baja Silesia serían distribuidos entre los establecimientos fabriles de la zona. Si ése era el plan, los oficiales y soldados de la SS que acompañaban la columna de prisioneros no lo conocían. Los que cojeaban o tosían eran separados al principio de cada jornada de marcha y ejecutados. Esos oficiales y soldados ignoraban también el frío devorador de ese despiadado principio de año, y no se preguntaron tampoco cómo alimentar a la columna. Henigman dice que, diez días después de la partida, de los diez mil sólo quedaban mil doscientos. Hacia el norte, los rusos de Koniev habían atravesado el Vístula y dominaban todos los caminos situados al sur de Varsovia por donde la columna podía continuar su marcha hacia el noroeste. Por lo tanto, el diezmado grupo se detuvo en una guarnición de la SS, cerca de Opole. Su comandante inspeccionó a los prisioneros, y se hicieron listas de obreros calificados. Pero cada día se hacía una nueva selección y se fusilaba a los rechazados. Cuando llamaban a un hombre, éste no sabía jamás si recibiría un trozo de pan o un balazo. Sin embargo, cuando gritaron el nombre de Henigman ocurrió otra cosa: lo llevaron a un vagón de tren junto con otros treinta hombres, y el tren partió hacia el sur. Los hombres estaban custodiados por un hombre de la SS y por un Kapo. «Nos dieron comida para el viaje», dice el informe de Henigman. «Era inaudito.»

Luego, Henigman se refiere a la irrealidad exquisita de su llegada a Brinnlitz. «No podíamos creer que hubiera aún un campo de concentración donde hombres y mujeres trabajaran juntos y donde no hubiera castigos corporales ni Kapos.» Esa reacción contiene una pequeña exageración, porque en Brinnlitz *había* segregación. Y de vez en cuando la rubia amiga de Oskar soltaba una bofetada; y en una ocasión un chico robó una patata de la cocina y, cuando Liepold se enteró, lo obligó a pasar el día entero de pie sobre un banco del patio con la patata en la boca, mientras la saliva le corría por el mentón, y con una leyenda colgada del cuello: *Soy un ladrón de patatas.*

Para Henigman, ese tipo de cosas no merecía una mención en su informe. ¿Cómo se puede expresar —preguntaba— el paso del infierno al paraíso? Oskar lo recibió y le ordenó que se recuperara.

—Cuando esté en condiciones de trabajar —dijo el Herr Direktor—, preséntese a los supervisores.

Henigman, ante esta extraña modificación de la política usual, no sintió que había llegado a un puerto seguro, sino que había pasado a través del espejo.

Como treinta torneros eran sólo una mínima fracción de los diez mil, debemos repetir que Oskar sólo era una deidad menor de la liberación. Con la imparcialidad de los espíritus tutelares, salvaba por igual a Goldberg y Helen Hirsch o se esforzaba por salvar a Leon Gross y a Olek Rosner. Y, con idéntica igualdad gratuita, hizo un costoso arreglo con la Gestapo de Moravia. Sabemos que ese arreglo se cumplió; aunque no sabemos cuánto costó. Es seguro que fue una fortuna.

Uno de los beneficiarios del arreglo fue un prisionero llamado Benjamin Wrozlavski. Inicialmente había estado recluido en el campo de trabajo de Gliwice. No estaba en la región de Auschwitz —como el campo de Henigman—, pero sí lo bastante cerca para ser uno de los campos subsidiarios de Auschwitz. El 12 de junio Koniev y Zukov lanzaron su ofensiva, amenazando con la captura inmediata del espantoso reino de Hoss y sus satélites. Entonces, pusieron a los prisioneros de Gliwice en los vagones de la Ostbahn y los enviaron hacia Fernwald. De alguna manera, Wrozlavski y su amigo Roman Wilner lograron saltar del tren. Eran muy populares las tentativas de fuga por los ventiladores flojos del techo de los vagones. Pero con frecuencia los prisioneros que trataban de escapar caían bajo el fuego de los guardias apostados en los techos. Wilner fue herido durante la fuga, pero podía andar, y junto con Wrozlavski huyó entre los pueblos de montaña de la frontera de Moravia, hasta que ambos fueron arrestados en uno de ellos y conducidos al cuartel de la Gestapo de Troppau.

Después de que los registraran y los metieran en una celda, entró un hombre de la Gestapo y les aseguró que no les ocurriría nada malo. Ellos no tenían motivos para creer que eso fuera cierto. Pero el oficial dijo también que no enviaría a Wilner al hospital, a pesar de su herida, porque en ese caso lo cogerían y caería de nuevo dentro del sistema.

Wrozlavski y Wilner pasaron allí dos semanas.

La Gestapo tenía que establecer contacto con Oskar y discutir el precio. Durante ese tiempo, el oficial se dirigía a ellos como si estuvieran bajo su protección, y ellos seguían encontrando absurda la idea. Cuando se abrió la puerta y ambos pudieron salir, creyeron que los iban a fusilar. Pero un hombre de la SS los condujo a la estación ferroviaria y los llevó luego en tren en dirección a Brno.

La llegada a Brinnlitz fue para ellos tan surrealista, deliciosa y alarmante como había sido para Henigman. Internaron a Wilner en la clínica, bajo el cuidado de los doctores Handler, Lewkowicz, Hilfstein y Biberstein, y a Wrozlavski en una especie de sala para convalecientes que se había habilitado —por razones extraordinarias que se aclararán más adelante— en un ángulo del piso bajo de la fábrica. El Herr Direktor los visitó y les preguntó cómo se sentían. La absurda pregunta, así como el entorno, asustaron a Wrozlavski. Temía, como dijo más tarde, «que del hospital se pasara directamente a la ejecución, como ocurría en otros campos de concentración». Lo alimentaron con los excelentes cereales de Brinnlitz, y vio con frecuencia a Schindler. Pero su desconcierto subsistió: no podía comprender el extraño fenómeno que era ese lugar.

Merced al arreglo de Oskar con la Gestapo provincial, otros once fugitivos se sumaron a la ya densa población de Brinnlitz. Todos ellos habían escapado de alguna columna en marcha, o saltado de un tren; todos ellos habían intentado esconderse, a pesar de sus uniformes a rayas. Lo normal hubiera sido que los mataran a todos. En 1963, el doctor Stein, de Tel Aviv, confirmó con su testimonio otro ejemplo de la desenfrenada y contagiosa generosidad de Oskar, ofrecida siempre sin hacer preguntas.

Steinberg era el médico de un pequeño campo de trabajo en las colinas de los Sudetes. Cuando Silesia cayó en manos de los rusos, el *Gauleiter* de Liberec halló difícil mantener los campos de trabajo fuera de su incorrupta provincia de Moravia. Steinberg estaba recluido en uno de los muchos *Lagern* nuevos esparcidos entre las colinas, dedicado a la fabricación de piezas —que Steinberg no especifica— para los aviones de la Luftwaffe. Vivían allí cuatrocientos hombres. La comida era escasa y el trabajo agotador.

Steinberg oyó rumores acerca de Brinnlitz, y se arregló para conseguir un pase y un camión de la fábrica para ir a ver a Oskar. Describió las pésimas condiciones del campo de trabajo de la Luftwaffe y Oskar decidió, sin pensarlo dos veces, cederle parte de sus provisiones. A Schindler, dice Steinberg, sólo le preocupaba una cosa: ¿qué haría el médico para justificar visitas regulares a Brinnlitz para recoger las cosas? Resolvieron entonces que el pretexto sería obtener ayuda médica regular de la clínica de Brinnlitz.

A partir de ese momento, Steinberg, según ha afirmado, fue dos veces por semana a Brinnlitz para llevar a su propio campo pan, sémola, patatas y cigarrillos. Si Schindler veía a Steinberg mientras cargaba las provisiones, se alejaba inmediatamente.

Steinberg no precisa las cantidades de alimento entregadas, pero asegura, como médico, que sin las provisiones de Schindler al menos cincuenta prisioneros del campo de la Luftwaffe habrían muerto antes de la primavera.

Aparte de las mujeres de Auschwitz, el salvamento más asombroso fue el de la gente de Goleszow. Goleszow era una cantera y fábrica de cemento situada en el interior de Auschwitz III, centro de las Obras Alemanas de Tierra y Piedras. Como hemos visto cuando se mencionó el caso de los treinta torneros, durante enero de 1945 se procedió al desmantelamiento de los terribles dominios de Auschwitz; y a mediados de mes metieron ciento veinte trabajadores de la cantera de Goleszow en dos vagones de ganado. El viaje sería tan siniestro como todos, pero terminaría mejor que la mayoría. Conviene recordar que ese mes casi toda la población de la región de Auschwitz estaba en movimiento. Por ejemplo, Dolek Horowitz fue enviado a Mauthausen, aunque su hijo Richard quedó atrás, con otros niños. Ese mismo mes, más tarde, las tropas rusas encontrarían a Richard en el campo de concentración abandonado por la SS e informarían al mundo —con toda exactitud— que esos niños habían sido retenidos para servir de cobayas en experiencias médicas. Henry Rosner y su hijo Olek, de nueve años, que aparentemente ya no era considerado necesario en los laboratorios, salieron de Auschwitz con una columna que recorrió cincuenta kilómetros; los que se rezagaban eran muertos de inmediato. En Sosnowiec los metieron en un tren. Con especial deferencia, un guardia SS que debía separar a los niños permitió que Olek subiera al mismo vagón que Henry. Estaba tan atestado que todo el mundo iba de pie. A medida que los prisioneros morían de hambre o de sed, un hombre a quien Henry describió como «un judío práctico» suspendía los cadáveres, envueltos en una manta, de las argollas para sujetar al ganado fijadas cerca del techo. Así quedaba más espacio para los que estaban vivos. Para que Olek estuviera más cómodo, Henry lo envolvió en su manta y lo suspendió del mismo modo. Esto no sólo permitía al chico viajar mejor, sino también, cuando el tren se detenía en alguna estación, pedir a los alemanes que arrojaran bolas de nieve a los respiraderos de alambre tejido. La nieve se partía, y los hombres se disputaban los pequeños trozos.

Siete días tardó el tren en llegar a Dachau; la mitad de los ocupantes del vagón de los Rosner murió. Cuando llegaron y la puerta se abrió, cayó primero un cadáver y luego Olek, que se incorporó rápidamente en la nieve, cortó un trozo del hielo que colgaba del vagón y empezó a lamerlo vorazmente. Así eran los viajes en Europa en enero de 1945.

Los prisioneros de la cantera de Goleszow tuvieron aún peor suerte. Los conocimientos de embarque de los dos vagones, conservados en el archivo de Yad Vashem, demuestran que el viaje duró más de diez días. No tenían comida y el hielo cerraba herméticamente las puertas. R., que era entonces un muchacho de dieciséis años, recuerda que raspaban hielo del interior de las paredes para apagar la sed. No fueron aceptados en Birkenau: el proceso de exterminio estaba en el furioso apogeo de los últimos días, y no había tiempo para ellos. Los vagones fueron abandonados en vías muertas, reenganchados, remolcados unos kilómetros, nuevamente desenganchados. Ante las puertas de los campos de concentración los comandantes los rechazaban, afirmando que esa gente no podía tener ya valor industrial; y de todos modos, en ninguna parte quedaban ya alimentos ni literas.

Una madrugada a fines de enero, los dos vagones quedaron abandonados en la estación de Zwittau. Un amigo de Oskar le dijo por teléfono que se oían rasguños y voces humanas en el interior de los vagones, en muchas lenguas, porque según el conocimiento de embarque viajaban en ellos eslovenos, polacos, checos, alemanes, franceses, húngaros, holandeses y serbios. Probablemente, ese amigo era el cuñado de Schindler que atendía el patio de carga de Zwittau. Oskar le pidió que hiciera llevar los vagones al ramal de Brinnlitz.

Era una mañana de frío terrible; treinta grados bajo cero según Stern, y no menos de veinte según el minucioso Biberstein. Despertaron a Poldek Pfefferberg, que recogió su equipo de soldadura para cortar la capa de hielo, duro como el hierro, que cubría las puertas. También él oyó los gemidos indescriptibles del interior.

Es difícil describir lo que vieron cuando por fin se abrieron las puertas. En ambos vagones había una pirámide de cadáveres congelados en el centro. Había algo más de cien supervivientes, amoratados por el frío, que parecían esqueletos. Sólo uno de ellos alcanzaba a pesar treinta y cuatro kilos.

Oskar no estaba allí, sino en la fábrica, donde se preparaba a toda prisa un rincón abrigado del taller para alojar a los hombres de Goleszow. Los prisioneros desmantelaron los últimos restos de la maquinaria de Hoffman y guardaron las piezas en el garaje; luego cubrieron el suelo de paja. Schindler había hablado ya con Liepold. El *Untersturmführer* no quería aceptar el cargamento de Goleszow, como los demás comandantes a lo largo de su viaje. Nadie podía pretender —repetía Liepold— que esos hombres fueran operarios aptos para una industria de armamentos. Oskar lo admitió, pero se comprometió a incluirlos en sus listas y a pagar seis marcos diarios por cada uno. Liepold reconoció por fin dos cosas: la primera, que era imposible contener a Oskar. La segunda, que un aumento de las dimensiones de

Brinnlitz y del arancel que pagaba el Herr Direktor podía complacer a Hassebroeck. Por lo tanto, Liepold resolvió incluirlos en los libros consignando una fecha anterior, de modo que Oskar estaba pagando por los hombres de Goleszow antes de que entraran por el portal de la fábrica.

Los colocaron sobre la paja, envueltos en mantas. Emilie salió de su apartamento seguida por dos prisioneros que sostenían un enorme recipiente de avena. Los médicos observaron las lesiones debidas al congelamiento y la necesidad de remedios especiales. El doctor Biberstein dijo a Oskar que esos hombres necesitarían vitaminas, aunque estaba seguro de que no había en Moravia.

Mientras tanto, los dieciséis cadáveres helados fueron trasladados a un cobertizo. El rabino Levartov los miró y pensó que, con sus miembros contorsionados, sería difícil enterrarlos de la manera ortodoxa, que no permitía quebrar los huesos. Y, por otra parte, sería necesario discutir el asunto con el comandante. Liepold tenía en su archivador de la Sección D una serie de disposiciones que ordenaban al personal de la SS eliminar los cadáveres mediante la incineración. En la sala de calderas había hornos industriales capaces casi de vaporizar un cuerpo. Sin embargo, Schindler se había negado ya en dos ocasiones a permitir que se quemaran los cuerpos.

La primera vez, cuando Janka Feigenbaum murió en la clínica, Liepold había ordenado que el cuerpo fuera incinerado de inmediato. Oskar se enteró por Stern de que esto repugnaba a los Feigenbaum y a Levartov, y quizás alimentó también su propia resistencia el residuo de catolicismo que había en él. En esos años, la Iglesia católica se oponía firmemente a la cremación. De modo que prohibió a Liepold usar el horno, ordenó a los carpinteros construir un ataúd, y cedió a la familia y a Levartov un carro y un caballo para que enterraran a la muchacha en el bosque.

Los dos Feigenbaum, padre e hijo, caminaban detrás del carro contando los pasos a partir de la puerta para poder recobrar el ataúd después de la guerra.

Los testigos afirman que Liepold estaba furioso por estos favores a los prisioneros. Algunas personas de Brinnlitz han comentado incluso que Oskar mostraba a veces a Levartov y a los Feigenbaum mayor cortesía que a la propia Emilie.

La segunda oportunidad en que Liepold quiso usar los hornos de las calderas fue cuando murió la anciana señora Hofstater. Oskar, a petición de Stern, hizo construir otro ataúd, con una placa metálica que llevaba escritos los datos personales. Levartov y el *minyan*, el grupo de diez hombres que recita el *Kaddish* por los muertos, recibieron un permiso para salir del campo y asistir al funeral.

Stern afirma que Oskar creó un cementerio judío en la iglesia católica de Deutsch-Bielau a causa de la muerte de la señora Hofstater. Siempre según su declaración, Oskar fue a la iglesia parroquial de ese pueblo próximo el domingo que murió la mujer, y habló con el cura. El consejo parroquial, reunido de prisa, acordó la venta de un pequeño terreno situado detrás del cementerio católico. Es casi seguro que parte del consejo formuló objeciones, porque en esa época se solían interpretar con criterio bastante estrecho las provisiones de la ley canónica aceca de las personas que podían enterrarse en suelo consagrado.

Sin embargo, otros prisioneros sostienen con

ciertos fundamentos que Oskar adquirió el terreno para el cementerio judío cuando llegaron los vagones de Goleszow con su carga de cadáveres retorcidos. En un informe posterior, Schindler sugiere que los muertos de Goleszow le impulsaron a esa compra. Otro informe asegura que, cuando el párroco señaló la zona, situada más allá de los muros de la iglesia, donde se enterraba a los suicidas, y propuso que allí fueran sepultados los hombres de Goleszow, Oskar respondió que no se trataba de suicidas, sino de víctimas de un gran crimen.

Es probable que la muerte de la señora Hofstater y la llegada de los dos vagones hayan sido acontecimientos muy próximos. En ambos casos se cumplió el ritual completo en el insólito cementerio judío de Deutsch-Bielau.

Es evidente, por los recuerdos de los prisioneros de Brinnlitz, que ese ritual generó un gran fortalecimiento moral.

Los cuerpos distorsionados de los vagones parecían menos que humanos. Ponían en duda la propia precaria humanidad. Esa inhumanidad estaba más allá de la alimentación, el descongelamiento, la limpieza. La única forma de restaurar su humanidad —así como la propia— era el ritual. Por lo tanto, las palabras de Levartov y el exaltado canto llano del *Kaddish* adquirieron un valor mucho más grande que si se hubieran oído en la relativa tranquilidad de la preguerra en Cracovia.

Para cuidar del cementerio judío, por si se registraban nuevas muertes, Oskar contrató a un SS *Unterscharführer* de cierta edad, a quien pagaba un salario.

Emilie Schindler se ocupaba de sus propias transacciones. Hacía que dos prisioneros cargaran en un camión de la fábrica vodka y cigarrillos, y que la llevaran, provista de un manojo de autorizaciones falsas suministradas por Bejski, a la gran ciudad minera de Ostrava, cerca de la frontera de la Gobernación General. En el hospital militar entregaba su carga a diversos contactos de Oskar y recibía a cambio sulfamidas, medicamentos para tratar los tejidos congelados, y las vitaminas que Biberstein creía imposible conseguir. Esos viajes llegaron a ser para Emilie una actividad regular. Se había convertido en una viajera, como su marido.

No hubo más muertes. Los hombres de Goleszow eran «musulmanes», y se consideraba en principio que la condición de «musulmán» era irreversible. Pero la obstinada Emilie se negaba a aceptarlo, y los perseguía sin tregua con sus papillas de cereal.

—Sin el tratamiento de Emilie —decía el doctor Biberstein—, ni uno solo de los prisioneros de Goleszow se habría salvado.

Pronto empezaron a aparecer en los talleres, deseosos de ayudar en lo que pudieran. Un día un hombre del depósito pidió a uno de ellos que llevara una gran caja hasta una de las máquinas.

—Esa caja pesa treinta y cinco kilos —dijo el muchacho—, y yo treinta y dos. ¿Cómo voy a llevarla?

A esa fábrica de máquinas ineficaces y de espantapájaros humanos llegó ese invierno Herr Amon Goeth, recientemente liberado de la cárcel, a visitar a los Schindler. La corte SS le había permitido abandonar la prisión de Breslau por su diabetes. Estaba vestido con lo que era probablemente un uniforme sin insignias. Hubo abundantes rumores acerca del sentido de esa visita, y algunos han persistido hasta hoy. Algunos piensan que Goeth pretendía ayuda económica; otros que Oskar guardaba algo para él, tal vez dinero u objetos de valor procedentes de los últimos negocios de Amon en Cracovia, y en los que Oskar hubiese podido ser su agente. Personas que trabajaban en los despachos de Oskar piensan incluso que Amon pidió una tarea administrativa en Brinnlitz. En verdad, las tres versiones sobre los posibles motivos de la presencia de Amon parecen aceptables, aunque no es probable que Oskar haya sido nunca agente de Amon.

Apenas entró se vio que la cárcel y las tribulaciones habían dejado honda huella en él. Estaba demacrado. Se parecía más al Amon que había ido a Cracovia el Año Nuevo de 1943 para liquidar el gueto; y sin embargo no del todo, porque ahora se percibía también en su piel el amarillo de la icteria y el gris de la cárcel. Y si uno miraba con atención, podía ver en él una pasividad nueva. Sin embargo, algunos prisioneros que alzaron la vista desde sus tornos, vieron surgir aquella figura del abismo de sus pesadillas más atroces cuando, sin aviso previo, atravesó las puertas y el patio de la fábrica en dirección al despacho de Oskar. Helen Hirsch sólo pudo desear que volviera a desaparecer. Otros lanzaron silbidos o escupieron en el suelo junto a sus máquinas; algunas mujeres maduras elevaron las labores que tejían como un desafío. Era una venganza; a pesar del terror, Adán aún cultivaba y Eva hilaba. Si Amon buscaba un trabajo en Brinnlitz —y no había muchos otros sitios adonde pudiera dirigirse un *Hauptsturmführer* bajo sospecha—, Oskar lo disuadió o le dio dinero para que se marchara. El encuentro no fue, pues, muy distinto de los anteriores en ese sentido. Como cortesía, el Herr Direktor invitó a Amon a recorrer las instalaciones, y la reacción fue aún más intensa. Se oyó más tarde cómo Amon pedía a Oskar, en su despacho, que castigara a los reclusos por su falta de respeto; Oskar murmuraba que algo haría contra esos rebeldes judíos y reiteraba su permanente apoyo a Herr Goeth.

La SS lo había puesto en libertad, pero la investigación proseguía. Pocas semanas atrás, un juez de la corte SS había ido a Brinnlitz para interrogar nuevamente a Pemper acerca de los procedimientos administrativos de Amon. El comandante Liepold había advertido a Pemper, antes del interrogatorio, que tuviese gran cuidado porque el juez quizá tuviera la intención de ordenar su ejecución en Dachau después de obtener de él toda la información posible. Pemper, hábilmente, hizo todo lo posible para convencer al juez de que sólo realizaba en la administración de Plaszow tareas de muy poca importancia.

De algún modo, Amon había sabido que los investigadores de la SS habían acosado a Mietek Pemper. Lo llamó al despacho exterior de Oskar y le preguntó sobre qué temas lo había interrogado el juez. Pemper creyó ver —con toda razón— en los ojos de Amon la sospecha de que su antiguo secretario fuese una fuente viva de pruebas para la corte SS. Amon, delgado, enfermo, con ropas viejas, ciertamente no parecía un hombre poderoso. Pero no se podía estar seguro. Era siempre Amon Goeth, y conservaba su presencia y su hábito de la autoridad.

—El juez me ha ordenado no hablar del interrogatorio —dijo Pemper.

Goeth, furioso, lo amenazó con quejarse a Herr Schindler. Pero eso mismo daba la medida de la impotencia del *Hauptsturmführer*. Antes, jamás había tenido necesidad de pedir a Oskar el castigo de un prisionero.

La segunda noche que Amon pasó en Brinnlitz, las mujeres tenían ya una actitud triunfal. No podía tocarlas. Incluso persuadieron de esto a Helen Hirsch, quien, sin embargo, no pudo dormir bien.

Amon atravesó la fábrica por última vez para que un coche lo condujera a la estación de Zwittau. En el pasado, jamás había visitado un sitio cualquiera sin destrozar el mundo de algún infortunado. Era evidente que ahora carecía de todo poder. Pero no todos pudieron mirarlo con serenidad cuando partía. Treinta años más tarde, ese rostro amenazaba todavía en sus sueños a los veteranos de Plaszow en Buenos Aires y Sydney, en Nueva York y Cracovia, en Los Angeles y Jerusalén.

—Ver a Goeth —dijo más tarde Poldek Pfefferberg— era ver a la muerte.

Por esto mismo, y de acuerdo con sus propios términos, su fracaso no fue total.

CAPÍTULO·37

Ese año, Oskar festejó sus treinta y siete años con todos los prisioneros. Uno de los operarios había hecho una cajita para gemelos, de metal, y cuando el Herr Direktor apareció en el taller, empujaron a Niusia Horowitz, de doce años, para que se la entregara con unas palabras en alemán que había ensayado:

—Herr Direktor —dijo en voz tan baja que Oskar tuvo que inclinarse para oír—, todos los prisioneros le deseamos felicidades el día de su aniversario.

Era un Sabbath, una afortunada coincidencia, porque la gente de Brinnlitz lo recordaría siempre como un día de fiesta. Muy temprano, más o menos a la hora en que Oskar abría una botella de Martell en su despacho y exhibía el telegrama insultante de los ingenieros de Brno, dos camiones entraron en el patio con un cargamento de pan blanco. Una parte se llevó a la guarnición y favoreció incluso a Liepold, que durmió hasta muy tarde en su casa de la ciudad, víctima de una resaca. Era indispensable para evitar que la SS protestara por el trato que daba el Herr Direktor a sus prisioneros. Ellos mismos recibieron tres cuartos de kilo cada uno. Mientras lo saboreaban, se preguntaban dónde lo había conseguido Oskar. Quizá se podía hallar una explicación parcial en la buena voluntad del administrador del molino local, Daubek, que solía volver la espalda cuando los prisioneros de Brinnlitz llenaban de avena sus pantalones. Pero no se trataba tanto del origen de la harina blanca, del panadero que lo había cocido o de otros asuntos históricos; las especulaciones se referían más bien al carácter mágico, milagroso, del asunto.

Aunque se recuerda el júbilo de ese día, no había en realidad grandes motivos para sentimientos festivos. En la semana anterior el comandante Hassebroeck, de Gröss-Rosen, había dirigido a Liepold, de Brinnlitz, un largo telegrama con instrucciones para la eliminación de los prisioneros en la eventualidad de un avance ruso. Se debía hacer una última selección, afirmaba el telegrama de Hassebroeck. Los viejos y enfermos debían ser ejecutados de inmediato, y los sanos trasladados en columna hacia Mauthausen.

Aunque los prisioneros nada sabían de esa comunicación, se temía de modo impreciso algo semejante. Esa semana hubo rumores de que se habían traído polacos para excavar tumbas colectivas en los bosques próximos a Brinnlitz. El pan blanco parecía un antídoto contra ese rumor, una garantía de su futuro. Sin embargo, todo el mundo parecía saber que había comenzado una etapa de peligros más sutiles que los anteriores.

Si los obreros de la fábrica de Oskar ignoraban el contenido de ese telegrama, tampoco lo conocía el Herr Commandant Liepold. Lo había recibido Mietek Pemper en la secretaría de Liepold; Pemper lo abrió con vapor, lo volvió a cerrar y comunicó inmediatamente a Oskar las noticias. Schindler leyó la copia y se volvió hacia Mietek.

—Está bien —murmuró—. Entonces debemos decir adiós al *Untersturmführer* Liepold.

Porque tanto Oskar como Pemper estimaban que Liepold era el único miembro de la guarnición SS capaz de obedecer semejantes órdenes. El segundo de Liepold era un hombre de más de cuarenta años, un SS *Oberscharführer* llamado Motzek. Motzek podía quizá cometer algún crimen inspirado por el pánico; pero ciertamente no podría administrar fríamente la muerte a mil trescientas personas.

En los días anteriores al de su cumpleaños, Oskar había formulado varias quejas confidenciales a Hassebroeck acerca de los excesos del Herr Commandant Liepold. También al influyente jefe de policía Rasch. Oskar mostró a Rasch y a Hassehroeck copias de cartas que había dirigido en el mismo sentido al despacho del general Glucks en Oranienburg. Oskar apostaba a que Hassebroeck recordaría antiguas atenciones y no descartaría la promesa de otras futuras; esperaba que tomara nota de sus esfuerzos en Oranienburg y Brno para obtener el traslado de Liepold, y que lo aprobaría sin molestarse en investigar la conducta del *Untersturmführer* con los reclusos de Brinnlitz.

Era una característica jugada de Schindler, como la de su partida de *blackjack* con Amon en mayor escala. Porque aquí estaban en juego las vidas de todos los hombres de Brinnlitz, desde Hirsch Krischer, Prisionero N.° 68821, mecánico, de 48 años, hasta Jarum Kiaf, Prisionero N.° 77196, obrero no especializado, de 27 años, superviviente de los vagones de Goleszow. Y todas las mujeres, desde la Prisionera N.° 76201, la obrera del metal Berta Afttergut, de 29 años, hasta la Prisionera N.° 76500, Jenta Zwetschenstiel, de 36 años.

Oskar obtuvo nuevos motivos para quejarse de Liepold cuando invitó a cenar al comandante en su apartamento. Era el 27 de abril, la víspera de su aniversario. Esa noche, aproximadamente a las once, los prisioneros de turno en los talleres se sorprendieron al ver tambalearse al comandante, ebrio, sostenido por el Herr Direktor. Liepold intentaba enfocar la vista en determinados trabajadores individuales. De pronto señaló con furia una de las grandes vigas del techo. El Herr Direktor siempre lo había mantenido apartado de los talleres, pero allí estaba, la autoridad final y vengadora.

—¡Condenados judíos! —aulló—. ¿Veis esa viga? ¡Mirad! ¡De allí os colgaré! ¡A todos! ¡A cada uno de vosotros!

Oskar lo tranquilizó, mientras lo sostenía por el hombro y lo guiaba hacia afuera.

—Está bien, está bien —murmuraba—. Pero no esta misma noche, ¿verdad?

El día siguiente Oskar llamó a Hassebroeck y formuló las acusaciones del caso. El hombre recorre borracho los talleres, y amenaza con ejecuciones *inmediatas.* Los hombres no son obreros, son técnicos altamente calificados que construyen armas secretas, etc. Y aunque Hassebroeck era el responsable de la muerte de millares de prisioneros, aunque creía que era preciso matar a todos los judíos cuando los rusos se aproximaran, estaba de acuerdo en que, por el momento, la fábrica de Herr Schindler fuera tratada como un caso especial.

Liepold, agregó Oskar, siempre dice que desearía entrar en combate. Es joven, sano, voluntarioso. Está bien, respondió Hassebroeck, ya veré qué se puede hacer. Mientras tanto, el comandante Liepold pasaba el día durmiendo su resaca. En su ausencia, Oskar pronunció un sorprendente discurso. Había bebido durante todo el día, pero nadie recuerda que sus palabras fueran vacilantes. No sabemos qué dijo, pero tenemos una copia de otras palabras que pronunció diez días más tarde, la noche del 8 de mayo. Según los oyentes, en las dos ocasiones dijo aproximadamente lo mismo. Es decir, formuló la promesa de la continuación de la vida.

Llamar a esas palabras discursos desmerece un poco su sentido. Lo que Oskar intentaba hacer, instintivamente, era reajustar la imagen de sí mismos que tenían los prisioneros y también los hombres de la SS. Mucho tiempo antes había dicho a un grupo de trabajadoras del turno de noche —Edith Liebgold entre otras— con obstinada certidumbre, que vivirían hasta el fin de la guerra. Igual don de profecía había exhibido la mañana de la llegada de las mujeres de Auschwitz, en noviembre, al decir: «Ya no tenéis nada que temer. Estáis conmigo.» Es evidente que, en otro tiempo y lugar, el Herr Direktor podría haber sido un demagogo al estilo de Huey Long, de Louisiana, o de John Lang, de Australia, capaces de convencer a quienes los escucharan de que todos ellos y su líder estaban unidos, y así podrían evitar por un pelo todos los males imaginados por sus enemigos.

Oskar habló en alemán al personal reunido en el taller. Había un destacamento de la SS para custodiar una reunión de tales proporciones, y también estaba presente el personal civil alemán. Cuando Oskar empezó a hablar, Poldek Pfefferberg sintió que se le erizaba el pelo que volvía a crecer en su cráneo rapado. Miró los rostros mudos de Schoenbrun y Fuchs, y de los guardias de la SS, que llevaban sus armas automáticas. «Van a matar a este hombre», pensó. «Y después, todo se derrumbará.»

Trató dos puntos principales. El primero, que la gran tiranía llegaba a su fin. Habló de los SS alineados junto a los muros como si también ellos fueran prisioneros y anhelaran la liberación. Muchos de ellos, dijo Oskar a los reclusos, habían sido tomados de otras unidades y trasladados sin su consentimiento a la Waffen SS. El segundo punto era otra promesa: él permanecería en Brinnlitz hasta que se anunciara el fin de las hostilidades.

—Y aún cinco minutos más —agregó.

Para los prisioneros, esas palabras, como otros pronunciamientos anteriores de Oskar, significaban la promesa de un futuro. Afirmaba su vigorosa decisión de que ellos no debían ser sepultados en las tumbas del bosque. Les recordaba cuánto esfuerzo había invertido en eso, y los animaba.

Sólo podemos imaginar hasta qué punto podía esto asombrar a los SS. Había insultado sutilmente al cuerpo a que pertenecían. Sabría por sus reacciones si protestaban o lo aceptaban. Y además les había advertido que se quedaría en Brinnlitz por lo menos tanto tiempo como ellos, y que por lo tanto sería un testigo.

Sin embargo, Oskar no estaba tan sereno como parecía. Reconoció más tarde su preocupación por las acciones que podían emprender las unidades militares que se retiraban en la región. Incluso escribió: «Sentíamos gran temor de las posibles acciones desesperadas de los guardias SS.» Debía ser un temor secreto, porque ningún prisionero parece haber sentido nada similar mientras comían su pan blanco el día del aniversario de Oskar. Éste temía también a las unidades de Vlasov estacionadas cerca de Brinnlitz. Esas tropas formaban parte del ROA, el Ejército Ruso de Liberación formado el año anterior por Himmler con las vastas reservas de prisioneros rusos del Reich, y mandado por el general Andrei Vlasov, antiguo general soviético capturado ante Moscú tres años antes. Significaban un peligro para la gente de Brinnlitz; sabían que Stalin castigaría especialmente su defección y tenían miedo de que los Aliados los devolvieran a Rusia. Por lo tanto, las unidades de Vlasov estaban en un momento de gran desesperación que alimentaban con vodka. Y cuando se retiraran, buscando las líneas americanas que estaban más al oeste, serían capaces de cualquier cosa.

Dos días después del discurso de cumpleaños de Oskar, llegó a la mesa de Liepold una orden de movilización. Anunciaba que el *Untersturmführer* Liepold había sido transferido a un batallón de infantería de la Waffen SS situado cerca de Praga. Aunque tal vez la orden no encantó a Liepold, empacó y se marchó tranquilamente. Muchas veces había dicho durante las cenas en casa de Oskar, y en particular después de la segunda botella de vino tinto, que preferiría estar en una unidad de combate. En los últimos tiempos cierta cantidad de oficiales combatientes de la Wehrmacht y la SS en retirada habían sido invitados a cenar en el apartamento de Oskar; siempre, en la sobremesa, habían tratado de incitar a Liepold a combatir en el frente. Él no había visto tantas pruebas como ellos de que su causa estaba perdida.

Es improbable que Liepold telefoneara al despacho de Hassebroeck antes de partir. Las comunicaciones telefónicas no eran regulares, porque los rusos habían rodeado Breslau y no estaban muy lejos de Gröss-Rosen. Pero el traslado a nadie habría podido sorprender en el despacho de Hassebroeck, desde que Liepold había pronunciado también allí arengas patrióticas. De modo que, después de dejar al *Oberscharführer* Motzek al mando de Brinnlitz, Josef Liepold se lanzó al combate. Era un hombre de la línea dura que había cumplido sus deseos.

Oskar ciertamente no esperaba inactivo el final. En los primeros días de mayo descubrió de algún modo, quizá mediante sus llamadas telefónicas a Brno, donde las líneas aún funcionaban, que uno de los depósitos con los que mantenía relación comercial había sido abandonado. Con media docena de prisioneros partió en un camión para saquearlo. Había numerosos puestos de control en el camino al sur, pero en todos ellos mostraron sus documentos, con los sellos y las firmas «de las más altas autoridades de la SS en Bohemia y Moravia», según dijo luego Oskar. Cuando llegaron al depósito, vieron incendios en las inmediaciones. Varios almacenes militares ardían, y además se habían registrado bombardeos con bombas incendiarias. Podían oír descargas lejanas en el centro de la ciudad, donde la resistencia checoslovaca combatía contra la guarnición. Herr

Schindler ordenó que el camión se acercara al muelle de carga del depósito, abrió la puerta con violencia y descubrió que el interior estaba repleto de cigarrillos de la marca Egipski.

A pesar de ese acto de frívola piratería, Oskar estaba preocupado por el rumor, proveniente de Eslovaquia, de que los rusos ejecutaban informal e indiscriminadamente a los civiles alemanes. Pero escuchaba todas las noches las noticias de la BBC y había oído con alivio que tal vez la guerra terminara antes de que los rusos llegaran a la región de Zwittau.

También los prisioneros tenían acceso indirecto a la BBC y conocían la realidad. Durante toda la historia de Brinnlitz, los técnicos de radio, Zenon Szenwic y Arthur Rabner, habían tenido permanentemente en reparación alguno de los aparatos de Oskar. En el sector de soldadura, Zenon escuchaba con un pequeño auricular las noticias de las dos de la tarde de la *Voice of London*. Los trabajadores del turno de noche escuchaban las noticias de las dos de la madrugada. En una ocasión, un hombre de la SS que fue a llevar un mensaje los encontró escuchando la radio. Estábamos tratando de arreglarla, dijeron al hombre. Es del Herr Direktor y sólo ahora hemos conseguido que funcione.

Unos meses antes, los prisioneros esperaban que Moravia cayera en manos de los americanos. Como Eisenhower se había detenido en el Elba, sabían ahora que serían los rusos. El círculo de prisioneros que rodeaba íntimamente a Oskar estaba escribiendo una carta en hebreo donde se explicaba la historia de Oskar. Sería útil su presentación a las fuerzas americanas, que tenían una cantidad considerable de miembros judíos e incluso rabinos de campaña.

Stern (y el mismo Oskar) consideraba vital que el Herr Direktor llegara de algún modo hasta las líneas americanas. La decisión de Oskar se debía en parte a la típica idea centroeuropea de que los rusos eran un pueblo bárbaro de religión extraña y humanidad incierta. Pero, aparte de esto, si se podía creer en ciertos informes que llegaban desde el este, no faltaba motivo para temores racionales.

Eso no lo desanimaba. Estaba despierto y en un estado de frenética expectativa cuando escuchó por la BBC la noticia de la rendición de Alemania, la madrugada del 7 de mayo. La guerra europea concluiría la medianoche siguiente, es decir, la noche del martes 8 de mayo. Oskar despertó a Emilie e invitó a Stern, que no dormía, para festejar el hecho. Stern pensaba que Oskar no tenía ahora recelos de la guarnición SS; sin embargo, se habría alarmado si hubiera podido imaginar hasta qué punto se demostraría ese día la certidumbre de Oskar.

En el taller los prisioneros continuaron la rutina habitual. En todo caso, trabajaban mejor que otros días.

A mediodía el Herr Direktor, destruyó toda pretensión de normalidad transmitiendo a todo el campo, por medio de altavoces, el discurso de la victoria de Churchill. Lutek Feigenbaum, que sabía inglés, estaba estupefacto junto a su máquina. Otros escuchaban, en la voz gruñona y sonora de Churchill, por primera vez en años, el lenguaje que hablarían en el Nuevo Mundo. Esa voz personal, tan familiar a su modo como la del Führer muerto, llegó hasta el portal y hasta las torres de guardia, pero la SS no se inmutó. Ya no vigilaba el interior del campo de trabajo. Sus ojos, como los de Oskar, estaban clavados —aunque con mucho más temor— en los rusos. Según el telegrama anterior de Hassebroeck, debían haber estado muy atareados en los bosques. Pero en cambio, mientras esperaban la medianoche, contemplaban el negro rostro del bosque y se preguntaban si habría allí guerrilleros ocultos. El temeroso *Oberscharführer* Motzek los retenía en sus puestos, como era su deber. Porque el deber, como dirían muchos de sus superiores ante los tribunales, era el genio inspirador de la SS.

En esos dos días de inquietud, entre la declaración de paz y el cese del fuego, uno de los prisioneros, un joyero llamado Licht, elaboró un regalo para Oskar, un objeto más expresivo que la cajita metálica del día de su aniversario. Licht trabajaba con una cantidad poco habitual de oro, que le había dado el viejo Jereth, el propietario de la fábrica de cajas. Estaba decidido —y lo sabían incluso los hombres de Budzyn, marxistas devotos— que Oskar escaparía después de medianoche. La preocupación de los íntimos de Oskar —Stern, Finder, Garde, los Bejski, Pemper— era celebrar esa huida con una pequeña ceremonia. Vale la pena destacar que se preocupaban por un regalo de despedida cuando ellos mismos no estaban seguros de llegar a ver la paz. Inicialmente sólo habían encontrado para ese regalo metales humildes. El señor Jereth había sugerido algo mejor: había abierto la boca mostrando una pieza dental de oro. De todos modos, dijo, sin Oskar la SS se habría quedado con ella. Ahora estarían en algún depósito de la SS, junto con los dientes de personas extrañas de Lublin, Lodz y Lwow.

Su ofrecimiento era, por supuesto, muy conveniente. Jereth pidió a un prisionero que había sido dentista en Cracovia que le quitara la pieza; el joyero Licht fundió el oro, y a mediodía del 8 de mayo grabó una inscripción en hebreo en la parte interior de un anillo. Era un versículo del Talmud que Stern había mencionado a Oskar en el despacho de Buchheister en octubre de 1939: «Quien salva una sola vida, salva al mundo entero.»

Por la tarde, en uno de los garajes de la fábrica, dos prisioneros se ocuparon de retirar la tapicería del techo y las puertas del Mercedes de Oskar, de guardar allí en bolsitas los diamantes del Herr Direktor y de volver a colocar el tapizado de piel cuidando de no dejar bultos. También para ellos era un día extraño. Cuando salieron del garaje, el sol se ponía detrás de las torres, donde las ametralladoras Spandau aguardaban, cargadas aunque curiosamente inútiles. Parecía que el mundo mismo esperaba una palabra decisiva.

Aparentemente algunas palabras de ese carácter llegaron a la noche. Como el día de su aniversario, Oskar ordenó al comandante que reuniera a los prisioneros en el taller. También estaban presentes las secretarias y los ingenieros alemanes, que ya habían decidido sus planes de fuga. Entre ellos se encontraba Ingrid. Ella no saldría de Brinnlitz en compañía de Schindler. Escaparía con su hermano, un joven veterano de guerra, inválido a causa de una herida. Oskar se preocupó sobremanera por dotar a los prisioneros de artículos de trueque, y es poco probable que permitiera la partida de un viejo amor como Ingrid sin que llevara algo para negociar su supervivencia. Sin duda se reencontrarían más tarde en alguna parte.

Y, también como el día del cumpleaños de Oskar, los guardias armados rodeaban el taller. Faltaban casi seis horas para el fin de la guerra, y los hombres de la SS habían jurado no desertar. Los prisioneros los miraban y trataban de imaginar su estado de ánimo.

Cuando se anunció que el Herr Direktor hablaría, dos prisioneras que sabían taquigrafía, las señoras Waidmann y Berger, se prepararon para recoger sus palabras. Sin duda, como las pronunciaba *ex tempore* un hombre que pronto sería un fugitivo, fueron más conmovedoras en esa oportunidad que en la versión literal de Waidmann-Berger. Reiteró los temas de su discurso de aniversario, pero les dio un carácter más concluyente, tanto para los prisioneros como para los alemanes. Declaró que los prisioneros eran los herederos de la nueva época, y confirmó que todos los demás —la SS, él mismo, Emilie, Fuchs, Schoenbrun— eran quienes ahora necesitaban rescate.

—Se acaba de anunciar —dijo— la rendición incondicional de Alemania. Después de seis años de cruel asesinato de seres humanos, se lloran ahora las víctimas y Europa intenta retornar a la paz y al orden. Desearía pedir orden y disciplina incondicionales a todos vosotros, que habéis sentido, como yo, tanta angustia durante estos duros años, para que podáis superar el presente y retornar en pocos días a vuestros hogares saqueados y destruidos, para buscar a los supervivientes de vuestras familias. Así evitaréis el pánico, cuyas consecuencias son imprevisibles.

Por supuesto, no se refería al pánico de los prisioneros, sino al de la guarnición, al de los hombres alineados junto a los muros. Invitaba a la SS a retirarse, y a los prisioneros a permitir que lo hicieran. El mariscal de campo Montgomery, comandante de las fuerzas aliadas de tierra, había proclamado que era preciso conducirse de modo humano con los vencidos y que todo el mundo debía, al juzgar a los alemanes, distinguir entre la culpa y el deber.

—Los soldados en el frente, y la persona humilde que ha cumplido con su obligación en todas partes, no se pueden considerar responsables por los actos de un grupo que se llamó a sí mismo alemán.

Schindler hacía una defensa de sus compatriotas que cada uno de los prisioneros que sobreviviera a esa noche escucharía mil veces en el futuro. Sin embargo, si alguien había conquistado el derecho de formular esa defensa y de que fuera oída por lo menos con tolerancia, era ciertamente Herr Oskar Schindler.

—El hecho de que millones de vosotros, de vuestros padres, hijos o hermanos, hayan sido asesinados, ha sido repudiado por miles de alemanes; e incluso hay hoy millones que no conocen la magnitud de este horror. Los documentos y registros hallados en Dachau y Buchenwald, días antes, y expuestos detalladamente por la BBC, representan la primera noticia que tuvieron muchos alemanes de esta monstruosa destrucción.

Por lo tanto, pedía una vez más que todos obraran de modo justo y humano, dejando la justicia en manos autorizadas.

—Si queréis acusar a alguna persona, hacedlo en el lugar adecuado. Porque en la nueva Europa habrá jueces, jueces incorruptibles que os escucharán.

Luego se refirió a su asociación con los prisioneros durante ese último año. Parecía, en cierto modo, casi nostálgico. Pero sin duda temía también que lo juzgaran solidariamente con los Goeth y los Hassebroeck.

—Muchos de vosotros conocéis las persecuciones, dificultades y chantajes que he debido superar para conservar a mi personal durante muchos años. Si ya era difícil defender los escasos derechos de un obrero polaco, resguardar su trabajo y evitar que fuera enviado forzadamente al Reich, defender su casa y sus modestas propiedades, la lucha para proteger a los trabajadores judíos ha parecido en muchas ocasiones imposible.

Describió algunas de esas dificultades, y les agradeció su ayuda para satisfacer las demandas de las autoridades de armamento. En vista de la escasez de la producción de Brinnlitz, ese agradecimiento podría parecer irónico. Pero no fue manifestado en tono irónico. Lo que el Herr Direktor quería decir literalmente era: «Gracias por ayudarme a burlar al sistema.»

—Si después de unos días —continuó—, se abren para vosotros las puertas de la libertad, pensad que mucha gente de la vecindad ha hecho lo posible para ayudar con ropas y alimentos adicionales. Yo he hecho todos los esfuerzos posibles para conseguir más alimentos, y me comprometo a hacer en el futuro todo lo que sea necesario para protegeros y salvaguardar vuestro pan cotidiano. Haré desde luego cuanto sea preciso hasta cinco minutos después de la medianoche.

«No vayáis a robar o saquear las casas vecinas. Probaos dignos de los millones de víctimas habidas entre vosotros, y evitad los actos individuales de terror y venganza.»

Reconoció que los prisioneros jamas habían sido bien vistos en la zona.

—Los judíos de Schindler han sido tabú en Brinnlitz. —Pero había preocupaciones más urgentes que la venganza local—. Confío a los Kapos y capataces la tarea de mantener el orden y la comprensión permanente, porque esto favorecerá vuestra seguridad. Dad las gracias al molino de Daubek, cuya ayuda ha excedido el reino de la posibilidad. Yo daré las gracias, en vuestro nombre, al valiente director Daubek, que ha hecho todo para aportar alimentos para vosotros.

»No me agradezcáis vuestra supervivencia. Dad las gracias a aquellos entre los vuestros que han trabajado día y noche para salvaros del exterminio. Dad las gracias a los intrépidos Stern y Pemper y a algunos más, que, pensando en vosotros y temerosos por vosotros, especialmente en Cracovia, han desafiado constantemente la muerte. La hora del honor hace que sea nuestra obligación vigilar y mantener el orden mientras estemos aquí juntos. Os pido que no hagáis nada que no sea una decisión justa y humana. Quiero agradecer también a mis colaboradores personales su completa devoción en lo que concierne a mi trabajo.

Su discurso, que pasaba de un tema a otro, agotaba un punto, y retornaba tangencialmente a alguno, alcanzó la cumbre de la temeridad. Oskar se volvió a la guarnición SS y les agradeció que se hubieran resistido al ejercicio de la barbarie.

Algunos prisioneros pensaron: «¿Qué desea? ¿Nos ha pedido a *nosotros* que no los provoquemos?» Porque la SS era la SS de Goeth y John y Hujar y Scheidt.

Había cosas que le enseñaban a un SS, cosas que veía y hacía y que delimitaban su humanidad. Oskar, pensaban, se excedía.

—Querría dar las gracias —continuó— a los guardias de la SS, a quienes se retiró sin consulta del ejército y la marina y se impuso esta tarea. Como cabezas de familia, hace largo tiempo que han comprendido el carácter despreciable e insensato de tal tarea. Aquí, han procedido de un modo extraordinariamente humano y correcto.

Quizás algunos prisioneros, algo irritados por la sangre fría del Herr Direktor, no comprendieron que Oskar se limitaba a concluir la obra iniciada la noche de su cumpleaños. Estaba destruyendo a los hombres de la SS en cuanto combatientes. Porque, si se quedaban allí y aceptaban su visión de lo que era «humano y correcto», nada les quedaba por hacer, excepto marcharse.

—Y finalmente —dijo Oskar— pido a todos tres minutos de silencio, en memoria de las incontables víctimas que ha habido entre vosotros durante estos crueles años.

Le obedecieron. El *Oberscharführer* Motzek y Helen Hirsch, Lusia (que sólo había emergido del sótano la semana pasada) y Schoenbrun, Emilie y Goldberg. Los que ansiaban que pasara el tiempo y los que ansiaban emprender la huida. Todos guardaban silencio entre las gigantescas máquinas Hilo, al cabo de la más ruidosa de las guerras.

Pasados los tres minutos, los SS salieron rápidamente de la nave. Los prisioneros se quedaron. Miraron a su alrededor y se preguntaron si eran, finalmente, los amos de la casa. Cuando Oskar y Emilie se dirigían a sus habitaciones, los prisioneros los detuvieron para entregar el anillo de Licht. Oskar lo admiró un momento, mostró la inscripción a Emilie y pidió a Stern que la tradujera. Cuando preguntó dónde habían obtenido el oro y descubrió que procedía de la pieza dental de Jereth, todos esperaron que riera.

Jereth estaba entre quienes traían el regalo, listo para las bromas, sonriente. Pero Oskar, con gran solemnidad, puso el anillo en su dedo. Aunque nadie lo comprendió por completo, en ese instante todos volvieron a ser ellos mismos, porque Oskar Schindler dependía ahora de sus regalos.

CAPÍTULO·38

En las horas siguientes al discurso de Oskar la guarnición SS empezó a retirarse. Dentro de la fábrica los comandos elegidos entre la gente de Budzyn y otros grupos de la población del campo de trabajo habían sido provistos ya del armamento conseguido por Oskar. Esperaban desarmar a la SS y no verse obligados a una batalla ritual. No era prudente, explicó Oskar, atraer al portal a alguna amargada unidad en retirada. Pero, si no se lograba llegar a algún extraño acuerdo, habría que tomar las torres de guardia con granadas.

Finalmente, los comandos sólo tuvieron que formalizar el desarme propuesto por las palabras de Oskar. Los guardianes del portal entregaron sus armas casi con gratitud. En los oscuros escalones que llevaban hasta el barracón de la SS, Poldek Pfefferberg y Jusek Horn desarmaron al comandante Motzek; Pfefferberg apoyó un dedo en su espalda y Motzek, como cualquier hombre cuerdo, mayor de cuarenta años y con un hogar, pidió que no lo mataran. Pfefferberg cogió su arma, y Motzek, después de una breve detención durante la cual llamó al Herr Direktor y pidió que lo salvara, fue liberado y echó a andar hacia su casa.

Se descubrió que las torres estaban abandonadas. Uri y los demás miembros de la pequeña fuerza armada habían pasado horas haciendo planes para tomarlas. Apostaron allí algunos hombres armados con las armas de la guarnición, para indicar a cualquiera que pasara que el antiguo orden aún perduraba.

A medianoche no había ya hombres ni mujeres de la SS en el lugar. Oskar llamó a Bankier a su despacho y le entregó la llave de cierto depósito. Era un almacén de provisiones navales que había estado situado, hasta la ofensiva rusa en Silesia, en la región de Katowice. Su misión era proveer a las necesidades de las tripulaciones de lanchas patrulleras de ríos y canales, y Oskar había descubierto que la Inspección de Armamentos deseaba alquilar espacio en algún sitio menos amenazado. Oskar consiguió entonces el contrato de depósito «con ayuda de algunos obsequios». Y así habían entrado por las puertas de Brinnlitz dieciocho camiones cargados de tela para abrigos, uniformes y ropa interior, todo de lana; medio millón de carretes de hilo y gran cantidad de zapatos. La carga había sido cuidadosamente guardada. Stern y otros afirman que Oskar, convencido de que esas mercancías quedarían en su poder al fin de la guerra, se proponía entregarlas a los prisioneros para que tuviesen un punto de partida. En un documento posterior, Oskar dice lo mismo. había tratado de obtener ese contrato «con la intención de proporcionar a mis protegidos judíos, al fin de la guerra, algunas ropas... Expertos judíos en textiles estimaron que el valor total de esos efectos superaba los ciento cincuenta mil dólares americanos (a la cotización del momento de la paz)».

En Brinnlitz disponía de hombres perfectamente capaces de hacer una buena estima, como Juda Dresner, por ejemplo, antiguo dueño de un comercio de telas en la calle Stradom, de Cracovia, o Itzhak Stern, que había trabajado en una empresa textil en la acera de enfrente de la misma calle.

Mientras entregaba ritualmente esa valiosa llave a Bankier, Oskar estaba vestido ya con el uniforme a rayas de los prisioneros, como Emilie. Ahora estaba visiblemente completa la transformación que se había propuesto desde los primeros días de la DEF. Cuando apareció en el patio para despedirse, todo el mundo pensó que era un disfraz despreocupadamente adoptado y que se lo quitaría con igual despreocupación cuando encontrara a los americanos. Sin embargo, vestir esas toscas prendas era un acto que jamás haría reír a nadie; en un sentido profundo, Oskar había de ser siempre, en adelante, un rehén de Brinnlitz y de Emalia.

Ocho prisioneros se habían ofrecido como voluntarios para acompañar a Oskar y a Emilie. Eran todos muy jóvenes; había una pareja, Richard y Anka Rechen, y el mayor era un ingeniero llamado Edek Heuberger, unos diez años más joven que Schindler. Él narraría, más tarde, los detalles de ese curioso viaje.

Emilie, Oskar y un conductor viajarían en el Mercedes. Los demás seguirían en un camión cargado de alimentos, así como de bebidas y cigarrillos para el trueque. Oskar parecía ansioso por partir. Una parte de la amenaza rusa se había disipado: las fuerzas de Vlasov se habían marchado. Pero la otra parte, según se suponía, llegaría a Brinnlitz la mañana siguiente, o tal vez antes. Oskar y Emilie, en el asiento posterior del Mercedes, no parecían prisioneros, sino burgueses que van a un baile de disfraces. Oskar murmuraba aún consejos a Stern, órdenes a Bankier y Salpeter. Pero era evidente que quería marcharse. Cuando el conductor, Dolek Grünhaut, intentó poner el Mercedes en marcha, el motor no arrancó. Oskar fue a mirar bajo el capó. Estaba alarmado, no era el mismo hombre que había hablado con autoridad horas antes. ¿Qué ocurre?, preguntaba; Grünhaut, no lo sabía, por falta de luz adecuada. Le llevó un momento descubrir el fallo, porque no era uno que esperara encontrar. Alguien, alarmado por la partida de Oskar, había cortado los cables eléctricos de la bobina.

Pfefferberg, que estaba entre la multitud reunida para despedir al Herr Direktor, fue a buscar sus herramientas al taller de soldadura y se puso a trabajar. Sudaba y sus manos parecían torpes; sentía la urgencia de Oskar, que miraba al portal como si los rusos estuvieran a punto de materializarse. No era demasiado improbable, y otras personas en el patio estaban atormentadas por la misma irónica posibilidad, si Pfefferberg se demoraba demasiado. Pero finalmente el motor arrancó apenas Grünhaut hizo girar la llave.

En seguida, el Mercedes partió, seguido por el camión; aunque no hubo más despedidas, le entregaron a Oskar una carta firmada por Stern, Salpeter y el doctor Hilfstein, que atestiguaba la historia de Schindler.

Los dos vehículos salieron de Brinnlitz y giraron en el camino hacia la izquierda, en dirección a Havlickov Brod y la parte que Oskar consideraba más segura de Europa. En la situación había un elemento nupcial: Oskar, que había llegado a Brinnlitz con varias mujeres, se marchaba ahora con su esposa.

Stern y los demás permanecieron en el patio. Después de muchas promesas, eran libres. Y debían soportar ahora la carga y la incertidumbre de la libertad.

El interregno duró tres días y tuvo una historia y sus propios peligros. Cuando se marcharon los SS, el único representante de la máquina de matar que quedó en Brinnlitz fue un Kapo alemán que había venido de Gröss-Rosen con los hombres de Schindler. Tenía ya una historia criminal en Gröss-Rosen, y también conquistó enemigos en Brinnlitz. Un grupo de hombres lo sacó de su litera y lo llevó a la nave de la fábrica, donde con entusiasmo y sin piedad lo colgaron de la misma viga que había señalado poco antes el *Untersturmführer* Liepold mientras amenazaba a la población prisionera. Algunos trataron de evitarlo, pero no pudieron detener a los furiosos verdugos.

Ese primer homicidio de la paz fue un hecho que gran parte de la gente de Brinnlitz halló siempre aborrecible. Habían visto a Amon ahorcar al pobre ingeniero Krautwirt en la *Appellplatz* de Plaszow; pero esta ejecución —por diferentes motivos— los disgustó profundamente. Porque Amon era Amon y no podía cambiar; pero esos verdugos eran sus hermanos.

Cuando el Kapo quedó inmóvil, lo dejaron suspendido sobre las máquinas detenidas. La gente lo miraba perpleja. Debían estar satisfechos, pero se sentían llenos de duda. Finalmente algunos que no habían participado en la ejecución descolgaron el cuerpo y lo incineraron. Ilustra la singularidad de Brinnlitz que el único cuerpo introducido en los hornos, destinados por decreto a quemar los cadáveres de judíos, fuera el de un ario.

Durante el día siguiente se procedió a la distribución de los artículos del depósito naval. Era necesario cortar el paño, que venía en grandes rollos. Moshe Bejski dijo después que cada ex prisionero había recibido tres metros de paño de lana, un juego completo de ropa interior y varios carretes de hilo de algodón. Algunas mujeres empezaron inmediatamente a cortar las prendas con que iniciarían el viaje de regreso. Otros conservaron la tela intacta, para venderla o cambiarla y sobrevivir con el producto durante los confusos días que se avecinaban.

También se distribuyó una cantidad de los cigarrillos Egipski de los que se había apropiado Oskar el día del incendio de Brno, y una botella de vodka del depósito de Salpeter. Pocos la beberían. Era sencillamente demasiado preciosa.

La segunda noche una unidad Panzer pasó por el camino, desde Zwittau. Lutek Feigenbaum, que tenía un fusil, sintió el impulso de disparar cuando pasó el primer carro, pero le pareció imprudente. Los pesados vehículos no se detuvieron. El artillero de uno de los últimos carros de la columna pensó sin duda que esas torres y alambradas señalaban la presencia de criminales judíos, hizo girar su cañón y lanzó dos granadas al interior. Una explotó en el patio, y la otra en el balcón del dormitorio de mujeres. Fue una expresión casual de furia; por asombro o prudencia, ninguno de los hombres armados respondió.

Cuando los Panzer se alejaron, se oyeron gemidos en el dormitorio de las mujeres. Las esquirlas habían herido a una muchacha. Sufría un shock; pero la visión de sus heridas liberó en las demás la angustia, apenas expresada, de varios años. Mientras se lamentaban, los médicos examinaron a la chica y comprobaron que las heridas eran superficiales.

El grupo de Oskar siguió durante las primeras horas de la fuga a una columna de camiones de la Wehrmacht. A medianoche eso era posible, y nadie lo impidió. Detrás de ellos, los ingenieros alemanes volaban los puentes; ocasionalmente, se oía el clamor de alguna distante emboscada de la resistencia checa. Cerca de Havlickov Brod se rezagaron, y un destacamento de guerrilleros checos los detuvo. Oskar hizo el papel de un prisionero.

—Hemos escapado de un campo de trabajo. La SS huyó, y también el Herr Direktor. Éste es uno de sus coches.

Los checos preguntaron si tenían armas. Heuberger se acercó desde el camión y reconoció que tenía un fusil.

—Está bien —dijeron los checos—, pero es conveniente que nos lo entreguéis. Si los rusos os interceptan y ven que tenéis armas, quizá no comprendan el porqué. Vuestra mejor defensa está en esas ropas.

Todavía era posible encontrar unidades hostiles

en esa ciudad, al sudeste de Praga y en el camino a Austria. Los guerrilleros aconsejaron a Oskar y a los demás que pasaran la noche en el despacho de la Cruz Roja Checa. Allí estarían seguros.

Pero, cuando llegaron, los funcionarios de la Cruz Roja sugirieron que, dada la confusión del momento, seguramente sería más segura la cárcel de la ciudad. Dejaron los vehículos en la calle, a la vista de la Cruz Roja; Oskar, Emilie y sus ochos compañeros cogieron su escaso equipaje y durmieron en las celdas abiertas de la cárcel.

Cuando regresaron a la plaza la mañana siguiente, vieron que los dos vehículos estaban desmantelados. Habían arrancado la tapicería del Mercedes, y los diamantes habían desaparecido; faltaban las llantas del camión y varias piezas de los motores. Los checos se mostraron filosóficos.

—Todos podemos perder algo en tiempos como éstos —dijeron. Quizá pensaron incluso que Oskar, rubio y de ojos azules, era un SS fugitivo.

Carecían ahora de transporte propio, pero había un tren que se dirigía a Kaplice y subieron en él. Heuberger dice que fueron en ese tren «hasta el bosque, y luego siguieron andando». En algún punto de esa región fronteriza boscosa, muy al norte de Linz, esperaban encontrar a los americanos. En un camino entre bosques, encontraron a dos jóvenes americanos apostados con una ametralladora. Uno de los acompañantes de Oskar les habló en inglés.

—Tenemos órdenes de no dejar pasar a nadie por este camino —dijo uno de ellos.

—¿Está prohibido pasar por el bosque? —preguntó Oskar. El joven mascaba chicle. Extraña raza masticadora.

—Supongo que no —respondió el GI.

Dieron un rodeo por el bosque, volvieron al camino media hora más tarde y encontraron a una compañía de infantería que avanzaba hacia el norte en doble fila. Hablaron con los exploradores que encabezaban la columna. Un oficial se acercó en un jeep, descendió y los interrogó. Fueron sinceros con él: explicaron que Oskar era el Herr Direktor, y Emilie su esposa, y los demás, judíos. Se creían seguros, porque la BBC había dicho que, en el ejército americano, había muchos soldados de origen alemán y de origen judío.

—No se muevan —dijo el capitán. Se alejó sin dar explicaciones y los dejó al cuidado de los jóvenes infantes, que les ofrecieron cigarrillos del tipo Virginia: tenían, como el jeep, los uniformes y los equipos, ese aspecto reluciente que caracteriza a los productos de la industria poderosa, libre, que no se ocupa de *ersatz*.

Aunque Emilie y los demás temían que arrestaran a Oskar, éste se sentó despreocupadamente en la hierba a contemplar la belleza primaveral del bosque. Tenía su carta en hebreo; sabía que en Nueva York esa lengua no era desconocida. Pasó media hora y se acercó un grupo informal de soldados, que no marchaban en orden como la infantería. Era un grupo de soldados judíos que acompañaban a un rabino de campaña. Fueron muy efusivos. Abrazaron a todos, inclusive a Oskar y a Emilie, porque eran, como explicaron, los primeros supervivientes de un campo de concentración que encontraba ese regimiento.

Terminados los saludos, Oskar mostró la carta: el rabino la leyó y se echó a llorar. Transmitió los detalles a los demás americanos. Hubo más aplausos, más apretones de mano, más abrazos. Los jóvenes GI parecían abiertos, estridentes, infantiles. Aunque sólo una o dos generaciones los separaban de Europa central, estaban tan marcados por América, que Schindler y los demás los miraron con tanta sorpresa como ellos mismos despertaban.

El resultado fue que el grupo de Schindler pasó dos días en la frontera austríaca, como huésped de honor del comandante del regimiento y del rabino. Tomaron excelente café, como los verdaderos prisioneros del grupo no probaban desde el establecimiento del gueto, y comieron opíparamente.

Dos días después, el rabino les regaló una ambulancia requisada, con la que llegaron hasta las ruinas de Linz, en el norte de Austria.

Tampoco aparecieron los rusos en Brinnlitz durante el segundo día de la paz. El grupo comando estaba preocupado por la necesidad de permanecer en el campo más tiempo de lo previsto. Recordaban que sólo una vez habían visto asustados a los hombres de la SS, aparte de la ansiedad demostrada en los últimos días por Motzek y los demás: en presencia del tifus. Por lo tanto, colgaron en las alambradas avisos de tifus.

A la tarde aparecieron en la puerta tres guerrilleros checos que hablaron con los hombres que estaban de guardia.

—Todo ha terminado —dijeron—. Sois libres de ir adonde queráis.

—Cuando lleguen los rusos —dijeron los comandos—. Hasta entonces no saldrá nadie.

La respuesta exhibía en parte la patología del prisionero; la típica sospecha de que hay peligro al otro lado de la cerca, y de que más vale cruzarla poco a poco. Pero aún no estaban convencidos de que la última unidad alemana se hubiera replegado, y eso mostraba también sensatez.

Los checos se encogieron de hombros y se marcharon.

Esa noche, mientras Poldek Pfefferberg estaba de guardia en el el portal principal, se oyeron motocicletas en el camino. No siguieron su camino; giraron y se acercaron. Cinco motos con la enseña de la calavera de la SS surgieron de la oscuridad y avanzaron ruidosamente hasta el portal. Mientras los SS, muy jóvenes, como recuerda Poldek, apagaban los motores, desmontaban y se aproximaban, hubo un vivo debate entre los hombres armados del interior: ¿Había que matarlos de inmediato? El suboficial que encabezaba el grupo pareció advertir la amenaza. Se mantuvo a cierta distancia, con las manos abiertas.

—Tenemos necesidad de gasolina —dijo—. En un campo de trabajo fabril debe de quedar algo.

Pfefferberg aconsejó, durante la discusión murmurada, darles lo que pedían y dejar que se marcharan, en lugar de abrir fuego. Quizás hubiera otras fuerzas en la zona, quizás un tiroteo las atraería. Finalmente dejaron entrar a los SS, y alguien fue a buscar gasolina al garaje. El suboficial SS tuvo el cuidado de anunciar a los comandos del campo —vestían petos azules con la esperanza de pasar por guardias informales o, al menos, Kapos alemanes— que no le extrañaba que prisioneros armados custodiaran su propio campo desde el interior.

—Aquí hay tifus —dijo Pfefferberg, en alemán, señalando las advertencias.

Los SS se miraron.

—Ya hemos perdido doce personas —continuó

Pfefferberg—. Tenemos cincuenta aisladas en el sótano.

Esto impresionó a los hombres de la calavera. Estaban cansados. Huían. Era suficiente. No querían que la amenaza de las bacterias se sumara a las demás.

Cuando trajeron la gasolina en grandes latas, expresaron su agradecimiento, saludaron y se marcharon. Los vieron cargar sus depósitos y arrimar con consideración, a la alambrada, las latas que no pudieron guardar en sus sidecars. Se pusieron los guantes y arrancaron sin demasiado estrépito, para no gastar combustible en floreos. El ruido se desvaneció en el pueblo, hacia el sudoeste. Ese cortés encuentro fue, para los hombres de guardia, el último que tuvieron con personas que llevaran el uniforme de la extraña legión de Heinrich Himmler.

Un oficial ruso, absolutamente solo, liberó el campo el tercer día. Emergió a caballo del desfiladero por el que entraban en Brinnlitz el camino y la vía férrea. Cuando se acercó se pudo ver que el caballo era apenas un pony, porque los pies del oficial, en los estribos, casi tocaban el suelo, y el hombre los mantenía cómicamente arqueados bajo la flaca panza del animal. Parecía traer a Brinnlitz una liberación personal y duramente ganada, porque su uniforme estaba raído, y la banda de cuero del fusil había sido tan desgastada por el sudor, la guerra y el invierno, que había tenido que reemplazarla por un cordel. También eran de soga las riendas del pony. El oficial era rubio y además —como siempre resultaba un ruso para un polaco— inmensamente familiar e inmensamente extraño.

Después de una breve conversación en un híbrido de ruso y polaco, el comando de la puerta le permitió entrar. El rumor de la visita corrió por los balcones del piso alto. La señora Krumholz lo besó cuando desmontó. Él sonrió y pidió, en las dos lenguas, una silla. Uno de los hombres más jóvenes se la llevó.

Se puso de pie sobre la silla para elevarse a una altura que, en relación con la mayoría de los ex prisioneros, no necesitaba y pronunció lo que parecía un discurso standard de liberación en ruso. Moshe Bejski comprendió lo esencial. Habían sido liberados por los gloriosos Soviets. Eran libres de ir a la ciudad o adonde quisieran. Porque en los Soviets, como en el cielo mítico, no había judíos ni gentiles, hombres ni mujeres, libres ni esclavos. No debían tomar mezquina venganza en la ciudad. Sus aliados buscarían a sus opresores y los someterían a un castigo solemne y apropiado. Para ellos, la libertad debía superar a cualquier otra consideración.

Descendió de la silla y sonrió, como si quisiera expresar que ya no era un orador y que estaba dispuesto a responder a preguntas. Bejski y algunos más le hablaron; él se señaló a sí mismo y dijo, en un herrumbrado yiddish de la Rusia Blanca, de esa variedad que se aprende más bien de los abuelos que de los padres, que él era judío.

La conversación adquirió una nueva intimidad.

—¿Ha estado en Polonia? —preguntó Bejski.

—Sí —dijo el oficial—. Vengo de allí.

—¿Y hay judíos allí?

—No los he visto.

La gente se amontonaba a su alrededor; sus palabras se traducían y tansmitían a quienes estaban más lejos.

—¿De dónde sois vosotros? —preguntó el oficial.

—De Cracovia.

—He estado en Cracovia hace dos semanas.

—¿Y Auschwitz? ¿Qué ocurre en Auschwitz?

—He oído decir que en Auschwitz hay todavía algunos judíos.

La gente de Brinnlitz estaba pensativa. El ruso hacía que Polonia pareciera un vacío; si regresaban a Cracovia, se sentirían como guisantes secos repicando en un bote.

—¿Puedo hacer algo por vosotros? —preguntó el oficial.

Hubo gritos pidiendo alimentos. El ruso pensaba que podría conseguir una carretada de pan, y quizá un poco de carne de caballo.

—Pero deberíais ver qué hay en la ciudad —sugirió.

Era una idea radicalmente nueva. Simplemente, salir e ir de compras a la ciudad. Para algunos de ellos, todavía era una opción inimaginable.

Los jóvenes, como Pemper y Bejski, siguieron al oficial mientras se disponía a marcharse. Si no había judíos en Polonia, no se podría ir a ninguna parte. No querían que él les diera instrucciones, pero sentían que debía discutir la situación con ellos. El ruso se detuvo mientras desataba las riendas de su pony.

—No lo sé —dijo mirándolos de frente—. No sé adónde debéis ir. No al este, al menos eso os puedo decir. Pero tampoco al oeste. —Sus dedos regresaron a la tarea de desatar el nudo—. No nos quieren en ninguna parte.

Finalmente, y como el oficial ruso había sugerido, la gente de Brinnlitz salió para hacer su primer ensayo de contacto con el mundo exterior. Los jóvenes fueron los primeros que lo intentaron. Danka Dresner salió el día siguiente al de la liberación y trepó a la colina boscosa situada detrás del campo. Empezaban a florecer los lirios y las anémonas, y llegaban del Africa las aves migratorias. Danka estuvo un rato en la colina, saboreando el día; luego se dejó caer rodando y se quedó en la hierba, abajo, aspirando fragancias y mirando el cielo. Pasó allí tanto tiempo que sus padres sintieron el temor de que le hubiese ocurrido algo malo en el pueblo, a manos de sus habitantes o de los rusos. También Goldberg se marchó pronto —quizá fue el primero— para recoger sus riquezas en Cracovia. Tiempo después, tan pronto como pudo, se fue al Brasil.

Los de mayor edad, en general, se quedaron. Los rusos entraron en Brinnlitz, y los oficiales ocuparon una residencia en la colina, sobre el pueblo. Llevaron al campo de trabajo un caballo sacrificado; los prisioneros comieron ávidamente su carne, que muchos encontraron excesivamente sustanciosa después de su dieta de pan y hortalizas, complementada con la avena cocida de Emilie Schindler.

Lutek Feigenbaum, Janek Dresner y el joven Sternberg fueron a buscar víveres al pueblo. Había patrullas de guerrilleros checos, y la población de ascendencia alemana de Brinnlitz se mostraba cautelosa con los prisioneros liberados. Un comerciante dijo a los muchachos que podían servirse de un saco de azúcar que tenía guardado: Sternberg halló irresistible el azúcar, inclinó la cabeza, devoró varios puñados y se sintió espantosamente enfermo. Y así descubrió lo mismo que el grupo de Schindler constató simultáneamente en Nuremberg y Ravensburg: que era preciso aproximarse gradualmente a la libertad y a la abundancia.

El principal objetivo de la expedición de Feigenbaum era conseguir pan. Como miembro de los comandos de Brinnlitz, estaba armado con un fusil y una pistola; y cuando el panadero insistió en que no tenía pan, uno de los otros le dijo:

—Amenázalo con el fusil.

Después de todo, el hombre era un alemán de los Sudetes y, en teoría, había permitido sus padecimientos. Lutek apuntó al panadero con el arma y entró por la trastienda a la casa, buscando harina escondida. La esposa y las dos hijas del hombre estaban aterrorizadas en la sala. Ese terror en nada se distinguía del que sufrían las familias de Cracovia durante una *Aktion*. Sintió profunda vergüenza. Saludó a la mujer, como si fuera ésa una visita social, y se marchó.

Una sensación análoga tuvo Mila Pfefferberg durante su primera visita al pueblo. Cuando llegó a la plaza, un guerrillero checo detuvo a dos chicas alemanas y les ordenó que se quitaran sus zapatos para que Mila, calzada con zuecos, pudiera elegir el par que le quedara mejor. Ese acto de autoridad provocó el rubor de Mila, mientras se probaba los zapatos. El guerrillero dio los zuecos a la alemana y se marchó; Mila corrió a devolver los zapatos. La muchacha sudete, recuerda Mila, ni siquiera le dio las gracias.

Por las noches, los rusos iban al campo a buscar mujeres. Pfefferberg tuvo que poner la pistola en la cabeza de un soldado que entró en las habitaciones de las mujeres y agarró a la señora Krumholz. (Durante años, la señora Krumholz, al recordar este incidente, ha señalado con un índice acusador a Pfefferberg y ha dicho: «Este canalla ha echado a perder mi mejor posibilidad de huir con un hombre joven.») Tres muchachas fueron, más o menos voluntariamente, a una fiesta de los rusos y regresaron tres días después. No lo habían pasado mal, dijeron.

La atracción de Brinnlitz se tornó rápidamente negativa, y a la semana todo el mundo empezó a retirarse. Algunos que habían perdido a sus familias se marcharon directamente hacia el oeste, resueltos a no volver nunca más a Polonia. Los Bejski utilizaron el vodka y el paño para pagar su viaje a Italia, donde embarcaron en un buque sionista que partía a Palestina. Los Dresner atravesaron andando Moravia y Bohemia y se dirigieron a Alemania; Janek fue uno de los primeros diez estudiantes que se inscribieron en la Universidad bávara de Erlangen cuando se abrió, pocos meses más tarde.

Manci Rosner volvió a Podgórze, a la dirección que le había dado Henry. Henry, liberado de Dachau con Olek, estaba un día en un urinario de Munich cuando se acercó un hombre con la ropa a rayas de los campos de concentración. Le preguntó dónde había estado.

—En Brinnlitz —respondió el hombre. Y agregó que allí no había muerto nadie, excepto una anciana (lo que no era exacto, como se supo más tarde). Manci se enteró de que Henry vivía por una prima que irrumpió en su habitación de Podgórze sacudiendo el periódico polaco donde estaban los nombres de los liberados de Dachau.

—¡Abrázame, Manci! —dijo—. ¡Henry está vivo y Olek también!

Regina Horowitz tenía una cita parecida. Le llevó tres semanas desplazarse de Brinnlitz a Cracovia con su hija Nusia. Alquiló una habitación, merced a los artículos del almacén naval, y esperó a Dolek. Cuando él llegó, iniciaron juntos la búsqueda de Richard, pero no había noticias. Y, en el verano, Regina vio el filme de Auschwitz que habían hecho los rusos y exhibían gratuitamente a la población polaca. Vio las famosas escenas de los niños del campo de concentración, mientras miraban desde detrás de las alambradas y cuando eran escoltados por monjas junto a la cerca electrificada. Richard, muy guapo y simpático, aparecía en casi todas las tomas. Regina se puso a gritar y salió del cine, mientras el público trataba de tranquilizarla.

—¡Es mi hijo, es mi hijo! —gritaba. Sabiendo ahora que estaba vivo, pronto averiguó que los rusos lo habían entregado a una de las organizaciones judías de rescate. Esa organización supuso que sus padres habían muerto y lo dejó al cuidado de la familia Liebling, antiguos conocidos de los Horowitz. Regina obtuvo la dirección y cuando llegó a casa de los Liebling oyó la voz de Richard, que en el interior golpeaba una olla y gritaba:

—¡Sopa para todos!

Llamó a la puerta y acudió la señora Liebling.

Y así recuperó a su hijo. Pero, después de lo que había visto en los patíbulos de Plaszow y de Auschwitz, Regina nunca pudo llevar a Richard a un parque de juegos sin que se pusiera histérico al ver los soportes de los columpios.

En Linz el grupo de Oskar se presentó a las autoridades americanas y se libró de su insegura ambulancia. Los llevaron en camión a Nuremberg, donde había un gran centro destinado a los antiguos prisioneros de los campos de concentración. Empezaban a ver que la liberación no era un asunto tan sencillo.

Richard Rechen tenía una tía en Constanza, en la

frontera suiza, junto al lago. Cuando los americanos les preguntaron si tenían algún lugar adonde ir, se refirieron a esa mujer. La intención de los ocho jóvenes de Brinnlitz era lograr que los Schindler atravesaran la frontera suiza, por si se daba algún estallido de violencia contra los alemanes, y los Schindler, aún en la zona americana, sufrían represalias. Además, como los ocho eran emigrantes en potencia, creían que en Suiza lograrían resolver más fácilmente sus problemas.

Heuberger recuerda que su relación con el comandante americano de Nuremberg era cordial; pero el militar no podía cederles un medio de transporte para que fueran a Constanza. Atravesaron la Selva Negra como pudieron, en parte en tren, en parte a pie. Cerca de Ravensburg había un antiguo campo de concentración: hablaron con los oficiales americanos que lo habían ocupado. Fueron sus huéspedes durante unos días, descansaron y disfrutaron de las abundantes raciones del ejército americano. A cambio de la hospitalidad, conversaban por la noche hasta muy tarde con el comandante, de origen judío, a quien contaron historias de Amon, de Plaszow, de Gröss-Rosen, de Auschwitz, de Brinnlitz. Le dijeron que necesitaban un medio de transporte para ir a Constanza. Él no podía prescindir de un camión, pero sin embargo consiguió un autobús y les dio provisiones para el viaje. Aunque Oskar todavía llevaba consigo dinero y diamantes por valor de unos mil marcos, ese vehículo no fue una compra, sino un obsequio. Después de sus tratos con los burócratas alemanes, sin duda no era fácil para Oskar acostumbrarse a este tipo de transacciones.

Se detuvieron en Kreuzlingen, al oeste de Constanza, en la frontera suiza y dentro de la zona ocupada francesa. Rechen compró en la ferretería local unos alicates para cortar alambre. Aparentemente, todos vestían aún ropas de la prisión cuando Rechen adquirió esos alicates. El ferretero pudo haber pensado dos cosas: a) eran prisioneros y, si no los atendía, recurrirían a sus protectores franceses; b) se trataba de un oficial alemán que escapaba disfrazado, y quizá convenía darle ayuda.

Las alambradas de la frontera atravesaban el centro de Kreuzlingen y estaban custodiadas, del lado francés, por los centinelas de la Sureté Militaire. El grupo se acercó a la barrera, esperó a que el centinela se acercara al otro extremo de su recorrido, cortó los alambres y pasó a Suiza. Lamentablemente, una mujer del pueblo vio esto desde un recodo del camino y corrió a avisar a los franceses y a los suizos. En una tranquila plaza suiza, réplica exacta de otra que había en el lado alemán, la policía suiza los rodeó. Richard y Anka Rechen escaparon; un coche patrulla los persiguió y los capturó. Media hora más tarde los devolvían a los franceses, quienes los registraron de inmediato, descubrieron que llevaban dinero y piedras preciosas, los llevaron a la antigua prisión alemana y los alojaron en celdas separadas.

Los franceses sospechaban —Heuberger estaba seguro que eran guardias de un campo de concentración—. La hospitalidad que habían recibido de los americanos se volvía contra ellos: habían ganado peso y no parecían famélicos, como al salir de Brinnlitz. Los interrogaron por separado acerca del viaje y de los objetos valiosos que poseían. Todos contaron una historia plausible, pero sin saber si los demás narraban la misma. Aparentemente les asustaba que, si los franceses descubrían la identidad de

Oskar y sus funciones en Brinnlitz, tomaran decisiones inmediatas.

Los ex prisioneros mintieron para poder proteger a Oskar y a Emilie. Pasaron allí una semana. Los Schindler sabían ahora bastante de judaísmo para superar las pruebas culturales obvias. Pero el aire de Oskar y su condición física no contribuían a hacer creíble su disfraz de prisionero de la SS. Y la carta en hebreo había quedado en los archivos americanos de Linz.

Edek Heuberger fue interrogado regularmente, como líder de los ocho; el séptimo día de cárcel se unió a sus interrogadores un hombre vestido de paisano que hablaba polaco. Su misión era comprobar si Heuberger, como afirmaba, procedía de Cracovia. Por algún motivo —quizá porque el polaco asumió el papel del investigador comprensivo, o tal vez por la familiaridad del lenguaje— Heuberger se echó a llorar y contó vívidamente la historia verdadera. Llamaron uno por uno a los demás, les dijeron que Heuberger había confesado, y les ordenaron que dieran ahora una versión correcta, en polaco. Al terminar esa mañana, los dos interrogadores vieron que las versiones de todo el grupo, ahora reunido, coincidían, y los abrazaron. Un francés lloraba, dice Heuberger. Todo el mundo estaba encantado con ese fenómeno: un investigador que llora. Cuando recuperó la compostura, pidió que trajeran comida para todos: para él mismo, para sus colegas, los Schindler y los ocho ex prisioneros.

Después de la comida, los alojó en un hotel de Constanza, junto al lago, donde permanecieron varios días a expensas del gobierno militar francés.

En esos momentos, mientras estaba con Emilie, Heuberger, los Rechen y los demás, las propiedades de Oskar habían quedado en manos de los Soviets; las últimas joyas y el dinero que conservaba habían caído por los resquicios de la burocracia liberadora. No tenía un centavo; pero comía tan bien como se puede en un buen hotel, y gozaba de la compañía de varios miembros de su «familia». Éste había de ser el modelo de su futuro.

EPÍLOGO

Así terminó la época culminante de Oskar. La paz no lo exaltaría tanto como la guerra. Oskar y Emilie se dirigieron a Munich. Durante un tiempo compartieron la vivienda de los Rosner: Henry y su hermano, contratados para tocar en un restaurante de Munich, habían logrado una modesta prosperidad. Otro ex prisionero que lo visitó en el pequeño apartamento de los Rosner reparó, escandalizado, en su chaqueta raída. Sus propiedades de Cracovia y Moravia habían sido confiscadas por los rusos, y había cambiado por comida y bebida los escasos recursos que todavía le quedaban.

Cuando los Feigenbaum llegaron a Munich, conocieron a su última amante, una chica judía superviviente, no de Brinnlitz, sino de un campo de concentración mucho peor. Muchos visitantes de las habitaciones que ahora alquilaba Oskar se sintieron avergonzados por Emilie, a pesar de su indulgencia con las heroicas debilidades de Oskar.

Era, como siempre, un amigo inmensamente generoso y un descubridor nato de cosas que era imposible conseguir. Henry Rosner recuerda que encontró una fuente de provisión de pollos en esa ciudad donde no había ninguno. Buscaba la compañía de aquellos de sus judíos que se habían establecido en Alemania: los Rosner, los Pfefferberg, los Dresner, los Feigenbaum, los Sternberg. Más tarde, algunos cínicos dirían que en ese momento era prudente para toda persona con alguna vinculación con los campos de concentración camuflarse detrás de los amigos judíos. Pero sus amistades estaban más allá de toda astucia elemental. Los *Schindlerjuden* se habían convertido en su familia.

Con ellos se enteró de que, en febrero, los americanos de Patton habían capturado a Amon Goeth en un sanatorio de la SS en Bad Tolz; después de retenerlo prisionero en Dachau hasta el fin de la guerra, los americanos lo habían entregado al nuevo gobierno polaco. En verdad, fue uno de los primeros alemanes enviados a Polonia para ser juzgados. Se invitó a una cantidad de ex prisioneros como testigos: el engañado Amon consideró incluso la posibilidad de llamar en su defensa a Helen Hirsch y a Oskar Schindler. Oskar no asistió al juicio. Quienes lo hicieron hallaron que Goeth, muy delgado a causa de la diabetes, se defendió con moderación y sin arrepentimiento. Todas las órdenes de ejecución y traslado de personas habían sido firmadas por sus superiores; por lo tanto, eran crímenes cometidos por éstos y no por él. Los testigos que informaban sobre los crímenes cometidos por su propia mano —dijo Amon— exageraban maliciosamente. Se había ejecutado a algunos prisioneros por sabotaje; siempre había saboteadores en la guerra.

Mietek Pemper esperaba que lo llamaran para dar su testimonio; a su lado estaba sentado otro graduado de Plaszow que le dijo, mientras miraba a Amon en el banquillo:

—Ese hombre todavía me aterroriza.

Pemper, como primer testigo de la acusación, expuso un preciso catálogo de los crímenes de Amon. Otros, entre ellos el doctor Biberstein y Helen Hirsch, que también tenían recuerdos exactos, lo completaron. Amon fue sentenciado a la horca y murió en Cracovia el 13 de septiembre de 1946, dos años justos después de su arresto en Viena por la SS, acusado de negociar en el mercado negro. Según la prensa de Cracovia, subió al patíbulo sin expresión de culpabilidad e hizo el saludo nazi antes de morir.

Oskar identificó personalmente en Munich a Liepold, que había sido detenido por los americanos. Un prisionero de Brinnlitz que lo acompañó, dice que Oskar preguntó a Liepold mientras éste protestaba:

—¿Qué prefiere? ¿Que lo identifique yo o los cincuenta judíos furiosos que están abajo?

También Liepold murió en la horca, no por sus actos en Brinnlitz, sino por sus crímenes de Budzyn. Probablemente Oskar tenía ya la idea de dedicarse a la cría de nutrias —esos grandes roedores acuáticos sudamericanos apreciados por su piel— en la Argentina. Oskar calculaba que ese mismo excelente instinto comercial determinante de su viaje a Cracovia inspiraba ahora el cruce del Atlántico. No tenía dinero, pero la Comisión Conjunta de Distribución, la organización internacional judía de socorro que conocía su historia y a la que Oskar había enviado sus informes, estaba dispuesta a prestarle ayuda. En 1949 le entregaron *ex gratia* la cantidad de quince mil dólares, y referencias («A quien concierna») firmadas por M. W. Beckelman, vicepresidente del Consejo Ejecutivo Conjunto:

La Comisión Americana Conjunta de Distribución ha investigado a fondo las actividades del señor Schindler durante la ocupación y la guerra... Recomendamos calurosamente que todas las organizaciones e individuos con quienes el señor Schindler establezca contacto le proporcionen el máximo apoyo posible, en reconocimiento de sus sobresalientes servicios... Bajo la cobertura de una fábrica que trabajaba para los nazis, primero en Polonia y luego en los Sudetes, logró salvar a muchos hombres y mujeres judíos a quienes empleó y que de otro modo habrían sido destinados a la muerte en Auschwitz o en otros infames campos de concentración... «El campo de trabajo de Schindler en Brinnlitz», han dicho los testigos a esta Comisión, «era el único campo de trabajo, en todos los territorios ocupados por los nazis, donde jamás se mató o se golpeó a los judíos, que fueron tratados en todo momento como seres humanos». Ahora que se propone reiniciar su vida, ayudémosle como él ha ayudado a nuestros hermanos.

Cuando partió para la Argentina, llevaba consigo a media docena de familias de los *Schindlerjuden* a las que en varios casos pagó el pasaje. Se estableció con Emilie en la provincia de Buenos Aires y allí trabajó casi diez años. Los supervivientes de Schindler que no lo vieron durante ese tiempo encuentran difícil concebir que pudiera ser un hombre del campo, dado su rechazo de la rutina. Se ha dicho, quizá con cierta razón, que en Emalia y Brinnlitz Schindler disponía de la inteligencia de hombres como Stern y Bankier, y que eso puede explicar en parte su inusitado éxito. En la Argentina, Oskar sólo podía contar con el buen sentido y los conocimientos rurales de su esposa.

Pero durante esa década se demostró que la cría de nutrias no producía pieles de tan buena calidad como la caza de animales en libertad. Muchos otros criaderos fracasaron, y en 1957 el de Oskar estaba en bancarrota. Oskar se trasladó a una casa que le proporcionó la B'nai B'rith en San Vicente, un pueblo suburbano al sur de Buenos Aires, y durante cierto tiempo Oskar buscó trabajo como representante de ventas. Sin embargo, un año más tarde regresó a Alemania. Nunca más volvería a vivir con Emilie.

Se instaló en un pequeño piso en Frankfurt y empezó a buscar capitales para comprar una fábrica de cemento, esforzándose además por obtener una compensación más cuantiosa del Ministerio de Finanzas de la RFA por la pérdida de sus propiedades en Polonia y en Checoslovaquia. No consiguió gran cosa con estos esfuerzos. Algunos supervivientes de Schindler piensan que el gobierno alemán no le restituyó sus bienes debido a la subsistencia de hitlerianos entre los cuadros medios de la administración. Pero es más probable que la petición de Oskar fuera desestimada por motivos técnicos, y no se advierte malicia burocrática en la correspondencia que Oskar recibió del Ministerio.

La fábrica de cemento inició sus actividades con

capitales de la Comisión Conjunta de Distribución y «préstamos» de algunos *Schindlerjuden* que habían hecho fortuna en la Alemania de la posguerra. La historia de esta empresa fue muy breve: en 1961 Oskar era nuevamente insolvente. El fracaso se debió a una sucesión de fríos inviernos en que la industria de la construcción se paralizó; pero algunos supervivientes de Schindler estiman que también contribuyeron la inquietud de Oskar y su escasa resistencia a la rutina.

Ese mismo año, al saber que estaba en dificultades, los *Schindlerjuden* de Israel lo invitaron a que los visitara.

La prensa en polaco de Israel publicó anuncios donde se pedía que los antiguos reclusos del campo de trabajo de Brinnlitz que habían conocido a «Oskar Schindler el Alemán» se pusieran en contacto con el periódico. En Tel Aviv, Oskar encontró una recepción memorable. Los hijos de sus supervivientes lo llevaron en andas. Él estaba más grueso. Pero, en las reuniones y recepciones, quienes lo habían conocido vieron al mismo hombre indomable, con su rápido ingenio, su increíble encanto, su parecido a Charles Boyer, su capacidad de beber, que habían sobrevivido a dos bancarrotas.

Era ése el año del juicio de Adolf Eichmann, y la visita de Schindler a Israel tuvo algunos ecos en la prensa internacional. La víspera del comienzo del juicio, el corresponsal del *Daily Mail,* de Londres, escribió un artículo sobre el contraste entre las historias de los dos hombres, donde mencionaba las palabras preliminares de un llamamiento de *los Schindlerjuden* para ayudar a Oskar: «No olvidamos las penurias de Egipto, no olvidamos a Haman, no olvidamos a Hitler. Así como no olvidamos a los injustos, no olvidemos a los justos. Recordemos pues a Oskar Schindler.».

Entre los supervivientes del Holocausto hubo alguna incredulidad acerca de un campo de concentración benévolo; esa incredulidad fue expuesta por un periodista durante una rueda de prensa en Jerusalén.

—¿Cómo se explica —preguntó el periodista— que conociera usted a los oficiales más encumbrados de la SS de Cracovia y que tuviera tratos regulares con ellos?

—En ese momento de la historia —replicó Oskar—, habría sido algo difícil discutir el destino de los judíos con el rabino de Jerusalén.

El Departamento de Testimonios de Yad Vashem había pedido a Oskar, hacia el fin de su residencia en la Argentina, una declaración amplia acerca de sus actividades en Cracovia y en Brinnlitz, que Oskar escribió. Y, durante su estancia en Israel, la junta directiva de Yad Vashem empezó a considerar por su propia iniciativa, y a instancias de Itzhak Stern, Jakob Sternberg y Moshe Bejski (que había sido el antiguo falsificador de sellos oficiales y era ahora un erudito y respetable abogado), la posibilidad de un tributo oficial a Oskar. El presidente de la junta era el juez Landau, el mismo que presidió el juicio de Eichmann.

Yad Vashem pidió y recibió una gran cantidad de testimonios referentes a Oskar. Entre ese vasto cuerpo de declaraciones, cuatro formulan críticas. Si bien los cuatro críticos afirman que, sin el apoyo de Oskar, hubieran perecido, censuran sus métodos comerciales en los primeros meses de la guerra. Dos de esos cuatro testimonios han sido escritos por un padre y un hijo a quienes se ha llamado los C en otra parte de este informe. Oskar había instalado a su amante Ingrid, decían, en la tienda de esmaltados que ellos poseían en Cracovia, en calidad de *Treuhänder*. El tercero es el de la secretaria de los C: repite la acusación de golpes y amenazas que Stern había referido a Oskar en 1940. El cuarto procede de un hombre que decía tener intereses, en la preguerra, en la fábrica de esmaltados de Oskar cuando llevaba su nombre anterior, Rekord. Oskar, afirmaba, había ignorado sus derechos.

Sin duda, el juez Landau y la junta directiva consideraron de poco peso estas acusaciones contra el testimonio masivo de los *Schindlerjuden* y las desestimaron. Como esas cuatro personas, por otra parte, declaraban que Oskar Schindler las había salvado, se dice que la junta se planteó el siguiente interrogante: Si Oskar había cometido delitos contra esas personas, ¿por qué se tomó el trabajo de salvarlas?

La municipalidad de Tel Aviv fue la primera institución que honró a Oskar. El día que cumplía cincuenta y tres años él mismo descubrió una placa en el Parque de los Héroes. La inscripción lo describe como el salvador de mil doscientos prisioneros del KL Brinnlitz; y aunque subestima numéricamente la extensión de la hazaña, agrega que ha sido puesta allí con amor y gratitud. Diez días más tarde, fue declarado Persona Justa, peculiar título de honor israelí fundado en la vieja idea tribal de que, entre la masa de los gentiles, el dios de Israel pondría siempre el fermento de algunos hombres justos. Oskar fue también invitado a plantar un árbol en la Avenida de los Justos, que lleva hasta el Museo de Yad Vashem. El árbol está todavía allí, señalado por una placa, en mitad del bosquecillo plantado en nombre de todos los demás justos, donde hay un árbol para

Julius Madritsch, que ilícitamente alimentó y protegió a su personal de un modo que no conocían los Krupp y los Farben, y otro para Raimund Titsch, el supervisor de Madritsch en Plaszow. En ese talud rocoso, pocos de estos árboles sobrepasan los tres metros de altura.

La prensa alemana recogió la historia de Oskar y las ceremonias de Yad Vashem. Esos artículos, siempre elogiosos, no hicieron su vida más fácil. Lo silbaron y le arrojaron piedras en las calles de Frankfurt, y un grupo de obreros le gritó que merecía haber sido quemado con los judíos. En 1963 golpeó al operario de una fábrica que lo había insultado de modo análogo y que luego planteó querella por agresión. En la corte local, el escalón inferior de la estructura judicial alemana, un juez le dio una reprimenda y le impuso el pago de daños y costas.

—Me suicidaría —escribió a Henry Rosner, en Nueva York— si eso no les diera satisfacción.

Esas humillaciones aumentaron su dependencia de los supervivientes. Eran la única seguridad emocional y financiera que poseía. Durante el resto de su vida pasó algunos meses del año en Tel Aviv o en Jerusalén. Solía comer gratuitamente en un restaurante rumano de la calle Ben Yehudah, de Tel Aviv, aunque a veces debía tolerar los esfuerzos filiales de Moshe Bejski para que se limitara a tres coñacs dobles por noche. Luego retornaba a la otra mitad de su alma, a su personalidad más humilde, a su pequeño piso a pocos cientos de metros de la estación central de Frankfurt. Poldek Pfefferberg escribió desde Los Ángeles a otros *Schindlerjuden* de Estados Unidos pidiéndoles que donaran al menos un día de su paga por año para Oskar Schindler, que se encontraba, según sus palabras, «desalentado, solitario, desilusionado». La vinculación de Oskar con los *Schindlerjuden* cumplía un ciclo anual: medio año era la larva de Frankfurt, medio la mariposa de Israel.

Una comisión de Tel Aviv de la que formaban parte también Itzhak Stern, Jakob Sternberg y Moshe Bejski, continuó asediando al gobierno de la RFA para que concediera a Oskar una pensión adecuada. Fundaban su petición en el heroísmo demostrado por Schindler durante la guerra, en las propiedades que había perdido y en la frágil salud de esos últimos años. La primera reacción oficial del gobierno alemán fue la entrega, en 1966, de la Cruz del Mérito, en una ceremonia presidida por Konrad Adenauer. Y sólo el primero de julio de 1968 el Ministerio de Finanzas tuvo el agrado de informarle que desde esa fecha en adelante recibiría una pensión de doscientos marcos mensuales. Tres meses más tarde, el pensionado Schindler recibió la Orden Papal de San Silvestre de manos del arzobispo de Limburgo.

Oskar continuaba dispuesto a cooperar con el Departamento de Justicia Federal en la persecución de los criminales de guerra. En este tema fue implacable. El día de su cumpleaños de 1967 dio información confidencial acerca de muchas personas pertenecientes a la plana mayor de Plaszow. La transcripción de sus declaraciones de esa fecha demuestra que no vacilaba en dar su testimonio, y también que era un testigo escrupuloso. Cuando no sabe nada, o sabe poco, sobre un miembro determinado de la SS, así lo dice. Así ocurre en los casos de Amthor, de Zugsburger, de Fraulein Ohnesorge, una violenta SS. Pero llama explotador y asesino a Bosch, y afirma que lo había reconocido en la estación ferroviaria de Munich, en 1946, y le había preguntado si, después de Plaszow, podía conciliar el sueño por la noche. Bosch, declaró Oskar, tenía en ese momento pasaporte de la RDA. Condena explícitamente a un supervisor llamado Mohwinkel, que representaba en Plaszow a la Fábrica Alemana de Armas. «Inteligente pero brutal», dice de él. Cuenta, acerca del guardaespaldas de Goeth, Grün, la historia del intento de ejecución de Lamus, un prisionero de Emalia, y también cómo logró impedirla con una botella de vodka. (Gran cantidad de prisioneros confirman esta historia en sus declaraciones de Yad Vashem.) Cuando se refiere al suboficial Ritchek, Oskar dice que tiene mala reputación, pero que él no tiene conocimiento de sus crímenes. Tampoco está seguro de que la foto que le muestran en el Departamento de Justicia sea realmente la de Ritchek. Sólo hay una persona, en la lista del Departamento de Justicia, a quien elogia sin ambages. Se trata del ingeniero Huth, que le había dado apoyo durante su último arresto. Los prisioneros mismos, dice Oskar, respetaban a Huth y hablaban bien de él.

Después de cumplir los sesenta años, empezó a trabajar con los Amigos Alemanes de la Universidad Hebrea, ocupándose de la recolección de fondos. Esa tarea se debía a que los *Schindlerjuden* estaban preocupados por él y deseaban dar algún nuevo sentido a su vida. Y, en efecto, volvió a ejercer su antigua capacidad de hechizar y seducir a funcionarios y hombres de negocios. Ayudó también a desarrollar un plan de intercambio de niños alemanes e israelíes.

A pesar de su estado de salud, vivía y bebía como un hombre joven. Se enamoró de una alemana, Annemarie, a quien había conocido en el King David Hotel de Jerusalén, y que fue el apoyo emocional de sus últimos años.

Su esposa Emilie vivía aún, sin recibir ayuda financiera de su marido, en su casita de San Vicente, al sur de Buenos Aires, en el momento en que se estaba escribiendo este libro. Como en Brinnlitz, se destacaba por su serena dignidad. En un documental realizado en 1973 por la televisión alemana, Emilie habló —sin la amargura ni el resentimiento de una esposa abandonada— de Oskar y de Brinnlitz, así como de su propia conducta en Brinnlitz. Observó agudamente que Oskar no había hecho nada excepcional antes de la guerra, ni después de ella. Por lo tanto, era muy afortunado que en esa dura época, entre 1939 y 1945, hubiese conocido a las personas que podían despertar sus principales dotes.

En 1972, durante la visita de Oskar al despacho de los Amigos Americanos de la Universidad Hebrea, tres *Schindlerjuden,* socios de una gran empresa de construcción de Nueva York, encabezando a otros setenta y cinco, reunieron ciento veinte mil dólares para dedicar a Oskar un piso en el Centro de Investigaciones Truman de la Universidad Hebrea. Allí se instalaría un Libro de la Vida, con la historia de Oskar y la lista de los rescatados. Dos de los socios de la firma de New Jersey eran Murray Pantirer e Isak Levenstein, que tenían dieciséis años cuando Oskar los había llevado a Brinnlitz. Esos niños eran ahora los padres de Oskar, su mejor recurso, su fuente de honores.

Estaba gravemente enfermo. Los antiguos médicos de Brinnlitz, como por ejemplo Alexander Biberstein, lo sabían. Uno de ellos había advertido a los íntimos amigos de Oskar:

—Este hombre no debería estar vivo. Su corazón trabaja por pura obstinación.

En octubre de 1974 sufrió una caída en su pequeño apartamento, cerca de la estación de Frankfurt, y murió en el hospital el día 9 del mismo mes. El certificado correspondiente afirma que el ataque final fue provocado por el endurecimiento de las arterias del corazón y del cerebro. Su testamento manifestaba un deseo que había expresado a varios *Schindlerjuden:* el de ser enterrado en Jerusalén. Dos semanas más tarde, el párroco franciscano de Jerusalén concedió su autorización para que Herr Oskar Schindler, uno de los miembros menos practicantes de su iglesia, fuera sepultado en el Cementerio Latino de Jerusalén.

Pasó otro mes antes de que el cuerpo de Oskar, en un ataúd de plomo, atravesara las atestadas calles de la ciudad antigua de Jerusalén hacia el cementerio católico, que mira hacia el valle de Hinnom, que el Nuevo Testamento llama Gehenna. En las fotos de la procesión que publicaron los periódicos se ve, entre muchos otros *Schindlerjuden,* a Itzhak Stern, a Moshe Bejski, a Helen Hirsch, a Jakob Sternberg, a Juda Dresner...

Hubo duelo en todos los continentes.

EQUIVALENCIA APROXIMADA DE LOS GRADOS MILITARES DE LA SS

OFICIALES

Oberstgruppenführer	capitán general
Obergruppenführer	teniente general
Gruppenführer	general de división
Brigadeführer	general de brigada
Oberführer	(sin equivalencia precisa)
Standartenführer	coronel
Obersturmbannführer	teniente coronel
Sturmbannführer	comandante
Hauptsturmführer	capitán
Obersturmführer	teniente
Untersturmführer	alférez

SUBOFICIALES

Oberscharführer	subteniente
Unterscharführer	brigada
Rottenführer	sargento

La lista de Schindler de Thomas Keneally
se terminó de imprimir en noviembre de 2020
en los talleres de
Impresora Tauro, S.A. de C.V.
Av. Año de Juárez 343, col. Granjas San Antonio,
Ciudad de México